BRUXO DE SANGUE

SUSAN DENNARD

BRUXO DE SANGUE

Tradução Patrícia Benvenuti

astral cultural

Este livro foi revisado segundo o Novo Acordo Ortográfico da Língua Portuguesa.

Editora Natália Ortega

Editora de arte Tâmizi Ribeiro

Coordenação editorial Brendha Rodrigues

Produção editorial Gabriella Alcântara e Thaís Taldivo

Preparação de texto César Carvalho

Revisão Alexandre Magalhães

Capa Cliff Nielsen **Adaptação de capa** Tâmizi Ribeiro

Foto autora arquivo pessoal

Dados Internacionais de Catalogação na Publicação (CIP)
Angélica Ilacqua CRB-8/7057

D46b

Dennard, Susan
Bruxo de Sangue / Susan Dennard ; tradução de Patrícia Benvenuti.
– São Paulo, SP : Astral Cultural, 2025
464 p. (Coleção Terra das Bruxas ; vol 3)

ISBN 978-65-5566-653-3
Título original: Bloodwitch: The Witchlands

1. Ficção norte-americana 2. Literatura fantástica I. Título II. Benvenuti, Patrícia III. Série

25-2505 CDD 813

Índice para catálogo sistemático:
1. Ficção norte-americana

BAURU
Rua Joaquim Anacleto
Bueno 1-42
Jardim Contorno
CEP: 17047-281
Telefone: (14) 3879-3877

SÃO PAULO
Rua Augusta, 101
Sala 1812, 18º andar
Consolação
CEP: 01305-000
Telefone: (11) 3048-2900

E-mail: contato@astralcultural.com.br

Para Whitney

Aquilo que está mais próximo, ela não pode ver.
Um fio caído da trama, lançado à mercê dos ventos de fogo.
Uma faca de dois gumes.
Sangue na neve.
— do "Lamento de Eridysi"

TREZE ANOS ATRÁS

Talvez hoje seja diferente.

Os sinos acima da casa de guarda já badalaram três vezes enquanto o garoto brinca com os outros. Seis deles. Ele nunca fora abordado por tantos da sua idade. Certamente, ele nunca fora aceito em um jogo de raposa e galinha.

E, certamente, ele nunca sorrira tanto. Suas bochechas doem de tanto sorrir, mas ele não consegue parar.

Lizl está chegando perto. Ela é a raposa nessa rodada, e o garoto é a única galinha restante. Ela ri. O garoto ri. É uma sensação boa, que cresce em seu peito. Que se eleva em sua garganta como a nascente atrás dos dormitórios.

Ele não consegue lembrar se já riu alguma vez antes de hoje. Ele torce para que esse jogo nunca acabe.

Lizl o alcança. Ela é mais velha, com pernas mais compridas, e ágil de um jeito que nenhum dos outros acólitos é. O garoto ouviu seu mentor discutindo ontem sobre a possibilidade de avançá-la para o próximo nível de treinamento.

A mão de Lizl bate em seu ombro.

— Te peguei!

Os dedos dela afundam no linho frouxo da túnica do monastério. Ela o puxa, forçando o garoto a parar.

Ele ri, um som alto e contente. Até mesmo os músculos de sua barriga doem, e das bochechas — ah, as bochechas!

E é por isso que ele demora um instante para notar que Lizl parou de se mexer. O monstro interior não pode estar acordando, ele está feliz demais.

Mas então um dos outros acólitos — Kerta, a primeira galinha a ser pega — chama:

— Lizl? Você está bem?

O garoto percebe o que está acontecendo. Pânico toma conta dele, e sua mente dá um branco. Seu estômago afunda.

Solte, *ele diz a si mesmo.* Solte, solte, solte. *Do contrário, Lizl vai morrer, igual ao cachorro dele. Mas essa situação é pior do que perder Boots. Aquela é uma pessoa. Aquela é uma garota com quem ele brincava apenas alguns instantes atrás. Aquela é Lizl.*

— O que tem de errado com ela? — Kerta se aproxima, ainda despreocupado. Apenas confuso.

Solte, solte, solte.

— Por que ela não se mexe?

O garoto cambaleia para trás.

— Por favor — ele diz ao monstro interior. Ou talvez esteja se dirigindo a Lizl. Ou a Kerta. A qualquer um que faça o sangue da garota voltar a bombear.

Senão, o cérebro de Lizl vai parar de funcionar. Ela vai morrer.

Igual ao Boots.

Kerta percebe o medo dele, e as outras crianças começam a perceber também.

— O que você fez? — exige um menino.

— Você a machucou? — pergunta outro.

— Bruxo de Sangue — declara o terceiro, um valentão chamado Natan, e é aí que o garoto percebe: um lampejo de entendimento repentino nos olhos deles. Uma respiração funda coletiva e o recuo dos pescoços.

Agora todos sabem o porquê de as outras crianças não brincarem com ele. Agora todos sabem o porquê de ele ser treinado separado dos outros acólitos, sozinho com a monja Evrane.

Não importa que segundos depois Lizl tussa e caia nas pedras. Não importa que ela esteja viva e o monstro tenha ido embora. Não importa que aquilo tenha sido um acidente, que o garoto nunca a machucaria de propósito.

O estrago está feito. Os sorrisos desapareceram. Os gritos, a fuga, o ódio — está começando tudo de novo, como sempre acontece.

Os garotos jogam pedras nele enquanto ele corre para a nascente atrás do dormitório. Um poço antigo que ninguém mais usa. Está tomado por espinhos, e apenas ele, com suas feridas que sempre cicatrizam, pode avançar.

A dor atravessa sua consciência. Aquele arbusto tem pontas. É distrativo, assim como o pinga-pinga de sangue assim que alcança a água.

O garoto se agacha na margem rochosa, envergonhado quando algo além de sangue respinga nas águas frias. Chorar, ele sabe, não é algo que os monges façam.

Porém, pior do que as lágrimas, pior do que o machucado cruel dos espinhos e pior do que os vergões causados pelas pedras das crianças, são os músculos doloridos em suas bochechas. Um lembrete do que ele quase teve. Do que ele tivera por algumas horas perfeitas.

Ele nasceu um monstro, ele morrerá um monstro, e monstros não têm amigos.

1

O sangue parecia recente na chuva.

Pingando, jorrando e até mesmo escorrendo em alguns lugares, a água da tempestade atingia ferimentos em corpos inertes há dias. O alicerce de granito não havia aceitado a oferenda, e um rio de sangue deslizava pelo declive, seguindo o terreno, agrupando-se em volta das botas de Aeduan. Tantos cheiros de sangue misturando-se à sua magia, tantos mortos sendo percorridos com o olhar.

Aquele era o terceiro massacre que ele encontrava em duas semanas. A terceira vez que seguia carnificina no ar, a terceira vez que farejava cavernas úmidas e apertões de deixar as juntas dos dedos brancas em meio à matança. Ele estava chegando perto dos agressores.

Alcançando os capangas de seu pai.

As quatro punhaladas no abdômen de Aeduan jorravam toda vez que se curvava para respirar. Ele deveria ter deixado as flechas no local atingido, deixado a Bruxa dos Fios removê-las com suas mãos cuidadosas em vez de arrancá-las assim que perfuraram a parede do estômago. Mas era difícil mudar costumes de vinte anos em apenas duas semanas.

Ele também não esperava as farpas.

Aeduan respirou fundo, a chuva caindo em sua boca aberta. Não havia nada que o mantivesse ali, e o cheiro que ele esperava encontrar — aquele que ele seguia há duas semanas, cada vez se aprofundando mais nas Sirmayans — não estava por perto. Ah, as urzes e escolhas impossíveis que marcavam o sangue dela tinham estado lá, mas ela seguira em frente. Antes do ataque, imaginava que ele, ou ela, também estaria entre os mortos.

Antes que Aeduan pudesse se afastar dos corpos e mancar até a floresta perene de onde viera, um novo cheiro de sangue fez cócegas em seu nariz. Vagamente familiar, como se ele já tivesse encontrado o dono daquele sangue uma vez e se preocupado em catalogar o cheiro, mas não o suficiente para lembrar dele.

O cheiro estava acentuado. Ainda vivo.

Entre um batimento e o próximo, Aeduan mudou de rumo. Trinta e quatro passos cuidadosos por cima de corpos com bocas abertas. A chuva respingava em seus olhos, forçando-o a piscar repetidas vezes. Então a extensão de pedras deu lugar a uma relva musgosa manchada de vermelho. Mais corpos, de todas as idades, de todos os ângulos, cobriam o solo com uma densidade que sugeria uma tentativa de fuga. Os escudos nomatsi quadrados em suas costas, no entanto, não impediram a emboscada frontal.

Sangue, mais sangue e olhos vazios por todos os lugares em que olhava.

Ele avançou pelos cadáveres até, por fim, chegar nas coníferas que balançavam. O cheiro detectado estava mais denso ali, mas o chão de agulhas de pinheiro também estava escorregadio e perigoso devido à tempestade. Aeduan não tinha a menor intenção de cair. Ele podia se curar de cada arranhão, de cada osso quebrado, mas isso não significava que não fosse doer.

Ou que não fosse drenar ainda mais sua magia, o que era o problema atual. Machucados no estômago eram particularmente difíceis de consertar.

Aeduan inspirou. Expirou. Contando, esperando, observando, enquanto seu sangue pingava e o mundo desaparecia. Ele não era sua mente. Ele não era seu corpo.

Continuou andando.

Então, mais alto que os trovões distantes vindos do sul, ele ouviu um gemido humano.

— Socorro.

Com aquela palavra, seus sentidos se aguçaram, sua coluna se endireitou, e ele foi tomado por uma nova energia.

Andou mais rápido. Chuva chapinhava sob suas botas. Trovões ressoavam ao sul. Ele seguiu um caminho entre as píceas, seus troncos rangendo como navios ao mar; ele sabia que aquela era uma estrada nomatsi. Sabia que provavelmente encontraria armadilhas como aquela que fora acionada ao lado das glórias-da-manhã.

— Socorro.

A voz estava mais fraca, embora mais próxima — assim como o cheiro do sangue do homem moribundo. Um monge, Aeduan percebeu, atravessando uma depressão no caminho, onde um riacho transbordava com a tempestade. A uma distância de três passos na subida da encosta rochosa, estava caída uma túnica branca manchada de marrom cor de ferrugem. E três passos adiante, com as costas apoiadas em um tronco caído, o dono da túnica apertava os ferimentos em sua barriga.

Ferimentos como os de Aeduan, vindos de armadilhas destinadas a proteger a tribo nomatsi. Ao contrário do bruxo, porém, aquele homem não removera as flechas.

Por meio instante, Aeduan pensou poder ajudá-lo. Poder usar o restante de seu próprio poder para interromper o sangramento do monge. Ele fizera aquilo antes com Evrane; poderia fazer de novo. A grande cidade de Tirla estava a meio dia de distância, no máximo.

Mas, mesmo se ele pudesse aguentar tamanho poder em seu estado atual, não havia cura para o corte de espada na coxa do monge. A artéria femoral estava dividida em duas, e, embora a chuva caísse com força suficiente para limpar o sangue, a artéria jorrava cada vez mais rápido.

O homem tinha apenas minutos de vida.

— Demônio — o homem balbuciou. Sangue vazou pelos cantos de sua boca e desceu pelo queixo franzido, levado pela chuva. — Eu... me lembro de você.

— Quem fez isso? — Aeduan perguntou. Não havia tempo a perder com nomes ou lembranças inúteis. Se alguém tinha sido treinado para a morte, esse alguém eram os carawenos. E se alguém podia ajudar Aeduan a entender aquela matança, era o moribundo à sua frente.

— Puristas.

Aeduan piscou. Chuva respingou em seus cílios. Os puristas, embora membros desagradáveis da humanidade, não eram conhecidos pela violência. Exceto...

Exceto quando os puristas não eram puristas.

— Me ajude — o homem implorou, agarrando o ferimento na coxa.

Diante daquela cena, a raiva tornou-se espessa na garganta de Aeduan. Monges mercenários encaravam o abraço do Vazio sem medo, sem implorar. Ver o desespero escurecer os olhos do homem — era errado. Estava tudo errado.

Ainda assim, sua magia se esforçou. Girou em torno do fogo branco e do minério de ferro que tornavam o monge quem ele era. Um empenho inútil, pois havia tão pouco sangue dentro das veias do homem que a sensação era de tentar pegar o vento. Por mais que tentasse segurar com força, sua magia sempre voltava vazia.

— Por que não usou sua pedra? — Aeduan perguntou, e olhou para a orelha do homem. Para a opala carawena que brilhava ali, pronta para chamar outros monges em caso de emergência.

O homem balançou a cabeça, um mero traço de movimento.

— Sur... presa. — A palavra saiu engasgada com sangue, seu rosto mais pálido a cada respiração. — Melhor... treinados.

Impossível, Aeduan queria dizer. *Ninguém é melhor treinado que os mercenários carawenos.* Mas o homem começou a tossir e levou a mão à boca, e Aeduan percebeu que ele tinha as mãos queimadas de um ferreiro, os ombros desiguais de um homem que trabalhava na fornalha.

Um monge artesão. O menos preparado para combate entre todos os carawenos. Por que ele estava ali, longe do monastério e do seu posto?

Aeduan abriu a boca para perguntar, mas, antes que as palavras pudessem emergir, o último suspiro do monge escapou de seus pulmões perfurados. Seu coração diminuiu até silenciar. Toda a vida desapareceu de seu sangue.

E Aeduan foi deixado encarando outro corpo que apodrecia sob a chuva.

2

Iseult cogitou a possibilidade de ele não voltar. A noite toda ela esperou — desde o entardecer, quando Aeduan inicialmente partira para inspecionar o caminho adiante.

O sol se pôs, a lua surgiu, a chuva veio. A lua desapareceu sob o horizonte, a chuva diminuiu. Até que, por fim, a névoa e a aurora reivindicaram a encosta da montanha. Ainda assim, ele não apareceu.

Logicamente, ela sabia que era improvável que ele *nunca* mais voltasse. Depois de tudo que tinham passado juntos, por que ele a abandonaria agora? Por duas semanas ele ficara ao lado dela. Por duas semanas, ele guiara Owl e Iseult cada vez mais alto nas Sirmayans, sem pagamento ou encorajamento para forçá-lo a continuar.

Mas, visceralmente, Iseult podia encontrar milhares de motivos para o Bruxo de Sangue nunca mais voltar. Milhares de desculpas, desde moedas até companhia, de por que ele partiria para a floresta enevoada ao anoitecer e talvez nunca mais voltasse.

A narrativa que se destacou, porém, quando os primeiros raios de sol escalaram os picos da montanha, foi a de que ele se mantinha afastado não por escolha, mas por causa de um captor. Ou de um ferimento.

Ou da *morte.*

Aquela possibilidade a fez andar de um lado para o outro na clareira de cascalhos ao lado do acampamento. Dez passos em uma direção. Meia--volta. Dez passos em outra. Meia-volta. Sem nunca perder de vista a entrada estreita que levava a uma caverna seca e aconchegante criada por

Owl. Lá dentro, o morcego-da-montanha da menina, Mirtilo, enrolava-se ferozmente ao redor do corpo adormecido da criança, deixando pouco espaço para qualquer outra pessoa.

Não que Iseult fosse conseguir dormir se estivesse lá também. O sono era seu inimigo há dias. Desde que o fogo e a voz que o controlava tinham deslizado para dentro dos seus sonhos. *Queime-os*, sussurrava um rosto malicioso consumido por chamas. Toda noite ele a procurava. *Queime todos eles.*

Ela tentara destrinchá-lo durante o sono. Tentara interromper os fios dele e corromper sua magia do fogo, igual ao que tinha feito ao acordar nas Terras Disputadas, mas o homem apenas rira enquanto as labaredas aumentavam. Labaredas que eram bem reais, como ela aprendera naquela primeira noite, quando Aeduan a acordara. "Restou uma brasa na fogueira", ele dissera, "e tem gravetos demais por perto".

Iseult não havia se incomodado em contradizê-lo. Ela também não tinha voltado a dormir, e aquela ausência de sono a havia impedido de falar com Esme sobre o motivo de aquilo estar acontecendo. Sobre o *motivo* de o Bruxo de Fogo que ela matara parecer estar vivo dentro dela.

No entanto, seus olhos não ardiam de cansaço naquela noite. Ela queria ir embora — queria andar entre aqueles pinheiros exatamente como Aeduan tinha feito ao entardecer, e vasculhar cada canto do terreno escuro, mesmo sabendo que seria uma caçada em vão: Aeduan era competente demais para deixar rastros.

Além do mais, ela não podia deixar Owl.

Aeduan poderia ou não voltar, e Iseult continuaria andando de um lado para o outro até ter sua resposta.

Ela o ouviu se aproximar antes de vê-lo. Foi tão incomum ao Bruxo de Sangue, sempre cauteloso, que ela até sacou o sabre de abordagem da bainha em sua cintura. Havia ursos naquelas matas. Gatos-da-montanha, também. E ao contrário dos humanos, eles não tinham fios — nenhuma cor rodopiava como tentáculos acima deles, contando a Iseult o que eles sentiam e a quem estavam ligados.

Não foi nenhum animal sem fios que cambaleou da fileira de árvores, mas sim o Bruxo de Sangue sem fios. No instante em que viu a capa carawena de Aeduan iluminar as sombras entre as árvores, um alívio gelado a percorreu. Até que ela percebeu que algo estava errado.

Ele mancou, saindo da floresta, e seus olhos, quando encontraram os dela, estavam caídos e perdidos.

— Estão todos mortos. — O anúncio saiu rouco e baixo. Aeduan cambaleou.

O alívio no estômago de Iseult tornou-se medo. Ele estava machucado. Muito.

Sem pensar mais, ela avançou na direção dele e pôs um braço ao redor de suas costas — e com a mão encontrou rêmiges e flechas. Inúmeros virotes irrompiam dele como os espinhos de um ouriço-do-mar, e agora que reparava, a capa dele estava retalhada e manchada de marrom.

O bruxo se apoiou nela; a respiração saindo em breves arquejos. Seus olhos cristalinos rodopiavam, vermelhos. O que quer que estivesse acontecendo, era óbvio que ele não ficaria de pé por muito mais tempo, e Iseult não queria que ele desmaiasse em cima dela. Bem onde Owl podia vê-lo ao sair. A menina tinha uma tendência a destruir o solo quando estava chateada.

Tem uma nascente morro acima, Iseult pensou, um plano grosseiro tomando forma. *Posso limpá-lo lá sem a Owl nos descobrir, e secar as roupas dele no sol da manhã.* Ela só precisava impedir que Aeduan perdesse a consciência antes de alcançarem a água.

Com uma lerdeza dolorosa, ela guiou o bruxo para cima da encosta. As pálpebras dele tremiam, os pés se arrastavam. Cada passo fazia o gelo no estômago de Iseult aumentar. Assim como cada flecha contada — dezessete no total. Mais do que o suficiente para matar um homem comum, mas ele não era um homem comum.

Mesmo assim, ela já o tinha visto ser atingido pelo dobro daquela quantia de virotes. Alguma outra coisa estava acontecendo ali. Algo profundamente errado. Por algum motivo, ele não parecia estar se curando. Sua bruxaria do sangue não estava suprimindo ou limpando, não estava ejetando flechas e remendando-o como ela já vira acontecer.

— Você está machucado em mais algum lugar? — perguntou, no ouvido dele. *Fique acordado, fique acordado.* — Tem algum machucado que não consigo ver?

— Flechas. — A resposta saiu arrastada. Inútil.

Ela mudou de tática.

— Esse machucado é o motivo de você ter demorado tanto para voltar?

Um grunhido, um aceno vago. Então:

— Sobrevivente.

Iseult ficou tensa.

— A mulher da tribo de Owl?

Aeduan estava seguindo o cheiro da mulher há quase duas semanas. Duas vezes eles tinham encontrado massacres e, duas vezes, o cheiro da mulher havia continuado. Aquela última marcaria a terceira ocasião. Mas, quando Iseult procurou respostas no rosto do bruxo, tudo o que encontrou foram bochechas pálidas e respirações pesadas.

— A mulher estava lá? — pressionou. Ainda nenhuma resposta, então ela desistiu. Eles haviam chegado à nascente, graças à Mãe Lua, e o cansaço estava se apoderando rapidamente dela. O medo podia sustentar um corpo cansado por apenas determinado intervalo de tempo.

Ela guiou Aeduan até uma rocha baixa na lateral da água cristalina da nascente. O riacho que descia a montanha tinha duplicado de tamanho durante a noite, graças à chuva. Com todos os músculos tensos, ela baixou Aeduan até uma posição sentada. Um gemido escapou da garganta dele. Seu rosto foi tomado de dor; ela conseguia ouvir os dentes dele rangendo.

Mesmo nas piores labaredas do campo de batalha, mesmo ao luar banhado pelo mar ao lado de um farol, ela nunca o tinha visto em tamanho sofrimento. Agarrando o ombro dele para mantê-lo erguido, ela o rodeou. Seria necessário cortar a capa se quisesse manter limpo...

— Rápido — ele disse, e com aquela ordem Iseult perdeu as esperanças de evitar um estrago. Não havia tempo a perder. Ela só esperava que Owl não acordasse tão cedo.

Ela agarrou a primeira flecha e puxou. Farpas minúsculas laceraram a carne, e sangue jorrou. Aeduan silvou, a cabeça pendendo para trás, enquanto Iseult quebrava as flechas uma por uma em sua carne, e uma pilha de penas brancas ensanguentadas e cedro formava-se em seus tornozelos.

Quando a última foi removida, a capa branca dele estava riscada de vermelho vivo. Suas costas pendiam para a frente, e a única coisa que o impedia de cair de cabeça na água era o punho apertado de Iseult em seu colarinho. Com a última ponta de flecha removida, ela afundou os calcanhares na margem de cascalhos e o puxou para trás. Queria que ele se erguesse para que pudessem se afastar juntos da água.

Em vez disso, Aeduan tombou para trás. Ela mal o segurou antes de ele atingir o solo e os joelhos dela cederem sob o peso. A bunda de Iseult atingiu as pedras, a dor percorrendo seus ísquios. Suas costas atingiram uma rocha, e sua cabeça bateu com força.

A nascente oscilou. Os olhos dela arderam com lágrimas repentinas.

— Aeduan — chamou, mas suas palavras ásperas não tiveram resposta. A magia dele finalmente o colocara para dormir. Ele não acordaria até estar curado.

O que significava que Iseult estava presa embaixo dele, enquanto seu peito se enchia de... de *algo*.

— Você é pesado — disse, tentando movê-lo. Mas não havia energia sobrando. Não o bastante para mover aquele peso morto escorregadio de sangue. A cabeça de Aeduan, tranquila e imóvel, repousava no ombro dela.

Ele estava tão quente, mesmo enquanto a manhã fria acariciava a pele de Iseult. E lá estava de novo, aquele inchaço em seus pulmões. Quente. Intenso. Até que, enfim, explodiu em uma risada estridente que pareceu estar a milhares de quilômetros de distância. Era o divertimento aterrorizado de outra pessoa. O corpo exausto e a mente beijada pelo fogo de outra pessoa. A dor de cabeça crescente e o hematoma inchado no couro cabeludo de outra pessoa.

Iseult estava a incontáveis quilômetros de casa, imobilizada e presa às pedras por um homem que já fora seu inimigo, enquanto uma carriça chilreava da floresta desperta próxima dali — e enquanto uma pequena Bruxa da Terra e seu morcego-da-montanha dormiam dentro da encosta oca abaixo.

Se a Safi pudesse me ver agora...

Incapaz de lutar por mais tempo, as pálpebras de Iseult fecharam-se, e o mundo silenciou.

O calor urra. A madeira estala e brasas voam.

— Corra. — Sangue escorre da boca de sua mãe enquanto ela fala.

Respinga no rosto dele.

Com braços manchados de vermelho, ela se levanta. Ela quer que ele saia de baixo dela. Quer que ele fuja.

— Corra, meu filho, corra.

Ele não corre. Ele não se mexe. Ele espera, como sempre faz, que as chamas o consumam e o mundo queime.

Ele já estivera naquele pesadelo antes. Encurralado e sangrando enquanto as chamas se aproximavam. O calor espalhava-se contra ele, a fumaça queimava seus pulmões. Mas, em vez da tenda flamejante que estava acostumado a ver, em vez da tempestade iminente, ele encontrou apenas um céu azul e nuvens finas. Em vez do mau cheiro coagulado do sangue de sua mãe, ele sentiu apenas o ligeiro fedor do seu próprio sangue.

Mas a dor em seu peito era a mesma. Uma agonia que não queria que ele se mexesse, que argumentava com as últimas palavras de sua mãe. *Corra, meu filho, corra.*

Aeduan tentou se virar, como sempre tentava e não conseguia, no sonho. Exceto que, desta vez, sua cabeça virou com facilidade. As flechas e a morte que normalmente o imobilizavam não estavam amontoadas em cima dele. Em vez disso, Aeduan notou com um sobressalto confuso, *ele* estava imobilizando outra pessoa.

Ficou boquiaberto, sua visão manchada pelo fogo oscilando. Uma cabeça descansava em seu ombro, e o rosto era familiar. Ele conhecia aquele perfil — mas o que a Bruxa dos Fios estava fazendo em seu sonho? Era como se ela estivesse segurando-o enquanto ele dormia, e a estranheza daquele pensamento fez todo o seu temor onírico costumeiro se dissipar.

Chamas laranja e fumaça preta tremeluziram, colorindo a pele branco-gelo dela. Ela estava tão perto que era possível ver as cinzas acumuladas nos cílios e os fios arrepiados que o calor e a chuva haviam levantado em seu cabelo preto delicado. Ela havia mudado muito desde que ele a conhecera: a cicatriz em forma de lágrima causada pelo ácido do Bruxo do Veneno embaixo do olho esquerdo, as pontas desgastadas e irregulares de seu cabelo causadas pelo fogo das Terras Disputadas.

Aeduan viu-se incapaz de desviar o olhar. Quantos danos mais ele causaria a ela? Àquela Bruxa dos Fios que não era uma Bruxa dos Fios?

Ela não deveria estar aqui, pensou. Se ela continuasse em seu sonho, morreria como ele. De novo e de novo até que a chuva viesse, trazendo Evrane.

Ele não queria que ela morresse. Em seu sonho ou na vida real. Ao contrário dele, ela não era um monstro. Ela não se curaria das chamas. Ela não reviveria.

— Iseult — tentou dizer, e, para sua surpresa, o nome realmente saltou de sua língua. Vogais suaves. Consoantes fortes. Um som e um gosto que combinavam perfeitamente com ela.

Ela se mexeu. Suas mãos, apoiadas nas laterais do corpo de Aeduan, se encolheram. Seus dedos afundaram nos ossos dos quadris dele.

E com aquele toque, o estômago dele congelou. Seus pulmões se retraíram, gélidos. O fogo podia consumi-los, mas o toque dela era invernal.

— Aeduan. — Ela soltou a respiração e, com aquele suspiro, as chamas ao redor deles se encolheram. Depois, apagaram-se por completo, revelando um lago. Uma nascente que Aeduan conhecia, cercada por mata perene e rochedos.

O gelo dentro dele congelou ainda mais. Não mais um alívio, mas assassino em suas intenções.

Aquilo não era um pesadelo. Iseult estava mesmo agarrada a ele; ela ofegava seu nome durante o sono; eles estavam mesmo cercados por chamas.

É demais. Era demais para sua mente abalada pela dor ou para seu corpo lidar, compreender. Iseult tão perto. Os dedos dela ainda pressionando os ossos de seus quadris. Iseult fazendo o solo virar cinzas.

Contrariando seu desejo mais desesperado e frenético — contrariando cada instinto que gritava para que acordasse por completo —, as pálpebras de Aeduan se fecharam. Um gemido escorregou por sua língua.

Então a escuridão tomou conta, e as chamas do seu pesadelo o carregaram para longe mais uma vez.

3

Era por isso que os víboras usavam preto.

Safiya fon Hasstrel entendia agora. O sangue não aparecia no preto do mesmo jeito que aparecia no chão branco.

A facilidade e a velocidade de tudo foram o que mais a impressionou. Em um instante, ela encarava a cara de cavalo comprida do lorde, ainda fixa ao corpo. No instante seguinte, a cabeça estava no chão, sangrando, os olhos piscando.

Vaness tinha convidado o homem à sua sala do trono, como era de costume quando parentes visitavam. Primo, primo de segundo grau, esposa da tia-avó — todos eram recebidos na sala do trono imperial. Aquele homem era um primo de terceiro grau pelo lado materno de Vaness.

Após se ajoelhar diante da imperatriz, sua túnica roxa esvoaçando com o movimento, ele tinha sido ousado o bastante para firmar um pé de sandália no degrau mais baixo do estrado de mármore. A meros passos de onde estava Safi, que usava um vestido branco sem mangas perfeito, exatamente como a imperatriz.

Ele a olhou de baixo, ela o olhou de cima, o homem obviamente sabendo o que Safi era. Vaness não havia mantido sua bruxaria da verdade em segredo.

Era óbvio, contudo, que o homem também não *acreditava* nos poderes de Safi. O pé confiante no estrado. O sorriso que rasgava o rosto flácido, e até mesmo a natureza demorada de sua reverência, tudo desmentia o ceticismo.

A maioria das pessoas que Safi conhecera em Azmir eram daquele jeito: certos de que a existência de uma Bruxa da Verdade era impossível. Uma história. Uma lenda. Não uma garota de dezenove anos de idade em carne e osso com os músculos e as cicatrizes de um soldado.

Ou talvez o primo tivesse apenas acreditado que, mesmo que suas mentiras fossem descobertas, a imperatriz de Marstok não o machucaria. Relações familiares e tudo mais.

— Este é o meu primo Bayrum dos Shards — Vaness disse, daquele modo intenso e sem inflexão que ela assumia ao falar na corte. Como se cada palavra fosse selecionada com cuidado para não apenas expressar *com exatidão* o que pretendia, mas também para exprimir o quanto havia pensado naquela afirmação.

Na verdade, agora que Safi pensava nisso, não era apenas na corte que Vaness falava daquele jeito.

A imperatriz estava sentada em um banco de ferro. Sem almofada, sem o acréscimo de decorações. Bem simples, mesmo para uma mulher com tantos títulos quanto ela — a Imperatriz dos Filhos da Chama, a Filha Escolhida do Poço de Fogo, a Mais Venerada dos Marstoks, a Destruidora da Passagem de Kendura, e provavelmente muitos outros que Safi esquecera.

Branco enfeitava a sala do trono, assim como a maior parte do palácio, e as arandelas de ferro nas paredes não seguravam velas nem fogo bruxo. A cúpula de vidro no teto acima, produzida pelos famosos Bruxos do Vidro de Azmir, enchia a sala com luz matinal, mais do que o suficiente para enxergar.

Um único aceno da mão de Vaness e cada peça de ferro se desprenderia da parede, moldando-se em qualquer formato que a imperatriz pudesse precisar.

Não que Vaness fosse precisar se autodefender com os víboras por perto. Doze deles ladeavam o estrado o tempo inteiro, vestidos de um preto tão intenso que parecia sugar a luz do sol. Luvas, lenços na cabeça e botas macias e silenciosas — a única pele que os víboras mostravam era a faixa estreita de seus olhos.

As sentinelas de preto nunca se afastavam da imperatriz e, ultimamente, nem de Safi. Um em particular, chamado Rokesh, fora nomeado seu guarda principal. Ele a seguia em todos os lugares, embora se para protegê-la ou para mantê-la na linha, Safi não tivesse certeza. Ela começara a chamá-lo de Babá, e, para sua surpresa, ele ria toda vez.

Safi estava se comportando excepcionalmente bem desde sua chegada a Azmir duas semanas atrás. Ela ia aonde a mandavam; ouvia quando pediam que ouvisse; procurava por mentiras quando pediam que procurasse por mentiras. E quando lordes a olhavam de cima a baixo tão descaradamente quanto Bayrum dos Shards, ela oferecia uma reverência educada de volta — embora *quisesse* quebrar os braços deles.

Habim ficaria muito impressionado com seu autocontrole.

— Como vai? — ela perguntou.

O homem apenas dispensou o cumprimento dela antes de virar-se na direção de Vaness e iniciar uma longa descrição de suas viagens. Como ele havia cruzado o Mar de Karadin em uma tempestade, como falcões-de-fogo fizeram ninhos nas costas continentais, como bandidos escondiam-se em meio às fazendas de algodão ao lado do rio.

Enquanto o homem continuava listando as provações de sua jornada, cada uma mais impressionante que a anterior, Safi o observou. Bayrum dos Shards era um mentiroso — isso era óbvio. Sua paixão por subterfúgios e falsidade desceu queimando pela coluna dela, arranhando suas entranhas de um jeito que apenas uma alma desonesta conseguiria.

Mas Safi não esperaria nada menos de um lorde. Na corte, todos mentiam. Não importava a nação, o governo, a pessoa. O tio Eron lhe dissera certa vez que, quando o poder está envolvido, as mentiras crescem grossas como ervas daninhas, e os mentirosos cobertos por elas florescem.

A fala do tio se provara verdade em Cartorra, em Dalmotti e novamente em Marstok. Como ervas daninhas, porém, as mentiras não eram um sintoma de uma alma corrompida, e a verdade não era um sintoma de sua pureza. Nações não podiam ser governadas sem chantagem, falsas promessas ou dinheiro trocando de mãos, em especial nações extensas como o império Marstok.

O que Safi precisava saber era se aquele primo fazia parte do complô para depor a imperatriz Vaness. Não era um complô que Safi acreditasse existir. Sim, houve explosões e ataques pela cidade. E sim, havia uma sensação de... de *maldade* e *podridão* percorrendo Azmir, mas estava ligada à rebelião dos piratas Baedyed. Safi tinha certeza daquilo. Afinal, aqueles piratas haviam exposto a própria traição em Saldonica, e já tinham tentado matar Vaness uma vez.

Vaness permanecia inconvicta, contudo, por um único motivo: os ataques recentes não incluíam gritos de "Pelo Mar de Areia! Pelo Mar de Areia!". Aquele, ela insistia, era o modo de ação dos Baedyed. Era por isso, ela insistia, que outro complô deveria estar em andamento.

Agora Safi era obrigada a conhecer cada ministro do sultanato, cada oficial militar e cada relação imperial remota em Marstok, isso sem mencionar a concentração imensa de basicamente *todo mundo* do império que estava na cidade para a comemoração do aniversário da imperatriz no dia seguinte.

No início, fora quase divertido. Uma novidade. Rostos novos, uma chance de colocar todo o seu treinamento à prova enquanto filtrava os puros dos perversos. No primeiro dia, ela levara suas tarefas muito a sério, ouvindo com atenção todos que cruzavam o caminho da imperatriz. Mas logo todas as palavras, todas as verdades e mentiras, se misturaram em uma cascata infinita e sem sentido.

No segundo dia, Safi focou menos. No quinto, já tinha parado de ouvir. As palavras pouco importavam. Se havia podridão dentro daquela corte, ela teria de encontrá-la de outra maneira. A solução se mostrou na forma de três perguntas — perguntas muito simples que eliminavam qualquer chance de um mentiroso competente ou de um crente devoto enganarem sua magia. Porque a verdade era que a bruxaria de Safi confundia-se com facilidade. A fé intensa enganava seu poder. Sua magia era ludibriada por rumores ou inverdades ancestrais.

Quando Bayrum dos Shards enfim parou para respirar entre relatos de uma fuga atrevida dos corsários, Safi atacou:

— Você está ciente do acordo de paz com os Baedyed?

A reação foi imediata, embora, verdade seja dita, seu rosto não tenha demonstrado pânico. Nenhum músculo tremeu, nenhum cílio bateu.

— Sim. Ouvi que a Sua Alteza Imperial estava negociando tal acordo.

Verdade, a magia de Safi murmurou, pegando-a de surpresa. Muitos sabiam do acordo, mas costumavam mentir. Ninguém queria admitir sua participação nas fofocas.

— E — ela continuou — você ouviu sobre um complô para depor a imperatriz e assumir o trono?

— Nada específico. — Um dar de ombros desdenhoso. — Mas rumores assim existem desde sempre. Onde há poder, as moscas se agrupam. — Ele sorriu para Vaness e, apesar de a expressão soar mentirosa, suas palavras soaram verdadeiras.

— E — Safi perguntou, por fim, cada palavra cuidadosamente espaçada — você sabia da explosão do navio da imperatriz...

— Todos sabem disso!

—... *antes* de o ataque acontecer? — Safi precisou aumentar o tom de voz para ser ouvida, mas o efeito foi instantâneo.

Uma pausa, uma piscada. Então um lento:

— É claro que não. Que pergunta ridícula.

A mentira deslizou pelo pescoço de Safi. Arranhou seu crânio como unhas. O lorde soubera, de fato, e tal coisa só seria possível se ele estivesse envolvido no complô.

Um buraco extenso se abriu no estômago dela. Seus dedos dos pés sapatearam uma melodia contra os azulejos. Ali estava um dos homens responsáveis por quase matá-la duas semanas atrás. Ela e Vaness tinham sobrevivido; os víboras e a tripulação não tiveram tanta sorte.

Ela olhou para a imperatriz de Marstok. Vaness já havia fixado os olhos escuros no rosto de Safi. A imperatriz ergueu uma única sobrancelha, aparentando desinteresse por qualquer palavra que pudesse escapar da língua dela.

Mas, assim como Safi podia sentir as mentiras do primo, ela podia detectar as de Vaness também. A imperatriz era a víbora enroscada, esperando uma resposta e pronta para agir.

Safi inclinou a cabeça.

— Mentira. Ele sabia do ataque.

Um estalo dos dedos de Vaness. Um grito do primo. As mãos do homem foram erguidas, as mangas escorregando e expondo punhos e antebraços pálidos.

Em um borrão de velocidade cinza, ferro disparou dos braceletes nos punhos de Vaness, emaranhou-se em um disco e atravessou o pescoço do homem.

A cabeça dele atingiu os azulejos. O corpo caiu em seguida, sangue jorrando e pingando, agrupando-se no reboco. Grandes poças vermelhas que se esparramaram e se espalharam.

Qual será o pobre criado responsável por limpar isso? Safi se questionou vagamente — questionando também por que ainda não havia nenhum som saindo de sua garganta. Ou por que estava alisando o vestido branco com tanta calma. Ou por que estava fixando o olhar nas três manchas na bainha, que começavam a ficar marrons.

De alguma forma, ela impediu que as pernas ficassem bambas. De alguma forma conseguiu falar com Rokesh quando saiu do estrado poucos momentos depois, mirando a porta, e ele atravessou seu caminho.

— Estou mal — disse a ele. Sua voz parecia estar muito longe. Seu café da manhã, porém, parecia bem próximo e subindo rápido.

— Ela pode ir — Vaness falou, com brusquidão, atrás deles.

Após Rokesh bater palmas, mais sete víboras marcharam em uma formação quadrada ao redor de Safi. Se ela estendesse os braços, roçaria nos ombros pretos deles. Eles seguiram para a porta, sabendo que Safi pretendia se afastar daquele local. Daquele corpo.

Contudo, por algum motivo, o criado azarado incumbido de limpar o sangue do chão branco era a única coisa na mente de Safi. Ela não queria piorar a bagunça pisando no vermelho. Ela não queria sangue metálico e grudento em suas sapatilhas brancas, e ela não queria deixar rastros padronizados nos azulejos de mármore ou nos corredores de arenito.

Dar a volta seria mais fácil. *Dar a volta, dar a volta, dar a volta.*

Mas ela não podia dar a volta. Não com os víboras em seu entorno. Eles pisaram no sangue, e ela precisou pisar junto com eles. O sangue respingou e se espalhou, e Safi deixou marcas do outro lado.

Nas portas largas da sala do trono, Safi se pôs a correr. Os víboras também. Eles correram pelos sete intermináveis corredores de arenito, dirigindo-se para a ala de convivência pessoal da imperatriz. Safi tinha aposentos próprios e extensos próximos aos de Vaness. Perto de uma biblioteca particular também, que ninguém além da imperatriz — e agora Safi — tinham permissão de usar. Então, apesar de os víboras estarem sempre presentes e posicionados em cada porta, Safi tinha um pouquinho de privacidade em seu quarto.

Privacidade para vomitar sozinha.

Ela quase conseguiu, também. A trinta passos de distância da porta de carvalho ornamentado, o enjoo de Safi atingiu o pico. Havia poucas decorações nos corredores, apenas os eventuais limoeiros, as arandelas e os sinos de vento, feitos de ferro, pendurados. Nenhum local para assassinos se esconderem. Nenhum local para uma jovem mulher enjoada vomitar seu café da manhã.

Safi não teve escolha a não ser parar e se curvar no corredor. Ácido e bile foram lançados para fora, pedaçudos, ao contrário do sangue do chanceler, que fora líquido. Errático, enquanto o sangue deslizara tão suavemente.

Mais sujeira para os criados.

Enquanto ela fazia esforço, os víboras continuaram firmemente plantados ao seu redor. Mesmo quando pedaços de bile respingaram nas botas de Rokesh, nenhum deles reagiu. Ou fez qualquer movimento para ajudar. Um lembrete de que eles eram soldados. Que Rokesh *não* era uma babá, e certamente não era um amigo.

Bem, Safi estava tão enojada consigo mesma quanto os víboras com certeza estavam. Ela havia matado alguém. A vida daquele homem — a *morte* daquele homem — era responsabilidade sua agora. E embora já tivesse visto a morte antes, sinistra, violenta, sangrenta, Safi nunca fora a causa dela.

Safi limpou a boca com a gola do vestido e se endireitou. O mundo balançou, e por um instante ela desejou que pelo menos um dos víboras fizesse contato visual. Até que Rokesh finalmente fez.

— Não era isso que eu queria — disse a ele, mesmo sabendo que ele não se importava. No entanto, ela sentia a necessidade de fazê-lo entender. Então repetiu, mais alto e com a garganta em carne viva: — Não era isso que eu queria.

Depois, Safi cambaleou pelo resto do caminho até seu quarto, deixando um rastro de sangue e enjoo para trás.

4

Ao lado de uma cachoeira gigantesca, Merik Nihar subia um precipício. Jatos de maresia enevoavam seu rosto coberto de sol.

— Mais uma hora — Ryber tinha dito na base do precipício. — Aí chegaremos ao Convento da Irmã Bruxa da Visão, e eu guiarei vocês pelo esplendor que o protege.

Ryber sempre guiara Merik e Cam com constância e verdade. Desde que deixaram Lovats há duas semanas, ela os guiara pelas Sirmayans, cada vez mais perto de seu lar da infância — o Convento da Irmã Bruxa da Visão há muito perdido, um lugar que Merik não sabia existir. E ele certamente não sabia que Ryber era uma Irmã de sua ordem.

Água acariciou o rosto dele. Ele estava cansado, sedento — tão sedento que já tinha se imaginado enfiando o rosto na cachoeira e bebendo o máximo que conseguisse antes de ser derrubado.

Ele olhou para Cam atrás de si. E olhou de novo.

— Estou bem, senhor — o garoto resmungou. Ele precisou gritar para ser ouvido sobre as quedas d'água. — Pare de me olhar assim.

— Vou parar de olhar — Merik rebateu — quando a sua mão estiver cem por cento curada.

Ele sabia que Cam estava de saco cheio da preocupação. *Galinha superprotetora* era a sua frase, mas Cam também não conseguia ver o quanto sua pele marrom e manchada tinha empalidecido desde a partida de Lovats. Desde que os Nove tinham cortado seu dedo mindinho.

— Lá em cima — Merik gritou — vamos parar e trocar as ataduras.

— Certo, certo, senhor. Se ins...

Uma fenda abriu-se no solo, roubando as palavras de Cam e jogando Merik para a beira do despenhadeiro.

Derrubando Cam.

Sem pensar, a magia de Merik se libertou. Uma chibata de vento pegou o garoto antes que ele atingisse as corredeiras. Uma espiral de ar o lançou direto nos braços de Merik.

Depois, ele puxou o garoto para perto enquanto tremores secundários ribombavam pela rocha.

Enquanto eles ofegavam e arfavam e aguardavam. Pareceu uma eternidade antes de o terremoto desaparecer por completo, deixando o ar denso de poeira e água.

— Senhor. — Cam ofegou, pressionado a ele, os olhos arregalados e assustados. — O senhor usou sua magia.

— Eu sei — ele disse, ao mesmo tempo que Ryber tossiu.

— Todos bem? — A pele preto-amarronzada dela tinha listras de poeira pelo tremor, e ela se agarrava à borda acima.

— Aye — Merik gritou, embora pudesse não ser verdade. Por duas semanas ele fora cuidadoso ao ignorar o chamado de sua magia. Ao ignorar a fúria Nihar também, pois ambas estavam conectadas. Ele não conseguia impedir seus ventos quando ficava com raiva.

E ele não conseguia impedir Kullen quando seus ventos despertavam.

— Só mais um pouco — Ryber disse. Ela se abaixou um pouco e agarrou a mão boa de Cam. Depois, com o empurrão de Merik, eles colocaram Cam em uma borda elevada.

— Talvez — Cam gritou ao subir — o primeiro-imediato não tenha percebido a magia.

O primeiro-imediato não, Merik pensou, desejando mais uma vez que Cam parasse de chamar Kullen daquilo. O primeiro-imediato se fora. Kullen se fora. Ele havia destrinchado em Lejna. Sua magia tinha alcançado o limite, havia queimado dentro dele e o transformado em um monstro. Mas, diferente de outros destrinchados, que morriam em minutos devido às pústulas do poder corrompido, Kullen continuara vivo.

E, de alguma forma, a mente de Kullen fora substituída por um monstro sombrio que se proclamava o Fúria.

Merik estava prestes a completar a própria subida quando seu crânio foi atravessado por uma voz: "AÍ ESTÁ VOCÊ".

Ele agarrou a própria cabeça.

"ESTOU INDO."

— Senhor? — Cam o olhou de cima. — É o primeiro-imediato?

— Aye — respondeu, entredentes. — *Ande.*

Desta vez, Merik não tentou resistir à magia. Kullen os encontrara; já estavam condenados. Ele puxou o ar grosso pela poeira da montanha e deixou que o ar quente se aproximasse. Correntes frágeis, mas suficientes para empurrá-los com maior rapidez. Suficientes para mandar Cam, Ryber e ele direto para o topo do penhasco.

Quando enfim alcançaram a última borda, puseram-se de pé e correram. Ninguém olhou para trás. Eles podiam ouvir a tempestade se aproximando, sentir o frio a caminho. Com rapidez, muita rapidez, com todo aquele poder sombrio e maldito fluindo. Uma jornada que levara dias para Merik, Cam e Ryber levaria apenas minutos para ser completada pelo Fúria.

Eles correram mais rápido. Ou tentaram, porque ondas de tontura atingiam Merik — e Cam, a julgar pelos seus ganidos de medo.

— Ignorem — Ryber ordenou. — Faz parte da bruxaria do esplendor. Vocês vão ter que confiar em mim e continuar avançando. — Ela agarrou o antebraço de Cam, que agarrou o de Merik. Eles correram.

Chegaram a uma floresta. Troncos passavam por eles, grades de prisão para mantê-los presos sem nenhum lugar para seguir além de em frente. Agulhas verdes espalhavam-se por troncos vermelhos e se misturavam ao solo duro. Tudo rodopiava e girava.

Mas Ryber nunca diminuiu a velocidade, e, portanto, Merik e Cam nunca diminuíram também.

Então as criaturas da floresta começaram a voar. Aranhas desceram e enroscaram-se no cabelo curto de Merik. Depois vieram as mariposas — uma grande nuvem avançando, não em direção ao céu, mas apenas em frente. Para longe do Fúria.

"Nunca pensei que você fosse deixar Nubrevna", o Fúria cantou na mente de Merik. *"Este tempo todo, achei que voltaria para as terras Nihar. Afinal, você não se importa com o seu próprio povo?"*

Pássaros ultrapassaram Merik. Camundongos e ratos e esquilos também.

— Mais rápido — ele apelou, invocando mais ventos. Ventos gélidos. A terra podia estar instável, mas, se fosse preciso, ele lutaria.

— Estamos quase lá! — Ryber gritou à frente, enquanto, embaixo das batidas de seus pés, o solo tremia de novo. Merik não conseguia evitar a imagem de cada solavanco como um dos passos de Kullen se aproximando.

— Para onde estamos indo, afinal? — Cam ofegou. — Se ele for capaz de nos seguir pelo esplendor...

— Ele não é.

— Ele já conseguiu. — Enquanto pronunciava aquelas palavras, Merik diminuiu de velocidade até parar, e olhou para trás. Escuridão serpenteava o solo da floresta. Tão rápido que não havia como vencê-la. Tão rápido que, antes que ele tivesse se virado para a frente mais uma vez, ela o envolveu.

Ele ainda segurava Cam, e Cam ainda segurava Ryber.

Eles continuaram correndo.

Logo, nenhuma luz do sol adentrava. A escuridão movia-se e transformava-se ao redor deles, e Merik nunca soubera que era possível existir tantos tons de cinza. A geada percorreu a floresta, um estalido que congelou criaturas enquanto elas voavam.

"Onde você está, Merik? Para onde o meu fio afetivo te levou?"

Merik não podia responder, nem se quisesse. Os sedimentos da bruxaria do esplendor lutavam para desorientá-lo...

Até que ele viu: uma névoa de pedra cinza em meio às sombras. Escavada da própria montanha, uma capela surgiu diante deles, sua porta de entrada alta bloqueada por brotos e junça.

Ryber diminuiu o passo, soltando Cam e agarrando a faca em seu quadril. Não havia tempo para cortar os arbustos, por isso Merik impulsionou seus ventos na direção da mata alta. Um ar violento arrancou as plantas pelas raízes.

Uma porta escura surgiu diante deles.

Em instantes, estavam do lado de dentro, e a pouca luz disponível desapareceu por completo. O caos continuou, porém. Assim como o urro dos ventos, avançando cada vez mais rápido.

— *Incendiar!* — Ryber gritou, e uma chama fraca se acendeu entre as sombras infinitas.

Merik e Cam pararam.

— Mantenha a mão levantada, Cam! — Ele não sabia por que segurar a mão ensanguentada de Cam no alto parecia ser tão importante quando a morte os perseguia.

Mais à frente, as mãos de Ryber bateram em uma parede de pedra.

— Por que isso está aqui? — ela gritou. — Por que você está fechada para mim? Sou Ryber Fortiza, a última Irmã Bruxa da Visão... *Por que você se fechou para mim?* — Ela bateu com mais força as mãos no granito. — Só fiquei fora por um ano! Abre! Você *precisa* abrir!

Nada aconteceu, e ela virou-se de volta para Cam e Merik.

— A porta não deveria estar fechada. Eu *nunca* a vi fechada! — Suas mãos se apertaram sobre o coração, e depois sobre o rosto. Em seguida, voltaram ao coração. — Deve ser porque ele nos segue... — Ela se interrompeu quando a geada invadiu o espaço da capela.

A luz pálida do lampião enfraqueceu.

O Fúria havia chegado.

Merik empurrou Cam para trás de si.

— Fique com a Ryber — ordenou, e para seu grande alívio, o garoto obedeceu. Então, Merik saiu pela porta e avançou pelas sombras. — Deixe-os ir! — Sua voz soava dispersa, como se o frio tivesse tirado toda a sua potência. — Sou eu que você quer, não é?

— *Não.* — A palavra sussurrou contra o rosto de Merik, puxando sua pele. O Fúria saiu das sombras. Milhares de ondulações escuras moviam-se ao seu redor; as plantas perenes caíram e tremularam. De alguma forma, porém, Kullen parecia exatamente igual. Alto, de cabelo claro, pele mais clara ainda. Apenas seus olhos tinham mudado: negros, com pequenas linhas irradiando ao longo das têmporas.

Linhas negras como as que Merik tinha no peito. A mácula dos destrinchados.

Uma centelha de pena o atravessou. Ryber amava Kullen tanto quanto ele, mas ainda não vira o monstro que Kullen se tornara, e ele esperava que nunca precisasse ver. Ele esperava que ela não se virasse naquela direção.

Como se lesse seus pensamentos, o Fúria sorriu — uma coisa tensa e desumana que esticou os lábios, mas cujos olhos não acompanharam.

— Eu sei que o meu fio afetivo está com você — ele cantarolou as palavras, e seus passos se aproximaram, quase animados. — E aquele é o jovem Leeri que eu vejo também? — O sorriso se alargou. — Ele sempre foi tão leal. Mas *ninguém* é tão leal quanto eu, Merik.

Uma explosão de vento, uma parede que derrubou Merik. Ele atingiu o chão. Dor o percorreu, e Kullen riu, se aproximando.

Mas Merik atraiu os próprios ventos do Fúria, o suficiente para atacar, o suficiente para distrair. Ele disparou para cima e, enquanto voava, balançou uma perna, mirando nos joelhos do seu irmão de ligação.

Kullen já estava saltando para trás quando foi alcançado, mas não importou. Eles haviam se afastado da porta, e Merik tinha — por um breve momento — ganhado vantagem. Ele desembainhou seu sabre de abordagem, e avançou. Sem magia, apenas força bruta. Era a única coisa em que ele sempre fora melhor do que Kullen: esgrima. E embora Kullen tenha tentado arrastá-lo com magia, suas tentativas foram sem força. Sem entusiasmo.

Pois, é claro, eles estavam ligados pela magia do destrincho e por fios. Se Merik morresse, Kullen morreria com ele. E embora Merik não entendesse como, era inegável aquela verdade que ele enfrentara em Lovats duas semanas atrás.

E que ele enfrentava novamente naquele momento, enquanto seu irmão de ligação pulava e deslizava, evitando a lâmina de Merik e mal revidando.

— Você não vai me matar — declarou, girando para a esquerda.

— Eu vou — Merik afirmou, a lâmina mirada no pescoço do Fúria. — Eu morreria com prazer se isso significasse salvar as pessoas que você abandonou.

— Sempre tão corajoso o nosso príncipe Merik. Sempre tão *santo.* Mas lembre-se: os mais santos sempre sofrem as maiores quedas.

— *SENHOR!* — Cam gritou, um som metálico e distante. — A porta!

Kullen ouviu aquelas palavras também. Ao mesmo tempo, ele e Merik se viraram. Ao mesmo tempo, eles voaram até a capela. Não era nem um pouco diferente das centenas de corridas disputadas quando eles eram crianças em Nihar, e, como naquela época, Kullen era mais rápido. Mas Merik tinha sido sincero: ele morreria para proteger Cam e Ryber.

Quando a capela ficou mais próxima, Merik atacou Kullen mais uma vez. Ele errou o pescoço, mas não a orelha. A parte de cima foi cortada. Kullen gritou, um som que explodiu no cérebro de Merik. Punhos mentais que afastavam aos socos qualquer pensamento, qualquer consciência.

As sombras rugiram sobre Merik. Ele caiu.

Merik acordou no meio de uma tempestade.

Ele tentou ficar de pé — contorcendo-se para a esquerda e para a direita, esforçando-se para se levantar enquanto a chuva escura esfolava sua pele. *Estou amarrado*, percebeu, no mesmo instante em que relâmpagos trespassaram o céu. Houve o estrondo de trovões, em sua pele e dentro de seu crânio.

Ele rolou para a esquerda. Lama deslizou por sua bochecha. A grama balançou e se contorceu ao redor dele, e a água da chuva começou a acumular. Se ele não se sentasse, a água subiria. Ele se afogaria.

Mas aquilo não foi o que mais o assustou. Não, foi a *voz* de Kullen rompendo a tempestade, zumbindo em seu cérebro.

"*Bem na hora, irmão de ligação. Você vai ver exatamente o que vim fazer aqui.*"

Afundando o ombro no solo encharcado, Merik encolheu os joelhos. Seus punhos estavam amarrados atrás das costas, e os tornozelos, bem presos. Mas, com vários grunhidos, gemidos e juntas estaladas, ele conseguiu ficar sobre as pernas. Conseguiu se sentar.

Um prado o cercava, interrompido por oito pedras enormes em três fileiras. Colunas grosseiramente construídas que se erguiam pelo dobro da altura de um homem e o dobro de sua largura, e, acima da coluna mais próxima, Kullen voou. Relâmpagos chiaram ao seu encontro, ventos rodopiaram em movimento.

"*Por mil anos, elas perduraram. Por mil anos, as Bruxas da Visão esconderam seus tesouros do mundo. Mas acabou. Assim que esse esplendor for desfeito, guiarei o exército do rei corsário até aqui.*" A eletricidade irrompeu, tão clara que chegava a cegar. "*E nós reivindicaremos a montanha adormecida.*"

Logo antes de os olhos de Merik se fecharem, incapaz de lutar contra o calor, a luz ou o barulho, ele viu o relâmpago enfeitiçado atingir uma das pedras. Ela se partiu com um som que rasgou o céu, rasgou a pele exposta dele.

Uma *explosão* de energia partiu o solo. Puxou Merik para baixo, de volta à lama, onde a chuva o atingiu e as sombras assumiram o controle mais uma vez.

5

Tinha chegado o dia.

Duas semanas de preparação, de limpeza e montagem, de organização e preparativos, e importunando o Conselho Superior por ajuda, doações, pessoas — por *qualquer coisa* mesmo daqueles babacas mesquinhos —, e agora a cidade subterrânea estava finalmente pronta para os refugiados.

Vivia Nihar, no entanto, rainha em espera ao trono de Nubrevna, não estava nem um pouco pronta.

Seu coração parecia ter ficado preso em algum lugar atrás do esôfago, e ela esfregara tanto o punho esquerdo de seu casaco que até perdera o botão dourado.

Quem quer que o achasse ficaria muito feliz.

Ela estava diante da entrada principal de *Pin's Keep*, multidões abundantes à sua frente. Bebês gritando e pais desesperados; adolescentes sozinhos, perdidos; e avós tossindo também. Mas nenhum rosto era o que ela queria — os dois rostos que ela esperava ver quando os sinos soaram na nona hora.

Vamos, Stix, vamos. Aquilo não era típico dela. Stacia Sotar, a antiga primeira-imediata de Vivia — agora promovida a capitã — era sempre pontual, sempre *adiantada.* Ainda assim, em nenhum lugar na confusão de rostos famintos, Vivia avistou o cabelo branco de Stix, tão brilhante em contraste com sua pele negra.

Nem avistou o homem que Stix e cinco outros guardas deveriam escoltar: seu pai, Serafin Nihar, antigo rei e antigo Rei Regente.

— Você tem *certeza* de que eles não estão lá dentro? — Vivia perguntou à guarda mais próxima, pela quarta vez desde que os sinos ressoaram. E, pela quarta vez, a mulher sacudiu a cabeça.

— Não há ninguém dentro de *Pin's Keep*, Alteza. Como ordenado.

O abrigo fora esvaziado por completo. Todos os voluntários agora aguardavam no porão onde o túnel para a cidade subterrânea iniciava, ou na própria cidade. Cinquenta soldados também estavam de sentinela, enquanto outros duzentos estavam espalhados por Lovats, como insistido pelos vizires Quihar e Eltar. "Motins são uma possibilidade", eles repetiam em coro, e por mais relutante que Vivia estivesse em admitir que eles estavam certos...

Bem, eles estavam. O sistema de loteria dela podia ter funcionado até o presente momento sem nenhuma reclamação, mas, quando famílias vissem outras serem escoltadas para uma nova casa subterrânea, reações poderiam mudar como uma maré inconstante.

E Vivia mal podia culpá-los. Lovats estava uma bagunça desde o ataque com fogo marinho duas semanas atrás e, antes disso, dificilmente estivera impecável ou inteira. E foi por isso que Vivia fez os voluntários de *Pin's Keep* passarem uma semana dizendo a toda e qualquer pessoa que encontrassem que aquele sistema de loteria era "apenas o primeiro passo de um plano muito maior e prolongado para abrigar a cidade!".

Era verdade que o restante do plano ainda precisava ser definido, e o término repentino da Trégua de Vinte Anos — bem como o reinício da guerra pausada pela Trégua — mantinham o Conselho Superior distraído demais para ajudá-la. Assim que sua coroação *finalmente* acontecesse, e assim que *finalmente* usasse a coroa que era sua por direito, ela poderia agir com as próprias mãos. Vivia não precisaria da aprovação de um monte de homens que nunca concordavam com nada.

Vivia pigarreou. Não podia esperar mais; Stix e seu pai teriam de perder a abertura. Ela deu uma última alisada na frente de sua camisa. Depois deu palmadinhas nas laterais do rosto. Um movimento que ela fazia com frequência quando criança, e que *achara* ter abandonado na vida adulta.

Até duas semanas atrás, quando a nomearam rainha em espera.

"Quando você está com outras pessoas", sua mãe costumava dizer, "a raposinha deve se tornar um urso. Agora, você já colocou sua máscara, Vivia?"

Sim, mãe, pensou. *Já coloquei*. Seus lábios se separaram, e a multidão perto dela ficou quieta...

E lá estavam eles. Stix à frente, abrindo caminho em meio à confusão e alguns centímetros mais alta que os outros. Atrás dela, cercado por soldados com o mesmo uniforme da marinha que Stix, marchava Serafin.

E Vivia percebeu que as pessoas não tinham, de modo algum, se calado por causa dela. Elas reconheceram o antigo rei; ficaram boquiabertas, sussurrando e acenando. Serafin acenou de volta, sorrindo. Em quase um ano, Vivia nunca vira as bochechas dele tão coradas.

Aquilo deveria deixá-la feliz. E ela estava — estava mesmo. Mas havia algo mais dando nós em seu estômago. Algo de que ela não gostava, que desejava que parasse imediatamente. E que parou no instante em que seus olhos encontraram os de Stix. No instante em que Stix sorriu, deslumbrante e iluminada.

Calor percorreu o pescoço de Vivia até seu rosto, um rubor inevitável que acontecia toda vez que ela via sua melhor amiga, e que provavelmente continuaria acontecendo até que criasse coragem para mencionar o beijo na cidade subterrânea.

Nada fora o mesmo desde aquele beijo — um mero roçar dos lábios de Stix na bochecha de Vivia. E nada fora o mesmo desde que Vivia fora nomeada rainha em espera... apesar de não ser uma nomeação de fato, porque, embora o poder pudesse ter sido passado de pai para filha, a parte da "espera" parecia mais importante ao Conselho Superior do que a parte da "rainha".

— Mil desculpas, Vossa Alteza — Stix murmurou, apressada, assumindo sua posição ao lado esquerdo de Vivia. — Chegou uma mensagem que precisava ser processada imediatamente. *Mas* — acrescentou, olhando para Serafin — eu fiquei na dúvida se ele deveria vê-la.

— O que poderia ser...

Stix a dispensou com um aceno.

— Podemos resolver depois disso aqui.

Certo. *Isso aqui*. A inauguração da cidade subterrânea de Vivia. O motivo de todas aquelas centenas de famílias terem formado filas, e aqueles milhares de pessoas terem se amontoado em Skulks para olhá-la com interesse.

E o motivo de as tripas de Vivia terem perfurado seus outros órgãos.

— Vivia — seu pai declarou, uma voz estrondosa que poderia silenciar uma cidade inteira, e que silenciou. Era bom ouvi-lo tão forte após meses de sussurros frágeis. Era sim, era *sim*. — Vamos começar? — Serafin moveu-se para o outro lado dela.

— Aye. — Ela ofegou, dando mais uns tapinhas apressados nas laterais do rosto. *Sim, mãe, já coloquei.* Depois, respirou fundo, igualou sua expressão à intensidade do pai e...

— *Os impérios* — Serafin gritou — *recomeçaram a guerra.*

Vivia apertou os dentes.

— *Não era o que nós queríamos, nunca foi.*

Seu pai estava falando. Por que ele estava falando?

— *Como sempre, eles tentam nos intimidar e afastar. Como sempre, tentam nos esmagar sob o salto de suas botas, e, como sempre, Nubrevna tem se mantido firme.*

O que seu pai estava fazendo? Aquele deveria ser o discurso dela. Vivia passara três dias escrevendo-o.

— *Esta cidade e seu povo têm se mantido firmes há séculos.* — Ele abriu amplamente os braços, o corpo saudável e a voz irredutível. — *E nos manteremos firmes por muitos mais. Hoje marca uma nova era para nós. Um novo começo que não deixaremos ser roubado pelos impérios.*

Ele ergueu um punho ao céu, e a multidão explodiu como uma tempestade. O barulho atingiu Vivia, elétrico e vivo.

— *Hoje* — ele prosseguiu, de alguma forma elevando ainda mais a voz — *nós abrimos a cidade subterrânea de Lovats e começamos a transferir famílias para suas casas... nós começamos a transferir vocês. Trabalhamos duro por duas semanas preparando este espaço. Trabalhamos duro por vocês.*

Mais batidas de pé, mais gritos, e Vivia *sabia* que deveria estar batendo os pés e gritando também. Não apenas por a cidade subterrânea estar pronta, mas porque aquele era o Serafin de quem ela se lembrava. Aquela era a força com quem crescera, o soberano que ela tentava ser.

Mas ela estava atordoada demais para fazer qualquer coisa. Ele estava fazendo o discurso *dela* diante das pessoas que *ela* trabalhara para abrigar. Aye, ele sempre lhe dissera: “Compartilhar a glória, compartilhar a culpa”. Mas aquilo... aquilo parecia maior.

O antebraço de Vivia foi agarrado. Ela enrijeceu, sabendo que Stix queria apenas confortá-la. Ou talvez o gesto da amiga indicasse um sinal de solidariedade — um sinal de que mais alguém naquele tumulto extasiante sabia que Serafin estava reivindicando uma glória que não lhe cabia.

Enquanto ele alardeava, recitando palavras que *Vivia* tinha escrito e que *Vivia* praticara no espelho, ela sentiu os ombros subirem em direção às orelhas. Sentiu os dedos se fecharem em punhos doloridos e pulsantes nas laterais do corpo.

"Ninguém precisa levar os créditos", Jana costumava dizer sempre, "desde que o trabalho seja feito". E aquele trabalho estava sendo feito. Estava sendo bem feito — Vivia se certificara daquilo. E seu pai parecia mais saudável do que há anos. Ela deveria estar feliz. Ela *deveria* estar feliz.

— *E hoje* — seu pai concluiu — *provamos a nós mesmos e aos impérios que, embora nem sempre se veja a dádiva na derrota...*

— *A força é o dom de nossa Lady Baile* — finalizou o povo, um refrão capaz de balançar as pedras antigas da cidade —, *e ela nunca nos abandonará.*

— Vivia? — Serafin virou-se na direção da filha, iluminado e vitorioso. — Abra as portas.

E a garganta de Vivia se fechou. Lágrimas arderam no fundo dos seus globos oculares, pois, é claro, aquelas palavras deveriam ser suas. Ela deveria se virar para Stix e dizê-las. *Capitã? Abra as portas.*

Em vez disso, seu pai as dissera. Em vez disso, a rainha em espera era quem se virava na direção da entrada. E em vez disso, a rainha em espera, que falhara exaustivamente em ser um urso ou uma Nihar ou qualquer coisa grandiosa, era aquela colocando mãos enluvadas em um trinco de ferro enquanto seu pai recebia o amor da cidade.

Atrás de Vivia, a cidade inteira de Lovats balançava de alegria, de empolgação, de ansiedade — e tudo aquilo estava focado em Serafin Nihar. Um homem que nem ao menos pusera os pés na cidade subterrânea.

Vivia abriu as portas de entrada. Um gemido de dobradiças e madeira que o barulho da multidão engoliu por inteiro. Então, entrou, e agradeceu a Noden pelo saguão estar vazio.

Porque, assim, ninguém poderia vê-la chorar.

Vivia guiou o caminho para a cidade subterrânea. A família atrás dela, uma mãe e dois filhos, não pronunciou uma palavra sequer pelo caminho inteiro de *Pin's Keep*, nem no porão, nem descendo o túnel que levava ao subsolo. Tochas cintilavam, sem fumaça e enfeitiçadas com fogo. Uma despesa insistida por Vivia em um espaço onde fumaça poderia ser mortal.

Ela queria que a família falasse. De algum modo, o silêncio era pior que a cacofonia das pessoas do lado de fora.

Naquela manhã, quando havia imaginado aquele momento, triunfo espumara em seu peito. Ela se sentira tão cheia de felicidade e orgulho que quisera rir durante o café da manhã. Ela *tinha* rido durante o café da manhã.

Agora, seu peito parecia violentado. Repetidamente, uma explosão em *staccato* fez seus pulmões se agitarem em dobro. Esmagou suas costelas em um torno e fez seu coração parecer tão pesado, que era difícil respirar.

Ela queria quebrar alguma coisa. Queria gritar. Queria se encolher em formato de bola e chorar. Mas aquilo não era fúria. Aquilo não era dor. Era algo agitado e ardente. Algo embaraçoso e imperdoável.

Ninguém precisa levar os créditos, gritou mentalmente. *Ninguém precisa levar os créditos.* Ela nem era oficialmente rainha ainda, e já era uma rainha horrível, o exato *oposto* do que sua mãe a treinara para ser.

E uma filha infiel também.

Não ajudava que seu ombro esquerdo doesse. O corte da lâmina de um invasor duas semanas atrás tinha curado bem graças a pomadas e tônicos. Um tempo no lago subterrâneo também ajudara, mas o ferimento não desaparecera por completo.

Quando, enfim, Vivia chegou à saída do túnel, seis rostos emolduravam uma porta entalhada em calcário: os peixes-bruxa, desgastados pelo tempo e pelo fogo de raposa.

Há duas semanas, ela estivera ali com Stix. Pela primeira vez, ela empurrara aquela porta e descobrira a cidade subterrânea esquecida — igual às descrições de sua mãe. Agora, ao empurrar o calcário, foi atingida por luz. Por risadas também, de seus voluntários e soldados.

Ela desejou que tudo aquilo desaparecesse.

— Bem-vindos — sibilou, sem olhar para a família. Ela precisava sair dali. Precisava ir para algum lugar sozinha e enfrentar aquela violência em particular.

A mãe arrastou-se para a cidade subterrânea primeiro, os olhos tão arregalados quanto os de seus dois meninos.

— Obrigada, Vossa Majestade — ela disse, hesitante, mas sincera.

— *Vossa Majestade* não — Vivia resmungou. — Só *Vossa Alteza*. — No mesmo instante ela se arrependeu. Rude, rude, rude; ela *sabia* que estava sendo rude. Mas, em vez de se desculpar ou apenas dizer "de nada", como um ser humano normal faria, Vivia manteve o olhar fixo ao longe.

Então Varrmin — graças aos peixes-bruxa — apareceu. Ele trabalhava nas cozinhas de *Pin's Keep*. Era jovial, caloroso, e todas as coisas que Vivia nunca fora. No momento em que se aproximou o bastante para que ela visse os pelos cinzentos de sua barba, ela deu meia-volta e fugiu.

Havia outra saída da cidade subterrânea que levava às Cisternas, e era isso que ela queria. Queria sentir as águas enfeitiçadas pela corrente daqueles túneis — e alcançá-las antes que os guardas tivessem tempo de cercá-la. Mas não foi rápida o bastante para escapar de Stix. Vivia não sabia de onde a mulher saíra, mas, de repente, estava ali, parada ao seu lado, as pernas compridas acompanhando com facilidade os passos frenéticos de Vivia.

— Por que é — Stix perguntou — que os homens sempre parecem assumir a vitória sobre triunfos conquistados por mulheres?

Vivia não respondeu àquela pergunta. Ela também não tinha respondido dois meses antes, quando Merik fora nomeado almirante tendo absolutamente nenhuma qualificação a seu favor exceto o gênero.

Em vez disso, Vivia marchou mais rápido. As casas vazias e iluminadas por lampiões, que ela trabalhara tão duro para limpar, a olharam com ameaça.

— Sinto muito que ele tenha feito aquilo — Stix continuou. — Sei que foi você que escreveu aquele discurso.

— Ninguém precisa levar os créditos — Vivia murmurou —, desde que o trabalho seja feito.

— Espera. — Stix estendeu a mão. — Vossa Alteza.

Vossa Alteza. Nada mais de "senhor" ou "Vivia". Há duas semanas era desse jeito, e Vivia não sabia se era por causa do beijo ou do novo cargo. De qualquer forma, ela odiava aquilo. Ela queria a antiga Stix de volta.

— Por favor — Vivia disse, por fim, desejando que sua voz não estivesse tão estridente. — Por favor, me chame de "Viv".

Nenhuma reação. Em vez disso, Stix entregou uma carta enrolada e carimbada com o selo do Bruxo da Voz Real.

— Isto chegou para você, mas eu não achei... Quero dizer, pensei que deveria ver antes do seu pai.

Vivia sabia que deveria repreender Stix por esconder aquilo de Serafin. Ele podia não ser rei ou Rei Regente, mas ainda era o primeiro e o principal conselheiro de Vivia. Ela não disse nada, porém, porque, pela primeira vez desde que se afastara da multidão do lado de fora de *Pin's Keep*, seu coração parecia um pouco menos achatado. Seus pulmões pareciam um pouco menos amassados.

Ela diminuiu o passo em um cruzamento e desenrolou a mensagem. O fogo de raposa brilhava mais forte que os lampiões ali, colorindo o papel de verde.

Era da imperatriz de Marstok.

Agora que as verdadeiras negociações de comércio iniciaram, desejo convidá-la a Azmir. Algumas decisões são melhor tomadas cara a cara. Assim como desculpas, em particular pelos termos do tratado que meus embaixadores tentaram fazer antes do meu retorno.

Alertei todos os soldados para que permitam o transporte por vento nubrevno na cidade, caso decida vir. Tudo o que peço é um aviso com várias horas de antecedência.

Vivia piscou. Depois leu a mensagem de novo, uma sensação nova serpenteando pelos seus músculos e pulmões. Uma sensação quente e limitante que era mil vezes preferível ao pânico alucinado de antes.

Na terceira leitura, uma risada engasgada escapou de sua barriga. Pois *certamente* a imperatriz não podia estar falando sério.

— Diga à Sua *Majestade* — informou, por fim, amassando a carta e a empurrando nas mãos de Stix — que ela pode vir até mim se realmente quiser negociar. E que tudo o que peço é um *"aviso com várias horas de antecedência"*.

Stix riu, mas foi um som tenso, nervoso. E quando Vivia voltou a caminhar, ela a seguiu um pouco mais distante.

— Quem diabos ela pensa que é? — Vivia exigiu.

— Bom — Stix disse —, é provável que ela se ache a Imperatriz dos Filhos da Chama, a Filha Escolhida do Poço de Fogo, a Mais Venerada dos Marstoks, a Destruidora da Passagem de Kendura...

— E?

— E ela está acostumada com as pessoas acatarem as suas ordens.

Vivia zombou.

— Eu poderia ter a mesma quantidade de títulos também, se quisesse.

— É claro que poderia, Vossa Alteza.

Vossa Alteza. Lá estava de novo, e sem mais nem menos, tornou-se demais. Vivia não precisava da pena de Stix; nem de sua aprovação. E, acima de tudo, ela não precisava de crédito, títulos, ou da adoração de uma cidade para a qual trabalhara duro.

Não precisava, *não* precisava.

Elas estavam quase na saída agora. A barreira de madeira, construída para manter refugiados inocentes longe dos túneis perigosos, brilhou na luz verde, e as águas das cisternas ribombaram no peito de Vivia. Elas convocavam sua magia conforme passavam em disparada, desiguais e fracas desde o ataque há duas semanas.

Antes que ela pudesse puxar a chave que a permitiria ultrapassar a barreira, Stix se enfiou à sua frente.

— Espera. Por favor — começou. — Só me escute, Vossa Alteza.

— Por quê? — Rude, rude, lá estava ela de novo sendo rude. — O que você tem pra falar?

— Acho que você deveria ir para Azmir.

Não era o que Vivia esperava, e também não era o que ela queria.

Mas Stix não havia terminado.

— Acredite ou não, a cidade não vai colapsar se você se afastar por um dia, e a chance de negociar com Marstok... Podemos mesmo arriscar perdê-la?

— Não tenho tempo — Vivia respondeu, apressada. Ela puxou a chave. — Por favor, se afaste, capitã.

Stix não se mexeu. Apenas cruzou os braços sobre o peito, uma pose que Vivia a vira fazer um milhão de vezes, normalmente relaxada e sorridente enquanto seus olhos míopes se apertavam.

Naquele momento não havia sorriso. Naquele momento, os lábios de Stix estavam comprimidos.

— Por que você não tem tempo? A operação com a cidade subterrânea está concluída, e há soldados espalhados pela cidade checando se está tudo correndo bem. O Conselho Superior não vai se reunir até amanhã, e você tem a *mim* para se certificar de que os reparos na barragem sigam conforme o planejado. Se bobear, hoje é o dia perfeito para você ir.

— Mas meu pai... — Vivia começou.

— Não tem nada a ver com você. Ele roubou seu discurso. Ele roubou os aplausos e o reconhecimento que deveriam ser seus. *Você* é a rainha em espera. Não ele. E quantas vezes nós dissemos que Noden e os peixes-bruxa deveriam se curvar ao governo de uma mulher? Por favor — Stix acrescentou, alisando a barreira. — Os Hasstrel só nos mandaram aquele carregamento de grãos, e agora não respondem aos nossos Bruxos da Voz. Nós *precisamos* disso. Então faça por você, e faça por Nubrevna. Você pode não ter todos os títulos que a imperatriz tem, mas isso não a torna inferior. E *você* é a rainha em espera, Viv. Não o seu pai.

Ah. *Viv.* A única coisa que Vivia desejara ouvir de sua melhor amiga nas últimas duas semanas, e que agora era oferecida junto com um apelo.

A violência retornou, com o dobro de força. O dobro de crueldade. Vivia precisava se afastar antes que seu peito explodisse. Ela *precisava* ficar sozinha.

— Vou considerar — disse, impressionada quando as palavras soaram nítidas e normais. Então, ultrapassou Stix, destrancou a barreira e apressou-se para os túneis adiante, o mais rápido que seus pés desajeitados aguentavam.

E quando as correntes da cisterna avançaram em sua direção, ela não tentou impedi-las. Ela não usou sua magia para assumir o controle ou diminuir o impacto. Pelo contrário, ela deixou as águas de sua cidade a arrastarem e a levarem para longe.

6

Stacia Sotar traçou com os dedos os entalhes no calcário. Sua pele tinha um brilho verde sob o fogo de raposa. Centenas de caixinhas minúsculas, cada uma com linhas diagonais de interseção, formavam um retângulo tão alto quanto ela. Era como se alguém tivesse tido a intenção de construir uma porta ali, até mesmo iniciado o processo, e então desistido antes de escavar uma passagem.

Ou talvez a porta se desloque apenas em uma direção.

Por alguma razão, Stix continuava pensando naquilo durante aquela manhã. Que talvez, de algum jeito, por alguma magia que ela não compreendia, houvesse realmente uma porta ali.

Uma porta que se deslocava apenas em uma direção.

A mão de Stix se afastou dos entalhes. Ela retrocedeu dois passos, a cabeça sacudindo como acontecia toda vez que ela descia ali. A necessidade de falar com Vivia cresceu em seu peito. Ela queria perguntar a opinião da amiga sobre o que aquela porta poderia ser, escondida fora dos limites da cidade subterrânea, e, acima de tudo, queria saber se Vivia ouvia as vozes que ecoavam da pedra.

Contudo, a verdade era que ela nunca iria... nunca *poderia* falar sobre isso com Vivia. A rainha em espera já tinha fardos suficientes — até demais, na verdade, e Stix se recusava a aumentar a pilha.

Não ajudava que as coisas tivessem ficado tão tensas entre elas desde o beijo não mencionado. Era tão estranho — sempre fora tão estranho — que Stix pudesse estar tão próxima de sua melhor amiga e, ao mesmo tempo, de alguma forma, estar a quilômetros de distância. Ela percebia indícios da Vivia real de tempos em tempos, mas era tudo. Pequenos vislumbres que nunca pareciam durar.

Depois do beijo, Stix pensou que finalmente tivesse conquistado aquela honestidade bruta. Que tivesse conquistado a verdadeira essência de Vivia que tanto adorava. Mas então a promessa da coroa fora depositada sobre a cabeça de Vivia e, com ela, milhares de tarefas necessárias para reconstruir uma cidade destruída. Vivia recuara atrás de suas máscaras e obrigações.

Deixando Stix sozinha para encarar os sussurros.

Além do mais, o que poderia ser dito? *Eu conheço a cidade subterrânea bem demais, Viv. Eu encontro cantos secretos e ruas escondidas que não deveria conseguir encontrar.*

Ou, *Eu me sinto ansiosa toda vez que me afasto da cidade. Mas, assim que retorno para dentro destas paredes, sinto que posso respirar de novo.*

Ou, aquilo que mais a assustava, aquilo que ela nem conseguia dizer em voz alta para si mesma: *Há sussurros no fundo do meu crânio, Viv. Eles falam o dia todo, a noite toda, e aos poucos estou enlouquecendo.*

Os sussurros só falavam quando Stix estava no nível normal do solo, fora da cidade subterrânea. Eles só gritavam quando ela estava longe daquela porta. Quando estava ali, porém, eles ficavam quietos.

Começara com sonhos, duas semanas atrás. Escuridão, gritos e uma dor em seu pescoço que a acordaram à noite. Ela encontrou os lençóis encharcados, suor escorrendo dela como riachos densos.

Uma semana depois, as sombras começaram a surgir durante o dia. Pequenos lampejos de movimento que a fizeram temer que sua visão, já prejudicada, estivesse piorando. Mas as sombras só duraram alguns dias. Depois desapareceram, e os sussurros começaram.

Os sussurros eram a pior parte até o momento, porque ela nunca conseguia entendê-los *bem*. Faziam-na lembrar de um cadete que ela treinara, que, não importava o quanto pedisse para ele falar mais alto, nunca conseguia elevar a voz acima de um guincho. A maioria das coisas que ele dizia não era ouvida, para sempre perdida no barulho que o cercava.

Os sussurros eram assim.

Às vezes, Stix pensava que eram centenas de vozes diferentes falando dentro do seu cérebro. Outras vezes, ela pensava ser apenas uma, como se todos aqueles sons e linguagens separadas tivessem se misturado como uma grande orquestra tocando uma única música.

Uma voz ou muitas, não mudava o fato de que nenhuma das palavras fazia sentido. Era uma língua — ou línguas — desconhecida.

Pior ainda, o murmúrio baixo e inaudível das vozes nunca cessava. O dia todo, a noite toda, elas a seguiam. Sempre incompreensíveis, sempre bravas, e esperando que Stix tomasse uma atitude.

Mas não consigo ouvir vocês!, ela gritara mentalmente milhares de vezes nas últimas duas semanas. Duas vezes, ela até mesmo havia deixado escapar um grito em voz alta.

Seu único alívio vinha de *Pin's Keep*. O frenesi turbulento do saguão principal lotado, onde os desabrigados e os famintos procuravam por comida. Onde todo aquele barulho podia, por um tempo, cessar os sussurros enlouquecedores. Mas apenas na cidade subterrânea Stix se sentia mesmo em casa.

Lá, os sussurros mudavam de furiosos para lisonjeiros. *Venha,* eles pareciam dizer, com palavras sem significado. *Venha por aqui, continue vindo.*

Toda noite ela obedecia, sabendo que se arrependeria no dia seguinte. Que no dia seguinte estaria exausta, com a cabeça pulsando e com a volta dos sussurros. Mas o chamado da cidade era sempre mais forte, e, toda noite, ela cedia.

Até mesmo naquele instante, quando Stix deveria estar ajudando famílias a se instalarem ou supervisionando a reconstrução da barragem, ela não estava. Era o aniversário de seu pai também, e ela lhe prometera um passeio ao Destrinchado. Em vez disso, ali estava ela, parada diante daquela porta que levava a lugar nenhum. *De novo.* Mas não havia respostas ali mais do que na noite passada ou qualquer outra noite anterior. Apenas o zumbido fraco de *Venha por aqui, continue vindo.*

— Não consigo — Stix disse a eles. Depois, esfregou os olhos (pelos Doze, como eles ardiam) e se afastou.

Stix estava nas Cisternas, fazendo o mesmo caminho que Vivia deveria ter feito para alcançar a superfície, quando passou por uma marcação na parede de calcário. Não era nova; ela já a vira uma centena de vezes antes.

Por algum motivo, porém, *naquele dia* ela parou. Por algum motivo, embora a água retumbasse naquele sentido ao longo do túnel, os pés de Stix pararam. Seus olhos percorreram a imagem de cima a baixo.

Era um friso de Lady Baile, santa padroeira da mudança, das estações e das encruzilhadas. Em uma das mãos, ela segurava uma truta, e na outra, trigo. A santa de calcário erguia-se alta como Stix, tão gasta pelo tempo que sua máscara em formato de raposa tinha sumido. Na verdade, a maior parte de sua cabeça tinha sumido.

Mas não os olhos, e eram eles que haviam prendido a atenção de Stix. Eram eles que faziam as vozes farfalhar e se agitar.

Daquela vez, porém, falaram em uma língua que ela conhecia — e, daquela vez, elas lhe diziam aonde ir. Elas lhe diziam para ir e continuar indo.

— Aye — ela disse, o som perdido em meio às águas que corriam naquela direção. — Estarei logo aí.

De imediato, o coro em seu crânio silenciou. Então, o fluxo de água da cisterna a alcançou. Espumosa, violenta e ligada à magia que cantava nas veias de Stix. Ela se permitiu ser carregada, porque não havia mais motivos para refazer os passos de Vivia agora. Não havia mais motivos para voltar a Queen's Hill ou viajar até a barragem.

Stix precisava ir para o sul.

Venha por aqui, continue vindo.

7

Aeduan acordou confuso. Tinha havido dor, fogo e sonhos impossíveis — sonhos dos quais ele não se lembrava bem. Mas Iseult estivera presente, dormindo com ele dentro de uma pira ao lado de uma nascente.

Suas pálpebras queimaram com uma luz suave ao se abrirem. Ele estava na caverna criada por Owl, onde o fedor do morcego-da-montanha sobressaía-se a todos os outros cheiros. Mas não à sua magia. Ele sentia a proximidade de Owl, a água de rosas e as canções de ninar embrulhadas em lã que vibravam em suas veias. E se ela ainda estava ali, então Iseult também deveria estar. Não apenas em sonhos, mas na vida real.

Ele não sabia explicar o porquê de Iseult ter ficado, nem podia negar o alívio que sentia por ela tê-lo feito.

Pigarreando, ele virou de lado — e encontrou Owl agachada ao seu lado, com os olhos grandes e chorosos sem piscar.

— Café da manhã — ela declarou, empurrando uma tigela de madeira em direção ao rosto dele. Minhocas contorciam-se dentro da tigela, e Aeduan precisou de todo o seu autocontrole para não recuar. Em vez disso, ele se sentou. Sua coberta caiu, e ele foi atingido pelo ar gelado. Por algum motivo, estava sem camisa.

— O favorito do Mirtilo — Owl explicou, e, como se para provar, o monstro saiu dos fundos da caverna, onde as sombras reinavam. Aeduan sentiu o fedor de mofo do morcego, que soprou hálito quente em seu rosto.

As minhocas continuaram se contorcendo.

Owl empurrou a tigela para mais perto.

— Come.

Aeduan aceitou a vasilha, o que fez Mirtilo começar a fungar bem em sua orelha. Fungadas quentes e úmidas. Ele enxotou o animal e olhou em direção à faixa de luz solar que manchava a entrada.

— Eu... preciso de água primeiro, Owl.

A menina pareceu satisfeita e, depois de observar Aeduan se levantar com dificuldade, ela aconchegou-se nos cobertores ainda quentes, com Mirtilo se aquietando logo atrás.

Pedras arranharam o peito de Aeduan quando ele saiu. A pele exposta ficou arrepiada. O ar ali era muito mais frio, mesmo com a luz do sol para aquecer a névoa do meio da manhã. Ele tremeu e forçou os pés a se afastarem da caverna, até a beirada da vegetação. Ali, onde a vegetação rasteira e o musgo uniam-se em abundância, ele despejou a tigela de minhocas. Três dias desde que Owl voltara a falar, e ela já havia se tornado problemática.

Ele posicionou o recipiente vazio em cima de uma pedra para buscar depois, mas, enquanto ficava ali agachado, uma dor atormentou seu peito — como um punhal entre suas costelas. Sem aviso, ele tossiu. E tossiu. E *tossiu*. O ataque não diminuía, até que uma mão macia surgiu em suas costas. Cuidadosa. Preocupada. Inusitada demais, a ponto de fazê-lo parar. O rosto impenetrável da Bruxa dos Fios se abaixou para olhar o dele.

— Você está bem?

Ele não tentou se endireitar. Sombras cruzaram sua visão. A frustração pulsava em seu peito. Que fraqueza era aquela? Que doença era aquela? Sua magia já deveria tê-lo curado.

— O que... aconteceu? — ele perguntou, a garganta ácida.

— Eu ia te perguntar a mesma coisa. — Ela o ajudou a se levantar. Suas mãos eram quentes na pele dele. — Você não se lembra de voltar?

— Não — admitiu. Iseult estava próxima o bastante para ele avistar traços verdes em seus olhos. Para avistar como o frio coloria seu nariz de rosa. O fazia lembrar do seu sonho, com chamas gentis e serenidade no rosto dela. Ela pronunciara o nome dele, os olhos sempre fechados, e seus dedos tinham agarrado os quadris dele e o deixado sem fôlego.

Ela o deixava sem fôlego naquele instante, e ele não tinha muito sobrando.

Aeduan se afastou. As coníferas pareceram cair, indistintas.

— Onde está a minha camisa?

Um rubor subiu pelas bochechas dela. Ela gesticulou vagamente para o topo da encosta.

— Está secando. E-eu... lavei.

— Ah. — Aeduan se obrigou a se endireitar. Tudo doeu. — Vou pegá-la, então. — Ele se virou com a intenção de se afastar, mas ou o movimento foi rápido demais ou seu corpo estava mesmo fraco, porque a escuridão se apossou dele mais uma vez. E com ela veio a tosse. Então, quando os dedos da Bruxa dos Fios voltaram a tocá-lo, e quando ela o guiou em direção a uma fogueira baixa e o ajudou a se sentar, ele não reclamou.

Ele não *conseguia* reclamar.

Uma panela estava ao lado do fogo fraco, um pano úmido pendendo de uma das laterais. Iseult serviu água em um copo.

— Beba.

Ele obedeceu, e embora sentisse o líquido quente como se fosse caco de vidro em sua garganta, a dor era bem-vinda. Afastou a escuridão. E a tosse também.

— Se você tivesse me deixado ir junto — Iseult começou, enquanto ele bebia —, eu poderia ter te ajudado a percorrer o caminho. — Era uma discussão que já acontecera três vezes antes: Iseult deveria acompanhá-lo ou ficar com Owl? Se ela fosse junto, poderia interpretar a estrada nomatsi e ajudar Aeduan a chegar ao local das matanças sem se machucar. Se ela continuasse no acampamento, poderia impedir Owl e Mirtilo de criarem inevitáveis problemas.

— A maioria das armadilhas já tinham sido acionadas quando eu cheguei — ele disse. Uma mentira. Embora houvesse inúmeros corpos, vestidos no que ele agora reconhecia como sendo cinza purista, a maior parte da estrada fora percorrida sem acionar nenhuma proteção.

Aeduan só podia supor que os homens responsáveis pelo ataque sabiam o que estavam fazendo. A tribo nomatsi tinha sido morta sem aviso, assim como as duas anteriores.

Ele terminou de beber a água antes de dizer:

— Foi a maior tribo até agora. Todos mortos.

— Ah. — Um mero suspiro ruidoso, resignado, mesmo que o rosto de Iseult continuasse impassível. — Mas, se as armadilhas já tinham sido acionadas, como você levou tantas flechadas?

— Eu encontrei alguém vivo ainda. Um monge. Mas ele não foi treinado para lutar. Eu... tive que lidar com ele.

Os olhos de Iseult se arregalaram. Uma fração de movimento, mas o suficiente para ser percebida. O suficiente para ele acrescentar "Eu não o matei", mesmo sem saber por que queria esclarecer aquilo.

— Ele estava machucado quando o encontrei e, depois que morreu, eu fiquei para enterrá-lo. Foi aí que acionei as armadilhas.

Outro suspiro suave. Então, ela se abaixou para uma posição de pernas cruzadas ao lado dele.

— Ele viu quem o atacou?

Aeduan assentiu, desejando instantaneamente não o ter feito. O mundo girou.

— O monge — forçou-se a dizer, os olhos se fechando — disse que foram os puristas.

— Não os corsários, então?

— Eu não sei. — De novo, uma mentira, mas ele não via motivos para contar a Iseult que sabia de puristas trabalhando com o rei corsário. Que ele sabia de um purista em particular, trabalhando com o seu pai.

— Corlant — ela disse, preenchendo uma das lacunas sozinha. — Ele estava lá, não estava? — Sem esperar por resposta, ela retirou algo do bolso do casaco, depois abriu as mãos para que Aeduan visse.

Duas pontas de flecha brilhavam escuras em suas palmas pálidas. Ambos os pedaços de ferro estavam manchados, mas apenas um exalava o cheiro de sangue — sangue de Aeduan.

— Essa me machucou em Dalmotti. — Ela dobrou os dedos da mão esquerda em um punho. — E essa eu tirei de você ao amanhecer. Acho que estão amaldiçoadas. Não — ela se corrigiu, balançando a cabeça —, eu *sei* que estão. A Owl chamou de "terra ruim".

Terra ruim. Ele olhou para o próprio peito, para as seis cicatrizes antigas que marcavam sua pele e os quatros novos franzidos em sua barriga — franzidos que não deveriam estar ali, assim como os dezessete buracos em suas costas também não. Ele tivera tempo mais do que suficiente para se curar.

— Corlant — Iseult continuou — consegue fazer isso. Ele... — Ela deu um tapinha no bíceps direito. — Ele quase me matou com uma flecha amaldiçoada em Dalmotti. — Havia uma tensão em sua voz agora, como um violino puxado com muita força. — Eu fiquei desacordada por um bom tempo. Eu... eu quase morri.

— Isso não pode acontecer comigo. Eu sou um Bruxo de Sangue.

Ela deu de ombros, como se dizendo "Como você pode ter tanta certeza?". Em voz alta, porém, ela disse:

— Por que ele estava com essa tribo? Os Midenzi estão do outro lado do Jadansi. A não ser... — Iseult parou de falar, uma pequena careta enrugando sua fronte.

Aeduan não ofereceu respostas. Mentir não era algo natural para ele, e ele já tinha forçado os seus limites. O silêncio parecia ser a melhor opção.

Por um longo momento, Iseult o olhou, sem piscar. Tão impenetrável quanto todas as Bruxas dos Fios eram treinadas a ser. Atrás dela, o fogo estalou, e uma erupção final de chamas subiu. Fumaça agrupou-se. Uma brisa suave percorreu a pele nua de Aeduan.

Ele queria sua camisa de volta.

— Nós precisamos de um curandeiro de verdade — Iseult disse, por fim, lançando um olhar aguçado ao estômago dele. — Precisamos de suprimentos de cura melhores também, e estamos sem lanolina para nossas lâminas.

Nós, pensou ele, e antes que pudesse argumentar — antes que pudesse perguntar "Por que nós?" ou até "Por que você esperou a noite toda em vez de partir?" — Iseult estava de pé e atrás dele. Rastros de movimento riscaram sua visão. Fumaça, carne e chamas.

— Você está sangrando de novo — ela murmurou. Seus dedos o tocaram mais uma vez, quentes e confiantes, enquanto ela pressionava o pano úmido em suas costas. Sequer a vira pegar o tecido.

— Não. — Ele fez menção de pegar o pano da mão dela. — Eu posso fazer isso — tentou dizer, mas a torção em suas costelas e o esticamento dos machucados em suas costas fizeram seus pulmões terem um ataque de novo.

Daquela vez, a tosse não diminuía. Mesmo depois de dois copos de água, ele não conseguia puxar ar suficiente. Por isso, quando Iseult tentou mais uma vez enxugar o sangue que não parava de escorrer, ele não protestou.

Também não protestou quando ela disse:

— Nós deveríamos ir para Tirla, Aeduan. Eu sei que é uma fortaleza marstok, mas nós podemos encontrar um curandeiro em uma cidade daquele tamanho. E nós podemos conseguir suprimentos novos também.

Nós, nós, nós.

O pano úmido parecia uma navalha em sua pele. Tudo doía de maneiras que não deveriam doer, e sua garganta lesionada logo começaria a sangrar se não parasse de tossir. Ele estava fraco; e odiava aquilo. Monges carawenos deveriam estar preparados para tudo, e Aeduan sempre sentira orgulho em estar preparado em dobro. Ainda assim, nas últimas duas semanas, ele estivera mal preparado e constantemente instável.

Não ajudava o fato de ele nunca ter trabalhado de graça antes. Era uma pressão insistente em sua nuca. Como palavras fazendo cócegas: *Você deveria estar sendo pago. Cada momento que passa é outra moeda perdida.* Era também outro momento em que não entrava em contato com o pai ou perseguia as moedas que lhe eram de direito.

Duas semanas atrás, Aeduan teria seguido o cheiro de lagos de águas limpas e invernos congelantes — o fantasma que roubara suas moedas e ajudara o príncipe Leopold em Nubrevna. Duas semanas atrás, ele também teria voltado para Lejna e tomado aquelas moedas do lugar onde Iseult dissera estarem escondidas. E duas semanas atrás, ele teria olhado para cada massacre sem sentir nada. Afinal, a morte era inevitável na guerra, e seu pai sempre dizia: *A vida é o preço da justiça.*

Mas, duas semanas atrás, ele não tinha encontrado Owl, amarrada e drogada por corsários que reivindicavam a flâmula de seu pai. Duas semanas atrás, ele não tinha encontrado tribos nomatsi mortas, e reconhecido os cheiros dos capangas de seu pai em meio à matança. E duas semanas atrás, ele não viajava com uma mulher a quem devia sua vida mais vezes do que poderia contabilizar, e com mais dívidas acumulando-se entre eles a cada dia.

Como naquele instante. Ela cuidava dele, e Aeduan não sabia por quê — nem sabia como corresponder àqueles atos de serviço. Ele só sabia que estava em dívida. Só sabia que não podia partir até ter-lhe pagado.

E ainda havia o problema da tribo desaparecida de Owl. Do aroma de urzes e escolhas impossíveis, ainda vivo. Ainda em algum lugar nas montanhas adiante.

— Sim — ele concordou, por fim, um som irregular em meio às tosses. — Vamos para Tirla.

Chovia no dia em que Aeduan descobriu que seu pai ainda vivia. O bruxo tinha ido para um posto avançado do monastério em Tirla para sua próxima tarefa carawena. Naquela época, muitos pediam por ele especificamente, e daquela vez não fora diferente. Contudo, uma missão chamou sua atenção entre as outras.

Ele lembrava-se das palavras exatas.

Monge Bruxo de Sangue necessário para localizar
um cão de caça chamado Boots
Encontrar na fazenda ao norte de Tirla,
bandeiras azuis acima do portão

O cachorro da infância de Aeduan chamava-se Boots. Ele o tinha matado; talvez aquele pudesse ser salvo.

Exceto que, quando se aproximou da fazenda em ruínas, havia apenas um homem à sua espera, em uma casinha com telhado de palha.

Aeduan sacou uma faca antes de entrar. Ele não a embainhou por muitas horas, embora o homem sentado no banco ao lado da lareira fosse um reflexo claro seu — a não ser pelas linhas ao redor dos olhos cor de avelã e uma franja cinza que clareava o cabelo.

— É você — o homem dissera, em uma voz dura que zumbia profundamente no peito de Aeduan. Uma voz que ainda contava a história do monstro e do mel em seus sonhos.

Ele não afastou a faca. Não reagiu de modo algum, mesmo quando o homem se levantou. Mesmo quando ele disse:

— Aeduan, meu filho.

Fantasmas, afinal, não voltavam dos mortos.

— Você está vivo. — O homem falava nomatsi, uma língua que Aeduan não usava havia mais de uma década. — Eu... achei que estivesse morto.

Aeduan pensara o mesmo.

Não disse nada, porém, e nenhum dos dois homens se sentou. Ambos se encararam.

— A sua mãe — o homem começou, uma pergunta em seu tom de voz.

Mas o filho sacudiu a cabeça. Um movimento único e forte. Dysi não sobrevivera. Mas aquilo não seria dito em voz alta.

O homem inspirou dolorosamente, antes de fazer um aceno brusco, quase profissional, com a cabeça.

— Duas vezes eu amei — ele disse. — Duas vezes os impérios tiraram tudo de mim. — Depois ele engoliu em seco. Franziu o cenho e, pela primeira vez em muitos, muitos anos, Aeduan lembrou-se de que, sim, seu pai *tivera* outra família. Filhas e uma esposa que morreram.

— Então, você deve entender — o homem continuou — por que ter o meu filho de volta... é mais do que jamais ousei esperar. — Ele falava com tanta simplicidade, como se comentasse o tempo. Como se descrevesse a melhor forma de esquivar-se do golpe de um inimigo.

Tons tão rasos para palavras tão desesperadas que, de alguma forma, fizeram com que seu significado doesse mais, e pela primeira vez desde que entrara na casa de telhado de palha, Aeduan falou:

— Me diga onde você esteve.

Seu pai consentiu.

Nos quinze anos desde o ataque à tribo deles, Ragnor mudara-se para Arithuania, seguindo nomatsis em fuga e bruxos expulsos de seus impérios. Aeduan descobriu que seu pai havia construído um exército destinado a acabar com a tirania imperial de uma vez por todas.

E descobriu que seu pai reservava um lugar ao seu lado, se ele estivesse disposto a ocupá-lo.

Aeduan estava.

No fim, o cheiro de sangue o convencera de que aquele homem era mesmo o seu pai. Embora tivesse mudado em quinze anos — ferro ensanguentado e gelo adormecido podiam ter permanecido, mas as músicas noturnas e os cães de caça afetuosos de que ele se lembrava tinham desaparecido. Agora havia fogo. Agora havia perda inconsolável. Que manchavam cada parte do sangue de Ragnor. Que davam um peso aos seus olhos que ninguém mais poderia entender.

Ninguém além de Aeduan, que estivera lá no dia em que tudo fora tirado deles.

No fim, foram as palavras de Ragnor que convenceram Aeduan a se juntar a ele. E desde aquele dia na casa de telhado de palha, sua trajetória tinha sido bem clara. Aeduan nunca repensara. Nunca hesitara. Moedas e a causa. Moedas e a causa. Sem espaço para necessidades pessoais, e nenhum desejo por elas também. Ele perdera as esperanças há muito tempo. Havia apenas ação, apenas seguir em frente. Moedas e a causa. Moedas e a causa.

Até duas semanas atrás.

Agora tudo estava turvo. Agora ele sentia-se preso entre obrigações e dívidas de vida. Entre seu pai e uma criança. Ele não poderia servir a Ragnor e ao mesmo tempo procurar pela tribo de Owl. Ele não poderia encontrar um lar para Owl — ou pagar o que devia a Iseult — e continuar comprometido a moedas e à causa.

Ele estava travado, como o homem da fábula, que queria alimentar a família durante uma nevasca mas não conseguia matar o cordeiro. No fim, todos morreram de fome, inclusive o cordeiro.

Pois a Senhora Destino faz todos os homens escolherem, no fim das contas. Mesmo Bruxos de Sangue.

8

De alguma forma, Iseult tornara-se a líder. Ela não gostou. Nem um pouco. Em primeiro lugar, nunca estivera em Tirla antes, e "siga as placas" foi o único conselho que Aeduan conseguiu dar em sua atual situação.

Em segundo lugar, Owl simplesmente não lhe dava ouvidos. Como a coruja que lhe dera o nome, ela era uma guerreira. Se Iseult pedisse para a menina fazer qualquer coisa — desde lavar-se à noite, até manter-se por perto enquanto eles avançavam —, ela se recusava de imediato. Ou apenas fingia não conseguir ouvir a Bruxa dos Fios.

Mas se Aeduan pedisse a mesma coisa... ah, *aí* Owl obedecia, em segundos. Os fios da cor do entardecer que se esticavam dela em direção a Aeduan tornavam-se mais fortes a cada dia. Aeduan podia não ter fios, mas, sem dúvidas, Owl estava ligada a ele.

Durante as duas semanas de viagem, aquilo não fora um problema. Um incômodo, certamente, mas o bruxo sempre estivera presente para intervir e assumir o controle nos casos de teimosia. Agora, com Aeduan mal mantendo-se consciente e focando-se apenas em pôr um pé na frente do outro, Iseult precisava controlar Owl sozinha.

Não estava indo bem. Na verdade, desde aquela manhã, quando a criança jogara a truta do café da manhã no fogo, Iseult decidira que odiava a menina. Ela sabia que era inadequado odiar crianças, mas também estava convencida de que até mesmo Safi, que tinha o dom de lidar com os pequeninos, chamaria aquela menina de "demônio maldito saído dos portões do inferno".

Owl discutia sobre *tudo*. Café da manhã. Lavar-se. Usar sapatos. Manter-se no caminho. E a qualquer indício de palavras rudes vindas de Iseult, ela corria para os galhos mais próximos e se escondia entre as árvores. Ou, quando não havia árvores por perto, as pedras também serviam perfeitamente bem.

Uma hora, ela saía pisando duro. Em outra, desaparecia, como se o solo a tivesse sugado. Então, antes que Iseult pudesse tentar encontrá-la, Mirtilo passava, as narinas soprando grandes nuvens de ar fétido enquanto seus fios prateados cintilavam com repúdio por Iseult.

O sentimento era mútuo.

Quanto mais perto de Tirla eles chegavam, mais pessoas entupiam as estradas, suas mulas e carroças agitando a terra até virar lama. Aninhada no meio das montanhas, Tirla ligava três fronteiras, e, com a guerra chegando após dezenove anos de paz, as pessoas se moviam. Famílias fugiam da ameaça crescente dos corsários; soldados mobilizavam-se para impedi-los; comerciantes esperavam ganhar dinheiro com todos eles. Ao primeiro sinal de uma dessas artérias que levavam à cidade, Iseult pediu que parassem. Ela não queria vagar entre a humanidade com um morcego-da-montanha a reboque.

Aeduan, tossindo muito, se atirara no chão ao lado da nascente que Iseult escolhera para a pausa. A margem estava densa com amoras, no entanto, Aeduan afastou os espinhos, sem pensar em sangue ou dor, e bebeu água até seu ataque diminuir. Ele foi completamente inútil na discussão que se seguiu.

— Eu também não gosto — Iseult disse para uma pilha de pedras que remetia vagamente à forma de uma menina, e que portava odiosos fios cinza no topo. — Mas você precisa pedir ao Mirtilo que fique escondido. Logo estaremos com outras pessoas e, se eles o virem, vão tentar machucá-lo.

— Não podem machucá-lo — insistiram as pedras, uma boquinha aparecendo no meio da pilha. — Ele é maior.

— Sim. — Iseult foi forçada a concordar. — E esse é o problema. Se o atacarem, ele vai revidar.

O rosa da aceitação subiu em espiral pelos fios das pedras, como se Owl considerasse aquilo completamente aceitável.

— E — Iseult prosseguiu — isso não pode acontecer. Owl, precisamos entrar em Tirla para ajudar o Aeduan. Você não se importa com ele? — Como se seguisse a deixa, o Bruxo de Sangue recomeçou a tossir.

Na verdade, *foi* seguindo a deixa, porque, quando Iseult olhou na direção dele, viu um leve sorriso tocando seus lábios cansados.

— Owl — ele disse, entre pausas dramáticas —, diga... ao Mirtilo... para ficar aqui. Prometo que não ficaremos longe dele por muito tempo. — A voz de Aeduan estava em frangalhos e sua postura era de dor, mas ele ainda lançou um olhar cansado a Iseult e articulou com a boca, sem emitir som: "O que mais?".

"E", Iseult articulou de volta, "nada de magia".

Um aceno, mas ele não falou de imediato. Em vez disso, secou a água da boca e gesticulou rigidamente em direção às árvores. Em um dalmotti rouco, ele murmurou:

— Talvez seja melhor se você sair. Eu não acho... Quero dizer, é mais simples com apenas duas pessoas.

— Você quer dizer que ela me odeia.

Um calor indesejado subiu pelo rosto de Iseult, mas ela fez conforme o sugerido, e, sem olhar para trás, arrastou as bolsas deles — as amarrou juntas para que pudesse carregá-las — e adentrou a floresta, procurando pela estrada mais próxima.

Ela não se afastou muito antes de Mirtilo se materializar das árvores, quieto como um morcego de verdade e com fios desdenhosos. Era como se ele achasse que a culpa era toda dela por não poder se juntar a eles em Tirla. Como se ele achasse que a culpa era *dela* por Owl estar chateada ou por Aeduan ter se machucado muito.

Iseult não pôde evitar. Em um completo abandono de todo o seu treinamento de Bruxa dos Fios, ela encarou o monstro imenso com uma careta — e, pela deusa, a sensação foi boa. O modo como seus olhos se estreitaram e seu nariz se enrugou. O modo como seus dentes foram expostos e o calor surgiu em seus pulmões.

Queime-o. O calor tremulava nas pontas dos seus dedos. *Queime a carne peluda dele e depois queime a menininha também.*

No mesmo instante, a expressão de Iseult despencou. O frio a percorreu.

Aquele não era seu temperamento. Aquele não era seu fogo. E aquela *não* era sua voz. Ela havia sido treinada para manter o corpo frio quando deveria estar quente, os dedos parados quando deveriam estar tremendo. Ela era treinada para ignorar os sentimentos que guiavam todo mundo, e, ainda assim, ali estava: sendo guiada. *Arrastada* por emoções incontroláveis.

Por um fogo incontrolável.

Por metade do que pareceu ser uma respiração sem fim, Iseult foi tomada pela culpa. Pelo quanto odiava a si mesma, sua magia e o que ela fizera àquele Bruxo de Fogo. Ele nem era a primeira pessoa que ela matava. Todos aqueles soldados e víboras em Lejna, destrinchados por Esme...

Aquilo fora causado por ela. A Marionetista usara a própria mente de *Iseult* para descobrir sua localização. Depois, usara a mente de *Iseult* para finalmente atacar.

A Bruxa dos Fios pressionou as têmporas e cambaleou para longe de Mirtilo. Para longe de Owl e Aeduan.

— Equilíbrio — silvou, para si mesma, pensando em gelo, gelo e apenas gelo. — Equilíbrio nos dedos das mãos e dos pés.

Galhos a atingiam. A lama da chuva da noite anterior agitava-se embaixo do salto de suas botas. As bolsas tiniam e balançavam a cada passo. Mas nem com toda a andança até aquele momento ela havia sido capaz de deixar os demônios para trás, nem escapar do Bruxo de Fogo com toda a correria. Não havia motivos para acreditar que, de repente, começaria a dar certo.

Ela só precisava ser mais cuidadosa. Sem mais vislumbres de raiva. E, *absolutamente,* sem mais dormir. Naquela manhã, ela tinha começado um fogo quando a batida em sua cabeça a fizera dormir — graças à Mãe Lua, ela e Aeduan estavam cercados apenas por cascalhos.

Tirla, ela tinha certeza, seria muito mais inflamável.

Iseult diminuiu o passo ao primeiro sinal de pessoas. Fios grossos como colchas flutuavam na periferia do alcance de sua magia. Cada tipo de emoção era contemplado, de dor cor de ferro a fios afetivos vermelhos, mas entre eles havia um ponto em comum: o foco verde das pessoas seguindo uma jornada.

Ali ela esperou, os minutos passando e sua magia se reajustando a tantas pessoas, tantos fios. O equilíbrio que lhe escapara antes agora estava de volta ao lugar, confortado pelas regras a que estava acostumada. Ela crescera rodeada de pessoas; vivera por muitos anos em uma cidade apinhada: desapego e lógica eram mais fáceis quando alguém estava sempre olhando de fora para dentro.

Com Aeduan não havia fios. Não havia lado de fora.

Em dado momento, o Bruxo de Sangue mancou até o lado dela. Ele segurava a mão de Owl e, embora um vermelho irritado vibrasse pelos fios da menina, pelo menos ela tinha voltado a andar — e Mirtilo não podia ser visto em lugar algum.

Aeduan encarou Iseult fixamente com seus olhos azul-gelo, interrogativo. Como se estivesse se perguntando por que ela correra para tão longe. Como se quisesse saber se ela estava bem.

Ela fingiu não notar. As chamas eram um problema seu e apenas seu. Não havia nada que ele pudesse fazer para ajudá-la. Só restava avançar e trabalhar duro.

Mas, pela deusa, ela desejava que Safi estivesse ali.

— Pense como Iseult — Safi sussurrou. Aquela tinha sido sua prece pelas últimas duas horas, sentada na ponta de sua cama naqueles aposentos brancos belíssimos, usando o mesmo vestido branco belíssimo com o sangue do homem.

Branco, branco, branco. Tudo que os olhos de Safi fitavam era branco, das paredes aos azulejos. No primeiro dia, ela apreciara os aposentos. Relaxantes e iluminados. Agora, ela via apenas o tom horrível que era de fato. O branco mostrava sangue com facilidade demais, e, assim que o sangue secava, não havia como limpá-lo.

As marcas de pé que ela deixara ainda estavam no chão, manchadas de marrom cor de ferrugem. Um lembrete inescapável do que Safi fizera. Do que ela causara — porque as lembranças marcadas em seu cérebro não eram suficientes. A cabeça decepada, com olhos ainda piscantes e artérias jorrando. As últimas palavras do homem: "Que pergunta ridícula".

O décimo terceiro sino ressoou do lado de fora; o sol brilhava, apesar de apenas uma leve luz acinzentada atravessar as venezianas de ferro que cobriam a janela solitária de Safi. Um pequeno jardim florescia no pátio lá fora, e, àquela hora, insetos conhecidos como esperanças estalavam e tiniam.

Ela passou os dedos ao redor da pedra dos fios em sua clavícula e apoiou a cabeça nos joelhos. Aquela pedra fora um presente de Iseult, e — assim como a que Iseult usava — se iluminava quando uma das garotas corria perigo.

— Pense como Iseult. Pense como Iseult. — A irmã de ligação de Safi veria uma solução para aquele desastre. Iseult, calma e lógica, lidaria com aquilo como se fosse um nó em uma corrente frágil, enchendo Safi de perguntas e fazendo surgir os fatos da situação.

Os fatos eram que, duas vezes na vida, Safi trilhara seu próprio caminho, jogara suas próprias cartas — com ninguém para guiá-la —, e era para *ali* que suas escolhas a tinham levado. Ela tornara-se Bruxa da Verdade para a imperatriz Vaness em troca de comércio com a nação faminta de Nubrevna. Depois, fizera uma escolha parecida em Saldonica. A marca em seu polegar era um lembrete daquilo.

Um dia após seu duelo com a almirante Kahina, que resultou em um acordo com a mulher, uma fina linha vermelha aparecera *exatamente* no lugar em que Kahina usava um anel de jade. O anel brilhara quando Safi prometera qualquer coisa que a mulher quisesse; Safi suspeitava que o acordo era muito mais vinculatório do que meras palavras. Como todo o resto, porém, ela tentava não pensar muito no assunto. Sua escolha a salvara, e salvara Vaness e os trovadores do inferno também.

É claro que os trovadores tinham ido embora. O sultanato Marstok se opusera a receber mais cartorranos além de Safi no palácio, assim como os generais, almirantes, a nobreza e os víboras. O alvoroço que os trovadores causaram como guardas e companheiros de Safi — não era seguro. Para nenhum deles.

E mais um fato restava: ela estava sozinha no palácio imperial, cercada pelas águas do lago Scarza por todos os lados, os sopés de Kendura mais além e milhares de inimigos locais que a queriam morta. Mais milhares de inimigos estrangeiros também.

Ela sabia que Rokesh e os outros víboras a protegeriam, mas, ao mesmo tempo que ela e Vaness podiam ter se tornado aliadas em Saldonica, até mesmo amigas, se fosse preciso escolher entre a vida de Safi e o futuro do império...

Uma vida pelo bem de muitos era uma verdade que Safi compreendia muito bem.

Talvez o fato mais importante de todos, porém, fosse que a bruxaria da verdade que Safi escondera a vida toda era agora de conhecimento público. A única coisa que ela *jamais* quisera ser, da qual fugira por dezenove anos...

aconteceral. Ela era uma ferramenta para um império, uma faca para a Senhora Destino, e homens morreriam sob sua magia.

Verdade, ronronou seu poder, um calor indesejado em seu peito. Ela apertou as pálpebras com mais força. Queria ir embora. Queria abandonar aquela posição que escolhera, e correr o mais rápido e para o mais longe que pudesse.

Mas ela não era tão tola. Se tentasse escapar, acabaria acorrentada, e correntes a impediriam de deixar Marstok *para sempre*. Correntes a impediriam de achar Iseult — a única coisa em todas as Terras das Bruxas que importava.

Iseult agora viajava com um Bruxo de Sangue. Com *o* Bruxo de Sangue que as caçara pelo Jadansi, e apesar de Iseult ter afirmado que confiava nele, Safi não acreditava. Não *conseguia* acreditar. Nas duas vezes em que as garotas conversaram nos sonhos de Safi, algo dera errado. Algo fizera os pensamentos de Iseult escaparem e suas palavras fluírem com mentiras.

Safi temia que Iseult não viajava com aquele monstro Bruxo de Sangue por escolha — e ela não tinha como descobrir. Sua irmã de ligação não aparecia em seus sonhos há uma semana e meia.

Ela gemeu. O nó em sua corrente de pensamentos a levara de volta ao início: presa na corte, com Iseult muito, muito longe. Ela não era boa naquilo. Ela *precisava* da ajuda de Iseult para escolher a melhor linha de ação.

Enquanto ficava ali sentada, os dedos dos pés tamborilando nos azulejos, um grasnado irrompeu no quarto. Ela ergueu o olhar e encontrou um corvo a encarando da porta do jardim. Um corvo velho, se o branco ao redor de seu bico significasse alguma coisa.

A cabeça dele se inclinou para os lados, os olhos estranhamente sensíveis.

— Não tenho comida — Safi disse, levantando-se. — Vai embora, corvo. — Ela enxotou a criatura. Um gesto no máximo hesitante. — Vai antes que eu chame os víboras.

O pássaro pareceu pouco impressionado. Embora tenha pulado para trás quando Safi se aproximou, as asas batendo.

— Vai embora — ela falou, um pouco mais forte, as próprias mãos agitando-se como asas. — Vai embora antes que um dardo envenenado te encontre... — Ela parou de falar quando o corvo saltou e bateu as asas até um telescópio no centro do jardinzinho.

Tinha sido um presente da imperatriz, comprado na cidade de Veñaza durante a Conferência da Trégua. Ela e Safi haviam se guiado por constelações em suas viagens pelas Terras Disputadas, então Vaness achou que Safi poderia gostar de ter um telescópio para "enxergar o céu mais de perto".

Safi sabia que a imperatriz tinha sido gentil ao presenteá-la, mas a sensação era a de um lembrete cruel de que Safi estava presa detrás de paredes, com as estrelas como única escapatória.

O pássaro empoleirou-se na borda do telescópio. Suas asas se estenderam, as penas brilhando à luz do sol. Mas não era para o corvo que ela olhava — era para o que ele tinha preso ao bico: um pedaço de quartzo-rosa. Primeiro Safi pensou ser uma pedra da dor, mas não havia brilho. Além do mais, por que um corvo teria uma pedra da dor?

Mas então o pássaro deixou a pedra cair, deu outro grasnado urgente e voou para longe — não sem antes deixar um glorioso borrifo de cocô no revestimento de cobre do telescópio.

— Obrigada — Safi murmurou, embora *estivesse* grata por ele não ter cagado em sua cabeça.

A curiosidade a impulsionou até o jardim quente, os insetos mais próximos se calando. Suas sapatilhas manchadas esmagaram o cascalho amarelo.

Era uma pedra da dor. Ela mal podia acreditar. Era óbvio que a magia tinha sido drenada, mas o formato e o tamanho estavam certos. E quando ela se abaixou para pegá-la, avistou um buraco no topo, por onde uma linha deveria passar.

Por muitos segundos, Safi permaneceu ajoelhada, encarando a pedra enquanto o nó em sua mente se desfazia. Cautelosamente, ela se pôs a pensar. Com gentileza, percorreu o entorno da pedra com os dedos, enquanto um pequeno sorriso erguia os cantos de sua boca.

E ali estava: um plano que poderia salvá-la. Simples, claro, e um de que Iseult também gostaria. Seriam necessários ferramentas e livros. E no dia seguinte, quando a curandeira Bruxa da Terra ranzinza aparecesse para checar seu pé e seu nariz — nenhum dos machucados havia cicatrizado bem —, ela incomodaria a mulher com perguntas. Se outros bruxos conseguiam impor suas magias a pedras e pomadas e fechaduras e tambores, por que Safi não conseguiria?

Se ela conseguisse criar uma *pedra da verdade*, Vaness não precisaria mais dela. Não seriam mais suas palavras que mandariam os traidores para a morte, e o melhor de tudo: ela poderia ir atrás de Iseult sem demora.

Com os pulmões transbordando, de repente, Safi agarrou a pedra da dor inoperante e se levantou. Ela tinha uma tarefa, um plano, e a sensação era *boa*. Já bastava de inércia dentro de um palácio. Bastava de esperar que a corrupção fosse até ela. Bastava de ser a ferramenta de alguém.

Safi se pôs a trabalhar.

Vivia parou, com os pés descalços, na beira do lago subterrâneo. Sombras brincavam na superfície ondulante, lançadas pelo lampião deixado por ela na margem. Ela deixara as botas também, como sempre fazia quando ia até ali.

Aquele era o coração de Lovats, alimentado por quilômetros de rios subterrâneos e lençóis d'água há muito esquecidos. Era o coração de Vivia também, e o único lugar a que ela podia ir quando o pânico tornava-se excessivo. Ali ela podia respirar. Ali ela podia ser Vivia. Só Vivia.

"Esta é a fonte do nosso poder, Raposinha", Jana lhe dissera. "O motivo de Nubrevna ser governada pela nossa família e não por outras. Esta água nos conhece. Esta água nos escolheu."

— Apagar — Vivia sussurrou para o lampião, e a escuridão envolveu a caverna. Após três respirações curvadas, seus olhos se acostumaram, revelando borrifos e jatos de fogo de raposa luminescente. Seis raios rastejavam pelo teto da caverna.

Duas semanas atrás, eram apenas três, porque duas semanas atrás a cidade tinha quase sucumbido. Mas Vivia e Merik afastaram os corsários e o monstro chamado de Fúria. Eles repararam a barragem, e, pouco depois, o fogo de raposa voltou.

Duas semanas atrás, Serrit Linday também chamara aquele lugar de Poço Originário.

Desde que aquela sementinha fora plantada na cabeça de Vivia, ela não conseguira impedir que as raízes se espalhassem. Havia um poço elementar desaparecido nas Terras das Bruxas, e embora sua magia não estivesse vinculada ao Vazio, não havia como negar que aquele lago era mais do que apenas um reservatório de água acumulada.

É claro que, se o Poço do Vazio estivesse realmente escondido embaixo de sua cidade, o que significaria aquilo? Era mais um problema, mais uma pergunta a ser acrescentada à sua lista cada vez maior.

Antes que seus pulmões pudessem se comprimir de pânico por aquele pensamento, Vivia se jogou nas ondas. O lago a abraçou, caloroso e acolhedor. Trêmulo e vivo. Firme de um jeito que o solo nunca fora.

Aquela água não se importava com pais ou mães ou melhores amigos distantes. Aquela água não se importava com mensagens de imperatrizes ou discursos roubados. A água só se importava com o momento e o local atuais. Fluía por onde a terra permitia. Mudava conforme as estações exigiam. E nunca se preocupava por não poder ser o que os outros queriam.

Os olhos de Vivia se fecharam. Sua magia se libertou, cumprimentando os peixes e as salamandras, deslizando por rochas e raízes, por fissuras e ranhuras. Seus sentidos moviam-se rio acima, depois desciam, e ela sentia e *buscava* por qualquer coisa que pudesse estar fora do lugar, por qualquer coisa que não estivesse certa dentro do planalto.

Mas tudo estava bem, como estava desde que ela e Merik haviam salvado a cidade duas semanas atrás, e, após alguns segundos escorregadios, Vivia voltou ao corpo. Seu pânico desaparecera, substituído pelo poder das marés e a força das tempestades.

Ela era Vivia Nihar, rainha em espera de Nubrevna — escolhida e ligada àquelas águas eternas. Ela conseguia encarar armadas inteiras, conseguia surfar em uma cachoeira do cume de uma montanha até o fim do vale. Ela conseguia lutar com quase qualquer homem ou mulher e sair vitoriosa.

E Stix estava certa: já *era* hora de Noden e os peixes-bruxa se curvarem ao governo de uma mulher.

Então Vivia se decidiu. Ela viajaria para Azmir. Naquele dia, assim como Stix sugerira, e negociaria comércio com a imperatriz de Marstok.

E Vivia faria aquilo por ela própria, faria aquilo por Nubrevna.

9

O décimo quinto sino ressoava quando Iseult, Aeduan e Owl chegaram a Tirla. *A Cidade de Mil Nomes,* como era chamada, pois a cada poucas décadas uma nova nação, ou império, reivindicava seus telhados afiados e suas ruas tortuosas. Desde que Marstok a conquistara, fora nomeada Tirla, em homenagem ao extenso lago ao lado da cidade.

Um sol poente baixava, transformando construções caiadas em douradas. Iseult teria achado bonito se não estivesse submersa em gritos infantis, gritos de comerciantes, zurros de burro e o martelar infinito de cascos — sem mencionar os berros dos soldados, os foles dos ferreiros ou o *creak-creak-creak* das rodas das carroças. O barulho a atingia de todas as direções.

Para cada ruído, havia a mesma quantidade de pessoas. Corpos, corpos, corpos por todas as direções em que virava, e cada um movendo-se embaixo de seus próprios fios distintos, de suas próprias vidas instáveis e emotivas. O alívio de Iseult pela presença de humanidade logo foi oprimido, e ela desejava apenas poder *parar.* Fechar os olhos por um instante e aproveitar, no mínimo, um ataque sensorial a menos.

Mas aquilo não era uma opção. Ainda não.

Pois no último quilômetro e meio até a cidade ela andara com o braço envolto em Aeduan. Owl não gostara daquilo. Aeduan gostara menos ainda, e Iseult gostara menos que todos. Era necessário muito foco para mantê-lo de pé e impedir Owl de se afastar — sem mencionar garantir que ela e Owl estivessem apropriadamente escondidas embaixo de capuzes e cachecóis.

Ela sabia que as leis em Marstok eram mais clementes que outras quando se tratava de nomatsis, mas nem por isso queria testá-las.

Proteção legal não eliminaria séculos de ódio.

Iseult se afastou das multidões ao ver a primeira estalagem. A placa suspensa sinalizava *O Amieiro Branco*, e uma segunda placa logo abaixo afirmava *Vagas*. Melhor ainda, a estalagem era construída em sua maioria por minúsculos tijolos brancos e azulejaria de terracota. Na opinião de Iseult, quanto menos madeira, melhor.

Como seria esperado da Senhora Destino, porém, ao entrar no pátio do estábulo lotado, ela ficou cara a cara com um amieiro manchado pelo sol e morto há muito tempo fixo majestosamente ao centro. Ela o olhou com cautela ao passar. Também parou na porta de entrada para conferir se... sim, sim, seu capuz estava firme e cobria o rosto. Ela se virou para Owl. Os lábios da garota franziram-se em uma careta, seu olhar mais feroz que os de Mirtilo, mas a menina não impediu que Iseult apertasse mais o seu cachecol. Nem discutiu quando Iseult murmurou:

— Fique perto de Aeduan, e não fale.

Um zumbido de irritação cor de barro torceu-se aos fios da menina, e com ele um lampejo de desprezo pálido, como se ela estivesse pensando: "Eu mal falo, mulher estúpida".

Iseult presumia que ela estivesse certa.

Eles se curvaram para passar por uma porta baixa e entraram em uma sala de jantar barulhenta que era, para alívio de Iseult, também de pedras brancas. Mesas de carvalho com cadeiras combinando enchiam o espaço, e, embora não pudesse ver, ela sentia a presença de uma pequena lareira no final da sala. Ela a puxava, como uma estrela polar puxa um ímã. O calor subia e descia pelos dedos de Iseult.

Tranquila como uma Bruxa dos Fios, ela lembrou a si mesma antes de avançar propositalmente até a extensão mais próxima do balcão do bar. Ali, uma mulher com cabelo preto amontoado no topo da cabeça fatiava, com cautela, um presunto. Ela não olhou para cima com a chegada de Iseult.

Nem perdeu o foco quando a bruxa disse: "Precisamos de um quarto para a noite". Ela apenas continuou cortando o presunto, suco pingando a cada fatia, e com seus fios de um verde focado.

Então Iseult tossiu. E tentou de novo, mais alto.

— Precisamos de um quarto para a no...

— Eu te ouvi. — Nenhuma pausa no corte cuidadoso da mulher. Nenhuma mudança em seus fios. — Estamos lotados.

— Sua placa diz o contrário.

— Bom, a placa está errada.

O nariz de Iseult tremeu. Raras vezes ela precisara fazer aquilo sem Safi do lado, e ela duvidava que sua ameaça costumeira de cortar fora as orelhas da mulher e dá-las de comer aos ratos funcionaria naquela situação.

Mas o mentor de Iseult, Mathew, sempre dizia: "O dinheiro é uma língua universal".

— Posso pagar — ela começou.

— Não o suficiente. — Os cortes da mulher continuaram precisos. Seus fios, contudo, vibraram com um vermelho irritado. — Somos um estabelecimento caro.

— Caro quanto?

— Cinquenta cleques por noite.

Iseult não precisava da magia de Safi para saber que *aquilo* era uma mentira. A mulher estava aumentando os preços; seus fios deixavam claro que ela queria que Iseult fosse embora. Mas agora Iseult tinha algo a provar, e que a Mãe Lua a salvasse, ela estava prestes a gastar um monte de moedas só para provar que estava certa. Só para defender o seu próprio povo.

Safi ficaria orgulhosa.

Das dobras do seu casaco, ela tirou uma moeda de prata e a escorregou pelo balcão. Então, se esforçou ao máximo para sorrir.

— Que tal o dobro?

Imediatamente, os fios da mulher irromperam com desconfiança. Ela se endireitou, erguendo a faca — não exatamente uma ameaça, mas *não* deixava de ser.

— Você roubou isso?

— Não. — A voz de Iseult estava perfeitamente estável, sua expressão perfeitamente vazia. Ela era uma Bruxa dos Fios calma em todos os aspectos. — Foi o pagamento por... costurar.

— É? — A desconfiança nos fios da mulher se espalhou. — Pensei que costurar fosse trabalho dos homens 'matsis.

Ah. Bom, *aquilo* foi inesperado. De todos os donos de estalagens possíveis, ela tinha de encontrar aquela que de fato sabia alguma coisa sobre a cultura nomatsi.

— E é — ela concordou, com o máximo de equilíbrio possível. *Dê a ela o que é esperado. Dê a ela o que é esperado.* — Eu... aprendi a técnica com o meu pai. Mas ele foi morto por corsários, e agora a minha família e eu — ela gesticulou para Aeduan e Owl — estamos apenas procurando por um local para passar algumas noites. Iremos embora logo, prometo.

Um grunhido pensativo, e aos poucos os fios da mulher amoleceram. Primeiro para o ciano brilhante da compreensão, mas tingido com luto azul-escuro. E, por fim, um movimento de aceitação rosa.

A sorte de Iseult mal durou um segundo, porém, antes que Aeduan começasse a tossir.

Uma grande explosão de ar e som que fez os clientes mais próximos virarem em sua direção, um cobertor de fios horrorizados.

O mesmo horror se apossou dos fios da dona, e o rosto dela se afundou em uma careta. A faca voltou à sua inclinação ameaçadora.

— Nada de praga.

— *Não é* a praga. — Iseult vocalizou aquelas palavras alto o bastante para a dona e os clientes mais próximos ouvirem. Ela até revirou os olhos do jeito mais Safi que conseguiu. — Se ele estivesse doente, minha irmã e eu estaríamos também. É assim que as doenças funcionam, sabia?

A mulher não gostou do tom dela, mas também não discutiu.

— Ele se feriu no ataque dos corsários — Iseult prosseguiu — e o machucado não curou bem. Na verdade, se você puder me indicar uma clínica de tratamento, eu ficaria muito agradecida.

Após um momento de reflexão, os fios da mulher voltaram à aceitação. Um aceno breve, e ela finalmente largou a faca em troca da moeda de prata que ainda brilhava no balcão escuro.

— Tem uma clínica a algumas quadras ao leste daqui — ela disse, abaixando-se para pegar uma chave. — Mas é improvável que encontre alguém para ajudar. Quase todos os nossos curandeiros foram colocados em ação e mandados para a fronteira. — Quando ela se levantou de novo, a tristeza escura tinha voltado aos seus fios. — Eu sei o que é perder alguém para a violência dos corsários. Aqui. — Ela ofereceu a chave a Iseult, e também uma pilha de moedas de bronze. — Quarto treze. Terceiro andar, terceira porta à direita.

— Obrigada. — A palavra vibrou mais suave do que Iseult pretendera. Sem fingimento, sem controle de Bruxa dos Fios. A mulher lhe cobrara muito menos de cinquenta cleques, e ela era grata por aquilo.

— Um conselho. — O queixo da mulher se ergueu. — Fique escondida, você e sua família. As pessoas estão dizendo que os nomatsis apoiam o rei corsário agora. Eles não são bem-vindos em Tirla por causa disso.

Iseult piscou, chocada.

— Mas isso não é verdade. Ele tem *nos* matado.

A mulher não pareceu impressionada.

— Não precisa ser verdade para que as pessoas acreditem, então fique escondida e não cause problemas. — Um arqueio das sobrancelhas da mulher e, antes que Iseult pudesse assentir, a dona da estalagem voltou a fatiar o presunto.

Dividir um quarto, Aeduan percebeu, era muito diferente de dividir uma floresta.

Em meio à tortura que pulsava em seu crânio, ele não conseguia descobrir *por que* as paredes faziam diferença — tecnicamente, ele não estava mais perto da Bruxa dos Fios ou de Owl ali do que na caverna pequena da noite passada. Ainda assim, de alguma forma, aquele espaço parecia centenas de vezes menor. Centenas de vezes mais abarrotado.

Uma cama baixa estava sob uma única janela, com uma colcha verde fabricada com fineza, e bem desgastada. Uma bacia lavatória lascada, com folhas de cobalto em volta das bordas, descansava sobre uma mesa próxima à porta, e havia até mesmo um espelho distorcido pendurado acima dela.

Owl ficou fascinada pelo espelho, e Aeduan sentiu-se grato pela distração dela. A dor martelava em cada órgão, cada membro, e as pancadas ficavam mais fortes a cada minuto. Ele mal conseguia controlar a tosse. E havia o sangue, um fluxo infinito não apenas das cicatrizes antigas, mas também das vinte e uma novas. A camisa que Iseult se dera ao trabalho de limpar agora estava dura e vermelha novamente.

Pelo menos, ele pensou, enquanto Iseult o ajudava a se sentar, *eu não sujei ela com o meu sangue.*

— Obrigado — ele tentou dizer ao afundar-se na cama, mas tudo o que saiu foi um forte suspiro.

A madeira gemeu embaixo dele. O quarto de painéis escuros inclinou-se bruscamente. Então a Bruxa dos Fios apareceu diante dele, uma visão turva de lábios franzidos e olhos verde-dourados. As mãos dela moveram-se até a garganta dele, gentis como sempre, e ele demorou um tempo para perceber que ela estava tirando sua capa.

Aeduan ficou tenso. Ela hesitou. Um leve rubor preencheu as bochechas dela.

— Posso? Nós precisamos cuidar dos seus machucados.

Lá estava aquele *nós* de novo.

Ele assentiu e, enquanto ela tirava sua capa, percebeu que o problema não era que o quarto parecia pequeno demais. Não, o problema era que Iseult parecia grande demais. Ela preenchia cada espaço em sua visão. Cada toque, cada palavra, cada respiração. Não havia como fugir dela.

Ela dobrou a capa de Aeduan, agindo como se não estivesse imunda e cheia de furos, antes de colocá-la cuidadosamente no chão. Com as sobrancelhas unidas em concentração, ela se voltou para ele. Seus dedos procuraram a barra da camisa, como se tivesse a intenção de puxá-la para fora da calça. Como se tivesse a intenção de puxá-la acima do seu peito exposto e sangrando.

Era demais.

As mãos dele cobriram as dela. Ele imobilizou os dedos da bruxa, que repousavam no quadril dele.

— Não — foi tudo o que disse. Um mero ofego de palavra, mas o suficiente. A cor nas bochechas dela ficou mais forte. Ela retraiu as mãos. Depois, afastou o corpo inteiro, virando-se na direção de Owl. Uma fração de segundo depois, Iseult afastava-se por completo de Aeduan.

— Solta! — ela gritou. — Esse espelho não é para você destruir... Owl, *solta!*

E Aeduan viu uma expiração esgotada escapar de seus pulmões. Ele estava mais aliviado do que gostaria de admitir por Owl estar causando confusão. Contudo, o sentimento durou pouco, pois o ato de despir sua própria camisa mostrou-se impossível — e, se fosse sincero, deixara de ser uma prioridade.

Cada músculo em seu corpo gritava. Sombras cercaram sua visão, e ele não tinha mais forças para lutar com elas.

Você não é a sua mente, ele tentou dizer a si mesmo. *Você não é o seu corpo. Eles são apenas ferramentas para que você possa continuar lutando.*

As tentativas de Aeduan não funcionaram — e ele não podia mais negar que Iseult provavelmente estava certa: as flechas que o acertaram estavam amaldiçoadas.

Aquilo, ele presumia, devia ser a sensação de estar morrendo.

— Ao que parece, ela também consegue controlar vidro — Iseult murmurou, em dalmotti, virando-se de volta para ele. — Como se essa criança já não fosse cansativa o suficiente antes... Aeduan? — Seu rosto se aproximou mais. — Aeduan, fique acordado... só mais um pouquinho. Você consegue fazer isso?

— Hm-hmm — ele concordou, e, apesar de ser necessário um esforço monumental, forçou suas pálpebras a subirem mais e sua coluna a se endireitar.

Os olhos arregalados de Iseult e de Owl encontraram os dele.

— Vou procurar um curandeiro agora — Iseult prosseguiu. — E comprar suprimentos para a estrada.

— Não... — Ele engoliu. — Tem um posto avançado do monastério em Tirla. Eu posso... conseguir suprimentos... lá.

Ela arregalou os olhos, incrédula.

— Achei que você não fosse mais um monge.

Ele *tinha* dito aquilo a ela, não tinha? E ele falara sério, embora o *motivo* de duas semanas atrás parecer embaralhado em sua mente agora.

— Você mal consegue falar — Iseult continuou —, muito menos andar.

— Mas eu... preciso — ele argumentou, perguntando-se por que ela insistia. Por que ela se importava. — O monge morto... ele precisa de um desfecho.

— Então eu vou e informo a morte do homem no seu lugar.

Por vários instantes, Aeduan a encarou, considerando. Como sempre, ela o atordoava. Ele não tinha ideia do que ela poderia dizer a seguir. Do que ela poderia fazer a seguir. Às vezes, aquilo o irritava — ela não tinha o direito de se importar. Mas em outros momentos...

Bem, ele não sabia ao certo. Só sabia que se sentia feliz por ainda não ter abandonado aquela rota e voltado para o pai. Feliz por não ter ido para Lejna ou caçado o fantasma que cheirava a lagos de águas limpas.

— Apenas monges podem entrar — ele disse, por fim, a voz rouca. O corpo vergonhosamente fraco.

O nariz de Iseult tremeu.

— Tudo bem — concordou. — Você pode visitar o posto avançado depois, quando estiver curado. Descanse por enquanto. E, Owl — ela fixou olhos severos na garota —, tranque a porta depois que eu sair, e *nada* de manipular o espelho enquanto eu estiver fora.

Muitas respirações dolorosas depois, Iseult saiu do quarto. Como prometido, Owl trancou a porta com um olhar afiado vindo do outro lado da sala. O ferrolho fez um clique na fechadura, e a menina engatinhou para a cama. Ela sentou-se de pernas cruzadas ao lado de Aeduan, sua expressão ansiosa.

— História — pediu.

Aeduan levou um momento para compreender aquela palavra: *história*. Não era como se as pessoas lhe pedissem aquilo com frequência. Ou *alguma vez* tivessem pedido, na verdade. E não era como se ele conhecesse muitas que pudessem ser contadas a Bruxas da Terra de seis anos de idade.

— O monstro e o mel — ela especificou, com mais insistência, e daquela vez o cutucou no braço.

Doeu. A escuridão avançou. Ele desmaiaria se não fizesse alguma coisa, e, inútil como estava, não queria deixar a menina sozinha em uma estalagem estranha onde espelhos imploravam para serem derretidos e refeitos.

Mas o monstro e o mel... Era uma fábula que seu pai havia contado centenas de vezes quando Aeduan era criança — e era uma fábula que Aeduan se recusava a contar. Afinal, histórias como aquela eram perigosas. Elas faziam os desesperançosos terem esperança e os esquecidos sonharem em serem lembrados. Mas a verdade era que os monstros nunca poderiam ser transformados em homens, independentemente de quanto mel reunissem.

Então Aeduan engoliu em seco, a garganta pegando fogo, e começou uma história diferente. Uma história inofensiva. Uma que sua mãe lhe contara muitas vezes, todos aqueles anos atrás, sobre um gato sujo apanhado em uma tempestade e a garotinha que o salvara.

10

Foi uma música que salvou Merik das sombras. Uma voz tão perfeita que ele teve certeza de que estava morto. Que aquele devia ser o salão de Noden; aquele devia ser o canto de Sua mais sagrada perda.

Mas seu rosto estava quente, e, quando seus olhos se abriram brevemente, a luz do sol os atravessou. Ele voltou a fechá-los na mesma hora.

A voz ainda cantava. Palavras em soprano, rítmicas e vibrantes, enchiam seus ouvidos com uma língua que ele não reconhecia, mas que, ao mesmo tempo, amava. Ele era o gato em um feixe de luz solar perfeito. Ele estava aquecido, era amado, e nunca queria que aquela música terminasse. Se era um homem morto, então aquela era a música que o salvaria.

Sombras deslizaram pelo sol, fazendo a luz atrás das pálpebras de Merik tremular, e um leve *scritch-scritch-scritch* era ouvido sob a música. Um som familiar que o fez lembrar de uma luz do sol parecida, uma brisa matinal parecida que beijava seu rosto. E um ritmo de passos contínuos parecido, enquanto tia Evrane andava em seu local de trabalho em Nihar, moendo com almofariz e pilão.

Ele quase podia ouvir a reprovação dela na música daquela cantora nova:

O Fúria não se esquece jamais,
Seja lá o que você fez,
Voltará dez vezes maior,
E assombrará sua paz,
Até que você se redima, talvez.

Palavras sombrias, ele pensou, forçando os olhos a se abrirem mais uma vez. Palavras sombrias para uma música tão adorável e aquele calor adorável que o cercava.

Porém, não foi calor que seus olhos abertos encontraram, nem sol, mas uma minúscula janela sem vidro posicionada bem no topo de uma parede de pedras escura e úmida. O sol ainda estava lá, mas, com nuvens unidas à sua frente, não havia luminosidade que escondesse os tijolos cinza irregulares que emolduravam a janela. Não havia luminosidade para esconder o musgo na borda, ou os pedaços de fio trançado e frisado — verde, amarelo, rosa e azul — que pendiam de cima.

Hera subia pelo teto, enquanto papoulas vermelhas se enroscavam e rastejavam pelas paredes em ruínas. *Coisas antigas renovadas,* ele pensou, e com aquele pensamento veio a primeira onda de pânico em meio à música.

Cam. Ryber. O Fúria.

Pelas águas do inferno, onde ele estava?

Merik tentou se levantar. Doía — uma dor flamejante e dispersa em suas costelas, seu estômago, sua coluna. Ele logo desistiu e voltou a afundar no chão, mas, quando seu pescoço atingiu o chão bruto, houve uma batida de algo pesado e duro. Ele se levantou de novo, apesar da dor, apesar da tontura, e encontrou um colar de madeira macio em volta do pescoço. Pendurada em uma trava de ferro havia uma fechadura de ferro, e daquela fechadura pendia uma corrente de ferro frouxa que caía pelo chão antes de serpentear até um gancho na parede.

O mundo girou. Os músculos de Merik doeram. Ele puxou a fechadura — puxou e puxou de novo.

— Isso não vai funcionar.

Merik estava tão distraído que não percebeu que a cantora parara de cantar. Ele não percebeu a aproximação dela em suas costas. Apenas agora que as palavras pendiam no ar é que ele percebia que não estava mais sozinho.

Ele se virou na direção do som, a corrente arranhando. À distância, percebeu que as paredes eram curvadas, que o local inteiro era arredondado, e que ele estava em uma alcova. Uma torre, decidiu. Então, encontrou o rosto da oradora, e o tempo, o pânico, pararam como os últimos grãos de areia em uma ampulheta.

Ela era tão bonita quanto a sua voz. *Nomatsi*, pensou, pois era pálida demais para ser do extremo oriente. No entanto, ao contrário da maioria das mulheres nomatsi, seu cabelo descia até a cintura em uma trança com pedaços brilhantes de feltro colorido, miçangas reluzentes e até mesmo talos de urze roxa seca colocados atrás da orelha.

— Apenas eu posso remover o colar — ela disse, agachando-se diante dele. Seu vestido de abeto balançou, o almofariz e o pilão tiniram quando ela os colocou aos seus pés, e, por instantes que pareceram infinitos, Merik foi envolvido pelos olhos dourados e flamejantes dela. Não eram os olhos de uma mulher jovem.

Coisas antigas renovadas.

Merik demorou um tempo para perceber que ela falava em arithuano. Ele não era muito bom com aquela língua. Conseguia entender bem o suficiente graças à mãe de Kullen, que a falava quando eles eram novos, mas encontrar palavras e formar frases...

— Onde? — ele sibilou. Era o melhor que podia fazer.

Mas a jovem mulher entendeu.

— Você está na minha casa, príncipe Merik Nihar. Em Poznin.

Poznin. Impossível. Ele estivera do outro lado das Terras das Bruxas... no dia anterior? Ou fazia mais tempo? E Cam e Ryber... estavam seguros?

Diante da angústia crescente de Merik, ela riu. Um som bonito, mas... *errado*. Como um tubarão gritando ou um peixe chorando, aquilo não deveria sair de sua garganta. E a covinha na bochecha direita apenas tornava tudo pior.

— Não preciso do meu tear para ler seus pensamentos, príncipe Merik. Posso vê-los com a mesma facilidade com que são escritos em seus fios. Você está se perguntando como chegou aqui, não é? Isso é fácil de responder. — Ela se pôs de pé, recolhendo o almofariz e o pilão no caminho. Um rastro de poeira branca se formou atrás dela. — O seu amigo te trouxe aqui. Aquele que costumava se chamar Kullen antes de *eu* despertar o Fúria dentro dele. — Outra risada, outro arrepio pela coluna de Merik. — O vínculo que compartilha com ele é tão forte que você foi puxado para a mesma semivida destrinchada dele... e agora, como ele, é *muito* difícil te matar... Embora não seja impossível. E é por isso que você deve continuar aqui, príncipe. Precisamos que o Fúria guie os corsários para dentro da

Montanha do Adormecido, e não podemos correr o risco de você morrer de repente e estragar tudo.

Aquilo soava vagamente familiar. No percurso até o Convento, Ryber dissera algo sobre um adormecido... e uma montanha... e *algo* sobre portas e diferentes maneiras de entrar.

Pelos peixes-bruxa, Merik rezava para que Ryber estivesse bem. Cam também. *Por favor, Noden, por favor.*

— Você — Merik tentou dizer. — Quem?

— Meu nome é Esme, e é graças a mim que você ainda está vivo. E *isto*... — ela se inclinou para a frente para dar uma batidinha na madeira aparafusada ao redor do pescoço dele. Mais poeira voou do recipiente. — Isto bloqueia sua magia, então não há necessidade de tentar usar sua bruxaria. Em mim ou em qualquer outra pessoa.

Com aquelas palavras, a ampulheta do pânico de Merik virou. A areia se acumulou e mudou de lado. Ele inspirou o mais profundamente que conseguiu, os pulmões curvados em cima de costelas penetrantes, e ele *puxou* todo o poder que sempre vivera ali. O ar, os ventos, as correntes do aposento ao seu redor.

Nada aconteceu. Nada além de pó do almofariz subindo pelo seu nariz. Ele tossiu — e recebeu mais risadas enquanto a jovem se afastava. Ela voltou com uma xícara de porcelana três tossidas depois.

— Beba — ordenou, e Merik obedeceu.

A água, embora bastante sulfúrica, era uma perfeição em sua garganta espasmódica. Enquanto ele bebia, Esme vagueou pela sala até uma mesa com uma pilha de livros. Velas apagadas em variados estados de desintegração curvavam-se em todos os espaços disponíveis: na mesa, no chão, em pedras afastadas da parede e no parapeito de uma janela maior com vista para o céu cheio de nuvens.

Um céu noturno, ele deduziu. Ainda assim, ele invocou as palavras de sua cabeça atordoada:

— Que... dia é hoje?

— No calendário nomatsi, é o vigésimo sétimo dia sob a Oitava Lua. No calendário dos povos originários, aqueles que viveram aqui milhares de anos atrás, estamos no vigésimo sétimo dia de Tempestades. — Esme espiou Merik, um sorriso dissimulado nos lábios. — Mas eu imagino, simples como você é, príncipe, que deseja saber o dia no calendário "comum". — Ela revirou os olhos. — Uma palavra como essa implica facilidade e escolha, não é? Mas, na verdade, o calendário *comum* nos foi imposto com chicotes e correntes.

Por todo aquele discurso longo, Merik ficou quieto. Não demonstrou nada em seu rosto além da verdade sobre a dor em suas costelas e coluna. Ele até manteve o olhar desfocado na direção de Esme, para que ela não percebesse como ele tomava nota de cada espaço na torre, cada possível arma ou ferramenta em potencial. Ela havia se referido a fios, então deveria ser algum tipo de Bruxa dos Fios — o que explicaria a variedade de pedras empilhadas em uma mesa baixa embaixo da janela principal.

Ela também mencionara ter despertado o Fúria dentro de Kullen. Embora *aquela* fosse uma pergunta que Merik teria de investigar depois.

— No calendário *comum* — Esme concluiu —, estamos no ducentésimo quadragésimo terceiro dia do décimo nono ano desde a validação da Trégua de Vinte Anos.

Merik tinha perdido apenas algumas horas, então. Kullen devia ter voado o seu corpo inconsciente até ali logo depois de destruir aquela pedra, o que significava que ele não tentara caçar Ryber ou Cam. Uma pequena bênção em meio àquela tempestade enlouquecedora.

Após secar as últimas gotas de água, Merik pigarreou.

— Eles... vão precisar recomeçar.

Com o olhar confuso de Esme, Merik se perguntou se talvez tivesse escolhido as palavras erradas ou as conjugado incorretamente. Mas então a expressão da jovem suavizou, e sua risada satisfeita e abrupta escapou de novo. Ela até soltou seu almofariz e pilão para bater palmas.

— Você quer dizer o calendário! Eles vão precisar recomeçá-lo... sim, sim, eles vão, porque a Trégua acabou. *Ah*, que divertido. Você tem um cérebro mesmo, príncipe. Eu nunca teria adivinhado ao olhar para você, mas você não é como os meus outros destrinchados, é? — Outra palminha, e daquela vez ela se levantou e correu até uma pilha de livros na parede oposta.

Meus outros destrinchados. Com aquela frase, milhares de perguntas surgiram no cérebro de Merik. Quem era aquela mulher, por que ela possuía destrinchados — ou para qual propósito, *como* ela os possuía... E por que falara de Merik como se ele fosse um deles?

O maior problema, porém, era o fato de Merik não sentir nenhuma inquietação. Nada de pânico como antes. Apenas um agrupamento de calor atrás de seus pulmões e uma leve dissolução da dor.

— Faz sentido, eu acho — ela prosseguiu, tirando um tomo esfarrapado da pilha. — Você não está diretamente vinculado ao meu tear, e eu não te destrinchei de propósito, como o resto dos meus servos. Nem destrinchei por completo o seu irmão de ligação. Eu *tentei* destrinchar. — Ela abriu o livro, seu suspiro roçando as páginas agitadas. — Mas ele é feito de tantas pessoas e de tantos fios ancestrais que não foi fácil como eu pensei que seria. Ah, mas agora que *você* está aqui, príncipe...

Ela se virou na direção de Merik, os olhos arregalados e o dedo batucando em alguma página que ele não conseguia ver. Embora ele achasse que deveria conseguir vê-la. Ela não estava muito longe. Ele piscou. A sala ficou borrada.

— Agora que você está aqui, príncipe, eu devo conseguir preencher as lacunas que este diário não conseguiu explicar. A magia não é mais o que era quando Eridysi começou seus experimentos. O seu colar, o meu tear... eu precisei modificar e ajustar tudo. Mas agora que está aqui... *Ah*, há tanta coisa para explorarmos. Eu gostaria de não ter acrescentado a poção sonífera em sua água! Porque então poderíamos começar logo!

Ah, Merik pensou, quando um sono confortável se apossou dele, puxando-o para o chão com um tinido de madeira e correntes. *Ela me drogou. Que ótimo.*

11

Vivia nunca vira uma cidade tão grande.

Embora estivesse a dezenas de quilômetros de distância, Azmir consumia o horizonte como incêndios alastrando-se por planícies. Cidade das Torres Douradas, Cidade da Chama Eterna. Aquela cidade — e o desfiladeiro enorme e crescente ao seu redor — tinha tantos títulos absurdos quanto a sua imperatriz. E todos eles, ela precisava admitir, eram merecidos. Das paredes rajadas do desfiladeiro, que se erguiam até as colinas de Kendura, às Sirmayans esbranquiçadas mais além, passando pelos cais lotados que se aglomeravam pelo lago Scarza até o Palácio Flutuante em sua ilha de terra vermelha ao centro, Vivia nunca vira ou imaginara um lugar como aquele.

Enquanto os seis Bruxos do Vento carregavam Vivia para mais perto da capital imperial, os ângulos duros de suas torres ganhavam destaque. Era dez vezes o tamanho de Lovats — vinte vezes até, e com centenas de vilarejos menores pontilhando as colinas ao entorno. No entanto, não foi a vastidão que impressionou Vivia. Moderna, limpa, *erguida*, Azmir parecia ter sido construída no ano anterior, embora ela soubesse que a cidade existia há séculos.

Quando o Palácio Flutuante se aproximou mais, magníficas torres brancas entrecortadas por toques de verde, o estômago de Vivia deu um nó. Ela tentou culpar a descida por sua vertigem e seus joelhos trêmulos, mas, assim que aterrissou, ainda se sentia com vontade de vomitar. Ou de correr até os ciprestes mais próximos e esconder-se de todos.

Pois não havia nada, *nada*, que aquele império exuberante, vibrante, pudesse querer de Vivia ou de Nubrevna. Quando se tratava de comércio ou tratados, Marstok tinha todas as vantagens e nenhuma vergonha.

Sem arrependimentos. Continue em frente. Ela estava ali; ela era poderosa; ela não desperdiçaria aquela viagem. Vivia alisou seu casaco prateado antes de tirar os óculos de proteção e tentar ajeitar o cabelo, que não obedeceu.

Enquanto isso, dezesseis mulheres e homens em uniformes verdes marchavam em direção a ela. Nenhum carregava nada além de uma única espada presa ao quadril, e a maioria não carregava nenhuma arma. O que significava que aqueles guardas eram apenas simbólicos — nenhuma demonstração de ameaça, nem mesmo uma demonstração de poder. Aquela era uma recepção educada, e a imperatriz não queria assustá-la.

Não estava funcionando.

— Vossa Alteza — disse uma mulher à frente, e com absoluta coordenação, os soldados fizeram uma reverência baixa. — Sua Majestade Imperial lhe aguarda em seus aposentos pessoais.

Seus aposentos pessoais, Vivia pensou, enquanto acenava para que seus próprios acompanhantes a seguissem. A imperatriz estava realmente se esforçando para manter Vivia calma. E Vivia *realmente* não gostava daquilo. Ela sentia-se como o caranguejo atraído para a panela da cozinha. As águas podiam começar frias e agradáveis, mas, por fora do latão, as chamas subiam.

A sensação de desconforto apenas aumentou ao seguir os soldados por um jardim repleto de azaleias (que deveriam ter parado de florescer meses atrás), em meio a duas colunas de mármore delicadamente entalhadas para aparentarem troncos de árvore, e enfim para dentro do palácio.

Eles não encontraram nenhum dos guarda-costas imperiais conhecidos como víboras nos corredores de mármore austeros, nem nenhum outro soldado além dos que guiavam Vivia. Apenas criados passavam, e eles eram rápidos em se esgueirar e fazer reverências.

Talvez o mais perturbador de tudo fossem as frequentes bacias de argila cheias de água. Doze delas, na verdade, a cada esquina do corredor ou em cada interseção. Não havia lírios ou peixes dentro das bacias, e a argila não combinava com a decoração de ferro presente em todos os cantos — os vasos de ferro para os limoeiros, as arandelas de ferro para as chamas enfeitiçadas, os sinos de vento de ferro sem que houvesse vento para balançá-los.

Mais uma vez, era como se a imperatriz Vaness estivesse dizendo: "Olha! Eu te dei água para a sua magia. Você está segura! Relaxa!".

Vivia acreditava ser impossível ficar mais tensa do que estava, e quando uma porta surgiu no final do corredor, cercada por víboras e mais duas bacias de argila, ela precisou se concentrar em apenas continuar andando.

Ela não deveria ter ido até ali. Ah, Noden, *por que* ela tinha ido? Aquela fora uma ideia terrível, e aqueles baldinhos lamentáveis de água não seriam suficientes para salvá-la de qualquer coisa.

Dez passos antes da porta, a escolta de boas-vindas se separou em duas filas perfeitas. Eles não disseram nada quando Vivia e seus Bruxos do Vento avançaram, então ela não diminuiu o passo.

Clack, clack, clack. As botas dela tamborilaram uma canção fúnebre. Embora os marstoks a observassem, ela não pôde evitar alisar o casaco, puxar os punhos e, por fim, dar tapinhas nas laterais do rosto até que a carranca Nihar, que Merik exibia com tanta facilidade, estivesse no lugar.

Quando Vivia estava quase na porta da imperatriz, a porta se abriu, tão silenciosamente que devia ter sido lubrificada no dia anterior. Ou talvez fosse lubrificada todos os dias, em um lugar tão abastado quanto aquele.

Adiante, a luz solar da tarde fluía. Mais ao longe, a imperatriz de Marstok aguardava. E mais além, Vivia *rezava*, não haveria provas de que Vivia não deveria ter ido até lá. Ela atravessou a soleira da porta.

Certa vez, quando criança, a tia de Vivia lhe mostrara uma caixinha de música. Vindo de Dalmotti, o item tinha sido enfeitiçado para abrir apenas com o toque de Evrane. Na época, era a coisa mais linda que Vivia já vira — branca com bordas douradas —, e quando a tampa da caixa se abriu e a música ressoou, ela se sentiu transportada para outro mundo. Um mundo onde ela não precisava de máscaras, e onde ninguém jamais tentaria machucá-la ou roubar o que não era seu.

Por um breve momento, enquanto o sol a acariciava, enquanto a simplicidade branca do espaço ajustava-se em sua visão e os sinos de vento soavam em um terraço do outro lado da sala, Vivia sentiu aquela mesma sensação de beleza. De segurança e paz. Ali, a raposinha poderia ser a raposinha para sempre.

No entanto, assim que Evrane fechara a caixinha de música e repreendera Vivia por segurá-la por tempo demais, e assim que Vaness surgiu na visão de Vivia, o mundo — aquele mundo perfeito e intocável — desapareceu.

— Vossa Alteza — Vaness disse, quando Vivia entrou pelo terraço. Seu vestido de seda preto flutuava ao seu redor, um vestido simples com uma gola alta, mangas curtas e uma saia curta o suficiente para expor apenas pés calçando sapatilhas. Ela balançou a cabeça, e Vivia acompanhou o movimento, ainda que de forma desajeitada.

Pelas águas do inferno, a imperatriz era menor do que ela se lembrava. De repente, Vivia sentiu-se enorme como uma raposa-do-mar e centenas de vezes menos graciosa.

— Seus oficiais podem aguardar aqui, se possível — a imperatriz falou, em um nubrevno suave, embora com um forte sotaque. Ela gesticulou em direção a várias cadeiras com estofamento branco encostadas na parede. Orquídeas pendiam entre elas, e com o aceno de Vivia, seus acompanhantes sentaram-se, rígidos.

A aparência deles era ridícula. Uniformes da marinha e cabelos bagunçados pelo vento em contraste com elegância delicada do palácio.

— Vamos conversar no terraço — a imperatriz sugeriu. Então, ela se afastou de propósito, dando tempo para Vivia murmurar:

— Esperem aqui. Vocês sabem o que fazer se alguma coisa der errado.

Continências discretas vieram a seguir, e Vivia sentiu seus lábios se erguerem. Aqueles Bruxos do Vento eram bons oficiais. Apesar de ela sentir falta de Stix ao seu lado, não duvidava nem por um segundo da credibilidade daqueles soldados.

No terraço, Vivia encontrou duas cadeiras de ferro e uma mesa de ferro posta com figos açucarados e uma jarra de água. Nada elaborado, e nenhum criado ou víboras à vista.

Na verdade, a única vista era a de uma parede alta de argila ao redor do terraço, e ciprestes agrupados em um jardim de ervas que enchia o ar com sálvia e lavanda.

Vaness não fez menção de se sentar e, conforme os instantes passavam, ela analisou Vivia abertamente. A inspecionou de cima a baixo, sem vergonha em seu olhar, e sem julgamento também.

Vivia permitiu. Ela até mesmo entrelaçou as mãos atrás das costas e encarou a imperatriz de volta. A verdade era que agir como duas cadelas cheirando o traseiro uma da outra em um beco era muito mais fácil do que as besteiras diplomáticas e educadas que sua mãe lhe ensinara.

— Você... cresceu — Vaness disse, por fim. — Acho que, da última vez que eu te vi, você ainda não tinha se desenvolvido.

— Você tinha — Vivia respondeu, e era verdade. Da única vez que ela e Vaness se encontraram, há dez anos, Vivia ainda era uma criança, mas Vaness era uma mulher crescida.

Era deslumbrante, mesmo aos dezessete anos, e era mais deslumbrante atualmente. Em especial, quando um leve sorriso brincou em seus lábios.

— Vamos nos sentar. — Vaness se acomodou na cadeira de ferro, sua postura perfeita. — Temos muito a conversar.

— Aye — Vivia concordou, e por meio segundo considerou imitar a graciosidade da imperatriz. Tudo parecia tão macio, tão delicado, tão distante de tudo que Vivia era... e, de alguma forma, era tudo o que Vivia queria ser.

Mas não, ela não estava ali para ser intimidada. Ela não estava ali para ser manipulada. Ela estava ali por Nubrevna, e nada mais. Então, quando se sentou com a mesma brusquidão que usaria com qualquer um dos seus soldados, e quando deu tapinhas nas laterais do rosto mais uma vez, ela invocou seu urso interior.

— Nós temos *mesmo* muito a conversar — afirmou. — Por exemplo, em primeiro lugar, pelo inferno aquoso de Noden, o que exatamente eu estou fazendo aqui?

Escondida em uma parede oca, Safi observava a imperatriz de Marstok confrontar a recém-nomeada rainha em espera de Nubrevna.

Até aquela manhã, Safi pensara preferir a sala do trono para aquele tipo de trabalho. Suas pernas ficavam tensas por ficar de pé, mas ao menos ela estava ao ar livre. Ao menos a luz solar e o ar fresco podiam tocar sua pele. Agora ela percebia que a escuridão era melhor. O calor, as paredes e a ausência de pessoas a olhando ou aguardando um anúncio de *verdade* ou *mentira* — aquilo era melhor. Aquilo era mais seguro.

Todos os dias desde sua chegada em Azmir, Safi passava ao menos uma hora em um espaço sufocante em algum lugar. Havia aquele, um segundo na sala de jantar imperial e um terceiro no amplo anfiteatro onde o sultanato se encontrava todos os dias para lidar com os problemas econômicos e de infraestrutura do império.

Em geral, eram vozes demais para acompanhar. Em geral, Safi precisava confiar em sua intuição para sentir a podridão do recinto. É claro, até aquele dia, não houvera nenhuma podridão, e embora Bayrum dos Shards tivesse sido o primeiro, Safi estava certa de que não seria o último.

Então, contanto que ela estivesse naquela parede, não precisava temer sua magia. Não precisava temer outra morte súbita. Ela podia ouvir, avaliar e escolher suas palavras com cuidado. Talvez o melhor de tudo era que, na escuridão, Safi podia trabalhar.

Ela já tinha pegado doze livros da biblioteca pessoal da imperatriz, e até mesmo feito *anotações* em um deles. Iseult ficaria extremamente espantada. O livro, *Criando pedras da dor*, parecera um ponto de partida lógico, e o texto abordava pedras da dor, além de tônicos e tinturas. Curandeiros, Safi aprendeu, incorporavam seu poder no próprio ato de criação.

E aquilo lhe dera uma ideia: se ela pudesse segurar um pedaço de quartzo enquanto usava seus próprios poderes, talvez também conseguisse *incorporar* o seu poder à pedra.

Vaness gentilmente providenciara um novo pedaço de quartzo-rosa e um punhado de outras pedras preciosas — sem fazer qualquer pergunta, graças aos deuses —, e agora Safi colocava seu plano em ação. Ela permitiu que sua magia subisse à superfície enquanto observava.

E o que ela viu foi absolutamente fascinante. Na verdade, ela não fazia ideia de por que *alguma vez* considerara Vaness tediosa. Naquele momento, ela era qualquer coisa menos a imperatriz Insossa.

Nunca na vida de Safi ela vira duas mulheres competindo por espaço em um cômodo daquele jeito. Ela vira muitos homens agirem assim, cacarejando como galos em um quintal. E ela vira homens tentarem — e falharem — curvar mulheres cujas colunas eram feitas de aço.

Aquilo era muito diferente. Eram duas mulheres mil vezes mais fortes que qualquer homem, cada uma com seus próprios objetivos e suas bruxarias mortíferas. Elas estavam paradas como boxeadoras em um ringue cartorrano, mas, em vez de azulejos e areia encobrindo o chão entre elas, uma mesa de ferro e jarras de água as aguardavam. Armas a serem usadas.

Os sinos de vento tilintaram, um prenúncio suave do que certamente viria a ser uma explosão sinfônica. Para piorar a tensão, a magia de Safi tremia conforme verdade e mentira chocavam-se contra ela em uníssono. Ambas as mulheres ressoavam com honesta clareza; ambas chiavam com falsidade treinada.

A sinfonia começou.

— O motivo de você estar na minha "maldita cidade" — Vaness afirmou — é que, da última vez que te vi, você estava roubando um dos meus navios.

— E da última vez que eu te vi — Vivia rebateu —, você tinha sabotado um dos seus navios para que eu pudesse roubá-lo.

— Uma distração. — Vaness ergueu uma das mãos. — Eu queria o carregamento que o seu irmão levava. Valia o preço daquelas armas.

Verdade, murmurou a magia de Safi — e ela se imaginou colocando aquela verdade dentro do quartzo.

Vivia também pareceu sentir a sinceridade de Vaness, pois ficou tensa por um momento, como se estivesse surpresa.

— Você quer dizer que valeu a pena perder suas armas para reivindicar essa Bruxa da Verdade que você, supostamente, tem. Vamos vê-la então, se ela é tão especial.

— Para que você possa *roubá-la* de mim também?

— Talvez. — Um dar de ombros casual da rainha em espera. — Me diga: ela valeu o custo da guerra?

— Me diga: e minhas armas, valeram o custo? — As sobrancelhas da imperatriz se ergueram. — Suas atitudes foram as primeiras a colocar em risco a Trégua de Vinte Anos. Foi por mero acaso que a magia no documento considerou a *minha* atitude um crime pior.

— Eu roubei um navio. Você desembarcou em solo nubrevno com soldados. Acho que a magia foi correta em sua avaliação.

— Diz a mulher que transformou sua própria marinha em piratas.

— Diz a mulher que libertou os meus Raposas de uma prisão saldonica. — Vivia ergueu o queixo. — Por que você fez isso?

— Porque a Bruxa da Verdade me pediu. — Vaness tirou um fio invisível de cabelo do vestido. — *Eu* os teria deixado apodrecer.

— E por que *ela* teria te pedido isso? — Vivia pressionou. — Por que ela se importaria?

— Pelo mesmo motivo que ela me pediu para negociar um acordo com Nubrevna em troca de sua rendição pacífica. Algo, ou talvez *alguém*, a conecta à sua terra natal.

— Merik — Vivia disse, e com aquele nome, Safi esqueceu de todo o plano. De toda a sua magia e de sua pedra.

Nas duas semanas desde que ficara sabendo da morte de Merik, havia momentos — como aquele — em que o rosto dele borbulhava até a superfície. O modo como ele a olhara naquele despenhadeiro iluminado pela lua em Nubrevna, um pouco ansioso, um pouco temoroso... e um pouco arrependido também, pois, no curto tempo que passaram juntos, foram colocados como inimigos. Foi apenas quando estavam se separando que pareceram perceber que eram melhores como amigos. Ou talvez como algo a *mais*.

Mas agora Merik se fora, e Safi jamais saberia como poderia ter sido.

— Eu te trouxe aqui — Vaness começou — para concluir o meu acordo com a Bruxa da Verdade.

— O que você ganha com isso?

— Não ganho nada, mas eu fiz uma promessa a ela, e eu nunca quebro as minhas promessas.

— Entendo. — Vivia abriu bem as mãos. — Originalmente, você só trataria de negócios com meu irmão. Agora ele está morto, então é obrigada a tratar comigo, embora nós duas saibamos que não negociaremos nada. Você ainda sairá inocente, porque, no fim das contas, você *tentou.*

— De modo algum — Vaness reagiu, brava; uma reação tão verdadeira que pegou Safi de surpresa. A imperatriz nunca deixava sua máscara escorregar.

E, de repente, Safi lembrou-se mais uma vez de seu plano. Ela se concentrou em sua magia; no quartzo; na conversa.

— Com certeza os nubrevnos possuem alguma coisa — Vaness observou — que valha a pena ser comercializada.

— Você sabe que a minha nação não tem nada a oferecer.

— Não, não sei disso. — Vaness respirou fundo, examinando a rainha em espera. — Você é um estudo de caso fascinante — disse. — É preciso muita audácia para tomar uma atitude feito a pirataria.

— Está mais para desespero.

Uma risadinha suave de Vaness — mais uma vez zumbindo com tamanha verdade que Safi foi surpreendida.

— Eu agradeço — Vaness continuou — por não tentar esconder de mim a realidade das suas circunstâncias. Por não tentar aumentar o que possui.

— Qual seria o sentido? — Vivia deu de ombros. — Você sabe o verdadeiro estado de Nubrevna. Você tem espiões.

— Não tantos quanto imagina — Vaness rebateu. — É difícil se infiltrar na sua casa. Você instiga uma quantidade incrível de lealdade entre o seu povo.

— Talvez. Quando eles estão dispostos a desconsiderar o meu gênero. — Vivia olhou em direção à porta, atrás da qual seus oficiais a aguardavam. Tremia de impaciência. Ela puxou a gola do casaco e ajustou as mangas.

Assim que voltou a olhar para a imperatriz, porém, Rokesh se materializou dos ciprestes. Ele andou em direção à luz solar.

Antes que Safi pudesse piscar, duas cordas de água chicotearam para fora da jarra, perseguindo o víbora.

— *Pare* — Vaness gritou.

A água parou. E Rokesh parou também, abaixando-se sobre um joelho — embora se por respeito ou para evitar os ataques, Safi não soubesse dizer.

— Que joguinho é esse? — Vivia rosnou, seus chicotes de água controlados.

— Nenhum joguinho — Vaness retrucou. Então, para Rokesh: — Por que você interrompeu?

— Minhas desculpas, imperatriz. — Rokesh curvou a cabeça até o joelho. — Há uma emergência que precisa de Safiya.

Ah. Safi se endireitou dentro da parede, os dedos apertando o quartzo. Ao que parecia, precisavam dela em outro lugar. *Por favor, que não seja na sala do trono. Por favor, que não seja alguém corrupto.*

— Temos um convidado — Rakesh explicou —, e presumo que você vai querer verificar se ele mente.

— Quem é? — Impaciência emanava da imperatriz. — Nenhuma família deveria chegar hoje.

— Este homem não é da família. É um antigo general Bruxo de Fogo, e parece que ele decidiu encerrar sua aposentadoria. — Rokesh olhou na direção de Safi, seus olhos encontrando os dela brevemente pelo buraco na parede. — Habim Fashayit a aguarda na biblioteca, Vossa Majestade Imperial, e ele alega estar aqui para nos ajudar a vencer a guerra.

12

Iseult sentia-se feliz por estar longe da estalagem. Feliz por estar longe de Aeduan e da menina que nunca ouvia.

Aquele quarto era pequeno demais para eles. A proximidade de Aeduan... e de Owl também... tinha confundido sua mente. Ou talvez fosse o Bruxo de Fogo destrinchado que impregnava seu sangue com chamas. Ou talvez fosse o simples cansaço ou a necessidade repentina e perturbadora de manter o rosto escondido.

Independentemente do motivo de sua idiotice, Iseult ainda se repreendia quando chegou à clínica lotada do curandeiro. Ela não podia *acreditar* que considerara tirar a camisa de Aeduan. Uma coisa era tirar as roupas de um homem e cuidar de seus machucados quando ele estava inconsciente. Era outra bem diferente quando ele a encarava de volta, com a respiração ofegante e os olhos ardentes.

Algo se agitara em seu peito ao vê-lo daquele jeito. As mãos dele sobre as suas. Algo que ela não reconhecia, ao mesmo tempo ardente e congelante.

E *ainda* se agitava. Pela deusa, no que ela estava pensando?

Iseult praticamente correu pelas ruas de Tirla, a vergonha a perseguindo com rapidez, e pechinchar por medicamentos era uma distração bem-vinda. Ela comprou pomadas e tinturas, ataduras e gaze, e, ao contrário da dona da estalagem, os atendentes preocupados não tiveram problema algum com a moeda de prata de Iseult. Infelizmente, porém, uma moeda de prata extra não subiria o nome dela da página catorze da lista por uma visita do curandeiro. Ela escreveu seu nome no fim, de qualquer forma, embora as chances de que o único curandeiro os visitaria antes de eles partirem não estivessem a favor de Aeduan.

Com sorte, os suprimentos novos bastariam para manter a maldição longe. Pelo menos até que uma solução melhor aparecesse.

Enquanto se esgueirava de volta ao trânsito confuso do dia, Iseult foi atingida por uma tensão atrás das costelas. Uma pontada que se arrastou para cima do seu coração. *Arrependimento*, ela decidiu após um instante. Mas não, não era bem isso. Aquela era uma dor mais suave, misturada com algo tipo... tipo fome.

Não foi até Iseult passar por um purista segurando uma placa de "Arrependa-se!" que ela finalmente identificou o sentimento. *Saudade de casa.* Tirla era muito parecida com a cidade de Veñaza. Mais limpa, com certeza. Mais fria também, e com soldados vestidos de verde para agrupar as multidões, mas ainda se parecia com Veñaza. Algumas horas ali e ela já conseguira encontrar sua trama dentro do tear da cidade. O barulho não era mais um incômodo, mas um conforto, tão confiável quanto as marés, e conferir seu capuz voltara a ser um hábito.

E se, e se, e se — pelo último mês aquela pergunta surgia ao menos uma vez ao dia enquanto os dedos dela agarravam a pedra dos fios até os nós dos dedos ficarem brancos. Sempre acontecia na calmaria entre o caos, quando nenhuma ameaça a perseguia. Quando havia tempo demais para o cérebro dela voltar ao passado e catalogar tudo que ela deixara para trás. Quando não havia nada que impedisse sua mente de desejar — e se perguntar — o que poderia ter acontecido se ela e Safi nunca tivessem executado aquele roubo na estrada ao norte de Veñaza.

E se, e se, e se. Um refrão inútil sem respostas satisfatórias. Pois, sem o ataque fracassado, Iseult e Safi nunca teriam atraído a atenção mercenária de Aeduan — e sem aquilo, ela nunca teria voltado para casa na tribo Midenzi. Então nunca teria sido amaldiçoada e fugido para Nubrevna, onde nunca teria encontrado o Poço Originário...

E ela nunca teria descoberto que podia ser metade do Cahr Awen. Que ela e Safi podiam ser o par mitológico das lendas, capazes de curar os Poços Originários e limpar o mundo de todo mal.

Iseult nunca teria negociado com Aeduan — cuja ordem carawena deveria proteger o Cahr Awen —, e eles nunca teriam salvado Owl dos piratas Vela Vermelha. E ela não estaria ali agora, o peito vazio, enquanto arranjava medicamentos em uma cidade estrangeira que não parecia tão estrangeira assim.

Na verdade, se Iseult baixasse o olhar até os paralelepípedos, se permitisse que sua atenção diminuísse e sua magia a guiasse pelas multidões, ela quase poderia fingir que estava indo encontrar Safi. Que a qualquer momento sua irmã de ligação se aproximaria, resmungando sobre as multidões, e elas iriam até a loja de Mathew. Ora, a fachada daquela loja logo ali parecia igual à da loja dele, incluindo a placa que dizia: "O verdadeiro café marstok, o melhor de Tirla".

Iseult congelou no meio do caminho, o coração batendo em sua garganta. Não podia ser. *Não podia* ser. Com certeza ela não seria tão sortuda de encontrar um dos cafés de Mathew ali. Ela vivera por mais de seis anos na loja de Mathew em Veñaza, treinando com o homem de confiança do Bruxo da Palavra — e também com o seu fio afetivo, Habim.

Abraçando sua sacola, Iseult atravessou a rua e, em um lampejo de velocidade — de desespero, até —, entrou pela porta frontal da loja. Foi como chegar em casa. Primeiro veio o cheiro de café, rico e suave, em suas narinas. Depois, as cores atingiram seus olhos, os tapetes, as tapeçarias e as almofadas todas arrumadas exatamente como na cidade de Veñaza. Mesmo as pessoas relaxando nos sofás e nos bancos baixos pareciam as mesmas. Até as xícaras de porcelana de onde elas bebiam *pareciam as mesmas*.

Aquilo pertencia a ele. Aquilo era de Mathew, e isso significava que ela podia entrar em contato com ele. Ah, Iseult não podia acreditar em sua sorte — a Mãe Lua a abençoara naquele dia, de fato. Ela correu em direção a um balcão alto nos fundos da sala, onde uma jovem com a pele tão escura quanto o café que moía e com fios de um verde atencioso ergueu o olhar com a chegada de Iseult.

— Você gostaria de pedir? — perguntou, seu marstok com sotaque igual ao de Habim, um sinal de que ela era da capital. — Você pode pedir uma garrafa ou a xícara.

Iseult diminuiu até parar diante do balcão. A emoção estava deixando sua língua inchada. Ela precisou engolir. E engolir de novo antes de conseguir dizer:

— O-o Mathew fitz Leaux está?

Uma batida do seu coração. Os fios da mulher esticaram-se com surpresa turquesa. Depois, desconfiança cor de bronze. E finalmente uma mistura trêmula dos dois. Ela baixou seu moedor cilíndrico e afastou a tigela onde os grãos estavam reunidos, tudo isso enquanto seu olhar percorria Iseult. De cima. A baixo.

— É... você — ela falou, em marstok, mas então mudou rapidamente para um dalmotti com sotaque. — Bem-vinda. É bom te ver, Iseult det Midenzi.

Foi a vez de Iseult se surpreender e ficar desconfiada. Apenas anos de treinamento a impediram de se afastar.

— Você... me conhece?

— É claro! Cada loja foi avisada para procurá-la. Embora eu deva admitir que não imaginava que você entraria na minha. Mas, ah... espere aqui! — As mãos da mulher se ergueram, suplicantes. — Tenho um recado para você. — Ela se virou em uma nuvem de saias cor de açafrão e desapareceu em uma sala nos fundos.

Ela voltou antes que o cliente mais próximo secasse sua xícara, e faixas coloridas de entusiasmo cobriam suas bochechas e seus fios. Iseult só podia supor que havia algum tipo de recompensa por encontrá-la.

Ela gostava daquela ideia. Fazia o afeto dar risadinhas em seu peito e um sorriso brincar em seus lábios. Quando avistou a escrita familiar de Mathew em um pedaço de papel bege, permitiu que o sorriso aparecesse. Com força total, de orelha a orelha, nada digno de uma Bruxa dos Fios, e ela não se importou.

Ver seu nome rabiscado por Mathew era agradável. Muito, *muito* agradável.

Iseult,

Fique aí. Aonde quer que esteja, mandarei um dos nossos para te encontrar. Eles vão guiá-la para onde você precisa ir.

Sinto muito que as coisas tenham dado errado na cidade de Veñaza.

Com muito amor,
Mathew

Após ler a carta uma vez, o sorriso de Iseult vacilou. Após duas leituras, desapareceu por completo. E, na terceira leitura, ela percebeu que suas bochechas tinham se apertado em uma careta. Certamente aquilo não era tudo o que ele tinha a dizer. *Certamente* havia uma mensagem codificada escondida naquelas palavras — um truque comum de Mathew — ou... ou talvez alguma mensagem implícita escondida. *Diga uma coisa querendo dizer outra.* Era o jogo favorito de Iseult e Safi.

No entanto, quando, após a sexta leitura, Iseult ainda não encontrou nada, ela foi forçada a aceitar que aquela era a mensagem toda. *Aquilo* era tudo o que Mathew sentira a necessidade de compartilhar.

Faíscas de raiva se agruparam nos ombros de Iseult enquanto lia a carta pela sétima vez. *As coisas deram errado? Essa é a melhor descrição que um Bruxo da Palavra consegue encontrar?* As coisas foram muito piores do que "errado" — e ele nem mesmo mencionara o incrível caos que recaíra sobre ela desde Lejna. Mas Mathew esperava que Iseult apenas "ficasse ali" e esperasse que um "dos seus" a encontrasse. Bem, eles lhe tinham dito a mesma coisa em Veñaza, depois em Lejna, e olha como a espera havia dado certo.

— "Guiá-la para onde você precisa ir" — ela sussurrou para si mesma, a tempestade subindo pelo seu pescoço. Em sua opinião, onde precisava estar era cuidando de Aeduan. Ela *precisava* ajudá-lo a encontrar a família de Owl, assim como haviam acordado, e, depois, onde ela *precisava* estar era ao lado de Safi.

Iseult amava Mathew e Habim. Muito. Eles eram a sua família dos fios, e nada no mundo importava mais do que a família dos fios. Mas ela estava cansada de ser tratada como a carta do Louco no baralho de tarô, de ser usada no jogo sempre que necessário. Safi também tinha sido usada contra a sua vontade, e agora estava presa em Marstok enquanto Iseult estava a uma distância impossível.

Com um longo suspiro, Iseult retomou sua tranquilidade de Bruxa dos Fios. Ao menos na superfície — ao menos para que aquela jovem visse.

— Estou hospedada no Amieiro Branco — disse, as palavras suaves como uma costa arenosa durante a maré baixa. — Quarto treze. Se alguém precisar me encontrar, podem procurar lá. No entanto — ela acrescentou, arqueando uma sobrancelha em sua melhor imitação de Safi —, é melhor eles correrem. Vou embora de Tirla logo, e não tenho planos de "ficar aqui" por muito mais tempo.

Os primeiros indícios do pôr do sol cumprimentaram Iseult quando ela saiu da loja de Mathew. O entardecer chegava mais cedo nas montanhas, e os sinos anunciavam a décima sétima hora quando ela retornou para o Amieiro Branco.

Com doze batidas, ela percebeu que estava sendo seguida.

A primeira coisa que Habim lhe ensinara no início dos seus treinos há seis anos e meio foi para constantemente — *constantemente* — notar quem estava ao seu redor. A cada poucos segundos, ela focava sua magia e sentia a trama da cidade. A localização de seus fios.

Clang, clang. Ninguém a seguia. *Clang, clang*. Alguém a seguia. Mas era esperto. Sutil e inteligente, ficando longe o bastante para que, se Iseult virasse a cabeça, não visse nada fora do comum. Mas não havia como esconder fios, e os daquela pessoa eram inconfundíveis.

Eles brilhavam com mais intensidade do que os de qualquer pessoa na rua, como uma chama queimando em um campo de trigo. Exceto que aquela chama era verde-escura. Aquela pessoa estava focada, e aquela pessoa estava caçando.

"Estude seus adversários. Analise o seu terreno. Escolha seus campos de batalha quando puder." A segunda lição de Habim fez cócegas na orelha de Iseult, como se o mentor estivesse logo ao seu lado. Porém, ela não conhecia aquela cidade, então analisar o seu terreno e escolher seus campos de batalha era impossível. Por ora, apenas escapar teria de ser o seu objetivo.

Ao contrário de acalmá-la, ter um plano pareceu agitar mais o seu sangue. Havia apenas uma pessoa que desejava caçá-la — e ele já havia contratado homens para isso. Era provável que ele estivesse próximo de Tirla também, já que suas flechas haviam amaldiçoado Aeduan no dia anterior.

Corlant. Aquela pessoa a perseguindo podia não ser o padre purista, mas ela não tinha dúvidas de que seu perseguidor trabalhava para ele.

Não, não, *não*. Ele não a pegara na tribo Midenzi. Não a pegara nas Terras Disputadas. Ele não a pegaria agora.

Com um giro repentino, Iseult esgueirou-se para uma rua paralela. Bandeiras tremulavam acima. Como esperado, os fios do homem começaram sua perseguição. Três passos, e seu perseguidor também virou — mas Iseult não correu. Ela não se enfiou nas multidões. Os soldados escondiam-se em todos os cantos de Tirla, e seus uniformes salpicavam o trânsito noturno de verde.

Sua pele, seu cabelo... ela não podia arriscar chamar atenção.

Ela alcançou outra rua e deu a volta em uma carroça de repolhos, depois se apressou — mais rápido, mais rápido — pela varanda frontal de um ferreiro. O calor emanava pelas portas duplas abertas. Uma mulher gritou para que ela se aproximasse e conferisse as mercadorias.

Aquele grito fez Iseult se lembrar de uma perseguição diferente em uma cidade diferente. Ela tinha pulado de barco em barco para escapar de Aeduan naquele dia. Talvez pudesse fazer algo parecido agora. Não havia canais ali, mas carruagens, sim. E embora não pudesse pular por cima delas, ela *podia* usá-las para escapar.

A carruagem com o topo vermelho à esquerda. Elegante demais. *A carroça de frangos à direita.* Suja demais. *A caravana de refugiados vindo de trás.* Perfeito. Tinha três carroças cobertas, puxadas por mulas. Apenas a segunda e a terceira carroça, porém, estavam lotadas de pessoas. Seus fios eram quase incolores. Um sinal de que a perda e o luto haviam anestesiado seus sentimentos.

Iseult diminuiu o passo, virando à direita para que pudesse acompanhar a caravana. Segundos se passaram; sua pulsação estava disparada dentro do crânio. *Fios ainda me seguindo. Quase lá, quase lá...*

As mulas se aproximaram dela, vagarosas e cansadas, e Iseult agiu. Ela deu a volta atrás da primeira carroça. Uma aba de lona se levantou, e ela se jogou para dentro. Tudo que aquelas pessoas podiam carregar estava enfiado dentro da carroça, fazendo com que o corpo de Iseult se avolumasse contra a lona. Mas o condutor da caravana não conseguia vê-la, e seu perseguidor também não.

Os fios daquela pessoa tinham parado na ponta do cruzamento, e uma confusão castanho-avermelhada se apossava dele rapidamente. Frustração vermelha também. Então eles se moveram. E pararam. E se moveram. E se viraram.

Iseult não pôde evitar sorrir, os dedos indo até sua pedra dos fios. Safi ficaria orgulhosa dela. Habim também, embora talvez ele a repreendesse por não prestar mais atenção em seu oponente. "Nunca dependa de magia ou armas", ele costumava dizer. "Elas sempre podem ser tiradas de você."

Certo, certo, ela pensou, e com muito cuidado levantou a lona, encontrando fios brilhantes como o sol.

O proprietário deles também era brilhante como o sol, a pele e o cabelo encaracolado de um dourado reluzente que teria feito Safi se apaixonar.

Trickster. O nome cruzou a mente de Iseult — o irmão mais novo e mais desonesto da Mãe Lua, com as cores do sol, mas com o brilho luminoso da lua. Como aquele rapaz, o Trickster sempre usava cinza-claro. A cor do amanhecer, do anoitecer, das florestas sarapintadas onde ele se escondia.

Nas histórias, o Trickster era o mais perigoso da família, sua lealdade tão inconstante quanto a brisa em que ele gostava de montar. Felizmente, eram só histórias — enquanto aquele homem era bastante real.

Iseult soltou a aba de volta ao lugar. Ela se lembraria do rosto daquele homem. Ela se lembraria dos fios dele também.

Se voltassem a se encontrar, ela estaria pronta.

13

Habim Fashayit. *General* Habim Fashayit.

O homem de armas do tio Eron, o mentor que havia treinado Safi para lutar e a criado como um pai. Que a tinha ensinado a ser um lobo em um mundo de coelhos. Ele estava ali em Azmir. Ali no palácio imperial. E era um general.

Safi sempre soube que Habim deveria ter sido algum tipo de oficial nas Forças Armadas de Marstok. Uma vez que, após anos de importunação, nem Habim, Eron ou mesmo Mathew confidenciaram sobre o passado específico de Habim, porém — ou sobre como ele acabara trabalhando para um dom cartorrano —, Safi acabou parando de imaginar e apenas o aceitou pelo que ele era: severo, implacável, um lutador habilidoso, um estrategista ainda mais habilidoso, propenso a designar lições demais sobre a história da guerra.

Entre um batimento cardíaco e outro, todos os questionamentos de infância de Safi voltaram à vida, mil vezes mais intensos do que há dez anos. Seu peito inteiro parecia em chamas. Ela queria rir, queria pular, queria agarrar sua pedra dos fios e gritar para Iseult, onde quer que ela estivesse, que Habim Fashayit estava ali! O *general* Habim Fashayit estava ali em Azmir! No palácio imperial!

Nunca Safi sentiu-se tão grata pelas sombras e pela solidão. Por um instante para reagir em particular, antes que alguém visse seu rosto.

O alçapão minúsculo que levava até a parede fez um clique atrás de Safi. O ar da tarde se enroscou nela. Ela engoliu em seco, suavizando o rosto para a mesma expressão que sempre usava quando próxima de Rokesh ou da imperatriz: de zelosa atenção e puro desinteresse. Após conferir rapidamente que sua tentativa de pedra da verdade estava guardada em um bolso, ela se virou na direção do víbora.

Ele não disse nada, então ela não disse nada, e, assim que saiu da parede, o restante dos guardas víboras uniram-se em formação ao seu redor. Eles atravessaram o jardim principal. A luz do sol vertia sobre o rosto de Safi, e a brisa do meio da tarde carregava o perfume de rosas, lilases e madressilvas. Insetos zuniam enquanto os pássaros trinavam dos arbustos e das árvores.

Situados em três andares de terraço, os jardins imperiais tinham vista para as águas azuis e reluzentes do lago Scarza, oferecendo uma vista completa da Azmir lotada na costa iluminada pelo sol. Normalmente, Safi aproveitava aquelas caminhadas — uma chance de estar ao ar livre. Naquele momento, porém, ela tinha espaço apenas para Habim.

Pelas tetas de uma cabra, ela queria que os víboras andassem mais rápido. Habim estava tão perto. *Anda, babá, anda.*

Por fim, após atravessarem o andar superior, eles chegaram a um terraço de mármore familiar onde uma fonte borbulhava e sinos do vento tilintavam. Então, seguiram para a entrada inclinada que levava à biblioteca pessoal de Vaness, onde Safi estivera apenas algumas horas antes.

Nenhuma pausa, nenhuma interrupção na caminhada enquanto os víboras — e Safi — entravam. Prateleiras dominavam as paredes, cada lombada revestida de couro avermelhado combinando. Livros estavam empilhados em mesas e em cadeiras de cetim cor de mel. E, é claro, ferro decorava cada centímetro restante: as arandelas, as pernas das mesas e em volta das estruturas das prateleiras. Era uma biblioteca adequada para uma imperatriz, para uma Bruxa do Ferro.

Duas portas levavam para fora da biblioteca. Uma feita de carvalho entalhado com raios de sol, que levava aos aposentos de Safi e Vaness. Safi conhecia aquela porta; já a usara. A *outra*, uma porta simples, apenas grande o suficiente para ser atravessada, levava ao escritório pessoal da imperatriz. Era um local que Safi fora expressamente proibida de entrar. Ao que parecia, o status de hóspede só valia até certo ponto.

Era para esta porta que eles marchavam agora, e a empolgação queimou com mais força no estômago de Safi. Suas mãos também estavam suando.

Equilíbrio, ela disse a si mesma, assim como Iseult sempre fazia. *Equilíbrio nos dedos das mãos e dos pés.*

Rokesh assumiu a liderança e, depois de abrir a porta simples com um empurrão e entrar, Safi conseguiu segui-lo.

Não era o que ela esperava. Enquanto o resto do Palácio Flutuante tinha azulejos de mármore ou de arenito com janelas amplas para a luz entrar, aquela sala tinha painéis de carvalho manchado quase pretos — e sem janela alguma. Um lustre com velas pendia de um teto arqueado, as ceras e os pavios com tamanhos perfeitos e queimando com chamas enfeitiçadas e sem fumaça.

Então Safi avistou Habim do outro lado da sala, com a postura ereta e a encarando com olhos enrugados e familiares. Ele estava diante de uma mesa comprida coberta por um friso bem elaborado das Terras das Bruxas.

Os olhos de Habim não encontraram os de Safi. Em vez disso, ele deu a volta na mesa e declarou:

— Esta não é a imperatriz.

Os olhos de Safi formigaram com o som áspero da voz dele. Pelos deuses, era bom ouvi-lo. *Equilíbrio. Faça o que Iz faria.*

— A imperatriz está ocupada. — Rokesh curvou-se em uma reverência. Depois, deu um passo para o lado e gesticulou para Safi.

Habim a olhou, avaliador.

— Você deve ser a Bruxa da Verdade, então.

— Sim — Safi respondeu, embora sua voz quase tenha falhado. O controle dele, os olhos que a percorriam de cima a baixo. Era tão habitual, tão *Habim*. A inclinação austera de seus lábios, o leve franzido entre suas sobrancelhas. Pela vida inteira de Safi, ele a olhara para determinar sua fraqueza. Naquele momento, porém, ela sentiu que ele determinava suas forças. Sua saúde, sua segurança.

Sem dúvidas ele se perguntava por que ela tinha uma nova cicatriz acima da sobrancelha e no polegar. Ou por que seu cabelo estava apenas na altura dos ombros — ou por que ela preferia se apoiar em uma das pernas em vez de assumir a postura estável e equilibrada com que ele a criara. E não havia como não perceber quando os olhos dele avistaram o cinto de ferro na cintura dela e a corrente de aço em seu pescoço.

Habim tinha ido a Azmir por Safi. Aquela verdade cresceu dentro do peito dela e, de repente, os olhos de Safi arderam ainda mais. Ela se forçou a empurrar os ombros para trás e estufar o peito.

— Eu sou a Bruxa da Verdade — disse, mais alto. Afetada pelo treinamento de domna que *ele* instigara nela. — Posso saber quem é você?

Habim fungou, voltando-se para Rokesh.

— A presença desta criança significa que vocês não confiam em mim. Eu esperava uma recepção melhor, víbora.

Rokesh espalmou as mãos enluvadas. Metade um pedido de desculpas, metade um gesto de desdém.

— Dezenove anos de aposentadoria é muito tempo, general.

— E seria mais tempo se a Trégua de Vinte Anos não tivesse acabado tão de repente. — Ele estendeu a mão em direção a tropas, navios e redes de abastecimento em miniatura posicionados pela mesa. — Pensei que a Sua Majestade Imperial tivesse uma cabeça mais equilibrada que os pais, mas violar a trégua para reivindicar uma jovem que supostamente é uma Bruxa da Verdade... — O peito dele se expandiu quando respirou fundo, como se estivesse suprimindo a vontade de gritar.

Uma mentira, porém. Era tudo uma *mentira*, e, em seu interior, Safi se iluminou.

Então a respiração dele sibilou entredentes, e ele acrescentou:

— Vamos torcer para que você tenha valido a pena, criança.

Criança. Safi não precisou fingir seu revirar de olhos.

Rokesh, no entanto, apenas riu. Os olhos dele se enrugaram sob o lenço.

— Faça as suas perguntas, Bruxa da Verdade, e permita que o general veja o seu verdadeiro valor.

E assim, a respiração de Safi ficou presa na garganta, porque fazer aquelas perguntas era a última coisa que queria. De repente, suas mãos tremeram. De repente, ela viu sangue, bile e manchas pelo chão.

Ela secou a palma das mãos nas coxas e, ao seu lado, Rokesh afundou os ombros de leve. Ele se aproximou, até que seu rosto encoberto estivesse a meros centímetros do dela.

— Eu posso fazer as perguntas — ele murmurou. — Se isso for facilitar.

Safi mordeu o lábio. *Facilitaria*, mas seria inútil. Se não conseguisse fazer aquilo com Habim — com um dos únicos homens da Terra das

Bruxas em quem ela confiava piamente —, então ela nunca conseguiria fazer aquilo de novo. E ela *precisava* fazer. Era o motivo de estar ali; era o único jeito de conseguir escapar.

A não ser que eu faça uma pedra da verdade.

Ela escorregou uma das mãos trêmulas até o bolso e agarrou o quartzo entre o polegar e o indicador. Ela *podia* incorporar sua magia àquela pedra. E ela *podia* fazer suas três perguntas a Habim.

Aos poucos, seus pulmões relaxaram.

— Obrigada, babá — ela disse, por fim —, mas eu consigo me virar.

Lá estava de novo, aquele sorriso enrugando os olhos de Rokesh. Ele assentiu e se afastou.

Safi se virou para Habim. Ela se virou para o seu mentor.

— Você está ciente do acordo de paz com os Baedyeds? — As palavras saíram controladas e a quilômetros de distância. Mathew a treinara para aquilo. Ela não o decepcionaria, ou a Habim.

— Sim — Habim respondeu, apenas. — Ouvi rumores dos oficiais com quem ainda me correspondo, e depois ouvi confirmação deste acordo quando cheguei à capital.

Para a surpresa de Safi, todas aquelas afirmações ressoavam com sinceridade. Habim *tinha* ouvido, e ele *tinha* estado em contato com outros oficiais.

Mas ele ainda não tinha terminado.

— A coisa toda foi mal resolvida. — Ele se dirigiu a Rokesh. — Foi mal negociada, sem nenhum limite de atuação. Nós destruímos o estilo de vida Baedyed. Quando eles não quiseram viver em nossos assentamentos, nós matamos os cavalos deles. Quando não toleraram as nossas regras, nós roubamos seus filhos. Eles não têm motivo para colaborar, e têm todos os motivos para nos odiarem. A imperatriz foi tola em acreditar que daria certo, e os Baedyed fizeram bem em abandonar o acordo em prol de um melhor.

Nenhuma reação de Rokesh além de um tranquilo:

— Você mesmo pode dizer isso à imperatriz.

— É o que pretendo fazer. — Habim voltou sua atenção de gavião para Safi. — Próxima pergunta, Bruxa da Verdade?

Safi ergueu ainda mais o queixo.

— Você ouviu sobre um complô para depor a imperatriz e assumir o trono?

Habim suspirou, um som irritado que Safi conhecia muito bem — exceto que, desta vez, era mentira. A falsidade se espalhou pela pele dela e se agrupou na base de sua coluna.

— Não — Habim respondeu, cortante. — Próxima pergunta.

E a mentira martelou com mais força.

Safi ficou tensa. Por meio instante, pensou que sua magia estivesse respondendo de forma errada. Que estava reagindo a sua postura e expressões falsas. Mas não havia nenhuma verdade zumbindo junto com as mentiras. Havia *apenas* mentiras. O que significava que ele sabia mesmo sobre um complô para depor a imperatriz.

Bayrum dos Shards também sabia, porém. "Rumores assim existem desde sempre", ele dissera antes de ser cortado pelo disco de ferro de Vaness. "Onde há poder, as moscas se agrupam."

Safi engoliu em seco.

O que quer que Habim tivesse ouvido, ele não era a origem dos complôs. Ele fora a Azmir por Safi; não pela imperatriz.

Ela continuou:

— E, general Fashayit — concluiu —, você sabia da explosão do navio da imperatriz antes de o ataque acontecer?

— Não. Próxima pergunta.

Verdade. Os ombros de Safi relaxaram. Punhos que ela nem percebeu estarem fechados se abriram.

— Esta era a última pergunta.

— E? — Rokesh quis saber. — O general passou?

Mesmo se Habim não tivesse passado, havia apenas uma coisa que Safi diria. Mas ele *tinha* passado, então foi fácil falar com convicção.

— Sim, o general falou a verdade.

— Ótimo — Habim respondeu antes que Rokesh pudesse abrir a boca, e já se virava em direção à mesa, ignorando Safi e os víboras. Como uma peça de carrilhão bem apertada, ele avançou no segundo seguinte, para a próxima tarefa, e não esperou o restante do mundo acompanhá-lo.

— Eu verei a imperatriz agora, obrigado. — Ele acenou para um contingente de tropas nas fronteiras marstoks. — Diga a ela que há muito a ser conversado, e que, se *esta* é a estratégia imperial dela, será de fato uma guerra muito curta.

A pulsação de Vivia martelava em seus ouvidos. A magia explodia em suas veias e, ao seu lado, dois fluxos de água permaneciam preparados.

— Já pode baixar a sua água — Vaness disse, com um aceno gracioso.

— Ah, posso? Fico tão feliz em ter a sua permissão.

Vaness deu um suspiro cansado, ainda que exagerado, e se sentou.

— Se eu quisesse te matar, você já estaria morta. Além do mais, você não se sente ameaçada de verdade, ou teria chamado os seus oficiais.

Ah, a imperatriz era bastante afiada. Então, com um sorriso descarado que se espalhou pela sua máscara — o que mais Vivia poderia usar para manter o controle? —, ela colocou a água de volta na jarra. Uma espiral lenta e escorregadia de poder sem um único respingo.

— Se você é requisitada em outro lugar — Vivia falou, de forma arrastada —, presumo que o nosso encontro tenha chegado ao fim.

— Peço desculpas. — Um aceno da cabeça escura de Vaness. — Isso foi inesperado, e — ela admitiu — indesejado. Aqui. Antes de você ir. — Ela escorregou um papel enrolado por cima da mesa.

Vivia o pegou, cuidando para manter a expressão entediada enquanto desamarrava o laço dourado que prendia a página grossa de pergaminho.

— Não tem nada aqui. — O papel estava completamente em branco.

— Ainda não. — Vaness puxou um segundo papel enrolado de seu vestido, e em segundos ela estava com ele esticado sobre a mesa, embora um lápis tenha caído e se espatifado no chão.

E, pela primeira vez na vida, Vivia observou a imperatriz de Marstok corar. Então, espantando Vivia ainda mais, a graciosidade da imperatriz a abandonou por um instante. Com uma velocidade envergonhada, quase agitada, ela agarrou o grafite envolto em pele de ovelha no chão.

Seus braceletes tilintaram, suas bochechas queimaram ainda mais, e Vivia foi forçada a admitir que Vaness poderia ser a mulher mais bonita do mundo. Era quase... bom, *risível* que alguém pudesse ser tão bonito.

Vaness recuperou sua elegância apenas alguns segundos depois, curvando-se sobre a mesa com o mesmo ar de determinação de sempre.

— Essas páginas são enfeitiçadas. Quando eu escrevo em uma delas, assim... — Ela rabiscou algo e se endireitou. — Agora olhe para a sua carta.

Vivia obedeceu, e seus olhos se arregalaram de imediato. *Esta é a minha letra* estava escrito no topo, em letras nubrevnas uniformes e compactas.

— Você pode responder. — Vaness ofereceu o lápis para Vivia.

Vivia não fez nenhuma menção de aceitar.

— O que — ela começou devagar — eu devo fazer com isso?

— *Responda.* — Vaness sacudiu o lápis.

— Por quê?

— Eu achei que fosse óbvio. Você é uma mulher ocupada, eu sou uma mulher ocupada. Com isso, podemos negociar um acordo à distância. Quando chegarmos ao fim da página, ela ficará em branco, e poderemos recomeçar a nossa conversa.

— Como eu vou saber que é você?

— Porque esta é a minha escrita. Eu posso escrever mais algumas frases, se isso for ajudar...

— Não. — Vivia colocou o papel na mesa. — Não preciso de você ou da sua... da sua... — Seus olhos encontraram os de Vaness.

E de súbito, do nada, Vivia estava cansada demais para continuar.

Sempre, ela interpretava o papel raivoso. Sempre, ela mantinha a posição de poder e controle, da fúria Nihar impaciente. Sempre, ela entrava e saía com raiva dos lugares. Ela gritava mais alto, lutava com mais força, e mantinha os outros — fossem eles amigos ou impérios — afastados. Mas por quê? Em todos os anos agindo assim, imitando seu pai e usando uma máscara de urso, ela nunca se beneficiara.

O Conselho Superior não realizava sua coroação, Stix não queria se aproximar dela, e há apenas sete horas seu pai havia roubado a conquista que ela trabalhara tão duro para merecer.

Agora, a imperatriz de Marstok, com seus oito milhões de títulos chiques, oferecia uma chance a Vivia. A *Vivia*, não ao pai dela. E tola como era, Vivia acreditara quando Vaness dissera ter se impressionado com os Raposas.

Independentemente de como encarasse a situação, Vivia não via motivos para recusar.

— Tudo bem. — As palavras escaparam de sua língua como água de uma torneira antiga: enferrujadas e forçadas. — Tudo bem. — Ela tentou de novo, com menos pompa e se forçando a assentir. — Por favor, escreva mais algumas palavras, e eu farei o mesmo.

Vaness sorriu. Algo real e intenso que apertou seus olhos e relaxou os músculos em sua mandíbula. *Bonita demais.*

Vários minutos se passaram com apenas o gentil arranhar do lápis preenchendo o ar entre elas. Vivia observava enquanto o que Vaness escrevia aparecia em tempo real em seu papel.

Esta é a minha letra. Eu sou Vaness, a única filha de Rishra e Alalm e a imperatriz de Marstok. Estou ansiosa para negociar com Nubrevna.

Ela passou o lápis para Vivia. A pele de ovelha era quente ao toque.

Esta é a minha letra, Vivia escreveu. **Eu sou Vivia, a única filha de Jana e Serafin, e a rainha em espera de Nubrevna. Espero que você não me ferre.**

Aquilo a fez receber uma risadinha, e, quando ela estendeu o lápis de volta, Vaness negou.

— Fique com ele — solicitou a imperatriz. — Eu tenho outros.

— Eu também. — Vivia o soltou sobre a mesa. — Nós não somos *tão* pobres assim, imperatriz.

Outra risadinha, outro sorriso, e momentos depois o encontro terminou.

Daquela vez, quando Vivia atravessou os aposentos da imperatriz, a ala imperial, e finalmente saiu do palácio, percebeu que seus passos estavam diferentes. Ela não era uma raposinha tão tola a ponto de achar que algo produtivo pudesse sair daquela conversa, mas talvez, só *talvez*, ela pudesse ter um pouco de esperança.

14

Está nublado no dia em que o monstro desperta.

O garoto e seu terrier de pelo preto — um presente de seu pai de seis meses atrás, chamado Boots — brincam do lado de fora da tenda da família. A tribo deles montou acampamento em um canto quente das Terras Disputadas.

Boots ofega e ofega, embora o sol se esconda atrás de nuvens sombrias, e o garoto o leva até o rio pantanoso ali perto. Eles vão nadar, decide, e ele diz a si mesmo que o cachorro é o motivo de ele querer ir.

Cachorros não suam, *sua mãe lhe dissera certa vez.* Eles não conseguem se refrescar como nós. *O garoto acha que está sendo caridoso, pensando no conforto de seu cachorro daquele jeito. Será apenas um benefício* secundário e emocionante *se ele também conseguir ver na água os* crocodilos *de que Alma lhe contou.*

Por horas, ele e Boots molham-se com os bagres gordos e escorregadios que fizeram suas casas entre os canaviais. Eles caçam grilos tão grandes quanto as mãos do garoto. Ele tenta pegá-los; fracassa. Tenta ensinar Boots a pegá-los, mas Boots apenas remexe a água e assusta os insetos.

As nuvens se separam. O garoto se esquece dos crocodilos. Por fim, ele ouve a mãe anunciando a hora do jantar. Ele anda obedientemente de volta à costa.

Está na metade do caminho, a água mal chegando às suas coxas, quando a luz do sol cintila em duas manchas ali perto. Então os canaviais começam a se mover, e ele percebe que algo se aproxima. Algo maior do que ele. Algo que desliza e escorrega pela água com a mesma facilidade do mercúrio *no relógio de sua mãe.*

Boots começa a latir. Aquele latido agudo que o pai do garoto lhe diz para nunca ignorar. O garoto não ignora. Mas ele também não se mexe. Não há para onde ir. As escamas amarelas do crocodilo unem-se ao canavial — mais nítidas a cada segundo. Bem entre o garoto e a margem.

Antes que ele consiga formular um grito, Boots pula.

E a mandíbula do crocodilo se abre. Boots late. O crocodilo dá um giro.

A água se agita, e Boots está preso na mandíbula do monstro. Não há mais latidos, apenas água, forte e selvagem.

Sangue tinge de vermelho o marrom pantanoso. Tão escuro. Tão grosso. Mesmo a espuma provocada pelo ataque é vermelha, vermelha, vermelha.

E aquela visão tem um impacto no garoto. Que belisca o martelar em seu peito. Que faz o frio percorrer sua espinha. Por algum motivo, seus olhos parecem quentes, e seus músculos parecem fortes. Até mesmo seus pulmões parecem diferentes — mais ocos e maiores do que estavam no instante anterior.

Ele respira fundo.

E ele fareja... Liberdade. *Pura, rica e viva. E junto com a liberdade há...* Lealdade. *De alguma forma, ele sabe que aquele cheiro pertence a Boots. Do mesmo jeito que, de alguma forma, ele sabe que o outro cheiro — a liberdade e a fome antiga e eterna — pertence ao crocodilo.*

Sem pensar, sem nem mesmo entender o que está fazendo, o garoto se envolve no combate. Seus dedos roçam nas escamas giratórias do crocodilo. A água troveja ao seu redor.

Pare, *ele diz ao monstro.* Pare.

E o crocodilo para.

Solte Boots, *ele ordena, e mais uma vez a criatura obedece. Sangue, tanto sangue — mas a liberdade e a lealdade ainda ardem forte.*

Aguenta aí, *o garoto diz a Boots, e, com uma força que não sabia ter até aquele momento, ele segura seu melhor amigo ensanguentado e choroso.*

Depois, corre para a margem e, desta vez, ele se lembra como gritar.

Quando Iseult finalmente voltou ao Amieiro Branco, uma cena preciosa a aguardava. Owl adormecida na cama, Aeduan adormecido no chão ao lado dela — sentado, a cabeça pendente para trás no colchão.

O Bruxo de Sangue maligno não parecia tão maligno com o pôr do sol aquecendo seu rosto sonolento. Mesmo a criança demoníaca parecia doce àquela luz. Nenhum dos dois acordou quando Iseult entrou com sua sacola cheia de suprimentos. Nem quando ela colocou os itens no chão e pegou a jarra ao lado da bacia lavatória. Nem quando ela saiu do quarto para encher a jarra na torneira enfeitiçada no fim do corredor.

Um homem já estava lá, a água respingando enquanto ele enchia a jarra do seu próprio quarto e três cantis. Seus fios entediados mudaram para interesse cor de grama ao avistar Iseult. Ele viu um corpo feminino; ele se interessou. Iseult conferiu seu capuz, suas mangas, depois se recostou na parede o máximo que conseguia sem arriscar perder seu lugar na fila caso mais alguém chegasse.

Foi um erro. Apenas serviu para aumentar a curiosidade do homem. Era tão previsível: um homem sentindo-se no direito de receber atenção de uma mulher. Ele se ergueu, se balançou, se esticou — muito sutil, de início, e tudo com a intenção de espiar embaixo do capuz dela. Ele desistiu da sutileza ao terminar de pegar água, e, ao passar, se aproximou, baixando a cabeça e espiando o rosto de Iseult.

O resultado foi instantâneo. Hostilidade cinza como ferro tingiu seus fios. Seu rosto se enrugou em desaprovação. Ao menos ele estava abençoadamente quieto ao ir embora, sem oferecer insultos ou ameaças. Mas Iseult não gostava da forma como ainda podia sentir os fios dele, mesmo depois de ele entrar no quarto — ou como os outros dois conjuntos de fios com ele tremiam com um ódio agressivo. Ela não se incomodou em encher a jarra até o fim antes de voltar correndo para Aeduan e Owl. E assim que estava acomodada novamente no quarto, conferiu e reconferiu a fechadura.

O lado bom, presumia ela, era que o Trickster não estava por perto.

O mais silenciosamente que conseguiu, ela despejou a água recém-coletada na bacia, mas, quando um choramingo interrompeu o silêncio, ela se virou em direção à cama.

Contudo, ninguém havia acordado. O choro viera de Aeduan. Ele recuava e recuava, como se estivesse sendo golpeado. De novo e de novo. *Recuo. Recuo. Recuo.* O rosto dele...

Iseult piscou. Aquilo não era a maldição. Aquilo era sofrimento. Era desespero, como se o que ele mais amasse no mundo tivesse sido tirado dele.

E era horrível de assistir. Iseult queria fazer aquilo parar. Ela queria correr até ele e acordá-lo. Queria pôr as mãos em seu rosto e dizer que tudo ficaria bem e que, qualquer que fosse o fantasma que o assombrava, já estava longe. Era um desejo visceral, não lógico, e ela atravessou o quarto em dois longos passos.

Ela se ajoelhou, inclinando-se até o rosto de Aeduan. Calor emanava da pele dele, forte como o inferno. *Recuo, recuo, recuo.* Suor brilhava em sua fronte.

Febre, pensou vagamente, feliz por ter comprado um tônico para aquilo.

Então Aeduan parou de recuar.

E Iseult congelou, seus dedos a um fio de cabelo do maxilar dele. Ela prendeu a respiração. Batimento por batimento, as linhas no rosto dele suavizaram, voltando para a inocência de um sono sem sonhos. Parte dela queria continuar. Um cantinho secreto de seu peito, escondido bem na frente do pulmão esquerdo, *queria* continuar, sentir as laterais do maxilar dele e observá-lo acordar.

Mas aquela era uma parte sua que ela se recusava a aceitar, pois, se ignorasse sua existência, não precisaria considerar seu possível significado.

Ela afastou as mãos. Por alguma razão, estavam tremendo, como se ela nunca tivesse feito aquilo antes. Como se ela não tivesse rodeado um Aeduan inconsciente no dia anterior, observando a curva alta de suas bochechas e o adorno grosso de seus cílios. Durante o sono, era tão fácil tocá-lo. Cuidar dele. Sem olhos cristalinos a perfurando. Já acordado...

Esse quarto é quente demais. Agora era ela que suava, era ela que sentia-se febril. E não era pelo calor do Bruxo de Fogo, era outra coisa. Algo que apertava seu estômago e fazia sua caixa torácica parecer pequena demais.

Silenciosa como um gato, igual Habim lhe ensinara, Iseult se afastou até voltar à bacia lavatória. Se tivesse sorte, Aeduan não acordaria até que ela tivesse arrumado todo o necessário para ele cuidar dos ferimentos. Então ela poderia sair de fininho do quarto, e talvez encontrar um lugar escuro para se esconder na sala de estar abaixo. Algum lugar onde ela pudesse refletir sobre o que acontecera com o Trickster, algum lugar onde pudesse pedir comida para Aeduan e para Owl sem ser vista por outros hóspedes.

E sem ser vista por Aeduan. A ordem dele mais cedo ainda corroía seus ouvidos. *Não.* Ele não queria a ajuda dela. *Não.* Ele não queria o toque dela. Ainda assim, uma boba iludida do jeito que era, quase fizera exatamente aquilo...

E ainda queria fazer.

Ela só podia imaginar o pavor no rosto dele se acordasse com o toque dos dedos dela. Teria sido muito pior do que antes.

Não.

Mas a Mãe Lua, ao que parecia, estava contra ela naquela noite. Embora Iseult tenha conseguido organizar tiras de linho limpo, duas pomadas cicatrizantes diferentes de Bruxo da Terra, um pó cicatrizante de Bruxo de Fogo *e* o tônico cicatrizante do Bruxo da Água ao lado de Aeduan sem incomodá-lo, água respingou na perna dele quando ela tentou carregar a bacia cheia.

Os olhos dele se arregalaram. Tão azuis. Tão perdidos.

— Você voltou. — Palavras roucas. Mal um sussurro.

A temperatura no quarto duplicou. A língua de Iseult também.

— D-desculpa te acordar. — Ela se afastou.

Ou tentou. Aeduan agarrou o punho dela, seu toque surpreendentemente forte.

— Fique — ele sussurrou, e lá estava aquele olhar penetrante. Aquele que fazia o mundo dela desmoronar.

Momentos se passaram. O toque dele perdeu a força; o seu olhar, não. Iseult poderia se soltar se quisesse. Um movimento simples, uma meia-volta fácil. Mas não o fez.

— Cicatriz — ele disse, por fim.

Ela não fazia a menor ideia do que ele queria dizer.

— Eu não... — ela começou.

— Cicatriz — ele repetiu, com mais ênfase, e, embora seu olhar não se movesse, o polegar dele se moveu. Ele roçou o dedo (de leve, de leve) no punho dela. E foi até a palma da mão onde, sim, *havia* uma cicatriz fraca. Resultado de um gancho de pescador na cidade de Veñaza. — Minha culpa.

— Sim — ela concordou.

O polegar dele se moveu, subiu pela palma em direção ao punho dela. A pele dele era áspera. Seu toque, não.

E o corpo inteiro de Iseult desligou. Não havia outra forma de descrever. Nenhuma outra palavra para o quanto tudo dentro dela ficou imóvel. Sem respiração, sem batimentos, sem visão além do polegar de Aeduan traçando sua mão.

— Por quê? — ele murmurou, por fim, o dedo parando onde era possível sentir sua pulsação.

— Por que... o quê?

Ela não sabia como conseguira pronunciar aquelas palavras.

Aeduan engoliu em seco, os músculos do pescoço e da garganta fortes, mesmo seu corpo estando fraco.

— Por que você ainda está aqui?

Ela piscou, a surpresa fazendo sua língua encolher por um instante. Fazendo sua mente se acalmar por um instante.

— Para onde mais eu iria? Você... você precisa que eu pegue mais alguma coisa?

— Não. Isso não... — Ele parou de falar, tossindo, e seus dedos finalmente soltaram Iseult. De repente, a pele ao redor do punho dela pareceu fria demais. Conflitando com o restante do seu corpo, que borbulhava de dentro para fora. — Com a Owl — Aeduan continuou, a voz áspera, assim que a tosse passou. — E... comigo. Por que você ficou?

— Ah. — Era a última coisa que ela esperava que ele perguntasse, e por um rápido momento Iseult temeu que ele pudesse, de algum jeito, ter visto o bilhete de Mathew em seu bolso. Que de algum jeito ele sabia que ela tinha outras opções. Mas aquilo era impossível, ela acabara de receber a mensagem. Não havia como Aeduan saber que alguém viria buscá-la.

E se ele souber, por que você se importa?, o cérebro dela questionou. *Ele sabe que você procura sua irmã de ligação. Ele sabe que você tem uma família dos fios e que não pode ficar ao lado dele para sempre.*

Bom talvez ele saiba disso, sussurrou o cantinho secreto acima do seu pulmão. *Mas e você?*

— Eu... tenho dívidas de vida com você — Iseult acabou respondendo. Era a única explicação que ela colocara em palavras para si mesma. — Muitas. Por quê? V-você *quer* que eu vá?

Foi tão difícil expulsar aquelas palavras, e Aeduan não respondeu. Em vez disso, ele apenas a encarou, sem piscar e inevitável, e a cada segundo que se passava os olhos dele ficavam mais acordados. A atenção endureceu seu olhar.

Tudo isso enquanto o quarto ficava mais e mais quente e a língua de Iseult ficava mais e mais inchada. Agora ela percebia que seu coração nunca parara, que seus pulmões nunca pararam. Eles apenas estavam escondidos atrás da vastidão dele. De seus olhos, seus dedos, seu toque.

Ao lado dela, Aeduan se levantou para uma posição sentada. Um gemido de dor, um espasmo de agonia, mas Iseult não fez menção de ajudá-lo. *Não.* Em vez disso, ela apenas observou os segundos passarem, entoando internamente: *Equilíbrio.*

Um refrão inútil, na verdade, pois, assim que Aeduan se endireitou e começou a tirar a camisa, a situação tornou-se frustrante demais para ela aguentar. A dor dele tremulava no ar entre os dois. A vontade de arrancar a camisa dele fez seus dedos se flexionarem em suas coxas.

Ela era uma panela prestes a transbordar.

Iseult se levantou. Um pouco exaltada, um pouco alto demais, mas não houve nenhum movimento na cama, nenhuma mudança nos fios de Owl enquanto ela voltava para a mesa agora vazia. Ela agarrou as laterais, e se forçou a olhar para o espelho. Para o seu próprio reflexo, onde olhos cor de avelã reluziam à luz do lampião.

Equilíbrio, equilíbrio, equilíbrio.

Quantas vezes a mãe de Iseult a fizera encarar o espelho, forçando-a a controlar sua tranquilidade de Bruxa dos Fios? Quantas vezes Gretchya a fizera observar seu próprio rosto em busca de cada tique, cada tremor, cada falha em manter uma perfeição fluida? Iseult odiara aquilo na época. Agora, porém, em um quarto feito de chamas, ela mergulhou no perdão de uma lição gélida e metódica do passado.

Ela podia controlar seu rosto, e então a verdadeira tranquilidade viria.

— Não encontrei nenhuma roupa — murmurou, por fim, sem gaguejar. Sem inflexão. Sem Aeduan devorando seus sentidos. — Vou tentar amanhã de novo, quando as lojas abrirem.

— Eu posso conseguir roupas... — Um grunhido de dor atrás dela. Uma expiração forte. E então: — No posto avançado do monastério. Posso conseguir mais roupas.

— Você ainda pretende ir até lá?

— Eu... preciso.

Iseult engoliu um suspiro, mesmo que seu reflexo permanecesse imóvel. Ela queria discutir, mas sabia ser em vão. Aquela não era a primeira vez que ela encontrava um comportamento que contradizia uma história contada em voz alta. Aeduan alegava não gostar dos carawenos, que ele nem mesmo fazia mais parte da ordem, mas permanecera atencioso às regras deles pelas últimas duas semanas de viagem. Ele meditava ao acordar, mantinha sua capa carawena amarrada e limpa, e recitava preces regularmente ao entardecer.

Safi não era diferente. Ela sempre alegara odiar o tio, mas também se esforçava para impressioná-lo. Encontrava motivos para exibir sua destreza combativa, compartilhava suas últimas aulas de história nas conversas e, por duas vezes, até roubara enquanto ele observava.

Iseult supunha que era simples: rejeitar aquilo que pode nos rejeitar. Doía menos ao ser o primeiro a agir.

Ela se afastou do espelho, mais forte. Tranquila, tranquila o tempo todo, e encontrou Aeduan limpando os ferimentos na barriga. Movimentos desajeitados que respingavam água no chão.

Idiota teimoso. Era um milagre que Owl dormisse com todos aqueles respingos.

Ele embebeu. Limpou. Embebeu. Limpou. Embebeu... se atrapalhou. O linho caiu dentro da bacia. Afundou, e os dedos fracos dele não conseguiam pegá-lo de volta.

Em silêncio, sem se abalar, Iseult voltou para o lado dele e recuperou o tecido. Ela o torceu antes de oferecê-lo a Aeduan. Mas, quando os dedos dele envolveram o tecido, ela não soltou.

— É mesmo tão horrível me deixar ajudar? — As palavras saíram mais altas do que ela pretendia. Quase petulantes aos seus ouvidos. Entretanto, ela queria uma resposta, então esperou.

Água pingou no chão.

— O seu... toque — ele disse, por fim — é... demais.

Demais?, ela queria repetir. *Demais o quê?* Havia tantas maneiras de interpretar aquela frase. A lógica, é claro, lhe dizia que ele se referia à dor, mas bastava olhar para a bagunça ao redor para saber que aquilo não podia ser verdade. Seu toque era mais ágil, seus dedos eram mais gentis.

Iseult soltou o linho, soltou a mão dele. Ele lhe dera uma resposta; ela não pressionaria mais — mesmo que aquele cantinho secreto quisesse. Mesmo que a importunasse enquanto ela voltava ao espelho: *Não é dor demais que o incomoda. É alguma outra coisa. O mesmo "demais" que incha sua língua e esquenta seu rosto. O mesmo "demais" que faz seu corpo desligar.*

E Iseult odiava o quanto ela queria que aquele cantinho secreto estivesse certo.

15

As sombras não eram gentis com Merik. Elas o insultavam com uma voz que não era a de Kullen. Uma voz divertida e inquisidora, em uma língua que ele mal compreendia. Elas pulsavam, se expandiam, agarravam e se enrolavam — e sempre, sempre, riam.

Duas vezes, ele conseguiu abrir os olhos. Duas vezes, ele viu um céu nítido e azul sobre sua cabeça e sentiu ventos úmidos arranharem seu rosto. Duas vezes, ele ganhou consciência o bastante para sentir que estava se movendo, sendo carregado por alguém com braços fortes e um aperto implacável.

Aquilo foi tudo o que Merik viu antes de as sombras risonhas voltarem.

Quando por fim as sombras desapareceram por completo, o céu não estava mais azul. O pôr do sol surgia, uma ampla inclinação do mundo em um céu pintado de rosa. Um ar gelado congelou o rosto dele, e, ao se levantar, ele percebeu que estava molhado.

Estava tremendo também.

Uma floresta se materializou ao seu redor, mais firme a cada respiração, conforme os últimos vestígios de veneno desapareciam. Uma névoa arrastava-se e curvava-se em volta de amieiros, seus troncos pálidos salpicados de preto. Havia um rastro de lama revirada vindo das árvores mais próximas, exibindo um caminho frequentemente trilhado pela grama encharcada.

O caminho levava a uma laje imponente a poucos passos de onde Merik estava. Era como o menir que ele vira Kullen destruir, exceto que aquele ali tinha entalhes de espirais elaboradas. Em algumas partes, as marcas haviam desaparecido com o tempo. Em outras, estavam cobertas de líquen esbranquiçado.

O que quer que aquela pedra fosse, era antiga e venerada. Bugigangas e homenagens cobriam a grama, algumas colocadas naquele dia e outras deixadas há muito tempo para apodrecer sob o sol arithuano. Entre um pedaço de pão com mofo preto e uma boneca cujo rosto pintado já desbotara, três peras brilhavam. Perfeitamente maduras, suas curvas esverdeadas transformando-se em vermelhas como o pôr do sol que começava a se formar acima.

A boca de Merik aguou. Já fazia tanto tempo que não comia, e a única água que bebera fora a tintura envenenada dada por Esme.

Esme. Com o nome, vieram as lembranças de onde ele estava e como chegara ali — a centenas de quilômetros de distância do Convento da Irmã Bruxa da Visão. A centenas de quilômetros de distância de Cam ou Ryber ou de qualquer um que ele conhecia, e agora alguém o tinha largado em um templo no meio de uma floresta úmida.

Aquele alguém era amigo ou inimigo? Ao que parecia, não havia ninguém ali naquele momento, e os ventos de Merik não lhe diziam nada. O colar ainda estava em seu pescoço, e não importava o quanto ele respirasse fundo, não conseguia se conectar ao seu poder.

Ele estava sozinho em uma floresta sem magia e sem ajuda.

O que significava que também não havia ninguém para impedi-lo. Em uma explosão de velocidade nauseante, Merik se levantou e correu para a floresta. Seu coração logo saltou à máxima velocidade; seus pulmões pareceram imediatamente esgotados. Amieiros passaram, folhas ocre reluzentes em meio à névoa. O chão tragava seus passos pesados. Ele continuou avançando mesmo assim, e não diminuiu a velocidade. Ele sairia dali. Ele encontraria pessoas para ajudá-lo, e então daria um jeito de voltar para o Convento, para Cam e Ryber.

Merik tinha acabado de alcançar terra firme, onde a floresta se transformava em faias e abetos, quando a dor o atravessou.

Era como se ele estivesse preso em seu navio explodindo de novo — fogo, fogo por todos os lados. Em suas veias, sob a pele, arranhando o fundo de seus globos oculares. Um grito estrangulado saiu de sua garganta antes de os joelhos cederem. Ele caiu na terra fria.

A escuridão contorcia-se embaixo da pele de suas mãos.

"Você está indo para o lado errado." A voz de Esme subiu arrastada pelo peito dele até seu crânio, cacos de vidro e pesadelos. *"Certamente você não tentaria fugir de mim, príncipe. Certamente isso foi tudo um erro, e agora você voltará."*

— Não — Merik falou, entredentes, lutando para rastejar para a frente.

"Sim", e a dor incendiou muito mais quente. Roubou sua visão, sua audição, e gritos irromperam pelas árvores. Seus próprios gritos, a milhares de quilômetros e agonizantes.

"Volte, príncipe, ou eu tornarei isso pior. E, sim, eu posso tornar pior."

Merik não sabia como era possível, mas acreditou na mulher chamada Esme — e ele acreditou que mais um pouco de dor o dividiria em dois.

— Pare. — Ele não sabia se gritou a palavra ou se apenas pensou, mas ela se apossou de cada espaço dentro dele. *Pare, pare, pare.* Ele se arrastou, as unhas cravadas no chão, ainda de quatro, e avançou de volta por onde tinha vindo.

Foram necessários quatro passos mentalmente aflitivos até que as chamas recuassem. Um vazio gélido tomou conta. Merik caiu no chão, tremendo.

"Ótimo", Esme trinou. *"Agora volte para o templo, príncipe, e começaremos de novo."*

— Sim. — Merik forçou, embora ele não conseguisse fazer nada além de encarar as folhas âmbar de uma faia e tentar respirar. A dor ainda apertava seu peito, movendo-se no ritmo do seu coração vacilante. Gritos ainda zumbiam em seus ouvidos.

Ele ergueu as mãos trêmulas. Mesmo contra a luz do pôr do sol, conseguia ver linhas pulsantes embaixo da pele. Esme o destrinchara — ou começara a destrinchá-lo —, e ela havia mencionado outros destrinchados lá na torre. Ela os chamara de "seus", como se ela fosse a responsável por aquilo. Como se fosse a responsável por Merik.

Marionetista.

Havia rumores de uma mulher com o rei corsário que conseguia controlar os destrinchados. Havia histórias de que ela os *criara*, mas Merik as considerara mentiras — impossibilidades para assustar os impérios e Nubrevna também. Ele culpara os outros líderes na Conferência da Trégua por ignorarem uma ameaça em Arithuania; no entanto, ao que parecia, ele fizera o mesmo.

Era mais uma coisa que se recusara a ver com toda a sua santa presunção, e agora tudo o que ele havia feito o assombraria até que se redimisse.

Embora, naquele momento, tudo o que importava era obedecer a Esme. A possibilidade de ser tão fraco o envergonhava, mas a verdade é que ele faria *qualquer coisa* que ela mandasse se aquilo mantivesse o fogo longe.

Merik partiu, seu andar cambaleante e irregular pela floresta. Sua atenção permaneceu fixa no chão à sua frente, sua mente focada apenas em permanecer de pé. Não havia espaço para pensamentos, para medo, para notar a névoa gelada que se infiltrava ao seu redor.

Ele chegou ao templo bem quando o sol estava mergulhando além do horizonte. Daquela vez, quando viu as peras, as comeu sem hesitar. Suco escorreu pelo seu rosto e pelos seus dedos, e nada — *nada* — nunca teve um gosto tão doce.

Foi apenas na terceira fruta que a voz de Esme voltou.

"Você sabe que lugar é esse?" As palavras surpreenderam Merik, acabando com seu prazer. A realidade o atingiu tão forte que ele engasgou. Pedaços de pera respingaram em uma tigela folheada a prata.

— Não — ele respondeu, por fim, com a voz rouca, limpando a boca grudenta de fruta.

"Este é um templo construído há milhares de anos, antes da época dos bruxos."

Merik não sabia existir uma época anterior aos bruxos.

"Ninguém se lembra do passado, a não ser que ele esteja escrito. E aqueles que de fato o escreveram foram esquecidos. O passado é muito fácil de apagar, príncipe, e apenas o Adormecido sabe em homenagem a qual deus ou força da natureza este templo foi construído originalmente."

Havia uma dor estranha naquelas palavras, como se Esme ansiasse pela volta do passado. Como se ela lamentasse a morte da história e do conhecimento.

"Agora as ridículas tribos nomatsi o usam para venerar uma deusa que nunca viveu, a irmã do meio da Mãe Lua, que eles acreditam assumir a forma de uma andorinha-de-bando. Tolos supersticiosos!" As palavras de Esme eram cheias de ódio. *"Não existe Andorinha, nem nunca existiu. No entanto"*, ela acrescentou, quase como uma reflexão posterior engraçadinha, *"eles deixam*

presentes muito bons para ela, e são esses presentes que eu quero que você pegue. Você vê alguma pedra preciosa? A maioria deve ser bruta e sem refinamento."

Merik assentiu. Havia muitas espalhadas por ali. Então ele percebeu que talvez ela não conseguisse sentir o seu movimento, e acrescentou um "*Onga*" rouco. "Sim" em arithuano. Ele sentia-se mais forte, graças à fruta. Mais acordado, mais alerta.

"*Ah!*" A mente dele encheu-se de uma sensação ruidosa, quase como vespas zunindo, e ele sentiu que sua resposta a deixara muito feliz. "*Você é perfeito, príncipe! Nenhum dos meus outros destrinchados ainda pensa, entende? Eu posso movê-los como quiser, e posso obrigá-los a fazer tarefas simples, como atacar ou defender ou carregar um príncipe indefeso até a floresta. Mas é necessário todo o meu foco. Eu preciso segurar suas coleiras e direcioná-los para o local exato. Mesmo assim, não consigo ver através dos olhos deles com facilidade, então quando preciso pegar alguma coisa, tenho de fazer sozinha.*"

"*Até agora, no caso. Se você consegue ver as pedras preciosas, príncipe, você pode pegá-las para mim. E, ah, tenho tantas pedras mais, e outros itens também, que preciso pegar. Se eu mesma tivesse te criado, você não seria tão perfeito.*"

Os zumbidos voltaram. Merik pensou que ela devia estar rindo.

"*Agora pegue as pedras, príncipe, e devolva-as para mim.*"

— Como vou saber para onde ir?

"*Ah, isso é fácil. Apenas siga a dor.*" Com aquela afirmação, a agonia irrompeu dentro dele.

Ele gritou.

"*Pegue as pedras para fazer parar!*"

Ele as pegou — e outros itens também. Qualquer coisa que se parecesse com uma pedra, qualquer coisa pequena ou redonda ou que estivesse por perto, ele colocou nos bolsos. Ele mal conseguia ver. Certamente não conseguia pensar, e cada nervo dentro dele estava em chamas.

"*Bom garoto*", ela cantou assim que os bolsos dele estavam cheios. "*Agora ande.*"

Merik andou.

16

A caminhada por Tirla era entediante. Embora as pomadas e tinturas de Iseult tivessem diminuído um pouco da dor de Aeduan, elas demoravam a agir — e a maioria precisava ser aplicada por vários dias para funcionar. Ao menos era o que Aeduan supunha, baseado em como as pessoas normais se curavam.

Que estranho. Ele nunca pensou que se juntaria às pessoas normais. Quando era mais novo, aquilo era tudo o que queria. Atualmente, ele odiava.

Ventos acelerados passaram por ele, fazendo-o ir mais rápido. Nuvens se aproximavam. Se não se apressasse, uma tempestade começaria antes que terminasse aquela tarefa.

Quando enfim a frente do lago surgiu, com ondas agitadas, Aeduan se empertigou. Inspirou, expirou. *Não sou minha mente, não sou meu corpo.* Depois, ele deu a volta no cais principal, lotado mesmo ao entardecer, e se aproximou do posto avançado com os passos mais firmes que conseguiu.

O prédio alto, situado entre um estábulo público e a loja de um criador de mapas, tinha mudado pouco nos últimos dois anos. Mantinha a mesma fachada de calcário manchado pelo tempo, o mesmo símbolo de gralha e árvore acima da entrada, suavizado para uma forma oval sem detalhes, e a mesma porta pesada de carvalho sem maçaneta do lado de fora.

Ele bateu uma vez. Uma ripa de madeira na altura dos olhos foi aberta. Olhos escuros o espiaram, fixando-se primeiro no rosto de Aeduan e depois na opala em sua orelha esquerda.

— Bom o bastante. — Uma voz veio abafada do outro lado, e com um guincho das dobradiças, também inalteradas, a porta se abriu, revelando o monge do outro lado. Desconhecido mas enrugado, como de costume. As funções de um guarda do posto avançado eram confortáveis, bem pagas, e perfeitas para monges mercenários que já passaram da idade.

— Você parece péssimo — o homem disse.

— Eu me sinto péssimo — Aeduan respondeu, recebendo uma risada enquanto mancava para dentro do mosteiro. Acólitos, com seus capuzes brancos cinzentos sob a tempestade crescente, cuidavam de fileiras organizadas de repolhos, beterrabas e cenouras. Sortudos malditos. Aeduan tinha se candidatado seis vezes para um cargo de treinamento remoto. Qualquer coisa para escapar do monastério.

Ele nunca fora aprovado e, em retrospecto, acreditava ser esperado. Ninguém confiava em um Bruxo de Sangue. Ninguém confiava em um demônio.

Visando à direita, ele rodeou o jardim até alcançar a loja de pedidos. As folhas de beterraba e cenoura debatiam-se ao vento. Trovões ressoavam à distância.

— Você. — Veio uma voz surpresa quando Aeduan pisou dentro da loja, que também não havia mudado, com seu balcão baixo nos fundos e uma parede cheia de cubículos. No entanto, a mulher marstok do outro lado, responsável por aquele posto, *havia* mudado: mais alguns fios brancos no topo da cabeça, mais algumas rugas ao redor dos olhos.

— Já faz um tempo, monge — ela disse. — E você parecia muito melhor naquela época.

— Dois anos. — Aeduan se aproximou do balcão. A dor o perseguia a cada passo, mas ele não podia demonstrar. Aquela mulher talvez fosse um dos únicos monges a suportá-lo, mas ele não nutria ilusões de que ela gostasse dele. Ele trouxera muitas moedas para o posto dela; monstros eram úteis assim. — Eu estava em Dalmotti — ele explicou. — Em um nível sete. Acabei de voltar.

— Um nível sete. Isso explica todo o sangue, então. — Diante da expressão confusa de Aeduan, as sobrancelhas grossas dela se levantaram. — Ou você quer dizer um nível sete *antigo*?

Ele balançou a cabeça.

— Não sei o que quer dizer.

A incredulidade fez as sobrancelhas dela subirem ainda mais.

— Você não ouviu sobre as mudanças do novo abade? As tarefas são classificadas por moeda agora, e não por duração do contrato.

Novo abade. Aquela era a primeira vez que Aeduan ouvia sobre aquilo.

Uma risada surpresa escapou dos lábios da mulher. Ele devia estar fazendo um péssimo trabalho para controlar as expressões.

— Quando foi a última vez que você visitou um posto avançado, monge? — Ela se apoiou no balcão. — Os Anciãos escolheram Natan fon Leid como o substituto do velho há um mês.

A cabeça de Aeduan se inclinou para o lado enquanto ele digeria aquelas palavras. Ele não visitava um posto há mais de dois meses. Os monges da cidade de Veñaza não tinham sido tão receptivos como aquela mulher.

Logicamente, então, ele não ouvira nada sobre um novo abade ou sistema de classificações — e parte dele desejava não ter ficado a par. Natan fon Leid sempre fora egocêntrico, mesmo para um cartorrano, e seu desejo por poder era insaciável na juventude. Qualidades que combinavam perfeitamente com o papel de abade caraweno, mas que Aeduan não apreciava.

Outra risada da mulher, e ela se endireitou.

— Vejo que você não gosta muito dele?

— Hmm — ele ofereceu em resposta, irritado por aparentemente não conseguir controlar o próprio rosto. Apenas continuar em pé já consumia todo o seu esforço. Controlar as expressões também... Ele não fazia ideia de como a Bruxa dos Fios conseguia.

— Você tem pedras da dor? — perguntou.

— Algumas. — A mulher esticou-se em direção a um cubículo à sua esquerda. — Mas os marstoks estão desviando todos os suprimentos para os conflitos na fronteira, então precisei aumentar o preço delas... Espera. — Ela congelou no meio do caminho, voltando a olhar para Aeduan. — Por que *você* precisa de uma pedra dos fios?

— Não é para mim — ele mentiu.

Ela não pareceu acreditar, mas também não pressionou mais. Várias respirações depois, uma sacolinha caiu sobre o balcão.

— Isto é um nível quatro, pelas regras novas. Caro — ela esclareceu. — Tem certeza de que quer levar?

Todos os suprimentos no monastério precisavam ser pagos com serviços, mas Aeduan não se importava se o custo daquela pedra era um nível quatro ou um nível dez. Ele precisava de algo para mantê-lo forte até conseguir se encontrar com um bruxo curandeiro, e ele aceitaria qualquer coisa.

— Sim — foi tudo o que respondeu, pegando a pedra do balcão e guardando-a em um bolso. Agora, ele só precisava concluir aquela tarefa. Aí poderia escapar para algum lugar e se trocar. — Também preciso de um novo uniforme. Preto.

Preto, ele tinha decidido, esconderia aquelas manchas de sangue recorrentes.

— Você quer uma capa nova também? — Ela deu uma olhadela para o tecido esfarrapado e imundo. — Tenho várias. E custam apenas um nível um.

Aeduan fez que não. Sua capa possuía modificações incapazes de serem compradas ali: fibras de salamandra contra fogo e lapelas contra fumaça. Mesmo como estava, cheia de furos e listras de sangue, ele preferia usar aquela capa velha do que qualquer pedaço de tecido novo.

Depois de confirmar que seu tamanho não mudara — e de concordar que uma tarefa nível um parecia um pagamento justo, mesmo que não tivesse mais certeza do que aquilo significava —, ele passou para o próximo item da lista.

— Preciso de roupas de viagem para uma garota. Em torno de seis ou sete anos. Pequena para a idade.

— Ah? — Era óbvio que a mulher estava se coçando para perguntar por que ele precisava daquilo, mas era contra as regras fazer perguntas. Tarefas eram particulares; monges eram discretos. — Bom, a Senhora Destino te beneficiou hoje, então. Acabei de receber... — Alcançou, agarrou, largou. — Essas, na semana passada. Não são novas, mas estão limpas e são bem-feitas.

Ela estava certa. A túnica e a calça de lã, em um tom marrom-acinzentado como a casca do tronco de uma faia, pareciam um pouco grandes, mas era melhor grandes demais do que pequenas demais. E a capa verde cor de pinheiro era do tamanho exato.

Aeduan assentiu. Ele ficaria com elas.

— Elas vão ser mais um nível um — a mulher disse. — Mais alguma coisa?

— Mais roupas de viagem. — Ele engoliu em seco. Depois engoliu de novo. — Para uma mulher mais ou menos do seu tamanho.

— Ah, temos muitas opções para uma mulher adulta. — A monja abriu os braços, indicando uma coluna inteira de prateleiras. — De que qualidade você precisa? Qual o clima da viagem? Tenho seda bordada vinda lá de Dalmotti, se a sua mulher for abastada.

— Não é minha mulher. — Ele flexionou os dedos.

— Ou tenho roupas mais resistentes, de algodão ou lã. Há outras opções que são meio-termo também, e você quer um vestido ou calça? — Sem esperar por uma resposta, a monja começou a empilhar itens em cima do balcão. De seda a lã a veludo a tecido artesanal, todas as cores e tecidos representados.

E Aeduan não fazia ideia do que escolher. Iseult não chegara a especificar que queria roupas novas. Na verdade, quanto mais encarava as pilhas crescentes, mais ele se perguntava se ela poderia se zangar por ele presumir do que ela gostava. Ou ela ficaria zangada se ele não escolhesse nada? Certamente ela ia querer roupas novas para substituir seus farrapos atuais, no mínimo porque roupas novas seriam mais quentes no frio emergente da montanha. Então talvez aquela peça de lã marrom no final serviria...

Aeduan olhou para ela, seu cérebro preguiçoso como o degelo primaveril enquanto ele tentava catalogar as vantagens. *Bom para se camuflar. Bom contra a neve, e também flexível em uma luta.*

E também, ele precisava admitir, horrível.

Mas havia aquele veludo azul meia-noite ao lado. Um estilo popular nas montanhas, uma cor bonita, e também parecia flexível. A pele de raposa na gola era um detalhe legal. Ou a peça cinza ao lado. Ou a preta, mais além, ou a mostarda com acabamento em azul-petróleo ainda mais para trás.

Foi só depois de ter passado por doze roupas diferentes que ele percebeu o sorriso da monja. Um tremular divertido de lábios, como se ela soubesse de algo que ele não sabia.

O calor subiu pelas bochechas de Aeduan. Seus molares rangeram em seus ouvidos. Aquela decisão era banal; ele estava permitindo que a dor afetasse seu juízo. Não importava o que ele escolheria para Iseult. Ele não se importava se ela gostaria ou não. Ela aceitaria, independentemente do que fosse, e isso seria tudo.

— Preto — ele respondeu, grosseiro, apontando um dedo para uma peça que já tinha visto.

— Tem certeza? — O sorriso da mulher se alargou.

Aeduan a encarou.

— Preto — repetiu, e do lado de fora um trovão ressoou.

Quando a mulher terminou de guardar as compras dele em uma sacola de tecido artesanal e registrar o que ele devia no livro de tarefas — dois níveis um, um nível dois e um nível quatro —, a chuva já caía lá fora.

Ele não se despediu ao sair.

Aeduan vestiu seu uniforme novo nos banheiros do posto avançado. Calça, camisa, brigantina, cinto e talabarte, e por fim a pedra da dor pendurada em uma tira de couro. Só depois de colocá-la embaixo de suas roupas e a pedra tocar em seu peito é que ele sentiu os efeitos da magia.

Entre um batimento e o próximo, chuva e tempestade e gritos do posto o atingiram. O mundo ficou mais nítido, uma enxurrada de cor e luz. E a dor... sumiu como a chuva sendo sugada pela areia. Aeduan conseguia respirar. Ele conseguia ver, e foi atingido com tanta rapidez que quase caiu contra a parede mais próxima.

Pelos Poços, ele tinha renascido.

Com as mãos apoiadas nos tijolos, Aeduan inspirou até que seus pulmões pressionassem contra as costelas. Apenas naquele momento ele pôde compreender de fato quanta dor existira. O quanto sua coluna tinha se encurvado desde a noite passada. O quanto cambaleara, se arrastara e lutara para continuar consciente.

Ele soltou a respiração, saboreando como o ar parecia livre, a facilidade com que seus músculos se moviam. Então inspirou mais uma vez, e desta vez invocou sua magia. Ela rugiu de volta à vida, sem saltar ou deslizar. Os cheiros de sangue de monges e acólitos rebelaram-se contra ele, cada um tão único e diferente quanto os corpos e as mentes a que pertenciam.

Ele andou de volta pelo mosteiro agora vazio. A chuva atingia as plantações. A névoa obstruía a passarela coberta, e quando ele entrou na sala de estar lotada, onde as tarefas disponíveis estavam pregadas na parede, raios surgiram no céu acima.

Inconscientemente, lhe ocorreu que aquela era uma tempestade fora de época. Em especial porque eram raras em Tirla.

Dentro da sala de estar, as paredes de tábuas estavam divididas em dez seções. Bem à esquerda de Aeduan estava o nível um, e pedaços de papel cobriam toda a superfície — não muito diferente do jeito antigo. Contratos de curto prazo, ele presumia, também pagariam menos. Os níveis dois e três estavam quase com a mesma quantidade grande de papéis, mas, em vez do agrupamento típico de monges debruçados sobre as tarefas desses níveis inferiores, cada monge da sala estava grudado no lado direito.

Nível dez.

Capas brancas, algumas pingando, algumas secas, misturavam-se enquanto cada pessoa se aproximava mais, esticando-se para ler uma tarefa pregada na madeira. O que quer que fosse, deveria valer muito dinheiro. No passado, Aeduan teria andado direto até lá, empurrando os outros e sentindo-se satisfeito quando eles o encarassem e o chamassem de "demônio". Naquele dia, porém, ele apenas seguiu para a esquerda.

Dois níveis um, um nível dois e um nível quatro. Enquanto examinava os pedaços de papel, escritos por várias mãos e em línguas variadas, ele percebeu que seus punhos começaram a girar. Girar e girar e girar de novo. Parar ali, escolhendo uma tarefa — lendo sobre dívidas atrasadas e rebanhos perdidos, sobre pedidos de fogo marinho ou postos de guarda a curto prazo perto da fronteira —, era o motivo exato de ele ter aceitado aquele cargo com Yotiluzzi, o mestre da guilda, dois anos atrás. Ele queria as moedas; ele queria partir.

Você poderia partir agora, sua mente incentivou. *Pegue os itens e nunca pague.* Afinal, ele não era leal ao monastério. Não planejava voltar. Mas... havia utilidade na opala em sua orelha. Na capa em suas costas. Aqueles postos avançados tinham utilidade também, e, se ele não pagasse suas dívidas, aquelas utilidades seriam negadas.

Ele arrancou dois níveis um da parede. Ambos eram perto da cidade; ele poderia lidar com ambos antes de o amanhecer do dia seguinte clarear o céu.

— Você me surpreende, Bruxo de Sangue.

O maxilar de Aeduan se contraiu. Ele não precisava se virar para saber quem estava parada ao seu lado. *Velocidade e guirlanda de margaridas, beijos maternos e aço afiado.*

— Não vai tentar o nível dez?

Bem devagar, Aeduan se virou para encarar Lizl. A pele marrom cor de âmbar dela brilhava com água da chuva. Sua capa branca pingava no chão. Ela era alta, mas ele se recusava a erguer o queixo para encontrar os olhos dela. Ele apenas girou os olhos para cima, sem expressão, e disse:

— Não.

— Por que não? — Ela ofereceu um sorriso presunçoso, cruzando os braços casualmente. Sua postura demonstrava falsa naturalidade. Ela era a melhor monja mercenária entre centenas no monastério.

Com exceção de Aeduan. Ele ainda a derrotava.

— Dez mil moedas — ela contou, levantando um único dedo. Depois um segundo e um terceiro ao acrescentar: — Além de vinte mil piestras *e* vinte e cinco mil cleques. É dinheiro suficiente para comprar um reino, e é uma tarefa aberta também.

Tarefas abertas significavam que qualquer um podia tentar completá-las, e elas permaneciam abertas até alguém conseguir. Nunca houvera nenhuma em todos os anos de Aeduan no trabalho mercenário. E ele nunca ouvira falar de uma com um valor tão alto.

Mas ele não mudou de ideia.

— Não tenho interesse.

— Ótimo. Porque eu pretendo fazê-la.

— Não me importo.

— Deveria. — Ela riu, um som como vidro quebrando. — Então cuidado, Bruxo de Sangue, porque, se você cruzar o meu caminho de novo, eu vou te destruir. — Com um sorriso de despedida, ela se virou, sua capa respingando chuva em Aeduan, e saiu da sala de estar.

Aeduan não a observou partir. Como todo o resto ali, ela não havia mudado nada em dois anos. Não importava que ele não tivesse cruzado o caminho dela de propósito, que ele não se interessasse pelo nível dez e que ela não conseguisse destruí-lo mesmo se quisesse. Lizl o odiava; sempre o odiara; sempre o odiaria.

Em um turbilhão de velocidade, ele pegou as primeiras tarefas que viu nas paredes dos níveis dois e quatro. Depois, deixou a sala de estar e seu grupo de monges para terminar o que fora fazer lá: ir ao Santuário dos Derrotados.

No subsolo, como todos os santuários carawenos, a chuva caía nos degraus que partiam do monastério. Uma poça respingou ao fundo. Trovões se seguiram, vindos de trás. Aeduan seguiu por um túnel que se aprofundava no solo, até enfim chegar a uma sala de pedra, uma versão miniatura das imensas catacumbas subterrâneas do monastério. Tetos baixos e abobadados reluziam à luz de velas, enquanto o hexágono de mármore preto no centro da sala absorvia toda a luz.

Com a largura equivalente à altura de Aeduan, a placa de mármore alcançava o meio da sua coxa. Quatro monges estavam ajoelhados ao redor dela, cada um recitando seus votos em sua própria velocidade. Aeduan não tinha intenção de se unir a eles. Ele não conhecia o homem que morrera. Ele apenas queria completar aquela tarefa.

Um quinto monge saiu das sombras. Era exigido que todos eles servissem no Santuário dos Derrotados por um ano, e a maioria esperava até a velhice para cumprir o dever. Aquela monja, porém, era jovem. Talvez menos de uma década a mais do que ele.

— Você está aqui para prestar sua homenagem? — ela perguntou. — Ou para reportar?

— Reportar. — Ele tirou a opala do homem morto do bolso. — Não sei o nome do monge. O encontrei a um dia de distância do sul de Tirla. Um monge artesão, morto em batalha.

A mulher suspirou, um som carregado de arrependimento, e pegou a pedra da palma de Aeduan.

— É o nível dez. — Ela franziu a testa para a pedra. — Está tirando as nossas vidas, uma por uma. Centenas de nós foram derrotados tentando finalizá-la. — O olhar dela voltou-se para Aeduan. Penetrante. Desesperado, até. — Nenhuma fortuna vale uma vida, monge. Lembre-se disso.

Então, ela fez uma reverência respeitosa com a cabeça e desapareceu mais uma vez nas sombras.

Aeduan voltou para a sala de estar. A curiosidade o impulsionou. Curiosidade e algo mais — algo quase parecido com certeza, embora ele não soubesse dizer como sabia.

Aquilo contorcia suas entranhas. Fazia seus passos cortarem a chuva.

Ele precisou se enfiar entre os monges agrupados diante da parede. Alguns rosnaram, outros encararam, igual antigamente — e, igual antigamente, todos eles recuaram quando viram o sangue rodopiando nos olhos de Aeduan.

"Bruxo de Sangue", sussurraram eles. "Um demônio do Vazio."

Aeduan alcançou o papel solitário preso às tábuas. Uma folha bege simples demais para palavras importantes demais, e pregados acima estavam mais dois papéis listando os pagamentos, como se a recompensa tivesse sido aumentada não apenas uma, mas duas vezes desde sua chegada.

+25 mil cleques

+20 mil piestras

NÍVEL DEZ

10 mil moedas para a primeira pessoa que conseguir matar o rei corsário.

Cabeça exigida como recompensa

17

O sol do início da noite se pôs enquanto Safi seguia a imperatriz de Marstok e Habim ao lado do lago Scarza. Navios de guerra gemiam contra os cabos que os prendiam, e velas brancas flutuavam até onde a vista alcançava. Milhares de barcos, embora apenas uma pequena fração de toda a força marstok. A maioria, Safi descobrira, estava atracada na costa sul ou já no mar.

Após Vivia Nihar partir, Safi e Vaness viajaram com Habim para a ponta mais ao norte do lago, onde a marinha mantinha sua sede principal. Safi havia vestido um uniforme dos víboras: túnica preta, calça larga preta e botas flexíveis e pretas. A única diferença entre o uniforme de Safi e o dos outros víboras era que o cinto de ferro em sua cintura não portava nenhuma arma, e ela não precisava usar o lenço na cabeça. Ainda.

Rokesh e onze outros víboras cercavam o grupo, com espaço suficiente entre eles para permitir que Vaness se movesse sem impedimentos pelo amplo baluarte de arenito que dava para as docas principais.

— Os cartorranos querem a sua Bruxa da Verdade — Habim disse, com praticidade. Com as mãos entrelaçadas atrás das costas, ele examinava os marinheiros da mesma maneira que examinava Safi e Iseult quando elas eram mais novas. — O imperador Henrick fica mais ousado a cada dia, Vossa Majestade. Ele nos insulta, tentando ver quão perto pode chegar antes de atacarmos.

— E quando eles chegarem perto demais — Vaness respondeu, sem alterar sua passada de ferro —, nós os mataremos.

Verdade, verdade, verdade.

— Não — Habim rebateu —, não mataremos. — Ele diminuiu até parar, forçando Safi e os víboras a diminuírem também. — Se agravarmos o conflito, apenas daremos a Cartorra e a Dalmotti uma razão para agravar também. Não estamos prontos para isso, Vossa Majestade. Podemos ser numerosos, bem organizados e bem supridos, mas isso não significa que venceremos. A maior parte das suas tropas são Filhos da Trégua. Eles não compreendem o que é a guerra, não entendem o que está em jogo e têm poucos motivos para se importar.

O peito de Safi chiou com a verdade daquela declaração, que lhe trouxe à mente uma afirmação semelhante feita em um entardecer semelhante apenas um mês antes. "Você não faz ideia de como é a guerra", tio Eron tinha dito.

E ele estava certo. Safi percebia aquilo agora. Ela também era uma Filha da Trégua.

Como se seguindo uma deixa, um oficial marchou em um parapeito inferior. Ele gritou ordens para um porta-bandeira carregando o estandarte. Um porta-bandeira *jovem*, sem idade suficiente para ter costeletas. Sem idade suficiente para ter se desenvolvido por completo.

Safi se encolheu ao avistá-lo; Habim apenas fungou; Vaness não demonstrou nenhuma reação.

Momentos depois, eles voltaram a caminhar, e Safi voltou a segui-los. Agora eles conversavam sobre forças terrestres e cadeias de abastecimento, rotas fluviais e postos de controle rodoviário. Todos eram assuntos que Safi fora obrigada a estudar — sob a tutela de Habim, é claro —, mas para os quais Iseult sempre fora a melhor estudante.

Safi conhecia Habim a sua vida toda, ainda assim o homem que ela agora seguia solenemente não era o homem com quem crescera.

Havia semelhanças, é claro. A impaciência que sempre interrompia suas palavras ou a imobilidade em seu rosto quando estava descontente — *aquele* era o Habim de verdade. Mas todo o resto era novo à Safi, do uniforme verde rígido com borlas douradas até o modo como todos o reverenciavam. Acima de tudo, as referências que ele fazia de locais e eventos passados dos quais Safi nunca ouvira falar, mas que ressoavam com uma verdade trêmula.

Havia alguma parte da vida de Safi que não tinha sido uma mentira? E como ela, a única Bruxa da Verdade em todo o continente, nunca suspeitara?

Em um navio de guerra com conveses dourados brilhantes e marinheiros de verde se debatendo, Habim e Vaness pararam. Em menos tempo que Safi levou para secar o suor de sua fronte, dois pajens surgiram com uma mesa e a colocaram entre Habim e a imperatriz. Em seguida, eles se afastaram apressados enquanto Habim retirava um papel do casaco. Depois de colocar duas pedras de cada lado para segurá-lo, ele gesticulou para que Vaness chegasse mais perto.

— Este é um mapa do noroeste de Marstok e das montanhas Sirmayan — ele explicou. — Aqui você pode ver as torres de vigia principais. Essas três passagens da montanha devem ser melhor protegidas. Perder qualquer uma dessas torres interromperá os suprimentos de Tirla. A cidade ficaria arruinada em uma semana.

Calor percorreu as omoplatas de Safi. Um alerta de duplicidade, e, de repente, ela estava muito alerta e disposta a participar daquela conversa. Esticando o pescoço, ela tentou avistar as linhas e os X que Habim traçara para a imperatriz. Mas tudo o que via era o mapa, exatamente como descrito.

Exceto que... quanto mais ela o encarava, mais sua visão parecia ficar embaçada. Ela esfregou os olhos antes de apertá-los mais uma vez sobre a página.

E sua magia ficou mais quente, arranhando seu crânio. *Mentira, mentira, mentira.* Então, o mapa sumiu por inteiro.

De alguma forma, Safi conseguiu não reagir. De alguma forma, ela manteve uma expressão entediada e cansada. Sua mente, porém, estava acesa. E seus calcanhares — *ah,* subitamente seus calcanhares queriam saltar e levá-la para mais perto da mesa.

Em vez disso, ela bocejou. Alongou tanto o maxilar que, se ainda fosse criança, teria sido repreendida. Ela fingiu esconder. Fingiu se afastar da imperatriz, enquanto movia-se alguns poucos centímetros para o lado. Depois, uns poucos centímetros para perto da mesa. Outro bocejo, outro alongamento.

Agora o mapa estava bem à vista, e *agora* ela podia ver que não era um mapa.

Era uma mensagem.

Não faça nada. Temos um plano.

Era tudo o que dizia. Safi a leu mais três vezes, mas não havia mais nada. No rabisco familiar de Mathew — em um documento claramente enfeitiçado com palavras —, havia apenas seis delas: *Não faça nada. Temos um plano.*

Tortas de fuinha infernais. Safi não conseguia decidir se deveria rir ou chorar com a mensagem. Porque, sério, Habim? Ele estava *mesmo* pedindo que ela continuasse a fazer o que já estava fazendo? E ele esperava *mesmo* que ela apenas aguardasse por um plano desconhecido?

Ela havia seguido o plano do tio na cidade de Veñaza, e aquilo não tinha terminado bem. Vinte anos de preparo, um esquema que abrangia as Terras das Bruxas, que deveria impedir o retorno da guerra e trazer paz permanente aos impérios — e Safi estragou tudo em apenas uma noite. Ah, ela tinha feito como mandado e seguido o plano pelo Jadansi no navio de Merik Nihar, mas então as circunstâncias a forçaram a se desviar. Em particular, o acordo ridículo e injusto do seu tio com Nubrevna. E aquele desvio a levara até ali, em Marstok.

Não era sua culpa, no entanto. Era culpa de um esquema fajuto com peças demais em movimento, além do fato de que *ninguém* nunca lhe contara o que diabos estava acontecendo.

E, principalmente, Safi queria saber sobre Iseult. Queria saber onde nas Terras das Bruxas sua irmã de ligação estava. Queria saber se Iseult estava a salvo. E acima de tudo, queria saber como Habim pretendia juntá-las de novo.

— Nomatsis — disse, mas Vaness e Habim apenas a ignoraram, continuando sua conversa sobre neves invernais e transporte. Então Safi repetiu um pouco mais alto e com mais ênfase: — *Nomatsis.*

Desta vez, Vaness parou de falar.

— Qual é o problema? — Ela deu uma olhada sutil na direção de Safi. — O que têm os nomatsis?

— Atualmente você fornece um espaço para que as tribos deles se reúnam fora das cidades. — Sem pedir permissão, Safi andou até a mesa, o queixo erguido. Sua sombra esticou-se pelo mapa, e ela deu uma batidinha onde *imaginava* ser Tirla. — Para onde eles irão durante a guerra,

Vossa Majestade? O que você fará para garantir que eles não sejam alvo dos impérios?

Vaness voltou-se para Safi. Os braceletes de ferro em seus punhos deslizaram e giraram. A brisa do lago Scarza roçou em seu cabelo.

— Muitas tribos nomatsi — disse, por fim — estão sob o estandarte do rei corsário agora. Eles não precisam da minha proteção, Safi. Se bobear, isso os torna nossos inimigos.

— Mas não todas as tribos — ela rebateu. — E, para começo de conversa, talvez eles nem o procurariam caso se sentissem seguros aqui.

— Hmmm. — Os braceletes de ferro pararam. Então ela se virou de volta para Habim. — Ela tem um bom argumento, general. Você levou em consideração as tribos nomatsi? Como pretende protegê-las?

Safi teve de se esforçar para não sorrir. *Sim, você levou em consideração os nomatsis, Habim? Você levou Iseult em consideração?*

As narinas dele se alargaram.

— Vinte anos atrás, eu protegi as tribos deles e todos que estavam dentro das nossas fronteiras. Vou protegê-los de novo, e me sinto ofendido por você supor o contrário. — O foco de Habim nunca saiu de Vaness ao dizer aquilo, mas suas palavras faiscaram na caixa torácica de Safi, tão verdadeiras quanto podiam ser.

— Por acaso a Bruxa da Verdade — agora ele olhava para Safi, com adagas nos olhos — tem alguma outra pergunta?

— Não. — Ela deu um sorriso sem dentes. — Acho que a sua estratégia é muito boa, general.

A raiva dele era visível, o peso do corpo mudando, os lábios se franzindo. E o alívio percorreu Safi, porque mesmo como general Bruxo de Fogo e Bruxa da Verdade da corte, Habim ainda a achava insuportável.

— Bom saber que a vida na fazenda não te amoleceu, general — Vaness disse aquelas palavras com calma. Quase levianamente, como se brincasse.

No entanto, Habim não encarou dessa forma.

— A vida na fazenda — ele retrucou — é tão difícil quanto ser soldado, Vossa Majestade, e seria bom uma imperatriz se lembrar disso.

Antes que Safi pudesse piscar, o ferro nos punhos de Vaness lançou-se contra a garganta do general. Duas lâminas crescentes contra o pescoço dele. No mesmo instante, os víboras desembainharam suas zarabatanas e miraram.

Então, todos esperaram. Oficiais patrulhando os andares mais baixos olharam para cima. Os pajens espiaram de queixo caído. Mesmo as velas, os mastros e os navios de guerra que rangiam e gemiam pareciam prender o fôlego.

— Seria ainda melhor — Vaness disse, com todo o peso do seu título e com magia por trás de suas palavras — se um general lembrasse de se pôr no seu lugar.

Habim engoliu em seco.

— Perdão, Vossa Majestade. A vida na fazenda me amoleceu *sim*, ao que tudo indica.

— Trate de endurecer rápido então, ou da próxima vez minhas lâminas descobrirão quão mole você se tornou.

Com aquela promessa pairando entre eles, as lâminas retornaram aos punhos de Vaness. Depois, ela deixou a mesa e seu general para trás, sem se despedir ou perceber a reverência de Habim.

Em segundos, com as zarabatanas ainda prontas, os víboras apertaram o cerco em volta de Vaness e Safi, e em segundos, o mentor que Safi nunca conhecera de verdade estava fora de vista.

18

Não era a primeira vez que Iseult ficava sozinha com Owl. Era, contudo, a primeira vez que elas ficavam sozinhas sem Mirtilo para distrair a menina. Também era a primeira vez que ela ficava sozinha com Owl em um local lotado, e Iseult estava disposta a obedecer às ordens da dona da estalagem: "Não cause problemas".

O fato de Owl nem tentar fingir que sentia algo além de desprezo por Iseult não ajudava, e *Iseult* não era particularmente habilidosa ao fingir que sentia algo além de desprezo pela menininha. Ah, ela conseguia manter o rosto vazio com facilidade, mas então suas palavras saíam raivosas. E se ela conseguia manter a voz calma, seu rosto se afundava em uma careta.

Naquele momento, contudo, elas estavam em um impasse. Iseult queria que Owl se banhasse. Owl não queria nada do tipo. Seu vestido antigo, que já fora cor de sálvia, estava completamente marrom. Sua pele não estava melhor.

— Nós estamos todos sujos — Iseult explicou. — Olha. — Ela apontou para a bacia lavatória, com sujeira rodopiando. — Acabei de tirar tudo aquilo de mim.

Owl fitou a bacia, carrancuda, fios cinza com um ódio teimoso.

— Eu vou pegar água limpa para você, é claro — Iseult acrescentou. — Assim como peguei para mim após o Aeduan sair. Você não quer ficar limpa também, Owl? Tirar toda essa sujeira?

— Sujeira é bom. — A menina bateu o pé.

E Iseult suspirou. É claro que uma Bruxa da Terra diria aquilo, e, àquela altura, ela estava cansada demais para continuar discutindo. Que Aeduan lidasse com ela ao voltar.

Quando a menina percebeu que ganhara o argumento, um rosa triunfante subiu pelos seus fios. Ela até mesmo lançou um sorrisinho arrogante na direção de Iseult antes de se levantar às pressas na cama e ir até a janela.

Pela Deusa, ela era terrível. Uma criança demoníaca em seu âmago — e aquilo se provou ainda mais verdadeiro minutos depois. Iseult tinha acabado de secar a água do chão, quando Owl bateu a palma da mão na janela, de repente.

— *Morto* — ela rosnou.

Iseult correu até a menina, assustada.

— Morto — a menina disse de novo, batendo com mais força no vidro. Alto o bastante para arrancar olhares do pátio abaixo. — Morto, morto, morto...

— Chega! — Iseult correu pelo quarto, mas Owl pulou para fora da cama e avançou para o centro do cômodo. Então, começou a bater os pés no chão.

— Morto. — Batida. — Morto. — Batida. — *Morto.* — A cada batida, o quarto sacudia. O espelho, a bacia, a janela; tudo chacoalhava no ritmo dos pés dela. E, a cada batida, seus fios ficavam mais frenéticos, intercalando entre tons de fúria ardente e confusão cor de areia, de medo ardósia e desejos roxos. Havia até fios de tristeza azul entrelaçando tudo.

Não fazia sentido, e também *não* ia funcionar. O som deveria ser como o de um terremoto no quarto abaixo, e se Iseult não conseguisse fazer Owl se acalmar, poderia haver um terremoto de verdade logo. Ou ao menos um monte de soldados raivosos à porta.

— Pare. — Ela ergueu as mãos, as palmas para fora. — Owl, pare... você precisa parar. Você está enroscando a trama! — Ela se aproximou com cuidado, as mãos ainda levantadas, e daquela vez, quando ela se inclinou, Owl não se afastou. Em vez disso, ela deu uma última batida, apontou um dedo para a janela e declarou:

— Morto.

Por vários segundos, Iseult não se mexeu. Ela forçou sua magia, sem respirar, em busca de qualquer fio que se aproximasse. Mas a Mãe Lua a beneficiara, pois ninguém próximo parecia ter notado a birra de Owl. Na verdade, parecia que uma tempestade estava se aproximando, então talvez as pessoas tivessem pensado que as batidas eram apenas trovões no horizonte.

— Do lado de fora — a menina disse, a primeira coisa sem ser "morto" que dizia em vários minutos, então Iseult entendeu. Ela subiu na cama e espiou para fora. A escuridão havia chegado, forçando-a a apertar os olhos contra a luminosidade da sala, que brilhava no vidro.

Dito e feito, no coração da praça lá embaixo, o amieiro morto erguia-se em direção ao céu. Pingos de chuvas salpicavam o seu tronco pálido, um por um.

— Aquilo já estava lá quando chegamos — respondeu. — Por que está te incomodando agora?

— Perigo — Owl explicou, e um lampejo de medo brilhou brevemente em seus fios.

Iseult franziu os lábios. Ela podia vê-los se franzindo no vidro. *Uma Bruxa dos Fios não faz careta.*

— Imagino que a tempestade *poderia* derrubá-lo contra a estalagem — ela disse, controlando o rosto. — É com isso que você está preocupada? Com certeza após todos esses anos já teria caído se... — Ela parou. Uma figura tinha aparecido ao lado da árvore. Um homem com capuz bege e fios que brilhavam tão fortes quanto o pôr do sol.

Trickster.

Ele parou no lado mais próximo da árvore, inclinando a cabeça para trás como se fosse olhar para cima. Na direção de Iseult...

Ela se afastou da janela e deu a volta na cama até suas costas estarem coladas na parede. Seu coração ribombava atrás da caixa torácica. Seus olhos encontraram os de Owl.

A menina assentiu.

Mas Iseult *tinha* despistado o Trickster, não tinha? Sim, sim, tinha sim, então como, na imensa trama da Mãe Lua, ele a encontrara de novo?

Ela forçou sua magia a ir longe, agarrando, alcançando... *Lá.* Os fios dele penetraram na consciência dela. Ele estava entrando na estalagem pela porta da frente, mas virara à direita no salão principal. *Talvez ele não saiba que estou aqui. Talvez não esteja procurando por mim. Talvez só precise de um lugar para ficar.*

Improvável, decidiu ela, e não valia a pena arriscar. Ela precisava dar um fim naquela situação antes mesmo de começar — e a última coisa que queria era ficar presa naquele quarto minúsculo e claustrofóbico. Ou pior, que Owl ficasse presa ali, entrasse em pânico e destruísse definitivamente a estalagem.

Queime-o, sugeriu o Bruxo de Fogo, mas Iseult o reprimiu. Ela era lógica, ela era focada, e não haveria chamas. Não haveria emoção alguma.

O corredor lá fora está mal iluminado. A torneira no final do corredor fica ao lado de uma escadaria. Escura. Iseult poderia esperar naquela escada, observar das sombras. Se o homem se aproximasse, ela poderia interceptá-lo antes de ele alcançar a porta do quarto.

— Owl — ela disse, acomodando-se de novo na cama. Calma, casual, não havia nada para ver ali. — Eu vou sair no corredor por um instante. Tranque a porta quando eu sair e fique quieta. Você pode fazer isso?

Para seu imenso alívio, Owl assentiu e se afundou no chão. Ela devia ter pressentido a urgência — e como não? Apesar das palavras tranquilas de Iseult, ela *estava* se arrastando em direção à porta, curvada praticamente ao meio para evitar a janela. Ela parou no gancho onde seu sabre de abordagem e seu cinto estavam pendurados, mas não. Mesmo se os marstoks permitissem que os nomatsis carregassem armas em público, havia muita tensão. Não valia o risco.

Além do mais, Iseult poderia derrubar um homem com as próprias mãos se fosse necessário.

— Volto logo — sussurrou. Então, escapou para o corredor. A fechadura fez um clique atrás dela.

Doze passos cuidadosos a levaram até o fim do corredor. A torneira pingou quando ela passou, até que ela chegou na escadaria. Era perfeita para se esconder. Iseult mergulhou nas sombras, sua magia se esticando mais uma vez...

O homem subia as escadas, seus fios avançavam com a concentração verde de um caçador. Ele se movia com fluidez. Um passo, dois passos, três — por toda a subida até estar vagando pelo corredor do terceiro andar. Mais devagar, ele se aproximou da porta com o peito dos pés. Bem treinado e silencioso naquela tempestade crescente.

Se Iseult não tivesse sua magia, jamais teria pressentido a chegada dele.

O fato é que, naquela distância, os fios dele queimavam como uma lua cheia. E quanto mais ela encarava, mais sentia uma eletricidade pulsante. Como um rio no inverno, em que uma correnteza de águas escuras agitava-se no centro vagaroso e gelado.

Trickster, ela pensou de novo. E um segundo depois, *Perigo*.

O homem ia direto para o quarto treze, sem hesitar, sem parar — e qualquer dúvida restante de que ele estava ali por causa dela se foi em um instante. Ele se agachou diante da porta, depois tirou a capa de cima de um dos ombros.

Uma pistola de tiro único, enfeitiçada com fogo, repousava em um coldre no quadril dele.

Os fios do homem se encolheram, esticados pela intensidade de um único pensamento. E naquele momento, quando o braço dele se esticou acima da cabeça e o punho dele se inclinou para trás como se fosse bater — a uma altura normal, de forma que qualquer um que abrisse a porta seria surpreendido —, Iseult percebeu que não dissera a Owl o que fazer. Ela não dissera "Não atenda se você ouvir uma batida".

Owl abriria a porta. O homem atacaria.

Iseult se moveu. Nada furtiva, apenas rápida, ela avançou da escadaria para o corredor. Ela alcançou o homem no mesmo instante em que um turquesa surpreso incendiou os fios dele. Bem quando ele se virou na direção dela e agarrou a pistola.

Um chute frontal no braço dele. A pistola voou. Ela girou e lançou o joelho na nuca dele. Ele foi jogado para a frente, um grito escapando. Seu rosto atingiu a porta.

Mas Iseult não tinha terminado. *Queime-o, queime-o, queime-o.* O capuz dele escorregara para trás, revelando um cabelo claro. Ela o agarrou, puxando seu rosto na direção dela. Então, deu mais uma joelhada nele — desta vez na têmpora. De novo e de novo e de novo, até o corpo dele ficar mole. Os fios do homem obscureceram para a inconsciência.

Por vários segundos, Iseult ficou ali parada, plantada acima dele e olhando para baixo. Sua pulsação retumbava em seus ouvidos, sua respiração saía em arfadas ofegantes.

Ela precisava se mexer. Precisava sair do corredor antes que alguém a visse ali. Fios curiosos já se moviam em direção às portas dos quartos próximos. A qualquer momento, alguém chegaria. Ela era nomatsi, ele parecia cartorrano. Aquilo não acabaria bem.

Exceto que Iseult também não podia apenas deixá-lo ali. Em algum momento ele acordaria, e atacaria de novo.

Queime-o, queime-o, queime-o.

O nariz dela tremeu. Fios se aproximavam vindos do andar de baixo. Sem tempo, sem tempo.

— Owl? — ela chamou. — Abra a porta, por favor.

Na mesma hora a porta se abriu, como se a menininha estivesse esperando ali o tempo inteiro. Iseult entrou, agarrou o homem pelos ombros e o puxou.

Ela não fazia ideia de como conseguira movê-lo sozinha. Ele não era um homem grande, mas peso morto era peso morto. Graças à deusa havia uma tempestade lá fora, que escondia os sons de raspagem, arranhões e *puxões* que o corpo dele fazia pelo assoalho.

Enquanto isso, Owl assistia, seus fios curiosos e, por alguma razão que Iseult *não* queria considerar, completamente encantados.

Iseult conseguiu colocar a maior parte do homem para dentro. Ela soltou os ombros dele, desceu para pegar os pés e então ergueu as pernas dele. Assim que as botas dele estavam longe o bastante para fechar a porta, uma pessoa saiu no corredor.

Era o homem da torneira, seus fios acesos com horror.

— Ele bebeu demais — Iseult disse. Depois bateu a porta e caiu de joelhos.

19

Aeduan encarou o nível dez, sem se mexer. Sem piscar. A sala, os monges, suas vozes e seus cheiros de sangue — tudo se dissolveu para um vazio distante. Cotovelos o empurraram, olhos o encararam, mas Aeduan não saiu. Ele não desviou o olhar.

Dez mil moedas pela cabeça do seu pai.

Um resgate real, de fato.

Duas semanas atrás, Aeduan teria aceitado a tarefa sem hesitar. Ele teria atualizado seu pai imediatamente, via Bruxo da Voz, e encontrado um jeito de conseguir todas aquelas moedas.

Tantas, tantas moedas.

Ele teria sido inescrupuloso ao forjar a recompensa. A causa de seu pai importava mais que a moralidade primitiva do monastério. Aeduan também não teria se importado se mais monges morressem pelo caminho, tentando conquistar as moedas para si mesmos.

A vida era o preço da justiça, e a causa de Ragnor era correta. Aquele era o momento de acabar com a tirania imperial. Duas semanas atrás, Aeduan acreditara naquilo sem dúvidas. Nenhuma rachadura na pedra, nenhuma fraqueza na base. Ele era o filho de Ragnor, o rei corsário, e seu único trabalho era conseguir moedas para a causa.

E era por isso que ele deveria aceitar aquele nível dez. Ele deveria aceitar de imediato e então encontrar um Bruxo da Voz.

Em vez disso, Aeduan se afastou da parede. O papel e suas palavras transformaram-se em nada. Ele saiu da sala.

A chuva caía no mosteiro, a tempestade atingindo força total. Nuvens bloqueavam o pôr do sol, escurecendo o entardecer para uma falsa meia-noite. Aeduan andou pela margem coberta, encarando as folhas curvadas pelos pingos de chuva.

Ele deixou o posto avançado, onde seu olhar percorria a água respingando no cais sem ver nada de fato. Espumando com sujeira, a água se acumulava rápido. Ele podia ter deixado os monges para trás, podia estar andando às margens do lago Tirla enquanto a chuva o ensopava, mas ele não estava avançando.

Ele era atraído para três direções. A estalagem ficava em um caminho. Seu pai em outro, e as tarefas do monastério em outro também, fazendo com que Aeduan se sentisse verdadeiramente empacado. Nada diferente do homem com o cordeiro da história — e igual àquele homem, Aeduan sabia que não podia escapar do olhar da Senhora Destino para sempre.

Ela o encontraria; ela o faria escolher.

As pessoas tiraram Aeduan de seus próprios pensamentos. Elas passavam apressadas, correndo das docas até os prédios ao lado do cais — e foi quando ele notou as ondas quebrando no lago. Navios oscilavam e cambaleavam, chocando-se uns contra os outros com uma força capaz de triturar a madeira.

A chuva golpeava mais e mais forte a cada segundo. O vento golpeava com mais força também.

Os animais, entretanto, foram os que fizeram Aeduan correr. Centenas de cachorros, gatos e ratos surgiam de estruturas e lotavam a rua. Eles deram a volta no lago, saindo da cidade. Se Aeduan estivesse sozinho em Tirla, os teria seguido. Se ele fosse o Aeduan de duas semanas atrás, teria abandonado a cidade e a deixado para a tempestade.

Mas ele não era aquele Aeduan. O Aeduan atual estava empacado entre a fome e o massacre. O Aeduan atual ainda não estava pronto para escolher.

Vento e chuva uivaram alto como um pesadelo. As placas de rua sumiam sob a chuva, as fachadas dos prédios desapareciam na escuridão. Apenas sua familiaridade com a cidade o mantinha seguindo em frente na direção certa.

E a pedra da dor. Sem ela, ele teria ficado preso no posto avançado, talvez até desacordado. Certamente não teria sido capaz de encarar o granizo. Pedras pequenas caíam nos paralelepípedos, respingando água e batendo nas pernas e no peito de Aeduan. Quanto mais ele corria, mais elas aumentavam, logo ficando tão grandes quanto seus punhos. Elas se estilhaçavam; pedaços explosivos atingiam toldos, carruagens e, se ele não tomasse cuidado, muito em breve atingiriam seu crânio também.

Ele virou à esquerda. Os telhados numerosos acima daquela rua lhe deram uma trégua do granizo. Por pouco tempo, pois a via logo terminou e ele viu-se em outra artéria ampla em direção a uma subida. Cobriu a cabeça com a sacola de roupas e correu mais rápido.

Então um raio caiu, tirando-lhe a visão e bloqueando sua audição — e o estrondo do trovão que se seguiu quase o derrubou. Era apenas o início, porém. De novo e de novo os raios caíam, e a cidade tremia com o seu poder.

Aeduan avançou mais.

Em sua visão periférica manchada de chuva, ele viu um corpo. Ensanguentado, achatado, cortado pelo granizo. Depois um segundo, queimado pelos raios. Não havia nada que pudesse fazer por eles; tudo o que podia fazer era continuar andando.

Ele invocou sua magia. Mais fraca do que ele esperava, mas já era *alguma coisa*. O suficiente para impulsionar mais seus membros na tempestade. Esquerda, direita, sem saber quais ruas ele percorria, apenas sabendo que seguia vagamente na direção da estalagem.

Assim que seus pés chapinharam em bandeiras caídas, explosões luminosas de cor em meio às sombras, um som novo atingiu seus ouvidos. Ou talvez não fosse exatamente um som, mas um tremor em suas costelas, vindo do norte.

Aeduan olhou para trás, apertando os olhos contra a chuva e o granizo. Então parou. Um ciclone, escuro e serpenteante, contorcia-se pelo lago, movendo-se com muita rapidez em direção a Tirla.

Em instantes, atingiu os navios, quebrando-os com a mesma facilidade com que um cutelo quebrava um osso. Ele seguia na direção de Aeduan, que seria atingido se não se mexesse.

O bruxo correu, atraindo toda magia que pudesse encontrar. Cada pedacinho de sua magia, cada gota de sangue, ele depositou em seus músculos. Mais rápido do que antes, mais rápido do que qualquer humano conseguiria correr.

Mas ainda não foi suficiente. Nada poderia superar aquele ciclone. Estava logo atrás dele. Ele podia ouvir a aproximação, destruindo prédios um por um. Imensas explosões de madeira e pedra, e tudo isso enquanto os ventos gritavam mais alto.

Aeduan não podia escapar. Sua única esperança era buscar abrigo. Em algo de pedra, algo forte. Ele virou para o lado, visando os prédios mais próximos. Corpos, corpos — como havia tantos corpos? Ele alcançou degraus que levavam a uma porta de entrada e se atirou no chão ao lado deles. Depois, encolheu-se em posição fetal e cobriu a nuca com as mãos.

O vento o atingiu. Água entrou em sua boca. Granizo do tamanho de tijolos o acertou, e ele sentiu duas costelas quebrarem. As juntas de seu dedo esquerdo também quebraram. A qualquer momento, o ciclone o atingiria. O prédio acima dele cairia. Ele não morreria, mas outras pessoas sim. Muitas outras.Mas o ataque nunca aconteceu.

Em vez disso, a tempestade cessou por completo. Entre uma respiração trêmula e a próxima, os ventos pararam. O granizo parou de cair. A chuva ficou tranquila, uma mera vibração ecoando nos ouvidos de Aeduan. *O olho da tempestade*, ele pensou, saindo da posição, pronto para voltar a correr. No entanto, quando se endireitou, as costelas quebradas anestesiadas pela pedra da dor, um cheiro de sangue oscilou em sua consciência. *Feridas escuras e morte interrompida. Dor e sujeira e fome infinita.*

Destrinchado.

No mesmo instante, Aeduan se levantou, girando para trás. Ele desembainhou a espada, pronto para encarar qualquer que fosse a loucura que se aproximava em meio à calmaria. Quando se virou, porém, não encontrou um homem corrompido pela magia. Aquele homem, alto e de cabelo claro, andava em direção a Aeduan com clareza e propósito. Os olhos dele brilhavam escuros, de uma borda a outra, e linhas deslizavam por sua pele. Mesmo assim, a cada passo que ele dava para mais perto, mais a escuridão se encolhia.

Como larvas contorcendo-se em um corpo, as sombras desapareceram. O cheiro de destrincho também desapareceu, até sobrar apenas um rapaz cujo sangue cheirava a costas rochosas e pulmões ofegantes. Mas havia outros cheiros de sangue enroscados dentro dele, como um nó de minhocas retirado do solo. Centenas deles, cheiros demais para que Aeduan pudesse separá-los ou catalogá-los.

Ele nunca vira nada como aquilo.

— Você é o Bruxo de Sangue? — o homem gritou, em nubrevno, ainda se aproximando. Seus olhos, agora azuis, percorreram Aeduan de cima a baixo. — Você com certeza se parece com ele.

Aeduan se colocou em posição de luta.

Aquilo apenas fez o rapaz sorrir, uma coisa assustadora que esticava seu rosto em proporções desumanas. Metade de sua orelha direita estava faltando, sangue escurecido encrostado nas bordas.

— Não se aproxime — Aeduan gritou.

— Ou o quê? — o homem falou, arrastado, embora tivesse parado de avançar. — Sua espada não me fará nada. Você deveria saber disso, Bruxo de Sangue. A não ser... — A cabeça dele pendeu para o lado. Ele bateu de leve no queixo. — A não ser que o seu pai não tenha contado sobre mim.

Meu pai. Algo sombrio e vil escorreu pelo crânio de Aeduan.

O homem riu, um som satisfeito.

— Vejo em seu rosto que ele *não* te contou. Permita-me corrigir isso. — Os calcanhares do homem se juntaram, seu punho foi posicionado sobre o coração, e ele fez uma reverência nubrevna. — Sou chamado de Fúria. Eu trabalho com o seu pai há muito, muito tempo, embora todos aqueles anos atrás eu o conhecesse por outro nome. *Ele* ainda tem o mesmo rosto. — O sorriso aumentou. — Eu, não.

Palavras incompreensíveis. Elas tiniram na mente de Aeduan, inúteis.

— O seu pai me mandou encontrá-lo — o homem prosseguiu, aproximando-se um único passo. — Você deveria ter aparecido semanas atrás, Bruxo de Sangue. Ele temeu que estivesse morto, mas... — O homem abriu os braços, as sobrancelhas grossas oscilando. — Aqui está você. E agora é hora de irmos.

— Não. — Aeduan balançou a cabeça brevemente. — Tenho negócios pendentes em Tirla.

— Por exemplo?

— Como você me encontrou? — Aeduan rebateu.

— Facilmente.

— E por acaso meu pai pediu que você destruísse Tirla pelo caminho?

— Isso? — O homem riu, um som gutural. — Isso não é nada, Bruxo de Sangue. Para onde eu viajo, os furacões reinam. — Ele se virou, parecendo assimilar a destruição pela primeira vez, o que o fez apenas rir mais alto.

A escuridão desceu pelo pescoço de Aeduan. Vozes se agrupavam, cheiros de sangue também. Como se as pessoas estivessem saindo agora, procurando por ajuda nas ruas. Alguns gemiam, outros gritavam.

— O seu pai — o Fúria disse, parando de repente — vai querer saber qual o seu impedimento. Não me faça voltar para ele sem uma resposta. Ele não vai gostar. *Eu* não vou gostar.

— Eu mesmo contarei ao meu pai — Aeduan afirmou, categórico. — Diga a ele que darei um informe completo quando eu voltar.

— E quando será isso?

— Logo.

As portas estavam se abrindo. Passos respingavam mais perto. Mais gritos, mais choro, mais desespero ocupando a cidade. Aeduan não queria ver o que o Fúria faria com qualquer um que aparecesse ali.

— Quantas horas? — o Fúria perguntou. — Eu posso esperar.

— Serão dias.

A raiva cintilou no rosto do homem, e linhas pretas silvaram em sua pele.

— Quantos dias, Bruxo de Sangue? Pare de fugir das minhas perguntas.

— Eu não sei.

Uma risada seca e cruel, e o Fúria apontou um dedo torto para Aeduan.

— Então eu não sei quando voltarei. — Ele encolheu um ombro. — Talvez semana que vem. — Ele encolheu o outro. — Ou talvez amanhã... e não tente escapar de mim, Bruxo de Sangue. Não importa aonde você vá, eu te encontrarei. E se os seus negócios não estiverem resolvidos quando eu voltar, pode ter certeza de que os resolverei por você.

Com aquelas palavras, a faca da Senhora Destino finalmente caiu. Um tinido descendente da sua vontade como a lâmina de um carrasco. Ela estava fazendo Aeduan escolher. Restava apenas um caminho diante dele agora.

— Será resolvido — disse, porque eram as únicas palavras que podia dizer.

— Ótimo — o Fúria respondeu. Escuridão ziguezagueou pelo rosto dele. O vento se aproximou. Então, o lampejo de um raio, quente e cegante. Quando a visão e a audição de Aeduan voltaram, o Fúria tinha sumido.

20

O tempo nunca passou tão devagar como enquanto Merik meio caía, meio corria, tentando se mover para onde Esme queria que ele fosse, exceto que ele não tinha nenhuma noção de onde aquilo poderia ser até que a dor o eletrificasse.

Quando as chamas anestesiavam sua mente, significava que o caminho estava errado. Ferroadas de abelha moderadas significavam que ele havia se movido corretamente.

O entardecer predominava quando Poznin surgiu diante dele, iluminada pela lua e fantasmagórica contra o horizonte. Um rio extenso e pantanoso corria entre Merik e os muros fortificados da cidade. Sem engenharia humana e bruxos para reter a vazão sazonal, a várzea crescera, engolira e consumira. Cinquenta anos desde a queda da República, e a natureza tomara conta. Telhados e paredes desmoronadas erguiam-se das águas.

Merik não tinha ideia de como atravessaria o rio, e a dor estridente em sua coluna não estava ajudando.

"Há pontes", Esme disse, com curiosidade em sua voz. Como se ela se perguntasse o que Merik faria.

— Mas — ele forçou — elas estão todas submersas.

"Então encontre a que não está." E com aquela ordem, a dor se dissipou completamente. Ele podia pensar, podia respirar. Ele sabia que não duraria. Sabia que Esme estava apenas brincando com ele — experimentando, como ela dissera.

Porém, pelas águas do inferno, ele apreciava a trégua. E daquela vez, não seria tão tolo a ponto de correr.

Merik avançou devagar ao longo do pântano, seguindo montinhos macios de terra em meio às águas preguiçosas, aos canaviais e às taboas, e embora estivesse encharcado quando chegou até a ponte, era melhor do que nadar.

Tijolos de mármore erguiam-se do rio como uma raposa-do-mar serpenteando do mar, ainda intactos, mesmo que não levassem a lugar algum. O mármore já fora branco. Agora não passava de um cinza enluarado e coberto de algas e sujeira. Ao centro, duas colunas erguiam-se com cães-da-tempestade uivando para o céu. Um ainda tinha a cabeça; o outro, não.

No fim da ponte, os pântanos retornavam mais densos. Mais fáceis de atravessar — mas também mais cheios com os fantasmas de uma república arruinada. Paredes caídas, madeira apodrecida, escadas que não levavam a lugar algum. Historiadores alegavam que Poznin havia sido uma cidade bonita e próspera no passado, mas atualmente não passava de um cadáver bicado pelos corvos.

Merik alcançou o muro fortificado externo e escalou por cima de uma parte tombada. Mais além, mais água fluía sobre ruas e pontes. Daquela vez, porém, alguém havia montado passarelas brutas que ligavam o solo pantanoso ao restante das estradas de paralelepípedos. Elas ziguezagueavam, subiam e caíam, até enfim levar ao final da várzea, para uma colina cercada por um segundo muro fortificado.

Aquele muro era muito mais antigo. Milenar, até, a julgar pela inclinação desgastada de seus tijolos. Como *Pin's Keep*, em Lovats, ele resistira ao tempo. Conforme Merik se aproximava de um arco sinuoso nas pedras, suas coxas queimando pela subida, ele percebeu pela primeira vez que estava tremendo. Agora que a água não o acariciava mais, havia apenas o vento para secá-lo — um vento que ele não podia tocar, não podia comandar.

Seus dentes batiam e seus dedos dos pés estavam dormentes. Um frio como aquele, que se enterrava nos ossos, era novidade para Merik.

Ele chegou ao topo da colina e cambaleou pelo portão. Uma nova cidade o aguardava, intocada pelas enchentes, mas não intocada pelo tempo. Ali, carvalhos e bordos, bétulas e freixos atravessavam os telhados, rompiam paredes e obstruíam estradas com seus troncos.

Coisas antigas renovadas.

Merik inicialmente achou bonito, até avistar figuras espalhadas em meio ao verde. Primeiro ele achou ser um truque de luz, de sua mente agitada pela dor, mas, quanto mais encarava, mais reconhecia formas humanas dentro da floresta. *Estátuas*, ele esperava, mas seu estômago era mais esperto. E enquanto ele descia a colina e adentrava a cidade antiga, seu interior se contraiu cheio de certeza.

Ele alcançou a primeira pessoa. Um rapaz feito não de pedra, mas de carne, um uniforme do exército cartorrano esfarrapado pendendo de ombros esqueléticos. Seus olhos escurecidos olhavam para o nada, e havia um rastro de linhas em seu rosto — linhas que Merik conhecia porque queimavam dentro dele também. Ele não se mexeu quando Merik se aproximou. Ele não se mexeu quando Merik passou.

Nem o próximo homem, mais velho e com cada parte de seu corpo coberta de sujeira. Nem a mulher depois dele ou o garotinho depois dela. Todos eles permaneceram em sentinela, um após o outro.

Merik não tinha certeza de quando começara a correr de novo. Ninguém o perseguia, nenhuma dor o açoitava. Ele só sabia que precisava se mexer. Ele precisava provar a si mesmo que não era um daqueles destrinchados, que não era um daqueles fantoches. Ele não estava envenenado como Kullen. Ainda conseguia pensar por si mesmo e mandar em suas pernas. Tudo o que precisava fazer era tirar aquele colar, e então poderia fugir para...

Ele tropeçou em uma raiz. Caiu no chão, os punhos estalando em uma queda nada graciosa. Não doeu, mas um soluço engasgado escapou mesmo assim. Saído de pulmões fracos, e nenhum ofego por ar parecia fazê-lo parar.

Só quando uma sombra surgiu no chão diante dele foi que finalmente parou. Merik ergueu a cabeça, e encontrou uma garotinha com tranças loiras e olhos pretos como a meia-noite. Ela estava vestida como um nortista, com peles e feltro colorido.

— Por que você parou de andar, príncipe? — ela perguntou, e Merik soube que não era a menina que falava com ele. Ele sabia quem realmente estava pronunciando aquelas palavras.

— Perdido — ele murmurou, e a menininha sorriu; uma coisa assustadora e anormal que esticou os lábios dela para os lados.

— É só seguir as marionetes. — Antes mesmo que ela tivesse acabado de anunciar aquilo, corpos surgiram à vista. Saídos de prédios caídos e do meio das árvores. De todas as idades, tamanhos, raças, organizaram-se em uma longa fila que serpenteava para dentro da cidade. Até onde os olhos de Merik podiam ver.

Então, em uníssono, em um coro de vozes que raspavam em sua pele, eles cantaram:

— Nos siga, príncipe Merik. Nos siga, nos siga até encontrar o seu caminho.

Merik não via outra opção. Ele se levantou e seguiu.

Vivia e seus Bruxos do Vento chegaram em casa bem quando o décimo nono sino estava tocando. Eles aterrissaram no Distrito do Embarcadouro Sul, onde o quartel principal e academia naval estavam.

— Podemos levá-la até o palácio! — o capitão havia gritado, por cima dos ventos dela. — Deixá-la ao lado do portão!

Vivia havia recusado, alegando que não era ela quem drenara toda sua energia no voo. A verdade, é que esperava encontrar Stix. Por mais estranhas que as coisas estivessem entre elas, Stix era a única pessoa com quem Vivia podia conversar. A única pessoa com quem Vivia *queria* conversar.

Mas Stix não estava na escola. Nem no quartel, ou em qualquer outro lugar no Caminho do Falcão enquanto Vivia e um flanco de quatro soldados novos e recém-acordados se aproximavam de Queen's Hill. Ela diminuiu o passo na rua abaixo do apartamento de Stix, perguntando-se por um instante se deveria ir até lá... Decidiu que não. Vivia queria ver sua amiga sozinha — não com aquela escolta perseguindo cada movimento seu.

Logo, Vivia chegou ao seu quarto na ala real do palácio, os tapetes puídos familiares e o chão rangente tão acolhedores após um dia naquela terra de arenito e branco. Um pouco após o tilintar dos sinos, ela estava sentada na beirada da cama com suas roupas íntimas.

Ela encarava o papel enfeitiçado com palavras. Ele tinha amassado no voo para casa, e agora — ao desenrolá-lo — seis linhas surgiram amarrotadas na página.

As suas palavras e as de Vaness ainda estavam ali, bem como uma nova frase na parte de baixo.

Você chegou bem em casa?

Vivia umedeceu os lábios. Então, pressionou a página em cima do colo e tentou alisar os amassados. Suas tentativas falharam por completo, e, após alguns minutos, ela decidiu que não se importava. Vaness não precisava de uma resposta.

Vivia enrolou a carta e a guardou em uma mesinha baixa ao lado da cama. Depois de sussurrar para a sua lamparina solitária, enfeitiçada com fogo, ela se acomodou embaixo das cobertas azul cor de lírio e tentou dormir.

Uma hora depois, quando o sono ainda lhe escapava, Vivia saiu da cama. Caneta e tinta aguardavam em sua mesa, e com apenas a luz da lua que entrava por uma janela empenada para iluminar a página, Vivia desenrolou a carta mais uma vez.

Cheguei bem em casa.

Ela parou ali, pensando no que mais dizer. Pensando em por que ela queria dizer mais. Após vários minutos, a frase perfeita surgiu em sua mente. Ela a escreveu e, daquela vez, quando Vivia voltou para a cama, pegou no sono imediatamente.

21

A galeota zarpou suavemente sobre o lago Scarza. Jatos de maresia orvalhavam a pele ao redor dos olhos de Safi. Babá Rokesh tinha insistido para que ela vestisse um lenço dos víboras, e embora a seda fosse surpreendentemente gelada, considerando o tanto de pele que cobria, ainda era sufocante.

Assim como as palavras de Habim em cima do mapa.

Não faça nada. Eu tenho um plano.

Bom, Safi também tinha um plano — e ela não o abandonaria apenas pela chegada de Habim Fashayit. Se ela de fato conseguisse criar uma pedra da verdade, poderia partir. Sem precisar esperar.

Esperar nunca fora um dos seus pontos fortes. Safi iniciava; ela não concluía.

E malditos fossem os deuses, ela estava *cansada* de lhe dizerem o que fazer. No mínimo, Habim poderia ter-lhe dado mais informações. Ele tinha um mapa inteiro consigo, afinal. Teria sido tão difícil assim dar detalhes, para que ela não corresse de olhos vendados para o nada, mais uma vez?

Na metade da viagem de volta, os Bruxos da Maré que conduziam o navio mudaram de curso, direcionando a galeota para a costa principal de Azmir em vez do Palácio Flutuante. Safi sabia que aquilo aconteceria. Ao contrário de Habim, Vaness a *informara* do plano para aquela tarde.

— Um cortejo de aniversário — a imperatriz tinha explicado, cansada, no dia anterior. — Muito longo, muito cansativo. Mas preciso participar todos os anos. — Era por isso que Safi recebera o uniforme e lenço dos víboras: uma coisa era alegar possuir uma Bruxa da Verdade, e outra bem diferente era desfilá-la diante de centenas de milhares de pessoas.

A Cidade da Chama Eterna crescia ao horizonte, cercada pelas montanhas vermelhas de Kendura e pelas Sirmayans com topos brancos mais ao longe. As torres douradas que se estendiam pela cidade, uma para cada distrito, brilhavam como tochas sob o fulgor cor de âmbar do pôr do sol.

Um corvo voou acima, e Safi rezou para que ele não cagasse em sua cabeça.

— Você está pronta para fazer vinte e sete? — Safi perguntou, juntando-se a Vaness no baluarte. — Ouvi dizer que é muito melhor do que vinte e seis.

Vaness deu um suspiro — um sinal claro de que não estava nada im-*pressionada*. Embora ela tenha dito:

— Quando fiz essa mesma viagem um ano atrás, Safi, não havia exércitos à minha porta. E embora o general Fashayit me culpe por começar a guerra, ele está errado. O fim da Trégua era inevitável. A guerra sempre é. Além do mais — ela acrescentou, com leveza —, por ser a primeira a quebrar a Trégua, eu posso escolher os termos do que virá a seguir.

Apesar do seu tom, Safi sabia que Vaness era tudo, *menos* leve e irreverente. Mesmo sem sua magia, uma verdade feroz ressoava em tudo que Vaness fazia. Seus ideais alinhavam-se com suas ações; não exigia nada dos outros que ela mesma não faria; e ela colocava o bem-estar de Marstok acima de qualquer outra coisa, mesmo sua própria vida.

— Bom — Safi murmurou, por fim —, feliz aniversário adiantado. — E daquela vez ela ganhou um sorriso. *Verdade, verdade, verdade.*

Quando enfim o navio chegou ao cais principal de Azmir, ele não atracou, mas parou ao lado de uma doca isolada, onde os marinheiros que aguardavam colocaram uma prancha de desembarque.

Rokesh foi na frente, guiando-os até uma tenda comprida e aberta, montada sobre suportes e varas de ferro. Lonas douradas e flâmulas verdes tremulavam na brisa, enquanto soldados, também em dourado e verde, permaneciam em posição de sentido em filas organizadas. Um retângulo perfeito para cercar a tenda.

Assim que Vaness chegou ao centro da tenda, ela ergueu os braços. O ferro se levantou. Em seguida, o ferro — e a tenda presa a ele — seguiram sobre sua cabeça enquanto ela atravessava o píer.

Os dedos de Safi se fecharam com força em seu uniforme enquanto o cortejo inteiro avançava. Suas panturrilhas desejavam correr, seus joelhos coçavam para dar chutes altos. Aquela era a primeira vez que ela saía do Palácio Flutuante desde que chegara a Azmir. Aquele era o primeiro vislumbre do povo, das ruas, dos prédios antigos e novos. Vaness não mencionara qual caminho eles tomariam pela cidade, mas Safi não dava a mínima.

Eles podiam andar para dentro de um poço de víboras, e seria perfeitamente aceitável. Ela estava do lado de *fora*, e era tudo o que importava.

Eles passaram por navios, em que marinheiros gritavam e acenavam dos mastros mais altos e mais pessoas gritavam e assoviavam dos conveses inferiores. Depois, o cortejo alcançou o cais principal à beira do lago, onde o barulho da multidão ampliava-se até ser quase ensurdecedor. "Saúde e felicidade para você!", alguns gritavam. Ou a felicitação marstok mais comum: "Que todos sejam perdoados no fogo!". Mas, para cada grito de devoção que crescia do público, Safi ouvia a mesma quantidade de gritos raivosos.

Ela não fazia ideia de como Vaness aguentava aquilo, e quanto mais eles marchavam, mais fascinada Safi ficava. Embora a beleza, a força e o heroísmo de Vaness na Passagem de Kendura tivessem lhe garantido uma adoração fanática, ela ainda era a líder de um império. Tudo o que ela fazia era visto, e *todos* tinham opiniões sobre como deveria se comportar. Sua relutância em se casar, em sorrir, em se curvar — a própria Vaness contara a Safi o tipo de rumores que aquilo alimentava.

"A Vadia de Ferro", era como a chamavam.

Aquele nome aumentava na multidão agora, sendo lançado para dentro da tenda de todos os ângulos, ecoando de um jeito que apenas a verdade podia. No entanto, as pessoas que exprimiam sua desaprovação a sentiam com a mesma intensidade que aqueles que gritavam sua veneração.

— As pessoas vieram do outro lado do império — Rokesh informou, posicionando-se ao lado de Safi — para ver os fogos de artifício de hoje à noite e comemorar. Cada estalagem da cidade estará cheia, e cada estalagem em um raio de trinta quilômetros daqui.

Tantas pessoas vieram vê-la, Safi pensou, *e nenhuma que a conheça de verdade.* De fato, deveria ser muito solitário ser amada e odiada, mas nunca vista.

O cortejo saiu dos embarcadouros e entrou em uma avenida principal com torres beges e telhados vermelhos. O Distrito Mercante, Safi descobriu. Mais ao longe, lojas, barracas e vendedores de rua se amontoavam embaixo de toldos brancos. Depois, eles cruzaram uma interseção onde uma das torres douradas erguia-se do solo. Sem portas, sem janelas, apenas a coluna quadrada correndo em direção ao céu e coberta por uma cúpula em formato de chama.

Safi queria poder chegar mais perto. Qualquer que fosse aquele material, não era o mesmo do restante da cidade — nada de arenito ou mármore ou calcário ou granito.

Eles passaram pela torre e entraram em um distrito novo, onde cada prédio era pintado com centenas de tons diferentes. "O Distrito Artístico", Rokesh explicou, antes de eles virarem para o leste até o Distrito Universitário, e depois o Distrito Curador. Sem parar, eles foram e voltaram pela cidade, cobrindo cada área. Passando por cada torre dourada. Até que, por fim, os prédios e as torres foram substituídos por um longo muro de arenito. Ao longe, galhos de cedro sacudiam à brisa, e a torre final erguia-se para cima, cima, cima. A torre mais alta de todas, escura em contraste com o crepúsculo.

Em um portão de ferro, os soldados diminuíram até parar, separando-se o suficiente para que Vaness, Safi e os víboras passassem. Sem a tenda ou seus passos hesitarem, Vaness apontou um dedo para a entrada próxima, e as barras de ferro se afastaram.

A tenda se estreitou brevemente quando eles se espremeram para passar, como um gato se encolhendo por uma porta. O aroma de cedro atingiu o nariz de Safi, o alvoroço da cidade acalmando-se lá atrás, e finalmente as barras de ferro se fecharam, trancando-os do lado de dentro.

A cada passo dado em meio aos cedros, o ar parecia se restringir e espiralar. Fez o coração de Safi ir parar na boca, e ela não precisou perguntar onde eles estavam. A resposta chamava por ela, e a torre a entregou.

Eles estavam no Poço Originário de Marstok.

No entanto, algo a respeito da floresta irritava a magia de Safi enquanto eles andavam. Eriçava os pelos nos braços dela, e duas vezes ela pensara ter visto figuras se escondendo nas árvores. Na terceira vez, ela disse:

— Tem alguém na floresta.

Mas Rokesh apenas fez que sim.

— São soldados. Esta área pode ser particular, mas não vamos arriscar a segurança de Sua Majestade.

Safi presumia que aquela era uma boa explicação, mas, apesar das palavras de Rokesh, os dedos que percorriam sua coluna não foram embora.

Após cem passos em meio aos cedros e subindo uma escada íngreme, a floresta finalmente se abriu, revelando uma nascente extensa cercada por azulejos de arenito. Igualmente espaçados em volta das águas ondulantes estavam seis cedros imensos, curvados e estendendo-se ao céu. Afastada do Poço, do lado norte da floresta, estava a torre dourada.

Vaness parou diante da água e baixou a tenda. Com cuidado, ela curvou as varas e os suportes para dentro, para que a lona se dobrasse como uma lagarta, expondo-os ao céu roxo.

Então a imperatriz de Marstok se virou para encarar Safi.

Parte de Safi ficou chocada por aquela pergunta ter levado tanto tempo para ser feita — nas duas semanas desde sua chegada a Azmir, elas ainda não tinham visitado aquele lugar. A maior parte de Safi, porém, estava chocada por estar ali *naquele dia*. Aquele era o cortejo imperial de aniversário. Não havia motivos para viajar até lá agora.

— Então é verdade? — Vaness perguntou, observando Safi. Ao mesmo tempo contemplativa e predatória. — Você é metade do Cahr Awen?

— Eu... não sei. — Os dedos dos pés de Safi se curvaram dentro das botas. — Onde você ouviu isso?

— É meu dever saber coisas desse tipo. E se for verdade, Safi, então também é meu dever te proteger. Há mais de um século, Marstok tem sido o único império com um Poço Originário intacto. Se houver mais... se *puder* haver mais...

Os pulmões de Safi afrouxaram. Seus ombros relaxaram. Pois ali estava. Safi era valiosa; Safi era um risco.

— Vou perguntar de novo — Vaness continuou, mais afiada. Impaciência cintilando em seus olhos. — Safiya fon Hasstrel: você é o Cahr Awen?

Safi engoliu em seco. De repente, ela estava com muito calor, o cinto de ferro muito apertado ao redor da sua cintura. Sem pedir permissão, ela tirou o lenço dos víboras. O ar, glorioso e livre, a beijou.

A verdade é que Safi não fazia ideia do que ela e Iseult eram. De acordo com a monja Evrane, elas eram o Cahr Awen — e elas *tinham* nadado até o coração do Poço Originário inoperante de Nubrevna um mês atrás, e um terremoto *tinha* sacudido a terra.

A monja Evrane alegara que aquilo significava que Safi e Iseult tinham curado o Poço, e embora a magia de Safi tenha dito claramente que Evrane acreditava em tudo o que estava dizendo, seu bom senso sugeria que era bastante improvável. Os últimos Cahr Awen viveram quinhentos anos atrás. Não havia motivo para voltarem agora, e nenhum motivo para que fossem — dentre todas as pessoas nas Terras das Bruxas — Safi e Iseult.

Isso sem mencionar que Safi já passara a vida inteira com um alvo desenhado nas costas. Ela realmente merecia um segundo alvo? Pelos deuses, ela sentia falta dos dias tranquilos em Veñaza. E, pelos deuses, ela sentia falta de sua irmã de ligação.

Seus lábios se separaram para repetir que ela não sabia *mesmo* se era o Cahr Awen, mas, naquele instante, um grito cortou o céu que escurecia. Inumano e dolorosamente alto.

Um falcão-de-fogo, ardente como o sol, irrompeu das árvores mais próximas.

22

Iseult estava furiosa, e não havia quantidade suficiente de pensamentos de "equilíbrio" que pudesse fazer diferença. Ela havia sido tão burra. Tão *imprudente* e *barulhenta*. Ela sabia como lutar em silêncio. Sabia como se aproximar sem ser notada. Mesmo assim, Iseult tinha atacado aquele homem como um arruaceiro embriagado em uma briga de rua.

Ela o amarrara, e naquele momento ele estava esparramado no chão ao lado da cama, uma expressão serena no rosto ensanguentado. Até seus fios zumbiam com a tranquilidade pacífica de um sono sem sonhos. Owl mostrara-se fascinada no instante em que Iseult o puxara para dentro, montando guarda ao lado dele e observando seu rosto adormecido. Ela não fizera menção de tocá-lo, graças aos deuses, mas havia um tom poente de reverência em seus fios que mantinha Iseult tensa desde o momento em que fechara — e trancara — a porta.

Como se ela precisasse de ainda mais gravetos para aquelas chamas.

O hóspede do quarto doze a vira com o corpo. Iseult burra, imprudente e *barulhenta* chamara a atenção dele, e agora era apenas uma questão de tempo até que soldados estivessem à sua porta. Aquele homem contaria a alguém, se já não o tivesse feito, e, portanto, restava apenas uma solução para aquela bagunça: Iseult e Owl precisavam deixar aquela estalagem. Antes de Aeduan voltar.

Um fogo incontrolável gritou dentro de Iseult enquanto guardava os suprimentos nas mochilas. Ela não precisava ver seus próprios fios para reconhecer a raiva e o medo que sentia.

Do lado de fora, houve o lampejo de um raio. A chuva caía.

— Diferente — Owl declarou, as primeiras palavras que ela falava desde que Iseult voltara rebocando um corpo.

— Porque ele é cartorrano. — Iseult enfiou os novos suprimentos de cura dentro da bolsa. — Eles têm pele e cabelo diferentes lá de onde ele vem.

— Cutucar?

— O quê? — Iseult olhou para cima e viu Owl inclinada, aproximando-se do homem inconsciente como um cachorro farejando uma lebre encurralada. Algo cintilou em sua mão.

Uma faca. Ela devia ter pegado nas coisas de Iseult.

— Cutucar — Owl repetiu, brandindo a faca. — Acordar ele?

— Isso vai *matá-lo*. — Pelos portões do inferno e pelas tetas de cabra, a Mãe Lua a odiava? Iseult avançou em direção à faca. — Owl, me dê isso.

A criança deslizou para trás, rindo. Primeiro um guincho infantil, depois uma risada mais ampla e feliz quando Iseult a agarrou pela cintura. Iseult estava cansada; Owl era rápida, e em um borrão de gritos agudos, ela correu para um canto atrás da cama.

— Cutucar, cutucar, cutucar...

Uma batida ressoou na porta. Iseult congelou. Owl congelou. Então veio a voz de Aeduan:

— Sou eu.

É *claro* que era ele. Não havia fios — tinha de ser ele.

Girando o punho, Owl destravou a tranca. Aeduan entrou, ensopado e respingando água no assoalho.

— Temos problemas — ele disse, os olhos encontrando os de Iseult imediatamente. — Você precisa partir.

Foi como lançar uma bala de canhão em um lago congelado, mas, em vez de o gelo se despedaçar — em vez de Iseult ou Owl se mexerem com a volta de Aeduan —, o gelo não quebrou. Ninguém se mexeu. As palavras de Aeduan tremeram no ar e permaneceram ali enquanto Owl e Iseult o olhavam boquiabertas do outro lado da cama.

Naquela estranha pausa entre a declaração de Aeduan e a compreensão de Iseult, ela percebeu que quadro estranho deveria estar diante dele: Iseult em cima de Owl, Owl no canto com uma faca, e um homem inconsciente amarrado à cama a poucos passos de distância.

Então, Aeduan se mexeu, e todo mundo o imitou. Ele fechou a porta. Owl soltou a faca. E Iseult deu a volta na cama.

— Ele estava me seguindo. — As palavras dela saíram truncadas e grossas. — D-depois eu pensei que ele fosse atacar, então a-ataquei ele primeiro.

Aeduan apenas repetiu o que dissera antes:

— Você precisa partir. — E acrescentou, as palavras secas e eficientes: — Alguém a viu atacando-o. Os soldados estão vindo te prender. Passei por eles na volta. Ouvi eles mencionarem o nosso quarto e o seu rosto. Você e Owl não podem ficar aqui, Iseult. Vá para o monastério. Eles vão protegê-las.

A respiração de Iseult tornou-se ofegante. Ela sabia que aquilo poderia acontecer. No entanto, sua mente não conseguia acompanhar.

— Eles estão muito perto?

— A minutos de distância, no máximo. O estrago pela tempestade os atrasou. Você vai encontrar cavalos no estábulo, e eu vou lidar com o príncipe Leopold.

E lá estava de novo. A bala de canhão caindo e chocando-se contra o gelo. *Príncipe Leopold. Príncipe. Leopold.* Que a deusa a salvasse, o que ela tinha feito?

Como se seguindo a deixa, uma voz grossa de sono falou em cartorrano:

— Monge Aeduan? É você?

Iseult se virou na direção do homem. Na direção do *príncipe.* Não havia mais fios opacos de sono, mas surpresa turquesa e pitadas de medo cinza, espiralando na direção do céu.

— O que significa isso? — ele começou. Então seus olhos verdes recaíram sobre Iseult. A expressão dele vacilou. — Você.

Iseult não fazia a menor ideia do significado daquilo. *Você.* Ele a estava seguindo, ele se agachara do lado de fora do quarto, tentando entrar — então obviamente sabia quem ela era.

No entanto, de repente sua teoria anterior de que ele trabalhava para Corlant perdeu o sentido. De repente, ela tinha um milhão de perguntas lutando por espaço em seu cérebro. Por que ele a estava caçando? Por que ele carregava uma pistola?

Não havia tempo para fazê-las. Não havia tempo para esperar. Os soldados estavam a caminho porque Iseult havia sido tão *burra.*

Com rapidez, ela terminou de guardar os equipamentos em suas mochilas enquanto Aeduan voltava-se para Owl. A menina tinha rastejado para baixo da cama, seus fios brilhantes de medo.

— Me leve com você — o príncipe disse. Ninguém ouviu. Ele forçou as amarras, o corpo metade ereto ao lado da cama e o olhar ainda fixo em Iseult. — Por favor — implorou. — *Por favor*, Iseult det Midenzi. Me leve com você.

Ao som do seu nome, os pulmões de Iseult gelaram. Ela parou, a mochila a caminho de suas costas e confusão espalhando-se pelo seu rosto. Seus olhos se arregalaram, os lábios se separaram, e com aquele ataque de emoção veio um ataque de teorias e contradições.

Ele deve ser o contato de Mathew e eu deveria encontrá-lo.

Mas então por que ele estava me seguindo? Por que não ir até o café?

Não, ele deve *estar trabalhando com Eron fon Hasstrel. De que outro jeito ele saberia o meu nome?*

Mas por que ele ajudaria a destronar o próprio tio?

Antes que Iseult pudesse organizar seus pensamentos em uma ordem lógica e coerente, fios amontoaram-se na visão periférica de sua magia. Hostis, focados e unidos de um jeito que sugeria que seguiam as mesmas ordens. Eles moviam-se no pátio do lado de fora.

Ah, a Mãe Lua a odiava mesmo. Ela nunca deveria ter atacado Leopold — um maldito *príncipe* — e arrastado o corpo dele para o quarto.

Ela soltou a mochila e pulou para pegar a lamparina ao lado da porta. Ela expirou sobre a chama.

— Soldados — disse à escuridão repentina. — Eles estão na estalagem.

Com aquelas palavras, houve um barulho no quarto. Um tremor leve — tão sutil de início que Iseult não soube reconhecer o som. Como asas de insetos ou samambaias na brisa. Então ela percebeu que era o vidro do espelho, o vidro da janela.

Então ela percebeu que tinha falado em nomatsi. Owl a entendera, e agora os fios da menina pulsavam mais brilhantes, e ainda mais brilhantes em um pavor que dividia as sombras da sala. Tudo enquanto os fios apagados, quase invisíveis, da sua magia da terra esticavam-se como gavinhas, alcançando qualquer substância que pudessem controlar. Primeiro a janela, depois o espelho, e agora a arandela que segurava a chama da lamparina.

Quanto tempo até que a magia dela agarrasse os parafusos e os ferrolhos? Os tijolos e as pedras que mantinham aquela estalagem erguida? Iseult havia se preocupado com a possibilidade de queimar tudo, mas era muito mais provável que Owl os tombasse antes.

Em instantes, a visão de Iseult se ajustou à escuridão. Aeduan estava ajoelhado ao lado da menina. O príncipe ainda forçava as amarras, a cama rangendo, e, sob o vidro oscilante ao redor deles, gritos vibravam pelos assoalhos. Os soldados estavam dentro da estalagem.

— Eu posso te ajudar. — Era o príncipe, sua voz e seus fios intensos de concentração. Sem pânico, apenas uma insistência calma. — Tenho um cavalo capão no estábulo... pegue ele e eu lidarei com os soldados.

— Como? — Iseult perguntou, ao mesmo tempo que Aeduan soltou um "não".

— Posso distrair os soldados por tempo suficiente para que você escape. Mas você precisa me desamarrar.

De novo, Aeduan disse "não", mas Iseult o ignorou. Ela capturara aquele homem e trouxera problemas a eles. Talvez... talvez aquela atitude não precisasse ser totalmente desperdiçada. Principalmente se Leopold fosse aquele que deveria encontrá-la desde o início.

Ela atravessou o quarto em quatro passos longos e olhou para o príncipe. A luz da lua inundava o quarto pela janela manchada de chuva, deixando-o sem cor.

— Por que devemos confiar em você?

— Que outras opções vocês têm? — ele exigiu, e Iseult estava tentada a concordar. Não restava tempo para sutilezas, nem tempo para jogos de palavras inteligentes. Iseult precisava de uma resposta direta do príncipe. Naquele instante.

— Você trabalha para o tio da Safi?

Surpresa e um pingo de confusão acentuaram-se nos fios de Leopold.

— Você sabe disso?

— Iseult — Aeduan interrompeu, Owl agarrada à perna dele. — Você não pode confiar nele. *Deixe* ele para trás.

Mas ela não podia. Não quando tinha tantas perguntas e tão pouco tempo. Apertando os lábios, ela sacou a faca que recuperara de Owl. Ela afundou a lâmina na vértebra mais inferior de Leopold e sussurrou:

— Se você nos trair, se você *soprar* uma palavra que seja para aqueles soldados a respeito de para onde estamos indo, eu vou queimar você vivo e triturar o que sobrar do seu corpo. Você entendeu?

Ele engoliu em seco. Seus fios tremularam com instabilidade.

— Entendi.

— Ótimo. — Ela o puxou para cima, e cortou suas amarras. Ele tropeçou em Aeduan, que o segurou e o empurrou para fora da porta. Uma respiração curta depois, e o príncipe tinha sumido.

Os segundos passavam enquanto Aeduan, Iseult e Owl esperavam por algum sinal de que os soldados lá embaixo estavam ocupados. O vidro ao redor deles balançava mais e mais rápido. Até os assoalhos tremiam, e nenhuma quantia de palavras sussurradas conseguia acalmar Owl. O medo levara sua magia a sair do controle. Aeduan sabia como era aquilo.

A mão de Iseult se fechou ao redor do cotovelo dele. A respiração dele falhou.

— Desculpa — ela disse. — Você está mal, e agora precisamos correr... Tudo porque fui uma idiota. Eu não fazia ideia de quem ele era, eu juro.

Aeduan hesitou. Eles haviam feito muito progresso naquela parceria estranha para estarem pedindo desculpas um para o outro.

Ele se afastou dela.

— Encontrei uma pedra da dor no posto avançado. Vou ficar bem.

Os lábios de Iseult se separaram como se ela fosse responder, mas então a voz de Leopold ergueu-se, vinda do andar de baixo — *"Por que todos esses soldados estão aqui?"* —, e não havia tempo para conversas ou explicações.

Aeduan e Iseult levavam uma mochila cada, enquanto Owl segurava a mão de Aeduan. A cada deslocamento dos pertences deles, a cada gemido do assoalho, a cada pausa na discussão lá embaixo, a pulsação de Aeduan aumentava. Antes mesmo de eles chegarem até a escada dos fundos, os dedos dele já estavam dormentes por serem apertados por Owl.

Pior, ela tinha começado a chorar. Era apenas um choramingo suave por ora, interrompido por lamúrias abafadas a cada poucos segundos, mas

Aeduan sabia que as coisas podiam piorar a qualquer momento. Iseult também sabia, e ela assumiu a liderança, sussurrando:

— Não tem nenhum fio no caminho.

Eles chegaram ao primeiro andar bem na hora em que Leopold gritou: "Os seus superiores vão ficar sabendo disso!", e Iseult os guiou por uma porta baixa. Passos com botas ecoaram do corredor enquanto os soldados subiam as escadas principais pisando duro.

Aeduan inclinou-se na direção do trinco da porta. Aquela era uma entrada lateral para o estábulo. Tinha de ser, porque ele sentia os cavalos — o sangue selvagem da liberdade e das estradas amplas. Mas Iseult o agarrou pelo punho.

— Pessoas. Três.

Ele recuou. Owl se queixou. Como ele não percebera aquelas pessoas? Como sua *magia* não percebera? Pois Iseult estava certa: quando ele inspirou fundo, pôde sentir uma leve centelha de sangue humano. Fraco, porém, como se sua pedra da dor já começasse a deixá-lo na mão. Como se sua magia estivesse desaparecendo, levada por uma maldição.

A raiva o invadiu. Raiva por aquelas flechas o terem deixado naquele estado. Raiva pela pedra da dor não ter durado mais tempo. Raiva pela Senhora Destino ter agido tão decididamente e com tanta rapidez.

— Eu lido com eles — disse, as palavras um rosnado sob sua respiração. Ele abriu a tranca.

Mais uma vez, Iseult o agarrou. Cautela cintilou nos olhos dela.

— Aeduan.

A raiva dele queimou ainda mais.

— Não vou machucá-los.

— Não é com eles que estou preocupada. — Os dedos dela se apertaram no antebraço dele. Cinco pontos de pressão que ele desejava que o soltassem.

E que também desejava que continuassem.

Então Iseult o soltou mesmo.

— Owl, vem comigo.

Daquela vez, pelo menos, a criança obedeceu, e, depois de largar sua mochila no chão, Aeduan entrou no estábulo. O cheiro de aparas de pinheiro e cavalos encheu as narinas dele. Um cheiro reconfortante, se não estivesse envolvido pelo cheiro de sangue humano. Três cheiros diferentes que ficavam mais fortes a cada respiração cuidadosa que ele dava. *Bandeiras e inverno.* Aquele vinha da baia mais próxima, e com ele o som de água pingando.

— Tempestade maldita — uma garota murmurou.

Duas baias depois, onde o estábulo curvava-se à esquerda, havia outro cheiro. *Canela e pelo de cavalo.*

Mas o terceiro cheiro, o terceiro — não importava o quanto Aeduan inalasse, ele não conseguia farejar o terceiro cheiro. Talvez o cavalariço tivesse ido embora.

— Posso ajudá-lo, senhor?

Os instintos se apossaram dos músculos de Aeduan. Ele se virou e chutou, a sola da bota unindo-se a um maxilar. Houve o som de algo quebrando e, antes que Aeduan pudesse baixar o pé, o cavalariço caiu no chão coberto de feno.

O cheiro de sangue preencheu o nariz de Aeduan. Não havia como não o sentir agora, recente e livre. *Grama cortada e canto dos pássaros. Cobertores quentinhos e histórias de ninar.*

Um menino. A pessoa que Aeduan tinha derrubado era apenas um menino, e agora sua mandíbula estava quebrada. A dor fazia seus olhos lacrimejarem — olhos escuros que se fixaram nos de Aeduan enquanto sua boca pendente tentava formar gritos de alerta. Engano. Medo.

O calor subiu pelos punhos de Aeduan. Demônio, monstro. Ele não podia escapar de quem realmente era.

— Fique aí — ordenou, antes de se afastar.

O menino continuou caído, mas choros distorcidos escaparam de sua garganta. Os cavalos pisoteavam o chão e fungavam. O restante dos cavalariços correu até a porta de suas baias. Ao mesmo tempo, eles viram Aeduan. Ao mesmo tempo, eles viram o amigo. E ao mesmo tempo, seus lábios se abriram.

Aeduan imobilizou o sangue deles. Não foi um movimento gracioso, nem mesmo poderoso. Ele teve dificuldades até em *encontrar* as camadas de inverno e os traços de canela que tornavam aqueles cavalariços quem eles eram. Mas foi o suficiente, e ele segurou com firmeza. Tempo suficiente para deixá-los inconscientes. Tempo suficiente para os corpos deles caírem no chão, um por um.

Um silêncio repentino, e então houve um clique da porta, e Iseult e Owl apareceram. Iseult avançava, ambas as mochilas balançando em suas costas enquanto espiava para dentro de cada baia, mas não fez menção de pegar um corcel, e não fez comentários sobre o menino com a mandíbula quebrada.

Enquanto isso, Owl se atirou na perna de Aeduan, e quase no mesmo instante o estábulo foi tomado de pânico. Os cavalos mais próximos começaram a relinchar, e alguns até se batiam contra as portas das baias.

— Aqui! — Iseult gritou, de uma baia de canto, já pegando equipamentos da parede. — Este deve ser o capão. Eu vou aprontá-lo... — Ela parou de falar quando o cavalo preto se ergueu nas patas traseiras.

— Owl. — Aeduan se ajoelhou ao lado dela. Lágrimas desciam pelas bochechas pálidas da menina, enquanto soluços tremiam em seu peito. E não havia como negar que os cavalos pisoteavam no ritmo de cada um dos soluços crescentes dela. — Você lembra dos dois peixes da história que eu te contei? — Ele precisou aumentar a voz para ser ouvido em meio ao barulho crescente dos cavalos. — Owl, lembra como eles permaneceram fortes e escaparam da Rainha Caranguejo? Precisamos fazer a mesma coisa agora. Você precisa ser forte e parar de chorar. Owl, você consegue fazer isso?

Ela sacudiu a cabeça como se dissesse "não", mas seus soluços se abrandaram — e os cavalos se acalmaram brevemente. O suficiente para Iseult e Aeduan aprontarem o capão juntos. O suficiente para ele erguer Owl, tão leve, tão frágil em seus braços de demônio, e colocá-la na sela refinada do príncipe. Aeduan ofereceu a mão para Iseult.

Ela não aceitou.

— Você não pegou um cavalo. — Os olhos dela foram de um lado ao outro. Ela estava entendendo tudo. — No quarto, você disse que *eu* precisava partir. Que *eu* deveria ir ao monastério. Eu, não *nós*.

Na sela, o choro de Owl recomeçou.

— Tenho negócios a resolver em outro lugar — ele disse.

— Negócios — ela repetiu, as palavras ficando mais tensas a cada segundo. — Você tem *negócios* a resolver em outro lugar? Isso significa que você vai nos encontrar depois... depois de o seu negócio ser resolvido?

— Não. — Ele se afastou dela. Os soldados estavam quase no estábulo, uma explosão de cheiros de sangue impossível de ignorar, e embora ele pudesse bloquear a porta, mantê-la fechada com sua própria força, era apenas uma solução temporária... A mão de Iseult agarrou o ombro dele.

— E a Owl? E a família dela?

— Não posso ajudá-los.

Uma risada espantada. Depois, um descrente:

— Você está falando sério?

— Sim.

— *Não.* — Ela avançou diante dele. — Você não pode apenas ir embora. Não depois de tudo.

Gritos se aproximaram:

— Confiram os estábulos!

Se Iseult e Owl fossem escapar em segurança, era agora ou nunca.

Restava apenas uma opção a Aeduan. Se a escolha era a matança ou o cordeiro, então ele teria de escolher a matança. Era melhor do que os soldados alcançarem Iseult e Owl. Era melhor do que o Fúria as encontrar.

— Eu posso ir embora — ele disse, com frieza —, e eu vou ir embora. Nós não somos amigos, nós não somos aliados.

— Nós somos... — ela começou.

— Nada. — Ele se aproximou mais. Os narizes deles quase se tocaram. — Não existe "nós", não existe "a gente". Você entendeu? Você é apenas uma forma de eu atingir o meu objetivo, e encontrei formas melhores.

O tempo pareceu ficar mais lento e, durante aquela calmaria estranha que se esticava entre um batimento e o próximo, Aeduan percebeu que, até então, ele nunca reconhecera o tanto de emoções que Iseult demonstrava. Não até aquele momento, quando ela não demonstrou emoção alguma. Os movimentos sutis, os tiques e as tensões — como ele não havia percebido a dimensão daquilo tudo? E os olhos dela. Todo aquele tempo, eles mantiveram tamanha intensidade de emoções, mas ele nunca havia percebido.

Até aquele momento, quando a emoção se transformara em nada. O rosto dela estava tão vazio quanto a lua, e muito menos acessível.

— Você pode mentir para si mesmo — ela disse, por fim, a voz suave como uma foice e ainda mais afiada. — Mas não pode mentir pra mim.

Então ela se virou, e os soldados chegaram. Eles avançaram pela entrada dos fundos, gritando e sacando espadas, pistolas. Owl gritou, e Iseult montou no capão.

Aeduan atacou os soldados. Oito deles. Não havia tempo para magia, para qualquer coisa além de força bruta e velocidade. Ele desembainhou sua espada. Ele seguraria os homens por tempo suficiente para que Iseult e Owl...

O estábulo explodiu. Madeira cedeu, o chão se inclinou. Poeira e farpas caíram. O teto acima foi despedaçado. Então presas e pelo surgiram. Aeduan mal teve tempo de se afastar antes de Mirtilo tocar o chão. Suas asas se abriram.

Aeduan não pensou, apenas correu. Madeira caía ao seu redor. Os cavalos saíram de seus estábulos, os trincos sendo levantados de um em um — como se um Bruxo da Terra puxasse o ferro à distância. Aeduan passou por quatro soldados, homens que haviam entrado pela frente. Homens que queriam ir embora agora.

No entanto, um por um, eles foram capturados por garras, e gritos irromperam.

Aeduan chegou ao pátio da estrebaria, o ar gelado o percorrendo. Cavalos e humanos se amontoavam em direção à saída. E lá, galopando por trás da árvore com sua casca nítida em contraste com o céu noturno, estavam Iseult e Owl.

Aeduan não as observou partir. Em vez disso, virou sua capa do avesso, já que os soldados estariam procurando por um monge a partir de agora, e partiu na direção oposta. Longe da estalagem, longe de Tirla, e longe do cordeiro que ele nunca quisera matar.

23

O lenço dos víboras escapou dos dedos de Safi. Ela já passara por aquilo antes: observar um falcão-de-fogo despencando do céu. O calor se aproximar, rugindo, e o fogo consumir tudo à vista. Daquela vez, porém, não havia Caden para salvá-la, nenhuma magia dos trovadores do inferno para anular o poder de chamas enfeitiçadas.

Rokesh e os outros víboras se posicionaram em uma formação forte em volta de Safi e de Vaness. Então, todos correram para a estrada. Enquanto corriam, Vaness levantou os braços na direção do céu. A tenda dobrada saiu voando, e o berro do falcão avisou Safi de que a tenda havia atingido o alvo.

Eles chegaram à estrada e aos degraus ao mesmo tempo que soldados marstok escapavam da floresta, lâminas a postos para lutar com o animal...

Mas seus uniformes já estavam manchados de sangue e morte. *Mentira, mentira, mentira.*

— Emboscada! — Safi gritou, ao mesmo tempo que o soldado mais próximo ergueu sua espada para atacar.

Rokesh se virou. A lâmina do soldado cortou o ombro dele — mas não antes de ele atravessar sua própria espada no coração do homem.

Um a um, os víboras confrontaram os soldados falsos, mantendo a formação forte. Safi e Vaness protegidas. O fogo vindo de trás ainda atingia tudo. Um furacão de calor carregado por asas mágicas e fervilhantes.

— Não consigo controlar as lâminas! — Vaness gritou, mais alto que a batalha. — Elas não são feitas de ferro!

Merda, merda. Aquela emboscada era dirigida a eles e muito bem planejada — e agora havia muitos soldados falsos para impedir. Um víbora à esquerda de Safi foi tirado da formação. Depois, um víbora de trás.

Pior, o falcão-de-fogo havia chegado.

Rokesh atirou-se sobre Vaness. Safi atirou-se nas árvores. Troncos cor de ferrugem e uniformes verdes apareciam embaçados nas laterais de sua visão. Nenhum ataque de soldado, porém. Todos estavam ocupados demais correndo.

Então choveram faíscas. Galhos incendiaram. E a dez passos à esquerda de onde Safi estava, o falcão passou voando. Uma linha laranja que dizimava cedros inteiros em cinzas — e soldados inteiros também. Os gritos finais deles vibravam no crânio de Safi, de alguma forma mais alto que as chamas. De alguma forma, mais alto que a criatura que passava por ali.

Safi correu mais rápido. Ela atravessou, girou, *moveu-se* para onde seus pés a levassem. Ainda assim, ninguém a atacou enquanto ela corria. Eles estavam ocupados demais com o falcão, que já soprava fogo de novo.

Ainda assim, algo reluziu na parte mais distante do cérebro de Safi. Algo que dizia: "*Você não está captando parte desse enigma*". Mas não havia tempo para pensar.

Apenas para correr.

Ela alcançou um cedro caído, seus galhos pegando fogo. Uma parede de fumaça e calor a impedia de ver ao longe.

Ela pulou. Ela tropeçou, as mãos sendo jogadas para a frente.

Ela caiu em um homem morto. Não apenas um, mas centenas. Uma *pilha* inteira de corpos esperando serem consumidos pelas chamas. Recém-mortos, o sangue ainda grosso, e com apenas suas roupas íntimas e armas deixadas com eles.

Armas de metal. Aqueles eram os soldados reais.

Safi ganiu. Tentou se levantar, tentou desesperadamente se colocar de pé. Mas o sangue era escorregadio na pele morta.

Chamas e fumaça se aproximavam, junto com os gritos do falcão-de-fogo. Os soldados falsos avançavam correndo, afastando-se da árvore em chamas, como Safi fizera, e fugindo do animal. *Sem tempo, sem tempo.* Safi se levantou. Seu tornozelo ruim foi torcido, uma dor distante que ela sabia que causaria arrependimentos depois. No caso de haver um *depois*.

Ela impulsionou os braços para cima e uniu-se aos soldados que corriam — mas optou por correr em uma direção completamente diferente. Se os seguisse, todos eles acabariam chegando à parede de arenito e ficariam presos. Se ela quisesse escapar, precisava dar a volta.

Como a Senhora Destino pretendia, porém, o plano de Safi era ruim, pois o falcão a avistou. Ele se aproximou, gritando como os demônios do Vazio. Calor, barulho e luz.

E morte, se Safi não encontrasse abrigo. Ela precisava de algo que não fosse queimar. A floresta desapareceu. De forma abrupta, expondo e guiando Safi até o Poço onde tudo havia começado.

Ela foi deixada com apenas uma opção: mergulhar.

Um soco gelado, um golpe de silêncio. O falcão-de-fogo chegou ao Poço. No mesmo instante, as águas começaram a ferver, um avanço de calor escaldante que empurrou Safi ainda mais para baixo. Ela nadou com o máximo de força e velocidade com que podia. Para baixo, para baixo, *para baixo*.

Ela chegou até a parte mais profunda do Poço bem na hora em que as águas escaldantes tocaram as solas dos seus pés. Sua mente ficou vazia de tanta dor. Seus lábios se separaram; o ar escapou de seus pulmões em um avanço de bolhas.

Então suas mãos tocaram no fundo da nascente.

Um tremor aconteceu. Águas colidiram contra ela, e com ela uma luz tão branca, tão cegante, que Safi pensou ter morrido. Que as chamas haviam tomado sua alma e que, daquela vez, não haveria sobrevivência. Não haveria renascimento.

Exceto que dois segundos estrondosos se passaram, e ela não estava morta. Ao contrário, estava sendo empurrada de volta à superfície... E *além* da superfície, onde se viu ofegando por ar e encarando um céu vespertino acinzentado.

Um chiado atrás dela a forçou a se virar. Uma luz brilhante emergia do centro do Poço — uma coluna que parecia rodopiar e se retorcer. Tão luminosa que Safi precisou apertar os olhos para ver o que havia por trás: o falcão-de-fogo. Seu corpo de penas douradas sibilava e fumegava, as chamas apagadas, enquanto o choramingo mais triste que Safi já ouvira saía de seu bico cor de ônix.

Por aproximadamente dois segundos, ela sentiu pena da criatura. Então as penas da cauda dele brilharam de volta à vida, e ela decidiu que a pena devia ser reservada para criaturas que *não* queriam devorá-la.

Ela deu braçadas desesperadas até a borda do Poço e pulou para fora. Encharcada, seguiu na direção da estrada... que estava bloqueada pelos destroços da tenda de Vaness em chamas. Enquanto procurava, boquiaberta, por uma rota alternativa, um pássaro preto lustroso passou por Safi. Ela soube imediatamente que era o corvo velho. Aquele em seu quarto, que lhe deixara a pedra da dor inoperante.

Por um único suspiro encharcado, o tempo borrou-se em algo insignificante. O falcão-de-fogo que crepitava, o Poço brilhante, os soldados que lutavam à distância — tudo se tornou um fundo em branco com a aproximação do corvo velho.

Ele voou, grasnando, até a torre dourada.

E *aquilo*, Safi percebeu, seria sua proteção. Iluminada pela luz do Poço, ela brilhava como ouro polido. Sólida, imensa e bastante inflamável.

Safi começou a correr — e o tempo também, repentinamente parecendo avançar mais rápido. Rápido *demais*. Ela passou pelo Poço. Vinte passos até a floresta. Outros cinquenta até chegar à torre.

Ela chegou aos cedros, dando uma única espiada no falcão. Que, *é claro*, estava completamente em chamas mais uma vez. E gritando para ela com uma raiva que indicava que ela estava ficando sem tempo. O próximo ataque seria o último.

O falcão voou.

Mais rápido, mais rápido — Safi se obrigou a ir *mais rápido*. Aquela era quem ela era. Sem olhar para trás, sem pensar. Ela era um grupo de músculos e poder aprimorados para se mover, aprimorados para *viver*. Aquele não seria o seu fim. Ela sobrevivera ao falcão-de-fogo antes; ela pretendia sobreviver agora também, obrigada.

O ouro irradiava adiante. Mais luminoso a cada segundo. Mais perto, mais perto. E com o antigo corvo nunca saindo de vista. Sempre, ele voava adiante. E sempre, o falcão voava logo atrás.

Mais quente, mais quente. Mais alto, mais alto.

O corvo chegou à torre. Safi chegou à torre. Ela se agarrou na borda, pronta para dar a volta antes que o falcão a pegasse.

Seus pés pisaram em falso. Seu tornozelo fraco estalou, e antes que ela pudesse se segurar, caiu para a frente.

Atingiu o ar, sem nenhum chão para segurá-la. A escuridão a engoliu. Ela bateu contra pedras, embora de alguma maneira tenha conseguido manter o queixo contra o peito, absorver o impacto com o ombro e transferir a energia para uma rotação.

Uma rotação que a levou até uma luz azul brilhante.

O poder a dominou. Repentino e alarmante, ele a tensionou e a esmagou. A destruiu e então a reconstruiu.

Até que ela parou e olhou para cima, para um teto de pedra muito, muito distante. Seus pulmões bombearam, seu coração bateu com força e arrepios percorreram seu corpo, enquanto seu tornozelo pulsava com uma dor raivosa e recente. Mas nenhuma lembrança do calor do falcão-de-fogo restava em suas veias agora. Apenas gelo e silêncio, enquanto a luz azul continuava a oscilar em sua visão.

Pelos portões do inferno, onde eu estou?

Posicionando um braço machucado embaixo de si, Safi se sentou — e por pouco não caiu de novo. Ela estava estatelada em cima de uma saliência que quase não a comportava, e ao longe havia um abismo escuro e *vazio*. De alguma forma, ao cair, ela havia escorregado para dentro de uma caverna embaixo da torre dourada... E, de alguma forma, aquela caverna era grande o bastante para comportar o Palácio Flutuante inteiro. Dois dele.

Mesmo ao pensar naquilo, Safi soube que era impossível. Mesmo enquanto sua mente tentava compreender o motivo de não ouvir mais os sinais de batalha ou do falcão-de-fogo, por que o calor não a perseguia mais, ela sabia, lá no âmago da sua bruxaria, que era porque ela havia deixado o território do Poço Originário.

Ela havia deixado Marstok.

Verdade, verdade, verdade.

Um grasnido atravessou seus tímpanos. Safi hesitou, virando-se para a direita e estendendo uma das mãos para se segurar. Era uma queda longa, muito longa.

Ela encontrou o corvo a encarando a um braço de distância. Ele estava empoleirado em cima de uma tocha apagada presa à parede da caverna. Ao lado, estava uma porta. *A* porta pela qual Safi havia passado.

Ela brilhava em azul e parecia pulsar, uma sensação de tremor não muito diferente da magia que vibrava dentro do seu peito. Ela precisava erguer o pescoço para absorver tudo. Esculturas ornamentadas estavam gravadas no granito. *Ancestrais*, Safi pensou, embora parecessem intocadas pelo tempo.

Outro grasnido do corvo. Mas, daquela vez, Safi estava preparada. Ela olhou bem para ele.

— Para onde — exigiu saber, com aspereza — você me trouxe?

O pássaro piscou. Então seu bico fez *clack-clack-clack*, e ela podia apostar cada piestra de Dalmotti que ele estava rindo dela.

Ocorria que, enquanto limpava as mãos ensanguentadas, uma nova luz piscava em sua visão. Vermelha e intermitente.

Iseult. Seu olhar fixou-se na pedra dos fios, pendendo em seu peito. Ela devia ter escapado para fora do uniforme durante a queda, e agora uma luz vermelha furiosa piscava. Formava sombras manchadas de sangue nas paredes da caverna.

Mas a pedra piscava porque Iseult estava em perigo, ou piscava porque Safi estava? Ela não fazia ideia, não havia como saber. E antes que pudesse se levantar e tentar avaliar em qual direção Iseult poderia estar, o corvo velho se mexeu. Suas asas bateram, e ele se lançou na direção de Safi.

Ela reagiu sem pensar, jogando-se para os lados para tentar evitá-lo. Ela acertou a luz azul e mais uma vez caiu, atravessando a porta.

De novo, Safi foi pulverizada e desmembrada. De novo, foi esmagada e esticada enquanto o tempo avançava tão rápido que parou de vez. Então ela atravessou a magia, atingindo um declive acentuado e lamacento. Luz brilhava por uma minúscula rachadura acima, mas nada de falcão-de-fogo. Nada de calor ou fúria.

Safi olhou para a luz azul, agora atrás dela. Brilhava de um arco bloqueado por pedras. Raízes e o tempo haviam criado um caminho na parte de baixo. Safi devia ter atingido uma fenda no solo ao lado da torre, deslizando para aquela ravina escondida... e então deslizado por aquela porta mágica.

Ela tremeu. À distância, pistolas disparavam e pessoas gritavam, então ela subiu a ladeira, ainda ensopada do Poço e agora enlameada também.

Seu tornozelo reclamou pela subida. Não estava quebrado de novo, mas também não estava feliz.

Safi chegou até a torre dourada. Vozes estavam próximas — vozes que pensou conhecer, mesmo quando elas eram engolidas pelo rugido do falcão-de-fogo. Então ela ouviu alguém gritar, em cartorrano: "*Isso é tudo o que você tem para mim?*", e sem se preocupar com seu tornozelo, Safi começou a correr.

— *Venha então, seu desgraçado!*

O Poço apareceu entre as árvores, ainda distante e enevoado pelo fogo e pela fumaça. A cada passo troteado, irregular, Safi via mais. Corpos com o verde marstok. Corpos com o preto dos víboras.

E o falcão, no chão e mancando. Cada um dos seus pulos sacudia o solo enquanto avançava em direção à imperatriz de Marstok, desacordada ao lado do Poço.

A dez passos de distância estava uma segunda mulher, agachada e na defensiva. Sem armadura, sem elmo e sem armas, com exceção de uma única faca estendida diante de si.

A trovadora do inferno Lev.

Safi não fazia ideia do motivo de a mulher estar ali — ou *como* —, mas o alívio fez seus músculos ficarem mais rápidos. Se os trovadores do inferno estavam naquela briga, então Safi e Vaness poderiam de fato sobreviver.

O falcão-de-fogo deu o bote em Lev, com o bico aberto e o pescoço estendido. Então o corpo dele passou por cima dela e, diante dos olhos de Safi, Lev se dissolveu em escuridão. Sempre que a magia do falcão a tocava, ela se tornava um esqueleto feito de sombras.

Um esqueleto que agora atravessava sua lâmina no peito do falcão-de-fogo.

O monstro *gritou* de dor — mas aquele foi apenas o início. Enquanto Safi cambaleava para fora dos cedros, indo na direção da imperatriz caída, os outros trovadores do inferno — o pesado Zander e o ágil Caden — saíram de um agrupamento diferente de árvores. Eles avançavam por trás do falcão e, como Lev, não usavam armaduras ou elmos. Tudo o que tinham eram facas simples...

E o poder da força dos trovadores. A habilidade de suportar qualquer ataque mágico, mesmo o de um falcão-de-fogo.

Os dois trovadores alcançaram a cauda da criatura. Depois, mais dois esqueletos surgiram na tempestade de fogo. Zander atacou a asa. Caden pulou nas costas do monstro. Cinco passos saltitantes, e ele chegou ao topo da coluna. Ele fincou sua lâmina bem onde as asas se encontravam. Bem onde o falcão sentiria mais. Monstros daquele tipo podiam ser imortais, mas podiam ser machucados. Safi aprendera aquilo em primeira mão com as raposas-do-mar.

O falcão gritou, um som em camadas que partiu o crânio de Safi. Que fez o chão tremer — que fez o *mundo* tremer com sua dor. De algum modo, Caden continuou nas costas da criatura, uma tocha de chamas pretas, mesmo quando o falcão tentou voar.

Punhalada. Recuo. Punhalada. Recuo.

Apenas quando o corpo imenso do monstro foi afastado das árvores, Caden pulou. E diante dos olhos de Safi, ele voltou a ser um homem. Um segundo depois, ele mergulhou para dentro do Poço. E um segundo depois, o falcão tinha desaparecido, apenas fumaça e restos carbonizados como prova de que ele estivera ali.

Enquanto Lev e Zander se mexiam para puxar Caden para fora, Safi cambaleou até a imperatriz, que acordava. O nariz dela estava sangrando, um sinal de que sua magia havia se esgotado. E agora mais soldados se reuniam em meio aos cedros fumegantes.

Pelos deuses, aquela batalha nunca terminaria.

Safi agarrou a arma mais próxima: o sabre de um dos soldados falsos caído. Era surpreendentemente leve. *Não é de ferro*, Safi percebeu ao se endireitar. *Nem aço.* E era por isso que Vaness não tinha conseguido controlá-lo. Quem quer que tivesse planejado aquele ataque planejara bem, desde a emboscada até as armas e o momento certo.

Safi cambaleou, pronta para encarar o próximo ataque dos soldados, quando Zander e Lev apareceram ao lado dela, na retaguarda.

— Bom te ver! — Lev sorriu, o rosto com cicatrizes manchado de sangue e cinzas. Ela agarrou duas espadas dos caídos e jogou uma para Zander. — Vem sempre aqui?

Safi não pôde evitar. Ela riu, um som agudo, quase um relincho. E quando Caden se posicionou do outro lado dela, ela disse:

— Pensei que vocês tivessem saído da cidade!

— Ainda não.

Foi tudo o que ele teve tempo de responder antes de os soldados verterem das árvores. Daquela vez, porém, a magia de Safi não tinha nada a dizer. Nenhum arranhão de mentiras, porque, daquela vez, os soldados eram reais. E Habim os liderava, gritando:

— Recuem, cartorranos, ou morram.

Ao mesmo tempo, todos os marstoks atrás dele fixaram suas pistolas e lâminas nos trovadores do inferno.

E os trovadores não tiveram escolha. Eles podiam derrotar magia. Balestras e armas de ferro, não.

Eles recuaram.

24

Iseult não fazia ideia de para onde estava indo. As poucas ruas de Tirla que reconhecia de antes estavam destruídas; os prédios, desabados; as árvores, caídas; e as estradas, inundadas.

Owl chorava pressionada contra ela, mas ao menos não tinha tentado escapar. Ela se segurava em Iseult com força, e Iseult se segurava com força ao cavalo — tão bem treinado, tão inabalável diante da batalha que os alcançava. Os soldados estavam em seu encalço.

— Esquerda! — uma voz gritou, fios brilhantes aproximando-se pela direita. Era o príncipe, com o rosto ensanguentado e machucado, em cima de um ruão do exército marstok. — Pegue a esquerda!

— Por quê? — ela gritou. — Aonde isso vai dar?

— Para fora da cidade e para longe dos soldados... a não ser que você tenha um plano melhor?

Iseult não tinha um plano melhor. Na verdade, ela não tinha plano algum. Ela sempre contava com Safi naquelas situações. Enquanto sua irmã de ligação conseguia pensar com as solas dos pés e sentir com as palmas das mãos, Iseult conseguia apenas se desligar. Sem equilíbrio, sem utilidade para alguém.

Havia muita coisa acontecendo em volta dela naquele momento, e pouquíssimo tempo para respirar. Ela nem mesmo tinha processado que Aeduan se fora. Que ele as *abandonara.*

Ela se sentiu encurralada. Presa em um caminho que nunca tivera a intenção de seguir, incapaz de mudar a rota. Se Leopold pudesse guiá-la para fora daquele caminho, ela aceitaria. Ele a ajudara a escapar da estalagem; ela precisava ter esperanças de que ele a ajudaria de novo.

Principalmente porque alarmes estavam tocando nos telhados próximos.

— Direita! — Leopold instruiu em seguida, seus fios queimando com um verde tão escuro que era quase preto. Nenhum medo ou pânico nele, apenas uma energia intensa focada em escapar.

Ele era tão bem treinado e inabalável quanto o seu cavalo.

Eles avançaram por uma artéria maior, uma vista do lago surgindo diante deles. Os embarcadouros estavam metade submersos, navios e docas entortados. Por causa da tempestade, imaginou Iseult, embora ela não fizesse ideia de como tanto estrago fora causado ali quando mal tocara a estalagem. Ela abraçou Owl com mais força. Eles cavalgaram.

Às vezes o lago aparecia, suas águas bagunçadas com madeira e destroços. Outras vezes, eles desciam por ruas que mal comportavam seus cavalos. Os alarmes sempre, sempre tocando. Mesmo depois de eles terem saído da cidade e fazendas pequenas e cabanas de palha começarem a aparecer. Mesmo quando o terreno se tornou íngreme e uma floresta se adensou. Ainda assim, eles podiam ouvir as cornetas ressoando atrás deles.

Iseult sentia fios também. De vez em quando, ela via rostos cansados ligados a eles, levados até suas portas pela curiosidade. Ou, com mais frequência, pelo medo.

Quando enfim sua atenção já não identificava nenhum fio e eles não viam sinais de habitação há muitos quilômetros, ela puxou o capão e o fez parar. Uma ponte frágil atravessava um riacho espumoso com água da chuva. Névoa obscurecia a clareira coberta de musgo ao seu redor.

Muito, muito além, o alarme ainda ecoava, um chamado fraco no horizonte.

Antes que Leopold pudesse parar seu ruão, Iseult já estava com a perna direita por cima da sela. Ela puxou Owl para o chão. A menina havia parado de chorar, mas o choro foi substituído por algo muito pior. Olhos sem vida e fios fracos e encolhidos de um branco entorpecido. Ela estava em choque.

— Owl — Iseult chamou. — Olhe para mim. Você consegue olhar para mim?

Owl não conseguia.

— O que há de errado com ela?

Iseult se virou, as chamas despertando. Em um sussurro de aço, ela sacou seu sabre de abordagem e o fixou no príncipe.

— Fique onde está.

— Porque claramente eu sou uma ameaça. — Ele a encarou, sua fronte com uma sujeira grossa, enquanto a alguns passos para trás, sua égua roubada esperava. Suor brilhou, uma espuma densa por todo o corpo dela. Os dois cavalos precisavam de água e de cuidados. — Eu *acabei* de salvar a sua vida — ele acrescentou. — Duas vezes.

Iseult não se importava. A ponta dos seus dedos vibravam com calor. Sua mente vibrava com a voz. *Queime. Ele. Queime. Ele.* E ao seu lado, Owl não havia se mexido.

— Por que você estava lá? — ela perguntou.

— O que você quer dizer? — Leopold franziu o cenho. — Você me derrubou, eu não tive escolha...

— *Em Tirla* — esclareceu. Sua boca era pequena demais. Sua mente era pequena demais. — Por que você estava em Tirla?

— De novo, o que você quer dizer? — Confusão se apossou dos fios do príncipe. — Eu já disse que estou trabalhando com o tio de Safiya.

— Como eu sei que é verdade?

— Você... quer provas? — Ele a olhou boquiaberto.

No entanto, Iseult estava falando sério, e após três longos segundos, com apenas as fungadas dos cavalos preenchendo o ar, o príncipe finalmente pareceu compreender. Ele deu uma risada, um som divertido, mesmo que uma frustração cor de ferrugem rodopiasse em seus fios.

— Tudo o que eu tinha está em Tirla, Iseult det Midenzi. A menos que queira voltar e encarar todos aqueles soldados de novo, temo que precisará confiar em mim.

Ela *não* confiava nele. Mas também não sabia o que fazer. Tudo tinha acontecido rápido demais. Ela precisava cuidar dos cavalos. Precisava lidar com Owl. Ela precisava interrogar aquele príncipe e descobrir aonde estava indo.

E, acima de tudo, ela precisava parar de pensar em Aeduan. Ele não ia voltar.

— Posso ver que não acredita em mim. — O príncipe suspirou. Sua respiração saiu em forma de vapor. A noite havia esfriado. — Talvez ajude se eu explicar tudo do começo. Vamos nos sentar? — Ele fez menção de se agachar.

— Se você se mexer de novo, eu te mato.

— De pé, então.

— *Silêncio.*

Iseult se afastou, ajoelhando-se sobre um joelho diante de Owl. Leopold podia esperar; Owl, não. A menina não tinha se mexido, seus fios não tinham mudado. Ela estava em qualquer lugar, menos ali. Mas aquela noite não era tão diferente de uma noite há seis anos e meio, e Owl não era tão diferente de outra garotinha fugitiva, todos os seus vínculos cortados sem aviso prévio.

Iseult pegou uma pedra ao lado do joelho, assim como a monja Evrane fizera naquela noite. Depois, pegou a mão de Owl e abriu os dedinhos dela.

— Pegue isso. — Ela colocou a pedra na palma de Owl. — Olhe para ela e me diga o que você vê.

A menina não olhou, não falou. Assim como Iseult, todos aqueles anos atrás.

— Tem lodo nela. Você sabe o que isso significa? Significa que é da margem do rio, mas olha... você vê o quanto as bordas são ásperas? Ela nunca fez parte do rio. E que tal isso? — Iseult deu batidinhas em manchas brilhantes na superfície da pedra. — Você vê a mica? Parece luz estelar. Dá até para ver o Gigante Adormecido aqui.

As pupilas de Owl se encolheram de leve. Seus olhos se voltaram para a mão de Iseult.

— E de que cor você chamaria isso? Cinza? Ou é preto? Acho que é preto na luz do sol, mas o brilho da Mãe Lua faz...

— Velha — a voz de Owl saiu sussurrada, suave como a música de sua xará.

— Muito velha — Iseult concordou. — Tão velha quanto as Terras das Bruxas.

— Mais velha. — Owl piscou, e, com aquele movimento, os primeiros flocos de cor apareceram em seus fios. Atenção ciano, inicialmente brusca, como uma onda quebrando contra um navio. Depois mais suave, gentil, calma. Eles ainda não estavam completos, mas em algum momento voltariam a estar.

— Se foi — Owl murmurou. Ela ainda olhava para a pedra. — Ele se foi.

Iseult não precisou perguntar o que ela queria dizer, e espontaneamente os músculos em sua perna cederam. Ela se afundou sobre os calcanhares. Cansada, tão cansada.

Em Tirla, na estalagem, ela não acreditara quando Aeduan disse que não se juntaria a elas. *Ele vai nos seguir*, pensara ela ao montar no capão. Depois, enquanto cavalgava pelo pátio, *Ele vai nos seguir.* E de novo e de novo, prendendo a respiração a cada batida dos cascos do capão. *Isso é uma brincadeira, e ele vai nos seguir. Ele vai nos seguir. Ele precisa nos seguir.*

Por favor, por favor nos siga.

Elas deixaram a estalagem com tiros de pistolas. Os últimos estrondos inundando seus ouvidos. Inundando seu coração. Mas Aeduan não as seguira. Ele a deixara, depois de tudo. Depois de ela ter salvado a vida dele, e ele ter salvado a dela. Depois de ela ter destrinchado um homem por ele.

Ela tinha voltado por Aeduan naquele dia nas Terras Disputadas, mas ele não voltaria por ela. Ele nunca voltaria por ela. Nada de *nós*, nada de *a gente*, apenas uma forma de atingir um objetivo.

— Sinto muito — ela disse, e as palavras eram verdadeiras tanto para ela mesma quanto para Owl.

— Ele vai voltar — Owl afirmou, um feixe de certeza passando em seus fios.

Iseult não disse nada em resposta. Era familiar demais, aquela esperança. Aquela fome. Aquela crença de que houvera um engano, e que a qualquer momento o abandonador mudaria de ideia. Aeduan não mudaria, assim como Gretchya não tinha mudado seis anos e meio atrás.

Felizmente, Iseult foi salva da necessidade de falar. Primeiro surgiram fios prateados incandescentes, depois o morcego-da-montanha apareceu, uma silhueta silenciosa cruzando a lua. Antes que Iseult pudesse pedir a Owl que mantivesse a criatura afastada, Mirtilo desceu em queda livre, mirando na direção deles.

Os cavalos correram.

25

Quando Esme cantava, Merik quase podia fingir que estava em outro lugar.

Enroscado ao lado da parede gelada da torre, com apenas um cobertor desgastado oferecendo calor, ele podia fechar os olhos e deixar que a voz dela o carregasse para longe.

Ele não conhecia a música. Não precisava. Contanto que estivesse cantando, ele não estaria acorrentado na torre dela e sem magia. Ele não seria uma marionete, ligado a ela por fios destrinchados.

Ela era como uma raposa-do-mar, Merik decidiu, por cantar com uma voz de outro reino. Nas histórias, as raposas-do-mar se despiam de suas peles e atraíam marinheiros desavisados até a margem. Então, elas os afogavam.

Uma morte rápida, mesmo, se comparada àquela semivida a que Merik estava preso.

Quando o fim da música de Esme vibrou, um vibrato que fez as pedras balançarem, seus pés descalços atravessaram o cômodo. Merik teve o cuidado de manter os olhos fechados, a respiração uniforme. *Ainda estou dormindo. Me deixe em paz. Ainda estou dormindo.*

— Eu sei que você não está dormindo, principezinho. — Ela se afundou nas pedras ao lado dele. — Posso ver nos seus fios que está acordado.

Merik estremeceu e abriu os olhos.

Ela sorriu para ele, o rosto mais perto do que ele tinha imaginado. Então, algo prateado brilhou na mão dela, e ela o apunhalou no coração.

As sombras não eram gentis com Merik. Elas cantavam para ele através do rosto de uma menininha com tranças loiras, e, quando ela sorria, o sorriso não parava nas laterais do seu rosto. Ele se alargava ainda mais, saindo de sua mandíbula e avançando pelo ar, cantando e rindo para sempre.

Merik queria acordar, mas as sombras não deixavam. Havia apenas risos, escuridão e ódio.

Merik acordou com um céu noturno e chuva. Ele não sabia por quanto tempo tinha ficado inconsciente. Tudo o que sabia era que luzes de velas tremulavam pela torre, e seu peito doía.

Meu coração. Ele se arrumou em uma posição sentada e olhou para onde o ferimento deveria estar. Havia sangue quase preto em sua camisa, e havia um buraco no linho...

Mas nenhum ferimento. Apenas um franzido escuro onde a faca havia entrado. E dor — sempre dor.

— Fascinante, não é? — As palavras de Esme deslizaram sobre ele, e então a própria mulher apareceu, esgueirando-se pela parede. Ela usava um vestido diferente, de veludo cor de mel tão refinado quanto o de qualquer mulher nobre. Era grande demais, porém, arrastando-se no chão enquanto ela pulava na direção dele. Apertado ao peito estava o livro que ela lhe mostrara em sua chegada. — Você morreu, príncipe Merik! E depois voltou à vida... embora não completamente. Os fios que o ligam ao Fúria ainda estão intactos. Te impedem de viver, mas também te impedem de morrer.

Ela se jogou sobre as pedras, o vestido formando um círculo à sua volta. Reluzindo ao brilho das velas. Ela posicionou o livro no chão e virou as páginas, sem gentileza no movimento, mesmo quando as páginas protestaram e a lombada guinchou.

— Imagine os impactos — ela falou, ao encontrar a página desejada, coberta de diagramas desenhados à mão. — Imagine os *usos!* A premissa é muito parecida com o primeiro tear que Eridysi criou há mil anos. — Ela apontou para um desenho na página que Merik imaginou se parecer, vagamente, com um tear. — Se nós não precisássemos do Fúria vivo, eu tentaria outras mortes. Afogamento. Fogo. Decapitação, em algum momento. Mas temo que *esse* tipo de morte possa ser demais para você.

Ela sorriu. Merik tremeu.

— Tenho mais trabalho pra você hoje, príncipe. — Ela procurou impaciente em seu livro. Merik pensou ter ouvido uma página ser rasgada. Então ela encontrou o que queria, e deixou o livro cair aberto. — Preciso de mais pedras como essas.

Ele olhou para elas.

— Como as que eu achei antes?

— Não. — Ela percorreu com o dedo uma pedra com linhas que serpenteavam em volta dela. Embaixo, em uma inscrição que parecia ser arithuano antigo, estavam as palavras *Tear Arlenni.* — Essas vão ter fios enrolados ao redor delas, ou talvez linhas.

— Por que você precisa delas?

Os olhos dela diminuíram, e por meio segundo Merik temeu ter ido longe demais. Seus músculos se tensionaram, prontos para a dor. A corrente se esticou nas pedras. Mas então um sorriso surgiu nas bochechas de Esme, e ela suspirou — um som contente.

— Você *é* divertido, príncipe. Ninguém nunca perguntou sobre a minha magia antes. Só Iseult, mas ela quase não me visita mais.

Iseult? Com certeza Esme não podia estar se referindo à mesma garota que Merik conhecia. Mas não havia tempo para perguntar, nem tempo para imaginar coisas, pois Esme havia começado uma explicação detalhada sobre fios. Ela apontava para imagens na página, claramente esperando que Merik ouvisse e observasse.

— Fios — ela declarou — estão em todos os lugares. Eles zumbem na pedra. — Ela deu batidinhas no chão. — Nas nuvens. — Ela acenou para a janela. — Nas árvores, nos pássaros, no seu coração. — Um sorriso dissimulado, e ela fingiu apunhalá-lo no peito de novo. — Toda magia não é nada além da manipulação dos fios, príncipe, e houve uma época em que apenas os Paladinos conseguiam fazer isso. Exceto no Extremo Oriente, onde o meu povo viveu originalmente.

Merik franziu a testa.

— Os 'Matsis?

Os lábios dela se retraíram. Ela ergueu o queixo para a frente.

— *Essa* é uma palavra nociva, príncipe.

Merik recuou, preparando-se para o fogo. Para a dor.

— É ofensiva. Depreciativa de quem nós somos. É tão difícil assim pra você dizer a palavra inteira? *No*-matsi. Ou, como éramos há muito tempo, *no'A*-matsi.

— Desculpa — ele tentou dizer. — Eu não sabia...

— Você quer dizer que não se importa.

— Não! — As mãos dele se ergueram em um pedido de desculpas. Chamas, chamas, a qualquer momento o fogo do destrincho o consumiria. — Eu nunca escutei isso antes... Me desculpa.

— Você *já* escutou, mas escolheu não ouvir. Todos os homens nas Terras das Bruxas são iguais. — As narinas dela se inflaram. — *Diga.*

Por um instante, ele não sabia o que ela queria dizer. Então ele entendeu.

— Nomatsi.

— *O jeito certo.*

Que Noden o enforcasse, o que ela tinha acabado de dizer? Merda, merda. Ele não tinha ouvido, e ela estava certa. Em toda a sua presunção, ele escolhera não ouvir...

— *No'Amatsi!* — A palavra escapou de sua garganta, surpreendendo a ele e a Esme. Ela recuou. Depois se endireitou, os dedos dobrando-se em punhos cerrados acima dos joelhos. Ele tinha certeza de que ela o atacaria. Com magia, com garras, com lâminas para cortar seu coração.

Mas ela não o fez. Os segundos passaram com a chuva, e um sorriso vagaroso se espalhou pela boca de Esme. Então, quase preguiçosamente, ela inclinou a cabeça para o lado.

— Bom garoto, principezinho. Se você consegue aprender as suas lições, talvez ainda exista esperança para as Terras das Bruxas. Agora, onde eu estava? — Ela pigarreou, ansiosa. E a mente de Merik voltou a ficar a mil.

— Você... você disse que no Extremo Oriente a magia é diferente.

— *Onga.* Sim. No Extremo Oriente, qualquer um que tenha treinamento pode tocar nos fios de poder, e, muito tempo atrás, o povo No'Amatsi passava a vida dedicando-se a treinar.

— Por que — Merik perguntou, com cuidado, esperando que ela quisesse perguntas — a magia é diferente lá?

Ela *queria* perguntas. O sorriso dela se alargou, e, daquela vez, seus olhos também sorriram.

— É uma deusa diferente que dorme na terra deles, e a vontade Dela é diferente da vontade do nosso Adormecido. Ah, eu consigo ver nos seus fios que você está confuso. Na sua cabeça, não há deusa, apenas um deus, porque é *claro* que os nubrevnos transformariam uma mulher em homem. O próprio conceito de uma mulher poderosa é demais para as suas mentes fracas entenderem.

Esme se inclinou para a frente, apoiando-se nas mãos e aproximando o rosto do dele.

— Você enxerga uma mulher forte e a julga má. Você enxerga uma mulher quieta... Ah, espera; você não as enxerga de modo algum. Me diga, de verdade: o que pensou de mim quando me viu pela primeira vez?

Merik apertou os lábios. Ele baixou o olhar para a pedra, sabendo que não podia argumentar. O Merik de um mês atrás teria negado as palavras dela. Veementemente. Com raiva, com sua fúria Nihar se transformando em ventos que ele alegava não poder controlar.

Agora, ele não tinha ventos. Agora, não tinha mentiras para contar a si mesmo. Cam dissera aquilo duas semanas atrás. *Pare de ver o que quer!*

Só de pensar no garoto, o coração de Merik murchou. Seu peito foi sugado para dentro de vergonha. Cam ficara ao seu lado, mesmo sem Merik fazer nada para merecer tamanha lealdade. Ele rezava a Noden... ou... ou a qualquer poder que reinasse sobre as Terras das Bruxas, para que Cam e Ryber estivessem bem.

Esme suspirou, um som entediado.

— Podemos continuar a nossa lição mais tarde, príncipe. Por enquanto, a chuva parou. — Ela girou a mão na direção da janela. — É hora de você viajar para o próximo templo.

Ela tirou uma chave do bolso e, com dedos hábeis, soltou a corrente do colar de Merik.

— Meus destrinchados guiarão você pela maior parte do caminho, então siga as fileiras como na noite passada. E, príncipe — ela sorriu de novo, sua covinha aparecendo —, não tente correr. Você sabe o que acontecerá se tentar.

26

Tudo aconteceu muito rápido depois que Habim e os soldados chegaram — rápido demais para Safi conseguir compreender, quanto mais reagir. Os trovadores do inferno se renderam. Os trovadores foram acorrentados. E os trovadores foram levados embora.

Então ela foi levada embora também, por víboras desconhecidos e um bloqueio de soldados tão denso que não conseguia ver nada à frente. Pelo resto da noite, ela não viu ninguém conhecido. Nada de Vaness, nada de Rokesh, nada de Habim...

E nada de trovadores. Ela não fazia ideia de para onde eles tinham sido levados; não tinha ideia do que estava acontecendo.

De volta ao Palácio Flutuante, curandeiros trataram rapidamente seu tornozelo, e a guarda dos víboras a fez andar de novo. Cada detalhe da festa de aniversário imperial do dia seguinte precisava ser reavaliado ou verificado novamente. Ao que parecia, os rebeldes tinham entrado no território do Poço Originário por uma brecha enfeitiçada com esplendor no muro norte, então Safi agora examinava cada *pedaço* de pedra do palácio em busca de sinais parecidos de trapaça.

Nada.

Depois, ela foi forçada a encontrar cada soldado, criado e víbora — mulheres e homens que já havia avaliado. Mulheres e homens tão frustrados pela situação toda quanto ela. E enquanto ela os interrogava, os víboras conferiam todas as armas, todas as ferramentas, para garantir que nenhum ferro havia sido adulterado.

Mas os víboras não encontraram nada, e Safi também não.

Já passava da meia-noite quando ela terminou e foi levada ao quarto. Apesar da exaustão que puxava seus músculos e suas pálpebras, os pensamentos dela crepitavam em chamas. Tudo que acontecera no dia colidiu em sua mente em uma conflagração imensa e agitada — o falcão-de-fogo, os soldados falsos na floresta, a porta iluminada por magia.

A mensagem secreta de Habim no mapa.

Pelos deuses, Safi queria poder conversar com Iz naquele momento. Mas não importava o quanto apertasse sua pedra dos fios ou imaginasse o rosto calmo de sua irmã de ligação, suas preces não se tornavam realidade. Iseult, onde quer que estivesse, não podia — ou não queria — caminhar nos sonhos com Safi de novo.

Ao som da terceira badalada dos sinos, Safi finalmente desistiu de tentar contatar Iseult. Ela tinha livros da biblioteca de Vaness; tinha pedras; e ainda tinha um plano que precisava ser finalizado.

Ela arranjou um espaço em sua mesa e arrancou sua pedra dos fios. Então, depois de soltar o quartzo com o qual passara o dia inteiro mexendo, ela abriu um livro novo e se pôs a trabalhar. *Entendendo fios*, de Anett det Korelli, traduzido de nomatsi para marstok, detalhava a criação de pedras dos fios. Como Bruxas dos Fios vinculavam os fios das pessoas às pedras, para que parceiros, família ou amigos sempre pudessem encontrar uns aos outros. Para que eles nunca perdessem aqueles com quem mais se importavam. E já que Bruxas dos Fios eram ligadas ao Éter, assim como a magia de Safi, parecia ser a seguinte tentativa mais lógica.

Além do mais, ler sobre Bruxas dos Fios fazia Safi pensar em Iseult — e só *pensar* em sua irmã de ligação já a fazia se sentir melhor e acalmava as chamas em sua mente.

Ela mergulhou em um ritmo constante em sua mesa, os dedos virando as páginas. Os calcanhares batendo em sincronia com o som das esperanças lá fora. *Cri-cri-cri. Cri-cri-cri.* Ela tinha até fios iguais aos descritos no livro, e embora não pudesse tecê-los de verdade como as Bruxas dos Fios faziam, ela *podia* se concentrar em seu poder. No calor que cantava dentro da verdade. Nas garras que retalhavam dentro de uma mentira.

Safi até recitou as palavras usadas pelas Bruxas dos Fios para orientar sua magia: *Unir e curvar. Construir e florescer. A família preenche o coração.*

Sem parar, ela repetia aquelas palavras enquanto trançava fios rosa poente. *Unir e curvar. Construir e florescer. A família preenche o coração.* E continuou murmurando até terminar de trançar e enrolar o tecido fino em volta do quartzo. Ao olhar, sua pedra não parecia nada diferente da pedra dos fios dada por Iseult — exceto pela diferença de cor. Na verdade, Safi tomou o cuidado de garantir que sua pedra ficasse igual.

Mas bastou uma olhada melhor para Safi saber que as duas pedras *não* eram idênticas. A pedra dos fios de Iseult parecia e passava a impressão de estar viva. A tentativa de pedra da verdade de Safi, no entanto, era apenas um pedaço de pedra envolta em fios.

— Não, não, *não.* — As palavras saíram em um sussurro, sem convite, e ela jogou o quartzo inútil para o lado. Lágrimas formigavam atrás dos seus globos oculares, e ela odiava aquilo. *Odiava*, assim como odiava aquele palácio e odiava que ninguém tivesse lhe dado nenhuma merda de resposta desde que deixara o Poço.

E acima de tudo, Safi odiava que Iseult estivesse tão longe. Com Iseult, ela era corajosa. Com Iseult, ela era forte. E com Iseult, ela era destemida. Sozinha, porém, ela era apenas uma garota presa em outro país enquanto inimigos desconhecidos tentavam matá-la.

Pegando sua pedra dos fios verdadeira e dolorosamente real, Safi se levantou. Estrelas surgiram em sua visão. Ela estava sentada havia muito tempo, e tinha comido muito pouco. Mas ela as ignorou — assim como ignorou a pulsação sibilante em seus tímpanos. Em vez disso, cambaleou até a porta e saiu na noite.

O corvo não estava ali; Safi não sabia por que havia pensado que ele estaria. Havia, porém, um vaga-lume. Ele piscou ao lado do telescópio. Depois desapareceu. Depois piscou de novo a alguns passos de distância.

Quando era pequena, Habim lhe contara que crianças faziam desejos para vaga-lumes, e Safi supôs que, se havia um momento para fazer desejos, o momento era aquele. Ela se apressou até ele e, com um gesto da mão, o pegou. Ele pousou com gentileza, parecendo despreocupado com o toque.

Por favor, Safi implorou, observando-o se iluminar. Depois apagar. Depois iluminar de novo, um lampejo dourado que fazia a pedra dos fios ainda presa em sua mão parecer em chamas. *Por favor, senhor vaga-lume*, ela repetiu. *Onde quer que Iseult esteja, a mantenha segura.*

Iseult não se sentia segura.

Ela podia ter escapado de soldados, mas Leopold fon Cartorra oferecia uma extensão de perigos inteiramente nova — perigos aos quais ela não estava acostumada. Ela podia enfrentar espadas e pistolas, punhos e chamas sem se preocupar. Mas jogos de palavras inteligentes e máscaras de cortesão faziam sua calma de Bruxa dos Fios vacilar.

Iseult não queria deixar Owl sozinha na ponte, mas queria muito menos que Leopold pegasse os cavalos. Ao menos Owl tinha Mirtilo para mantê-la a salvo. Se o príncipe decidisse fugir com os corcéis, Iseult e Owl ficariam sem transporte e, pior, sem suprimentos.

O capão preto tinha corrido para dentro da floresta. A égua ruão o tinha seguido, e os cascos haviam pisoteado a vegetação rasteira e formado um rastro nítido a ser seguido. Leopold guiou o caminho, Iseult logo atrás. Seu olhar nunca saiu dos fios dele. Sua mão nunca deixou o punho do sabre de abordagem.

Seus dedos batucavam em um ritmo. Até que aquele movimento a fez pensar em Aeduan. Aí ela parou.

— Sem chance de os cavalos voltarem para a ponte — o príncipe disse, lançando um olhar para trás. — Não enquanto aquele morcego permanecer.

— Precisamos pegá-los primeiro. Depois podemos nos preocupar em atraí-los de volta.

— Ah, nós vamos pegá-los. Não tenha medo. — Leopold avançou, seus passos cheios de confiança. Cheios de tranquilidade, como se eles apenas caminhassem pelos corredores de um palácio, e não nos cantos enluarados de uma floresta montanhosa. — Rolf é um animal bem treinado, e a égua vai segui-lo.

— Então diga a Rolf que vá até a ponte, e a égua vai segui-lo.

— Ele não é *tão* bem treinado assim. — Uma risada, de novo, em conflito com o ambiente. E daquela vez, contradizendo os fios de Leopold também. Em vez de um rosa divertido, eles brilhavam com medo. — Mesmo os ursos brancos das Terras Adormecidas não seriam estúpidos o bastante para chegar perto de um morcego-da-montanha.

— Você tem medo dele.

— Você não tem?

— Não — Iseult respondeu, percebendo que era verdade. Durante todo o caos das Terras Disputadas, não houvera tempo para sentir medo. Mirtilo tinha atacado homens que queriam matá-la, e isso o tornara um aliado. — Ele não vai nos machucar.

— Sério? Por acaso os morcegos-da-montanha não apreciam o gosto dos príncipes?

Antes que ela pudesse explicar que Mirtilo apenas machucava aqueles que machucavam Owl, Leopold fez uma breve pausa. Iseult quase colidiu contra ele. Então ela viu o motivo: eles haviam chegado a uma clareira pedregosa, sem vegetação para os cavalos pisarem.

— Perdemos o nosso rastro. — Leopold se virou na direção de Iseult, seus fios e sua expressão brevemente de acordo: ele estava frustrado. As bochechas dele tremeram. — Alguma chance de você conseguir sentir os fios deles?

— Animais não têm fios. — Ela deu a volta no príncipe.

— Animais não têm fios — ele começou, seguindo alguns passos atrás dela —, ou você não consegue senti-los?

Iseult queria que ele calasse a boca.

— Isso importa? De qualquer jeito, a minha magia não vai nos ajudar. — Ela apertou os olhos para o solo, cinzento sob a lua, mas mesmo com a luz estava escuro demais para avistar marcas de cascos. No entanto, um som borbulhou em seus ouvidos. Água corrente. Outro riacho montanhoso.

Se ela fosse um cavalo que acabara de correr por uma hora, estaria com sede. E se estivesse com sede, iria até um riacho sem morcegos-da-montanha. Em uma explosão de velocidade silenciosa, Iseult cruzou a clareira. Ela atravessou sombras compridas, depois as árvores que formavam aquelas sombras, e logo encontrou os cavalos. Eles tinham, de fato, se embrenhado na floresta atrás da água.

— Rolf — Leopold chamou, satisfação tanto em seu tom de voz como em seus fios corados. Mas, antes que ele pudesse ir até o capão, Iseult sacou seu sabre. Ele parou em meio a um passo. — Isso de novo?

— Isso de novo — ela respondeu. — Na ponte, você se ofereceu para explicar tudo desde o início. Você fará isso agora.

— Sem "por favor"? — Um sorriso no rosto dele. Frustração em seus fios. — Eu sou da realeza, sabia?

— E eu sou aquela que está segurando a espada.

— Ah. — Ele abafou uma risada, e o rosa do divertimento voltou. Ele gostara da resposta dela, ao que parecia, e, sem outra palavra de reclamação, Leopold, o Quarto, herdeiro imperial de Cartorra, começou sua história.

Ele tinha um jeito musical de falar. Suas palavras rolavam pela pele de Iseult, um ritmo perfeito de som e pausa. Um complemento perfeito ao ar noturno congelante enquanto ele explicava como estivera trabalhando com o tio de Safi. O objetivo deles era impedir que Safi se casasse com o tio *dele*, o imperador Henrick. Depois, Leopold descreveu como havia contratado Aeduan com o pretexto de capturar Safi, mas também como ele tinha intencionalmente sabotado a viagem toda ao parar e despistar Aeduan — tudo para que Safi pudesse estar segura antes de Aeduan encontrá-la.

Ou como ela *deveria* estar segura, até a imperatriz de Marstok interferir.

Iseult não disse nada por toda a história, cuidadosamente refletindo sobre cada afirmação. Combinava com o que ela ficara sabendo de Safi — e de Aeduan também —, mas, em vez de confiar mais em Leopold, ela descobriu que confiava menos nele. Por toda a declaração, ele mantinha um meio-sorriso cansado no rosto, como se toda aquela situação fosse um jogo. Como se ele considerasse Iseult uma pobre criança que precisava da sua indulgência.

— E *então* — ele concluiu, girando a mão direita, como um menestrel fazendo uma reverência —, eu roubei as moedas do monge e fiz meus trovadores do inferno as transportarem para Lejna. Para você. Tudo bem objetivo, se você parar para pensar.

Não muito, pensou Iseult. Em voz alta, disse:

— Eu estava em Lejna. Não vi nenhum trovador do inferno.

— Porque eles receberam ordens para não continuarem lá, e quando eu cheguei, depois, você já tinha ido embora. Tenho procurado por você desde então. Eu devia... ainda devo... te entregar ao monastério caraweno.

Iseult piscou. Aquele era facilmente o último lugar que ela esperava que ele dissesse. De volta a Lejna? Tudo bem. Para a cidade de Veñaza? Claro. Até mesmo voltar para Cartorra teria feito sentido para ela. Mas um monastério no meio das montanhas era tão chocante quanto...

Quanto um príncipe imperial ir procurá-la em Tirla.

— Por que lá?

— Porque os monges vão mantê-la em segurança. — Leopold disse aquilo como se fosse a coisa mais óbvia do mundo. — E eles vão proteger Safiya também, quando ela chegar.

Safi. Pela primeira vez desde o início daquela conversa, Iseult sentiu sua calma vacilar. Tudo o que queria era reencontrar Safi. Mais do que tudo em todas as Terras das Bruxas, ela queria sua irmã de ligação ao seu lado. Para que o mundo parecesse certo de novo. Safi, que era feita de luz do sol e risadas. Safi, que iniciava para que Iseult pudesse concluir. Que nunca a abandonara. Que sempre era o "nós" e o "a gente" e nunca vira Iseult como a "forma", mas como o *objetivo*.

E que saberia em um instante se Leopold estava mentindo.

— Quanto tempo — Iseult disse, sua voz quase sumindo com o barulho do riacho — até chegarmos ao monastério?

Alívio percorreu os fios de Leopold. Ele sorriu, um sorriso vencedor e devastador.

— Se não encontrarmos nenhuma interrupção, podemos chegar ao meio-dia de amanhã.

Os dedos de Iseult moveram-se até a pedra dos fios. Ela encarou distraidamente o rosto do príncipe, roxo e inchado graças às agressões por defendê-la. Ela encarou os fios dele também, tão desesperados. Tão esperançosos.

— Se eu... se *Owl* e eu formos com você ao monastério, não pense que isso significa que eu confio em você.

Uma pausa. Cautela nos fios dele, e ele percorreu um polegar sobre o lábio superior.

— O que precisa ser feito para te convencer, Iseult? O que eu preciso fazer para provar que estou aqui para servir a você, total e completamente? Te levar ao monastério é o meu único objetivo.

Iseult quase zombou daquelas palavras. Um *príncipe* se oferecendo para servi-la. *E se, e se, e se*. Ainda assim, talvez contrariando a razão, ela viu-se acreditando nele. A urgência fervente nos fios de Leopold era real. Ele podia mudar sua expressão para combiná-la com suas vontades, mas não podia mudar seus fios.

— Faça isso com mais frequência — ela disse, após um tempo, a mão largando a pedra dos fios. — Combine a sua expressão com os seus sentimentos, e então talvez eu comece a acreditar em você. Afinal, pessoas confiáveis não usam máscaras.

Quando Iseult disse aquele último fato, os fios do príncipe se iluminaram com desconforto. Dois segundos se passaram. Então, de uma única vez, um calor intenso e encantador os percorreu — e ele inclinou a cabeça para trás e riu. Um som cheio e ousado que fez com que tons brilhantes e ardentes de rosa subissem.

— O que foi? — ela perguntou, seu sabre baixando um centímetro. — O que é tão engraçado?

— Isso. — Ele gesticulou, indicando os dois. — É *fascinante*. Embora eu deva admitir que estou surpreso pela facilidade com que você enxerga através da minha... Bom, da minha *performance*. — Ele esboçou uma reverência quase zombeteira. — Suponho que eu deva levar em consideração sua magia quando você estiver por perto, ou esperar que você não diga ao mundo o que eu estou sentindo de verdade. Afinal, o charme é a única arma real no arsenal de um príncipe. Mas, se demonstrar honestidade aqui — ele balançou uma das mãos na direção do rosto — é tudo que preciso para provar minha lealdade, então você me desarmou, Iseult det Midenzi. — Mais uma vez, ele fez uma reverência, desta vez com respeito, e desta vez seus fios zumbiram com pura intensidade.

Ah, era muito estranho ver um príncipe dizer — e fazer — coisas daquele tipo para Iseult.

— Me ajude a cuidar dos cavalos — ela murmurou, por fim. Ela não confiava cem por cento nele, mas o suficiente para segui-lo até o monastério. Era para onde Aeduan encorajara que elas fossem, de qualquer jeito; ela podia deixar um príncipe guiar o caminho.

Com rápida eficiência, ela embainhou o sabre com um tilintar do aço. Eles haviam perdido tempo suficiente ali. Owl estava esperando.

— Temos que encontrar um jeito de convencer os cavalos a voltarem sem nos livrarmos do Mirtilo.

— *Coja'kess?* — ele repetiu.

Ah, Iseult supunha que eles *tinham* nomeado o morcego em nomatsi.

— Significa "mirtilo" em nomatsi.

— O nome do morcego é *Mirtilo*?

— É a comida favorita dele.

Outra risada adorável separou os lábios do príncipe, deixando seus fios em um tom poente perfeito.

— Você ouviu isso, Rolf? — Ele deu uma batidinha no pescoço do capão. — Ele é um morcego-da-fruta. Eu te *disse* que não havia nada a temer, velhinho. Nada a temer mesmo.

27

Aeduan estivera ali antes. Bem ali naquele beco escuro, caçando um homem diferente que devia dinheiro a um lojista diferente. Era a única coisa em que ele era bom antigamente; era a única coisa em que ele era bom atualmente.

Era como se o mês anterior, desde que ele deixara Yotiluzzi na cidade de Veñaza, nunca tivesse acontecido. Até mesmo os últimos dois anos. Pois ali estava ele de novo, caçando despropositadamente. Despropositadamente juntando moedas. Um contrato, então o próximo. Um pé, depois o outro. Cada alvo o mesmo, cada cliente o mesmo, e cada dia que passava diante dele o mesmo maldito dia.

Ele odiava. Odiava a facilidade com que voltara àquilo. Como o torpor penetrava em seus ossos enquanto ele avançava. Como ele já havia abandonado os planos futuros. Não havia futuro — apenas terminar aquela tarefa, e então pegar a próxima. Sem parar até o dia em que ele morresse.

Aeduan sabia que não podia evitar o pai para sempre. O Fúria viria atrás dele. Ele teria de voltar para o lado de Ragnor. Talvez Aeduan devesse apenas ir para o norte antes que aquilo acontecesse. Poupar o tempo de todos.

Ele não foi para o norte.

Nem procurou pelo príncipe Leopold, embora aquela fosse outra coisa que precisava fazer. Ele tinha perguntas que precisavam de respostas, perguntas que acreditava serem importantes apenas duas semanas atrás.

Ele não procurou pelo príncipe Leopold.

Agora, ele não se importava com quem o príncipe trabalhava, não se importava de quem era o sangue que zumbia com invernos congelantes e lagos de águas limpas. E Aeduan não se importava mais com quem havia ajudado Leopold a escapar na selva nubrevna, roubado seu baú com moedas de prata e o guiado em uma perseguição infrutífera pelas Terras das Bruxas.

Se aquela pessoa não tivesse feito aquilo, ele nunca teria se juntado a Iseult. Nunca teria encontrado Owl, e o desejo que ele fizera aos vaga-lumes nunca teria se tornado realidade.

Ele era um Bruxo de Sangue, ele era um monstro, e ele era um tolo por ter ouvido aquela fome em suas entranhas, que tentara enganá-lo e fazê-lo acreditar que era algo além daquilo. Ele só era bom para uma coisa.

Era melhor que não se esquecesse daquilo de novo.

Quando o amanhecer começou a manchar o céu, Aeduan encontrou o homem que devia dinheiro, um pastor com dois filhos pequenos e uma esposa doente e febril. Ele havia comprado uma lâmina para proteger sua família dos corsários que todos diziam estar chegando. Uma lâmina pela qual ele não podia pagar.

Era tão fácil assustar o homem. Tão fácil para Aeduan fazer o sangue rodopiar em seus olhos. Cessar todos os pensamentos, todas as expressões, todas as inflexões. Era outro homem puxando a espada. Outro homem observando o pastor afundar de joelhos, tremendo e implorando por mais tempo.

Aeduan não sentia nada. Não se importava com nada. Ele pegou as únicas moedas que o homem tinha e partiu.

No segundo contrato, o de nível quatro, Aeduan sentiu a pedra da dor começar a falhar.

Ele deveria se apresentar em uma pequena mina de ferro em Marstok, ao leste de Tirla. Eles logo transportariam um carregamento para o oeste;

eles precisavam de proteção. É provável que não fosse uma entrega legal, ou teriam contratado soldados de verdade.

Legalidade não importava nada a Aeduan. Moeda era moeda, contratos eram contratos. Ele apenas andou para o leste, o som nascendo acima dele. Depois queimando sobre ele. Não era um dia quente, mas ele ficou quente. Miseravelmente. Insuportavelmente. Até que chegou ao limite. Ele precisou parar ao lado de um riacho. Apenas um gotejamento nas pedras da montanha.

Ele tirou a capa. Bebeu até se fartar da água arenosa e lavou o suor do rosto. Depois, se sentou em uma pedra e esperou que o poder restante na pedra da dor acabasse.

Foi pior do que o esperado. Se ele pensara que a ausência repentina de dor um dia antes era um claro indicador da quantidade de dor que ele havia sentido, aquilo não era nada comparado ao retorno súbito dela. Ele tinha previsto uma cascata vagarosa, como ficar parado em um rio que subia lentamente à sua volta.

Em vez disso, a dor foi um maremoto. Ela o atingiu, chamas e violência fervendo seu sangue. Cozinhando todos os pensamentos, até que ele não era nada além de sombras se aproximando e um corpo desmoronando.

Ele caiu no riacho.

28

Vivia encarou o mingau morno, sabendo que deveria comer. Em vez disso, seu olhar dirigiu-se até o assento vazio ao lado e ao mingau intocado que ficava mais frio a cada segundo.

Tudo indicava que Serafin não tomaria café da manhã. O que só podia significar uma coisa: ele ouvira sobre a viagem de Vivia a Marstok, e a desaprovava. Um suspiro escapou por entre seus dentes, como vapor liberado de uma panela borbulhante, exceto que sua expiração não serviu de nada para amenizar a fervura em seu estômago. Ela precisaria lidar com o pai — precisaria se desculpar, talvez até se humilhar. Embora não soubesse exatamente pelo quê. Às vezes, ela nunca descobria o que tinha feito para despertar a fúria Nihar dele.

Vivia cruzou os braços. Ela deveria se desculpar naquele instante. Qualquer atraso, e a tempestade apenas ficaria pior e mais forte. Até que, por fim, ele explodiria. Aí, nenhuma quantia de desculpas poderia acalmá-lo.

Mas e Stix? A pergunta fez cócegas em sua mente, e com ela, Vivia se viu levantando. Virando-se na direção da porta. Stix já devia estar na Sala de Batalhas, aguardando para passar as informações matinais para Vivia. Certamente não havia problema em tirar uns minutinhos para falar com sua melhor amiga — e para reforçar sua determinação antes de encarar Serafin. Além do mais, ela queria desesperadamente contar a Stix sobre Marstok, sobre a imperatriz, sobre o papel enfeitiçado guardado em sua sobrecasaca. Stix saberia como interpretar tudo aquilo. Stix saberia como Vivia deveria agir.

Mas Stix não estava esperando por ela na Sala de Batalhas. Pior, nenhum dos criados próximos a tinham visto naquela manhã. Não havia nenhum bilhete na mesa, nenhuma mensagem enviada pelo cortesão e nenhum sinal de que alguma coisa na sala fora tocada desde que Vivia entrara ali no dia anterior. E, com certeza, nenhum sinal de Stix.

Vivia saiu do palácio, gritando aos seus guardas que a "deixassem em paz!" antes de refazer os passos da noite anterior. Contudo, as batidas no apartamento de Stix não receberam resposta, e a teia de aranha entre a porta e o teto sugeria que a porta não era aberta há algum tempo.

O estômago de Vivia se revirou ainda mais, fazendo pressão em seus pulmões. Stix não estava onde deveria estar e não ia para casa há pelo menos um dia. A última parte não era incomum — Stix era, em suas próprias palavras, "uma alma inquieta". *Talvez ela esteja no quartel.*

Mas Stix também não estava lá, e nenhum dos marinheiros ou oficiais a vira. Nem ninguém em *Pin's Keep*, no Destrinchado, ou na casa do pai em Queen's Hill. Não desde dois *malditos* dias atrás. Foi só quando Vivia decidiu zarpar até os Sentinelas de Noden que ela teve pistas da possível localização de Stix.

O esquife delas estava desaparecido. E, dito e feito, quando Vivia questionou um pescador chamado Aben — um sujeito jovem que passava todas as manhãs ancorado na doca, com sua linha nas águas escuras, e de quem Vivia e Stix recebiam atualizações diárias sobre a saúde dos peixes locais —, ele disse:

— Aye, eu a vi sair com o barco ontem. Não disse aonde estava indo, mas não parecia muito contente.

— Para qual lado ela foi?

Ele acenou para o sul.

— A perdi de vista antes de ela chegar na ponte.

Vivia bufou um agradecimento, já se afastando. Ela podia pegar um esquife emprestado no embarcadouro e, de lá, seguir para o Sentinela do sul. Pois, *com certeza*, Stix estaria lá.

As sombras da manhã eram compridas, as águas, movimentadas, mas mesmo com a mente a mil — onde estava Stix? —, navegar era tão natural para Vivia quanto caminhar. Ela passou por todos os navios no porto antes de chegar ao aqueduto ao sul.

Os Aquedutos de Stefin-Eckart transportavam o rio Timetz pelo vale de fazendas que cercavam a planície de Lovats. Eles eram tão altos que as nuvens se arrastavam ao lado dos navios que lutavam para entrar na cidade. Que corriam para fugir da guerra que todos sabiam estar a caminho — e todos necessitados de moradia, que Vivia estava correndo para providenciar.

O nono badalar já estava zumbindo quando os Sentinelas de Noden tomaram forma, os rostos desgastados tão grandes quanto navios de guerra, seus elmos de pedra enfeitados com plumas do tamanho de pinheiros. Parapeitos compridos e arredondados projetavam-se em níveis gradativamente mais amplos em suas metades inferiores cobertas de pedra, enquanto seus torsos imponentes estavam cheios de janelas estreitas e ripas de flechas. Em ambos os lados do rio, onde ele se misturava às montanhas, grandes enseadas subiam, carregadas por magia. Elas carregavam navios de guerra para o buraco na base dos Sentinelas.

Aqueles guardiões ancestrais da cidade também eram o principal lar da Marinha Real Nubrevna e das Forças Terrestres Reais Nubrevnas. Bandeiras azuis brilhantes pendiam das ameias, tremulando com os ventos matinais.

Vivia mal precisou entrar nos corredores parecidos com colmeias do Sentinela do leste para receber sua resposta sobre Stix. Ninguém, militar, civil ou refugiado de passagem, tinha visto alguém com as características dela.

Stix se fora. Estava desaparecida.

Enquanto Vivia zarpava de volta, entorpecida, não conseguia fazer nada além de olhar sem ver. Até mesmo as andorinhas-de-bando que voavam em seu campo de visão, surfando nas correntes quentes transportadas do vale, não conseguiam distraí-la. Elas haviam feito seus ninhos embaixo dos aquedutos, e geralmente ela e Stix as chamariam com algum refrão bobo sobre encontrar portos seguros e ventos alegres.

Agora aquele pensamento só servia para deixá-la indisposta.

Aquilo era culpa dela.

Ela tinha sido tão egocêntrica. Tão, mas tão estupidamente ingênua em pensar que poderia sair da cidade por um dia sem que houvesse consequências. Se tivesse ficado, Stix não teria partido — ao menos não sem algum tipo de explicação. E se Vivia tivesse *ficado ali*, ela saberia por onde começar a procurar.

De repente, ela soube com muita intensidade como Merik se sentira um ano atrás. O irmão de ligação dele, Kullen, tinha desaparecido nas Sirmayans enquanto construía torres de vigia, e Merik havia usado todos os recursos disponíveis por períodos obscenos tentando encontrá-lo.

Aqueles períodos pareciam perfeitamente razoáveis agora. Insignificantes, até. *Agora*, Vivia faria o que fosse preciso e usaria tudo o que pudesse para descobrir para onde sua melhor amiga havia desaparecido.

Tantos arrependimentos, mas ela precisava continuar seguindo em frente, continuar procurando.

Stix estava em algum lugar. Vivia a encontraria.

Era próximo ao meio-dia quando Vivia chegou a Queen's Hill mais uma vez. Ela seguia na direção da propriedade Sotar no topo da colina; talvez o próprio vizir soubesse para onde a filha tinha ido. E se não soubesse... bom, ele precisava saber que ela estava desaparecida.

Vivia foi parada na metade da rua quando uma mão pousou em seu ombro. Ela se virou, o nome "Stix" cintilando em sua mente — mas, em vez do sorriso arrogante de Stix, um rapaz de bigode desgrenhado vestindo um libré real a encarava.

Rato, o pajem mais novo do seu pai.

— Alteza, o seu pai deseja vê-la. — A voz dele subia algumas oitavas a cada poucas palavras. — Ele está no quarto, fraco demais para sair.

Vivia sentiu o sangue sumir do rosto. Primeiro Stix, agora Serafin... Era demais para um único dia. Ela passou por Rato e subiu pela rua lotada. Não se importou com os gritos ou os olhares quando começou a correr. Pela primeira vez, ela teria aprovado a ajuda de seus guardas para abrir caminho.

O Rei Regente estivera saudável e inteiro no dia anterior. Ele tinha gritado com toda aquela força da infância de Vivia. *Isso é culpa sua. Você partiu porque estava chateada, e agora ele está doente de novo. E Stix também se foi. Tudo o que você faz é errado.* Egoísta, egoísta — como ela podia ter sido tão egoísta?

Vivia estava ofegante quando chegou na ala real do palácio, suando embaixo da sobrecasaca, o cabelo grudado à testa. Rato, que a seguira apressado pelo caminho todo, agora assumia a frente para poder abrir a porta.

— Sua filha... — ele começou, mas Vivia entrou no quarto antes que ele pudesse terminar.

Ela esperava escuridão, como o seu pai havia pedido no ápice de sua doença. Em vez disso, encontrou luz solar entrando pelas janelas que iam até o teto. E, em vez de encontrar o pai deitado na cama, com os olhos fechados e a respiração ofegante, ela o encontrou de pé — nem mesmo sentado em sua cadeira de rodas, mas *de pé* ao lado da lareira flamejante.

Ele parecia ainda melhor do que no dia anterior. Os ombros fortes, uma cor quente nas bochechas. Até o cabelo parecia mais grosso.

Serafin não reagiu à entrada de Vivia, nem desviou o olhar do fogo quando ela se aproximou. Uma luz alaranjada brilhava sobre ele.

— Vossa Majestade — ela chamou, hesitante —, o senhor está doente?

Um músculo se tensionou no maxilar dele.

— Onde a senhorita estava? Estou esperando desde o nono badalar.

— O senhor não mandou me chamar.

— Eu não deveria precisar mandar.

Finalmente, ele se afastou da lareira, embora não tenha se aproximado de Vivia. Em vez disso, andou até a escrivaninha embaixo da janela. Seus movimentos eram duros, e um lampejo de dor cruzou seu rosto.

O peito de Vivia hesitou.

— Os curandeiros vieram? — Ela não via nenhum sinal dos remédios cor de âmbar ou dos tubos de pomada que eles costumavam deixar para trás. — Eu vou buscá-los, Vossa Majestade — Ela se virou na direção da porta.

— Fique. — A voz do Rei Regente estava marcada por um relâmpago de calor. Vivia congelou.

— Precisamos discutir meus planos para as tropas.

— As... tropas? — Ela se virou de volta. — Não entendi, senhor.

Ele bufou pelo nariz, um som que sugeria que a filha estava sendo estúpida por querer.

— Como almirante, eu decido quando, onde e como enfrentaremos esse rei corsário. E foi o que eu fiz. — Sem esperar a resposta dela a tal comunicado, ele se pôs a descrever seus planos de avançar as tropas até as Sirmayans, planos que ele fizera com generais e almirantes de níveis mais baixos das Forças Terrestres e da Marinha. Planos que, aparentemente, ele fizera nas últimas duas semanas. Sem consultá-la uma única vez.

E tudo o que Vivia podia fazer era encará-lo. Era óbvio que Serafin não havia percebido a ida dela a Marstok no dia anterior. Na verdade, ele parecia não fazer ideia de que ela deixara a cidade.

Mais importante, ele não era o Almirante das Forças Reais. Como rainha em espera, Vivia era quem nomeava aquela posição. Até aquele momento, ela não havia nomeado ninguém — e até aquele momento, ela ainda mantinha aquele título para si. Ou seja, todos aqueles planos que ele havia feito eram tanto importunos como inúteis.

Mas ela não podia dizer aquilo. Não para Serafin. Só de pensar em discutir aquele assunto fazia seu coração tremer como um camundongo--da-floresta. O que era ridículo, é claro. Seu pai fazia tudo por ela.

Será?, cutucou uma voz nova. *O fato de ele dizer isso não torna verdade. Afinal, ele roubou seu discurso...*

Não, não. Vivia sacudiu a cabeça para os lados. Não pensaria daquela forma. Ela se chateara no dia anterior porque fora pega de surpresa. Ela já estava melhor.

Serafin continuou divagando, completamente desatento, levantando papéis de sua escrivaninha e agitando-os no ar com toda a ênfase e o poder que o antigo Serafin usava para comandar.

— Na velocidade atual, os corsários chegarão às nossas fronteiras em quatro dias. Os Bruxos de Gelo deles são poderosos, então precisaremos eliminá-los primeiro.

— Bruxos... de Gelo? — Vivia ouvia quão afetada ela soava, mas não fazia ideia do que seu pai estava falando. Nem do que todos aqueles papéis que ele balançava diziam.

E, pela primeira vez desde que Vivia entrara no quarto, a expressão do seu pai relaxou.

— É claro, é claro. Você não leu todas as cartas das torres de vigia. — Ele sorriu, algo caloroso e charmoso que era tão diferente do homem de duas semanas atrás, ainda acamado e carrancudo.

Vivia deveria amar ver seu pai sorrir daquele jeito. Ela deveria amar vê-lo confiante e verdadeiro. Em vez disso, náusea se acumulou em seu peito.

Ela engoliu em seco.

— Que cartas das torres de vigia? Por que eu não as vi?

— Porque eu sou o almirante.

— Eu sou a rainha em espera. Elas deveriam chegar até mim.

— Aye, Vivia, aye. Se a senhorita deseja tanto isso, posso mandá-las. Só quero o que é melhor para a senhorita. — Ele deu aquele sorriso de novo, que agora estava manchado de condescendência. Como se ela fosse uma criança insistindo para jantar com os adultos. — A sua mãe nunca quis, então achei que a senhorita também não ia querer. Vocês são tão parecidas, sabe?

A mente de Vivia ficou em branco com aquelas palavras, sua garganta secou. Ela não queria ser como a mãe, com loucura no cérebro. Ela queria ser segura e forte como Serafin.

Quer mesmo?, a voz persistiu. *Só porque ele sempre disse que você se parece com ela, não torna isso verdade.* Mais uma vez, Vivia deixou aquele pensamento de lado.

— O que — ela se forçou a dizer — todas essas mensagens dizem?

— Que o rei corsário começou a sua investida. — Mais uma vez, Serafin sacudiu papéis na direção dela. — Que os Bruxos de Gelo dele congelaram o Timetz, e que as forças dele são extensas. No entanto, nós nubrevnos conhecemos aquele território melhor do que ele ou do que os corsários dele. Mas eu acabei de dizer tudo isso... a senhorita não estava ouvindo, Vivia?

Aye. Ela estava ouvindo, e agora tinha informações suficientes para preencher as lacunas e entender o verdadeiro significado por trás da estratégia para derrubar o rei corsário.

Serafin pretendia enviar todas as suas forças, terrestres e navais, para as fronteiras do norte. Ele pretendia usar o conhecimento deles do terreno contra os corsários, impedindo-os antes que eles chegassem a Nubrevna. Em tese, aquela estratégia era boa; Vivia não esperaria nada menos do seu pai. Mas havia um furo nela.

— O que acontece se o senhor perder? Aí não restarão soldados para defender a cidade.

— Isso não vai acontecer. — Serafin deu uma risadinha, um som para fazer os outros se sentirem inferiores. — Vamos enfrentá-lo, e vamos vencer.

Mas e se você não vencer?

Se aquela conversa tivesse acontecido dois anos atrás, antes de a doença debilitante afetá-lo, Vivia teria seguido os planos do pai, sem questionar em voz alta ou internamente. Naquele momento, porém, tudo o que ela podia ver eram os *furos*.

Se todas as tropas deles morressem, então Lovats ficaria, mais uma vez, em situação de sítio. E embora o sítio tivesse sido a salvação de Nubrevna durante a guerra, aquela cidade não era a mesma cidade de vinte anos atrás. Os depósitos *não* eram os depósitos de vinte anos atrás.

Vivia conhecia Lovats a fundo. Desde os prédios, empilhados um em cima do outro e ficando mais altos a cada dia, até suas veias internas e passagens e canais. Ela havia explorado e estudado cada centímetro, primeiro com sua mãe quando criança, depois sozinha. E o que descobrira depois de vinte anos é que, quando Jana morreu, qualquer preocupação com a infraestrutura da cidade morrera com ela.

Serafin tinha visto a facilidade com que a barragem quebrara duas semanas atrás, mas, de alguma forma, ainda acreditava que aqueles muros e pontes eram fortes o bastante para suportar centenas de milhares de refugiados.

— Eu já lidei com corsários antes, Vivia. — O sorriso paternalista desapareceu dos olhos dele. — Eu compreendo exatamente o que me aguarda na fronteira.

— O que aguarda o *senhor*? — Agora ela estava verdadeiramente chocada.

— Aye. Eu sou o almirante. Quer dizer que eu vou liderar as forças para a batalha.

— O senhor não está bem o bastante para liderar forças.

— Como é que é? — Os ombros dele se ergueram. Suas narinas se inflaram.

— O senhor não está bem. O senhor começou a andar sem o auxílio da sua cadeira há uma semana. Como vai liderar soldados para uma batalha?

— Eu lutei, e *ganhei*, com doenças piores do que essa, Vivia. Eu lutei com os marstoks nas Cem Ilhas enquanto um ferimento de faca sangrava na minha coxa. Essa doença não me controla mais, então eu...

— *Não.* — A palavra se soltou da garganta de Vivia. Rápida demais para ser impedida. Rápida demais para ser ponderada. Então Vivia repetiu: — Não. Não é verdade. Você não comandou aquela batalha nas Cem Ilhas. Você desmaiou na hora em que foi atingido, e o seu primeiro-imediato coordenou a coisa toda.

Evrane contara aquela história a Vivia muito tempo atrás, antes de Serafin banir sua irmã da cidade para sempre.

— E — Vivia continuou —, como rainha em espera, eu decido quem será intitulado Almirante das Forças Reais. E eu não indiquei o senhor. Eu continuo sendo almirante, portanto *eu* criarei todas as estratégias de agora em diante. Enquanto isso, o senhor interromperá todo o planejamento com a Marinha e as Forças Terrestres, e quaisquer ações que o senhor tenha tomado para avançar para o norte terminam agora. Quanto às mensagens que o senhor tem recebido, isso termina hoje. De agora em diante, essas cartas virão para mim. A cidade de Lovats e o povo de Nubrevna precisam vir, e virão, em primeiro lugar nesta guerra.

Enquanto Vivia falava aquelas palavras, enquanto elas borbulhavam de algum lugar em sua coluna que ela nunca soubera existir, seu pai se transformou. Em segundos, a fúria Nihar se incendiou. Ela podia ver no levantar dos ombros dele, no aperto dos seus lábios. E se ela quisesse, ainda podia evitar aquilo. Se quisesse, podia impedir a explosão de acontecer.

Tudo o que precisava fazer era pedir desculpas. Humilhar-se e implorar. Exatamente como fizera a vida toda.

E talvez fosse o que uma *boa* filha faria. O que uma filha amorosa e leal faria. Mas talvez ela não fosse nada daquilo, e talvez não tivesse nenhum interesse em compartilhar a glória ou a culpa.

Não mais. Não com ele.

— O senhor é bem-vindo a comparecer ao encontro do Conselho Superior esta tarde — ela disse, erguendo bem o queixo. — A sua orientação e experiência são sempre valorizadas, pai. — Então, sem outra palavra e sem olhar para trás, Vivia deixou o quarto real.

Sem arrependimentos, continue em frente.

Nenhum grito a seguiu, mas ele viria em algum momento. Ele *sempre* vinha em algum momento.

Três passos no corredor se tornaram dez, e ainda nenhum grito vindo do quarto de Serafin. Foi só quando ela havia saído da ala real, seus guardas movendo-se em formação ao redor dela, que o rugido do seu pai finalmente ressoou.

Ela apenas seguiu andando, com um novo objetivo em seus passos. Pois o rei corsário estava a caminho, e Vivia tinha uma cidade — e um exército — para preparar.

29

Os destrinchados sinalizavam o caminho de Merik. Em Poznin, eles se enfileiravam ombro a ombro, assim como na noite anterior, rodeando árvores, lagos e casas caídas. Ele passou por praças que, certa vez, expunham-se ao céu noturno, mas que agora tinham uma abundância de carvalhos e faias. Ele viu estátuas estranguladas por heras, cemitérios engolidos por espinhos e forcas reduzidas a esqueletos pelo musgo e pela podridão.

Tudo aquilo estava infestado de destrinchados. Sempre os destrinchados, montando guarda com olhos que encaravam o nada e rostos esqueléticos e famintos. Merik não entendia como eles viviam quando era óbvio que não comiam, bebiam ou mesmo se moviam.

O próprio Merik estava esfomeado. Esme não lhe oferecera nenhuma comida desde que Kullen o deixara ali, e até mesmo a água era escassa. Duas vezes ela admitira que talvez devesse alimentá-lo, mas nas duas vezes se esquecera. Ou talvez suas palavras não passassem de outro jogo, outro experimento. Ferimentos de faca não o haviam matado, mas talvez a inanição o mataria.

Perto das margens setentrionais de Poznin, Merik passou por um prédio metade tombado, metade inundado. As pedras brancas estavam marrons, o chão de madeira havia há muito apodrecido e o telhado tinha caído, deixando apenas paredes altas e tortas e uma escada que não levava a lugar algum. Tudo isso cercava um lago turvo com taboas. A luz solar brilhava, uma bela vista, se não fosse por todos os corpos.

Dezenas deles, de todas as idades e raças, flutuavam na água. E Merik não pôde evitar a dúvida, se os destrinchados haviam entrado porque queriam ou se a Marionetista havia ordenado aquelas mortes para eles.

Arrepios percorreram a pele de Merik. Os pés dele diminuíram até parar. Um corpo com um escudo quadrado nas costas flutuava. Uma brisa abanava as taboas.

Havia algo a respeito daquele lugar. Algo tranquilo e calmante que chamava Merik, que implorava para que ele entrasse no lago e encontrasse a libertação. Antes de perceber o que estava fazendo, ele já tinha entrado. Suas canelas congelaram. Outro passo, e o gelo alcançou seus joelhos. Outro passo, e jorrou para dentro das suas botas — e aquilo finalmente o trouxe de volta para o presente.

Ele se mexeu, o pânico tomando conta do seu cérebro. Seus pés falharam. Ele caiu no lago. Um mergulho gelado que alcançou seu peito e o deixou se debatendo em meio às taboas. *Venha*, cantou a água, puxando-o. *Venha e encontre a libertação.*

Mas Merik não estava pronto para aquele tipo de libertação. Ainda não. Ele queria continuar vivo — muito — e escapar de outro jeito. Escapar *de verdade.*

Cam e Ryber ainda estavam por aí, e Merik voltaria para eles. E Kullen... o Fúria... Merik não tinha desistido dele também.

Merik se debateu até ficar de pé, água respingando e taboas batendo, e saiu da água. Quando chegou à margem, estava correndo, e continuou correndo, até que o lago e os corpos e as águas que cantavam para ele estivessem longe da vista.

Ele continuou andando, congelando agora, com as águas do lago o encharcando. Ainda estava úmido quando chegou à periferia de Poznin. A lua estava na metade da sua descida, e um pasto aberto espalhava-se até onde os olhos podiam ver. Ali, prédios de pedra continuavam em sua maioria intactos, apenas vento, tempestades e podridão arrancavam a madeira.

E ali, o vento frio tinha o dobro de força. Aquelas eram as Planícies Ventosas — um oceano de grama e correntes de ar que deveria ter agitado a magia de Merik. Deveria tê-la induzido de volta à vida e vibrado em seus pulmões.

Em vez disso, ele não sentiu nada.

Mais destrinchados o esperavam nas planícies, espalhados agora. Um a cada cinquenta passos, figuras esqueléticas que surgiam da grama. Ele não via um fim para as colinas contínuas, e não via um fim para os destrinchados.

Até que, enfim, logo após o amanhecer, Merik avistou o templo que ele procurava aninhado em uma planície inclinada entre duas colinas. Ao lado dele estava um último destrinchado, um homem robusto com peles esfarrapadas e botas pesadas. Ele parecia um Homem do Norte, como os caçadores tribais que viviam nas periferias das Terras Adormecidas, onde a tundra ainda permanecia habitável. Como acontecia com cada pessoa por quem Merik passava, ele imaginou como aquele homem havia chegado ali. Imaginou se ele tinha família.

De qualquer forma, o homem não era nada além de um cadáver ambulante agora.

Distante no horizonte, fumaça subia. Um vilarejo ou uma fazenda, talvez, e a vontade de correr naquela direção, de implorar por ajuda, se apertou no estômago vazio de Merik. Queimou na parte interna dos seus pés. Aquela fome não era como o lago que o sugara contra a sua vontade. Aquele era o seu cérebro e o seu corpo agindo em conjunto, e era a verdadeira libertação, a verdadeira escapatória que ele buscava.

Mas apenas se fosse rápido, apenas se Esme não o seguisse — e é claro que ela o seguiria. Ela ou o Fúria o seguiriam não importava aonde ele fosse, e *aquela* verdade era tão garantida quanto o final aquoso de Noden. Contanto que aquele colar o limitasse, ele era o brinquedo favorito de Esme.

Merik deixou o Homem do Norte destrinchado para trás e cambaleou até o templo. *Por favor, Noden*, ele implorava a cada passo. *Por favor, que haja comida*. Era tudo em que pensava enquanto adquiria velocidade, quase correndo quando a colina se achatou em uma planície.

O menir erguia-se maior que aquele da floresta, e nenhuma grama cobria sua base. Apenas um solo escuro, revirado por pés e cascos. Merik, porém, só tinha olhos para a comida. Frutas, pão, um queijo redondo e até mesmo um pernil de porco seco... Merik afastou os insetos e se fartou. Ele comeu tanto, tão rápido, que ficou enjoado. Ainda assim continuou comendo, tragando e engolindo até seu estômago inchar e a náusea crescer grossa em sua garganta. Então, rastejou até o menir central e se recostou nele.

Merik perdeu toda a noção do tempo, até cochilando em um certo momento. Foi apenas quando um grilo pousou na sua cabeça que ele acordou assustado. O sol tinha se movido; a sombra da pedra esticava-se sobre ele. Ele tremia de frio, mas Esme não estava dentro da sua cabeça — ela não havia aparecido hoje.

Merik não sabia o que aquilo significava.

Ele se levantou, as pernas doendo. Tinha um trabalho a fazer, e era melhor fazê-lo antes que Esme finalmente aparecesse com hostilidade. Pedras preciosas, pedras preciosas, pedras preciosas. Era aquilo que ela queria, então era aquilo que ele conseguiria. Em números consideráveis, ele as tirava do solo escuro e as colocava dentro de uma bolsinha com cordão que ela lhe dera. Elas brilhavam em todos os cantos, de todas as cores e tamanhos. Aquele templo era ainda mais amado que o anterior. Tantas oferendas para uma deusa que Esme alegava não existir.

Era engraçado que Merik não tivesse percebido a quantidade de itens que havia ali. Tudo o que ele vira fora a comida. Agora, porém, notava bonecas e tigelas, flores e tapetes de junco. E agora, notava a faca.

Ela estava em cima de uma das pedras menores, embainhada em madeira com belas folhas esculpidas na superfície.

Merik a queria.

Ele olhou para os lados, como se Esme pudesse estar a meros passos de distância, pronta para agarrá-lo. Pronta para puni-lo por se atrever a manusear uma arma.

Ele não viu nada na grama. Ele não sentiu nenhuma voz dentro do seu cérebro.

Com cuidado, pegou a lâmina pelo estojo. O vento soprou sobre ele, puxando as borlas vermelhas e brilhantes do punho. O aço sibilou contra o metal quando ele libertou a faca. Ela brilhou no sol da tarde, afiada e lindamente forjada. A arma de um mestre.

Ah, Merik *queria* aquela faca.

Ele olhou para o local onde sua calça estava enfiada para dentro das botas, imunda, mas inteira. Talvez ele pudesse guardá-la ali, fora de vista e onde não interferiria em seus movimentos. Ele se inclinou e puxou a perna da calça.

Uma sombra cresceu sobre ele. Uma sombra com formato de homem.

Merik se endireitou e se virou, o coração saindo pela boca. Depois, retrocedeu um passo, cambaleando.

O destrinchado do topo da colina encarava Merik, a boca se movendo como se quisesse falar. Mas é claro que o destrinchado não conseguia falar, e é claro que Esme deveria tê-lo mandado. Merik levantou sua faca nova. Ele mataria um destrinchado se fosse preciso; já havia feito aquilo antes.

Mas o destrinchado não estava atacando. O destrinchado apenas ficou parado ali, balançando, tremendo e tentando fazer sua garganta funcionar.

Havia algo de errado. Havia algo de estranho.

Por fim, um som como papel sendo rasgado escapou dos pulmões do homem. Uma respiração ofegante depois, o homem repetiu o som.

Ele está falando, Merik percebeu, e naquele mesmo instante notou que as pupilas do homem não estavam mais pretas, mas azul-lírio. E a pele dele, suas veias — todas as sombras haviam sumido, deixando apenas uma textura natural e desgastada.

O homem não estava mais destrinchado.

Merik se endireitou ao mesmo tempo que o homem estendeu a mão, suplicando. Então, o antigo destrinchado caiu no chão.

Merik correu até ele, abaixando-se.

— Você está bem? — Uma pergunta estúpida: o homem não comia há incontáveis semanas, e ele tinha, por algum milagre que Merik não conseguia compreender, voltado do destrincho de Esme.

Ele deixou o homem e escalou as pedras. As tigelas que vira antes estavam cheias de água da chuva. Chuva fresca, imaginou ele, das tempestades da noite anterior. Certamente fresca o bastante para um moribundo.

Ele encontrou uma tigela, uma criação maciça de bronze martelado, e, cuidando para não desperdiçar uma gota, voltou até o Homem do Norte. Depois de colocar a tigela no chão, ele tirou o casaco, depois a camisa. O vento o atacou; seus ossos tremeram com o intenso frio repentino. Ele colocou o casaco de volta.

Depois de mergulhar uma manga da camisa na tigela, ele a levou até os lábios do homem e apertou com gentileza. Evrane fizera aquilo centenas de vezes quando Merik era criança. Centenas de *centenas* de vezes, trazendo os doentes e os enfermos de volta à vida. Ela fizera aquilo com Kullen também, após as crises respiratórias dele. E todas as vezes, Merik observara, apertando as mãos e com o medo radiante em seu peito.

Aquele mesmo medo estava ainda mais radiante naquele momento. Aquele homem tinha, de alguma forma, sobrevivido ao destrincho; Merik não o deixaria morrer.

O tempo passou, movendo-se junto com a água que pingava do algodão. Devagarinho, os tremores do homem diminuíram. Devagarinho, ele recuperou o controle de sua garganta, pronunciando palavras estranhas que não se pareciam com nenhuma língua. Por fim, o homem conseguiu se sentar.

O sol estava na metade do céu oriental.

— Não consigo te entender — Merik disse a ele, depois de o homem tentar, mais uma vez, se comunicar. O homem apontava ao falar. Primeiro para a pedra. Depois para o topo da colina.

Merik balançou a cabeça, tentando em cartorrano:

— Não consigo te entender. — Ele tentou marstok depois, e dalmotti e nubrevno. Foi só quando tentou svodish que qualquer compreensão finalmente surgiu no rosto do homem.

— Onde? — o homem perguntou, agora em svodish. Ele apontou de novo para a pedra, para o topo da colina.

— Arithuania — Merik respondeu.

Uma careta, mais confusa do que apavorada — mas o medo logo veio.

— Quando?

— Ano... — Ah, que inferno, como se contava dígitos duplos em svodish? Merik não conseguia se lembrar, então se decidiu por: — Ano dez e nove.

Agora o choque havia chegado, e com ele a bile. Antes que Merik pudesse agarrar o homem e ajudá-lo, o Homem do Norte se inclinou e vomitou. Primeiro água, em grandes jatos, depois uma bile escura, e finalmente nada além de ar. Quando terminou, lágrimas escorriam por suas bochechas, traçando linhas pálidas em meio à sujeira.

— Como? — Os olhos avermelhados dele não encontraram os de Merik. — Quatro anos. Como?

Merik soltou o ar. Quatro anos. *Quatro anos.* Certamente ele não poderia ter sido prisioneiro de Esme por tanto tempo.

— Por que... curar? — Merik perguntou. O homem havia voltado do destrincho; Merik queria, *precisava*, saber como.

Mas o Homem do Norte apenas balançou a cabeça.

— Parou — disse, apenas. — Escuro, depois parou.

Antes que Merik pudesse tentar interpretar aquilo, a bruxa voltou.

"Onde você está, príncipe?"

Merik se afastou do Homem do Norte o mais rápido que pôde. Se Esme pudesse enxergar pelos seus olhos, não queria que ela visse. Ainda havia uma chance de o homem escapar; Merik não deixaria que ela tomasse a vida dele de novo.

— Estou no templo — respondeu, cambaleando em direção à pedra central.

"Por quê?" Um lampejo rápido — uma mera carícia de dor nas veias de Merik. *"Você já deveria ter voltado para Poznin."*

— Peguei no sono. As oferendas de comida me deixaram enjoado. — O pânico surgiu na voz de Merik, as palavras sendo ditas com uma urgência desesperada. E ele permitiu que elas saíssem daquele jeito. Com ou sem um Homem do Norte curado para esconder, era assim que ele reagia a Esme.

Principalmente porque a dor estava aumentando.

— Por favor — forçou, os dentes apertados. — Por favor, eu juntei pedras preciosas e vou voltar agora... pare, pare, *pare!*

"Você vai voltar", Esme ordenou, o tom de voz desdenhoso, entediado. *"Não vou ficar feliz se você chegar aqui depois da meia-noite."* E inesperadamente, ela recolheu as garras.

— Eu vou correr — ele concordou, endireitando-se. Ele não fazia ideia de como poderia correr para tão longe.

Ele lidaria com aquele problema depois.

Por longos momentos, Merik inspirou fundo. O ar vibrou em seus pulmões. Sem magia, apenas o frio e o cheiro de pedra e terra. Ele se manteve daquele jeito até ter certeza de que Esme se fora. Ele se manteve daquele jeito até o Homem do Norte finalmente dizer, com a voz áspera:

— Socorro.

Merik se virou para ele, supondo que o homem precisava de ajuda. Mas não. Ele estava apontando para Merik, depois batendo em seu pescoço.

— Ajuda — repetiu, e Merik percebeu que ele se referia ao colar.

— Não. — Merik balançou a cabeça. — Nada de ajuda pra mim. — Aquele homem não usava colar, nenhum dos destrinchados de Esme usava, exceto Merik. E já que parecia que aquele homem não fazia ideia de como havia se curado, não havia nada que Merik pudesse fazer. Se ele tentasse escapar, Esme o chamaria de volta.

Voltando para o lado do homem, ele apontou para a colina.

— Norte. — Ele apontou de novo. — Vá norte. Pessoas. Ajudar você. E aqui... — Ele tirou a faca da terra. As borlas vermelhas riam dele agora.

Mas o Homem do Norte não pegou a faca.

— Você. — De novo, ele apontou para Merik. Depois para o pescoço do bruxo. — Usar?

Merik queria. Ele queria a segurança de saber que tinha proteção, que possuía uma arma secreta desconhecida a Esme. Mas o que ele faria com aquela lâmina? Ele não podia atacá-la — ela apenas o atacaria, o *destruiria* primeiro. E por mais perversa que fosse a lógica, ele estava seguro em Poznin. Naquele momento, Esme não desejava matá-lo. Ela precisava dele para o Fúria. Ela precisava dele para seus experimentos.

Além do mais, se ela jogasse seu exército de destrinchados contra ele, uma única faca não daria conta de milhares. Aquele Homem do Norte, porém — ele poderia usá-la. Ele poderia até precisar dela, tentando alcançar aquelas pessoas com as fumaças.

— Você — Merik repetiu, e daquela vez ele pegou a mão esquelética do homem e envolveu os dedos dele em volta do punho. — Você.

A fronte fina e seca do homem se franziu.

— Qual... lugar? — Ele gesticulou para o templo, para a colina de onde viera, e para o colar de Merik. — Qual lugar?

— Um pesadelo — foi tudo o que Merik respondeu, perguntando-se por que se lembrava daquela palavra quando não conseguia lembrar de como contar. De qualquer jeito, era a palavra certa a ser usada ali. Então ele disse de novo: — Um pesadelo. *Corra.*

30

Stix acordou com vozes. Não vozes dentro da sua cabeça, mas vozes reais vinculadas a gargantas humanas. Elas estavam discutindo. Sobre ela.

— Não podemos deixá-la, Ry.

— Também não podemos esperar até que acorde. Temos trabalho a fazer, Cam. Eu prometo, voltaremos por ela depois.

— Mas e se ela acordar antes? Ou se os corsários a pegarem primeiro? Por favor, Ry. Minha intuição está dizendo que devemos levar ela conosco.

Um bufo frustrado. Depois um resmungo:

— Quem é a Bruxa da Visão aqui?

Um segundo depois, Stix ouviu passos se aproximarem, e, quando ela abriu os olhos, luz queimou em sua visão. Ela se encolheu — os braços fracos e doloridos erguendo-se para tapar o rosto. Onde ela *estava*?

— Você acordou — disse uma jovem com cabelo preto curto, pele quente um pouco mais clara que a de Stix, e olhos cor da lua. Ela segurava uma lamparina no alto, a fronte enrugada de preocupação. — Você sabe como chegou aqui?

Stix balançou a cabeça, um movimento mínimo. Seu cérebro vibrava. Seu corpo doía. Ela se lembrava de vozes... e água... e uma porta. Mais nada.

— Você sabe quem você é? — a jovem pressionou. — Consegue se lembrar do seu nome?

— Stacia... Sotar. — A voz dela soava como navalhas quebradas. Que Noden a amaldiçoasse, onde ela *estava*? E por que tudo doía?

— Bom — a garota disse, olhando para trás —, ela já está melhor do que o Kullen. Quando eu o encontrei, ele não conseguia se lembrar do próprio nome, cargo ou qualquer outra coisa.

— Mas o primeiro-imediato Ikray já estava destrinchado, certo? — O segundo locutor surgiu, pele marrom cor de bronze, com manchas mais claras na bochecha direita. Ele mantinha uma mão enfaixada sobre o peito. — A primeira-imediata Sotar não aparenta ter sido corrompida pela magia.

— É… capitã Sotar. — Stix tentou se sentar, algo que os músculos da sua barriga desaprovaram, fazendo escapar um grunhido de seu abdômen. — E eu não estou… corrompida.

O garoto se aproximou, posicionando sua mão boa atrás das costas de Stix e ajudando ela a se sentar.

— Cuidado, capitã. — Ele ofereceu um sorriso brilhante, tão em desacordo com a escuridão e a umidade que os cercavam.

— Como — Stix começou, com dificuldade — você sabe quem eu sou?

— Nós éramos da Marinha Real, senhor. A bordo do *Jana* antes de…

— Antes de ele explodir — a garota concluiu. Ela se aproximou e se ajoelhou do outro lado de Stix, deixando a lamparina por perto. Depois, soltou um cantil do cinto e o ofereceu. — Sou a Ryber. Ele é o Cam.

Stix aceitou o cantil, o que apenas fez o garoto sorrir mais. Um sorriso reconfortante, ela precisava admitir, enquanto bebia a água gelada. Ela também precisava admitir que ele e Ryber pareciam vagamente familiares.

— Que lugar é esse? — perguntou, depois de dar um último gole. — Como cheguei aqui?

— Este é o Passado — Ryber respondeu, como se aquela fosse uma resposta perfeitamente razoável. Ela se pôs de pé e pegou uma mochila abarrotada que estava no chão ali perto. — Quanto a como chegou aqui, tenho um bom palpite. Mas não temos tempo a perder, então ou você levanta e vem conosco, primeira-imediata… quero dizer, *capitã*, ou fica aqui.

— Não fique aqui — Cam interrompeu. — Tem corsários atrás de nós. Não sabemos quando eles vão chegar, mas você não vai querer estar por perto quando isso acontecer.

Ryber e Cam poderiam estar falando com Stix em outra língua, pois as palavras mal faziam sentido.

— Por que vocês estão aqui? — ela perguntou. — Que *lugar* é esse e de que corsários vocês estão falando?

Ryber balançou a cabeça.

— Eu já disse. Não temos tempo. Posso tentar explicar tudo enquanto andamos, mas não podemos esperar nem mais um segundo. — Ryber estendeu uma das mãos. — Você vem?

Stix não via muitas outras opções, então agarrou a mão de Ryber e disse:

— Estou indo.

Ryber a puxou enquanto Cam colocava um braço atrás dela. Juntos, eles a ajudaram a se levantar, e que Noden a amaldiçoasse, mas ela precisava de toda a ajuda possível.

Antes que pudesse se soltar do apoio de Cam, seus olhos avistaram um pedestal baixo próximo dali. Nele estava uma espada quebrada e um espelho partido. *Morte, morte, o fim definitivo.*

Arrepios percorreram seu pescoço, seus braços.

— O que é isso? — Ela deu um passo na direção do pedestal. — Eu... eu os conheço.

— Isso — Ryber disse, parando na frente dela — é perigoso para pessoas como você. Você tocou neles?

— Eu... acho que sim? — Stix piscou. Depois esfregou os olhos. *Morte, morte, o fim definitivo.* — O que você quer dizer com "pessoas como você"?

— Vou explicar — Ryber pousou uma mão firme, mas ainda gentil, no ombro de Stix — assim que estivermos andando. — Juntos, ela e Cam afastaram Stix da mesa e para longe dos chamados de um fim definitivo.

O cômodo era uma faixa infinita de escuridão atrás da lamparina, sem um fim à vista. Nenhuma mudança nas lajes ásperas sob seus pés ou nas sombras oscilando de todos os lados.

E Stix ainda não se lembrava de nada.

O túnel por trás da porta baixa era estreito demais para Cam continuar apoiando Stix, então, depois de conferir que ela podia andar sozinha, ele se posicionou atrás de Ryber. Eles desapareceram na boca do túnel.

Stix tomou a retaguarda, pronta para segui-los. Mas seus pés não se mexeram como deveriam.

Morte, morte, o fim definitivo.

Ela olhou para trás.

Figuras flutuavam atrás dela. Centenas delas, de todos os formatos e tamanhos, suspensas como homens mortos nas forcas. Eles a encaravam — ela *sentia* os olhares deles, mesmo sem ver nenhum olho dentro das sombras.

Eles não estão mais bravos, pensou, embora não soubesse o que aquele pensamento significava. Tudo o que sabia era que os fantasmas não se importavam com sua partida, então ela correu atrás do brilho fraco da lamparina.

E Stacia Sotar não olhou para trás.

31

O calor urra. A madeira estala e brasas voam.

— Corra. — Sangue escorre da boca de sua mãe enquanto ela fala. Respinga no rosto dele.

Com braços manchados de vermelho, ela se levanta. Ela quer que ele saia de baixo dela. Quer que ele fuja.

— Corra, meu filho, corra.

Mas ele não se mexe, assim como não se mexeu quando os corsários emboscaram a tribo. Assim como ele não se mexeu quando seu pai sacou a espada e saiu da tenda. Ou quando os corsários chegaram à porta deles, atiraram suas flechas, e sua mãe caiu por cima dele. Ela o escondeu com o próprio corpo até os corsários irem embora.

— Corra — ela suspira uma última vez, um desespero suplicante em seus olhos prateados. Então, o restante da sua força se esvai. Ela desmorona em cima dele.

— Levanta, Bruxo de Sangue.

As costelas de Aeduan gritam. A dor o acorda. A água entra em sua boca. O surpreende. O engasga. Seus olhos se abrem, arregalados, e a luz do sol os queima. A água também. Ele deve ter caído no riacho ao desmaiar.

Ele está congelando.

— Levanta. — A dor irrompeu em suas costelas de novo. Embora o toque não tenha sido nada além de um empurrão gentil com os dedos dos pés, a sensação era como uma das botas de bico fino de Evrane. Aeduan inclinou a cabeça para trás. Um rosto surgiu em sua vista. Pele marrom, tranças pretas e uma capa carawena bastante brilhante.

— Monja Lizl — tentou dizer, mas não foi o que saiu. Tudo o que saiu foi tosse. *Velocidade e guirlandas de margaridas, beijos maternos e aço afiado.* O cheiro dela estava ali, fraco.

Ela o agarrou pelos ombros e o levantou — o suficiente para ele conseguir apoiar os próprios braços embaixo do corpo. O suficiente para ficar posicionado em quatro apoios. A tosse continuou, embora ele conseguisse, já levantado, beber em vez de se afogar. Um gole tornou-se quatro; a tosse finalmente cessou. Mas a dor não. A dor nunca cessava.

Como se lesse os pensamentos dele, Lizl se agachou ao seu lado. Pendendo de uma faca na mão dela — a faca *dele* — estava a pedra da dor. Um pedaço inoperante e inútil de quartzo-rosa.

— Quer me explicar isso, Bruxo de Sangue? Achei que você se curasse.

— Eu me curo.

Ela fungou.

— Então por que esse riacho está vermelho com o seu sangue? E por que você ainda não se curou? De alguma forma você parece pior agora do que quando estava inconsciente. — Ela balançou a lâmina de um lado para o outro. A pedra da dor voou para o meio da floresta. — Você também está tremendo. Nós treinamos por treze anos no local mais frio de todas as Terras das Bruxas, e eu nunca vi você tremer.

— Há lugares mais frios nas Terras das Bruxas.

— Ah. — Ela se levantou. — Bom saber que ainda é um contraditório do cacete. Agora se levanta.

Aeduan sacudiu a cabeça. A floresta diminuiu e oscilou.

— Não consigo — ele se forçou a dizer.

— Nesse caso — ela puxou uma corda de couro grossa do próprio cinto —, eu terei de obrigá-lo. — Antes que pudesse impedi-la, antes mesmo que pudesse compreender a intenção dela, Lizl havia enrolado o couro em volta do pescoço dele como a coleira de um cão de caça.

Ela puxou. Aeduan se mexeu. Ele não tinha escolha. Estava vendo estrelas, sua respiração falhando. Nem conseguia tossir mais, e desmaiaria de novo se não se levantasse. Então, de alguma forma, embora não soubesse de onde havia tirado forças, ele se levantou.

A pressão em seu pescoço relaxou. Ele tentou fixar o olhar em Lizl, mas o rosto dela misturava-se à floresta ao redor deles. Ele tentou dizer "Eu sou um monge também. Nós não nos tratamos desse jeito", mas tudo o que saiu foi:

— Eu... monge.

— Não, você não é — ela respondeu, categórica. Então, assoviou uma vez, e uma égua castanha robusta surgiu das árvores. Seguindo atrás dela, amarrado, estava um burro cinza selado.

— Monges não conspiram com seus alvos, sabe, e *monges* não traem uns aos outros.

Levou um tempo para Aeduan entender aquelas palavras. Tempo suficiente para a égua e o burro se aproximarem. Tempo suficiente para Lizl dizer: "Monte". E tempo suficiente para ela puxar a corda de novo quando ele não obedeceu.

Ele agarrou o lombo do burro, ofegando. Piscando. Então, de repente, Lizl estava atrás dele, o empurrando para cima. Em um borrão de cor e dor, ele montou. Depois, caiu para a frente, segurando-se no pescoço do animal.

A corda se afrouxou de leve, e Lizl sorriu para ele.

— Nunca pensei que veria esse dia, Bruxo de Sangue. *Você*, apanhado por *mim*. — Ela riu, um som caloroso, antes de tirar algo de dentro da sua capa branca, tão limpa, tão intacta.

Uma pedra da dor, novinha em folha, cintilou ao sol.

— Você provavelmente gostaria de ficar com ela, não é? — Ela olhou para a pedra, as sobrancelhas franzidas com falso pavor. — Ora, aposto que te deixaria forte de novo. Te livraria de toda essa tortura e sangue. Talvez, Bruxo de Sangue, se você se comportar bem, eu o deixe ficar com ela. Mas não com as suas armas. Essas ficarão comigo.

— O que você quer de mim? — ele se forçou a dizer.

— Já te disse, lá em Tirla. — Ela deixou a pedra cair dentro da capa e se afastou, a corda se apertando enquanto ela seguia até o cavalo. — Quero aquele resgate.

— O que... isso tem a ver comigo?

— Não se faça de bobo. — Ela saltou para a sela. — Eu quero a cabeça do rei corsário, Bruxo de Sangue. Eu te disse isso, e, até onde eu sei, não há maneira mais fácil de consegui-la do que sequestrar o filho dele e mantê-lo refém.

32

Na manhã seguinte, os víboras desconhecidos de Safi a guiaram até uma parte do palácio que ela nunca vira antes, nas profundezas das entranhas da ilha. O longo corredor de celas de arenito estava vazio, exceto por uma no final.

— Ai, deuses. — Safi ofegou, ultrapassando os víboras até a cela. Os trovadores do inferno estavam ali, presos à parede com ferro. Lev foi a única cujos olhos se ergueram ao som do portão de ferro se abrindo. Caden e Zander continuavam imóveis e inertes.

— Lev? Você me ouve? — Safi correu até a mulher e envolveu seu rosto cheio de cicatrizes com as mãos. Duas linhas de sal atravessavam a sujeira em suas bochechas.

As pálpebras de Lev tremularam com o toque de Safi. Suas pupilas pulsaram e oscilaram, como se ela soubesse que Safi estava ali, mas não conseguisse encontrá-la.

— O que eles fizeram com você? — Safi sussurrou.

Lev riu, uma explosão embriagada de ar.

— Você... devia ver o outro cara — foi tudo o que ela conseguiu dizer, antes de seus olhos se fecharem de novo. Seu corpo se afundou nas correntes.

Passos ressoaram atrás de Safi. Ela se virou para encontrar um víbora entrando sorrateiramente — um que sempre ficava de guarda do lado de fora do seu quarto. De início, o alívio percorreu seus membros. Aquele homem ela conhecia; aquele homem poderia ajudá-la com os trovadores.

Então ela avistou os dardos envenenados na mão esquerda dele. A famosa arma dos víboras marstok, menor do que agulhas de costura, com pequenos tufos escuros na ponta.

E assim, Safi se lembrou de todas as histórias que ouvira quando era criança, de víboras Bruxos do Veneno tão poderosos que podiam corromper o sangue de uma pessoa diretamente em suas veias. De assassinos perversos que não mediriam esforços para proteger a imperatriz. De escuridão e tortura e dor.

— Você... os envenenou.

O víbora abaixou a cabeça.

E Safi retrocedeu um passo.

— Eles vão morrer?

— Dor e sono — ele disse. — Foi tudo o que dei a eles.

— *Deu* a eles? — Ela olhou boquiaberta para as marcas de lágrimas no rosto de Lev. — Isso não é um presente. Eles salvaram a vida da sua imperatriz. A minha também, e provavelmente de um monte de outras pessoas em Azmir... e você retribui com dor?

Nenhuma reação na postura do víbora. Os dardos envenenados repousavam imóveis na mão enluvada dele.

— Por favor, se afaste, Bruxa da Verdade.

— Não. — Safi colocou os ombros para trás. — A imperatriz sabe que você está fazendo isso? Não consigo acreditar que ela permitiria tal coisa.

— Tenho ordens. — Ele deu um passo na direção dela. — E devo segui-las.

Ainda assim, ela se manteve firme.

— De quem?

— Se afaste. — Sua voz tinha um tom de advertência agora.

— *De quem?*

— Minhas. — Habim entrou na cela. Assustador, sem ser anunciado e com uma inclinação sombria em seu maxilar. — Saia — ordenou a Safi, um general, de fato. — Aqui não é lugar para crianças.

Safi não saiu. Na verdade, ela não conseguia fazer nada além de o encarar. Aquele não era o homem que ela conhecia. Na superfície, ele podia ter o mesmo rosto, a mesma carranca. Mas, por baixo...

Eu não te conheço mais.

— Por que ela está aqui? — Habim perguntou ao víbora.

— A imperatriz quer que ela use a magia dela nos cartorranos.

— Não vai funcionar. — Habim acenou uma mão desdenhosa na direção dela. — Trovadores do inferno são resistentes a magia.

Eu não te conheço. Eu não te conheço. A vontade de gritar percorreu a coluna de Safi. Mas tudo o que ela disse foi:

— Como você pôde torturá-los?

Por três longos segundos, ela não respirou. Apenas manteve o olhar fixo no de Habim, desejando que ele respondesse. Ela não se importava com o plano dele, com os papéis deles como Bruxa da Verdade da corte e general Bruxo de Fogo. O mundo estava de cabeça para baixo, e agora *ele* precisava consertá-lo. Por fim, Habim disse:

— Eu o ordenaria a torturar você, Bruxa da Verdade, se eu considerasse necessário.

Uma mentira, uma mentira, uma *mentira.* Também não era uma resposta.

— Leve-a embora — ele ordenou ao víbora. — E diga à Sua Majestade que eu já tenho todas as respostas necessárias.

— Não — Safi rosnou, antes que o víbora pudesse se mexer. — Não vou, não até eles serem libertados.

— Então você vai esperar um bom tempo. *Leve-a.*

O víbora avançou, e Safi plantou os pés firmes no chão. Se eles queriam que ela saísse, precisariam envenená-la também.

Mais dois passos e o víbora a alcançou. Ela ainda não se moveu, e quando ele a agarrou pelo punho, ela virou o braço para cima — um puxão fácil que Habim havia ensinado para que nenhum homem pudesse capturá-la.

O víbora a agarrou de novo, e desta vez ele ergueu um dardo na direção do pescoço dela...

— Chega. — Habim atravessou o cômodo, e, pela primeira vez desde que chegara em Azmir, seu cuidadoso controle vacilou. Labaredas cintilavam nas pontas dos seus dedos. — Acorde o comandante — ele gritou para o víbora. Então, enquanto o homem saía, Habim olhou *fundo* nos olhos de Safi. — Essas pessoas não são suas amigas. Elas são suas inimigas, e a tortura não é nada menos do que elas fariam com você.

A voz de Habim tremeu com uma convicção que vibrou quente e verdadeira contra a magia de Safi. Mas ele também não conhecia aqueles trovadores como ela.

Ela deu as costas para Habim, observando horrorizada enquanto o víbora puxava dois dardos da nuca de Caden. Dois segundos depois, os olhos dele se abriram. Ele ofegou como um homem se afogando, seu olhar percorrendo o cômodo. Safi chegou ao lado dele em um instante. Como fizera com Lev, ela agarrou o queixo do homem e o levantou.

— Safi. — Ele se engasgou, as pupilas trêmulas encontrando as dela. — Você está machucada?

— Shh — ela murmurou, mesmo sentindo seu coração se agitar e contorcer. — Sinto muito que eles tenham feito isso com você, Caden. Eu sinto muito, mesmo.

— Nós te esperamos — ele babulciou. Ele não falava arrastado como Lev, mas, apesar daquele pequeno feito, não estava verdadeiramente ali. A mente dele permanecia presa em algum lugar desesperador, em algum lugar assustador. — Nós te esperamos, Safi, e quando vimos o ataque, entramos pelo buraco no muro. Queríamos construir proteções para proteger a cidade, mas não havia tempo...

— Chega. — A ordem de Habim ecoou pela sala. — Esse homem é perigoso. Se afaste.

Safi não se afastou — e a paciência de Habim vacilou ainda mais. Ele andou até ela, mas sem afastá-la, e passou o dedo pela forca de Caden, a corrente de ouro que todos os trovadores do inferno usavam.

— O que você acha que esse homem é, criança? O que acha que a forca dos trovadores do inferno *faz* com eles? O que quer que o imperador Henrick queira, o imperador Henrick terá. Tudo o que o mestre deles precisa fazer é puxar a coleira, e os cachorros obedecerão. — Ele puxou a corrente; um gemido saiu da garganta de Caden. — Eles não têm escolha. A magia deles, o *éter* deles, foi retirado e vinculado ao imperador. Se eles desobedecerem a uma ordem, morrem. Se tirarem a forca, morrem.

— Eu sei — Safi disse, e ela sabia *mesmo*. Caden tinha explicado o que os trovadores eram. Ele lhe contara que suas magias tinham sido cortadas de suas almas. Embora, era preciso admitir, ela não tivesse compreendido que Henrick poderia matá-los se eles não obedecessem.

Mas isso não muda nada aqui.

— Me diga, trovador do inferno. — Habim puxou ainda mais a forca, erguendo o rosto de Caden. Esticando o pescoço dele. — O que vai acontecer se vocês voltarem para o mestre sem a Bruxa da Verdade dele? O que Henrick fará com vocês? Já ouvi histórias sobre o descontentamento dele.

— *Não.* — Caden tossiu aquela palavra. Seus olhos encontraram os de Safi. — Não é... por isso... que ficamos.

— Não minta para ela. — Habim puxou a corrente. Caden sibilou, rolando os olhos. — Se você realmente se importasse com a Bruxa da Verdade, teria viajado para o mais longe possível. Enquanto estiver perto dela, ou da imperatriz, você será perigoso. Enquanto estiver *vivo*, você será perigoso.

Mais e mais ele puxou. Até que foi demais. Safi agarrou o punho de Habim e o *puxou.*

— Chega, Habim. *Por favor*, solte ele.

Para sua surpresa, e alívio, Habim soltou. Ele soltou a corrente. A cabeça de Caden caiu para trás e bateu na parede.

Então Habim deu uma olhada resoluta para o víbora.

— Acabe com isso.

Antes que Safi pudesse reagir, Habim jogou os braços ao redor dela e a puxou na direção da porta.

Acabe com isso. Acabe com isso. Levou dois passos arrastados e uma respiração funda antes de ela entender o que aquelas palavras significavam.

— NÃO. — Safi arranhou. Lutou. Tentou, tentou e *tentou* se libertar, mas aquele era o homem que a treinara. Ela não tinha chance. *Eu não te conheço mais. Eu não te conheço mais.*

Mas, antes que Habim pudesse fazer Safi passar pela porta, a voz de Caden ressoou, forte e verdadeira:

— Nós ficamos por causa do seu tio, Safi! Nós ficamos porque ele foi preso por traição e será enforcado essa semana.

Habim congelou. Safi congelou. Até mesmo o víbora pareceu chocado com aquele anúncio. E embora Safi não pudesse usar sua magia em Caden, ela não tinha dúvidas de que as palavras dele eram verdadeiras.

Tio Eron. Preso por traição. Enforcado essa semana.

Naquele instante, três perguntas surgiram na mente de Safi: Como Eron fora pego? Como ela poderia salvá-lo? E por que, pelos portões do inferno, ela se importava tanto? A vida toda ela pensara odiá-lo. Agora não conseguia nem começar a imaginar um mundo onde seu tio estivesse morto.

Se antes ela se considerara desamparada, aquilo não era nada quando comparado ao peso que se abateu sobre ela agora. O tio Eron estava no lado oposto das Terras das Bruxas, e ela era tão inútil a ele quanto aqueles trovadores do inferno acorrentados à parede.

Seus olhos encontraram os de Habim, e ela estava certa de que encontraria o mesmo pavor que sentia refletido de volta. Mas tudo o que encontrou foi uma determinação despreocupada.

O estômago dela despencou. *Ele já sabia*. De alguma forma, ele já sabia, mas não havia se incomodado em informá-la. Nada, nada — ele lhe dera *nada* desde que havia chegado.

Entretanto, antes que sua ira pudesse se incendiar por completo, antes que gritos pudessem escapar da sua garganta, os dedos de Habim apertaram o braço dela com mais força. Um toque firme e tranquilizador que a levou de volta à infância. Às incontáveis vezes que ele a rebocara de um jogo de cartas ou partida de dados, ou mesmo de uma partida de gritos com o tio Eron.

Tio Eron, que tinha sido preso por traição.

Tio Eron, que seria enforcado naquela semana.

Habim guiou Safi até a saída da cela, a seis passos de distância — deixando-os com o espaço de seis passos para que ele pudesse sussurrar sem que o víbora ouvisse.

— Se prepare — ele disse. — Na festa, nós vamos agir. Se prepare. — Então ele a soltou no corredor, onde o grupo de víboras de antes ainda aguardava.

A porta da cela se fechou atrás dela.

33

Iseult ficou impressionada com o quanto uma paisagem podia mudar em um dia.

Na noite anterior, havia sorveiras e abetos, urtigas e grama. Ao amanhecer, plantas perenes haviam substituído as madeiras nobres, e os tufos de grama deram lugar ao junco. O trajeto ficara cada vez mais estreito também, até que, por fim, eles precisaram deixar os cavalos para trás.

— Vá pra casa — Leopold disse ao capão, depois de retirar da sela os poucos suprimentos que eles tinham. Para o espanto de Iseult, Rolf pareceu entender. Ele se virou e rapidamente desapareceu em meio aos pinheiros raquíticos, seguido obedientemente pela égua roubada.

— A sua casa não é longe? — Iseult perguntou, observando Mirtilo com cautela. Ele voava logo acima deles, e embora Owl tivesse prometido que ele não comeria os cavalos, Iseult não estava bem convencida.

— Bastante longe. — Leopold sorriu, seus fios tremulando com tons correspondentes de malícia. — Eu te disse, ele é um cavalo *muito* bem treinado.

Sem seus corcéis, o ritmo do grupo diminuiu. Owl não conseguia caminhar rápido, e o terreno ficava mais íngreme a cada hora. Por volta da metade da manhã, neve e gelo grudavam-se em tudo — às árvores em miniatura, à pedra de granito, às cabanas de viajantes há muito esquecidas. O sol brilhava, convertendo o cascalho congelado em cascalho liso.

Duas vezes, Iseult caiu. Duas vezes, Leopold caiu. Owl, no entanto, nunca caiu. A Bruxinha da Terra sempre sabia onde pisar. Ou talvez ela apenas ordenasse que as pedras permanecessem intactas, e elas obedeciam.

Em algum momento, até as plantas anãs perenes desapareceram. Eles caminhavam acima da linha das árvores, onde havia apenas pedras e neve. Iseult nunca vira tanta neve, e decidiu que não gostava muito.

Estava frio, estava molhado, e aquilo nunca parecia ter fim.

Ela também nunca estivera tão alto em sua vida. E não sabia — nunca poderia ter *imaginado* — como o céu pareceria amplo e imenso naquela altitude. Tão grande, tão azul, tão vazio. Em especial quando eles chegaram ao fim do trajeto e nada além de um penhasco íngreme e uma queda muito longa até um rio os aguardavam.

Com as costas viradas para a montanha de granito, Iseult encarou o penhasco a dez passos de distância. Nos últimos instantes, rajadas de vento haviam surgido, empurrando neblina pela borda como ondas na praia. De alguma forma, não ver o precipício e a queda de trezentos metros apenas fazia a altura parecer ainda mais assustadora.

Owl se grudou ao lado de Iseult, os dedinhos agarrados à capa dela e o medo serpenteando em seus fios, e apesar de Iseult saber que era a segunda opção — Mirtilo voava em correntes de ar altas demais para ser visto —, ela sentiu uma sensação estranha no peito. Um calor que não era exatamente prazer, e certamente não era amor, mas era *algo*.

Algo bom que fez o nariz dela tremer. Algo bom que a fez pensar em Aeduan, porque ela não era, ao que parecia, melhor do que Owl quando se tratava de esperança.

Leopold, enquanto isso, procurava no penhasco por uma "balsa aérea" que ele insistira que estaria à espera deles. A cada poucos instantes, ele se inclinava perigosamente sobre a borda, o que fazia Iseult querer vomitar e Owl estremecer e choramingar.

Depois de seis ocasiões dessas, os fios de Leopold finalmente coraram com triunfo, e ele lançou um sorriso perfeito na direção de Iseult.

— Encontrei. Eu te disse que encontraria!

Mantendo sua promessa, o príncipe havia tido apenas emoções sinceras desde a noite anterior. E apesar do que ele tinha alegado, aquilo não o tinha desarmado de forma alguma. Se bobear, ele era ainda *mais* charmoso quando seu rosto e seus sentimentos estavam em sintonia.

O que Leopold havia encontrado era uma pedra redonda e achatada coberta por centenas de pedrinhas, e, depois de chutar as pedrinhas para o cânion enevoado — o que também deixou Iseult enjoada —, Leopold começou a sapatear um ritmo complicado com os dedos dos pés. *Um feitiço de bloqueio*, ela pensou primeiro, até que na metade a balsa começou a aparecer. Centímetro por centímetro, batida a batida, ela se fundiu à névoa.

Um feitiço do esplendor. Iseult foi tomada de surpresa. Com o formato de uma barcaça extensa, a balsa estava fixada a uma corrente comprida e enferrujada que subia na diagonal e desaparecia entre as nuvens. No centro do convés havia uma roldana dentada de aço, por onde a corrente corria.

Leopold abriu bem os braços.

— Eu não prometi um trajeto fácil? Isso aqui vai nos poupar da subida.

Owl foi a primeira a falar. Ela deu um tapinha na perna de Iseult.

— Morto — ela sussurrou, apontando para a balsa. Confusão marrom surgiu em seus fios.

Com os fios confusos de Leopold, Iseult traduziu:

— Ela diz que está morto.

— Sim, bem... — Ele deu de ombro. — A madeira *está* morta. Mas isso não a torna perigosa. Viu? — Para provar seu argumento, ele jogou a primeira das mochilas de suprimentos deles a bordo. Ela caiu ao lado da roldana, e a madeira rangeu como um navio no mar.

A balsa em si, porém, mal se mexeu.

Ainda assim, Iseult e Owl não se uniram ao príncipe. Iseult não tinha o menor interesse em desgrudar as costas da lateral da montanha, e Owl não tinha o menor interesse em se desgrudar de Iseult.

— Você já usou isso antes? — Iseult perguntou.

— Muitas vezes.

— Quantas?

Leopold jogou a segunda mochila de suprimentos na balsa, recebendo um segundo gemido da madeira.

— Quatro vezes? Talvez cinco? Admito que não uso todas as vezes que venho aqui.

Na opinião de Iseult, "cinco vezes" não se igualava a "muitas".

— E quantas vezes você já veio aqui? — ela indagou, mesmo sabendo que estava enrolando para ganhar tempo.

Leopold se deixou levar, o sorriso largo. O ar gelado combinava com ele. Suas bochechas brilhavam rosadas.

— Eu já vim aqui mais vezes do que consigo contar, Iseult. Desde que eu era garoto. O novo abade é o sexto filho de um nobre cartorrano, e o abade antes dele era o *oitavo* filho. Homens assim são úteis para príncipes, sabe?

Ela não sabia, mas supunha que logo descobriria o significado daquilo. Já bastava de ficar ali segurando Owl. Já bastava de esperar que a coragem a encontrasse. Depois de três respirações estabilizadoras, Iseult se ajoelhou ao lado da menina.

— Precisamos subir — ela disse, com seu tom de voz mais gentil. — Eu sei que é assustador, mas não podemos ficar aqui por mais tempo.

— Por quê? — Os fios de Owl zumbiram com resistência vermelha.

— Porque é o único jeito de chegar ao monastério. E esse — Iseult gesticulou para a névoa e o trajeto estreito — não é um bom local para acamparmos.

— Por quê?

— Por que... o quê? — O nariz de Iseult tremeu. Ela não queria discutir. Tudo estava indo tão bem com a menina desde a noite passada. *Por favor, Mãe Lua, não permita que isso mude agora.* — Por que não podemos acampar aqui? Ou por que estamos indo para o monastério?

Owl assentiu, e Iseult precisou supor que ela estava assentindo à segunda pergunta.

— Porque estaremos mais seguras com os monges.

— Eu não quero. — Então, antes que Iseult pudesse impedi-la, centenas de pedrinhas minúsculas cobriram o corpo de Owl, e em meio segundo ela estava escondida.

Daquela vez, o nariz de Iseult realmente se enrugou. *Equilíbrio*, lembrou a si mesma, mesmo enquanto fogo faiscava na ponta dos seus dedos.

— Eu gosto daqui — Owl acrescentou, uma boquinha aparecendo nas pedras. — Então vou ficar.

Ah, pensou Iseult, e a frustração se dissipou. Ela já tinha ouvido aquelas palavras antes. Ela já *dissera* aquelas palavras antes — dez anos atrás. *Eu gosto daqui. Então vou ficar*. Sua mãe havia tentado tirá-la de uma árvore no assentamento Midenzi. Era *a* árvore onde Iseult sempre se refugiava quando as outras crianças ficavam contra ela.

Naquele dia específico, Iseult havia se recusado a descer quando Gretchya a chamou, então sua mãe tinha retrucado com "tudo bem", antes de se afastar. O coração de Iseult tinha despencado até os pés. Seu corpo inteiro parecera vazio. Ela queria que a mãe discutisse com ela. Ela *queria* que a mãe perguntasse por que ela estava naquele carvalho.

Mas Gretchya não perguntara naquele dia, nem em nenhum outro.

Iseult não cometeria o mesmo erro.

— Por que você não quer ir? — Ela deu um sorriso tenso para as pedras.

— Morto — Owl respondeu.

— Sim, mas várias coisas estão mortas, Owl. A estalagem onde ficamos estava morta. O couro na sela em que você cavalgou está morto. Não significa que não é seguro.

Mais confusão em seus fios. Depois, uma carranca minúscula.

— É o único jeito de chegarmos ao monastério, Owl. Precisamos pegar a balsa.

— Você poderia pedir para as pedras te levarem. — Um tremor percorreu o solo. Fez Iseult balançar e derrubou pedras do penhasco.

Os fios de Leopold queimaram com uma inquietação branca.

Iseult, porém, manteve o rosto neutro e o corpo calmo.

— Eu não tenho a mesma magia que você, Owl. Lembra? Nem o príncipe. Então não podemos pedir que as pedras nos carreguem. Precisamos pegar a balsa aérea. Aposto que o Aeduan já andou nela, sabia?

Foi a coisa certa a dizer. Uma curiosidade verde oscilou nos fios de Owl.

— Ele vai estar lá?

Iseult coçou o nariz. Ela não queria mentir, mas também temia o que podia acontecer se dissesse que não.

— Talvez — ofereceu, casualmente, e ela imaginou que pudesse ser verdade. Ele *podia* estar lá. Um dia.

O verde ficou mais forte, o interesse de Owl se aguçando. A qualquer momento agora, ela abandonaria sua camuflagem.

Iseult, sem demonstrar emoções, deu uma espiada na balsa, onde o príncipe, era preciso reconhecer, estava apoiado na grade observando as próprias unhas. Uma imagem perfeita de coragem. *Viu?*, ele dizia com o corpo. *Isso é fácil. Não precisa ter medo.*

Seus fios, no entanto, combinavam com os de Owl. Interesse verde luminoso e uma pitada de bege ansioso.

— O Aeduan cresceu no monastério — Iseult prosseguiu. — Você não quer ver como é? Eu quero.

E lá estava: um barulho ruidoso das pedras e, logo, Owl apareceu. Porém, a menina ainda tremia, e o cascalho ainda dançava. Sutil o suficiente para ser confundido com o vento, mas se as pedras balançassem mais alto no monastério... Se Owl decidisse balançar *rochedos*...

— Owl — Iseult disse, colocando autoridade em sua voz agora —, você vai precisar parar de usar a sua magia quando chegarmos no monastério. Igual a quando o Aeduan pediu antes de entrarmos em Tirla, você vai precisar manter ela escondida dos monges.

Daquela vez, a menina não perguntou "por quê?". Mas a pergunta era evidente em seus olhos arregalados e assustados.

— A magia sempre pode ser roubada — Iseult explicou. — Existem Bruxos da Maldição por aí que conseguem roubar a magia das pessoas. Você sabia disso?

A cabeça de Owl balançou de leve. O medo pulsava brilhante em seus fios — mas Iseult tinha um objetivo com aquilo. Ela seguia um caminho que Habim seguira com ela muito tempo atrás, quando ela recém-chegara a uma cidade repleta de motivos para se esconder.

— É por isso — Iseult continuou — que é sempre melhor fazer as coisas em silêncio. Se você esconde os seus poderes, as pessoas te subestimam. E se elas te subestimam... — Ela apontou para o peito de Owl. — Você fica com todo o poder para si. É o seu caso, não é, Owl? Você tem Mirtilo, e tem as pedras. Contanto que você os tenha, e contanto que ninguém saiba que você os tem, ninguém poderá jamais, *jamais* te machucar.

Owl piscou. Três piscadas contemplativas antes de compreensão verde-água derreter pelos seus fios. O cascalho ficou imóvel ao redor dos seus pés.

— Ninguém — ela disse, com suavidade, e Iseult não pôde evitar: seus lábios se separaram em um sorriso.

E seu sorriso apenas aumentou quando Owl disse, de repente:

— Vamos. Agora.

Então, sem esperar por Iseult, ela correu até a balsa, seus fios se iluminando com impaciência.

Foi necessária cada partezinha do treinamento de Bruxa dos Fios de Iseult para não socar o ar em um gesto vitorioso. Ela conseguira convencer Owl sozinha. Sem discussões, sem faíscas frustradas.

Toma *essa*, Aeduan.

Aeduan não sabia como se mantinha sentado em cima do burro. O mundo se embaçava ao redor dele, consumido pela palpitação perpétua em seu peito e estômago. Ela devorava todo pensamento, todo desejo, até que não houvesse mais nada além de garras ardentes que faziam formas e cores desaparecer. Até o mundo inteiro ficar cinza. Árvores cinza, céu cinza e uma Lizl cinza em cima de uma égua cinza.

De início, quando eles partiram visando vagamente o noroeste e as montanhas, Aeduan tentou alertar Lizl. Contou que o Fúria estava atrás dele, que o homem era um assassino, mas tudo o que ela fez foi rir.

— Sou uma assassina também, e ele não me assusta.

Ao que parecia, ela tinha visto o Fúria em Tirla. Ela se abrigara da tempestade e escutara Aeduan falando com ele. Mas *não* quando os ventos do homem se enfureceram ao seu redor. Não quando o ciclone destruíra e arruinara, nem quando a magia destrinchada escureceu suas veias.

Então, ela não acreditou em Aeduan quando ele a alertou, e logo, era difícil demais sustentar o argumento. Assim, ele calou a boca e focou sua atenção em escapar — pois não podia ficar com Lizl. Se o Fúria viesse, ela morreria.

E ele já tinha sangue demais nas mãos.

O Aeduan de dois dias atrás teria apenas controlado o sangue dela, trancafiando-a em um lugar distante o suficiente para ele escapar. É claro, o Aeduan de uma *semana* atrás jamais teria sido pego, para início de conversa.

Agora, ele mal conseguia farejar o sangue dela, muito menos tocá-lo. E quanto mais ele flutuava naquela semivida, mais ele temia que não fosse o fogo em suas veias que o impedia de invocar seus poderes, nem a fraqueza enquanto seu corpo lutava para se curar.

A maldição estava fazendo-o desaparecer. Gota a gota, estava drenando sua magia até que, em breve, não restasse nada. Seu corpo, ele achava, poderia ainda ter uma chance de se curar e recuperar. Sua bruxaria do sangue, ele temia, não.

Com o tempo, até planejar tornou-se difícil demais de sustentar. Era necessário todo o foco de Aeduan para apenas continuar ereto. As estradas, se é que podiam ser chamadas assim, eram estreitas e irregulares. Trilhas de caça cobertas de mato e trilhas de pastores repletas de galhos que cutucavam os olhos de Aeduan e arranhavam sua pele.

O burro era puxado cada vez mais para a frente. O sol subia cada vez mais para o alto.

Uma hora, ele pensou ter ouvido o latido de um cachorro. Perto, como se a cabana de um fazendeiro estivesse nos arredores. Um alívio bem-vindo que afastou as sombras. Ele gostava de cachorros. Ele gostara de Boots também, até o dia em que o matara. Aí ele odiara Boots por morrer com tanta facilidade.

Agora, Aeduan sabia que tudo morria com facilidade.

— Você é muito devagar. — A voz de Lizl cortou o dia que desvanecia. Ela havia parado seu cavalo. O burro havia parado também. De alguma forma, Aeduan não havia notado, talvez porque a corda ao redor do seu pescoço não tinha afrouxado.

— Logo será meio-dia, Bruxo de Sangue, e nós precisamos avançar mais.

— Me dê... aquela pedra da dor — falou, a voz grossa. — Aí vou andar mais rápido.

Ela bufou pelo nariz e, com facilidade, desmontou do cavalo. Três segundos intermináveis depois, ela parou ao lado de Aeduan.

— Desce — ordenou, puxando a corda, e deixando-o sem escolha a não ser obedecer. Ele caiu da sela.

Ela deu um passo para o lado; ele atingiu a terra gelada. O impacto sacudiu seus ossos, seus pulmões. Ele mordeu a língua e sentiu o gosto de sangue. Sempre, sempre o sangue. Depois, foi tomado pela tosse, e as sombras oscilaram nas laterais de sua visão, mais densas a cada momento.

Aquela maldição o mataria — e aquilo o deixava satisfeito. Se ele morresse, a dor acabaria. Se ele morresse, o Fúria não poderia procurá-lo, e ele não precisaria fugir de Lizl para protegê-la.

Quando enfim a tosse seca passou, uma bolsa de água caiu na terra diante dele. Ele não a pegou.

— Onde... estamos? — Com os olhos ardendo, ele olhou para Lizl.

— Estamos perto de onde eu nasci. — Ela desprendeu uma mochila da sela. — Se você tivesse sido legal quando criança, talvez reconhecesse.

Aeduan não sabia como responder àquilo. Ele sempre fora legal. Era o monstro dentro dele que não era.

Ele tateou pela bolsa de água e voltou os quadris para o lugar. Lizl havia afrouxado a corda, e seu esôfago se movia com uma liberdade abençoada enquanto ele bebia. Uma linha de alívio gelado deslizou da sua garganta para o peito. Insuficiente para cessar a dor, mas já era algo.

Ele inspirou fundo com dificuldade, tapou a bolsa e a jogou de volta para Lizl. Ele errou. A bolsa atingiu o chão antes do previsto, fazendo-o ser encarado.

— O que há de errado com você? — Ela franziu o cenho. — Eu já te vi ser atingido no intestino por uma espada e se curar. Isso... — Ela gesticulou para ele. — O que aconteceu?

A única resposta de Aeduan foi puxar mais ar, seus pulmões ruidosos. Não havia nada que ele pudesse dizer que fosse capaz de ajudá-lo. Se admitisse estar amaldiçoado, ela apenas teria mais poder — isso se acreditasse nele. Ela não acreditava no Fúria, então por que acreditaria em um Bruxo da Maldição?

— Machucado — disse, por fim. — Flechas. Muitas.

Ela não pareceu convencida, mas, felizmente, não o pressionou.

— Aqui. — Dois longos passos a levaram até ele, e ela lhe ofereceu uma bolsinha de couro gasto. — Se limpe.

Aeduan apertou os olhos para o estojo marrom. Um kit medicinal, percebeu. Depois, balançou a cabeça.

— Isso... não vai ajudar. Preciso da pedra da dor.

— Bom, é isso ou nada. — Ela balançou o kit em seu rosto. — Sua escolha.

Ele aceitou.

À luz salpicada de um bordo em movimento, Aeduan fez o melhor que pôde para limpar seus ferimentos. As marcas de flecha tinham piorado, a pele em volta de cada corte inchada e vermelha, enquanto os próprios furos jorravam sangue preto. Cada toque fazia seus dentes se apertarem e seus olhos revirarem. De alguma forma, porém, ele conseguiu não desmaiar.

Ele aplicava o restante de uma pomada feita por Bruxos da Água no corte maior, abaixo do esterno, quando uma pergunta rompeu o dia:

— Como é?

Lizl estava sentada em uma árvore caída, lubrificando sua espada. Seu pano sussurrava em um ritmo constante no aço caraweno.

— Como é... o quê? — Aeduan precisou tentar três vezes para conseguir fechar o frasco. Seus dedos tremiam.

— Como é ser incapaz de morrer?

— Eu posso morrer — ele respondeu. *Eu estou morrendo neste exato momento.*

O olhar sério dela encontrou o dele.

— Você sabe o que eu quis dizer.

Talvez o desapego dela o tenha encorajado, ou talvez tenham sido a dor, a névoa e a luz vermelho-sangue que atravessava o bordo. Ele não sabia dizer. Tudo o que sabia é que uma resposta escapou de sua língua, crua e honesta.

— Quer dizer que eu esqueço como é fácil matar as pessoas — disse, ríspido —, então preciso sempre estar atento. Quer dizer que eu não sei o que é o medo, então nunca posso ser corajoso. Quer dizer que eu vivo quando todos à minha volta morrem. E quer dizer — ele finalmente conseguiu colocar a rolha da pomada de volta — que eu não sou como você. Ou como qualquer outra pessoa.

O pano dela parou no ar. Ela o analisou, os olhos apertados e impenetráveis.

Até que, por fim, ela murmurou:

— Não. Você não é como eu ou como qualquer outra pessoa, não é? — Ela interrompeu o contato visual. — E é por isso que o mundo te odeia. É por isso que sempre te odiaremos. A morte te segue aonde quer que você vá, e, no entanto, pela bondade dos Poços, você sempre escapa da sua.

— Eu não pedi por isso.

— Ninguém pede pelas coisas que a vida dá. — Ela fungou e esfregou a lâmina com mais força. — O que importa é como você as usa, e até onde eu sei, você desperdiçou uma magia que os outros matariam para ter. Você subiu de posto muito mais rápido que qualquer outro acólito. Você pegou as melhores tarefas, juntou todos os patrões e moedas e, o tempo todo, desmereceu o resto de nós. Nós éramos lama para você pisar em cima a caminho de um patamar mais elevado. Você não era leal ao monastério, não se interessava pelo Cahr Awen.

Pela primeira vez desde que a corda dela se enrolara em volta do pescoço dele, a raiva faiscou nos ombros de Aeduan. Seus dedos se flexionaram.

Porque ela estava errada. Tudo que ela dissera estava ao contrário. Ele não desmerecera os outros monges; ele fora deixado de lado. Ele não desperdiçara sua magia; sua magia o tinha desperdiçado.

— Agora — ela prosseguiu, a voz amarga, enquanto pegava mais lanolina de um tubo —, acabou que você é o filho do rei corsário. Não sei por que fiquei tão surpresa ao descobrir isso. É claro que você seria leal a um homem que mata inocentes e queima as Terras das Bruxas, e *é claro* que ele geraria um demônio como você.

Os punhos de Aeduan giraram. A fúria espalhava-se cada vez mais quente dentro das suas veias.

Por que, ele queria perguntar, deveria ser leal a alguém? A vida toda ele vivera como um instrumento para os outros, uma arma nada diferente daquela que ela limpava. Até mesmo a Bruxa dos Fios o usara, enganando-o com suas próprias moedas para que ele rastreasse a amiga dela pelas Terras Disputadas.

Mas Aeduan não disse nada. Em vez disso, sua coluna se fortaleceu e ele respirou fundo. A fúria estava trazendo sua magia de volta à vida, uma chama fraca. Cruel e bem-vinda em seu coração. Embora não estivesse forte o bastante para controlar o sangue de Lizl e fugir, se ele fosse paciente, se ele ficasse *bravo*...

Talvez uma quantidade suficiente de seu poder retornasse. E talvez aquela maldição não o matasse ainda.

O Monastério Caraweno era tudo o que Iseult esperava.

Era *mais* do que ela esperava, porque agora era real. Agora estava diante dela com apenas alguns minutos de voo até sua chegada.

A balsa aérea se aproximava do sul, e, enquanto passava pico após pico, mais e mais do monastério surgia. Era como se Iseult estivesse erguendo uma página de seu antigo livro sobre os carawenos e revelando, aos poucos, a verdadeira dimensão da casa dos monges.

Uma fortaleza preta agarrada à lateral da montanha. Imponente, impenetrável e isolada no topo do seu pico branco. Árvores cobertas de neve agrupavam-se ao redor da sua metade inferior, uma floresta densa que se esticava até o vale abaixo. Degraus de pedra, muralhas e torres reforçadas com trabucos acumulavam-se por toda a subida até o ponto mais alto da montanha — e por toda a pedra escura, acima e dentro dela, figuras minúsculas de branco se moviam.

Estavam longe demais para Iseult conseguir sentir seus fios, mas não havia como confundir a urgência deles. Eles se moviam em grupos, correndo em direção à torre mais alta. Algum treino, talvez? Ou uma reunião repentina? Ela imaginava que logo teria uma resposta.

Após anos sonhando com aquele lugar, Iseult det Midenzi finalmente havia chegado ao Monastério Caraweno. Sua aparência era igual à das ilustrações, só que muito *melhor*. Nenhuma pintura poderia capturar todos os ângulos, sombras e movimentos daquele lugar.

Seu peito parecia tão cheio que ela não conseguia respirar. O frio intenso que vivia em seus ombros desde a noite anterior derreteu em algo quente. Algo que se expandia em sua barriga e pressionava seus pulmões... *Riso*, percebeu ela, e, se não tomasse cuidado, poderia mesmo acabar *rindo*. E batendo palmas. E se balançando. E, que a Mãe Lua a preservasse, aquilo seria mesmo tão ruim? Ela não estava ali apenas como uma suplicante na esperança de treinar com os monges, na esperança de finalmente *ser* a monja que sempre sonhara. Ela estava ali como metade do Cahr Awen.

Certamente até mesmo uma Bruxa dos Fios poderia bater palmas para aquilo.

— Você vê todas aquelas pessoinhas, Owl? São os monges — murmurou.

Os fios da menina flutuaram, rosa. Todo o medo dela havia se afastado, substituído por admiração no instante em que a roldana da balsa aérea iniciara seu transporte. Com certeza havia ajudado, o fato de a menina ter certeza de que "Mirtilo a pegaria se ela caísse", e com certeza aquilo era verdade. Pelo menos para ela. Iseult e o príncipe Leopold, no entanto, estavam sozinhos — e era uma longa queda.

Apesar daquela verdade inegável, até mesmo o medo de Iseult havia sossegado após a madeira ranger embaixo deles sem incidentes, e a corrente os puxar cada vez mais para a frente. E ela precisava admitir, o fato de Leopold estar tão calmo, tão tranquilo, ajudava. Se a pressão tampando os ouvidos dele o incomodava, ele não demonstrou. Se o vento e o frio e a queda infinita abaixo deles o inquietavam, nada daquilo apareceu em seus fios.

O que a Safi diria se me visse assim?, Iseult pensou, os dedos indo até a pedra dos fios. Um príncipe ao seu lado e um morcego-da-montanha avançando acima da sua cabeça, enquanto ela subia cada vez mais alto as Sirmayans.

Ela havia evoluído muito desde aquele quarto no sótão na cidade de Veñaza.

E se, e se, e se. Iseult apertou sua pedra dos fios com mais força. Logo, ela estaria com Safi de novo. Logo, o mundo voltaria a fazer sentido. Estaria em sua posição correta como deveria.

A vozinha de Owl interrompeu seus pensamentos.

— Gralha — a menina disse, apontando para acima deles, onde, de fato, um pássaro dava voltas nas correntes de ar.

Com o olhar curioso de Leopold vindo da roldana, Iseult fez a tradução. Ele assentiu, uma fagulha de surpresa atravessando seus fios mesmo enquanto ele sorria de leve para a menina.

— É mesmo uma gralha. Eles as usam para levar mensagens para fora do monastério, *e* para espionar visitantes próximos. Imagino que seremos recebidos por monges no instante em que aterrissarmos.

Quando Iseult se virou para contar tudo aquilo a Owl, porém, encontrou a menina encarando Leopold.

— Onde está a sua coroa?

Uma pergunta válida para uma criança, então Iseult traduziu de novo.

E uma risada espantada separou os lábios dele. A reação, contudo, não combinava com os seus fios. Eles estavam espantados, sim, mas também manchados de medo.

— Diga a ela que eu perdi enquanto te procurava.

Iseult explicou devidamente, e a testa de Owl se apertou, seus fios de interesse verde-sálvia. Até que, enfim, ela assentiu.

— Vou fazer outra pra ele — informou, antes de se virar mais uma vez para olhar a vista.

Logo, a balsa aérea os levou para além do topo da última montanha, e o monastério inteiro ficou à mostra. Iseult mal podia respirar ao vê-lo. Sem pensar — tendo esquecido da altura —, ela se aproximou um pouco demais da grade. Owl avançou junto com ela.

— Aquela torre alta ali — Iseult começou, apontando para uma torre preta duas vezes mais alta que todo o resto — foi construída milhares de anos atrás. E lá, você vê aquele muro baixo dando a volta no monastério? É largo o bastante para vinte homens andarem lado a lado. *A cavalo*. Ah, e olhe, aquela construção com telhado inclinado ali. Aquele é o salão principal, onde eles têm vidros pintados de todas as cores que você puder imaginar. Ah, e olhe! — A voz de Iseult saiu ofegante e grossa de emoção, uma vergonha a todas as Bruxas dos Fios das Terras das Bruxas. — Aquela ilha — disse, reverente — é onde o Poço Originário está. — Ela apontou para uma larga faixa prateada cortando o vale, e para uma ilha em formato de lua crescente ao centro.

Ela descobrira em seu livro que o Poço em si estava situado na extremidade meridional, e que seis bétulas felpudas ficavam de sentinela, suas folhas verdes mesmo no inverno. O Poço, enquanto isso, permanecia congelado o ano inteiro. No verão, quando as caravanas nomatsi chegavam em peregrinação, levavam um dia inteiro quebrando o gelo para extrair as águas curativas do Poço. O gelo tinha apenas alguns centímetros de altura, mas era firme como granito.

— O que você está dizendo a ela? — Leopold questionou, unindo-se às duas. A brisa puxava os cachos dele. O sol deixava seus olhos de um nítido verde cor de trevo.

— Estou mostrando o Poço Originário — Iseult explicou, estreitando os olhos ao ver os fios dele. A serenidade no rosto de Leopold não se igualava mais aos seus sentimentos. Sua calma prévia se fora, substituída por preocupação de um amarelo vivo.

— O que houve? — ela perguntou, discreta, seu tom de voz intencionalmente leve por causa de Owl.

Leopold piscou. Depois sorriu.

— Não consigo esconder nada de você, não é?

— Temos um acordo.

— Que favorece *você* desproporcionalmente.

— Se você me mostrasse os seus verdadeiros sentimentos, isso não seria um problema.

— Mas, Iseult — ele rebateu, espalmando as mãos —, sentimentos verdadeiros são perigosos. Você não sabia?

— Tentar fugir deles também é.

— Ah. — Mais uma vez, ele piscou, os fios reprimidos sob um azul vivo, quase cor de gelo. Como se as palavras dela o tivessem surpreendido feito água fria jogada contra o rosto.

E quando ele a olhou de novo, havia algo parecido com respeito em sua expressão.

— Respondendo à sua pergunta — ele falou, arrastado, indicando com a cabeça uma encosta escarpada que surgia à vista. Ela se opunha ao monastério, acima do rio que serpenteava entre eles. — Aquele exército de corsários me deixa... *tenso.*

Iseult acompanhou o olhar dele, prestes a perguntar: "Que corsários?". Mas então ela os viu, e sua respiração falhou. Amontoadas em meio à floresta estavam centenas de tendas com mais centenas de espirais de fumaça flutuando na brisa — e era apenas o início. Mais espirais, incontáveis, erguiam-se das árvores cobertas de neve, sugerindo mais inúmeras tendas fora de vista.

— Por que eles estão aqui? — A voz dela saiu estridente pela surpresa, fazendo com que Owl olhasse para cima e incitando faíscas de preocupação em seus fios. Iseult forçou um sorriso tenso.

— A sua pergunta é ótima — Leopold murmurou. — Para a qual não há uma resposta ótima. O palpite geral é de que o rei corsário está esperando o lago congelar. Então ele marchará as suas forças para o sul. E *nós* ficaremos muito gratos por estarmos dentro do monastério, e não aqui embaixo com eles. — Ele deu um sorriso acolhedor para Owl, muito mais suave que o de Iseult.

— Eles conseguem nos ver? — Iseult perguntou.

Ele negou em um rápido aceno de cabeça.

— A balsa aérea é enfeitiçada com esplendor. Os monges, no entanto, com certeza conseguem nos ver, e... — Ele parou de falar. Então, ao mesmo tempo, seu corpo e seus fios enrijeceram. — *Se afaste.* — Ele ergueu os braços ao redor de Iseult, puxou-a da grade e a empurrou na direção da roldana.

Ela caiu de joelhos, ao lado das engrenagens. Owl gritou. Iseult se virou...

E viu o que Leopold tinha visto: um trabuco recuando, com uma grande bola de fogo presa em sua funda. Ela estava voltada para a balsa aérea.

Leopold empurrou Owl na direção de Iseult, que puxou a menina para mais perto.

Crack! O braço imenso estalou. O fogo avançou na direção deles.

— *Segurem-se!* — Leopold gritou. Ele mergulhou até a roldana e passou o braço por cima de Iseult, que passou um braço por cima de Owl, e os três se seguraram.

O fogo passou por eles rugindo. Grande como a balsa, quente como o sol. Faíscas espalharam-se pela madeira. O vento escaldou contra eles.

A balsa sacudiu de um lado ao outro, empurrada pelo ar desalojado. A gravidade se agarrou a Iseult. A Leopold e Owl, mas eles se mantiveram firmes. *Montanhas, cânion, neve, morte.*

A balsa oscilou para o outro lado.

E mais fogo surgiu no trabuco. A balsa estava próxima ao monastério agora; um alvo fácil que se tornava mais fácil a cada segundo.

— Por que eles estão nos atacando? — Iseult precisou gritar por cima dos uivos de Owl e da madeira guinchante da balsa.

— Não faço ideia! — Leopold gritou de volta. Seus fios estavam tão pálidos de medo quanto os de Owl, mas determinação verde entrelaçava-se às bordas. Ele ainda não havia desistido. — Deve ter algum jeito de virar essa coisa na direção oposta!

Enquanto a balsa balançava mais gentilmente, ele examinava o mecanismo da roldana, e Iseult fez o mesmo. Nenhum deles soltou Owl. Eles apenas investigaram e analisaram — e Iseult também rezou. *Por favor, Mãe Lua. Nos ajude a sobreviver, por favor.*

— Qual seria a aparência dessa chave? — ela perguntou.

— Eu não sei!

— Achei que já tivesse vindo aqui mais vezes do que consegue contar!

— Mas peguei a balsa apenas quatro vezes... — Ele parou de falar quando o próximo trabuco disparou.

O fogo avançou como um foguete na direção deles. Leopold ficou olhando. Iseult ficou olhando. Owl gritou, um som capaz de dividir montanhas. Um som capaz de invocar pedras.

Ou um morcego-da-montanha. Em um feixe de pelos e velocidade, Mirtilo surgiu dos céus. Com as asas dobradas, ele mergulhou mais rápido que as chamas. Ele colidiu com o fogo. A bola saiu do rumo. O voo dele virou um giro cambaleante. Sem espaço entre o fogo e o monstro. Um borrão de carne chamuscada despencou na direção do solo.

Agora Owl realmente gritava, mas Iseult estava pronta desta vez:

— Ele está bem. — Ela agarrou o rosto de Owl. Forçou a menina a olhar para ela. Iseult sabia por sua experiência com raposas-do-mar que criaturas como Mirtilo eram quase impossíveis de matar. — Owl! — ela implorou. — Precisamos da sua magia! Você precisa controlar este metal. Fazer a roldana parar... você consegue fazer isso?

Owl não fez nada do tipo. Ela chorava, uma lamúria fraca enquanto seus fios se encolhiam como na noite anterior.

— Sinta a minha mão — Iseult ordenou, apertando os dedos de Owl. — Você sente isso? Sinta a pele, sinta como ela está quente e como os músculos embaixo dela são fortes.

Nada. Nenhuma resposta, nenhuma reação, nenhuma atenção.

— E você sente a sua própria mão, Owl? Você sente o modo como a pele e os ossos são esmagados juntos conforme eu aperto mais forte?

Ainda, os fios de Owl se encolhiam. Partindo, partindo, partindo.

Foi então que outro trabuco estalou, perto o bastante para ouvir o golpe da madeira. Perto o bastante para ouvir a combustão estrondosa do fogo ser lançada. Iseult não se atreveu a olhar.

— O céu! — Ela precisava gritar agora, para ser ouvida sobre os ventos, as chamas e a madeira. — Você vê como é azul? Olhe para cima, Owl, *olhe para cima!*

Para sua surpresa, Owl olhou. Então ela também olhou.

E, naquele momento, Mirtilo cruzou o azul. Fumaça o perseguia, sua cauda em chamas. Mas ele estava vivo. *Ele estava vivo.*

Cor avançou pelos fios de Owl. Brilhantes como os do morcego-da-montanha, mas com milhares de tons girando e atormentando. Rápidos demais para serem interpretados — rápidos demais para *importarem.*

— *A corrente!* — Iseult gritou, aproveitando o momento. — Owl, por favor... *faça a corrente parar!*

A corrente parou. A roldana congelou. A balsa deu uma guinada, uma arremetida rápida que fez Leopold ser lançado contra a grade.

— Mude a direção! — Iseult gritou. — Mude a direção, Owl! *Mude a direção, mude a direção!*

A balsa mudou de direção.

— Mais rápido! — Leopold gritava, rastejando de volta até a roldana. — *Mais rápido, mais rápido, mais rápido...*

Eles não foram rápidos o bastante. As chamas se chocaram contra a balsa, cegantes e ensurdecedoras. Tão quentes que eram capazes de soltar a carne dos ossos. A última coisa que Iseult viu antes de o seu mundo virar cinzas foram os fios prateados e ferozes de Mirtilo mergulhando na direção deles.

Depois, tudo desapareceu sob as chamas.

34

Há um exército indo na sua direção.

Eu sei.

O que você pretende fazer?

Continuar viva. O que mais?

Então devo informá-la de que movi dez mil soldados para as minhas fronteiras, e pretendo mover mais cinco mil assim que estiverem mobilizados. Eles terão um arsenal de Bruxos de Fogo à disposição, e estamos construindo bloqueios em todas as estradas e pontes de Marstok. Corsários não entrarão no meu império. Mas os oficiais receberam ordens de permitir a passagem de refugiados.

Por que você está me contando isso?
Por que você está ajudando os meus refugiados?

Porque, se Nubrevna cair, Marstok será a próxima.

A Sala de Batalhas tremia com as vozes do Conselho Superior. Urgentes, apavoradas, descoordenadas e nada cooperativas. E também, todas masculinas. As mulheres que vieram para o funeral de Merik não haviam permanecido em Lovats — pois, até que Vivia fosse coroada, não havia nada que as forçasse a ficar. Seus pais e irmãos não desistiriam do poder tão facilmente.

O que explicava, é claro, por que Serafin Nihar também não estava presente.

Cinco dos doze vizires queriam enfrentar o rei corsário e seus exércitos de frente. Alguma variação de "nós somos mais numerosos do que eles!" atingia os ouvidos de Vivia a cada poucos segundos.

Três vizires queriam fortalecer as fazendas e propriedades do norte — porque, é claro, tais fazendas e propriedades do norte pertenciam às suas famílias. E três vizires queriam uma chance de lidar diretamente com o rei corsário. "Certamente algo pode ser negociado", vários deles ficavam murmurando para si mesmos, como se, ao dizerem aquelas palavras, elas se tornariam verdade.

Mas o rei corsário não negociava com ninguém. Vivia tentara; Vaness tentara; outros antes delas tentaram. Nenhum mensageiro jamais voltou.

É claro que, para cada facção estratégica na Sala de Batalhas, ninguém dentro dos grupos conseguia entrar em acordo sobre táticas ou técnicas específicas. Alguns queriam mais soldados, outros menos. Alguns queriam atacar por terra, outros por rio.

O único ponto em que todos conseguiam concordar era que a morte marchava naquela direção. E que Nubrevna não estava pronta.

O próprio plano de Vivia tinha sido apoiado por apenas uma pessoa: o pai de Stix, o vizir Sotar. Ele havia aprovado a estratégia dela de mandar uma parte das tropas para o norte, para escoltar os refugiados até um local seguro e atrasar o avanço do rei corsário, enquanto a maior parte das forças nubrevnas era mantida dentro e ao redor de Lovats.

— O que o rei acha? — o vizir Quihar exigiu saber. As palavras dele se expandiram, altas o bastante para encher o cômodo, altas o bastante para destruir argumentos antes que as frases fossem concluídas.

O silêncio, de súbito, dominou o ambiente. Todos os olhares se viraram para Vivia. E com aqueles olhares — com aquela maldita pergunta, "*O que o rei acha?*" — Vivia sentiu seus ombros subirem na direção das orelhas. Seu *pai* não era mais o rei, ela queria salientar. Nem era almirante.

E seu *pai*, ela queria então acrescentar, se recusara a participar daquela reunião do Conselho Superior. Ela havia ido ao quarto dele mais cedo naquela tarde para conversar com ele — não para se humilhar, como sabia que era o esperado, mas apenas para reiterar que a sabedoria dele era bem-vinda. Em tons de voz falsamente suaves, ele insistira que não guardava raiva.

— A senhorita é a rainha em espera — ele dissera —, e é em quem eu penso ao agir. *Eu* sei que a senhorita é forte, mas o Conselho não sabe.

Depois, ele alegara estar cansado demais para se juntar à reunião, e Vivia reconhecera a mentira pelo que ela era. *Retenção, retenção, retenção.* Aquela era a forma de punição preferida de seu pai, fossem informações que ele sabia que ela queria ou a sua própria presença quando necessitada. Ele sabia exatamente do que Vivia mais precisava, e se recusava a deixá-la tê-la.

E a verdade era que ela precisava *mesmo* dele ali. O Conselho Superior ainda o respeitava, ainda confiava nele. A palavra dele ainda tinha peso.

Contudo, não havia nada que ela pudesse fazer agora. Não havia mais tempo a ser gasto implorando, esperando. Se ele não a ajudaria porque estava bravo, então Vivia simplesmente teria de ajudar a si mesma.

— Meu pai — falou, apressada, todos os olhares ainda fixos nela — está ocupado no momento. Como a sua rainha em espera e almirante, a decisão final cabe a mim. Não ao meu pai.

Assim que pronunciou aquelas palavras, ela se arrependeu. As narinas do vizir Quihar se alargaram, e os olhos do vizir Eltar se arregalaram. A sala irrompeu mais uma vez: "Você não é a governante até ser coroada!", "O seu pai lutou em mais batalhas que a sua idade!", "Ele protegeu essa cidade sob estado de sítio!" e "O povo de Nubrevna confia no rei mais do que em uma nova rainha!".

Vivia suportava cada insulto passivo — e às vezes direto — com apenas um leve tremor nas pálpebras e um sorriso tenso. Aye, seus dentes estavam rangendo, seus dedos esfregavam as coxas, mas ninguém do Conselho Superior parecia notar. Ou se importar. Até que o vizir Quintay começou a falar.

— O rei vai falar com o rei corsário! Ele negociou a Trégua de Vinte Anos. Ele vai negociar alguma outra coisa de novo!

E foi o último grão de areia que faltava para fazer o mar transbordar. Assim como quando o seu pai alegava ter lutado com uma faca na coxa, aquilo era demais.

— *Não.* — A voz de Vivia ressoou, e com aquela palavra única, com aquela verdade única, surgiram seis jatos de água. Um de cada copo segurado por vizires tolos o suficiente para beber perto de uma Bruxa da Maré.

Era apenas uma demonstração de magia para silenciá-los. Nada mais. Seis fluxos de água para serem erguidos em direção ao teto abobadado, dar um giro e cair de volta em seus copos. Mas a sala se aquietou mais uma vez — e, desta vez, nos termos de Vivia.

— Com que rapidez vocês se esqueceram — ela disse, suave e perigosamente — de que era o nome da minha mãe naquele documento, não do meu pai. Pois foi a minha mãe quem viajou para a Conferência da Trégua original e o assinou.

Um por um, ela fixou seu olhar sobre cada rosto da sala. Alguns vizires afastaram o olhar. Alguns o sustentaram, desafiadores. A maioria, porém, a encarou de volta e apenas ouviu.

— Eu escutei as suas opiniões — continuou — e vou levar cada uma delas em consideração ao solidificar nosso plano de ação. Eu *prometo* isso a vocês. No entanto, cada momento que perdemos discutindo aqui é um momento que o rei corsário ganha de vantagem. A falta de ação apenas cavará as nossas covas mais fundo. Precisamos agir agora, precisamos agir depressa.

Ela gesticulou para o vizir Sotar à sua direita, e os ombros largos dele se alargaram ainda mais.

— Sotar aqui concordou em poupar a guarda pessoal da sua família para ajudar a proteger as províncias do norte. Se algum de vocês também estiver disposto a poupar os seus guardas, prometo que eles serão bem usados.

Ninguém levantou a mão, mas Vivia não esperava nada diferente. Eles a procurariam depois, assim que conferissem com suas famílias e avaliassem o que priorizavam mais: segurança pessoal ou a proteção da nação. Alguns escolheriam a primeira opção, alguns a segunda, e Vivia podia adivinhar quais vizires escolheriam o quê. Ela não os forçaria a nada, pois havia apenas dois desfechos quando soldados eram pressionados a servir: deserção ou morte. Vivia não arriscaria nenhum dos dois.

Ela se inclinou sobre a mesa e gesticulou para um mapa das terras do norte. Pequenos marcadores tinham sido colocados de acordo com as informações detalhadas que Vivia agora tinha das torres de vigia.

— Ele tem os Velas Vermelhas a pé. — Ela apontou para peças vermelhas. — Baedyeds a cavalo. — Eles eram amarelos. — E centenas de outros grupos marginais, tribos e bruxos que se juntaram. Todos eles têm algo a provar aos impérios.

— E todos nos querem mortos — Sotar murmurou. Foi como se um enorme suspiro tivesse recaído sobre o ambiente com aquelas palavras. Ombros se afundaram, testas se franziram, e a atenção foi focada no mapa. Pouco a pouco, Vivia explicou seu plano. Indicou onde unidades específicas se mobilizariam, para onde as armas enfeitiçadas por fogo que ela roubara seriam mandadas e quais estradas seriam usadas para cadeias de abastecimento.

Todas as perguntas levantadas durante a explicação dela foram corteses, e todos os protestos ou contraplanos foram oferecidos em tons educados, mas urgentes. O caos frenético de antes tornara-se uma tensão baixa que tremia no ar. Os fios não podiam ser vistos, mas eram todos iguais.

Na décima quarta badalada, o Conselho Superior finalmente se dispersou. Propósito encontrava-se nos movimentos de cada vizir ao saírem — Vivia apenas esperava que fosse o propósito de auxiliá-la em sua estratégia. Ela suspeitava que pelo menos três deles ainda se agarravam a argumentos e planos próprios, mas não havia tempo para se preocupar com isso. Não havia tempo nem para pensar.

— Vizir Sotar — ela chamou. Ele parou na extremidade final da mesa, e Vivia se aproximou, alisando a frente do casaco. — Você... — A voz dela falhou. Ela tentou de novo. — Você viu a Stacia recentemente?

Os lábios dele se retorceram para baixo.

— Não. Deveria?

E com aquelas palavras, com aquela expressão, o estômago de Vivia virou pedra. A máscara dela caiu, um suspiro lhe escapou. Ela precisou apoiar uma das mãos na mesa; seu ombro de repente doeu.

— Eu não a vi — disse, a voz distante. — Ela não veio ao nosso encontro matinal hoje, e não vai ao apartamento dela desde... não sei há quanto tempo, e ela não foi vista nos Sentinelas ou nos quartéis ou em *qualquer lugar*. Eu procurei e procurei. Tudo o que sei é que ela levou o nosso esquife, zarpou de Lovats ontem, e ninguém a viu desde então.

Agora Sotar se inclinava sobre a mesa.

— Um dia inteiro. Não pensou em me contar antes?

— Me desculpe. — Vivia balançou a cabeça. — Os corsários. — Ela acenou entorpecida em direção à mesa, mas era uma desculpa medíocre. Ela *deveria* ter contado antes. Ela deveria tê-lo procurado no instante em que Stix não apareceu. — Eu sei que você prometeu a sua guarda — ofereceu ela —, mas vou entender se precisar deles para encontrar Stix...

Sotar a interrompeu com um gesto.

— Não importa o que aconteça, meus guardas vão continuar sendo seus. O reino vem primeiro, acima de tudo. — Ele fez uma reverência rígida, o punho sobre o coração. — Enviarei uma mensagem à propriedade Sotar. Talvez Stacia tenha viajado para encontrar a mãe. Quando eu tiver retorno de minha esposa, aviso.

Por longos instantes, Vivia apenas o observou partir. Ela observou a porta se abrir com um rangido e se fechar. Ela observou os ciscos de pó rodopiarem e balançarem. Uma respiração fraca virou duas. Depois uma terceira e uma quarta, mais difícil a cada segundo. E, pela primeira vez, ela se deixou afundar na loucura de ficar parada.

Afinal, que raposinha estúpida, *estúpida*, ela tinha sido. Ela nunca deveria ter ido para Marstok. Ela deveria ter contado ao vizir Sotar no minuto em que Stix desapareceu. Ela não deveria ter perdido a calma com o pai, mas, em vez disso, ter encontrado um jeito de tirá-lo do almirantado.

Deveria, deveria, deveria. Nada que Vivia fazia era certo. Nada que ela fazia era suficiente. E no fim, não havia nada a ser feito — *nada* a ser feito para consertar aquelas bagunças que ela própria criara.

Também não havia ninguém para levantá-la e limpar a poeira de seus joelhos. Jana estava morta. Merik se fora. Seu pai a afastara de novo. E Stix... Stix estava desaparecida.

O que deixava Vivia completamente sozinha com Nubrevna inteira dependendo dela. Uma raposinha jamais conseguiria — jamais *poderia* — ser suficiente. O povo precisava de um urso, então ela precisaria ser um urso.

Vivia estalou o pescoço. Arrumou a gola. Esfregou as laterais do rosto, afastando a loucura. Afastando a raposinha também, para uma toca onde ninguém a veria.

Não havia tempo para arrependimentos. Ela precisava apenas seguir em frente.

35

Safi não se importava que Vaness estava ocupada.

Ela não se importava que uma reunião acontecia no escritório particular da imperatriz. Ela não se importava se era importante e crucial para a segurança pública. Se os víboras não a levassem até Vaness imediatamente, alguém perderia uma orelha.

Então os víboras obedeceram.

Nem uma única vez Safi considerou se aquilo era o que deveria fazer — assim como ela não *consideraria* se amarrar a um mastro durante um furacão. Os trovadores iam morrer; ela precisava intervir antes que aquilo pudesse acontecer.

— Não mate os trovadores do inferno — ela deixou escapar assim que entrou no cômodo. — Eles salvaram a sua vida ontem. *Por favor*, não os mate.

Dezessete pares de olhos se viraram na direção dela — oito membros do sultanato, oito oficiais imperiais, e a imperatriz de Marstok. Embora enfaixada e machucada, Vaness estava parada à cabeceira da mesa com um olhar de ferro.

— Bruxa da Verdade — ela disse, a voz afiada com censura. — Agora não é o momento.

— Não deixe o general Fashayit matá-los. — Safi tentou atravessar a sala, mas dois víboras se desgrudaram da parede e a interceptaram. Então ela parou e apenas implorou. — Por favor, Vossa Majestade. A tortura não foi o suficiente? Por que eles precisam morrer?

Vaness inspirou fundo, longa e calculadamente — assim como a sala inteira; todas as atenções focadas na imperatriz. Até que, enfim, sem quebrar contato visual com Safi, Vaness acenou para o víbora mais próximo.

— Me traga o general Bruxo de Fogo. *Agora.* E Rokesh também.

O víbora fez uma reverência, e partiu em seguida.

— E o resto de vocês — ela examinou o sultanato e os oficiais —, saiam.

Ninguém se atreveu a desobedecer, embora alguns tenham encarado Safi ao sair. Outros fingiram que ela não existia. A maioria apenas franziu o cenho, talvez confusos por Safi ter tanta influência.

— Víboras também — Vaness ordenou, assim que a sala ficou vazia. E, ao mesmo tempo, onze víboras saíram com passos silenciosos.

Então a porta de madeira se fechou com um clique, e tudo o que restava do ferro de Vaness derreteu. Os ombros dela murcharam. Ela cambaleou até o banco mais próximo.

— Eu não ordenei tortura. — Ela balançou a cabeça, urgência em suas palavras, e absoluta honestidade. — Por que o general faria tal coisa?

Safi não respondeu. Sua voz estava presa no fundo da barriga, ancorada pela surpresa. Diante de seus olhos, Vaness tinha se transformado. Ela parecia dez anos mais nova — vinte anos, até. Como se Safi agora encarasse a garota de sete anos de idade que assumira o poder após a morte dos pais.

Aquilo não era o pesar difícil que Vaness exibira nas Terras Disputadas. Aquilo era algo novo. Algo pior.

Safi se aproximou com rapidez, sem se preocupar com títulos ao dizer:

— O que houve? — E sem se preocupar com as regras ao colocar uma das mãos sobre o ombro de Vaness.

Vaness não se afastou.

— Estou cansada — a imperatriz murmurou. — Estou cansada e estou... — Ela hesitou. Depois riu, um som extremo que irritou Safi. Em parte, com medo; em parte, com diversão; e em parte com aversão a si mesma. — Estou perdida.

O coração de Safi disse: *Verdade.*

— Achei que ter você aqui consertaria tudo — Vaness prosseguiu. — Achei que você acabaria com a corrupção na minha corte com a mesma facilidade com que a maré limpa a praia. Mas a podridão está muito aprofundada, e o meu poder é fraco demais. Esses rebeldes desconhecidos quase tiveram sucesso ontem. Apesar de todas as precauções, eles quase tiveram sucesso.

— Mas não tiveram.

— Ainda. — A cabeça dela pendeu para trás. Ela piscou para o teto. — E quem choraria por mim se eu partisse? Para as pessoas, tanto faz quem governa.

— As pessoas *amam* você.

— Elas me *admiram* — Vaness corrigiu. — E a diferença é bem importante.

Safi não tinha resposta para aquilo. O fato de que Vaness precisava ser confortada era mais do que sua mente podia compreender. Aquela não era a Vadia de Ferro que ela enfrentara em Lejna, nem a Vadia de Ferro com quem atravessara as Terras Disputadas. Quem quer que *aquela* fosse, era mais do que Safi podia suportar. Era real, era cru, e era uma bagunça.

Antes que pudesse convocar qualquer tipo de palavras dignas de serem ditas, ouviu-se uma batida na porta. Vaness hesitou. A mão de Safi se afastou.

— Vossa Majestade? — um víbora chamou. — O general Bruxo de Fogo está aqui.

— Um momento — ela gritou de volta. Então olhou para Safi, seu rosto ainda inóspito e sem máscaras. — Me diga rápido, Safi: o general Fashayit. Eu posso confiar nele?

Tudo dentro de Safi se tensionou com aquelas palavras. *Eu posso confiar nele?* A vida toda, as mentiras saíam com naturalidade dela. Uma habilidade herdada de seu tio. Uma habilidade que ela aperfeiçoara sob a tutelagem estrita de Mathew e Habim. Mas com fios, com sua família de fios, ela nunca conseguira mentir. *Nunca.* E depois de tudo que ela e Vaness tinham passado juntas...

Mas sua amizade com ela importa mais do que Habim? Ele era sua família de fios também. E *ele* podia levá-la até Iseult. O que quer que Habim tivesse planejado, fora independente de Vaness, assim como a decisão de Safi de ir até ali tinha sido tomada independentemente dos planos do tio Eron.

E o que quer que Habim tivesse planejado, seu modo de tratar os trovadores do inferno era independente. Ela não podia descartar tudo só porque estava brava.

Se Iseult estivesse ali, ela diria para pensar com o cérebro, não com o coração. Então, com seu cérebro assumindo, disse:

— Sim, Vossa Majestade. Pode confiar no general Fashayit. Ele apenas torturou os trovadores do inferno para proteger o reino. — *E para me proteger.*

Vaness assentiu, o alívio brevemente elevando seus ombros. Arredondando sua coluna. Duas respirações depois, porém, e ela tinha se transformado mais uma vez na Imperatriz de Ferro, sua máscara recolocada no lugar, sua postura de aço. Ela lançou um olhar afiado para Safi.

— Deixe o general entrar, e depois os víboras guiarão você de volta aos seus aposentos.

— E os trovadores? O que vai fazer com eles?

— Eles serão levados até a fronteira e mandados para casa.

Verdade. Os pulmões de Safi relaxaram.

— Obrigada, Vossa Majestade. Obrigada.

Vaness a enxotou.

— Não me agradeça por algo que sempre foi a minha intenção. Só se lave e se apronte para hoje à noite.

— É claro, Vossa Majestade.

Os víboras levaram Safi de volta aos seus aposentos pelo caminho mais curto. Por vários minutos, enquanto eles andavam pelos corredores, ela quase podia fingir que nada havia mudado. Ela andava para onde era guiada, uma tropa de preto ao seu redor, e ela era a Bruxa da Verdade da corte. Nada mais. Não havia trovadores do inferno torturados dentro da ilha, nem um Habim com planos de libertá-la, e nenhuma imperatriz cedendo sob o peso da sua coroa.

E não havia um tio preso por traição.

Quando chegou à sua porta, encontrou Rokesh esperando. Seu ombro esquerdo estava poucos centímetros mais alto que o outro, como se estivesse enfaixado.

— Babá — Safi disse. — Você se machucou.

Um aceno da cabeça dele.

— É o meu trabalho. — Os olhos dele moveram-se para o lado por um instante, e Safi soube que, naquele momento, ele se lembrava dos outros víboras. Aqueles que haviam morrido no Poço. Aqueles que haviam morrido nas Terras Disputadas.

Ele abriu a porta, que oscilou em dobradiças silenciosas, e, atrás dela, o quarto brilhava ao sol do meio-dia.

Safi não entrou.

— Quantos víboras morreram ontem?

— Sete — ele respondeu, sem inflexão, sem emoção. E aquela ausência era uma mentira, mentira, *mentira*.

Sete mulheres e homens, cujo rosto Safi nunca vira, haviam lutado contra o falcão-de-fogo para que Vaness pudesse viver. E centenas de soldados tinham morrido também.

— Sinto muito — ela disse. — Você... você os conhecia bem?

Os olhos escuros dele piscaram duas vezes. Então, uma leve ruga se formou entre eles, como se ele franzisse a testa por baixo do lenço. Como se não soubesse o que fazer com aquela pergunta.

Até que finalmente ele pareceu encontrar as palavras.

— Em Marstok — começou, pensativo —, quando magias como as nossas se manifestam, temos duas escolhas: entrar nas escolas de cura ou se tornar um víbora. Todos nós escolhemos esta vida, e todos nós escolhemos com a mesma idade. Então, sim, eu os conhecia bem.

Safi engoliu em seco, subitamente atingida pela *imensidão* de tudo aquilo. Por quanto espaço o luto de Rakesh devia ocupar dentro dos pulmões dele. Por quanto a dúvida e a exaustão de Vaness deviam pesar sobre a cabeça dela. E Safi não fazia ideia de como ajudá-los.

— Magia... como a sua? — perguntou, por fim. Palavras bobas para preencher o silêncio. — Você quer dizer a bruxaria do veneno?

Um suspiro suave — quase uma risada. Então um aceno gentil da cabeça dele.

— Eu e todos os outros víboras nascemos com a cura pela magia da água. Mas o poder de curar a vida também pode ser o poder de tirá-la. Há dois lados em cada moeda, Bruxa da Verdade. Dois gumes na faca da Senhora Destino. Com a magia não é diferente. É apenas o que você decide fazer com ela.

A verdade daquela afirmação lançou-se sobre Safi. Como raios em uma árvore, ela a atingiu com tamanha força que seu corpo inteiro se endireitou. Pois *é claro* que a magia era o que se decidia fazer com ela. E *é claro* que havia dois lados em toda moeda, na faca da Senhora Destino.

A resposta para a pedra da verdade estava na frente de Safi o tempo todo, mas ela estivera tão preocupada com *ambos* os lados da moeda que nunca considerou a possibilidade de usar apenas um.

— Obrigada — murmurou vagamente para Rokesh, já se virando. Mas ela parou após dois passos, um novo lampejo de inspiração subindo em seu peito. Ela olhou para trás. — Como vocês fazem os seus dardos envenenados?

Se ele ficou surpreso pela pergunta, não demonstrou. Apenas disse:

— Quando os criamos, dizemos o que queremos que eles sejam.

— Entendi — respondeu, e ela *havia* entendido. Assim como Bruxas dos Fios recitavam palavras às suas pedras, assim como curandeiros embutiam seus poderes na arte da criação.

Sem mais palavras, Safi deixou Rokesh e correu até a escrivaninha. Ela atirou tudo para fora da mesa. Todos os livros com suas capas combinando, todas as pedras e fios e ferramentas que serviam bem para *outros* bruxos.

Então ela se virou e encarou o telescópio do lado de fora. Ela estivera tão focada em pedras, porque elas funcionavam para outros Bruxos do Éter, que falhara ao não considerar outras ferramentas. Falhara ao não considerar que precisava *montar* algo.

Aquele corvo velho estivera certo o tempo todo.

Safi marchou até o jardim, mas, antes de erguer o telescópio, ouviu-se um *clack-clack-clack* do muro do jardim. Arrepios desceram pelo braço dela enquanto ela olhava para cima — e encontrava dois olhos escuros.

— Você não é apenas um pássaro, é?

Outro *clack* que Safi suspeitava significar "*não, não sou*".

— Você pertence... a alguém?

Enquanto Safi fazia aquela pergunta, percebeu que era uma pergunta estúpida. Tudo aquilo era absurdo, na realidade. Ela estava falando com um maldito corvo e esperando — *acreditando* — que ele responderia.

Um corvo que salvou sua vida ao te mostrar uma porta mágica.

E um corvo que, inicialmente, sugeriu esse telescópio a você, e pedras da verdade também.

Não. Safi não falaria com pássaros nem consideraria a possibilidade de ele ser senciente. Então, apesar de a risada ruidosa dele a perseguir, ela ergueu o telescópio, voltou ao quarto e bateu a porta do jardim atrás de si.

Depois, trabalhou. Peça por peça, ela desmontou o telescópio. Lentes, armações, espelhos, parafusos. Enquanto virava, girava e dobrava, pensou em Iseult. Pensou em Habim, e pensou nos trovadores do inferno, torturados e envenenados lá embaixo. Pensou em Vaness sem máscaras, e pensou em como o mundo se tornara *errado*.

Ela colocou toda a sua intenção, toda a sua energia, todo o seu ser naquela sensação, aquela partezinha do poder da sua magia. *Falso, falso, falso. Mentiras, mentiras, mentiras.* Ela mergulhou na maneira com que inverdades a faziam sentir medo e faziam suas costelas vibrarem. Na maneira como elas beliscavam sua coluna e esmagavam seus órgãos. Ela pensou nos destrinchados. Pensou nos Velas Vermelhas. Pensou em cada pessoa podre e perversa que já conhecera.

Três vezes ela ouviu os sinos baterem. Ninguém a interrompeu, então continuou trabalhando, seguindo a intuição que sempre a guiara. E agora que seguia o caminho certo, era como se sua magia quisesse aquilo — ela ansiava por liberdade tanto quanto Safi. Ela avançava para fora de Safi, enchendo vidro, bronze e parafusos.

Até que, horas depois, Safi terminou.

Ela repousava brilhante na luz solar transparente: uma luneta minúscula criada com o ocular do telescópio, várias lentes internas e partes de fios e quartzo.

Uma lente da verdade.

Então Safi cambaleou até a cama, sua mente e corpo em frangalhos, e dormiu.

36

As fileiras de destrinchados não guiaram Merik de volta à torre de Esme. Em vez disso, elas o fizeram dar a volta para o oeste, para cima de uma colina repleta de florestas. Se alguma vez houvera prédios ali, não restavam sinais.

Já era o entardecer quando Merik finalmente chegou ao topo da colina, as pernas doendo e a coluna dura de tanto andar. De correr, também, quando seu corpo aguentava. Não havia tempo a perder, então ele não esperara para ver o Homem do Norte partir. Ele apenas apontara de novo, repetindo as palavras "Vá norte. Pessoas ajudar você".

Depois, Merik agarrara sua camisa molhada e correra até suas pernas cederem. Não demorou muito. Ele era um homem danificado. A Marionetista havia se certificado daquilo. No entanto, mesmo que seus músculos e ossos pudessem fracassar, sua mente estava tão afiada quanto sempre estivera. Descobrir o Homem do Norte o tinha energizado. Uma tempestade de perguntas e consequências, com um relâmpago brilhando mais do que o resto.

Se aquele homem tinha retornado do destrincho, se ele tinha se libertado do controle de Esme — mesmo que não soubesse como —, talvez Merik pudesse se curar também. E se Merik podia se curar, Kullen também podia. E todas aquelas pessoas.

Aquele pensamento o sustentou por toda a jornada de volta a Poznin. Ele corria quando conseguia, se arrastava quando não conseguia, e desviou quando viu a brecha entre os destrinchados que sinalizava a piscina cantante mortal.

Quando Merik passou pela última sentinela no caminho novo de Esme colina acima, a floresta subitamente se alargou. Uma luz rubi fluía sobre um lago comprido e redondo, suas águas paradas e escuras. Seis carvalhos com troncos e galhos estéreis erguiam-se na direção do céu, como cadáveres escapando de seus túmulos. Embora fosse óbvio que estavam mortos, de alguma forma nunca tinham saído voando durante uma tempestade.

De alguma forma, não. Quanto mais Merik encarava, mais ele percebia aquilo. Não havia estruturas construídas por homens ali. Sem lajes para revestir as laterais, sem monumentos para adorar à magia. Havia apenas grama densa, floresta densa e as criaturas da noite sussurrando das sombras.

Com aquele pensamento, uma lembrança veio à tona — uma cantiga de pular corda que a tia Evrane lhe ensinara certa vez quando ele era criança.

Carvalho e grama para honrar os ventos,
Cipreste e calcário à água trazem alento,
Granito e faia, presentes da terra,
Cedro e arenito, para a chama do fogo que prospera.
Bétulas e nevasca, o nascimento do Éter,
No fogo de raposa sombrio, o Vazio espera,
Enquanto bem no âmago, onde a luz do sol não alcança,
O Gigante Adormecido do sono se levanta.

Carvalho. Grama. *Aquele* era o Poço Originário de Arithuania. Aquele era o Poço ligado à magia do ar — o Poço que era a fonte do poder de Merik.

E estava morto. Igual ao Poço da Água ao lado do qual ele crescera, as águas daquele Poço tinham parado de fluir; suas seis árvores haviam secado até sobrar só cascas.

— Aí está você. — A voz de Esme contorceu-se nas árvores e, momentos depois, a própria mulher apareceu. Um pequeno caminho serpenteava na floresta atrás dela. Ela usava uma suntuosa capa de arminho, o capuz enfeitado com veludo branco que brilhava sob o sol enquanto se aproximava saltitante dele.

Sempre saltitando, Merik pensou, os músculos tensionando com a chegada dela. *Sempre satisfeita com seus últimos joguinhos.* E, de fato, quando ela parou a dez passos de distância e afastou o capuz, exibia um sorriso largo.

— Bem-vindo ao meu tear. — Ela abriu os braços. — É assim que eu controlo tudo. Não é lindo?

Merik hesitou, engolindo com uma garganta que havia, de súbito, parado de funcionar. Ele não via tear algum. Não via nada além do Poço e, embora fosse mesmo lindo, ele temia admitir que só via grama, água e a luz da lua.

Mas então ela riu.

— É claro que você não consegue ver, príncipe. Apenas uma Bruxa dos Fios consegue. Ou... — ela inclinou a cabeça timidamente para o lado — uma *Bruxa do Tear*. Agora me dê as pedras preciosas. — Ela estendeu uma das mãos pálidas.

Merik obedeceu, mexendo na bolsa que havia amarrado ao cinto. As pedras bateram-se umas nas outras. Elas tinham deixado um roxo no quadril dele, depois de toda a corrida.

— Tantas? — Esme disse, os olhos se arregalando, famintos.

— *Onga.* Havia muitas no templo. — Ele ofereceu a bolsa a ela, a cabeça abaixada, e, com um grito de satisfação, ela afrouxou o cordão.

Seu grito logo se tornou um rosnado.

— Você trouxe *as erradas.* — Com os olhos flamejantes, ela avançou para cima dele. — Eu te disse para pegar as pedras com fios ou linhas em volta, príncipe, mas a maioria dessas não tem fios ou linhas. Você me desobedeceu.

— *Não.* — Merik ofegou, erguendo as mãos. — Não, por favor, foi um acidente. Eu juro.

Esme não se importou. Sua mão livre já estava se levantando, estendendo-se em direção à água. Ela dedilhou no ar como uma harpa.

A dor explodiu dentro de Merik. Primeiro em seu crânio, branca e cegante. Depois, desceu pelo seu pescoço, pelo seu peito, apertando seus pulmões e enchendo seus órgãos de óleo quente. Ele desabou na grama.

Gritou. Implorou. Chorou, mas a dor ainda queimava e cortava e fervia, até que tudo o que restava a ele era se agarrar à consciência.

Quando enfim o ataque recuou — uma breve suspensão que de algum jeito doeu mais que a investida completa —, Merik não pôde fazer nada além de convulsionar no solo. A dor era muito pior do que se lembrava. Um dia sem ela, e ele esquecera a real extensão do que Esme era capaz.

Mas apenas com o seu tear, pensou, um pouco aéreo, e, no fundo de sua mente, ele se perguntou se ela precisava estar fisicamente parada ao lado do tear para usá-lo.

Ouviu-se uma batida próxima à cabeça de Merik, e, com o pescoço tremendo — com *tudo* tremendo —, ele apertou os olhos para ver o que estava ao seu lado. Era a bolsinha de pedras.

— Separe-as — Esme ordenou. Ela não havia se afastado da lateral do poço, e seu braço ainda estava esticado, os dedos prontos para tocar de novo o tear invisível.

O que indicava que ela, de fato, precisava estar próxima a ele para usá-lo. *Aquilo* era bom saber, e provavelmente explicava por que Merik não tivera notícias dela a maior parte do dia: ela estivera em outro lugar.

— Desta vez, príncipe — ela disse —, faça corretamente. Só quero pedras envoltas em fios ou linhas. Você entendeu?

Ele assentiu com rapidez. Sua garganta não funcionava, e seus músculos mal cooperavam enquanto ele tentava se levantar e agarrar a bolsinha. Seus dedos tremiam. Seus olhos piscavam e piscavam. Assim que ele pegou as pedras, foram necessárias algumas tentativas para tirar o casaco. A manga da sua camisa ainda estava úmida, e a brisa da tarde trazia um geladinho bem-vindo em contraste com o fogo aceso em suas veias.

Ele deitou o casaco na grama, e jogou as pedras em cima dele. E a mão de Esme finalmente baixou do Poço. Do tear.

Por um momento, ela observou Merik separar as pedras em duas pilhas. Era um trabalho lento; ele mal conseguia enxergar, mesmo com a iluminação do pôr do sol. Emaranhados grossos de nuvens passavam de tempos em tempos, roubando a luz, e, com frequência, as tiras de fio ou linha eram tão finas, que eram quase indetectáveis.

Ele odiava ter Esme o observando. A qualquer momento, ele poderia colocar uma pedra na pilha errada, e ela o puniria. Então, apesar de fazer sua garganta doer e os lábios racharem, ele se forçou a dizer:

— Por que você precisa dessas pedras? Nós não... — Ele umedeceu os lábios. — Nós não terminamos a nossa lição.

Ao avistar o sorriso repentino dela, a coluna dele relaxou de alívio.

— Eu *sabia* que podia te ensinar! — ela gritou. — Ah, você é divertido, não é? — Balançando as saias para o lado, ela se afundou graciosamente na grama, sentada sobre os joelhos. — Respondendo à sua pergunta, príncipe, o meu tear precisa de poder, e para conseguir poder, preciso de uma fonte externa. A magia não é infinita, sabia? Ou você sabia *mesmo* disso? Consigo ver nos seus fios que você já está confuso. O seu cérebro deve ser tão monótono e sombrio.

Esme gesticulou para as águas que ondulavam sob a brisa.

— Começou com este Poço. Ele não estava completamente inativo quando eu o encontrei seis anos atrás. Estava *bastante*, mas não completamente inativo. Ainda havia vida nele que eu pudesse destrinchar.

Os dedos de Merik congelaram em uma pedra vermelha. Com certeza ele devia ter ouvido mal.

— A morte de um Poço, e o nascimento de um exército. — Ela suspirou, um som repleto de carinho e saudade. — Foi um momento empolgante para mim. Bem experimental, mas eu obtive sucesso... como você pode ver. — Ela sorriu.

E Merik logo retomou sua triagem. Ele não tinha ouvido mal; ela *tinha* destrinchado um Poço Originário. Embora como algo assim fosse possível, ele não conseguia nem começar a compreender.

Como se lendo os seus pensamentos, Esme disse:

— É preciso muito poder, príncipe. Uma *imensa* quantidade de fios para criar um tear, e eu quase me matei fazendo isso. As coisas hoje em dia não são como eram nos tempos de Eridysi. Um poder assim era facilmente usado pelos Paladinos. Agora... — Ela parou de falar, olhando para a grama. — Agora, a magia é diferente, então, para possuir tamanho poder, eu preciso... *pensar além.* — Ela ergueu o olhar, fixando-o em Merik.

Ele não se atreveu a encontrar os olhos loucos dela. Pegou mais pedras, as inspecionou e depois as descartou.

Contudo, Merik se sentia perfurado pela atenção dela, enquanto ela continuava:

— Quando encontrei esse Poço, eu soube que ele podia fornecer o que eu precisava. Eu não sabia a real extensão dos meus poderes na época, apenas que eu não conseguia fazer pedras dos fios e que a minha *tribo* — ela cuspiu aquela palavra — não precisava de uma Bruxa dos Fios incapaz de confeccioná-las. Faz você se perguntar — ela disse, a voz subitamente distante —, quantas Bruxas dos Fios devem ter sido expulsas por serem como eu? Quantas enfrentaram a ruína e o ódio, quando na verdade não eram Bruxas dos Fios?

Merik não respondeu à pergunta dela, porque sabia que ela não esperava nenhuma resposta. Ela estava, no entanto, esperando *alguma coisa.* Ele podia ver a ansiedade inquietando-se dentro dela.

— Você... não tem tribo? — ele perguntou, esperando que mais perguntas a contentariam.

Ele arriscou e deu certo. Finalmente, a atenção dela se afastou de Merik, e, roçando os dedos pela grama, ela encarou mais uma vez o lago.

— Sou uma amalej agora. Sem tribo, sem família, sem casa. E não por escolha, fui forçada a isso. Eles me mandaram embora por não ser o que eles queriam que eu fosse.

Por meio segundo, a pena se desenrolou do coração de Merik. Ser expulso de uma casa e de uma família por não se encaixar... Ele havia se sentido assim por toda a infância, exilado nas Terras Nihar enquanto Vivia crescia no palácio real.

Mas a verdade — a verdade que ele não enxergara até ser tarde demais — era que sua família tinha estado lá o tempo todo. Evrane, Kullen, as pessoas de Nihar e até mesmo a própria Vivia. Ele apenas fora prepotente demais para enxergá-los.

Os olhos de Merik deslizaram para o lado, tomando o cuidado de não chamar a atenção de Esme enquanto ele a observava. Ser exilado de verdade, afastado das pessoas e do amor — era um destino que ele não desejava a ninguém.

E talvez uma pessoa ainda vivesse dentro de todo aquele ódio, partes da garota que ela tinha sido um dia.

Com o lago reluzente e o pôr do sol acentuado brilhando sobre a postura soberana, a capa refinada e a pele luzente de Esme, Merik foi surpreendido por como o entardecer se tornara tranquilo. Tornara-se transcendental, como se ele flutuasse não em pesadelos, mas em sonhos.

— Eles foram os primeiros — Esme disse, trazendo a mente de Merik de volta à clareira, à lição. Ela sorria com serenidade para ele. — Cada um da minha tribo. Cada pessoa que me afastou, eu destruí. — Sem afastar os olhos dele, ela estendeu a mão para o Poço. Um estalido, um puxão, um dedilhar e um farfalhar tomaram conta da floresta.

Um por um, destrinchados surgiram das árvores. Pela grama, pelos caminhos, centenas de destrinchados — e mais centenas vindo atrás deles.

— Valeu a pena quase morrer para possuí-los, príncipe. Não há nada melhor que o gosto da justiça. E agora eu posso puxar os fios deles sempre que quiser — ela dedilhou o ar — e observá-los dançar.

Não, Merik queria dizer. *Por favor, não os obrigue a isso.* Mas era tarde demais: os destrinchados tinham começado a dançar. Alguns batiam palmas, outros giravam, outros saltavam e balançavam, e dois até mesmo moviam os pés em uma imitação cambaleante e grotesca do *four-step* nubrevno. Era como se cada destrinchado fizesse o que eles achavam ser considerado dança.

E assim eles continuaram, enquanto Esme se iluminava e ria e batia palmas em um ritmo para eles acompanharem.

Merik achou que fosse gritar. Não havia nele nenhum traço de pena por ela agora.

— Como... como você faz isso? — ele se forçou a dizer, mesmo com a bile engrossando em sua garganta. Tudo o que ele sabia é que precisava dar um fim naquilo, de algum jeito, e talvez fosse com perguntas.

Não foi. Ela apenas o ignorou, rindo ainda mais alto e batendo palmas mais rápido. Mais e mais rápido, mesmo quando os destrinchados começaram a cair por cima uns dos outros ou tropeçar em seus próprios pés mortos-vivos.

Então Merik tentou uma nova estratégia. Um truque que ele aprendera com Vivia, uma especialista em lidar com o pai deles.

— Como você controla tantos destrinchados, Esme? Você deve ser muito habilidosa.

As mãos dela pararam. Os destrinchados pararam, alguns com as pernas esticadas para cima e outros caídos em troncos de árvores. Preguiçosamente, ela retirou a mão do Tear.

— Eu *sou* a mais habilidosa.

Os destrinchados, de repente, se endireitaram em formação. Contudo, eles não voltaram para a floresta, e continuaram encarando Merik com seus milhares de olhos cegos.

— É o poder do tear, príncipe. Mas até mesmo as suas bênçãos são finitas. E é por isso que você precisa me ajudar. Por isso que você precisa escolher *as pedras dos fios certas*. — Ela mostrou os dentes. Então, em uma repentina explosão de velocidade, pôs-se de quatro e engatinhou na direção dele.

Agora, ela não se parecia com um sonho. *Agora*, ela parecia a morte à espreita. Como se as águas do inferno e os peixes-bruxa tivessem ido buscar sua alma.

Quando alcançou o casaco dele, Esme pegou um punhado de pedras preciosas amarradas com fios.

— *Essas* daqui me darão o poder necessário para criar o meu próximo tear, príncipe. Bruxas dos Fios vincularam os seus poderes a elas, e eu as sugo até secar, como tutano de um osso. Eu fico mais forte a cada vez. Então agora, quando o rei Ragnor tomar o monastério, eu estarei pronta para tomar o Poço do Éter. E com aquele poder, ora... — Ela riu, um som borbulhante e feminino. — Ora, nós usaremos as portas de Eridysi para tomar todas as Terras das Bruxas. Um a um, os impérios cairão, e um a um, os Poços se tornarão meus.

37

Queime-os. Queime todos eles.

Em seus sonhos, Iseult estava em um campo de batalhas denso com fumaça. Pedras gigantes escureciam os cantos de sua visão, e o solo estava pegando fogo. Imparável. Aquelas eram as Terras Disputadas de sua lembrança, as Terras Disputadas onde ela matara o Bruxo de Fogo, interrompendo seus Fios e o destrinchando até o fim.

Cabelos queimados e carne fumegante. Piras de outono e gritos de misericórdia.

Dez passos à frente, o Bruxo de Fogo a olhava com malícia, um esqueleto feito de chamas. Seu crânio sorriu. Riu. *Clack, clack, clack,* faziam os dentes dele.

Ele balançava também, os braços esticados nas laterais do corpo como um fantoche aguardando o comando de Iseult. Sombras se espalharam pelo corpo dele, teias escuras em meio às chamas laranja.

Chamas artificiais, invocadas por magia. Dominadas pela vontade.

Mas, daquela vez, as chamas não tinham sido invocadas pelo Bruxo de Fogo, nem era ele quem as controlava. Iseult sabia que era seu próprio poder, sua própria vontade — pois ela e o Bruxo de Fogo haviam se tornado um só.

Eles sempre foram um. Colocados em um caminho que levava um ao outro. Imparáveis.

Três linhas pretas se esgueiraram para fora dele. *Interromper, interromper, girar e interromper.* Elas se retorceram pelo ar grosso e enfumaçado antes de alcançarem Iseult e se enroscarem em volta do coração dela. Atados, agrupados. Corrompidos.

Fios que rompem. Fios que morrem!

— Não — ela tentou dizer, mas tudo o que saiu de sua boca foi uma escuridão cinzenta.

Ela retrocedeu dois passos, cambaleando.

E o homem morto cambaleou para a frente, uma imitação perfeita do movimento dela. Ele gargalhava o tempo inteiro. *Clack, clack, clack.*

— Você me matou! — ele gritou. — E me matará de novo. De novo e de novo, pois estamos unidos. Eu sou seu e você é minha.

A garganta de Iseult se fechou. Seus pulmões inspiraram apenas calor. Daquela vez, porém, ela conseguiu gaguejar:

— E-eu preciso te matar. Para salvar o Aeduan. Eu *preciso.*

— Mas ele te deixou. E te deixará de novo. De novo e de novo, Iseult. O mundo vai queimar ao seu redor, mas ele jamais voltará.

O Bruxo de Fogo riu mais uma vez, um som agudo como ar assoviando nos troncos de uma fogueira. Então, assim como a madeira, ele *estalou.* Seus fios se tensionaram, e seu corpo se esticou. Os braços estalaram para trás, os cotovelos e os joelhos se invertendo. A boca se abriu, e fogo foi lançado para fora. Envolvendo tudo. Toda a visão, todos os sentidos.

— *QUEIME-OS!* — ele gritou, uma promessa silenciosa que dominava todo o espaço na mente de Iseult. — *QUEIME TODOS ELES!*

O fogo alcançou Iseult. Calor, luz, e dor cortante. Aquele era o fim. Aquela seria sua morte. O Bruxo de Fogo que havia destrinchado agora a destrinchava de volta. Ela também gritou.

Exceto que a morte nunca chegou. Os segundos se passaram, a dor lentamente cessou. Tão, *tão* lentamente, lentamente *demais* — mas, ainda assim, diminuindo. E o fogo se dissipou também, buracos brancos manchando sua visão, como se aquele mundo fosse feito de papel e um novo mundo estivesse abrindo caminho. Até que, enfim, não restava nada. Nada além de Iseult e das manchas brancas pairando ao seu redor.

Cinzas, foi seu primeiro pensamento. *Este é o fim e só sobraram cinzas.* Mas então ela percebeu que era gelada ao toque. Que se amontoava em seus ombros, mantendo formatos cristalinos perfeitos.

Neve. O pesadelo chegara ao fim.

Só que Iseult não fazia ideia de onde estava — e agora, alguém novo se aproximava, surgindo da própria estrutura dos Sonhos. Alto, ameaçador, com ombros largos e mãos que pendiam rígidas nas laterais do corpo. A única parte dele que parecia concreta, que tinha forma e textura, era uma coroa prateada em sua cabeça.

Que brilhava como uma queimadura por frio. Ele era um rei prateado em um mundo com neve caindo.

Frio. Até aquele momento, Iseult não tinha percebido que estava congelando. Que seus dentes batiam e seu corpo tremia. Porém, não era como o fogo — aquilo não doía, não matava. Apenas *era.*

Ela também estava cansada, e de repente não queria nada além de se enroscar na tranquilidade congelada e dormir. Mas forçou os olhos a continuarem abertos e sua boca a formar palavras.

— Quem é você?

Nenhum som saiu de sua garganta. Nem vapor, também, para revestir sua respiração. Apenas a neve e o frio e o rei, que agora lhe oferecia uma reverência brusca. Ele levantou as mãos, sombras escuras formando um rastro atrás dele — e lhe dando a aparência de um imenso pássaro preto.

Anda, as asas dele pareciam sinalizar. *Acorde.*

E Iseult acordou, observando enquanto os últimos resquícios dos Sonhos desapareciam. Enquanto as asas dele se encolhiam para dentro, revelando uma mulher com cabelo prateado e fios acolhedores e preocupados, curvados sobre ela.

Acordada. Iseult estava acordada, mas ainda tremendo, ainda congelando. Ela não sabia onde estava. Lamparinas brilhavam tão luminosas que ofuscavam seus olhos e transformavam o mundo em um âmbar uniforme e mudo. Até mesmo a mulher radiante à sua frente brilhava como um sol nascente.

Após uma respiração irregular e três piscadas, Iseult caiu na real: ela conhecia aquela mulher. Ela conhecia o rosto enrugado acima dela e o cabelo prateado.

Monja Evrane. Ela esfregava pomadas nos braços de Iseult em círculos gentis. Um toque distante que mal era sentido. Sua pele tinha sido anestesiada com... alguma coisa, e a visão de Iseult ficava mais nítida quanto mais ela observava Evrane. Fazendo círculos e círculos, sempre círculos.

— Você acordou — a monja murmurou, em nubrevno, as palavras bondosas. Os fios bondosos, mesmo enquanto seu foco permanecia no trabalho. — Noden me abençoou mesmo. Nunca pensei que fosse ver o Cahr Awen aqui, em seu lar sagrado.

Os olhos de Iseult arderam ao som da voz da monja. Sua garganta parecia cheia de algodão. *Evrane está viva. Eu não a matei em Lejna.* Aeduan lhe dissera aquilo, mas ela supunha que, até aquele momento, não tinha acreditado nele por completo.

— C-como? — Iseult balbuciou. Ela tentou se sentar, mas Evrane a impediu com facilidade. Uma única mão firme em seu ombro, e tudo o que ela pôde fazer foi tombar para trás. Sua cabeça afundou contra o veludo com cheiro de alecrim, e outra descoberta a percorreu: *Eu estou viva também.*

— Você está no monastério — Evrane explicou. — Na fortaleza principal. Conseguimos chegar aos destroços da balsa aérea antes dos outros.

— Outros?

Um toque cor de cobalto atingiu os fios de Evrane. Arrependimento.

— Temo que o monastério tenha se dividido em duas facções. Aqueles que apoiam o abade, e os rebeldes, que não o apoiam. *Eu* — Evrane acrescentou — o apoio. — Os cuidados dela cessaram. Ela inclinou a cabeça. — Você consegue ouvi-los? Eles continuam investindo. Desde que a trouxemos para cá.

Iseult sentiu sua testa se franzir enquanto ouvia. Sim, sim — havia um rugido distante, como vozes gritando. Então, de tempos em tempos, havia um estrondo que mais fazia a cama balançar do que era ouvido.

— As catapultas são incessantes — Evrane disse. — Embora eles estejam sem piche e usem apenas pedras agora.

— P-por quê?

Um suspiro.

Mais tristeza e arrependimento nos fios de Evrane.

— Porque eles se perderam e se esqueceram dos seus votos ao Cahr Awen. É um milagre que você não tenha morrido, Iseult. Mas imagino que Noden proteja aqueles de que Ele mais precisa. — Os olhos escuros dela encontraram brevemente os de Iseult, um sorriso surgindo em seus lábios. Então seu olhar se afastou para um canto atrás de Iseult. — O príncipe escapou quase intacto. Ele disse que você o protegeu durante a queda.

Pela primeira vez desde que despertara, Iseult sentiu o segundo grupo de fios dentro do cômodo. Pálidos de sono, eles pairavam nas sombras.

Daquela vez, quando ela tentou se levantar, Evrane permitiu — mas não sem auxiliá-la com uma mão gentil e um insistente "cuidado, cuidado".

O quarto inteiro se materializou ao redor dela. Tecidos pesados e nobres em verde-escuro e azul-marinho decoravam a sua cama dossel. Cortinas pendiam do teto até o chão, ao lado de um guarda-roupa ornamentado, com uma cabeça de carneiro fixada na madeira acima e um espelho de moldura dourada ao lado. Castiçais dourados, arandelas douradas, lustre dourado. Até mesmo as duas lareiras que aqueciam o lugar eram pintadas de dourado.

O homem no canto, porém, prendeu a atenção de Iseult. O príncipe Leopold estava atirado em uma poltrona de cetim. Uma tipoia envolvia seu braço esquerdo, e curativos cobriam suas mãos e um dos lados do seu rosto. Seus fios, enfraquecidos pelo sono, ondulavam acima dele, abatidos.

— Ele não queria sair do seu lado — Evrane disse, com impaciência. — Apesar de, pelo menos, ter me deixado curá-lo.

— É? — Iseult murmurou, embora na verdade mal estivesse ouvindo. Seus olhos percorreram cada centímetro do quarto, cada pedra e sombra. Mas não havia um terceiro grupo de fios.

Não havia nenhuma Bruxa da Terra escondida.

— Onde está a Owl? — Ela se virou, rígida, na direção de Evrane. — O que aconteceu com ela?

Evrane balançou a cabeça, seus fios branqueando em confusão.

— Owl — Iseult repetiu, mais alto. — Ela era uma criança. Uma menina. Uma menina *especial*.

— Não havia mais ninguém na queda...

— Mas h-havia. Tinha que haver! — As palavras de Iseult saíam com rapidez, sua gagueira se aproximando.

Eles tinham perdido Owl. *Como* eles podiam ter perdido Owl? *Pela Mãe Lua, não.*

— Ela estava conosco na balsa, monja Evrane. E-ela deve estar em algum lugar!

— Se acalme. — Evrane colocou uma das mãos sobre o ombro dela.

— Não havia nenhum corpo? — A voz de Iseult soou mais alta, mais aguda. Leopold se agitou em sua poltrona.

E os fios de Evrane se escureceram com preocupação cor de musgo.

— Iseult — ela murmurou —, você precisa se acalmar. Você não vai conseguir se curar se estiver histérica.

Mas ela não estava histérica. Ela tinha perdido Owl. Uma criança de quem nunca gostara, mas a quem finalmente tinha começado a compreender — ela estava em algum lugar lá fora. Talvez presa em uma guerra entre monges...

Isso se estivesse viva.

Mas a voz de Iseult agora estava represada atrás de sua língua, e ondas de sono ondulavam por sua coluna. Ela conhecia aquela magia. Era de Evrane, com a intenção de adormecê-la, de levá-la para um local onde ela pudesse se curar melhor.

Mas ela não queria adormecer. Ainda não. Não quando Owl precisava dela. Mas a magia da monja era mais forte que o seu desespero, e, apesar de tentar argumentar, tudo o que saiu foi um gemido distante.

A última coisa que ela viu antes de a magia de Evrane a puxar para baixo foi a escuridão. Sombras deslizando sobre o rosto da monja, e sobre os fios dela também.

Então a escuridão se apossou de Iseult, e ela dormiu.

38

Duas semanas após salvar Boots, o menino ajuda sua mãe a cuidar dos ferimentos do cachorro. Todos os dias, eles espalham pomada nos pontos em sua barriga, e o menino sabe que seu terrier está feliz, mesmo que seu corpo esteja dolorido e ele nunca mais ande ou brinque do mesmo jeito. Sempre que o garoto está por perto, Boots sacode o rabinho, e o garoto fareja centelhas de contentamento no sangue leal do cão de caça.

Aquele monstro nunca mais vai te pegar, *o garoto sussurra todas as noites, coçando suas orelhas pretas e peludas.* Eu sempre te manterei a salvo.

Mas ele está mentindo, e três semanas depois de salvar Boots, o menino o mata.

Acontece quando ele está coçando as orelhas de Boots certa noite. Seus pais estão sentados do lado de fora da tenda, falando com as vozes baixas que eles sempre usam quando acham que o menino está dormindo. A mãe ri suavemente. Ela faz isso com frequência.

Coça, coça.

— Aquele monstro nunca mais vai te pegar — o garoto relembra Boots, que está enroscado ao lado dele em cima da esteira. — Eu sempre te manterei a salvo.

Boots sacode o rabo. Coça, coça. *Então para.*

Assustado, o garoto se senta.

— Boots? — Boots não reage, e o menino percebe que o poder em suas veias se agarrou à liberdade que vibra dentro do cão.

Em seguida, ele também mergulha na lealdade.

E agora, o sangue de Boots está diminuindo. Seu coração está diminuindo... e parando.

O garoto não pretendia agarrá-lo — ele nem mesmo sabe como fizera aquilo. Ele só sabe que fez, e agora que suas garras estão fincadas, e não consegue soltar.

Ele tenta! Ele tenta, tenta, tenta. Seu pulmões se expandem. Ele até se vira para o outro lado da tenda e começa a chorar.

Solta, solta, solta, *ele pensa, o medo enroscando-se em seu peito.*

Então ele grita:

— Solta! Solta! Solta!

Seus pais entram correndo na tenda, a mãe em pânico. O pai pronto para defender.

Mas eles não podem consertar aquilo, e não importa o quanto o garoto grite e chore, ele não consegue fazer o poder dentro de si se soltar.

Enquanto os batimentos do menino continuam, ele sente Boots enfraquecer. Sua mãe tenta acalmá-lo. Ela cantarola, ela o segura, enquanto o pai tenta despertar o cachorro quase morto.

Então o coração de Boots para por completo.

Mas por todo o tempo, durante todos os gritos e a mendicância, das coçadinhas e dos soluços, Boots encara o garoto com olhos amáveis. Seu melhor amigo no mundo todo. Até as últimas faíscas de vida o deixarem, sua língua pende feliz e a lealdade brilha em seu sangue.

Porque ele não entende que o garoto quebrou sua promessa. Ele não entende que o garoto não o manteve a salvo.

E ele não entende que, desde o início, o garoto era o verdadeiro monstro.

O sol tinha finalmente se posto quando Lizl forçou Aeduan a voltar a andar. As pomadas tinham ajudado. Uma fatia de queijo duro e pão mais duro ainda tinham ajudado também. Mas a raiva fervendo no coração de Aeduan ajudou mais do que tudo.

O frio endureceu a noite. A neblina subiu, e eles subiram ainda mais até chegarem a um rio grande e agitado demais para ser atravessado. Eles foram forçados a diminuir o passo e seguir as corredeiras que subiam até uma ponte de pedra. Lá, uma cachoeira caía abruptamente de um penhasco a cinquenta passos de distância, roubando os sons noturnos e engrossando a neblina até se tornar uma névoa gelada.

O burro de Aeduan estava na metade do caminho por cima da ponte quando ele sentiu: centenas de cheiros, nítidos e ardentes. Expostos ao ar da noite. Mesmo com sua magia fraca, não havia como ignorar a carnificina.

— Pessoas — ele disse, a voz rouca. A primeira palavra em horas. — Adiante. Lutando.

Lizl olhou para trás, apesar de ter esperado eles saírem da ponte para perguntar:

— Onde?

Aeduan inspirou, agarrando-se a qualquer magia que pudesse encontrar.

— Norte — respondeu, por fim. — Do outro lado das cataratas.

— A que distância?

— Eu não sei. — E era verdade, embora o antigo Aeduan teria sabido imediatamente. O antigo Aeduan teria sentido quantas pessoas havia e quantas feridas abertas também. Agora, tudo o que ele sentia era um tumulto ensanguentado e morte.

Lizl apertou os olhos na direção da cachoeira, franzindo os lábios para o lado.

— Eu não conheço essa região — admitiu. — Peguei um atalho para poupar tempo, mas não vale perder a vida por uma viagem mais curta. Vamos virar para o sul naquela bifurcação adiante.

Ela incitou a égua em um galope de três tempos. O burro seguiu, enchendo Aeduan de dor. Cada impacto fazia sangue novo escorrer pelo seu peito. Cada batida dos cascos apertava mais a corda em volta do seu pescoço.

Eles chegaram à bifurcação na estrada. Houve um estalo. *Uma pistola*, percebeu Aeduan, conforme mais estalos rasgavam o céu. Então vieram os gritos. Agudos e mais perto do que o esperado.

A magia dele sussurrou. Cutucou, cavou. Um cheiro familiar inchou em suas veias. Alguém que ele conhecia tinha sido atingido; alguém que ele conhecia estava morrendo.

— Espera! — Ele tentou fazer o burro andar mais devagar. — Espera — gritou, mais alto. — Tem um monge lá atrás!

Com isso, Lizl fez seu cavalo parar. Ela se virou em sua sela, os olhos fixando-se imediatamente na orelha de Aeduan — na opala que ele usava. Mas nem a dele ou a dela brilhavam, um sinal de que nenhum monge por perto havia solicitado ajuda.

— Você está mentindo — cuspiu, virando-se para a frente mais uma vez. — Você está tentando me enganar para conseguir fugir.

— Não — ele protestou.

— Então quem é?

Aquilo ele não sabia dizer. Era possível que nunca tivesse descoberto o nome da pessoa — sua magia catalogava muitos sangues. Alguns ficavam guardados; outros, não.

Antes que Lizl pudesse incitar sua égua adiante, porém, mais tiros ecoaram. Mais perto, e com eles vieram vozes e gritos.

Uma mulher vestida com o cinza dos puristas irrompeu das árvores ao longo do trajeto. Agarrado contra o peito estava um recém-nascido, aos prantos. Ela viu Aeduan e Lizl.

Ela parou de imediato.

— Por favor — implorou, em marstok. — Por favor, não me matem. Eu imploro, por favor. Meu filho...

Suas palavras foram interrompidas. Uma flecha a acertou nas costas. Atravessou o peito dela, perfurando o coração. E o bebê. Uma cascata de sangue surgiu nos sentidos de Aeduan.

Ele saltou do burro, cambaleando, sua magia agarrando-se à mulher. Querendo parar o sangue dela e salvá-la antes que ela e a criança morressem. Mas ele estava fraco demais, lento demais — e a corda de couro cortava seu pescoço, o atrasando.

Até que Lizl desmontou também e, juntos, eles correram até a mulher. Aeduan caiu ao lado dela e encarou seus olhos escuros. Mas era tarde demais. As últimas faíscas de vida já tinham sumido. O bebê estava quieto, mole.

Aeduan se perguntou se sua própria mãe se parecera assim naquela noite todos aqueles anos atrás. O ferimento de flecha, o sangue — sangue infinito. Ele também não tinha conseguido salvá-la.

A morte te segue aonde quer que você vá.

Sua corda foi puxada, forçando-o a se levantar. Lizl adentrava a floresta à frente, espada em punho, deixando-o sem escolha a não ser segui-la.

Ele sentia-se satisfeito com aquilo. Ele queria seguir. Ele queria matar.

Eles passaram por mais corpos. Outra mulher, dois filhos. Cada um morto, cada um perfurado por virotes com rêmiges amarelos. Lizl não diminuiu o passo; Aeduan não diminuiu o passo atrás dela.

Os sons de luta se aproximavam. Mais pistolas estalando e gritos preenchendo o ar. Espadas tilintavam também, e a voz de um homem gritava ordens. Eles chegaram à extremidade da floresta, e seus olhos encontraram um massacre iluminado pela lua. Era um acampamento purista, muros altos, mas com o portão bem aberto. Corpos cobriam o solo pedregoso em fileiras, como se as pessoas tivessem fugido em debandada apenas para serem mortas uma a uma pelas costas.

Sangue pingava e escorria. Não eram apenas puristas que maculavam o solo de vermelho, mas nomatsis também. De diferentes idades, diferentes sexos, diferentes olhos vidrados e membros espalhados. O sangue, porém, sempre parecia igual.

Um grito, e um menino magricela que devia ter menos de catorze anos avançou pelo portão. Nas suas costas estava um escudo nomatsi. Ele não tinha armas. Apenas corria.

Ao mesmo tempo, Lizl e Aeduan abandonaram as árvores para defendê-lo. Mas, como antes, o menino diminuiu até parar ao vê-los, as mãos se erguendo e a boca tremendo. Sem palavras, apenas medo.

Duas flechas o atingiram. Uma atravessou a orelha, a outra, a garganta. Sangue borbulhou de sua boca. Suas pernas cederam sob ele.

Lizl ofegou. Aeduan cambaleou para a frente.

Ele logo parou, porém, quando o atirador saiu da mata. A capa branca do homem, manchada com sujeira e sangue, ondulava atrás dele. Os olhos dele encontraram os de Lizl, depois os de Aeduan, e ele assentiu.

— Continuem mandando-os até mim — gritou, gesticulando para o acampamento com a besta —, e eu vou eliminá-los conforme forem surgindo.

Lizl piscou, confusa, mas entre um batimento preguiçoso e o próximo, a verdade surgiu diante de Aeduan: ele tinha entendido tudo errado. Os massacres que havia encontrado, o monge moribundo que tinha enterrado. Ele tinha interpretado tudo errado.

Não eram os puristas e os corsários contra os nomatsis. Eram os puristas e os corsários *com* os nomatsis.

Contra os carawenos.

Aeduan se virou para Lizl, as palavras subindo pela garganta para alertá-la, para explicar o que estava diante deles. Mas ele não precisou, pois, um momento depois, uma menina saiu correndo do acampamento. Seu vestido cinza se emaranhou em suas pernas. Ela tropeçou sobre um corpo e caiu.

Ao lado deles, o monge recarregou a besta.

Lizl avançou contra o homem.

— *Pare!*

Ele não parou. A menina tentou se levantar, mancando, mas ela tinha quebrado alguma coisa. Suas mãos tentaram se segurar, seus gritos ficaram mais altos.

A besta foi acionada, uma flecha nova quase carregada. Lizl avançou. As mãos de Aeduan se ergueram.

Ele silenciou o sangue do homem. Foi preciso cada restinho de força que lhe restava, e a dor queimou dentro dele. Mas bastou. Bastou para agarrar e imobilizar o homem por uma respiração fraca. Depois duas.

Lizl alcançou o monge e arrancou a besta dele.

Então as chamas venceram, e Aeduan perdeu o controle.

O monge ficou tenso de imediato, girando como se fosse atacar — mas, em um movimento rápido demais para ser visto, Lizl desembainhou sua espada. Ela a segurava no pescoço dele antes que ele pudesse dar a volta.

— Por que você fez isso? — A voz dela estava estrangulada e aguda. — *Por que* você os matou?

— O que você quer dizer? — o monge rosnou. — Por que *você* me impediu? Nós temos ordens!

— De quem?

Aeduan se inclinou para a frente, esforçando-se para ouvir as respostas. Seu coração trovejava em suas costelas. As sombras oscilavam, e sua magia... Ele não conseguia mais alcançá-la, não conseguia mais farejar sangue — nenhum sangue. Nem mesmo o dos corpos caídos que sujavam o solo à sua volta.

— Do monastério, é claro. — Os olhos do monge foram de Aeduan a Lizl. — Quem são vocês? Se não foram mandados para ajudar, então por que estão aqui? Vocês fazem parte da rebelião?

— Ajudar com o quê? — Lizl exigiu. — Que rebelião? — Mas o monge não teve chance de responder antes de uma nova voz ressoar.

— Baixe sua arma! Estamos do mesmo lado.

Ao mesmo tempo, Aeduan e Lizl deslocaram o olhar para o portão do acampamento. Um monge elevava-se atrás da menina que eles haviam salvado, sua espada atravessada nas costas dela. Ele puxou a espada. A menina cuspiu sangue, e então seu corpo caiu entre os outros.

Aeduan conhecia aquele monge. Aquele era o cheiro que ele havia reconhecido — um homem que o tinha ajudado na cidade de Veñaza, quando ele caçava a Bruxa da Verdade. O cabelo claro do monge estava mais comprido, e sua perna estava ensanguentada.

Embora sua espada estivesse mais.

Um por um, onze monges se juntaram ao homem de cabelo claro. Cada um carregava uma lâmina coberta de carne. Após formarem uma linha, eles avançaram sobre Aeduan e Lizl. Pedaços de órgãos e excrementos atingiam o chão enquanto caminhavam. A vinte passos de distância, o líder parou, e os outros onze também pararam.

— Se afastem — o monge de cabelo claro gritou. — Nós lutamos pelo mesmo lado.

Lizl não baixou sua espada.

— Vocês mataram inocentes.

— Nós matamos vermes.

— Elas eram mães. — A voz de Aeduan tremeu, cada palavra em sua garganta feita de fogo. Ele continuou gritando, de qualquer forma. — *Crianças.*

— Que juraram lealdade ao rei corsário. — O monge da ponta cutucou o corpo mais próximo com a espada, uma senhora com cabelo branco e um peito perfurado por flechas.

— Sim — o líder concordou. — E essas pessoas produzem mais corsários, que aumentam os exércitos do rei corsário. Nós salvamos milhares de vidas ao destruir algumas. — Com aquelas palavras, os monges das extremidades começaram a andar, devagar, com cuidado, arredondando as beiradas da linha como lobos cercando um cordeiro.

Aeduan e Lizl não se mexeram.

— Ele — Lizl afundou a ponta da espada no pescoço do primeiro monge — disse que vocês têm ordens do monastério. Dadas por quem?

— Pelo abade, é claro. — O monge líder abriu os braços, como se os recebesse em uma festa. Como se eles fossem os últimos a chegar, e ele os mimasse ao convidá-los. — Essas ordens vieram diretamente do abade Natan fon Leid. Você vai enfrentá-lo?

Ainda assim, os monges aproximaram-se um centímetro mais. Ainda assim, a espada de Lizl se manteve erguida.

— Nós não somos *assassinos* — ela disse, e Aeduan se viu assentindo. Viu seus dedos se flexionando, prontos para a luta.

Uma que eles perderiam, mas uma que ainda valia a pena ser lutada.

— De que lado vocês estão? — O líder ergueu sua espada ensanguentada para Lizl. — É óbvio que vocês são monges como nós. Vocês usam a capa e a opala, e você — ele mirou sua espada em Aeduan —, eu conheço. Então *recuem*. Obedeçam às ordens do seu abade. Ou assumam que são rebeldes e encarem a punição sagrada.

Os olhos de Aeduan encontraram os de Lizl. Ódio queimava, e ele conhecia bem aquilo. Pulsava dentro das suas veias fracas. Queria justiça, queria vingança, e queria sangue. Ele raramente deixava aquela escuridão vir à tona. Ele raramente olhava em seus olhos e dizia "Sim, *hoje você pode sair*".

Aquela marcaria a quarta vez.

Ele mataria todos eles.

— *Agora!* — o líder monge gritou, a espada curvando-se para cima, e, em um avanço planejado, os carawenos se moveram.

Mas Lizl também se moveu. Em um borrão de velocidade, ela jogou algo para Aeduan. Ele pegou, pendurou em volta do pescoço e, no instante em que a pedra da dor tocou em sua pele, a noite ficou nítida ao seu redor. Cheiros de sangue colidiram em sua magia, e com eles veio o poder de controlar.

Lizl atacou. Aeduan atacou. A luta começou.

Com um golpe único e fluido, Lizl matou o primeiro monge. Sua espada perfurou a garganta dele. Para dentro, para fora. Sangue respingou em Aeduan enquanto ele mergulhava na direção da besta carregada. Com seus músculos abastecidos por poder novo e indolor, ele era imparável. Ele agarrou, apontou e atirou.

O segundo monge caiu. Um terceiro avançou contra Lizl, um quarto contra Aeduan. Ele deu um passo para o lado, dando a volta. Um chute no joelho fez a monja cair ajoelhada. Então ele agarrou a cabeça dela e girou. O pescoço deu um estalo. Ele tomou a espada dela.

As cinco mortes seguintes viraram uma mancha só. Intestinos e gritos e sangue aniquilando todos os sentidos. Sem emoções, apenas morte. Até que Aeduan se deparou com Lizl — e ela enfrentava os quatro restantes.

O líder, ao centro, aparentava raiva. Ele balançava a cabeça de um lado ao outro, sem parar, enquanto rosnava:

— Vocês não deviam ter feito isso. Vocês não deviam ter feito isso.

Com os músculos abastecidos pela magia, Aeduan saltou sobre os monges mais próximos. Sua lâmina foi abaixada, depois levantada na diagonal e na transversal. Movimentos amplos e circulares que teriam sido lentos demais se ele não fosse um Bruxo de Sangue.

Mas ele *era* um Bruxo de Sangue, e os dois monges caíram um segundo depois, faixas vermelhas manchando o ar onde eles desabaram.

Aeduan se virou na direção dos monges restantes — exceto que havia apenas o líder agora, pois Lizl tinha retalhado o outro.

— Vocês não deviam ter feito isso — ele repetia. — Vocês não deviam ter feito isso.

Aeduan tomou impulso. O monge se defendeu, um choque de aço. De novo e de novo, Aeduan atacou, e a cada vez o monge defendia. Um bom lutador — Aeduan lembrava-se daquilo de Veñaza.

Mas bons lutadores nem sempre eram bons homens.

Mais três giros, mais três defesas, e por fim Aeduan pegou o monge pelo punho. Um giro, um puxão, e ele cortou a mão do homem fora. Espada e mão caíram no solo.

Aeduan recuou sua lâmina, pronto para apunhalar o homem no coração.

Lizl foi mais rápida. Com um arco gracioso que atravessou carne, músculos e coluna, ela decapitou o monge.

A cabeça voou por alguns metros no ar antes de cair no chão.

Então os joelhos do homem cederam sob ele, o sangue jorrando, e seus restos sem cabeça tombaram. Mais um corpo para acrescentar à vala comum. Mais uma morte para alimentar a noite.

39

Por que você mentiu para mim?

Não menti.

Você disse que enviou cinco mil soldados e marinheiros para as suas fronteiras do norte. Meus vigias relataram que mais de dez mil estão a caminho.

Eu não enviei essas forças.

Alguém enviou.

E posso adivinhar quem.

— Quem fez isso? — Vivia percorreu o olhar pela sala. Catorze oficiais da Marinha Real e das Forças Terrestres a encaravam de volta, imóveis. Seguindo suas ordens, eles tinham se reunido em uma mesa comprida em uma sala fortificada nos Sentinelas de Noden.

Ninguém falara desde a chegada dela.

Então, ela repetiu a pergunta:

— Quem fez isso? Tropas não se movem sem ordens, e eu quero saber quem as deu.

Uma general terrestre na extremidade oposta da mesa foi a primeira a falar.

— Todos nós demos — ela disse. — Exatamente como fomos instruídos a fazer. — Ela retirou uma carta amassada do seu casaco verde-floresta e a escorregou pela mesa.

A cera azul-íris tinha sido rompida, mas, mesmo a dez passos de distância, não havia como confundir o selo real. Vivia estendeu a mão, os lábios apertados enquanto esperava que os oficiais lhe entregassem a carta.

Quando enfim chegou, ela a abriu. E, como esperado, a caligrafia de seu pai a encarou. Era uma carta detalhada, listando todos os pormenores que ele descrevera a ela. E estava com a data de uma semana atrás.

— Eu não dei essas ordens. *Eu*, que ainda mantenho o cargo de almirante. — Ela soltou a página na mesa. Sem batidas, sem ventanias temperamentais. Ela era o urso na floresta que não precisava rugir; o urso cujo tamanho imenso e força atemorizavam os animais menores. — Então me expliquem o porquê de vocês obedecerem.

— O Rei Regente... — um novo general começou.

— Não está mais no poder — Vivia concluiu. — Ele não é mais regente, e não é almirante há meses. Então me digam por que — ela pegou o papel de novo e o balançou na direção deles — nenhum de vocês veio me procurar quando meu pai deu início aos planos? Por que *nenhum* de vocês pensou em me informar sobre as mensagens que chegavam das torres de vigia? — Mesmo ao perguntar aquilo, ela sabia qual seria a resposta.

Eles não a tinham informado porque não quiseram.

As forças armadas de Nubrevna seguiam Serafin Nihar há anos. Décadas, até. Por períodos de guerra e de trégua, pela batalha e sítio. Quem era Vivia comparada àquilo?

Eu sou a rainha.

— Deem um jeito nisso. — Outro chacoalho na carta. — E deem um jeito *rápido*. Chamem as tropas de volta, mobilizem-nas para defender Lovats e rezem para que não seja tarde demais.

Nenhum dos oficiais reagiu àquela ordem. Nenhum "Aye, senhor!" ou continências rápidas. Nenhuma desculpa ou explicações sobre o motivo de terem mudado de rota com tanta facilidade, com tanta vontade. Na verdade, cada oficial à mesa agia como se ela não tivesse falado nada.

Naquele momento, Vivia percebeu que era pior do que ela temia. Ela estivera tão focada em proteger a cidade — tão determinada a fazer o que achava certo, o que ela *sabia* que a infraestrutura da planície de Lovats necessitaria — que não previra aquilo. Agora, ela tinha um motim completo em suas mãos, e seu próprio pai acendera o primeiro fósforo.

Compartilhar a glória, compartilhar a culpa.

Sua confirmação veio um segundo depois, quando um segundo almirante, de cabelo preto manchado de cinza, disse:

— Os vizires nos procuraram uma hora atrás. — Nenhuma expressão. Nenhuma inflexão. — Vizir Quihar, Eltar e Quintay. Eles nos informaram que a sua coroa foi revogada e que o Rei Regente voltou a governar.

— Ah — foi tudo o que Vivia conseguiu dizer. O único som ou respiração que ela conseguiu formar. O mundo havia se desfeito ao seu redor, e agora os peixes-bruxa a arrastavam para o inferno.

Não importava de nada que ela tivesse roubado um arsenal de armas marstok para suas tropas. Não importava de nada que tivesse capitaneado um navio próprio e ganhado a lealdade e o amor de sua tripulação. Não importava de nada que tivesse encontrado a cidade subterrânea e a lotado, e não importava de nada que nascera para o título e que o lago subterrâneo *a* escolhera.

Quando Serafin Nihar, antigo Rei Regente e antigo Almirante da Marinha e das Forças Terrestres acenara, aqueles soldados e três vizires haviam atendido ao seu chamado.

— Então — ela disse, a voz baixa —, vocês não vão recuar as nossas forças para defender Lovats?

Três oficiais balançaram a cabeça. Dois disseram "Não, Vossa Majestade", e os nove restantes apenas a fitaram com olhos entediados.

— Tudo bem, então. — Ela se afastou da mesa. — Saibam apenas que, quando a cidade de Lovats sucumbir ao rei corsário, vocês lidarão com a culpa... e o Fúria nunca se esquece.

Ninguém a impediu e ninguém a cumprimentou quando ela saiu da sala. Se sua ameaça — uma promessa, mesmo — incomodou os oficiais, nenhum demonstrou. Mas Vivia sabia que tinha falado a verdade.

Seu pai podia ter experiência no campo, podia entender de táticas de guerra de um jeito que Vivia seria a primeira a admitir não saber. Mas *ele não conhecia a cidade dela*. Ele não conhecia as pessoas amontoadas nas ruas. Ele nunca andara por Skulks ou servira os famintos em *Pin's Keep*. Ele nunca surfara nas ondas das cisternas ou explorara a cidade subterrânea.

Ele era um enxerto de Nihar que tinha se casado por poder. Que roubava discursos e títulos e glória que não eram seus, e o direito de governar não vivia dentro de suas veias.

No entanto, apesar de tudo aquilo, foram necessárias apenas poucas palavras para três vizires e para as forças armadas. Entre um badalar dos sinos e o seguinte, todo o poder de Vivia — todos os seus planos e suas proteções cuidadosas tinham sido puxados de baixo dela.

Ela deveria ter previsto. Mas não tinha. Nem um pouco.

Todos aqueles anos, seu pai dissera que queria apenas o melhor para ela, que ele apenas se importava com ela. E todos aqueles anos, ela acreditara nele.

Quando chegou ao barco, muitos minutos depois, seus guardas tentaram se juntar a ela. Ela os enxotou. Depois embarcou, invocou suas marés e se lançou às correntezas enfeitiçadas que levavam ao aqueduto setentrional.

Ela não se sentia mais ligada ao seu corpo. À terra firme. Não eram os oficiais que se afogariam — era ela. Ela *já* estava se afogando. Já estava afundando sob as ondas, observando a luz solar desaparecer, até que logo não restaria nada além dos peixes-bruxa de Noden e uma última lufada de ar.

Ela tinha feito tudo errado. Tinha sido parecida demais com a mãe, exatamente como o Conselho Superior temia. "Rainha por sangue", eles tinham dito sobre a mãe dela, "mas louca da cabeça." Eles queriam que Vivia fosse como Serafin, que dá ordens com a mesma facilidade com que respira. Queriam vozes elevadas e confiança e uma fúria que fizesse seus inimigos se curvarem.

Vivia presumia que fazia sentido que a Marinha Real e as Forças Terrestres quisessem aquilo também. Mesmo depois de ela ter exposto a verdade sobre a infraestrutura da cidade, de ter passado horas criando uma estratégia detalhada para proteger Lovats e atrasar o rei corsário — *mesmo depois de tudo isso*, uma única ordem vociferada pelo Rei Regente fez com que todos se alinhassem.

Em algum momento, Vivia não sabia quando, as lágrimas começaram a cair. Rastros quentes e furiosos que impulsionavam sua magia da maré ainda mais e mais rápido. O vento chocava-se contra ela. Ela imergiu em torno de navios, balançou ao redor de balsas, deu guinadas, pulou e surfou por ondas de sua própria criação.

Mas não era rápido o bastante. Nunca era rápido o bastante. Ela não conseguia se distanciar daquela vergonha que a perseguia, nem da fúria por ter governado de um jeito *tão ruim*. Não era uma fúria fingida também, utilizada para ganhar a aprovação do pai, nem mesmo uma fúria Nihar descontrolada da qual a família de seu pai sempre se orgulhara.

Aquela era uma *fúria* verdadeira, capaz de partir corações e romper marés. Tudo se dirigia para dentro, para a verdade que agora estava exposta diante dela: ela não era apta a governar. Ela jamais seria a única coisa pela qual lutara tanto para ser.

Vivia se perguntou se foi assim que sua mãe se sentiu antes de pular.

Aquele era o local, bem ali na frente. Uma faixa de pedra despretensiosa no aqueduto onde sua mãe finalmente havia decidido que as sombras eram excessivas. Que apenas na morte ela poderia entender a vida, e que a corte de Noden seria uma solução mais fácil do que o peso da vida sombria que se estendia diante dela.

Por treze anos, Vivia nunca olhara para aquele local ao navegar. Ela sempre fixava o olhar nas andorinhas-de-bando, dançantes, felizes e livres.

Naquele dia, ela olhou. Naquele dia, ela diminuiu a velocidade do esquife e encarou a pedra cinza, sarapintada de nuvens e bruta, enquanto duas andorinhas passavam.

Por todo aquele tempo, ela tinha temido que, se olhasse para aquele local, que se não se virasse para o lado contrário, seus pés se moveriam naquela direção. Que as sombras dentro dela venceriam, e que o Conselho Superior — e todo mundo — estaria certo: ela era louca demais da cabeça para ser rainha.

Quando criança, ela havia tentado culpar Merik pelo que Jana havia feito. De alguma forma, se fosse culpa de *Merik*, não seria culpa de Vivia. E o mesmo destino não a assolaria.

A pressão em seu peito não venceria.

Ela tinha se arrependido do que havia dito a ele, mas nunca se arrependera tanto como naquele momento. Com a brisa acariciando seu rosto, com as ondas quebrando gentis. Pois ela não sentia vontade de seguir sua mãe até o limite. Ela sentia apenas o pesar vazio que sempre sentira, e nada — nem Noden nem o tempo — poderia livrá-la daquilo.

Não era culpa de Merik que a mãe deles tivesse pulado. Nem de Vivia. Jana havia morrido porque não vira outra escapatória, e porque ninguém sabia como ajudá-la.

Todos aqueles anos, Vivia pensara que precisava ser mais forte que a mãe, que precisava lutar contra a escuridão para usar a coroa. Mas aquilo era mentira; aquilo era seu pai falando.

Jana *tinha* sido forte — mais forte que Serafin. Mais forte do que qualquer um conseguia notar, pois ela vivia com as sombras todos os dias e ainda governava, ainda guiava, ainda amava. Em vez de alimentar aquela força, porém, Serafin alimentara as sombras. Ele tinha abalado e manipulado, assim como abalava e manipulava Vivia agora.

Pois, aye, Vivia tinha sombras dentro dela também, mas elas não eram como as de Jana. Elas eram suas, tão únicas quanto os mecanismos de fogo de raposa que brilhavam embaixo da cidade. E vinte e três anos de vida com elas tornaram Vivia mais forte do que qualquer um conseguia notar.

Mais forte do que Serafin conseguia notar.

Apenas duas semanas atrás, ele tinha prometido: "Seja a rainha que eles precisam, e logo uma coroa de verdade virá". Mas agora ela via que aquelas palavras nunca foram sinceras. Ele a traíra. Ele havia agido pelas costas dela e roubado o poder que ela trabalhara tanto para conquistar e trabalhara tanto para usar com sabedoria e compaixão.

No entanto, ela não precisava de uma coroa para proteger Nubrevna do rei corsário. Ela podia ser a rainha de que precisavam, com ou sem uma coroa. Assim como podia ser a rainha de que precisavam mesmo com a loucura vibrando em suas veias — ou talvez *porque* a loucura vibrava em suas veias.

Bastava de apunhaladas pelas costas e joguinhos mentais, bastava de buscar aprovação de pessoas que a consideravam incompetente ou desequilibrada. Bastava de pisar em ovos em uma sala porque as mulheres não deveriam correr, gritar ou governar.

E acima de tudo: bastava de arrependimentos.

Vivia estava pronta para ser rainha.

40

Merik acordou à noite com a voz de Esme. Ela falava com alguém que ele não conseguia ver, e duas vezes ele pensou ter ouvido: *"Iseult, onde está você? Não consigo te encontrar. Iseult?"*.

Mas poderia ter sido um sonho. Estar acordado ou tendo pesadelos — não havia como separar os dois. Esqueletos dançantes e luz do luar em um lago mágico. Exércitos de sombras e facas no coração. Tudo se misturava em uma tela.

Foi o frio que acabou acordando Merik. Gelo tinha se acumulado em seus ossos enquanto dormia, e cada respiração parecia fraca e cortante. Tremendo, ele abriu os olhos.

— Olá, irmão de ligação — cantarolou uma voz familiar. — Feliz em me ver?

Merik piscou — depois piscou de novo, até que Kullen surgiu nitidamente diante dele. Ele estava apoiado contra a parede, os braços cruzados sobre o peito largo e um pé enroscado atrás do tornozelo. Sua orelha direita estava mutilada, com metade faltando, sangue escuro coagulado nas extremidades. Merik não sentiu nenhuma satisfação ao ver o ferimento que ele próprio causara.

Gelo cobria as pedras ao redor de Kullen, inchando e encolhendo no ritmo da respiração dele. Esme não podia ser vista em nenhum lugar.

— Você não parece estar muito bem — o Fúria observou.

Merik não se sentia muito bem, mas ele não daria a Kullen a satisfação de ouvir aquilo. Ele apenas se arrastou cambaleante para uma posição sentada e examinou a lama que cobria suas botas, o local frouxo onde sua calça tinha se soltado.

O antigo Merik teria arrumado aquilo na mesma hora. Ele gostava de alisar qualquer amassado que houvesse. Agora, andava cansado demais. Seu melhor amigo estava tão próximo fisicamente, mas, mentalmente, estava a milhares e *milhares* de quilômetros de distância.

Por semanas, Merik havia se perguntado se, algum dia, uma cicatriz se formaria acima do seu coração. Já era ruim o suficiente perder seu melhor amigo para o destrincho. Depois, ele descobrira que seu irmão de ligação também tinha se tornado um monstro. O Fúria.

Agora ele sabia que aquele ferimento ficaria aberto e machucado para sempre. Merik *sentia saudades* de Kullen. Ele sentia saudades de sua firmeza, constante como a maré é para o mar. Sentia saudades do sorriso estranho de Kullen, e das piadas cínicas e sarcásticas que sempre contava. Acima de tudo, ele sentia saudades de saber que havia ao menos uma pessoa no mundo que o entendia, e uma pessoa a quem ele entendia de volta.

Mas ele não entendia o Fúria. Não sabia quem aquela criatura era, como ele se apossara da mente e do corpo de Kullen, ou como um fio de ligação havia salvado a vida de Merik durante a explosão do *Jana*. A magia de Esme ia além da sua compreensão; a magia do Fúria, mais ainda.

Mas havia uma coisa que ele sabia: se um Homem do Norte podia voltar do destrincho, ele e Kullen também podiam.

Ele *precisava* se agarrar àquela esperança. Ele *precisava* acreditar que podia ser verdade.

Kullen riu, um som agressivo como um cacarejo, que perseguiu os pensamentos de Merik.

— Preciso admitir, Merik, me diverte te ver desse jeito, depois de ter colocado tanta gente nos grilhões. Quantas você acha que foram? — Ele começou a contar nos dedos, mas logo desistiu e deu de ombros. — A lista é longa demais para lembrar. *Disciplina*, era como você chamava, mas me diga a verdade: você gostava de punir aqueles tolos, não é? Você gostava de ver eles se contorcendo.

Merik rangeu os dentes, mas segurou a língua. Mesmo quando Kullen se afastou da parede e se aproximou. Mesmo quando o gelo estalou na direção dele e Kullen declarou:

— Eu com certeza gosto de ver você se contorcendo. Reduzido ao mesmo destino que deu aos outros. Como é que aquele antigo ditado diz? Você sabe, aquele que a sua tia sempre dizia. — Ele girou uma das mãos no ar. — "O que quer que você tenha feito, voltará dez vezes maior, e o assombrará até que você se redima." Porque o Fúria nunca se esquece, Merik. — Kullen se agachou, a um único passo de distância. — Eu nunca me esqueço.

Merik puxou o ar congelado, mas ainda não ergueu os olhos para o outro homem.

— Nenhuma palavra para o seu irmão de ligação? Fala sério. Eu só quero te ajudar, Merik. Eu só quero te *soltar*. Reis não deveriam ser acorrentados.

Com aquelas palavras, Merik finalmente olhou para cima.

— Eu não sou rei.

O ar se aqueceu; Kullen sorriu.

— Mas podia ser. *Deveria* ser, na verdade, e acredite em mim quando digo que eu entendo desse tipo de coisa. — Com as mãos apoiadas nos joelhos, ele se impulsionou, levantando de novo. — Sabe, tudo o que eu preciso fazer é pronunciar uma palavra, e a Marionetista te deixará ir embora. Só uma palavrinha.

— Então diga.

— Primeiro você precisa concordar em se juntar a mim.

— Tudo bem. — Merik ergueu um ombro. Suas correntes tilintaram. — Eu concordo em me juntar a você. Agora me deixa ir.

Uma risada escapou de Kullen. O ar subitamente se tornou sufocante.

— Muito inteligente, mas você deve saber que eu não posso confiar em você tão facilmente. — Ele balançou um dedo na direção de Merik. — Você não tem sido um irmão de ligação leal, e há muita coisa em risco para arriscar outra traição.

— Então me deixe provar. — As palavras surpreenderam Merik tanto como pareceram surpreender Kullen. Ele não sabia de onde elas tinham saído, mas o aumento rápido de calor no cômodo sugeria que tinham sido acertadas.

Os olhos de Kullen se apertaram, pensativos.

— E como faria isso, Merik? Como você pode me provar que é um amigo leal?

Os batimentos de Merik aumentaram. Suas palavras impulsivas lhe tinham garantido uma chance — uma chance boa que não podia ser desperdiçada. "Mova-se com o vento", o mestre de caça Yoris tinha ensinado a ele — e a Kullen também. "Mova-se com a corrente. Rápido demais, príncipe, e a presa sentirá sua presença muito antes de você alcançá-la."

E como a tia Evrane também o treinara, "as informações eram melhor apuradas através de conversas".

— Talvez — ele disse, devagar —, se você me disser o que pretende fazer, eu possa te dizer como posso ajudá-lo.

Kullen não disse nada, e, conforme os segundos passavam, o cômodo parecia encolher, como se cada gota de ar estivesse sendo levada para seus pulmões. E conforme cada segundo passava sem resposta, os pulmões de Merik se comprimiam mais e mais.

Até que, enfim, o Fúria espalmou as mãos.

— Por que não? — Ele devaneou em voz alta, e Merik finalmente soltou a respiração. — É bem direto. — O Fúria se apoiou mais uma vez na parede. — Quero entrar na montanha, mas meu fio afetivo me afasta. A entrada é enfeitiçada, e... Vamos apenas dizer que a força bruta não está funcionando rápido o bastante. Nós conseguimos entrar nas criptas, mas meu medo é que não nos leve até o coração do Adormecido.

Dentro das criptas. Era lá que Merik tinha deixado Ryber e Cam. Mas eles deviam ter seguido em frente. Aprofundado-se mais naquela montanha que ele ainda não compreendia.

— Você não viu nenhum sinal de Ryber? — perguntou, cuidando para manter seu tom de voz casual.

— Não. Ela e aquele garoto Leeri se aprofundaram na montanha, e agora eles não precisam mais voltar. As criptas não são a única porta de entrada ou de saída.

Lá estava de novo. Uma referência a portas. Primeiro Ryber, depois Esme, agora Kullen.

— O que são essas portas?

— Poder — Kullen respondeu, como se aquilo explicasse tudo. — Quem controla as portas controla as Terras das Bruxas. Elas atravessam todo o continente, Merik. Entre na montanha aqui — ele esticou o braço direito — e saia da montanha aqui. — Ele esticou o braço esquerdo.

— Então por que você não pode usar essas outras portas?

— Infelizmente — o nariz de Kullen se enrugou, os braços caindo —, eu não consigo me lembrar de onde elas estão. Eu costumava saber, e eu sei que encontrei uma ao sul. A Ryber disse que eu encontrei, mas as malditas Bruxas da Visão roubaram a minha memória. Embora... — Ele arregalou os olhos e deu um sorriso terrível para Merik. Depois, bateu na própria cabeça. — Elas não tenham conseguido roubar todas as lembranças. Apenas uma. Apenas a do seu irmão de ligação. O resto de nós ainda está aqui. O Fúria ainda está aqui, e ele estava presente no dia do acerto de contas.

Merik não fazia ideia do que aquilo significava. Ele não fazia ideia do que a maioria daquilo significava, mas, contanto que conseguisse manter Kullen falando, ele podia continuar formulando um plano.

— Então — ele tentou — você *sabe* onde ficam as entradas?

Ao mesmo tempo, o sorriso do Fúria se desfez. Um vento soprou ao seu redor, feroz e gelado. Ele começou a andar.

— Sei de apenas uma. — Passo, passo, passo, giro. — Mas aquela miserável da Eridysi fez com que a porta viaje apenas em um sentido para o meu povo. Não posso usá-la para entrar. E quanto às outras portas, eu nunca tive permissão para usá-las antes de a traição destruir todos nós. E os outros sobreviventes como eu... — Ele fez uma careta, gelo sendo lançado sobre as pedras. — Eles lembram menos ainda. Inúteis, todos eles. Então, como você pode ver, resta apenas o acesso pelas criptas. E já que é o caminho de que eu me lembro, é o caminho que usaremos.

Passo, passo, passo, giro. Passo, passo, passo, uma pausa. Kullen se inclinou na direção de Merik.

— Agora me diga: o que você propõe, irmão de ligação? Como você vai me ajudar a conquistar o que eu quero?

Merik umedeceu os lábios, tão secos. Sua garganta estava seca também. Irritações distantes e superficiais, no entanto. Naquele momento, tudo o que importava era se mover com o vento, com a corrente. Provar-se; tirar o colar.

Pense, pense, pense.

Mas ele não teve a chance de pensar. Não antes de o Fúria oferecer sua própria proposta.

— Atraia eles e os mate. — Ele falou aquilo quase que para si mesmo, as palavras tão fracas que Merik mal as ouviu por cima do vento que ainda sussurrava.

Então Kullen andou na direção dele e, ao se agachar, repetiu:

— Atraia eles e os mate, Merik. Aí voltarei a confiar em você como meu irmão de ligação.

— Eles? — Merik perguntou, mesmo sabendo qual a resposta devia ser. Mesmo *sabendo* que não podia dizer não àquele pedido, não sem perder a única benção de Noden desde sua chegada ali.

— Ryber e Leeri. — Kullen sorriu. A morte brilhou em seus olhos.

— Mas ela é o seu fio afetivo.

— *Era* o meu fio afetivo — ele corrigiu. — Como você, porém, ela não tem sido muito leal.

Nunca, em mil vidas, Merik poderia matar Ryber ou Cam. Ele se mataria antes de fazer aquilo. Mas, naquele momento, era a única coisa que podia dizer para provar seu valor. Ele não alertaria aquela presa. Ele se moveria exatamente como o vento e a corrente exigiam.

— Tudo bem — disse, erguendo o queixo. — Como você quiser, Kullen. Eu vou atraí-los e matá-los.

41

Algo mudou entre Aeduan e Lizl. Quando a luta terminou, Lizl não sacou sua espada para Aeduan, e Aeduan não tentou fugir. Eles apenas ficaram parados, com vapor saindo dos corpos e sangue encharcando o solo entre eles.

A noite, de repente, ficara quieta demais.

— Você não usou sua magia — Lizl disse, por fim, pequenos ofegos pontuando suas palavras. Seu rosto estava marcado com sangue e sujeira. — Na luta, você poderia tê-los segurado no lugar, mas não fez isso.

— Eu... só uso se for necessário. — Aeduan ofegou por ar, tão denso com o cheiro da morte. — Não é honroso. Não contra o nosso próprio povo.

— Desde quando você se importa com honra? — Não havia veneno na voz dela. Apenas exaustão e genuína confusão.

Aeduan não ofereceu nenhuma resposta, e ela não parecia esperar uma. Os momentos se passaram, ambos respirando. Ambos processando o que tinha acontecido. Eles tinham lutado contra seu próprio povo, matado seu próprio povo, e havia sido a coisa certa a fazer.

— Tem algum sobrevivente? — Lizl perguntou, e Aeduan assentiu, um movimento irregular. Sua magia podia estar fraca, mesmo com a pedra da dor, mas ele ainda conseguia farejar quatro pessoas vivas dentro do acampamento.

— Não podemos fazer nada por eles — disse, a voz áspera. — Eles não vão nos enxergar como aliados. — Ele gesticulou para a capa que usavam. — Vão tentar escapar ou nos matar.

— Ah — ela concordou, esfregando os olhos. O que só serviu para espalhar mais sangue em seu rosto.

— Esse não é o primeiro massacre que eu vejo. — Aeduan descreveu as tribos mortas que encontrou, e o monge morto que tinha culpado os puristas. Pela primeira vez desde o fim da luta, houve um lampejo de raiva no rosto de Lizl.

Não havia mais surpresa anestesiada, nem recuperação ofegante. Os lábios dela se levantaram em um rosnado.

— Por que Natan ordenaria isso? — Ela se virou devagar, sacudindo a cabeça enquanto assimilava a batalha toda. — Eles disseram que a intenção era impedir o rei corsário, mas... isso me parece um monte de *merda*.

Parecia um monte de merda para Aeduan também. O monastério jamais interferira na guerra antes.

— Achei que era o nível dez que tinha atraído o monge aos nomatsis. Mas agora...

— Agora isso não faz sentido. — Lizl se inclinou sobre o monge decapitado e, em um pedaço de capa limpo, limpou sua espada. Com brusquidão. Com movimentos quase violentos. — É verdade que o Natan só se importa com moedas, mas quantas moedas podem justificar isso? Que *moeda* pode pagar pelas vidas de crianças? Eu vou matá-lo. — Ela olhou para cima, as pupilas encolhidas como agulhas. — Eu vou *matá-lo.*

De repente, ela se endireitou, dando uma risada amarga.

— Acho que a monja Evrane estava certa. Ela me disse que homens como Natan nunca deveriam liderar. Que ele sinalizaria o fim de tudo em que acreditamos. Ela queria que *eu* me candidatasse ao cargo. — Lizl bateu no peito. — Tola como eu era, não quis ficar presa no monastério quando havia tanto mundo a ser visto. Tanta... tanta *glória* a ser conquistada.

— Isso não é culpa sua.

— Não. Não é. É de Natan, e ele enfrentará a nossa justiça. — Com um tilintar do aço, ela embainhou a espada e se virou. — Temos que ir ao monastério e contar aos outros o que ele fez.

— Os outros já sabem — Aeduan disse. — E os outros claramente aprovam.

— Nem todos. Eles disseram que há rebeldes. Eles devem estar lutando contra isso.

— Então por que não ficamos sabendo?

— Eu não sei. — Ela balançou a cabeça. — Talvez tenha apenas começado. De que importa? Isso precisa acabar. Nós fizemos um voto de *proteção*.

— Proteção ao Cahr Awen, sim.

— Essa é a sua justificativa? — Lizl se afastou. — Você não está machucando o Cahr Awen, então tudo bem?

— Eu não estou machucando ninguém.

— Você passou a vida toda machucando os outros! Quantas pessoas você matou ou mutilou, Bruxo de Sangue? De quantas pessoas você já *tirou* algo apenas porque uma tarefa te pediu para fazer isso? — A voz de Lizl aumentava a cada palavra. — Você diz ser honrado, *mas ainda assim você está lutando pelo rei corsário.*

Lá estava de novo. Aquela faísca de raiva tensionando os pulsos e os punhos de Aeduan. Só que agora ele tinha uma pedra da dor. Agora, ele tinha sua magia. Ele podia correr. Ele nem precisava controlar o sangue de Lizl. Ele podia incitar seus músculos a uma velocidade que ela não conseguiria acompanhar. Mas não havia como ultrapassar o Fúria.

— Você — ele disse, sua própria voz cuidadosamente controlada — não me conhece nem um pouco. — Então ele agarrou a pedra da dor e a tirou do pescoço. No mesmo instante, seu corpo cedeu. Fogo invadiu seu peito, sua barriga, seu cérebro. Ele se curvou, os olhos se fechando. A pedra caiu no solo ensanguentado.

Ele atingiu o chão poucos minutos depois, caindo de quatro, o peito arfando. O monge decapitado estava perto o suficiente para Aeduan farejá-lo sem magia.

— O que você está fazendo? — Lizl se aproximou.

— Eu... quero que você confie em mim — ele disse. — Eu não matei essas pessoas. Meu pai não matou essas pessoas. Natan e os monges mataram. *Eles* são o seu inimigo, não eu.

Lizl não disse nada, então ele continuou:

— Eu encontrei o Cahr Awen. Elas... curaram o Poço em Nubrevna. A monja Evrane te contou?

— Ouvi dizer, mas não acreditei. — Ela soltou o ar com força. Então houve um assovio de tecido, um tilintar de metal, e Lizl se agachou ao lado de Aeduan.

E ele percebeu que não conseguia farejar o sangue dela. Tão perto, mas as guirlandas de margaridas e beijos maternos tinham desaparecido.

— É verdade. — Sangue escorreu da boca dele. — E... eu encontrei metade do Cahr Awen uma segunda vez. A finalizadora das sombras. Mas eu falhei em protegê-la. A mandei ao monastério. A mandei para o abade.

Lizl inspirou abruptamente.

— Eu disse a ela que os monges a ajudariam. Eu disse a ela que estaria segura lá. — Aeduan tentou balançar a cabeça; não conseguiu, e, logo, estava tossindo.

Sangue respingou na capa de Lizl, fresco e quente. Em vez de recuar, ela apenas ficou sentada ali, esperando. E esperando mais, mesmo enquanto a tosse de Aeduan respingava cada vez mais longe.

— Você — ele se forçou a dizer — precisa afastá-la... dele.

— Eu — ela disse, apenas. — Quer dizer, sozinha.

Apertando os molares, Aeduan ergueu o rosto e se forçou a sustentar o olhar dela. *Dor, dor, dor.*

— Não posso ir com você.

Ela fez um som zombeteiro.

— É *claro* que não pode. Você sempre foge, Bruxo de Sangue. Desde que éramos crianças.

Os olhos de Aeduan baixaram de volta ao solo. A pedra da dor brilhava a centímetros de distância. Ele podia pegá-la de volta. Ele podia acabar com aqueles gritos em seus músculos e sentir sua magia vibrar mais uma vez.

Ele não a pegou.

— Quanto... mais tempo você ficar comigo — disse —, mais perigo você corre, monja Lizl. O Fúria... O homem que veio atrás de mim em Tirla... Ele virá de novo, e te matará.

— É? — Ela agarrou o queixo de Aeduan, e puxou o rosto dele na direção do dela. — E o que esse "Fúria" quer com você?

— Ele trabalha para o meu pai. E o meu pai quer que eu esteja ao lado dele.

— É para lá que *você* quer ir?

— Não — ele disse, e era verdade. Mesmo sabendo que seu pai não tinha matado aquelas pessoas, mesmo sabendo que um homem como Corlant defendia os puristas e os nomatsis, ele ainda não queria voltar.

A faca da Senhora Destino, porém, havia caído, e para ele só podia haver um caminho.

— Eu queria acreditar em você — Lizl disse. — Mas não consigo. — Mesmo ao falar aquelas palavras, seu rosto se suavizou. A linha entre as sobrancelhas dela desapareceu. — A sua pele está pegando fogo — murmurou — e você está sangrando e sangrando e sangrando. Você está morrendo, monge Aeduan. Não está?

— Sim.

Ela soltou o queixo dele. A cabeça de Aeduan caiu. Seus braços balançaram perigosamente embaixo dele. Se ele não se mexesse, cairia de cara no chão, e se caísse, ele não achava que conseguiria levantar de novo.

Lizl sentiu aquilo também, pois de repente ela estava lá, agarrando os ombros dele e o puxando para cima. Foi necessária toda a força restante nele para não tombar para trás. E foi necessário todo o seu foco para apenas continuar respirando.

— Sabe — Lizl começou —, achei que te ver assim me deixaria feliz. Eu até costumava imaginar isso, quando éramos crianças. Eu me imaginava ultrapassando você no bloco de treinamento, ou recebendo mais tarefas, ou sendo mais elogiada pela monja Evrane. Mas eu não me sinto feliz agora. Me sinto enojada. Todos esses anos, achei que você fosse especial. Achei que você fosse mais forte, até mesmo *melhor*, porque a sua magia te tornava imparável. Acontece que você morre como qualquer outro homem. E você é um covarde como eles, também. Então vá. Me deixe e se junte ao seu pai como você deseja tanto fazer. Não quero a sua fraqueza ao meu lado.

Em um movimento gracioso, ela recuperou a pedra da dor do solo ensanguentado. Depois, parou na frente de Aeduan e olhou para baixo.

— Mas lembre-se, você me deve três dívidas de vida, Bruxo de Sangue. Uma pela pedra da dor. Uma pelo Cahr Awen. E uma por não te matar agora. — Ela soltou a pedra no colo dele.

Não tocou na pele.

— E eu vou esperar pelo pagamento, então não morra antes de eu poder cobrar. — Sem mais palavras, Lizl partiu. Ela adentrou a floresta, para longe de Aeduan, para longe dos monges que tinha matado e dos inocentes que havia tentado salvar.

Aeduan a observou partir, esperando até que ela saísse de vista para colocar a pedra ao redor do pescoço. Suas mãos tremeram. Seus pulmões tremeram. Então a pedra foi ativada e a agonia se afastou, escondendo-se embaixo das mentiras de uma magia anestesiante.

Ele se levantou, os músculos mais uma vez livres e fortes, e andou. Para o norte, em direção aos picos mais altos das Sirmayans. Para o norte, em direção ao seu pai.

A faca da Senhora Destino havia caído, e era chegada a hora de descobrir quão afiada sua ponta podia ser.

42

Tudo o que Iseult queria fazer era acordar. Tudo o que ela queria fazer era cessar aquelas chamas e o riso infinito. O Bruxo de Fogo estava lá sempre que Evrane a colocava para dormir — e Evrane a colocava para dormir sempre que ela acordava.

Ela só tinha tempo suficiente de cambalear até um banheiro, as cortinas e a cabeça de carneiro e a cama dossel girando a cada passo. Então ela se aliviava, bebia um pouco de sopa e... voltava para a cama. Voltava a dormir. Voltava para as chamas do Bruxo de Fogo.

O rei prateado não a salvara de novo.

Iseult implorava para que Evrane a deixasse continuar acordada, mas as palavras sempre saíam estranhas. Truncadas e fracas, como se ela falasse a língua errada pela boca de outra pessoa. E, toda vez, a monja apenas balançava a cabeça, confusão em seu rosto e em seus fios.

Às vezes, Leopold estava lá também, a mesma careta em seu rosto solar e em seus fios solares.

Quanto tempo se passou? Iseult tentou perguntar. *Há quanto tempo estou aqui? O que há do lado de fora desse quarto? A batalha entre monges ainda está acontecendo?* Mas, como Evrane, tudo o que ele conseguia fazer era balançar a cabeça e dizer-lhe para descansar.

Finalmente — ela não tinha ideia de *quando*, pois a porta nunca se abriu e as cortinas nunca se mexeram —, Iseult abriu os olhos. Evrane não estava lá, e nenhuma sombra a açoitava. Nenhuma magia atordoante a mantinha presa.

Então ela respirou, profunda e completamente. Depois tentou engolir, surpresa quando não apenas conseguiu sem tossir, mas também sentiu a língua passar pelo céu da boca. Sentiu a garganta se mexer e os lábios rachados se apertarem.

Em seguida, ela girou a cabeça, satisfeita quando o quarto permaneceu, em sua maioria, intacto. Apenas um desfoque e uma tontura leve. Na verdade, ela só conseguiu identificar Leopold parado nas cortinas, espiando para fora. Seus fios se agrupavam com preocupação dourada e contemplação verde. O braço esquerdo dele ainda estava em uma tipoia.

— O que aconteceu com Owl? — ela falou, a voz grossa. *Cartorrano.* As palavras tinham saído em cartorrano, graças à deusa.

Os fios de Leopold deslizaram com surpresa azul da cor do mar. Ele se virou na direção dela, as sobrancelhas oscilando. O alívio espumando acima dos outros sentimentos. Ele se aproximou, mancando levemente, algo que Iseult não tinha notado antes. Não tinha *conseguido* notar antes.

— Como você está se sentindo, Iseult? Devo chamar a monja Evrane?

— *Não.* — A palavra irrompeu, alta e instável. Iseult podia confiar por inteiro na monja e estar em débito com ela em várias vidas também, mas, naquele momento, ela não queria dormir. Ela queria respostas.

— Não chame ela. Me sinto bem. Só me diz: onde está a Owl?

Ele engoliu. Uma espiral de pesar se destacou.

— Eu não sei — Leopold admitiu, alcançando a cama. — Tudo aconteceu tão rápido.

— Ah. — Iseult esfregou o rosto, parando no mesmo instante quando seus dedos encontraram ataduras. Estranho, já que ela não sentia dor ali.

— Aqui. — Leopold serviu-lhe um copo de água de uma jarra em uma mesa ao lado da cama. Embora estivesse apenas com uma das mãos livre, ele continuava ágil como sempre.

Mas ela afastou a bebida. Não sabia quanto tempo tinha antes de Evrane voltar e fazê-la dormir de novo.

— Pensei ter visto o Mirtilo. Quando o fogo começou, eu vi os fios dele. Será que ele salvou a Owl?

— Você saberia melhor do que eu, Iseult. Eu não vi nada além das chamas. Posso? — Leopold indicou a cama, e, quando ela assentiu, ele a ajudou a se levantar.

Daquela vez, ela aceitou a ajuda. Ela não sentia nenhuma dor, mas seus membros pareciam feitos de mármore. Pesados demais para se moverem sozinhos.

— Precisamos procurá-la — disse, enquanto a mão saudável de Leopold escorregava por suas costas.

Ele deu uma risada. Não era um som cruel, mas de espanto, combinando com os seus fios.

— Vou fazer isso assim que acabar de te levantar... Espera, você está falando sério? — Ele recuou. — Iseult, tem monges tentando nos matar lá — ele acenou com a cabeça na direção da porta — e um exército extenso do rei corsário bem ali. — Ele acenou com a cabeça na direção da janela. — Se a criança estiver viva, e eu espero que esteja, não há nada que possamos fazer para ajudá-la.

— Sempre podemos fazer alguma coisa. *Sempre.*

Com as palavras dela, fragmentos de um tom borgonha vivo atingiram os fios de Leopold. Tons de pêssego também. Em qualquer outra pessoa, ela teria interpretado como ternura, talvez até mesmo desejo. Mas nele... Nele, ela não conseguia entender.

— O que foi? — perguntou.

— Eu não disse nada.

— Não, mas você sentiu alguma coisa. Me diga o quê.

Agora uma vergonha cor de trigo percorria seus fios. Ele sorriu, um sorriso pesaroso que acompanhava tão bem os seus sentimentos que Iseult piscou. Havia até um leve rubor colorindo as bochechas dele.

— Eu não consigo mesmo esconder nada de você, não é?

— Isso não responde à pergunta.

— Não. — Ele percorreu um polegar pelo lábio superior, antes de finalmente murmurar: — Por favor, Iseult. Deixe um homem ter segredos. — Depois ele se abaixou para pegar algo atrás da mesa. — Aqui, tenho algo para você.

Um desvio de assunto bem inteligente, que Iseult permitiria. Ainda havia tanto que ela precisava saber, mas seus olhos ardiam mais e mais a cada segundo.

— Eu sei que esse não é exatamente o seu livro, mas o texto *é* o mesmo. Na verdade, esse é o original. Eu peguei dos arquivos do monastério. — Ele deslizou um tomo de couro preto na cama. — Achei que poderia provar que eu disse a verdade. Sobre Eron fon Hasstrel.

Iseult olhou para o livro... E seu estômago gelou. Ela engoliu em seco, sentindo o rosto formar uma careta confusa — e também sentindo-se espantada demais para impedir.

Um guia ilustrado do Monastério de Carawen.

Era o mesmo livro sobre monges carawenos que ela deixara para trás em Veñaza. A única maneira de Leopold saber daquilo era se ele estivesse mesmo trabalhando com o tio de Safi.

— É provável que você não queira ler, mas eu achei...

— Obrigada — ela interrompeu. E estava sendo sincera. Tudo tinha estado tão instável desde a partida de Aeduan, desde a queda e os sonhos e a escuridão. Aquele livro era como uma âncora. E saber que Leopold o havia pegado para ela... Que ela podia mesmo confiar nele...

Iseult soltou a respiração. O quarto estava se embaralhando; seu peito tinha um emaranhado de sentimentos — quente e frio em uma centena de formas que ela não reconhecia.

Ela puxou o livro para mais perto, pronta para abri-lo, quando notou um selo na capa. Um pássaro com três patas e uma coroa no topo da cabeça.

— O que é isso? — Seu olhar cansado ergueu-se até o de Leopold. — A minha versão não tinha isso.

— *Isso* é o símbolo do rei Gralha. Você vai encontrá-lo por todo o monastério. — Ele deu um tapinha no símbolo com a mão saudável. — Esse lugar inteiro costumava ser a fortaleza do rei milhares de anos atrás. Você nunca se perguntou por que o símbolo caraweno é um pássaro?

Ela tinha se perguntado, mas em nenhuma parte do seu livro — *daquele* livro — havia uma resposta.

O rei Gralha, pensou. O homem do seu sonho. *Tinha* de ser, mesmo que ela não soubesse explicar como.

Mais uma vez, ela esfregou suas ataduras. Daquela vez, permitiu que seus dedos roçassem no tecido. Não havia dor, mas Leopold ainda assim fez uma careta e sussurrou:

— Não mexa nelas.

— Você acredita em fantasmas? — ela perguntou, ignorando-o. — Nomatsis não acreditam, mas Safi sempre jurou que eles eram reais.

— É? — Ele piscou, uma confusão pálida em seus fios. — Sim, bem, ela *acreditaria* neles mesmo. O castelo Hasstrel é cheio de fantasmas. Mas... por que a pergunta?

Iseult umedeceu os lábios.

— Então você *acredita*?

— A maioria dos cartorranos acredita. Nós não somos um povo venerador, mas levamos nossos ancestrais muito a sério. — Ele apoiou a mão boa na cama e se inclinou na direção dela, uma careta surgindo em seu rosto. — De novo, Iseult, por que a pergunta?

Ela coçou o nariz. Roçou em mais gaze. Uma coisa era pedir a opinião dele, e outra bem diferente era contar a ele sobre os fantasmas que assombravam seus sonhos.

— Nenhum motivo — disse, por fim.

A expressão e os fios de Leopold mostravam descrença, mas ele não insistiu — algo pelo qual Iseult sentiu-se grata. Ela ficava mais cansada a cada segundo. Pesada, também, como se uma caverna tivesse desabado em cima dela.

— Owl — disse, mas o nome saiu como um gemido comprido e lento.

Os fios de Leopold se iluminaram de susto. Em um instante, ele já tinha se levantado.

— Você está mal de novo. Vou chamar a monja Evrane. — Ele se afastou, muito rápido. Rápido demais. Um rastro surgiu atrás dele. Centenas de Leopolds, centenas de versões correndo contra o tempo.

— Não — Iseult gritou, mas, como antes, aquilo não foi o que saiu de sua língua.

Quando Evrane entrou, apressada, sombras cobriam a visão de Iseult. Evrane parecia feita de escuridão, ondas escuras espiralando para fora dela.

Asas, pensou Iseult, antes de a magia curativa a puxar para baixo. *Parece que ela tem asas.*

Da próxima vez que Iseult acordou, foi com alguém gritando "Faça-a levantar!" em cartorrano. A voz de um homem ligada a fios vagos e enevoados.

Ela abriu bem os olhos. O mundo girou até ficar fracamente em foco. Fios, fios, fios — o homem que havia falado, bem como mais duas pessoas que agora andavam em direção à cama. Monges que ela não conhecia.

Por um momento breve e desorientado, as capas brancas pareceram se misturar uma à outra, uma entidade única atravessando o quarto com fios de hostilidade cinza e foco verde. Então a mancha branca alcançou Iseult, se dividiu em duas mais uma vez, e dois rostos se materializaram sobre ela.

Uma mulher, um homem. A mulher agarrou o braço esquerdo dela; o homem, o direito. Assim, com apertos que se afundavam embaixo das ataduras dela e dentro de sua carne, eles colocaram Iseult em uma posição sentada e a empurraram para trás até sua coluna atingir a cabeceira.

O mundo vacilou em volta dela. Sem dor, apenas tontura e confusão. O sono ainda se agarrava a ela. O Bruxo de Fogo ainda ria em seus ouvidos.

Os monges se afastaram, sem virarem um só, mesmo que seus fios se alinhassem em uma única cor: nojo prateado. Eles estavam enojados pela fraqueza de Iseult. Ou talvez por terem tocado nela. Mas ela estava acostumada ao nojo e ao ódio, e, se aqueles sentimentos pudessem matar, eles a teriam assassinado muito tempo atrás.

Ela inspirou fundo, aliviada por sentir seus pulmões serem pressionados contra as costelas. Por sua visão ficar mais e mais clara a cada segundo. A luz esbranquiçada da lua entrava pelas cortinas abertas. Ela não viu nem sentiu Evrane ou Leopold por perto.

Ela teve pouco tempo para se preocupar com a ausência deles antes que o terceiro monge — o homem que falara inicialmente — surgisse à vista.

De início, enquanto Iseult observava a aproximação dos seus fios, ela pensou que as cores se misturavam por causa da sua própria exaustão. Por causa do sono sombrio que se recusara a se desprender totalmente. Mas todo o resto no quarto tinha se cristalizado. Ela sentia-se alerta, desperta. Até os músculos pareciam leves o bastante para se mover por vontade própria.

Então ela percebeu: *Ele é um Sangrador*. Alguém que sangra de uma emoção a outra, sentindo cada uma delas com uma intensidade frenética, sem nunca permanecer em uma por muito tempo. Seus fios eram uma trama lamacenta. "Eles são instáveis", Gretchya tinha alertado Iseult anos atrás. "As emoções são esgotadas e, de alguma forma, simultâneas. Não há como prever o movimento seguinte de um Sangrador."

No mesmo instante, o corpo de Iseult ficou tenso. Frio a percorreu — gelo sólido, depois de tanto sono repleto de chamas.

— Você sabe quem eu sou? — o homem perguntou. Ele era jovem. Talvez apenas uns anos mais velho do que ela. Com sua pele amarelada e seu cabelo claro, seus traços misturavam-se como seus fios, e a ilusão apenas se agravava com a suavidade da sua mandíbula e postura.

Se Iseult desconhecesse o treinamento rigoroso do monastério, teria pensado que ele jamais trabalhara na vida. Ele também fedia a incenso.

— Você é o abade — disse. O acabamento vermelho na capa o entregava. Ela relembrou algo que Evrane dissera de passagem e acrescentou: — Natan fon Leid.

Descontentamento cinza perpassou pelos fios dele, movendo-se em ritmo com um prazer rosado. Também havia irritação vermelha, junto com borrifos de fome lilás e impaciência laranja. Eles passavam rápidos como moscas e em quantidades demais para Iseult conseguir entendê-los.

— Os seus guardiões — ele gesticulou uma das mãos em direção à porta — não deixam ninguém entrar. Nem mesmo eu, no meu próprio maldito monastério. Mas eu quero saber quem nos rebaixou tanto. Eu quero *ver* o rosto da mulher que está destruindo a minha casa.

Iseult se enrijeceu, afetada pelas palavras dele. Afetada pelo veneno.

— Eu não estou destruindo a sua casa — disse.

Ele apenas riu.

— Os rebeldes querem *você*, e eles farão o que for preciso para pegá-la.

— Por quê?

Ele não respondeu. Em vez disso, se inclinou para mais perto, os olhos subindo e descendo pela extensão dela. A violência ficava mais brilhante a cada batimento.

— Qual é o seu nome?

— Iseult det Midenzi.

— Você é uma 'Matsi.

Uma observação, decidiu ela, não uma pergunta. Então, continuou perfeitamente imóvel. Nunca antes ela sentira que era importante manter seu rosto sem emoções como naquele momento. Seu equilíbrio inabalável e firme. Natan fon Leid era a víbora escondida no solo da floresta; o perigo estava em o quanto sua aparência parecia comum e despretensiosa.

Agora ela entendia o que Leopold quisera dizer por "homens assim são úteis para príncipes". Como o sexto filho de um nobre, era provável que ele tivesse sido negligenciado a vida inteira. Agora, como abade, ele tinha algo a provar.

Iseult não fazia ideia de por que a monja Evrane apoiava um homem como aquele. A não ser, é claro, que os monges rebeldes fossem ainda piores.

— Quinhentos anos — o abade murmurou para si mesmo, seus fios saltando, sangrando, impossíveis de ler. — Quinhentos anos sem ninguém, e agora duas Bruxas do Éter dizem ser o Cahr Awen.

Ele avançou, rápido demais para Iseult reagir. Sem aviso em seus fios, sem aviso em seu corpo. Uma hora, ele estava falando. Na seguinte, tinha as mãos ao redor da garganta dela e a batia contra a cabeceira.

O crânio de Iseult fez um estrondo. O instinto assumiu. Os punhos dela se ergueram, prontos para socá-lo embaixo dos braços. Inverter os cotovelos dele e quebrar os ossos ao meio. *Queime-o, queime-o, queime-o.*

Mas ela parou, os dedos apenas alguns centímetros acima da capa de veludo. Ele não estava a estrangulando, e havia dois outros monges no quarto — armados até os dentes. Ela era incapaz de vencer aquela briga. *"Se alguém estiver melhor equipado ou melhor treinado"*, Habim lhe ensinara, *"faça o que ele mandar. É melhor viver e buscar oportunidades do que morrer derrotado."*

O rosto do abade pairou mais e mais perto. Tão perto que Iseult via os pelos encravados acima do lábio dele. Via as veias vermelhas que cruzavam seus olhos. E, naquela proximidade, seus fios a invadiam como um deslizamento de terra.

— Me dê um bom motivo — ele rosnou. Cuspe atingiu a bochecha dela. — Me dê um bom motivo para eu não te entregar aos rebeldes.

— Porque — ela disse, suavemente — eu sou o Cahr Awen. Você mesmo acabou de dizer...

Era a resposta errada. Ele a empurrou contra a cabeceira, o crânio dela fez mais um estrondo. Centelhas surgiram em sua visão.

Então ele a apertou ainda mais, reduzindo o ar dela.

— Tudo o que consigo ver é uma 'Matsi imunda. Você tem sorte de ter o apoio de um príncipe, ou eu já teria te estripado e te pendurado nas muralhas para os rebeldes verem.

Ele a soltou. Tão abrupto quanto a agarrou, ele a soltou e se endireitou.

A mão de Iseult subiu até o pescoço. *Agora* ela sentia dor, na garganta e nos pulmões. Ele havia rasgado as ataduras dela. *Queime-o, queime-o, queime-o.*

Ela poderia. Ela *deveria*. Aqueles monges não podiam fazer nada contra chamas que consumiam pesadelos.

— Fique sabendo, Bruxinha dos Fios — o abade disse —, que, se esses rebeldes romperem os nossos muros, eu te deixarei enfrentar as lâminas deles enquanto o resto de nós escapa para um lugar seguro.

— E se você fizer isso — ela respondeu, friamente —, eu direi a eles para qual lado você foi.

Ele bateu nela. Bem no meio da bochecha. E, embora daquela vez ela estivesse pronta para o ataque, aquilo não impediu a escuridão de se apoderar de sua visão ou da dor de açoitar sua mandíbula.

— Você não é o Cahr Awen — ele sibilou. — E você não vale o que o príncipe me prometeu.

Com aquelas palavras ecoando na mente de Iseult, ele saiu. Um movimento branco tingido com vermelho, um borrão de centenas de emoções movendo-se e ondulando e escorrendo para fora. Os outros monges o seguiram, seus próprios fios mais tênues iluminados com nítido prazer.

Ela esperou até que a porta se fechasse com um baque antes de fechar os olhos. Sua cabeça latejava. A pele em seu pescoço doía onde ele a havia agarrado. Apesar daquilo, ela se sentia... bem. Forte, até. Insegura, sim, mas também explodindo de vontade de ser mexer, como um espumante sacudido prestes a explodir da garrafa.

Equilíbrio, lembrou a si mesma. Ela precisava pensar em tudo o que tinha acabado de acontecer. Precisava lidar com tudo aquilo e formular um plano. Ela poderia lidar com a dor depois, e aquela energia violenta poderia fomentar seus planos.

Ficava claro que o abade não acreditava que ela ou Safi eram o Cahr Awen, e que Leopold estava pagando o abade para protegê-los. Provavelmente ele também tinha pagado o abade para resgatar Safi de Marstok. Mas não haveria como encontrar Safi agora, como se reunir a ela, enquanto a revolta continuasse com os ataques.

Com cuidado, Iseult colocou as pernas para fora da cama. Ela usava calça de algodão preta e uma camisa soltinha combinando. Nada de sujeira ou fuligem. Evrane devia tê-la banhado e vestido. Talvez ela estivesse acordada durante aquele processo, talvez não. Até onde sabia, fazia apenas um dia desde sua chegada. Ou talvez fossem semanas.

Seus pés descalços tocaram em lã. Peles de ovelha posicionadas acima de tapetes de junco. Ela nunca tinha notado aquilo.

Pela deusa, ela devia ter estado muito mal. Evrane estava certa: ela tinha sorte por não ter morrido.

Com uma das mãos apoiada na mesa ao lado da cama, ela ficou em pé. Os frascos dentro do kit medicinal de Evrane balançaram quando ela se levantou. Em instantes, suas pernas se lembraram da sensação de estar em pé. Sua coluna também, e ela se endireitou.

O quarto, felizmente, continuou imóvel. Mesmo quando ela deu três passos para longe da cama. Mesmo quando pegou velocidade e seguiu até a janela. O frio passava pelo vidro, com bolhas e dobras distorcendo a visão do vale bem abaixo.

Não havia nuvens para esconder a lua. Ela brilhava, a luz mais pura iluminando o vale. "Uma noite de enfeitiçar fios", Gretchya a teria chamado. "Quando o brilho da Mãe Lua dissipa todas as cores, deixando apenas os fios. Deixando apenas o nosso trabalho." Na época, aquele trabalho era vincular fios a pedras — ou, no caso de Iseult, tentar vincular e falhar.

Agora, seu trabalho era observar. *Estude seus adversários. Analise o seu terreno.*

O rio extenso que fluía paralelo ao vale era cercado por pântanos em alguns lugares e costas afiadas em outros. Ilhas tracejavam as águas profundas e escuras, e pontes cruzavam, ziguezagueando em direção ao Poço Originário em sua própria ilha, escura com plantas perenes. As águas ao norte dele pareciam congeladas.

Em algum lugar ali, estava Owl. Em algum lugar ali, estava Safi. Iseult precisava encontrá-las. *Ambas.* Se Iseult conseguisse chegar até as pontes, ela poderia chegar ao Poço e, de lá, à margem setentrional pelo gelo. Depois seria fácil seguir o rio para o leste sem chamar atenção de nenhum dos lados. Sim, os corsários estariam próximos, mas a floresta densa estaria em seu caminho.

O único problema real que ela encarava era como chegar às pontes. Monges, rebeldes, muros da fortaleza e um penhasco imenso a bloqueavam.

Mas o abade tinha mencionado uma fuga, e, claramente, os monges tinham conseguido deixar o monastério para resgatar Iseult e Leopold dos destroços. Isso significava que *havia* uma saída. Iseult só precisava encontrá-la.

Ela coçou o nariz, distraída. Nenhuma atadura a impediu dessa vez. A magia de Evrane devia estar funcionando. *Apesar de o abade ter atrapalhado um pouco*, pensou, afastando-se da janela e dando tapinhas nas ataduras em seu pescoço.

Ele tinha praticamente as retalhado. Felizmente, não doía colocá-las de volta no lugar. Aquelas não eram as únicas ataduras rasgadas, porém. As dos seus braços também tinham sido removidas. Ela inclinou o bíceps na direção da luz da lua, pronta para arrumá-las também, quando avistou a carne por baixo.

Suave. Intacta.

Aquilo... não fazia sentido. Ela retirou mais gaze, dessa vez do antebraço. Mas não havia nada ali também. Aquela não era pele nova, rosa e viva pela cicatrização. Nem era pele velha, franzida e com cicatrizes. Aquela era a pele *dela*, exatamente como sempre tinha sido.

Sem hematomas, sem vergões ou casquinhas.

Iseult tirou as ataduras do outro braço. Mais uma vez, a mesma carne pálida e imaculada encontrou seus olhos. Impossível, impossível.

Ela seguiu para o espelho ao lado do guarda-roupa e, em segundos, havia tirado cada faixa de gaze que podia alcançar. Do pescoço, rosto, barriga, coxas. Uma pilha branca formou-se aos seus pés. Mas cada pedaço de pele recém-exposto revelava a mesma coisa: ela não tinha machucados.

Nenhum. Em nenhum lugar. E Iseult conhecia a aparência de uma pele curada por magia — Evrane a curara antes. E não se parecia com *aquilo*.

Mas não havia motivos para Evrane mentir para ela. Nenhum propósito em tratar machucados que não eram reais ou prender Iseult em um sono curativo. Certamente, Iseult estava errada. *Certamente*, ela estava deixando passar alguma coisa. Uma informação vital que conciliaria todos os pensamentos martelando dentro da sua cabeça.

O kit medicinal.

Ela se afastou do espelho, correndo — correndo facilmente, *facilmente* — até a mesa. Então, abriu o fecho do kit e jogou todo o seu conteúdo em cima da cama.

Mas não havia nada para ver. Recipientes vazios, frascos vazios, e rolos de linho novo. Aqueles nem mesmo eram produtos reais.

— O que você está fazendo, Iseult?

A garganta de Iseult se fechou. Que a Mãe Lua a salvasse. Em todo o seu pânico, ela havia se esquecido de conferir a trama ao seu redor. Agora Evrane estava ali, a porta rangendo ao abrir, e os fios da monja brilhando alarmados.

Com uma lentidão de palpitar o coração, Iseult se virou na direção da monja. *Essa mulher te salvou*, disse a si mesma. *Deve haver alguma explicação.* Mas, quando seus olhos finalmente se fixaram nos de Evrane, ela soube que não havia explicação. Pelo menos nenhuma que tivesse um final bom.

A escuridão retornara, pulsando em Evrane como ondas de calor. Ela não estava destrinchada — aquilo era diferente, desconhecido —, mas a monja não era ela mesma. Todo aquele tempo, Iseult acreditara estar imaginando as sombras, que elas faziam parte dos seus pesadelos, carregadas para aquele mundo pela exaustão e as chamas. Mas ela estava acordada naquele momento, e as sombras ainda cobriam a mulher que a salvara.

— O-o que tem de errado com você? — ela tentou perguntar, mas suas palavras estavam embaralhadas mais uma vez. Várias línguas ao mesmo tempo, ou talvez nenhuma língua.

— Iseult — Evrane disse, com calma. — Você não está bem, deveria estar na cama. — Com passos elegantes, ela atravessou o cômodo. Sua expressão, e seus fios também, estavam tão serenos e solidários como Iseult sempre os vira. — Você precisa dormir — ela prosseguiu. — Durma, Iseult. *Durma.*

As sombras avançaram para fora do seu corpo, centenas de asas sombrias alçando voo. Elas bateram na direção de Iseult, depois bateram nela e acima dela, até entrarem no seu corpo. Centenas de milhares de asas batendo dentro do seu crânio.

Não havia como impedir. O que quer que Evrane fosse, ela não era mais a monja que Iseult conhecia e com quem se importava.

Os joelhos de Iseult viraram água. Ela caiu.

E as asas a puxaram para baixo.

43

Safi acordou com vozes em seu quarto. Duas criadas haviam entrado para banhá-la e vesti-la. Safi as conhecia. Ela as interrogara antes, e a mais baixinha a fizera rir.

Aquelas jovens não tinham nada a esconder, então sua magia ronronou com uma verdade satisfeita diante da presença delas. Safi permitiu que a conversa delas zumbisse ao seu redor — quem havia chegado para a festa, quem estava usando o quê, e como a nobreza havia reagido aos rígidos protocolos de segurança.

Era uma sensação boa estar limpa. Era uma sensação boa ter dormido. E era uma sensação boa vestir roupas novas.

O vestido de seda de Safi era adorável, embora pouco prático. Mangas compridas soltas, um decote profundo e saias transparentes que roçavam em seus tornozelos. Seu peito ficava mais à mostra do que ela gostaria, suas pernas não apareciam o bastante, e as mangas a atrapalhariam em uma luta.

— Mas é a última moda em Dalmotti — a garota mais alta insistiu, o que fez Safi se perguntar por que um vestido como aquele também era popular *ali*.

Ao menos ele tinha bolsos. Do tamanho perfeito para a sua lente da verdade, que ela guardou, o peito inflando-se com triunfo. Ela mal podia esperar para entregá-la a Vaness.

Assim que as criadas saíram, Rokesh apareceu.

Seu ombro não estava mais enfaixado, e ele se movimentava com maior facilidade enquanto a conduzia para fora do quarto, com seus guardas víboras movendo-se em formação. Ninguém falou nada, e Safi agradeceu o silêncio.

Naquela noite, ela teria de lidar com barulho o suficiente. Naquela noite, ela estaria completamente à mostra, para cada membro do sultanato, oficiais militares e conselheiros, cada parente da nobreza e cada líder burocrata. *Todos* estariam reunidos em um único lugar para observar boquiabertos a Bruxa da Verdade e saber que estavam sendo testados.

Safi esperava ser levada direto para a sala do trono. Ou talvez para o escritório de Vaness, ou até mesmo para os aposentos imperiais. Em vez disso, ela foi levada mais uma vez às entranhas do Palácio Flutuante, para outra parte da ilha onde ela nunca estivera antes, uma ampla área de armazenamento com prateleiras e caixas — e, bem ao final, uma porta que dava para o lago Scarza.

Habim encontrou Safi e os víboras na porta. Ele estava com o traje completo, com centenas de faixas coloridas penduradas no dourado brilhante e verde de seu uniforme. Cada uma para uma honraria diferente concedida a ele; cada uma tão estranha para Safi quanto todo o resto que ela aprendera sobre ele no dia anterior. Atrás dele, uma longa fila de criados e soldados aguardava, todos com os queixos erguidos como se aguardassem ordens.

Habim não cumprimentou Rokesh, que fez uma pequena reverência, e se Habim guardava alguma mágoa de Safi por causa dos trovadores do inferno, ele não demonstrou. Em vez disso, gesticulou amplamente para o cômodo atrás de si.

— Tudo parece ok para você, Bruxa da Verdade?

Safi franziu a testa, confusa, e esfregou a cicatriz em seu polegar.

— O que parece ok?

Ela ouviu um suspiro.

— Os fogos de artifício. — Habim apontou para a caixa mais próxima. — Essas caixas estão prestes a ser carregadas até o lago para serem detonadas, e aquelas — ele indicou caixas menores logo atrás — contêm velas-faísca individuais para os convidados. Preciso garantir que elas são seguras.

Safi olhou para as caixas. Nada em sua magia reagiu. Nenhum zumbido de verdade, nenhum silvo de mentira. Ela se aproximou da caixa mais próxima e arrancou a tampa. Uma exposição perfeitamente normal de potes de argila a encarava, do jeito que ela sabia que fogos de artifício deviam ser.

Rokesh se posicionou atrás dela.

— Diga alguma coisa — murmurou, a voz mais rouca que o normal. Ela olhou na direção dele, piscando. Surpresa. — *Diga alguma coisa* — ele repetiu.

Então ela disse.

— São seguros.

— Ótimo — Habim gritou, virando-se na direção dos criados e soldados. — Após distribuí-los, movam-se até os seus postos designados. — Ele não falou mais nada para Safi, então Rokesh a guiou para fora do cômodo.

Subindo, subindo, eles refizeram o caminho de antes, exceto que, desta vez, os víboras a escoltaram até os jardins do palácio principal. Eles alcançaram duas fileiras de soldados antes de chegarem aos terraços do nível superior. A música era embalada pela brisa, carregada por cima de vozes murmurantes. Algumas tensas, outras felizes, todas abafadas e baixas.

Então os soldados se separaram e a festa inteira surgiu diante de Safi. Vaness e seu próprio contingente de víboras aguardavam logo em frente, em cima de um palco. Lamparinas pendiam de correntes de ferro decorativas penduradas de árvore em árvore, e arranjos florais elaborados mergulhavam o ambiente em rosas e lírios-de-um-dia.

Seis músicos se apresentavam no nível abaixo ao da imperatriz, flautas e harpas e um único tambor oco. E, no nível mais baixo, estavam os convidados. Um mar de vultos, muito bem vestidos. Seda e cetim e veludo e tafetá rodopiavam por um círculo de dança cercado por colunas de ferro ornamentadas com chamas enfeitiçadas.

Contudo, os convidados não eram nada comparados ao que aguardava do lado de fora do Palácio Flutuante, pois o lago estava coberto de barcos. Com mastros brancos ou com os remos estendidos, com as redes balançando ou marinheiros rastejando, não importava a embarcação, todas eram mantidas à distância por navios de proa a proa. Enquanto isso, a costa de Azmir se contorcia como um formigueiro. Centenas de milhares de marstoks estavam reunidos para assistir à queima de fogos de artifício imperiais.

O ataque no Poço não afastara ninguém.

Vaness se virou ao som dos passos de Safi. Ela brilhava no centro do palco, seu vestido de crepe de um vermelho ardente era digno da Imperatriz dos Filhos da Chama e a Filha Escolhida do Poço do Fogo. Seu cabelo, encaracolado no topo da cabeça como uma tocha, tinha fitas combinando entrelaçadas, e seus braceletes tinham se esticado em faixas finas que subiam por seus braços. Em vez de ferro na cintura, ela agora usava um cinto de ouro.

Ao ver Safi, o peito de Vaness esvaziou de leve. Uma expiração sutil de alívio, e Safi não resistiu a dar-lhe um sorriso. Vaness esperou até que Safi se acomodasse logo atrás dela — e que Rokesh se posicionasse exatamente igual do outro lado — antes de se virar para encarar a multidão.

Antes de se virar para encarar as dezenas de milhares de marstoks que a amavam, mas que não a conheciam de forma alguma.

Vaness ergueu os braços. O povo de Azmir rugiu. Era um som capaz de derrubar nuvens tempestuosas e engolir pensamentos. O barulho vociferava contra Safi, girava em seus pulmões, pernas, crânio. Tantas pessoas, tão perto e tão longe, todas gritando por sua aprovação — e todas gritando com verdade.

Não havia nenhum sinal de desaprovação agora. Os azmirianos queriam ser deslumbrados, queriam ser entretidos. Então Vaness deu-lhes o que pediam. Seus punhos se levantaram, seus dedos apontados para o céu com as palmas abertas...

Três explosões de luz surgiram no céu. Então, elas detonaram, milhares de estrelas cadentes descendo. Estalos explosivos se seguiram, um segundo depois — e, de alguma forma, a multidão rugiu ainda mais.

Safi queria rugir junto com eles. Era uma tempestade infinita de luzes coloridas que aumentavam e deslizavam. Às vezes, meras explosões brilhantes enchendo o céu. Outras, imagens elaboradas de batalhas, cidades e florestas tomavam vida em um quadro explosivo. Um após o outro, um espetáculo como nada que ela já vira ou ouvira antes, e com Safi no melhor lugar possível para testemunhar aquilo — o próprio terraço da imperatriz.

Ela também estava no melhor lugar para analisar constantemente o grupo lá embaixo. Não conseguia evitar; algo parecia *estranho* naquela reunião. Algo se esfregava contra sua nuca — algo que não era sua magia. Mas, independentemente do quanto ela analisasse, tudo o que encontrava era verdade; tudo o que borbulhava em seu estômago eram conversas sinceras e felicidade.

Foi quando uma fileira de soldados marchou pelo céu escuro, seus reflexos movendo-se serenamente no lago abaixo, que Safi finalmente compreendeu: o que ela estava testemunhando era impossível. Todos mentiam. Não havia como escapar daquele fato, no entanto Safi não sentia nenhuma inverdade das pessoas lá embaixo.

A maré incessante de mentiras que quebrava em meio às verdades não existia mais. Desaparecera por completo.

Que os deuses a amaldiçoassem, o que ela tinha feito? Claramente, ela havia esgotado sua magia na lente da verdade. Apenas metade — a metade que reconhecia farsas. A metade que ela decidira imbuir no vidro. Ela não entendia como aquilo era possível. Sua magia apenas *era*. Existia dentro dela, sempre presente, sempre responsiva.

Até aquele momento, quando já não fazia mais nada.

Ela buscou pela lente da verdade. Embora não quisesse mostrá-la publicamente, não antes de dá-la para Vaness, ela não tinha mais escolha. Precisava saber se a lente funcionava — precisava saber se poderia *recuperar sua magia*. Mas, quando enfiou a mão no bolso, seus dedos não encontraram metal.

Seus dedos tocaram em papel. Boquiaberta, ela baixou o olhar para a vela-faísca em sua palma. Quase do mesmo formato, quase do mesmo peso. Alguém as havia trocado.

A pergunta era quem — e por que e *quando*? Ela se virou, afastando-se do horizonte, dos fogos de artifício. Alguém precisaria ter chegado muito perto para trocar os itens sem ela perceber.

Seus olhos recaíram sobre Rokesh, a dez passos de distância. Ele a olhou de volta com firmeza. Ele a *observava*, e, de repente, ela se lembrou de como ele havia colocado a mão no cotovelo dela no depósito. Um toque muito leve, mas distração suficiente para ele pegar a lente da verdade e substituí-la pela vela.

Mas não fazia sentido. Não havia motivos para ele a querer, nenhum motivo para ele *pegá-la*. Tudo o que ele precisava fazer era pedir. Afinal, ela tinha testado Rokesh. Ela sabia que ele era verdadeiro. *A não ser que ele tenha deixado de ser.*

Mais cedo, ela tinha percebido que ele não estava mais machucado. Depois, no depósito, ele havia ordenado que ela dissesse alguma coisa — e ela o fez. Sem pensar, tinha obedecido.

E então havia o buraco enfeitiçado com esplendor no Poço. Bruxos do Esplendor *não* eram comuns, nem vestidos de seda dalmotti com um bolso do tamanho exato de uma vela-faísca.

E então havia a simples verdade que Habim sempre dizia, desde sua chegada: "Nós temos um plano". Não "eu", mas "*nós*".

Com sua mão direita, dê o que é esperado; e com sua mão esquerda, surrupie a bolsa deles.

Rokesh desembainhou a espada.

E Safi gritou:

— *Mathew, não!*

44

O Fúria destruiu rapidamente as correntes que prendiam Merik à torre. O colar, porém, precisava da magia de Esme para ser aberto. Então Kullen transportou Merik para fora, e eles levantaram voo.

Foi glorioso. Mesmo não sendo a magia de Merik que os carregava, mesmo ele tendo um colar em volta do pescoço e magia do destrincho bombeando em suas veias. Voar, por mais breve que fosse, o fazia se sentir inteiro de novo.

Nem mesmo dois dias inteiros haviam se passado desde que o vento chicoteara em seu rosto e soprara embaixo dos seus pés, mas pareciam séculos. Embaixo de Merik, a luz da lua banhava de prata a cidade perdida de Poznin. De cima, a cidade parecia diferente. Viva e irreal. Coisas antigas renovadas, e até mesmo os destrinchados infinitos pareciam novos, inteiros sob aquele brilho.

A viagem acabou cedo demais, e a floresta ao redor do Poço começou a ficar mais e mais densa. Então o próprio Poço apareceu, uma figura minúscula vestida de arminho parada ao seu lado. Os olhos dela estavam fechados quando o Fúria aterrissou, os braços estendidos enquanto ela trabalhava no tear.

Ela não reagiu quando Kullen e Merik chegaram, nem quando os joelhos de Merik cederam pelo impacto e ele caiu de quatro na grama. E ela não reagiu quando o Fúria gritou: "*Marionetista*". Seus dedos continuavam dedilhando e se enroscando em fios invisíveis.

O Fúria perdeu a paciência em um instante.

— Marionetista! — ele chamou, mais alto, ainda em vão. Então, recomeçou a andar de um lado ao outro. A grama era amassada em uma linha torta e, a cada passo, ele arrancava as cascas em sua orelha mutilada.

Ele também murmurava para si:

— Tarefas ingratas, tarefas *ingratas*. Não sou nenhuma ferramenta. Eu sou o Fúria. Eu estava lá no dia em que os Seis se transformaram, assim como ele. — Enquanto Kullen andava, linhas pretas deslizavam pelo seu rosto. Neve escura caía. Ele chegou ao fim da linha e deu meia-volta. *Arranca, arranca, arranca.*

— Isso vai mudar com você ao meu lado, Merik. Ao contrário de você, o general não é um rei, e assim que eu encontrar a navalha e o vidro, não vou precisar mais dele. Ou de nenhum deles. — Agora seu olhar virava-se para a Marionetista, e ele andava em sua direção.

Ele ficou à espreita, acima dela, olhando para baixo enquanto a neve caía e a escuridão o percorria.

— Seis traíram seis — ele cantou — e viraram reis. Cinco se voltaram contra um, e roubaram tudo.

O Fúria continuou daquele jeito, entoando rimas, enquanto Esme continuava trabalhando focada no tear. E o Fúria continuou daquele jeito enquanto destrinchados lentamente emergiam da floresta, um por um, para ladear o Poço.

Merik mal os notou. Seu sangue tinha subido para a cabeça com o voo; seus ouvidos estavam entupidos; e a energia ganha pela sua última refeição já desaparecera. Mais importante, sua mente estava presa ao que o Fúria tinha dito — no fato de ninguém querer a mesma coisa. Aye, todos eles queriam entrar na montanha, mas Esme queria os Poços. O rei corsário queria os impérios. E o Fúria queria a navalha e o vidro, e com Merik ao seu lado...

Aquelas eram informações valiosas. Pessoas com objetivos diferentes sempre podiam ser jogadas umas contra as outras.

Quando enfim as pálpebras de Esme se abriram, a cabeça dela se virou para encarar o Fúria.

— O que — ela silvou — você quer? — Antes que Kullen pudesse responder, seus olhos avistaram Merik a alguns passos de distância. A fúria atravessou seu rosto. — Como você se atreve a trazê-lo aqui? — Ela empurrou o Fúria ao avançar, erguendo a voz ao mesmo tempo que seu braço se erguia também. — Volte para a torre, príncipe! Eu estou mandando!

O corpo inteiro de Merik ficou tenso, os ombros subindo até as orelhas. Dor — ele *sabia* que a dor estava a caminho.

— Não. — O Fúria colocou uma das mãos sobre o ombro de Esme. — Ele vem comigo.

Esme se soltou. Ela parecia prestes a destruir Kullen. Seus dedos tinham se curvado em garras nas laterais do corpo.

— Eu ainda não acabei de lidar com ele.

— Ele não é seu brinquedinho. Solte o colar dele.

— Ele é meu. Vocês dois são. — Mais uma vez, o braço dela se levantou como se ela planejasse usar o tear.

Mas o Fúria só riu, um som zombeteiro e rouco que ecoou pela água.

— Você não pode me controlar, Marionetista. E não pode me machucar. Meu poder é grande demais para a sua magia, como você bem sabe.

— Não preciso controlar você, porque posso controlar *ele*. — Os dedos dela se moveram, e Merik se moveu com eles.

Não era como se ele quisesse; seus pés apenas andaram na direção do Poço, e não havia nada que ele pudesse fazer para impedi-los. Seus pés encontraram os respingos gelados, depois seus tornozelos, depois suas panturrilhas, e, independentemente do quanto ele girasse o tronco ou tentasse se virar de volta, seus pés continuavam andando. Ele até mesmo esticou e girou os braços, agarrando a margem, mas nada aconteceu. Passo, passo, passo. Respingo, respingo, respingo.

E agora era a risada da Marionetista que ecoava pelas ondas.

Quadris, cintura, peito. O frio comprimiu o ar dos pulmões de Merik, e logo restavam poucos passos para que ele ficasse completamente submerso. Sua respiração se tornara falhada.

— Por favor — tentou dizer, mas o som foi engolido pelo surgimento de uma tempestade. A tempestade do Fúria.

— Chega. — O Fúria rodeou Esme. — Solte-o.

— Não. — Ela se empertigou. — Quero ver o que acontece se ele se afogar. Será que ele voltará de uma morte assim?

Os pés de Merik deram mais um passo. A água se enrolou ao redor da gola da camisa ao redor do pescoço.

— Você quer entrar na montanha ou não? — o Fúria exigiu. — O príncipe é a minha chave de entrada.

— É mesmo?

Outro passo. A água alcançou o queixo de Merik, mesmo com a cabeça dele estando o mais esticada possível. E agora a água batia contra ele e descia pela sua garganta, carregada pelos ventos crescentes do Fúria.

— Ele aceitou atrair a Bruxa da Visão pela porta da montanha. Solte-o.

— A porta da montanha? — Esme deu uma risada aguda. — Você ainda nem *chegou* à porta da montanha! Os seus soldados ainda estão lutando com os monstros das criptas!

O céu acima tornava-se mais escuro a cada respiração ofegante que passava. Não havia mais lua. Apenas águas infernais e cinzas.

— Vá embora — Esme ordenou ao Fúria, gritando por cima da tempestade que aumentava. — Ou eu vou afogá-lo.

— Ele não é o único motivo de eu estar aqui... — Merik não ouviu o resto das palavras. Uma onda quebrou contra seus ouvidos, contra sua boca. Quando ele conseguiu voltar a ouvir e a respirar, Esme estava respondendo.

— Eu te disse — ela cuspiu. — Ele não é tão fácil de achar.

— Por quê?

— Ele não tem fios. Ele está fora da trama do mundo.

— Impossível. Não minta para mim.

— Ele nasceu no gelo adormecido. Você, de todas as pessoas, deveria se lembrar disso. — Um tom fraco havia se apossado da voz de Esme, e finalmente, *finalmente*, a tempestade diminuiu. Menos ventos, menos ondas. Segurando a respiração, Merik baixou o queixo e girou o rosto na direção da margem. O Fúria parecia confuso. As sombras em sua pele, a neve e os ventos — tudo havia se dissipado.

— Você já o encontrou antes.

— Porque ele estava com pessoas que eu conheço. — Esme fez um movimento rápido e desdenhoso com o punho. — Ele não está mais.

— O general ficará descontente.

— Então diga a ele para vir até aqui e me dizer isso pessoalmente.

— Ah, *entendi*. — A cabeça de Kullen pendeu para trás, e ele gargalhou para o céu. — Isso ainda te incomoda, não é? Você ainda está amargurada por ele não ter te levado junto.

— Não. — A palavra irrompeu e, com ela, uma dor avançou por Merik. Suas costas se arquearam. Ele ofegou por ar.

Então acabou, tão rápido quanto chegara.

— O rei — Esme respondeu, cortante — virá me buscar assim que ele abrir as portas.

— É isso que você diz a si mesma? — O Fúria estalou a língua. — Um delírio adorável, Marionetista, exceto que ele já conseguiu o que precisava de você. *Eu.*

Uma pausa. Quietude e silêncio pairaram ao redor do Poço. Mas passou em um instante, e Merik só teve tempo suficiente para respirar fundo antes de a tempestade recomeçar.

Primeiro veio a dor, consumindo tudo. Seus músculos ficaram duros; sua garganta gritou. Depois vieram as ondas. Vento também, e o martelar repentino da chuva. Ele não conseguia respirar, não conseguia enxergar. Sem gritos, apenas engasgos e convulsões.

Finalmente, seus pés se moveram. Ele pisou abaixo da superfície. Três longos passos enquanto o frio e a escuridão o envolviam, roubando o som. Ele soltou o ar, as bolhas avançando, embora ele precisasse conservá-lo. Não havia como conservar nada ali. Nada de pensamentos, nada de movimentos. A única coisa que ele podia fazer era se afogar, eletrocutado pelo destrincho de Esme enquanto o resto de sua vida era sugado.

Merik perdeu a consciência, lá embaixo das ondas. Ele não sabia dizer por quanto tempo. Não podia dizer quantas golfadas de água inalou. Tudo o que sabia era que as centelhas finais de dor o puxavam para o inferno... Então ele voltou ao corpo, e estava na margem, de quatro, vomitando.

Ele estava no meio do jato, água envolvida por bile jorrando de sua garganta na grama, quando percebeu que estava acordado. Estava *vivo.*

Esme estava sentada a alguns passos de distância. Sua postura empertigada era uma mentira; seu sorriso tenso era uma máscara pintada. Seus dedos arrancavam grama do solo. Punhado após punhado, ela arrancava as folhas e depois as deixava cair aos seus pés.

Piscando, Merik examinou a floresta e o Poço, à procura do Fúria, mas o homem não estava em lugar algum. Apenas os destrinchados costumeiros continuavam ali, de guarda como sempre. Por quanto tempo Merik ficara submerso? Quantas vezes ele tinha se afogado?

— Nenhuma gratidão. — Esme arrancou mais grama, dando um sorriso que não alcançava os olhos. — Eles não têm nenhuma gratidão pelo que eu faço, príncipe. Não entendem a dificuldade. Eles me procuram, exigem que eu encontre pessoas e aí desaparecem de novo. *Nenhuma gratidão.*

Era parecido com o que o Fúria tinha mencionado, e, mesmo em seu sofrimento afogado, Merik teve bom senso suficiente para guardar aquela informação.

— Ele não tem fios! — ela continuou. — Só consigo achá-lo quando ele está perto de Iseult, não que eu tenha contado isso a *eles*. — Outro punhado de grama. — Ela é minha. Não deles. E você é meu, príncipe. *Não deles.*

Merik forçou sua cabeça a concordar e sua garganta a chiar "seu" antes de os pulmões começarem uma nova crise. A ânsia de vômito se apossou dele.

Esme, no entanto, parou de arrancar a grama e, quando inclinou a cabeça para o lado, a raiva havia diminuído em seus olhos amarelos.

— Então você *não* vai ajudar o Fúria a entrar na montanha?

Merik precisou esperar até que seu estômago parasse de estremecer, sua garganta parasse de tossir.

Então, ele forçou:

— Não.

— Então por que o Fúria disse que sim?

Mova-se com o vento, mova-se com a corrente.

— Porque ele quer te assustar. Você é a favorita do rei corsário.

O sorriso vazio dela vacilou.

— E por que você acha isso, príncipe?

— Porque é óbvio. — Merik inspirou fundo, com dificuldade, forçando seus olhos exaustos a se manterem em Esme. — O rei manda o Fúria fazer tarefas inferiores. Buscar pessoas? Esse é o trabalho de um pajem.

As narinas dela se alargaram. Seus lábios tremeram — o indício de um sorriso verdadeiro em seus olhos.

— Você, no entanto, tem uma cidade inteira. Você tem um *exército* inteiro ao seu comando, enquanto o Fúria não comanda ninguém.

Foi a coisa errada a se dizer. O rosto dela desmoronou. Ela agarrou mais grama.

— Mas ele comanda *sim* um exército. Ele lidera o ataque do rei corsário ao sul, sobre o Convento da Irmã Bruxa da Visão. E assim que eles entrarem na montanha, ele vai usar a porta para entrar em Lovats e se apossar do Poço escondido que deveria ser meu.

O estômago de Merik despencou com aquelas palavras. *A porta para entrar em Lovats.* Por Noden, não.

— Os soldados do Fúria vão entrar na cidade pelo subsolo, e então *ele* ficará com toda a glória. — Os lábios de Esme se curvaram para trás. — Tudo isso enquanto eu estou aqui, ganhando nada. Apenas *esperando* que eles encontrem a porta que leva a Poznin.

Por Noden, não, não, não. Tudo girou e embaçou ao redor de Merik. Seu lar estava em perigo. Nunca Lovats havia caído, mesmo no pior momento da guerra. Os Sentinelas e os aquedutos sempre a protegeram.

Mas se soldados atacassem de dentro... se eles usassem aqueles portais mágicos e surgissem do subsolo...

O vômito de Merik voltou. Bile se espalhou pela grama.

Vivia planejara levar os refugiados para o subsolo. Eles consideraram a recém-descoberta cidade ancestral um milagre, um espaço para abrigar todos os sem-teto, os famintos e os perdidos. Agora os sem-teto, os famintos e os perdidos seriam os primeiros a morrer.

Merik precisava impedir aquilo.

Ele precisava tirar aquele colar, não importava como, e *precisava impedir aquilo.*

— Eu nunca deveria ter destrinchado ele — Esme prosseguiu. — Não antes de criar um segundo tear. Se eu não tivesse, seria *eu* que estaria liderando a ofensiva...

— *Faça isso* — a voz de Merik irrompeu, desesperada e feroz. — Faça isso. Chegue antes dele nas criptas e me use para atrair a Bruxa da Visão. Eu a matarei, e você poderá entrar *antes* do Fúria.

Esme olhou para Merik de soslaio, como se pensando no que ele tinha acabado de dizer. Como se imaginando a situação, passo a passo, e...

— Sim. — Ela ofegou. — Ah, sim, sim, sim. Você pode me levar até lá, príncipe. E então você pode ludibriar a Bruxa da Visão a sair do esconderijo e matá-la enquanto *eu* lido com os monstros das criptas. Eu sei como controlá-los, está no diário de Eridysi. Sim, sim, *sim*! Eu liderarei a investida na montanha antes do Fúria, e o rei corsário vai ver o quanto precisa de mim. E *ah* — ela suspirou —, se estamos tão perto do gelo adormecido, talvez ele o sugue para dentro. E elimine o Fúria e todas as suas lembranças para sempre.

Em uma guinada de velocidade, a grama balançando ao redor dela, Esme se levantou. Ela sorria, uma expressão exultante com bochechas coradas e olhos inflamados. Em três pulinhos, Esme chegou até Merik. Seus dedos agarraram e puxaram e giraram o colar, como se ela estivesse separando uma trança de fios que ele não podia ver. Os olhos dela moviam-se rapidamente de um lado ao outro. Seus calcanhares quicavam e suas bochechas eram comprimidas por um sorriso.

Então o colar deu um silvo suave, como vapor saindo de uma chaleira. A madeira se separou com um tinido, duas metades que caíram no solo. Nem Merik ou Esme tentaram pegá-las.

Merik agarrou-se à sua magia enquanto as mãos de Esme subiam na direção do Poço.

— Você é meu, príncipe. Você sabe a dor que te espera se você me desobedecer.

Ele assentiu.

— Não vou desobedecer. — Então, para convencê-la, ele fez uma reverência com a cabeça. — Mande em mim, Marionetista.

Ela deu risadinhas, e Merik aproveitou o momento para respirar o mais fundo possível, com afobação. Sua magia estava lá — ele podia sentir uma leve faísca viva dentro dos seus pulmões. Mas estava fraca. Estava cansada. Não queria despertar.

Mas tudo bem. Ele sabia que, se voasse enquanto Esme estivesse com o seu tear, ela lhe infligiria uma dor inimaginável. E, se ele voasse a *qualquer* momento, o Fúria sentiria a magia e voltaria. Merik apenas se moveria com o vento e a corrente, permitindo que sua magia se reconstruísse a cada passo cuidadoso.

Seu plano, no entanto, durou pouco. Pois, quando ele ergueu o rosto para observar Esme, ainda saltitando e rindo e completamente absorta em seus sonhos de glórias futuras, uma figura avançou da floresta. Ela movia-se rapidamente pelas fileiras de destrinchados, imóveis e irresponsivos àquela pessoa viva entre eles.

O Homem do Norte, com sua faca de punho vermelho em mãos, atravessou o gramado e apunhalou Esme nas costas.

45

A dor entupia as veias de Aeduan quando ele chegou ao acampamento do pai, um sinal de que a pedra da dor estava quase vazia. Ele tinha corrido pela maior parte do caminho, diminuindo apenas quando o solo ou a humanidade exigiam. Quatro vezes, ele havia encontrado batalhas acontecendo — e quatro vezes, foram os seus ouvidos que lhe avisaram o que aguardava adiante. Não a sua magia.

O que era mais um motivo para retornar ao pai. Com o pai, ele podia encontrar Corlant, e se Corlant havia mesmo amaldiçoado aquelas flechas, então Corlant poderia curá-lo.

Ao menos era o que esperava.

Ele sabia que aquilo podia acontecer, é claro: o fim de seu poder, o fim de ser um Bruxo de Sangue. Mas se importar com aquilo parecia uma impossibilidade antes. A perda era algo abstrato até que alguém fosse esmagado por ela e obrigado a encarar seus olhos mortos.

Então Aeduan correu mais rápido, forçando os limites do que a pedra da dor e sua magia ainda podiam proporcionar, e evitando batalhas conforme elas surgiam. Nubrevnos e marstoks, Baedyeds e Velas Vermelhas. Sangue e morte e violência que ele não podia mais farejar.

Ele alcançou as periferias do acampamento quando a lua começou a descer. Neve caía, uma nova camada de poeira sobre o pergelissolo. O ar beliscava o rosto e os dedos de Aeduan. Ele crescera naquele frio, mas os anos passados longe haviam apagado a lembrança de como o frio penetrava nos ossos.

Milhares de nomatsis, puristas — e qualquer outra pessoa em fuga — estavam aninhados naquelas píceas brilhantes de neve. Uma lição em eficiência, com centenas de casas improvisadas enfiadas em qualquer espaço disponível de terra. Fumaça subia em névoas pálidas das tendas de tecido frouxo dos nomatsis, e em faixas mais escuras das tendas inclinadas que os nativos das Sirmayans e os nortistas preferiam. Fogueiras frequentes, famílias frequentes.

Mas nenhum soldado, nenhum corsário. Aquelas eram pessoas desabrigadas pela guerra, não pessoas que lutavam nela. Sentinelas ocasionais armadas com arcos e lanças eram o mais próximo que Aeduan tinha avistado de qualquer tipo de combatentes. Mas ele já tinha visto antes os escalões de seu pai, dezenas de milhares de mulheres e homens que buscavam o fim do açoite imperial — e dezenas de milhares de corsários também. Os conflitos que Aeduan havia encontrado no caminho apenas contabilizavam uma fração daqueles soldados, o que levantava a questão de onde estava o restante das forças.

Enquanto Aeduan andava em meio a um aglomerado de tendas nomatsi, duas mulheres mais velhas vigiando uma fogueira central o avistaram. Medo fez seus olhos se arregalarem. Elas avançaram para as crianças mais próximas, levando-as desesperadamente para dentro.

E Aeduan percebeu, tarde demais, que se esquecera de virar a capa carawena do avesso. Em sua pressa para chegar ali, ele não tinha pensado em como poderia ser recebido. Afinal, no passado ninguém o olhava duas vezes — e alguns até o reconheciam como o filho do rei corsário. Agora, porém, capas brancas eram prenúncios de morte.

Mas era tarde demais para virar o tecido do avesso, e agora uma caçadora nomatsi avançava em sua direção, um escudo quadrado nas costas e arco em mãos.

Aeduan ergueu as mãos.

— Não estou aqui para machucá-los...

— De joelhos!

Ele se ajoelhou. A caçadora o alcançou e, em movimentos rápidos e experientes, tirou uma corda presa do seu quadril e o amarrou. Ele não resistiu. Não podia, mesmo se quisesse. Sua magia estava frágil demais — foram necessárias três inspirações, de doer as costelas, para sentir um vislumbre do cheiro de sangue daquela mulher, então não havia como controlá-lo para fugir.

Também não haveria como se curar de qualquer ferimento causado por ela. Não só porque a magia de Aeduan falhara com ele, mas porque a pedra da dor estava se esvaindo rápido. Uma queimação sutil pulsava mais alto a cada segundo, como se formigas-lava-pés rastejassem embaixo da sua pele. Como se elas mordessem, picassem e queimassem cada vez mais perto da superfície.

— Rei Ragnor — tentou dizer. — Sou filho dele.

A mulher o ignorou, e agora outros nomatsis se aglomeravam. Havia ódio e medo em seus olhos. Merecido, e ele sabia que não conseguiria convencê-los de que *ele* não era como os outros monges.

Como ele pôde ter sido tão tolo? A exaustão e a dor tinham lhe tirado o bom senso.

Uma segunda caçadora apareceu, carregando um saco de lona. Ela se aproximou de Aeduan, pronta para colocar o saco sobre a sua cabeça, quando uma voz ressoou:

— Espera!

Era a voz de uma mulher, magra e idosa, mas no mesmo instante os nomatsis mais próximos ficaram quietos. Então a própria falante surgiu à vista, e Aeduan entendeu o porquê. Embaixo de uma pele pesada, ela vestia o preto desbotado das Bruxas dos Fios — tornando-a a líder daquela tribo.

Cicatrizes de frio marcavam as dobras do seu rosto impenetrável. Ela era velha, estava cansada, e estava acostumada a fazer as coisas do seu próprio jeito.

Quando parou em frente a Aeduan, ela olhou para baixo com o mesmo vazio imperturbável que Iseult sempre demonstrava.

— Você é um monge — ela falou, em marstok, claramente presumindo que Aeduan não entenderia sua língua nativa.

Mas ele entendia, portanto respondeu em nomatsi.

— Sou. E também sou filho do rei corsário.

Nenhuma mudança em sua expressão. Nenhuma reação.

— É verdade? — Ela mudou para nomatsi. — A Dirdra está mesmo no monastério?

Aeduan franziu o cenho. Depois, balançou a cabeça.

— Dirdra?

— Uma criança da minha tribo. — Como Aeduan mantinha a careta, ela acrescentou: — É uma criança importante, foi roubada pelos corsários. E agora achamos que foi roubada de novo pelos monges.

Owl. Ela só podia estar se referindo a Owl.

Aeduan respirou fundo, agarrando-se a qualquer bruxaria de sangue restante dentro de si. Seus pulmões queimaram e sua pele gritou, mas ele não soltou. E ele agarrou e tateou e se esticou até...

Urzes e escolhas impossíveis. Aquela era a mulher que ele andava seguindo. A única sobrevivente da tribo de Owl. Finalmente ele a encontrara, segura sob a flâmula do rei corsário.

Os lábios de Aeduan se separaram para dizer que ele tinha salvado Owl antes, e que se ela estivesse no monastério ele a salvaria de novo, mas, antes que as palavras pudessem ser ditas, um vento soprou pelas tendas. Forte o suficiente para derrubar pessoas, forte o suficiente para fazer a enorme fogueira crepitar.

Então ouviram-se gritinhos, e os nomatsis correram para a segurança. A caçadora não, nem a Bruxa dos Fios. Quando o Fúria avançou dentro do acampamento, elas apenas se empertigaram e o encararam.

— O que temos aqui? — o Fúria perguntou, ultrapassando o fogo. Neve acumulava-se em sua cabeça, era chutada pelos seus pés. — Ouvi sobre a chegada de um monge no acampamento, e não é ninguém menos que o filho do general. Preciso admitir, Bruxo de Sangue, que estou um pouco tentado a te deixar aqui depois de todo o esforço perdido tentando te encontrar. — Ele parou, abrindo as mãos. — Mas, infelizmente, o tempo é essencial com a iminência do ataque.

— Você não pode ficar com ele — a Bruxa dos Fios disse, em um arithuano ruim. Havia ferro em sua postura. Gelo em seu olhar. — Eu ainda não acabei.

— Receio que tenha acabado, sim. — O Fúria movimentou o punho.

E vento bateu contra a bruxa. A derrubou no chão, quebrando ossos, e, antes que a caçadora pudesse usar os arcos, o Fúria os quebrou também. Então ele avançou até Aeduan, o agarrou pelo ombro e o pôs de pé.

Aeduan tentou se virar para a Bruxa dos Fios, tentou dizer "eu não sei onde Dirdra está, mas vou encontrá-la de novo", mas o vento rugiu, denso pela neve. Alto demais para ser superado pelo grito de Aeduan, violento demais para Aeduan enxergar através dele.

Dois segundos depois, Aeduan e o Fúria levantaram voo.

Chamas infinitas e risos inevitáveis.

De novo e de novo, Iseult morria naquele campo de batalha. De novo e de novo, o fogo a engolfava e transformava seu coração comum em poeira. Mas, mesmo na morte, não havia alívio, pois a morte apenas trazia mais fogo e gargalhadas.

Havia o Bruxo de Fogo que ela tinha matado. Havia o Bruxo de Fogo que ela mataria. Ela era dele, e ele era dela até que o tempo acabasse e a Mãe Lua libertasse todos eles para a eternidade.

Ela tentou implorar — ela sempre tentava implorar —, mas tudo o que sempre saía era um rugido abafado, ecoante. Como se outra mulher gritasse e aquela mulher estivesse enterrada embaixo de uma montanha.

De novo e de novo. Sem fim, sem começo.

E sem aviso, exatamente como antes, quando o novo mundo se uniu ao dela. Iseult chorou quando os primeiros buracos rasgaram o campo de batalha. Lágrimas quentes em um rosto que havia carbonizado até virar nada.

Uma a uma, as chamas cintilaram, e, uma a uma, sombras cinza e ventos congelantes rodaram em torno de Iseult. Ainda assim ela continuou chorando, um silêncio soluçante em um corpo amassado pela neve.

Ela não sabia por quanto tempo tinha ficado daquele jeito. Tudo o que sabia é que, em algum momento, suas lágrimas diminuíram, substituídas por dentes batendo e ossos tremendo. O rei prateado havia chegado.

Em um momento, Iseult estava sozinha. No outro, ela o sentira — e, no terceiro momento, o vira também.

Ele estava mais concreto naquela noite. No local onde Iseult imaginara que as costas dele se curvavam, ela podia ver que ele apenas usava peles grossas em cima dos ombros. E onde ela o considerara rígido, podia ver agora que ele estava tenso. Na defensiva, até, como se se preocupasse com a possibilidade de Iseult atacar.

Sua coroa reluzia tão forte como antes, e seu brilho gélido iluminava seu cabelo escuro e sua pele cor de oliva. Mas era tudo o que ela conseguia ver. Nada de olhos ou boca, apenas um borrão onde seu rosto deveria estar.

— Você é o rei Gralha? — Ela se surpreendeu pela clareza com que sua voz soou. Mais musical e cristalina que na vida real. Após tanto tempo sem palavras, ela quase chorou de novo com aquele som.

O rei fez um aceno com a cabeça.

Um *sim*, presumiu ela.

— Mas como você está aqui se morreu séculos atrás?

Mais uma vez, ele acenou com a cabeça, a coroa prateada reluzindo. Mas a pergunta de Iseult exigia mais do que aquela resposta... Embora, ela supôs, sem boca, não podia haver palavras. Quaisquer perguntas que ela fizesse a ele teriam de ser respondidas com um simples "sim" ou "não".

Tudo bem. *Pense, Iseult, pense.* Ela não sabia quanto tempo ainda tinha até que o Bruxo de Fogo voltasse. *Faça as perguntas importantes primeiro.*

— Você me ajudou a escapar do Bruxo de Fogo?

Um aceno solene.

— Você pode me ajudar a escapar dele de novo?

Ele abriu os braços, as sombras fluindo como penas embaixo deles. Não significava nada para Iseult... a não ser...

— Você não sabe?

Aceno.

— E Evrane? Você pode me ajudar a escapar dela?

Daquela vez, ele acenou uma vez antes de se inclinar para baixo, como um cavaleiro oferecendo fidelidade a uma rainha. Então seus braços se ergueram acima da cabeça, e a paisagem mudou.

Primeiro surgiu uma parede de pedra atrás do rei. Depois, estantes ao lado das pedras. Depois, livros nas estantes e um tapete embaixo dos pés deles. Item após item apareceu, e um cômodo se formou em volta de Iseult e do rei Gralha.

— Que lugar é esse? — ela perguntou assim que o cômodo foi finalizado. Embora tivesse saído da paisagem com neve, Iseult ainda tremia de frio.

O rei não disse nada. Não deu nenhuma indicação de ter ouvido a pergunta. Em vez disso, ele andou até a extremidade da sala, onde as duas paredes se encontravam em uma abertura estreita entre as estantes. Ali uma cadeira de madeira simples repousava embaixo de uma arandela de ferro apagada. Ele olhou para Iseult, o rosto borrado levemente desfigurado por dois olhos escuros. Tão escuros que eram quase pretos.

Seu olhar permaneceu fixo na garota enquanto ele gesticulava para a parede. Um gesto de sua mão, um rastro de sombras, depois mais dois movimentos e uma porta surgiu. As estantes desapareceram, as pedras desapareceram. Agora, apenas um arco baixo descia na escuridão.

O rei Gralha acenou de novo. As pedras e as prateleiras retornaram.

— O que é isso? — Iseult perguntou, mesmo sabendo que ele não podia responder. Ela olhou de volta para o rosto dele, mas os olhos haviam sumido de novo. Tudo havia sumido, na verdade — todos os seus traços tinham virado um borrão único, como um pingo de água em tinta seca.

Iseult avançou na direção dele. *Pense, Iseult, pense.*

— Os seus olhos vêm e vão. Você tem uma boca também? Consegue formar uma?

As mãos dele se ergueram, as palmas envoltas em sombras. Um aviso para que ela parasse de andar.

Ela parou.

Então, devagar, com os braços ainda esticados, ele balançou a cabeça. Sem boca. Sem respostas. No entanto, enquanto Iseult observava, um terceiro braço sombrio surgiu do ombro dele. Serpenteou pelo espaço até a prateleira mais próxima, antes de parar ao lado de um tomo de couro simples.

Uma hora o livro estava ali. No instante seguinte, não estava.

— O livro caraweno. — Iseult ofegou. — O que Leopold pegou dos arquivos. É lá que está essa porta?

O rei Gralha acenou, e o braço sombrio se dissolveu ao nada.

— Mas eu não posso entrar. — Ela deu de ombros, impotente. — Não consigo acordar. Evrane me mantém dormindo com alguma... alguma magia sombria.

Uma pausa. O peito do rei Gralha se expandiu, como se ele respirasse fundo. Então seus olhos retornaram, piscando e ajustando-se entre as sobrancelhas escuras. Ele andou na direção dela. Sua mão esquerda se ergueu, mas, daquela vez, no lugar de sombras, só havia luz. Estilhaços luminosos como névoa cristalizada.

Iseult tentou retroceder, mas seus pés estavam presos. Suas mãos também. Até mesmo sua cabeça. Tudo o que podia fazer era observar enquanto ele se aproximava.

Ele a alcançou. Sua mão tocou no rosto dela e o frio penetrou, tirando o fôlego de Iseult. Apossando-se de sua mente. Gelo e luz da lua e um Sonho seco.

VÁ.

A ordem a encheu dos pés à cabeça, mais uma necessidade urgente do que uma palavra. *Vá, vá, vá — é hora de ir.*

Quando Iseult acordou, um segundo depois, não havia nenhuma magia a prendendo. Nenhuma sombra para se agitar e cacarejar. Nenhuma Evrane também.

Iseult estava livre.

Era hora de ir.

46

A casa da família Sotar situava-se orgulhosamente na rua Branca, na metade da subida de Queen's Hill e rodeada por uma cerca de calcário com barras de ferro. Laranjeiras e jasmins cresciam em abundância lá dentro e, ao avistarem Vivia e seus guardas, os dois soldados dos Sotar abriram imediatamente o portão.

A conversa que Vivia estava planejando ter, no entanto, era em particular, por isso ela deixou seus guardas pessoais para trás e andou sozinha até a porta de entrada. Lá um pajem também se apressou em receber a rainha em espera. *Só que eu não sou mais rainha em espera,* pensou ela. Ela não sabia o que era. Princesa era a pessoa de antes. Capitã também.

Ela supôs que não fazia muita diferença.

O vizir Sotar a encontrou em uma sala de estar iluminada, com cadeiras gastas e assoalhos e cortinas ainda mais gastos — algo que Vivia aprovava. A família Sotar podia ser a mais rica do país, suas terras protegidas do veneno e das chamas da guerra, mas eles também se dedicavam mais ao seu próprio povo do que qualquer outra pessoa.

— Eu ainda não tive retorno da minha esposa — Sotar disse assim que entrou na sala. Ele avançou na luz solar, copiando a postura rígida de Vivia ao lado da janela do jardim antes de oferecer uma reverência.

— Não é por isso que estou aqui. — Vivia se virou para encará-lo. Ela estava despida de máscaras; não era nem urso nem Nihar. Era apenas Vivia, a raposinha, e ela esperava que aquilo fosse suficiente. — Você sabia que a minha coroa foi revogada?

Sotar franziu o cenho, como se tivesse ouvido mal.

— Revogada?

Em um tom de voz rápido e eficiente, Vivia explicou o que tinha acabado de descobrir nos Sentinelas. Sem lágrimas. Sem emoções. Sem loucura. A cada palavra, a boca de Sotar se abria mais e mais.

Ao fim, ele precisou colocar uma das mãos no parapeito da janela para se segurar.

— Aqueles desgraçados. — Os olhos dele encontraram os de Vivia. — Vossa Alteza, eu *juro* que não sabia de nada disso. Quihar, Eltar e Quintay agiram sem a aprovação dos outros vizires. Eles fizeram a mesma coisa com sua mãe, treze anos atrás.

É claro que aqueles vizires tinham feito o mesmo; Vivia não sabia por que estava surpresa. E de repente, ela precisou se perguntar se seu pai estivera por trás daquela ação também. Se *ele* tinha sido o motivo de o Conselho Superior declarar Jana incapaz de governar.

De qualquer forma, aquilo não mudava a situação atual de Vivia. Se o Conselho Superior não estava em unanimidade em seu apoio a Vivia como Rainha, ela não tinha permissão de governar. O poder voltava mais uma vez ao regente.

Mas só por que ela tinha perdido a lealdade de três vizires, catorze oficiais e de seu próprio pai — aquilo não significava que ninguém a apoiava. Havia muitas pessoas, e ela sabia que, se as chamasse, elas viriam.

— Você precisa procurar os outros vizires — disse. — Confio na sua habilidade de avaliar a quem eles são leais. Reúna aqueles que ainda apoiam o meu governo e peça a eles que disponibilizem não apenas os seus próprios guardas, mas qualquer um capaz e disposto a lutar. Não forçarei ninguém a servir, mas precisamos de *todas* as pessoas que pudermos encontrar para proteger a cidade.

— Aye. — Sotar assentiu, com firmeza. — Será feito.

— Eu vou reunir a minha própria tripulação. Liderei muitos nos rios e mares de Nubrevna, e treinei com muitos antes disso. Há um grupo principal de soldados em que confio, e vou pedir a eles que encontrem outros.

— Podemos nos encontrar aqui. — Sotar abriu as mãos, indicando a sala.

Mas Vivia balançou a cabeça.

— Não. Pode não haver nada legal nos impedindo de nos encontrarmos, mas meu pai vai notar se nos reunirmos em algum lugar tão conhecido. E... — Ela puxou o ar. — Eu não confio que ele não agirá contra nós de novo. — *Contra mim.*

O rosto de Sotar tensionou. Um tremor solidário que atravessou direto o coração de Vivia. Ele sabia o quanto aquilo a machucava; ele também sabia que não havia nada a ser feito e nem tempo para refletir. Eles foram traídos, Vivia mais do que todos, e agora o único caminho adiante era minimizar os danos e as mortes. Vivia ergueu o queixo. Empurrou os ombros para trás. Ela era a filha de sua mãe. Ela era capaz.

— Nos encontraremos em *Pin's Keep*, vizir Sotar. Às vinte e duas badaladas. Leve os membros do Conselho Superior que ainda me apoiam, e eu levarei os soldados. Juntos, criaremos uma nova estratégia.

Agora foi a vez de Sotar respirar fundo. De empurrar os ombros para trás e colocar um punho sobre o coração. Depois, ele se inclinou em uma reverência intensa e verdadeira.

— Estou ao seu comando, minha rainha.

Arrepios percorreram os braços de Vivia com aquelas palavras. Ninguém jamais a chamara de "minha rainha" antes. Ninguém jamais lhe oferecera um respeito tão genuíno e uma aprovação tão real. Ela esperara aquilo de sua mãe, mas Jana tinha muitos de seus próprios demônios.

Então Vivia se voltara para o pai. Ela argumentava e implorava e se desculpava, e, de vez em quando, ele jogava migalhas para ela comer. Mas Serafin, ela conseguia ver agora, não respeitava ninguém além de si mesmo, e sua aprovação só era dada contanto que não afetasse sua própria autoimagem. Ele queria toda a glória, nada da culpa.

— Obrigada — Vivia disse a Sotar, sendo sincera. — Vejo você e os outros vizires em breve.

Então Vivia Nihar, rainha de Nubrevna por direito, a Escolhida do Poço do Vazio, e Raposinha de Nubrevna, saiu mais uma vez na noite.

Safi se jogou na frente de Mathew. Ele não a machucaria. Seu corpo sabia disso, mesmo que sua mente ainda precisasse compreender que ele estava ali. Ela alcançou Vaness antes que a lâmina encostasse, forçando Mathew a girar para longe. A erguer a espada no último segundo.

Vaness ainda foi atingida. Um corte no meio do rosto.

Mas ela não se mexeu. Nem mesmo hesitou.

— O que você está fazendo? — Mathew gritou. A voz dele, aquela era a voz *dele*; como Safi não tinha percebido antes? Como ela não tinha percebido o brilho dos olhos e os cílios dele? *Porque Mathew e Habim te deram o que era esperado.* E agora eles estavam surrupiando a bolsa.

Mathew se moveu para o lado, um espadachim gracioso, e parou a dois passos de distância. Safi se moveu junto com ele, mantendo seu corpo entre ele e Vaness.

Ainda assim, a imperatriz não reagiu atrás dela. Nem nenhum dos víboras, ou qualquer um na multidão abaixo. Todos observavam os fogos de artifício acima. Alegremente alheios.

Foi então que Safi percebeu que Vaness não estava sangrando. Safi tinha *visto* a lâmina se unir à carne, mas nenhum sangue escorria pelo rosto.

Esplendor. A imperatriz devia estar escondida embaixo de um feitiço do esplendor que aparentava ser exatamente como ela.

Que fuinhas mijassem em Safi, ela devia ter previsto aquilo. O tio Eron usara o mesmo plano em Veñaza: uma festa sob esplendor enquanto um ataque acontece. O que significava que, em algum lugar perto dali, havia um Bruxo do Esplendor, e, muito provável, o mesmo que fora usado antes.

Se Safi tivesse sua magia, ela teria pressentido aquilo. Aliás, se estivesse prestando *qualquer maldita atenção*, ela teria visto os sinais. Era por isso que os soldados falsos não a atacaram no Poço. Era por isso que, quando interrogou Habim, ela sentiu que ele estava mentindo.

Habim não havia apenas ouvido sobre um complô para destronar a imperatriz e assumir o trono, ele havia *criado* o complô.

Habim, Mathew e o tio Eron. Três homens que Safi conhecia há dezenove anos, mas jamais conhecera de verdade. E agora seu corpo era tudo o que havia entre a imperatriz de Marstok e a morte.

— Se afaste — Mathew silvou. Ele avançou um passo, a espada víbora erguida em sinal de aviso. — Por que você está interferindo, Safi?

— Por que *você* está atacando?

— Porque este é o plano. Aquele ao qual todos nós nos dedicamos tanto. Você sabe disso.

— Não, não sei. Porque você e Habim não me contaram nada!

— Então explicaremos depois. — Mathew rodeou a imperatriz; Safi também. — Agora não é o momento...

— Explicar depois do quê? Depois de matar a imperatriz? Como *isso* trará paz às Terras das Bruxas, Mathew?

— Eliminando alguém que quer a guerra! Ela quebrou a Trégua de Vinte Anos, Safi. Ela *causou* o retorno da guerra.

Por meio segundo, Safi acreditou nele. Afinal, era o que todos diziam, incluindo a própria imperatriz. Vaness havia levado suas forças para Nubrevna, cancelando a magia que a ligava à Trégua de Vinte Anos — e, portanto, a magia que ligava todas as outras nações e os impérios também. Então, sim, ela havia causado aquilo.

Mas, conforme cada um daqueles pensamentos perfurava a mente de Safi, ela percebeu que seu peito não havia vibrado com verdade quando Mathew falou, sua magia não havia cintilado e cantado.

O que significava que ele mentia.

O estômago de Safi se revirou. Uma grande queda que puxou seus pulmões até os dedos dos pés.

Ela sentia vontade de vomitar. Ou gritar. Ou até exigir que Mathew lhe dissesse que não era verdade — que *eles* não tinham, de algum modo, armado o fim da Trégua, o retorno da guerra.

De algum jeito, porém, Safi conseguiu não fazer nenhuma daquelas coisas. De algum jeito, ela conseguiu imitar o equilíbrio de Iseult e se aprofundar ainda mais em uma posição defensiva.

— Foram vocês que acabaram com a Trégua, não é? Não sei como, mas não foi a imperatriz. Foram *vocês*.

Os olhos de Mathew se fecharam embaixo do lenço. Um tremor doloroso que atravessou o coração de Safi. *Verdade, verdade, verdade.*

— Eu te disse — ele falou, a voz rouca. — Em Veñaza, eu te *disse* que havia grandes mudanças em andamento...

Ele não conseguiu concluir. Naquele momento, o esplendor vacilou. Muito de leve, como se o mundo inteiro piscasse, e por meio segundo, o mundo real se abateu.

Foi muito pior do que Safi tinha imaginado. Lá estava a imperatriz, parada no mesmo local, mas com sangue jorrando pelo lado direito de seu corpo. Atrás dela, doze víboras estavam mortos, cada um deles empalado pela própria espada.

Foi o lago Scarza, porém, que fez Safi abrir a boca e se afastar — e fez todos na multidão fazerem o mesmo. Um grito de horror coletivo que avançou enquanto o mundo que eles viam era brevemente substituído por outro.

Barcos militares em chamas e afundando. O muro de soldados era agora um muro de corpos. Fumaça e fogo e explosões irrompendo em sintonia com os fogos de artifício.

Então o esplendor voltou a funcionar. Os navios flutuavam de novo. Os soldados e os víboras estavam de guarda. E Vaness não sangrava.

Era tarde demais, porém. O erro fora cometido. As pessoas sabiam que tinham sido enganadas.

— Safi! — uma nova voz gritou. Habim pulou para o terraço, uma pistola enfeitiçada por fogo em uma das mãos, espada na outra. Ele se posicionou atrás de Mathew. — Se afaste, Safi. Não estrague isso. Eu entendo que você se importa com a imperatriz, mas...

Safi riu. Uma explosão de som surpreendente que fez Habim se calar e Mathew se encolher. Algo confuso e crescente que não poderia ser mais contrário à multidão em pânico lá embaixo ou aos fogos de artifício ainda explodindo.

— Não *estragar* isso? — ela repetiu. — Achei que eu já tivesse estragado! Esse tempo todo, desde Veñaza, eu achei que tivesse estragado o seu precioso planinho. Achei que tivesse feito escolhas unicamente minhas, e mandado o esquema do tio Eron para os ares. Agora vejo que não passei de um fantoche. Imagino que vocês sabiam sobre o noivado com Henrick desde o início. Vocês *sabiam* que eu acabaria em Marstok. E imagino que vocês pensaram que eu os ajudaria hoje à noite, não é? Bom, vocês estão errados. Porque eu não vou.

— A imperatriz não é o que você acha, Safi... — Habim começou.

— Isso é interessante vindo de *você*, general.

— Ela é o que os pais a ensinaram a ser, Safi. Ela apenas guiará Marstok para mais guerras.

— *Não.* — Safi silvou aquela palavra com toda a convicção que conseguia reunir. Depois a cuspiu de novo, com mais força. — *Não.* Você está errado. Você nem a conhece, Habim.

— Estamos ficando sem tempo — Mathew alertou. Ele se empertigou, com Habim ao seu lado. Dois fios afetivos fazendo o que acreditavam estar certo, e o que Safi teria acreditado ser verdade também, se não tivesse visto por baixo da máscara de Vaness.

— Não me faça te obrigar — Mathew avisou. — Eu obriguei a imperatriz, e farei isso com você também.

— Você já me obrigou! — Safi riu de novo, um som ridículo e agudo que berrou dentro do seu crânio. Mathew devia ter ordenado Vaness a não se mexer, para que ela ficasse ali parada enquanto a lâmina atravessava sua barriga. Agora, ele faria o mesmo com Safi. — Você me enfeitiçou no depósito mais cedo, Mathew. E me enfeitiçou um mês atrás em Veñaza.

A traição dele causara um corte profundo na época. Agora, arrancara seu coração por inteiro. Por toda a sua vida, aqueles homens estiveram ali. Para repreender e ensinar, para cuidar dos seus machucados causados por outra lição de espada malsucedida. Eles não eram maus; Safi sabia daquilo com tanta certeza quanto sabia que Vaness não era má.

Eles eram apenas lobos em um mundo de coelhos, que haviam esquecido que coelhos também eram importantes.

Safi não tinha dúvidas de que Mathew, Habim e o tio Eron *acreditavam* na própria causa — ela também não tinha dúvidas de que o início fora bom e verdadeiro, quando os planos começaram a ser feitos vinte anos atrás. Mas, durante o caminho, eles se tornaram exatamente aquilo que odiavam.

Verdade.

E agora restava a Safi lembrá-los que coelhos também importavam.

Verdade, verdade, verdade.

Ela escorregou a mão para dentro do bolso.

— Vocês dizem que Vaness é o que os pais a ensinaram a ser. Bom, eu também sou, Mathew e Habim. Vocês dois me mostraram a diferença entre certo e errado, e me deram consciência. Amo vocês — ela concluiu —, mas não vou ajudá-los.

Ela puxou a vela-faísca do bolso e a jogou nos homens que a criaram como filha.

— *Incendiar* — sussurrou, já dando a volta. Já agarrando o corpo de Vaness e correndo como se o Vazio estivesse a perseguindo.

Graças aos deuses, Vaness era pequena. E graças aos deuses, Mathew e Habim a tinham treinado para aquele exato momento, quando ela teria de levantar uma imperatriz coagida sobre o ombro e correr.

Como esperado, a vela-faísca não era uma vela. Uma explosão aconteceu atrás dela. Mathew rugiu seu nome — rugiu uma ordem para que ela parasse. E Safi teria seguido a ordem também, incapaz de resistir a tamanho poder das palavras.

Mas ela estava nos limites do jardim, e ele estava atrasado.

Ela e a imperatriz pularam e despencaram na direção do lago.

47

O Fúria voou até a lateral de uma montanha, uma descida íngreme e veloz que fez os ouvidos de Aeduan doerem e os pulmões se comprimirem até que eles estivessem diminuindo a velocidade de novo. Nenhuma luz brilhava na floresta abaixo, e não importava o quanto ele apertasse os olhos contra os ventos, não conseguia enxergar a paisagem adiante. Tudo o que sabia é que estavam mais perto do vale que separava a montanha de Ragnor do monastério.

E tudo o que ele podia deduzir é que o Fúria o estava levando até o pai.

Eles desceram em uma clareira cercada por plantas perenes. Um pinheiro erguia-se acima do resto, o dobro de altura e largura. A neve se alastrava, carregada pelos ventos do Fúria. Ela se agrupava em um monte circular ao redor deles.

Os joelhos de Aeduan quase cederam na aterrissagem — e seus dentes se apertaram pela onda repentina de dor. Sua pedra da dor continha apenas centelhas de magia. Ele tinha, no máximo, uma hora antes de a maldição recuperar seu controle total.

No máximo.

— Rápido — o Fúria ordenou, a impaciência densa em sua voz quando ele saiu da clareira, e em sua postura também. Olhos brilharam em meio às árvores, observando Aeduan e o Fúria enquanto eles passavam. Soldados, Aeduan percebeu, pelas armas em suas mãos e em seus quadris. Eles espreitavam na escuridão, alguns sentados, outros de pé, e todos claramente esperando por um sinal.

Aeduan tinha encontrado as forças do seu pai — e um ataque devia ser iminente. Havia apenas um alvo naquela direção, porém: o monastério.

Depois de passar por fileiras e mais fileiras de arqueiros trabalhando na criação de flechas com a velocidade experiente daqueles arruinados pela guerra, e por Baedyeds a cavalo, os corcéis deles cobertos em camuflagem branca, o Fúria guiou Aeduan até uma tenda de teto redondo. Luz brilhava de brechas nas paredes escondidas e de um buraco no topo. Vozes saíam; fumaça, não.

O que significava que aquela era a tenda de comando. Pronta para ser movida a qualquer momento. Dez mulheres e homens estavam ali perto, com peles e roupas variadas, porque Ragnor havia escolhido um guarda pessoal de cada facção que comandava. Eles olharam desconfiados para o Fúria quando ele passou, mas nenhum tentou interferir.

O Fúria, então, entrou na tenda, e imediatamente todas as vozes silenciaram. Aeduan seguiu, um segundo depois. Uma luz laranja recaiu sobre ele, clara o suficiente para cegá-lo.

Aos poucos, quatro figuras se materializaram, posicionadas em volta de uma longa mesa coberta de mapas. À esquerda estava uma mulher com a pele tão escura quanto o céu noturno e cabelo branco amontoado no topo da cabeça. Ela segurava um cachimbo em uma das mãos, parada no meio do gesto quando Aeduan entrou. Um anel de jade reluzia em seu polegar.

Ao lado dela estava um homem com serpentes tatuadas em seu rosto marrom e o cinto sinuoso dourado que todos os Baedyeds usavam. À direita da mesa estava uma Bruxa dos Fios, alta e com grandes olhos verdes que brilhavam à luz do braseiro.

Na ponta da mesa, em pé, estava o pai de Aeduan, o rei corsário do Norte. Ragnor det Amalej.

Ele não era um homem alto, meia cabeça mais baixo que o filho, mas peles acrescentavam largura aos seus ombros. Por baixo, usava a mesma seda de gola alta de sempre. Seu cabelo tinha faixas prateadas, agora mais numerosas desde a última vez que Aeduan o vira. Havia mais linhas em volta dos seus olhos também — olhos pálidos cor de avelã sob cílios grossos.

Idade, altura e cor dos olhos. As únicas diferenças entre pai e filho.

— Deixem-nos a sós — ele disse, e seus três comandantes obedeceram de imediato. O Baedyed e a Bruxa dos Fios ignoraram Aeduan ao passarem, mas a mulher de cabelo branco parou de andar o suficiente para lhe examinar por inteiro.

E apenas o suficiente para murmurar:

— Sangue na neve.

Embora, se ela dirigisse aquelas palavras a ele ou a si mesma, ele não soubesse dizer. Então ela se foi, e o Fúria se virou para segui-la.

— Espere — Ragnor ordenou, em arithuano.

O Fúria obedeceu, voltando na direção da mesa. A tenda era pequena demais para ele, que precisava se encolher embaixo das escoras, e, uma vez diante dos mapas, ele se contorcia e piscava e mexia os dedos como um leopardo preso em uma jaula.

Ele não exibia nenhum sinal da escuridão destrinchada, porém. Nenhuma sombra ou crueldade, nada além de cabelo loiro, olhos azuis e uma orelha mutilada. Neve tremulava em volta de sua cabeça. Ele fez uma reverência.

— General. — Era o título errado, mas Ragnor não o corrigiu.

— Encontre Corlant. Traga-o até mim.

O Fúria se endireitou.

— E o ataque às criptas? Eu tenho uma nova estratégia para entrar na porta...

— E essa tarefa não vai te desviar disso.

O rosto do Fúria ficou tenso. Neve rodopiava mais rápido ao redor da sua cabeça.

— Mas vai. Perco um tempo precioso com a Marionetista. Ela briga comigo todas as vezes.

— Então você vai precisar brigar mais.

Mais tensão. Mais assovios da neve.

— E se os seus soldados chegarem ao monastério antes de eu conseguir entrar nas criptas?

— Daí paciência. — Descontentamento endurecia o tom de Ragnor. — Por que você está discutindo comigo, Bastien? Vá até Esme, faça que ela encontre Corlant. Então busque o padre e o traga aqui. Essas são as suas ordens.

Por um longo momento, o ar na tenda se tensionou, longo e firme. Um arco sendo puxado. Até que, enfim, o Fúria o soltou.

— Eu não gosto de Corlant — disse, e, com aquela afirmação, gelo irrompeu do chão. Ele estalou sobre os juncos e subiu pelas paredes. Estalou nas botas de Aeduan. — Essa interação é abominável, e você sabe disso. Mate-o e acabe com isso.

— Precisamos dele. Um bebê é inútil à nossa causa.

— E os corsários também! Eles vão nos trair, e trair uns aos outros assim que avistarem o ouro.

— Nós acolhemos a todos, e isso significa todos. — A voz de Ragnor havia se tornado mortalmente baixa, nada impressionada pelo gelo do Fúria. — Agora saia. Essa discussão acabou, e não ouvirei mais nada sobre o assunto. Você recebeu as suas ordens. Siga-as. — Sem mais palavras, Ragnor deu as costas para o Fúria e focou os mapas diante de si.

Linhas pretas tracejaram o rosto do Fúria. A neve em volta de sua cabeça virou sombras, e o gelo em seus pés virou escuridão.

Então o corpo inteiro dele ficou tenso, a cabeça se inclinando para os lados como se ele ouvisse algo ao longe. Duas respirações depois, seu rosto relaxou, as sombras se dissolveram. Ele suspirou em voz alta, um sorriso uniforme puxando sua boca. O Fúria partiu em uma fração de frio e vento.

Aeduan se aproximou da mesa, do ferro ensanguentado e do gelo adormecido que marcavam o sangue do seu pai. A respiração congelada de bebê e a perda profunda. Mesmo fraco como Aeduan estava, o cheiro do seu pai era familiar demais para ser perdido — forte demais para ser ignorado. E chamava pela sua magia, uma breve fagulha de poder abafada pela dor da maldição.

Seu pai já havia mandado buscar Corlant, então Aeduan lidaria com o veneno em suas veias quando o homem responsável chegasse.

Quando ele se aproximou da mesa, um mapa do vale surgiu à vista, recentemente desenhado, com o fluxo da correnteza do rio e as ilhas sinalizadas. Moedas estavam espalhadas pela encosta leste, indicando a posição das tropas. Ragnor não fez nenhuma expressão quando Aeduan parou ao lado dele. Apenas avaliou o filho.

Havia uma imobilidade no rei corsário. Uma calma tranquila que sugeria que ele sempre sabia a melhor forma de agir e que ele havia, do seu jeito calmo, pensado em todas as possibilidades antes de chegar ao melhor resultado para todos. Nenhuma palavra era dita sem uma pausa, nenhuma escolha era feita sem muita deliberação. Aquele momento não foi diferente.

— Filho — ele disse, por fim, usando nomatsi.

— Pai — Aeduan respondeu. Dois anos dizendo aquela palavra, mas ainda tinha um gosto tão estranho.

— Foi bom você ter chegado agora. Eu não queria começar o ataque sem você. — Ragnor se inclinou sobre o mapa.

— Você planeja atacar o monastério?

— Já começamos. — O pai apontou para moedas de prata posicionadas em cima do rio. — Bruxos de Gelo — explicou. — Da tribo Herk-hül do norte. Enquanto conversamos, eles estão congelando o rio para que as nossas tropas e a cavalaria possam atravessar. — Ele gesticulou para moedas de bronze e cobre. — A corneta para o ataque deve soar a qualquer momento.

— Muitos dos seus soldados vão morrer.

— Sim — o pai concordou.

— O monastério foi construído para resistir a anos de cerco. Décadas, se necessário.

— Sim — o pai repetiu. — Mas o que é que eu sempre te digo?

Aeduan engoliu em seco, os dedos tamborilando no punho da espada.

— Que os impérios se tornaram preguiçosos e sem ambição.

— E os monges não são muito diferentes. Eles entraram em guerra contra eles mesmos, sem jamais suspeitar que alguém poderia estar esperando por uma oportunidade assim. — Com brusca eficiência, ele puxou um segundo mapa de velino de uma pilha ao lado da mesa. Dois passos o levaram a uma área livre, onde ele o desenrolou.

Apesar de cantos sujos e tinta desbotada, a estrutura do monastério e dos seus arredores era inconfundível. Grandes porções do prédio estavam faltando, porém. A forja e os moinhos estavam no lugar errado, e havia inconsistências na paisagem. Árvores onde deveria haver um riacho, pedras onde agora só havia floresta. Suor surgiu na fronte de Aeduan.

— Esta é a fortaleza mil anos atrás — Ragnor disse. — Quando ainda pertencia aos reis, essa caverna aqui — ele deu um tapinha em um círculo sombreado na base do penhasco — levava a um túnel. Era usado antigamente para fugir. Hoje em dia, está esquecido, e aberto.

— Como você sabe disso? — Aeduan perguntou. A maldição estava agindo depressa, apertando suas entranhas. Envolvendo seus ossos.

Seu pai não respondeu, e ele não esperava que respondesse. Afinal, aquela não era a primeira vez que Ragnor dizia algo vindo de outra época. Com frequência ele se referia a histórias como se tivesse estado lá. Lendas, como se as tivesse enfrentado. Aeduan sabia que seu pai fora um soldado de algum nobre naquelas montanhas. Que ele conhecera a mãe de Aeduan, e eles se juntaram a uma tribo nomatsi que estava de passagem. Mas soldados não falavam sobre reis há muito tempo mortos, e homens de tribos não conheciam castelos construídos milhares de anos atrás.

— O que eu quero saber — Ragnor continuou — é o que há no final desse túnel. — Ele traçou uma linha subindo o penhasco, embaixo do monastério. Ela se dividia na metade do caminho, uma linha seguindo para um local além do monastério, e a outra em direção a um segundo círculo em um cômodo comprido e retangular sinalizado como "*Capela*".

Não era uma capela atualmente.

— Essa é a biblioteca principal — Aeduan disse. — Não há nenhuma porta naquele canto. Apenas parede.

— Era o que eu esperava, e é por esse motivo que tenho Bruxos da Pedra para lidar com isso. O local é protegido?

— Não.

— E a estrutura?

Aeduan hesitou. O suor da testa agora escorria pela sua mandíbula, e a dor fez com que ondas de calor inundassem sua visão.

— O que — ele começou, após respirar fundo — você planeja fazer lá dentro?

— Justiça. Os monges assassinaram o nosso povo, e eu não vou permitir que isso fique sem respostas.

— Então você vai assassiná-los de volta?

— Você se importa?

A pulsação de Aeduan ecoou em seus tímpanos. Ele pensou em Lizl.

— Nem todos os monges sabem desses ataques. Nem todos eles merecem morrer.

— Talvez não — Ragnor admitiu. — Mas se tentarmos separar o bom do mal, esses chamados "rebeldes" dos outros, pessoas demais do nosso povo morrerão no processo. Lembre-se: é sempre mais fácil matar formigas no monte do que espalhadas pelo campo.

Ele não esperou Aeduan responder antes de se afastar da mesa e voltar para o primeiro mapa. Para o rei corsário, assim que uma decisão era tomada, a conversa acabava. Não era crueldade que o fazia agir assim, apenas lógica. A transação estava concluída, o que mais havia a ser dito?

No passado, Aeduan gostava assim. Simples, direto. Ele recebia ordens. Ele as seguia. Moeda e a causa, moeda e a causa.

Naquele instante, porém, quando a tenda começou a afundar e balançar ao redor dele, ele viu as expectativas do seu pai o irritando. Arranhando uma pele em chamas.

— Haverá dois grupos principais — o pai explicou, enquanto Aeduan movia-se na direção do primeiro mapa. — Soldados a pé, cavalaria e arqueiros vão avançar em um ataque frontal assim que os Bruxos de Gelo terminarem o seu trabalho. Então um grupo menor, ao qual você e eu nos juntaremos, entrará pela caverna. — Ele largou uma moeda de madeira em cima do monastério. — Assim que estivermos na biblioteca, os soldados a pé do ataque frontal nos seguirão. — Ele empurrou as outras moedas em direção ao penhasco onde a caverna aguardava. — Ao amanhecer, o monastério será nosso e o Cahr Awen será eliminado.

O Cahr Awen eliminado.

Cahr Awen.

Eliminado.

E foi então que Aeduan entendeu o verdadeiro motivo de o seu pai querer entrar no monastério: ele queria Iseult.

Ele queria matá-la.

Mas não fazia sentido.

— Por quê? — A pergunta escapou, surpreendendo Ragnor. Aeduan não recuou, porém. — Por que você quer o Cahr Awen?

O pai o examinou, franzindo a testa. Aeduan jamais o pressionara por explicações mais aprofundadas, nunca exigira mais respostas. Mas, agora, ele não apenas as queria. Ele *precisava* delas.

Seu pai pareceu entender, pois as linhas em seu rosto se suavizaram de repente, e ele sustentou o olhar de Aeduan por um segundo a mais do que se sentia confortável.

— Você... tem os olhos dela. — Ele se afastou, apertando os lábios. As linhas voltando. — Talvez, porém, seja hora de eu explicar o que a sua mãe queria...

Uma corneta, profunda e distante, soou. Três estrondos curtos, seguidos por um quarto mais demorado.

A postura de Ragnor endureceu de novo. Ele não era um pai, mas um rei.

— Tire a sua capa. Há uma pele extra naquele baú. — Ele indicou um canto escuro com a cabeça. — Pegue ela e a sua lâmina. Depois me encontre no pinheiro-da-montanha mais alto. Vamos sair quando a segunda corneta tocar.

Uma vibração na tenda e uma lufada de vento sinalizaram a saída do rei corsário. Aeduan estava sozinho.

Sozinho, mas não mais inseguro. Ele tinha se enganado em Tirla. A faca da Senhora Destino ainda não havia caído. *Agora* ela pairava sobre ele. Agora as extremidades brilhavam, prontas para extrair sangue.

Com um cuidado dolorido, ele tirou a capa velha. Com marcas de sangue e em farrapos, as fibras de salamandra tinham-no levado longe. Ele vivera dentro daquela capa por três anos, acreditando que ela o protegeria. Um muro contra as chamas.

Mas muros não salvaram sua mãe. Não salvaram a mulher e o bebê morrendo no solo da floresta. E aquela capa não o salvara de uma maldição causada por flechas nomatsi.

A capa caiu aos pés de Aeduan, e estava feito. Ele olhou para o seu peito, onde a pedra da dor criava um pequeno calombo embaixo do uniforme encrostado de sangue. Por mais que se esforçasse, por mais profundamente que respirasse, ele não conseguia sentir seu coração bombeando. Não conseguia sentir qualquer um dos seus órgãos ou o seu sangue.

Ele estava vivo, mas vazio. O trabalho da maldição estava feito.

E não havia nada que ele pudesse fazer a respeito daquilo. Ele sabia que aquele momento chegaria, e se importar parecia impossível. Se ele realmente quisesse cessar a maldição, ele deveria ter tomado decisões diferentes, ter seguido caminhos diferentes.

Ele não era mais um Bruxo de Sangue. Ele não era mais um monge.

Ele era um homem, apenas um homem.

E aquilo teria que ser suficiente.

Iseult estava semiagachada ao lado da cama, prendendo a respiração enquanto encarava sua pedra dos fios. A pedra piscava, insistente e incontestável. Safi estava em apuros. E a julgar pela luminosidade da pedra, ela estava longe. *Muito* longe.

Mesmo se Iseult conseguisse escapar do monastério, ela chegaria tarde demais. Safi precisava dela naquele instante. A vida de Safi, estava em perigo *naquele* instante.

Seu olhar voltou-se para Leopold dormindo na poltrona. Ele era o inimigo ou a salvação? Ele poderia ajudá-la a encontrar Safi ou ele a atrasaria? Com os lábios separados e a cabeça inclinada para um lado, ele parecia jovem. Apenas um garoto, inocente e sonhador. Mesmo à luz fraca da lua, ele brilhava tão claro quanto a luz do sol, seus fios eram feitos de ouro. Suas promessas eram feitas de charme. Iseult queria desesperadamente acreditar que ele estava ao seu lado, mas mesmo ela não era tão tola.

Não depois do que vira naquela noite.

Evrane, o abade, o Bruxo de Fogo sempre destrinchando, as sombras que voavam em asas escuras. *Ninguém* além de Safi era de confiança.

E sua irmã de ligação estava a quilômetros e quilômetros de distância, sua vida pelo fio de uma faca. Cada segundo que Iseult passava acorrentada pela indecisão era um segundo perdido. Outro momento no qual Evrane poderia voltar, ou o abade. Outro momento em que os rebeldes poderiam finalmente ruir os muros da fortaleza, ou o perigo que ameaçava Safi poderia a abalar para sempre.

Confiar em Leopold ou deixá-lo?

Ele era um príncipe; ele tinha conexões; ele sabia a extensão completa dos planos de Eron fon Hasstrel. Ele também era o único jeito de Iseult chegar aos Arquivos — ao menos sem se perder.

Mas Leopold poderia estar trabalhando com o abade. Ou com Evrane. Ou com ambos. Ele poderia acabar levando-a diretamente para as garras deles, e não havia como saber suas intenções até que fosse tarde demais. Iseult não tinha armas para se defender. Nem estratégias de fuga.

Ela também não tinha tempo, *tempo*. Precisava se decidir.

— Acorda. — A voz dela atravessou o cômodo, nítida como nos Sonhos. Imponente e pura.

Leopold acordou. Um sobressalto em seu corpo e em seus fios. Depois confusão, quando Iseult se aproximou. Três longos passos. A sombra dela se esticou sobre ele.

— Você disse que estava aqui para servir a mim, príncipe. Total e completamente. Então prove. Me leve até os Arquivos.

A boca dele se abriu.

— Iseult...

— Agora. — Com a sua ordem, veio o fogo. Em força total, sem controle. Pequenas faíscas incendiaram no ar. *Pop-pop-pop*. Explosões de luz e som.

Leopold se encolheu, seus fios empalideceram, até o seu âmago tempestuoso.

— Eu vou te queimar — ela ameaçou. — A não ser que você me leve até os Arquivos. Agora.

Leopold assentiu, pondo-se de pé com uma graciosidade surpreendente. Ele podia estar espantado, mas não parecia agitado — e não discutiu, nem mesmo questionou como Iseult tinha conjurado chamas. Ele fora inflexível em Tirla; estava inflexível agora.

— Se você quer ver os Arquivos, é para lá que iremos... mas primeiro você precisa de sapatos. — Ele andou em direção ao guarda-roupa. Com a mão boa, ele o abriu, revelando um par de botas e sua própria capa de lã bege.

Havia uma segunda capa também, forrada com pele e branca como a lua lá fora. Brilhante e pronta. O uniforme de um monge caraweno. A vida toda Iseult quisera usar um. A vida toda ela quisera ser parte daquela ordem extraordinária que aceitava membros novos sem preconceito.

Mentiras e mais mentiras, tudo mentira. Aeduan a alertara nas Terras Disputadas, mas ela não quisera acreditar nele. Agora, porém, ela via aquela capa e desejava que fosse a *dele*. Destruída e ensanguentada. Segura e familiar. Ela preferia aquilo àquela piedade mentirosa e falsa pureza.

Mas era sua única opção, então Iseult a vestiu.

— Por que... os Arquivos? — Leopold perguntou, em meio a grunhidos enquanto lutava para vestir a própria capa com apenas um braço. — O que tem lá?

— Um caminho para fora do monastério.

Uma explosão de surpresa turquesa.

— Como você sabe?

— Anda. — Ela apontou para a porta.

— Iseult, eu não entendo...

— Deixe uma mulher ter segredos, Leopold. *Anda.* — Ela falou aquela palavra com toda a força do rei Gralha atrás de si, e, sem mais protestos, Leopold assentiu e avançou.

O corredor do lado de fora do quarto de Iseult estava vazio, as janelas pregadas com tábuas e as arandelas apagadas. As pedras tremiam a cada vinte passos, e o impacto das catapultas trovejava cada vez mais alto. Leopold a guiou por escadas, interseções e inúmeras portas.

Quatro vezes, Iseult sentiu fios se aproximando, e quatro vezes, bastou um sussurro de "monges à frente". Então Leopold a puxava para uma pequena alcova ou quarto vazio, onde eles esperavam em silêncio — o coração de Iseult na garganta e os fios de Leopold de um dourado suave com cautelosa ansiedade. Então os fios e os monges vinculados a eles saíam do alcance, e Leopold mais uma vez guiava o caminho.

Quando chegaram aos Arquivos, o chão roncou sob seus pés, sacudindo os joelhos de Iseult e fazendo seus dentes baterem. Os muros sob cerco deviam estar logo atrás do espaço vasto da biblioteca, e, como nos corredores anteriores, as janelas estavam pregadas e as arandelas apagadas. Sacos de areia imensos tinham sido posicionados em frente às janelas também — visíveis apenas porque um leve feixe de luz ainda espreitava bem no alto.

Ele revelava tetos altos e fileiras e mais fileiras de estantes de livros. Não muito mais do que isso. Nada específico.

Como se lesse seus pensamentos, Leopold correu até uma arandela próxima, tateou uma vela pequena dentro do vidro e sussurrou:

— *Incendiar.*

Uma chama minúscula surgiu.

— Para onde vamos? — ele perguntou, a voz baixa. O rosto cintilando atrás do fogo.

— Para o canto mais distante — Iseult respondeu, e o príncipe, mais uma vez, assumiu a liderança. Sem perguntas. Apenas obediência, seus fios verdes focados em escapar.

Por corredores, circundando estantes, eles andaram para mais perto do canto.

Estavam na metade do caminho quando a porta dos Arquivos se abriu. Um grito das dobradiças, um gemido da madeira. Então a voz de Evrane atravessou o ambiente.

— Iseult! Onde você está?

Não, não, não. Iseult agarrou a capa de Leopold.

— Corre.

Sem hesitar, sem questionar, Leopold correu. A chama do Bruxo de Fogo se agitou e queimou, mas não se apagou. Os passos deles ressoavam na laje, um som fácil de ser seguido por Evrane — e não apenas por Evrane. Havia outros fios também. Outros monges, implacáveis e à caça.

E o abade, sangrando, se misturando, cortando caminho até eles.

— Nós tínhamos um acordo! — ele gritou. — Você me prometeu um exército, príncipe!

Um exército? Iseult não fazia ideia do que aquilo significava, e não tinha tempo para refletir também. Eles estavam quase no canto mais distante, quase na porta secreta do rei Gralha.

Eles passaram por uma última fileira de estantes, e o canto de pedra cintilou diante deles. Sem entrada, porém, e sem saída.

O chão estremeceu, e vozes aumentaram de trás da parede — vozes dos rebeldes. Iseult sentia fios também, agitados e furiosos. O ataque estava *logo ali.*

Leopold fitou Iseult com olhos arregalados.

— E agora? Não vejo saída.

Ela também não via. E agora Evrane declarava, do outro lado da sala:

— Não é seguro para você vagar pelo monastério, Iseult. Você não está bem. Precisa voltar para que eu te cure.

Não, não, *não*. Precisava haver uma saída. O que o rei Gralha lhe tinha mostrado? *Pense, Iseult, pense.* Ela podia seguir o caminho tranquilo da lógica para onde quer que ele a levasse, mesmo sem parar ou sem tempo para respirar.

Uma parede de pedras. Estantes. Arandelas e uma cadeira de madeira. Era exatamente igual ao Sonho, exceto que aquilo era real. Aquilo estava bem ali diante dela.

Outro *boom!* vibrou pelos seus joelhos. Ela e Leopold estavam cercados de todos os lados.

— Iseult — Leopold murmurou, e agora pânico branco tremulava em seus fios. — Por favor, me diga que você sabe o que está fazendo.

Ela o ignorou. Ignorou os fios que se aproximavam e a batida de pés, ignorou o abade gritando sobre pagamentos e barganhas e níveis dez traídos. E ignorou as ondas de choque vibrando pelo alicerce.

Iseult era equilíbrio. Iseult era gelo.

Uma parede de pedras. Estantes. Arandelas e uma cadeira de madeira. Cada item perfeitamente imóvel. Tão calmos quanto ela em meio àquele caos. *Mas eles não deveriam estar imóveis.* Todo o resto sacudia; eles deveriam estar sacudindo também.

Iseult avançou para a frente, passando por Leopold. Ela bateu as mãos na parede. Gelada, bruta, real. Mas também vibrando com magia. Aquela parede era falsa. Aquela parede não era real. Era enfeitiçada, como a balsa aérea, e tudo o que era necessário era a combinação certa de batidas.

Ou três movimentos de um pulso delicado.

Iseult bateu, desesperada, três vezes, e em uma lufada de ar elétrico, o canto desapareceu. Diante dela surgiu a passagem arqueada.

Desta vez, Leopold foi quem puxou Iseult pela capa. Admiração, alívio e surpresa explosiva tremendo em seus fios. O foco esverdeado havia retornado também. Ele avançou pela escuridão, e ela o seguiu. Assim que estavam do outro lado, porém, ela parou tempo suficiente para olhar para trás.

Três movimentos do seu pulso e a parede se refez. Então ela e Leopold correram.

Graças à Mãe Lua ele ainda segurava a vela, pois, do contrário, estariam em escuridão total, sem saber onde se abaixar, virar ou rastejar devido às estalagmites. Os ataques rebeldes trovejavam pela pedra, mas Iseult não ouvia nenhuma perseguição, nem sentia fios os perseguindo.

Por fim, eles chegaram a uma abertura no túnel, onde uma caverna pequena avançava para cima e o caminho se dividia em dois. Uma rota era íngreme e subia. A outra era íngreme e descia.

Leopold parou, ofegando. A luz da chama tremulava, lançando sombras nas paredes escuras.

Sombras que pareciam asas. Sombras que fizeram a coluna de Iseult se arrepiar. Para onde o rei Gralha os tinha levado? Ela se forçou a olhar apenas para o príncipe. Para os seus fios, flamejantes, vibrantes e verdadeiros.

— Como — ele começou entre ofegos severos — você sabia sobre isso?

— Você não acreditaria se eu contasse. — Ela lutava contra seus próprios ofegos. Tempo demais na cama sem uma refeição decente tinha roubado sua energia. — Precisamos continuar andando.

Ele se endireitou, apertando os olhos, seus fios escurecendo com suspeita marrom.

— Por quê? Por que precisamos partir, Iseult?

Ela não respondeu. Ele não acreditaria em nada que ela pudesse dizer. *Evrane está possuída pela escuridão e me mantendo presa no sono. Ah, e o fantasma do rei Gralha me mostrou como fugir.* A própria Iseult mal acreditava em si mesma.

— Não era seguro lá — respondeu. — E já que Safi não pode vir, não há motivos para continuar aqui. Você precisa confiar em mim.

Ele mordiscou o lábio, sua expressão e seus fios receosos — embora agora uma reflexão cor de sálvia se misturasse ao marrom. Então, de uma única vez, uma coluna densa cor de samambaia surgiu. Ele havia se decidido.

— Confio em você — ele murmurou. — Mas para qual lado vamos? — Afastando a vela dela, ele espiou primeiro para o caminho que subia, depois o outro.

— Para baixo — Iseult disse, arrancando a vela da mão dele e assumindo a liderança. Ela não fazia ideia se "para baixo" era mesmo o caminho certo, mas parecia a escolha mais lógica. O vale ficava abaixo deles, então com certeza seguir naquela direção acabaria levando-os para onde ela queria ir.

Ou talvez os levaria direto para o fogo do inferno. Iseult não fazia ideia mesmo. O rei Gralha lhe mostrara apenas como sair do monastério, não da montanha.

Os sons da batalha dos rebeldes diminuíam conforme eles se aprofundavam mais, e Iseult considerou aquilo um bom sinal. As formações rochosas também ficavam mais suaves, e o ar mais gelado. Um incômodo cortante que ela esperava significar ventos à frente.

Então ela sentiu vento em seu rosto, fresco e congelado, e aos poucos luz começou a banhar a pedra. Iseult apertou o passo. Mesmo esgotada como estava, ela tinha conseguido. Ela tinha escapado. O que quer que Evrane tivesse se tornado, o que quer que o abade quisesse, e o que quer que o rei Gralha fosse de verdade — nada daquilo importava.

Ela tinha escapado, e agora ela e Leopold encontrariam Owl. E depois encontrariam Safi.

O fim do túnel abria-se diante deles, cinza e congelado. Uma noite de enfeitiçar fios, a luz clara o suficiente para fazer pontinhos surgirem na visão de Iseult conforme ela se aproximava.

Ela corria agora, os passos de Leopold logo atrás dela. Um litoral pantanoso os aguardava logo à frente. Tão perto.

Eles chegaram à saída. Correram.

E foi aí que Iseult sentiu os fios. Foi aí que ela viu as pessoas a cinquenta passos de distância. Vinte figuras em peles grossas agachadas em meio aos juncos congelados, todas vinculadas por fios azuis sutis. Pessoas com a mesma magia, trabalhando juntas. Elas olharam para Iseult e Leopold, seus fios mudando para uma surpresa evidente e uniforme.

Exceto por um homem. O único homem de pé, separado do grupo, não tinha notado Iseult ou Leopold parando na praia. Ele segurava um chifre curvado e comprido nos lábios e, uma fração de segundo depois, a corneta soou. Um chamado claro e assustador. Três sopros curtos.

No quarto sopro, mais longo, os vinte outros se levantaram, machados e lâminas empunhados. Então eles gritaram, os fios retinindo com aço violento, e avançaram contra Leopold e Iseult.

48

A faca do Homem do Norte atravessou o peito de Esme. Sangue jorrou. Ele retirou a lâmina. Ela caiu, ofegante. Assustada. Quieta. Merik avançou na direção dela, sem saber por que sentia a necessidade de segurar a Marionetista antes que ela caísse no chão. Seu corpo agiu sem pensar. Ele a pegou nos braços; o sangue dela jorrou por cima dele.

— O tear — ela engasgou. — Me leve para perto do tear.

Merik não a levou.

— Você precisa ficar parada — disse, mas ela resistiu, agarrando-se a ele e tossindo:

— *Tear, tear, tear.*

O Homem do Norte avançou, o braço para trás, pronto para apunhalá-la de novo.

— Não! — Merik soltou Esme bruscamente no chão. Ele se levantou e ergueu as mãos. — Sem machucar!

O Homem do Norte franziu a testa. Sangue pingava da sua faca, mais brilhante que as borlas.

— Ajuda — ele disse, claramente confuso. — Ajuda. Vá. — Ele acenou para as árvores. — Ajuda.

Na grama, Esme começou a chorar. Sangue — havia tanto sangue.

— Tear — ela sussurrou de novo, agarrando a perna de Merik. — Me leve até o tear.

Ainda assim, Merik não a levou. Ele sabia, visceral e logicamente, que aquela era sua chance de fugir. Que aquilo era uma bênção de Noden que não deveria ser desperdiçada. Mas, por algum motivo, seus pés pareciam enraizados no lugar. Seus olhos enraizados em uma garota morrendo ao seu lado.

Sangue, sangue. Havia tanto sangue, e Merik não se sentia vitorioso ao vê-lo. Nenhum alívio pelo rosto de Esme, tenso de dor, ou pelo seu peito trêmulo enquanto ela tentava respirar.

Ele sentia apenas pena. Ainda poderia haver uma pessoa em meio a todo aquele ódio. Afinal, ela não sangrava tão diferente assim dele.

Nubrevna. Sua terra natal cintilou no fundo de sua mente, e com ela veio a lembrança de ruas lotadas e pontes elevadas onde os navios zarpavam para casa. Era o único lugar em que ele sempre havia acreditado, a única coisa que sempre havia feito sentido.

Permitir que a Marionetista a destruísse, permitir que o rei corsário ou o Fúria a destruíssem — aquilo não fazia sentido.

Esme podia sangrar como ele, mas todos ao redor dele também sangravam. Todos aqueles destrinchados, todas aquelas pessoas que em algum momento tiveram vidas e famílias e entes queridos. Ela os tinha destruído, assim como destruiria Nubrevna também.

A não ser que Merik impedisse. Ele não a mataria. Esme tinha destrinchado Kullen; ela podia ser a única forma de reverter o destrincho. Merik também não fazia ideia do que poderia acontecer ao tear ou aos destrinchados se ela morresse.

E se eles morressem com ela?

Era um risco que ele não podia correr. E com aquele pensamento, ele finalmente se moveu. Com mãos gentis, ele carregou Esme até o Poço, até o seu tear. Ela ofegou, convulsionou, e seu sangue penetrou mais fundo na grama. Ele não podia fazer nada para curá-la, mas talvez os destrinchados pudessem.

Merik se virou para o Homem do Norte.

— Vamos — disse. — Agora nós *vamos.* — Pois, é claro, se os destrinchados de Esme pudessem salvá-la, eles também poderiam caçar Merik.

O Homem do Norte não retrucou. Ele permitiu que Merik o movimentasse e o arrastasse na direção do caminho principal, e quando Merik se pôs a correr, ele também correu. Os pés deles retumbavam pela colina, por cima de sombras diversificadas lançadas por uma lua luminosa e desatenta em um céu luminoso e desatento. Troncos surgiam nas laterais da visão de Merik. Destrinchados também, imóveis, sem sua Marionetista para guiá-los.

Merik não sabia para onde estava indo — para longe, para longe. Aquela era a extensão do seu plano. Para longe do Poço e de Esme, e assim que sua magia parecesse forte o bastante, para longe de Poznin.

Eles chegaram à base da colina. A luz da lua resplandecia sobre eles, e as ruas serpenteavam em direções distintas. Merik parou, já ofegante. Ele se apoiou nos joelhos enquanto o Homem do Norte fazia o mesmo, e percorreu cada direção com o olhar.

A direita levaria à torre de Esme. A esquerda, ao rio. Direto para as Planícies Ventosas.

As planícies, murmurou sua magia, e ele sentiu um sorriso surgir. Nas planícies, havia outras pessoas. E nas planícies, havia *vento.* Não, ele ainda não estava forte o bastante para voar, mas logo estaria. Embaixo daquelas respirações ofegantes, o poder faiscava mais forte.

Ele se empertigou, erguendo a mão para apontar...

Seus olhos avistaram um movimento nas árvores. Vultos cambaleavam em sua direção. Os destrinchados estavam cambaleando naquela direção.

Merda, merda, *merda.*

Esme estava trabalhando mais rápido do que ele tinha previsto. Porém, era tarde demais para impedi-la, e o que era aquilo que Vivia sempre dizia? *Sem arrependimentos, continue em frente.*

Merik agarrou o ombro do Homem do Norte, e se moveu.

— *Corra.*

Ao mesmo tempo, eles começaram a correr.

Os destrinchados não gostaram, e suas pernas semimortas ganharam velocidade. Eles desabavam da floresta, e de construções também. Corpo após corpo, enchendo as ruas. Reunindo-se em uma debandada que cercava Merik e o Homem do Norte de todos os ângulos.

Eles se obrigaram a ir mais rápido.

Descendo ruas e pulando muros, dando a volta em estátuas caídas e atravessando praças cheias de árvores, Merik e o Homem do Norte conduziam suas pernas. Eles pulavam, escorregavam e contornavam qualquer coisa que bloqueasse o caminho.

Até que chegaram em uma avenida ampla, sem árvores. Engolida pela grama. O solo tremeu embaixo deles. As hastes de grama sacudiram e balançaram.

E agora mais centenas de destrinchados os perseguiam pela frente. Não havia saída. Eles estavam encurralados por todos os lados.

A velocidade do Homem do Norte fraquejou, mas Merik agarrou o braço dele e o puxou adiante. Eles não podiam parar. Não podiam diminuir.

Merik tinha cem passos para encontrar uma saída — ou tinha cem passos para a sua magia voltar. Ela se libertava mais a cada respiração cortante. Noventa passos. Oitenta. Sessenta, e Merik podia enxergar olhos negros. Cinquenta, e as sombras que se alinhavam pela pele dos destrinchados tomaram foco...

Lá. Um prédio caído à direita escondia um beco coberto de mudas de árvores. As árvores atrasariam Merik e o Homem do Norte, mas atrasariam os destrinchados também.

Ele puxou o Homem para uma brecha entre as ruínas. Folhas e galhos bateram neles. Eles ziguezaguearam sem diminuir a velocidade. Nem mesmo quando o chão tremeu tanto que derrubou escombros soltos dos prédios. Nem quando carne bateu contra carne e as mudas fizeram barulho atrás deles.

Eles chegaram ao fim do beco. Uma nova estrada, uma nova extensão — e mais destrinchados. Mas Merik conhecia aquela estrada. Ele andara ali na noite anterior, e, seguindo reto, eles chegariam ao lago cheio de corpos.

Um lago que o puxara para dentro. Um lago que poderia puxar os outros também.

Se ele e o Homem do Norte conseguissem entrar na água e chegar à escadaria nos fundos, talvez os destrinchados fossem atrás deles. Mesmo que a água não os matasse, ao menos os atrasaria. Ao menos daria a Merik tempo suficiente para recuperar o fôlego. E recuperar sua magia.

Então ele viu. As taboas e as águas turvas e os corpos flutuantes, tão calmos sob o céu noturno. Ele seguiu naquela direção, rezando para que o Homem do Norte não discutisse ou diminuísse o passo.

Mais destrinchados surgiram nas laterais de sua visão. Ele ousou não virar a cabeça para olhar para eles. Se aquele lago não o salvasse, ele estaria sem opções.

— *Nadar!* — Merik gritou para o Homem do Norte, apontando para a frente. Ele chegou às taboas. Seus pés chapinharam na lama.

No mesmo instante, o poder do lago o percorreu. *Venha*, cantava. *Venha e encontre a libertação.* Daquela vez, porém, ele estava pronto. Daquela vez, Merik sabia como lutar.

Ele avançou até a água atingir a altura dos seus joelhos. Suas coxas. Depois, ele deu um mergulho, o Homem do Norte logo atrás.

Sua cabeça mergulhou abaixo da superfície.

O poder do lago cresceu dez vezes mais. Um refrão que vibrava em seu cérebro, esmagando e rastejando-se por cada fissura, cada lembrança. *Venha, venha, e encontre a libertação.* Lá estavam os aquedutos e os navios de vela branca. *Venha, meu filho, e durma.* Lá estava Kullen, caçando caranguejos ao lado da margem. *Venha, venha, o gelo irá te segurar.* E lá estava a mãe de Merik, cansada e triste, enquanto lia para ele sobre a Rainha Caranguejo e seus tesouros.

Merik nadou mais fundo. Suas pernas o impulsionavam, seus braços puxavam.

Venha, venha, e encare o fim.

Uma leve luz azul brilhava em uma parede de pedra no fundo do lago. Corpos, alguns pálidos, recentes e flutuantes, outros apodrecidos e afundando, bloqueavam a luz. Eles haviam tentado alcançá-la; eles haviam falhado.

Merik não falharia.

Um corpo bateu nele. O restante de oxigênio de Merik irrompeu de seus pulmões em bolhas grandes e cegantes. E, de repente, ele percebeu que seu peito estava em chamas. Seu crânio. Seus globos oculares, sua própria mente. Ele estava se afogando.

Braços o envolveram, puxando-o em direção à superfície, e ele não resistiu. Segundos depois, ele e o Homem do Norte atravessaram a superfície. Mas não havia descanso ali. A água se agitava e respingava enquanto destrinchados entravam no lago, dez por vez, fileira por fileira, caindo, tombando, agarrando.

O plano de Merik funcionara bem demais.

Ele guiou o caminho, nadando até a escadaria. Corpos batiam e agitavam-se contra ele, mas ele continuou avançando — e o Homem do

Norte continuou avançando logo atrás. Até que, enfim, eles chegaram aos primeiros degraus.

Merik se impulsionou para cima.

O degrau desmoronou sob ele, jogando-o de volta à água. Fazendo-o se chocar contra um homem morto e se enroscar nos cabelos pretos e compridos dele.

O Homem do Norte tentou o degrau seguinte, mas ele também cedeu sob o peso do homem. E agora o lago estava se enchendo a uma velocidade que logo os deixaria encurralados. Presos. Eles não podiam andar pela água para sempre, e os destrinchados não podiam continuar entrando. Em algum momento o lago ficaria cheio, e os destrinchados ainda vivos simplesmente andariam por cima dos corpos.

A água se agitou em volta de Merik. Corpos batiam nele, e o Homem do Norte respingava e jorrava água, tentando alcançar os degraus mais altos sem parar.

Era isso — aquele era o máximo de tempo que Merik ganharia. Se ele não conseguisse fazer sua magia funcionar naquele momento, se não conseguisse convencê-la a voltar à vida, aquele seria o fim. Não só para ele, mas para o Homem do Norte que voltara para salvá-lo.

E para Nubrevna, exposta e despreparada para um ataque do rei corsário.

Merik não estava pronto para aquele fim. Ele fechou os olhos.

Venha, a água cantou em volta. *Venha e encontre a libertação.* Havia poder naquela água. De onde vinha ou o que significava, ele não conseguia adivinhar. Mas a magia estava lá do mesmo jeito.

Escute, ele disse à faísca em seus pulmões. *Escute e veja.*

Por toda a vida, Merik fora um bruxo fraco. Quase incapaz de conquistar sua marca bruxa quando criança, ele decepcionara seu pai. Decepcionara a si mesmo. Apenas quando seu temperamento se enfureceu foi que ele pareceu ter algum poder.

A fúria Nihar, como sua família chamava.

Mas na raiva não havia escuta. Na raiva, não havia visão. E na fúria, não havia entendimento.

Esme estava certa — assim como Cam estava certo. Merik via o que queria. Ele dizia a si mesmo que todas as escolhas que fazia, boas ou ruins, eram para ajudar Nubrevna, como se aquilo, de alguma forma, justificasse sua cegueira intencional. Como se aquilo, de alguma forma, justificasse sua dependência em uma fúria de ferver o sangue.

E Safiya fon Hasstrel estava certa também: Merik amava se sentir necessário. Aquilo lhe dava propósito — e também *desculpas*.

Por quase dois dias ele havia vivido sem sua magia dentro de si. Por quase dois dias ele tinha andado para onde outra pessoa queria, e enxergado com olhos livres da ira. Palavras o libertaram do colar de Esme, não a raiva. E não seria a raiva — ou a magia — que o libertaria daquele lago cheio de corpos.

Escute e veja. Escute e veja. A faísca em seu peito vibrava mais alto. As águas cantavam e puxavam. O poder em funcionamento ali queria que ele chegasse até aquela luz azul. Queria que ele viajasse. Queria que ele abraçasse a magia completa que o aguardava do outro lado.

Os olhos de Merik se abriram. A água balançava e quebrava contra o rosto dele. Os olhos mortos de uma mulher o encaravam. Havia corpos demais agora, respingando e se empilhando, aumentando a água a cada segundo.

Ele inspirou o mais fundo que pôde, um ofego desesperado sem graciosidade ou facilidade, mas foi o suficiente.

O vento surgiu.

Uma segunda inspiração, um segundo vendaval. Três respirações, quatro, dez — os ventos se retorceram mais fortes, mais amplos. Água girava, e os corpos também. Até que, enfim, ar suficiente rotacionava em torno de Merik para que ele pudesse agir.

Ele levantou as mãos. Ar disparou sob ele, sob o Homem do Norte. Eles dispararam para cima, para fora das ondas.

Merik abaixou as mãos.

Água e corpos e destrinchados ondulavam no sentido contrário, para longe de Merik e do Homem do Norte. Para longe da luz azul que ainda brilhava lá embaixo.

Poder, poder, poder.

Era assim que a magia deveria ser sentida — era assim que a magia sempre quisera ser. Sem o incentivo da fúria Nihar. Sem a mácula da magia sombria do Fúria. Se apenas Merik tivesse ouvido antes. Se apenas ele tivesse se preocupado em enxergar.

— *Descendo!* — ele avisou. Depois, impulsionou seus ventos na direção da luz azul lá embaixo, e ele e o Homem do Norte voaram.

Em segundos, aterrissaram diante da luz e da parede de pedra que a cercava. Atrás deles e acima, contida por uma parede de ventos, a água aguardava. Os destrinchados se debatiam e colidiam.

— Vá — Merik disse ao Homem do Norte, apontando para uma porta feita de luz azul.

Mas o Homem do Norte não avançou, e Merik ponderou que não havia como culpá-lo. Então ele segurou a mão enorme do homem com a sua. E o puxou na direção da luz.

— Nós vamos — disse, tentando sorrir. — Nós vamos.

Juntos, eles atravessaram a porta.

Juntos, eles entraram na montanha da qual todos queriam se apossar.

49

"Por mais estúpido que pareça", Safi sempre dizia a Iseult, "a estupidez também é algo que eles nunca esperam." Exceto que, daquela vez, não havia Iseult para salvar a pele de Safi. Para concluir o que ela iniciava. Era Safi e apenas Safi descendo em direção ao lago Scarza com Vaness ao seu lado.

O lago as engoliu. Luz e calor se lançaram sobre elas — fervendo em sua ferocidade, explosões flamejantes se espalhando sob as ondas —, e sem esplendor para esconder o navio que afundava bem à frente delas.

Ao lado de Safi, Vaness voltou à vida. O controle de Mathew havia acabado, e a magia do feitiço do esplendor também, então não havia como não notar o sangue ao redor dela.

Safi nadou de bruços até a imperatriz e impulsionou ambas em direção à superfície. Vaness tentou nadar, para ajudá-la a subir, mas suas pernas se enroscaram no vestido encharcado dela, que acabou enroscando em Safi também.

Safi, porém, continuou tentando e resistindo. Mesmo quando o calor e a luz dos navios afundando tornaram impossível ver para onde elas estavam indo. Mesmo quando seus pulmões doeram por segurar a respiração por tempo demais e o mundo se agitou pela pressão acumulada em seus ouvidos.

Por fim, a cabeça de Safi atravessou a superfície, e Vaness subiu logo ao seu lado. Mas Safi não fazia ideia de para onde ir agora, ou o que fazer. Elas estavam encurraladas entre navios pegando fogo e uma ilha infestada de inimigos.

Vaness assumiu a liderança. Apesar do ferimento irregular em seu rosto, ela levantou um único braço fraco.

Uma corda de ferro se soltou do seu punho, enrolando-se ao redor da cintura de Vaness e da de Safi. Depois, a corda as puxou em direção à praia.

— *Segure firme!* — Vaness gritou.

Safi segurou. A corda as puxou em meio à fumaça e às explosões de fogo, ultrapassando navios e corpos, por cima de ondas que cresciam a cada nova explosão no lago. Mas Vaness sabia para onde ir, e, em dado momento, ambas foram puxadas para baixo da superfície mais uma vez.

Água e escuridão atingiram Safi. A corda de ferro cortava seus quadris, sua barriga. Ela não conseguia ver, não conseguia avaliar para onde estavam indo. Só sabia que era para *baixo*, e que seus pulmões gritavam.

Então a trajetória mudou. Elas pararam de avançar. Safi foi abruptamente puxada para *cima*, e, de alguma forma, a água bateu com ainda mais força contra ela. Ela não conseguia pensar. Não conseguia se mexer. Seus dedos tatearam em metal bruto, e ela rezou para que não fosse um navio afundando. Safi irrompeu da água. Carregada pelo ferro, carregada por magia, ela foi puxada da escuridão e bateu em uma borda de pedra estreita. Ofegando, tossindo, apertando os olhos.

— Esgoto — Vaness disse, entre sua própria respiração ofegante.

Bom, aquilo explicava o cheiro. Também explicava o formato arredondado do túnel à frente, e o fluxo de água constante. Quando os olhos de Safi se ajustaram, ela avistou uma única lamparina tremulando ali perto, uma única escada que subia para um novo túnel acima.

Mas foi o sangue que chamou a atenção de Safi. Ele pingava em jatos do topo da testa de Vaness até a lateral direita da sua mandíbula. Um ferimento profundo havia deixado seu olho direito completamente inútil. A imperatriz apertou o machucado, ainda respirando com dificuldade.

A borda de pedra ao redor dela já estava manchada de vermelho.

— Precisamos enfaixar isso. — Safi se aproximou, inclinando-se até a manga do vestido para rasgá-la. No entanto, Vaness foi mais rápida.

— Espere. — Ela ofegou. Então sua corda de ferro se transformou, encolhendo-se antes de se expandir, afiar e se dividir em dois. Em segundos, o ferro se tornou tesouras que Vaness usou para cortar um pedaço de saia vermelha.

Safi pegou o crepe. Não estava limpo. Não depois de ser embebido em esgoto. Nem o ferimento de Vaness estava. Mas era o melhor que elas podiam fazer, dadas as circunstâncias.

— Eu sinto muito — Safi disse, enrolando o tecido em volta da cabeça da imperatriz. De novo e de novo, mais e mais forte. — Eu sinto muito, muito, por não ter conseguido impedir o ataque.

— Eu assisti a tudo, sabia? Eu assisti à coisa toda se desenrolar, mas não pude fazer nada.

— Porque você foi enfeitiçada pelas palavras. — Um fogo envergonhado queimou nos ombros de Safi. Em sua barriga. Ela deveria ter previsto aquilo. *Por que* ela não tinha previsto aquilo?

— Você conhece o homem que fez isso comigo. — Uma afirmação, não uma pergunta.

E Safi não pôde mentir.

— Sim. Eu o conheço, e o general Fashayit também. Eles me criaram, e eu sinto *muito* por não ter te contado. Você confiou em mim, e eu falhei com você. — Ela amarrou o crepe vermelho. Então, com toda a verdade que foi capaz de invocar, diretamente do coração da sua magia, disse: — Eu te *juro*, Vossa Majestade, que eu não sabia o que eles tinham planejado. Achei que Habim tinha ido até a cidade para me levar para casa. Nada além disso. Se eu soubesse que eles planejavam te... te...

Ela parou de falar. Não conseguia dizer a palavra "assassinar". Ela não conseguia acreditar que as pessoas que amava — sua *família dos fios* — eram capazes de tal coisa.

Vaness observou Safi. Seu olho esquerdo piscou e piscou. Seu peito tremeu. Sem expressões, porém. Nenhum indício do que ela poderia estar sentindo. Até que disse:

— Eu acredito em você. — Ela afastou o olhar. — Eu ouvi o que você disse aos homens. E... Bom, imagino que as pessoas não pulem de precipícios por qualquer um.

— Não — Safi respondeu, uma risadinha tensa por baixo da palavra. — Elas não pulam. *Eu* não pulo.

Quando Safi pronunciou aquelas palavras, Vaness mudou. Entre um momento e o seguinte, a imperatriz foi de ferida e fraca a inabalável e ilesa.

— Merda — Safi sussurrou. — Você está enfeitiçada de novo.

Nenhuma mudança de expressão ocorreu na Vaness enfeitiçada, mas Safi a ouviu ofegar. Ouviu o vestido dela farfalhar, também, enquanto a imperatriz se examinava desesperadamente.

Tudo o que Safi via, porém, era uma imperatriz calma e controlada, que olhava fixamente para a frente. E se *aquele* esplendor havia voltado, os outros deviam ter voltado também. O que tornaria aquela fuga muito, muito mais difícil.

— Trovadores do inferno. — Safi desabafou, ao mesmo tempo que Vaness disse:

— Os cartorranos.

— Eles conseguem ver através do feitiço — Safi continuou, e com o aceno da Vaness enfeitiçada, ela perguntou: — Onde eles estão agora?

— Apenas um andar acima. — A Vaness falsa se levantou graciosamente.

Depois, desabou contra a parede, e Safi percebeu que ela mal estava conseguindo ficar consciente. Safi envolveu um braço ao redor da imperatriz com expressão pétrea.

— Se segure em mim — disse. Juntas, elas andaram até a escada. Juntas, elas subiram; Vaness primeiro, para o caso de perder a força.

Escalar aqueles degraus pareceu uma eternidade. E quanto mais elas subiam, mais sons chegavam do alto. Um *boom!* rítmico que poderia ser dos fogos de artifício, ou de explosões. E um rugido que soava como a sensação da água do esgoto. Como vento em um dia de tempestade.

Foi só quando elas alcançaram a pequena escotilha que as ejetaria para dentro do palácio que Safi percebeu o que era aquele som. Fogo.

Tudo usado na fuga de Veñaza estava sendo usado de novo. Esplendor e distrações, soldados com lealdades alteradas e fogo — *muito* fogo.

Elas foram pressionadas pelo calor que passava pela porta.

— Nós deveríamos voltar — Safi gritou, mas ou Vaness não ouviu, ou não se importou. Com a sua magia, ela derreteu a porta.

E o calor e o rugido duplicaram.

Vaness fabricou um escudo — uma tática que ela tinha empregado com sucesso duas vezes com Safi. É claro que, em ambas as vezes, havia algum lugar para onde a fumaça ir. Agora, não havia nenhum exceto ao redor da barreira de ferro, enquanto Vaness e Safi pulavam para dentro e atravessavam um cômodo denso com chamas.

Ou talvez elas estivessem em um corredor. Ou talvez fosse um armário. Safi não fazia ideia do que havia em volta. Seus olhos lacrimejavam. Sua garganta e seus pulmões estavam com espasmos, e ela só continuou avançando porque Vaness continuou. Quando chegaram a uma escadaria ainda não consumida pelas chamas, Vaness cedeu em cima de Safi.

Sem aviso, já que a magia de Safi ainda estava pela metade e ela via apenas uma imperatriz perfeitamente equilibrada. Mais uma vez, ela ajudou a mulher a subir, desta vez degraus baixos obstruídos por calor e fumaça.

Elas chegaram ao andar seguinte, e os olhos de Safi avistaram um corredor de arenito familiar. No entanto, agora ele estava pegando fogo, e, agora, não havia ninguém vivo.

Vaness chegou à mesma conclusão. Ela balançou a cabeça, sem expressão, e gritou:

— Não tem como eles terem sobrevivido! — Ela puxou Safi para continuarem subindo.

Mas Safi não se mexeu. Em Veñaza, fora Habim quem iniciara os incêndios nas paredes. *As chamas de um Bruxo de Fogo são mágicas.*

— Liberte-os das correntes! — gritou. — Eles ainda podem estar vivos... *por favor!*

Um aceno. Uma tosse engasgada de uma boca que não se mexia. Então Vaness levantou um braço. Seu punho se inclinou para cima, e, juntas, ela e Safi esperaram. Safi apertou os olhos contra as labaredas enquanto a Vaness enfeitiçada aparentava não estar fazendo nada.

Duas respirações ardidas depois, sombras apareceram. Escuras, esqueléticas e andando naquela direção.

Safi gritou. Não pôde evitar. Os trovadores do inferno estavam vivos. Habim não os tinha matado. As chamas não os tinham matado.

Zander saiu do fogo primeiro. Sua forca dourada reluzia. Seu rosto estava vermelho pelo calor. Então Lev surgiu correndo atrás dele, e finalmente Caden, por último.

— Bom te ver aqui — Lev disse, entre tosses, mas Safi apenas a agarrou pelo braço e gritou:

— *Vamos!*

Sem que ninguém pedisse, Zander levantou Vaness e a jogou sobre o ombro — o que significava que o ferimento de Vaness devia ser mesmo desagradável. Safi não conseguia ver. Não enquanto o esplendor reinasse e sua magia falhasse.

Juntos, Safi, Vaness e os trovadores do inferno correram. Subindo escadas que ressoavam sob seus pés, em sincronia às explosões que, definitivamente, não eram de fogos de artifício.

— Espera! — Safi gritou, quando eles passaram por um corredor. Ela o reconheceu. Levava ao depósito cheio de fogos de artifício, e no fim dele havia um acesso ao lago.

— Vossa Majestade! — Ela se aproximou da imperatriz atirada sobre o ombro imenso de Zander. Mas Caden balançou a cabeça.

— Ela apagou.

— Eu posso acordá-la — Lev interrompeu. — Mas não vai ser bonito.

Safi assentiu.

— Faça isso.

— Tudo bem, domna, só que, mais tarde, quando ela quiser me matar, você vai dizer que a ideia foi *sua*. — Sem preâmbulos, Lev enfiou o dedo no olho machucado de Vaness.

E a imperatriz acordou gritando.

Era horrível de ver, horrível de ouvir — um rosto inexpressivo emitindo um som de agonia profunda e absoluta. Mas Safi precisava de Vaness acordada, e a dor era uma alternativa melhor do que a morte.

— Um barco! — Safi elevou sua voz por cima dos gritos, por cima das chamas. — Existe um barco depois desse depósito?

— *SIM!* — Vaness gritou. Lev a soltou, e a imperatriz tombou flácida no ombro de Zander.

Gritando para que os trovadores a seguissem, Safi saiu das escadas e avançou pelo corredor. Caden permaneceu perto, ao seu lado, enquanto Zander seguia com a imperatriz e Lev assumia a retaguarda. Eles atravessaram o corredor e ninguém os impediu. Nenhum soldado ou fogo apareceu.

Eles atravessaram o depósito, e ainda ninguém interferiu. Eles passaram por caixas de velas-faísca — só que elas não eram velas. O que queria dizer que, assim que o fogo alcançasse aquela sala...

— Mais rápido! — implorou, e os trovadores obedeceram.

Eles chegaram até a porta no final do depósito. Como ela vira mais cedo, a porta levava a uma casa de barco cavernosa que dava para o lago.

Embarcações navais pareciam flutuar inofensivamente, mas Safi sabia, mesmo que sua magia não soubesse, que era tudo uma mentira. Os ecos da batalha demonstravam o contrário.

E lá, ao fim da casa de barcos, estava um barco. Pequeno, com a base achatada, claramente destinado à transferência de mercadorias de embarcações maiores, era a única opção, então, sem conversa, todos seguiram até ele. Caden e Zander colocaram Vaness para dentro, depois Safi os seguiu enquanto Lev desamarrava o barco.

— Remos — Zander disse. — Não vão nos levar muito longe.

— Não com o que nos aguarda. — Caden encarava o lago, o rosto carrancudo de concentração. O que quer que ele visse, Safi não conseguia ver.

— Me guie. — Uma voz irregular saiu da imperatriz. Safi não tinha percebido que ela estava acordada de novo, e, quando olhou para baixo, apenas viu olhos fechados e um sono pacífico.

Mas então Vaness tentou se levantar — e Zander a ajudou a se sentar, tão curvada e fraca que nem mesmo o esplendor podia esconder.

— Me digam para onde ir — ela repetiu — e eu... — Um ofego trêmulo. — Vou guiar o barco para onde vocês mandarem. — Como se para provar que conseguia, ela moveu o punho de um lado ao outro, e o barco se afastou da doca.

— Você não está bem — Safi protestou, mas, ao mesmo tempo, Caden declarou:

— Adiante.

Seus olhos encontraram os de Safi, e ele sustentou o olhar dela daquele jeito sombrio e implacável que era de costume.

— É a nossa única chance, Safi.

Ela sabia que ele estava certo. Fumaça saía do depósito. A qualquer momento, as chamas alcançariam a carga explosiva. A explosão arrancaria a carne dos seus ossos e a ferveria diretamente até o Vazio.

Então, sem mais nenhuma palavra de protesto, Safi se abaixou, segurou a outra mão de Vaness na sua, e disse:

— Adiante.

50

Aeduan foi até a clareira com o pinheiro-da-montanha mais alto. Lá, seu pai o aguardava, um grupo de mulheres e homens junto a ele e doze cavalos batendo os cascos e fungando mais ao longe.

Ragnor encontrou os olhos de Aeduan em meio ao aglomerado. Ele assentiu, e Aeduan pensou ter visto um sorriso na lateral dos lábios cansados do pai. Aprovação, talvez. Ou alívio.

Dois anos atrás, aquilo teria feito Aeduan hesitar. Mesmo duas semanas atrás, aquilo o teria surpreendido e aquecido o sangue em suas veias.

Agora, Aeduan não sentia sangue nas veias. Agora, ele não farejava nada no pai — nada de respiração de bebê ou perda profunda.

Tudo o que ele sentia era um leve aperto nos pulmões. Arrependimento, imaginou, por ter chegado àquele ponto. Afinal, seu pai não era um homem ruim; a causa do seu pai talvez fosse até justa.

Mas não é preciso ser mau para se tornar mau.

Seu passo não diminuiu ao passar pelo pai. Seu olhar já passeava ao longe, para os doze corcéis destinados ao pequeno grupo de Ragnor. O preto ao fundo — com as orelhas para trás, seus cascos leves sobre a neve — tinha energia para fazer o que Aeduan necessitava.

— Aeduan? — o pai chamou.

Ele o ignorou. Andou até a égua, jovem e impaciente.

Ele não havia pegado a pele do baú; seus ferimentos ainda sangravam, e ele não queria que o acréscimo de camadas o restringisse. Ele *havia* pegado a espada, e a ajustava naquele momento para evitar atingir a égua ao montar.

— Aeduan? — seu pai repetiu, angústia em seu tom de voz. Angústia em seu rosto quando Aeduan finalmente o olhou.

— Sinto muito — o filho disse, e ele era sincero. Depois, incitou o cavalo a galopar. Ele e a égua avançaram para as árvores.

Vozes o perseguiam, vindas de trás. Gritos de alerta, de surpresa, de perigo se Aeduan não fosse mais devagar.

Mas Aeduan não foi mais devagar, e em segundos, as pessoas haviam desaparecido.

Seu pai havia desaparecido. Tudo o que ele ouvia era o estrondo dos cascos da égua, os borrifos de neve e solo enquanto ela galopava cada vez mais rápido. Aquela velocidade em um terreno desconhecido — o cavalo poderia perder uma ferradura ou torcer uma perna, mas ele não podia ir mais devagar. A faca da Senhora Destino estava a caminho.

Circundando árvores e descendo mais a colina, Aeduan e a égua avançaram. Passaram por mais soldados, passaram por montes de neve e tendas. Tudo o que ele farejava era o frio da noite e o almíscar adocicado de um cavalo em movimento. Até que, enfim, chegaram ao fim da descida, e o vale se abriu diante deles.

O rio, uma extensão congelada e branca, reluzia sob a lua cheia. E bem, bem do outro lado, Aeduan conseguia distinguir o monastério, um pássaro escuro pousado no penhasco.

Abaixo, bem à frente, havia vultos. Os Bruxos de Gelo do seu pai, presumiu ele. Ele afundou os calcanhares nas costelas da égua, se inclinou para a frente, e ela avançou em uma marcha que praticamente cantava. Ela corria com alegria, com energia nos músculos e velocidade no coração. Nenhuma noção do que havia à frente, apenas a pureza daquele momento com um caminho regular e nenhum obstáculo adiante.

Algo cintilou no topo da sua visão. Uma sombra em formato de morcego cruzando a lua, ampla e rapidamente. Quando Aeduan olhou para cima, porém, não viu nada.

Foi só quando estavam a cem passos do rio congelado que ele percebeu que não estavam mais sozinhos. Foram os trabucos que o avisaram. O silvo e a queimação do fogo impulsionado para o céu. Foi lançado do monastério e atravessou o rio, e quando Aeduan se virou para olhar a queda, avistou os corsários.

Nenhum dos cheiros de sangue deles o atingiu, nenhum barulho chegou aos seus ouvidos por cima do galope de quatro tempos da égua, que agitava a neve. Aquela era a distração do seu pai. Milhares de corsários surgindo das árvores ao sul dele.

Lentos demais — Aeduan e a égua eram *lentos demais*. Ele a incitou ainda mais forte, e ela obedeceu. Suor espumava sobre ela, apesar do frio. Mas ela era obediente e estava pronta.

Ela galopou adiante.

Mais fogo irrompeu dos trabucos. Eles caíram no chão ao sul de Aeduan, bolas de luz laranja que atraíam os seus olhos, mesmo com ele tentando focar à frente. Havia vultos adiante — duas pessoas que não faziam parte dos Bruxos de Gelo. Eles avançavam na direção de Aeduan a pé.

Mais tarde, ele se perguntaria como sabia que era ela. Mais tarde, ele se questionaria se talvez sua magia estivesse presente o tempo todo e o silêncio do sangue dela o chamara. Mas, naquele momento, tudo o que ele sabia é que era Iseult que corria em sua direção. Era Iseult que fugia dos Bruxos de Gelo.

E ele precisava alcançá-la primeiro.

Fogo foi lançado do monastério e passou rugindo por Aeduan. Ele guiou a égua para a esquerda. Calor e luz preta passaram por eles.

Atingiu o gelo.

Daquela vez, porém, as labaredas pretas se inflamaram e se espalharam, consumindo tudo. Corações brancos e alquímicos reluziram, luminosos. Mais e mais o fogo se espalhou de um jeito que apenas fogo marinho conseguia.

A égua entrou em pânico.

Mais dois trabucos atiraram, ambos mirando em Aeduan. Como se o monastério tivesse decidido que ele, o cavaleiro solitário, era a maior ameaça do vale. Chamas furiosas que o vento não podia apagar, e que a água apenas ajudava a aumentar. Aeduan farejou corsários queimando vivos atrás dele. Ele sentiu o calor no gelo se expandindo.

Uma parede de fogo para segurá-lo, e nenhuma capa de salamandra para protegê-lo.

Aeduan puxou a égua para a esquerda, depois para a direita antes de duas explosões ardentes estremecerem pelo gelo. O fogo marinho caiu. O calor o atingiu — e agora a égua estava realmente em pânico. Ela recuou. Acabara a alegria, a energia. Havia apenas medo enquanto as chamas negras avançavam. E Aeduan não teve escolha a não ser golpear os calcanhares nas costelas dela e fazê-la ir ainda mais rápido.

Ele podia ver Iseult agora. Uma capa carawena sacudia ao redor dela, e o homem ao lado dela usava bege. Mas Aeduan não tinha atenção para gastar com aquela pessoa. Tudo o que ele via era a Bruxa dos Fios, um farol branco em meio às chamas eternas.

Ele nunca deveria tê-la abandonado.

Ele nunca deveria tê-la deixado ir.

Outro trabuco atirou. Aeduan previu a trajetória. Ele desviou a égua com tempo de sobra.

Porém flechas surgiram meio segundo depois do fogo marinho. Centenas de arcos longos apontados por centenas de monges. Eles não viam um dos seus cavalgando em sua direção; eles viam um corsário e miravam com a intenção de matar.

Aeduan podia fugir do fogo marinho, mas não daquelas flechas. Elas foram lançadas, encobrindo a lua.

Depois, elas atingiram o alvo. Aeduan. A égua.

Inúmeras feridas para dilacerá-los. Para detê-los onde eles estivessem.

A égua gritou, um som que partiu o coração de Aeduan mesmo quando as flechas dividiram aquele órgão em dois. Então a dor que ele conhecia tão bem o preencheu. A dor que ele sentira mil vezes durante a vida, mas da qual, naquela noite, ele não poderia mais se curar.

A égua caiu.

Aeduan caiu com ela.

Ele tentou se soltar. Ele arrastou e puxou e se agarrou ao gelo envolto em chamas, mas a égua o mantinha no chão. Ela gritou, um som agudo que nenhum animal deveria fazer. Que Aeduan desejou que tivesse fim, que jamais o tivesse causado, para começo de conversa. Ela tentou se levantar, mas flechas cobriam cada centímetro de seu corpo. Sua barriga, suas costas, seus olhos.

E havia quase tantas flechas quanto em Aeduan. Ele não conseguia ver, não conseguia respirar. Estava preso embaixo da égua enquanto a fumaça entrava em sua garganta e sua vida se esvaía em sangue sobre o gelo.

Não foi o suficiente, ele pensou antes de morrer. *Ser um homem não foi o suficiente.*

Iseult o viu morrer.

Ela assistiu às flechas o acertarem e as chamas o consumirem. Ela assistiu ao cavalo preto cair, e ela assistiu a ele cair junto.

E ela soube, naquele momento, que a lógica não importava. Nem escapar dos corsários, nem mesmo preservar sua própria vida. O que importava era o Bruxo de Sangue chamado Aeduan.

Aquele não seria o fim dele. Não do homem sem fios, o homem que sustentava o seu olhar sem temer, que salvara a vida dela de destrinchados e corsários, de rios e soldados.

Desde o dia em que ela apunhalara Aeduan no coração, aquele coração se tornara dela — e ela não permitiria que aquele fosse o fim dele.

Leopold gritou para ela parar, mas ele podia estar a quilômetros de distância pelo mínimo que ela ouvia. Pelo mínimo que se importava. Em vez disso, ela forçou seus membros a irem mais rápido. Eles haviam se afastado dos corsários, e, embora eles ainda os perseguissem, os trabucos distraíam e bloqueavam.

Os pulmões de Iseult queimaram. Suas pernas se cansaram embaixo dela, e a fumaça veio como uma maré. Trivialidades assim ela podia ignorar, pois quem precisava respirar quando tinha poder? Quem precisava enxergar quando tinha fios? Ela direcionou sua mente para dentro de si e sussurrou: *Venha. Agora é o seu momento.*

No mesmo instante, o Bruxo de Fogo despertou. Eufórico e alerta, ele deslizou até a frente da mente dela — e depois riu com alegria pela batalha acontecendo diante de si.

Morte e chamas e fumaça para quem as quisesse.

Sim, Iseult disse a ele. *Você vai pegar aquele fogo e o engolir. É seu. É meu.*

Ela ergueu os braços e gritou:

— VENHA!

Então, Iseult passou de uma corrida rápida para um trote. E de um trote para uma caminhada.

Ela entrou no fogo.

O fogo a puxou, como o abraço de um amado, enquanto o Bruxo de Fogo gritava e ria. Aquele era o lar dele, e agora era o lar de Iseult também.

O calor a percorreu. Fumaça desceu pela sua garganta. Ela a acolheu. Ela e o Bruxo de Fogo eram um só, e ele e as chamas eram um só. Quando ela ordenava, as chamas se moviam, e a cada longo passo que ela dava, as chamas se deslocavam para o lado.

Elas a amavam, mas não ousavam tocá-la.

Até que ela finalmente viu Aeduan. O fogo marinho lambia tudo à sua volta; seu cavalo preto queimado.

— *Parem* — ela ordenou às chamas, e as chamas obedeceram.

Ele estava morrendo e sangrando. Quebrado e queimado. Ela se agachou ao lado dele, aninhando sua cabeça em uma das mãos e, com a outra, repousando dedos em sua garganta.

Não havia pulso.

Não havia pulso, não havia vida, não havia Bruxo de Sangue chamado Aeduan.

Não.

A palavra escapou de sua garganta. Uma coisa pura e distante.

Não.

Ele não podia estar morto. Ela não *permitiria* que ele estivesse morto, e ela não permitiria que aquele fosse o fim. Não depois do que acontecera em Tirla. Não depois de *tudo* que acontecera entre eles.

Ela afundou as mãos atrás dos ombros dele e, com uma força que não sabia ter, puxou.

Ela puxou e puxou e *puxou* até que enfim o corpo dele se soltou de baixo da égua. As chamas a acariciaram. Famintas e querendo mais do que Iseult podia dar. *Agora não*, disse a elas. *Agora não, agora não.* E elas ouviram, um casulo para segurá-la enquanto ela se esforçava para levantar Aeduan.

Ela tentou. Quatro vezes, ela tentou colocá-lo nos ombros. Ele não era tão pesado, tão grande — mas, mole e inerte, ele era um peso morto que ela não conseguia carregar.

Na quinta tentativa, ela percebeu que estava chorando. Ela não sabia quando as lágrimas tinham começado, e agora que tinham, não havia como fazê-las parar.

Não chore, sussurraram as chamas, e, dentro dela, o Bruxo de Fogo também sussurrou: *Não chore, Iseult, não chore. O fogo consome o que quer, então você precisa fazer o mesmo.*

Ah, pensou ela. *Entendi.* E naquele momento, era verdade. Fios eram poderosos, e os fios pertenciam a ela. Tudo que ela precisava fazer era pegá-los.

E foi o que ela fez. Ela sugou o poder do calor, o poder das chamas negras e o poder do homem que ela havia destrinchado nas Terras Disputadas. Ela o direcionou para os seus músculos. Para suas pernas, braços e costas...

Na sexta tentativa, Iseult levantou Aeduan alto o suficiente para ela conseguir ficar de pé — e naquela sexta tentativa, ela o colocou sobre os ombros.

Então, andou. Um passo manco virou dois, depois três. Ela deixou o cavalo morto para trás. Ela atravessou o fogo marinho.

Ela não sabia para onde estava indo. Não conseguia ver além do fogo sombrio e da luz da lua. Mas algo se remexeu dentro dela. Um fio serpenteando cada vez mais firme — mas somente se ela andasse naquela única direção verdadeira.

Ela pôs um pé na frente do outro, seguindo aquele fio, até enfim deixar o rio congelado e flamejante para trás. Até enfim seus pés tocarem em terra sólida e escarpada.

Diante dela, em meio à fumaça, havia um abeto. De algum modo, apesar do caos e do fogo, ele parecia brilhar. Verde, saudável e forte. Uma mão acenando para que ela continuasse em frente, então ela continuou.

Mas sua força estava debilitada. Sem as chamas para a alimentarem ali, ela era apenas uma garota. Apenas uma garota com um homem nas costas e lágrimas — lágrimas inexplicáveis e indesejadas — ainda escorrendo pelas bochechas.

Bruxas dos Fios não choram, ela pensou, enquanto avançava com Aeduan. *Bruxas dos Fios não choram.*

Os pinheiros aumentaram ao redor dela, assim como a noção da vida que respirava ali. Mesmo no meio da noite, pássaros chilreavam. Campânulas-de-neve floresciam.

Então as coníferas desapareceram, e ela chegou ao Poço Originário Caraweno.

Seis bétulas felpudas tremiam na brisa cheia de fumaça, alheias ao fogo e às explosões acontecendo tão perto dali. O gelo esticava-se entre elas, cintilando sob a lua. Enquanto o rio brilhava branco, o Poço Originário apenas *brilhava*. Como se tivesse uma luz própria. Como se sentisse a proximidade de Iseult e ouvisse, aguardasse, recepcionasse sua chegada.

O Poço do Éter, alguns o chamavam. A fonte à qual Iseult sempre acreditara que sua magia estava ligada. Agora ela sabia a verdade. Agora ela sabia que estava ligada ao Vazio, e destrinchos e fios interrompidos eram tudo o que seu futuro lhe reservava.

Mas ela também era o Cahr Awen. Ela *acreditava* naquilo, mesmo que o abade não acreditasse, e se alguém podia salvar Aeduan, esse alguém era ela.

Iseult chegou à extremidade do Poço, onde uma borda de neve abraçava o gelo. Dois passos, e seus joelhos finalmente cederam. Ela caiu, soltando Aeduan de costas ao seu lado.

O Poço congelado não estremeceu, não quebrou. Ela sabia, é claro, que a superfície era dura como pedra. Ela *sabia* que os peregrinos nomatsi levavam um dia inteiro escavando. Mas ela não tinha um dia inteiro. Em algum momento, a batalha se espalharia. Em algum momento, Aeduan não poderia mais ser salvo — se ainda pudesse ser salvo naquele momento. Ela precisava acreditar que sim. Que ele sempre pudera ser salvo.

— Aeduan. — Ela ofegou, virando-se na direção dele. Tantas flechas, tantas queimaduras. E ainda nenhuma resposta.

Não, não, não.

Ela soltou a espada dele da bainha e afastou-se alguns passos. Ela teria de escavar aquele gelo. De algum modo, ela precisava alcançar as águas lá embaixo antes que a batalha os alcançasse.

Se Iseult conseguia andar pelo fogo, ela certamente conseguiria quebrar o gelo.

Ela agarrou o punho da espada com as duas mãos e levantou os dois braços. Depois, acertou a lâmina no gelo. *Crack.*

De novo. *Crack, crack, crack.* De novo e de novo, ela depositou toda a sua força na espada, no gelo. E de novo e de novo ela falhou. O Poço não quebrava. As águas curativas não a encontrariam.

Enquanto, atrás dela, o corpo de Aeduan esfriava, sua alma era drenada. E atrás dos dois, fumaça se agrupava. Explosões ressoavam.

Iseult estava sem tempo; estava sem paciência. As lágrimas ainda corriam por suas bochechas. De onde vinham, por que escorriam, ela não sabia. Dezenove anos segurando-as, imaginou, e elas finalmente haviam transbordado.

Naquele instante, ela percebeu: *Bruxas dos Fios podiam não chorar, mas talvez Bruxas do Tear chorassem.* Ela estava fazendo tudo errado. Aquele gelo estava congelado pela magia do Poço. Estava ligado ao éter e era inquebrável com apenas espada e força.

Ela jogou a lâmina para o lado, que tilintou no gelo, e então secou as lágrimas dos olhos e se ajoelhou. Quando Esme mostrou a Iseult como destrinchar, da primeira vez, o estalo dos fios parecera um passo em falso em um lago congelado. Bem, ali estava o seu lago. Ali estava o poder que ela queria comandar.

Ela bateu no gelo. Suas juntas gritaram. Seu punho gritou.

Ela bateu de novo e de novo, ignorando o sangue nos nós dos dedos, as ondas elétricas em seu pulso. Ela trocou de mão, trocou de braço. De novo, de novo, de novo.

Linhas pretas espalharam-se como teias de aranha.

Então Iseult bateu mais rápido, mais forte, e as linhas se ampliaram, ficaram mais grossas. *Romper, romper, torcer e romper.* Ela alternou as mãos. *Fios que rompem, fios que morrem!*

O gelo se curvou embaixo dela. Uma fissura exposta. Cortou o ar. Cortou o coração dela.

O gelo se partiu.

Iseult e Aeduan caíram.

A água afastou o ar dos pulmões de Iseult, afastou os pensamentos do seu cérebro. Por vários segundos infinitos, ela afundou. Perdida nas águas quentes e agitadas do Poço Originário. Então sangue cruzou sua visão, e ela se lembrou de onde estava e por quê.

Aeduan.

Iseult se virou, impulsionando-se nas águas vibrantes e vivas. *Aeduan, Aeduan.* Era o sangue que a guiava. Um rastro que serpenteava até ele como um fio afetivo.

Ele estava afundando, os olhos fechados. O sangue subindo, uma centena de fios se desenrolando em direção à superfície.

Iseult o alcançou. Ela passou os braços ao redor da cintura dele. Ele *queimava*. Quente como as chamas pelas quais ela o carregara, exceto que as de agora pareciam rugir internamente.

Iseult nadou, puxando Aeduan consigo. Quando Evrane a curara em Nubrevna, ela mandara Iseult ir até o centro do Poço — então Iseult chutava e girava os braços em direção ao centro. A escuridão tomava conta conforme ela se aprofundava mais. A escuridão, a pressão e o calor do toque de Aeduan.

Os pulmões de Iseult gritavam. Ela queria ar. Queria luz. Queria vida. Mas ali, nas sombras do Poço, ela queria Aeduan mais.

Mais dois chutes, e seus dedos sentiram água borbulhante. Depois, tocaram em pedras. A fonte da água, a fonte da magia.

Poder a percorreu. Uma luz queimou. Cegante em toda a sua luminosidade, e as águas cresceram para cima dela. Ensurdecedoras em sua força, elas empurraram Iseult de volta para a noite.

Mas naquele momento, enquanto Iseult segurava Aeduan com força, enquanto ela apertava os olhos contra a claridade e *desejava* que os olhos dele se abrissem, ela viu vermelho. Escarlate e verdadeiro, enrolando-se em torno deles.

Um vermelho que não era sangue. Fios vermelhos que começavam no coração dela e terminavam dentro do dele.

Impossível, pensou ela.

Então, seu ar acabou. O mundo escureceu.

51

Pin's Keep nunca estivera tão quieto. Vivia nunca sentira tantos olhos sobre ela dentro daquelas paredes de pedra. Aquele era o seu refúgio. Aquela era a sua toca, e aquele momento era pior que a inauguração da cidade subterrânea. Agora, ela precisava liderar. Agora, discursos bonitos não bastariam.

Ela parou na frente do espaço principal, em cima de uma banqueta para conseguir examinar e avaliar. Contar e mensurar. Diante dela estavam soldados, marinheiros, guardas e qualquer um disposto a defender Lovats e desafiar Serafin Nihar.

Eles não eram muitos. Trezentos, estimava Vivia, e estavam lamentavelmente mal armados e mal protegidos. Ela ainda tinha tempo de encontrar mais combatentes e equipá-los da melhor maneira possível. A Marinha Real e as Forças Terrestres que seu pai havia enviado para o norte atrasariam o rei corsário, mesmo se Vivia não acreditasse que poderiam impedi-lo.

Que Noden a amaldiçoasse, no dia anterior ela achara sua lista de tarefas longa. Agora, tinha duas páginas, rabiscos rápidos em um papel retirado do seu escritório no andar de cima, e, ao examinar o salão principal, ela continuou rabiscando mais. Não havia uma ordem na lista; apenas o que lhe ocorria quando ela avaliava a preparação. *Pedras de amolar. Rêmiges. Lanolina. Botas. Pedras da dor. Gaze.* E muito, muito mais.

Assim que terminou de escrever furiosamente, ela desceu da banqueta para entregar a lista à líder da guarda do vizir Sotar, uma mulher mais velha com um queixo afiado e olhos mais afiados ainda.

Mas, antes que ela pudesse encostar no solo, ele estremeceu. Uma agitação forte que fez *Pin's Keep* balançar, os joelhos de Vivia tremerem. Seus braços moveram-se em círculos. Ela caiu na direção da parede trêmula — e um segundo tremor aconteceu. Depois um terceiro e um quarto, tão próximos que tudo apenas tremia.

Tão rápido quanto iniciou, o tremor cessou. Uma lenta dissolução de movimento que levou à calma. Não sem estragos, porém. Vivia já ouvia gritos de Skulks. Gritos do porão de *Pin's Keep*.

E por meio segundo, tudo o que Vivia quis foi gritar. Ela já não tinha coisas suficientes para fazer? Noden e seus peixes-bruxa já não tinham puxado *demais* o seu povo para baixo das ondas?

Então a líder da guarda do vizir Sotar estava ali, ajudando Vivia a se levantar. Pó cobria o rosto da mulher. A sala inteira estava coberta por uma nuvem cinza.

— A cidade subterrânea — Vivia disse. — Precisamos verificar a cidade subterrânea. — Ela não esperou por confirmação antes de se virar na direção da outra pessoa mais próxima, o próprio vizir Sotar. — As ruas — gritou para ele. — Coloque pessoas na rua para verificar estragos...

— *Senhor!* — Uma voz atravessou a sala, aguda e tensa. Depois mais alta. — SENHOR.

Vivia se virou, assustada com o que gritos tão urgentes poderiam significar. Assustada com qual estrago seria comunicado pela pessoa. O que encontrou, porém, foi um garoto cambaleando em sua direção. Familiar e jovem, com olhos escuros salientes e pele marrom com manchas avermelhadas. Ela o conhecia... Ela o *conhecia*, mas que Noden a salvasse, não conseguia se lembrar de onde.

— Senhor — o garoto repetiu, tropeçando até Vivia. Ele estava coberto de pó branco, como se tivesse saído do subsolo no meio do terremoto, e não estava preocupado com os guardas que avançavam para impedi-lo. — Senhor — ele disse mais uma vez, e, dessa vez, ele se curvou para a frente.

Vivia avançou e o pegou antes que ele pudesse cair. A pele dele estava úmida e pálida.

— A primeira... imediata. — Ele ofegou, erguendo o olhar para encontrar o de Vivia. Até mesmo seus cílios estavam grossos com poeira. — Quero dizer, a *capitã* Sotar... me mandou.

Stix. A respiração de Vivia falhou. Ela ficou gelada.

— O que houve? Onde está a Stix?

Mas o garoto apenas sacudiu a cabeça, um movimento desesperado.

— São os... os corsários, senhor. — Ele tossiu, uma das mãos apertando o braço de Vivia cada vez mais forte.

E vagamente, ela percebeu que a sala inteira havia ficado silenciosa de novo. Estava tão imóvel quanto o mar aberto antes de uma tempestade.

— Os corsários... estão vindo — o garoto concluiu, por fim.

— Eu sei — Vivia tentou dizer, mas o garoto sacudiu a cabeça com mais força.

— E eles chegarão pela cidade subterrânea. *Em breve*, senhor. É preciso... é preciso esvaziá-la. E então proteger... a porta.

Agora foi a vez de Vivia sacudir a cabeça. O garoto não fazia sentido. De onde ele havia saído?

— Que porta? — perguntou. — E onde está Stix?

— *A* porta — o garoto insistiu, a voz ficando mais aguda. — No subsolo, senhor. Eu... posso mostrar. — Ele se afastou, já se levantando e se virando, como se prestes a correr para o porão.

E foi então que Vivia notou o curativo ensanguentado na mão esquerda do garoto. Era por isso que ela o conhecia. Ele estava com Merik na cidade subterrânea. *Cam*, era como Merik o chamava — embora Vivia o tivesse, tolamente, confundido com uma garota duas semanas atrás.

Mas aquilo não explicava como Cam havia encontrado Stix. Nem onde Stix estava — nem o que *qualquer* uma das coisas que o garoto dissera significava.

Antes que ela pudesse pressioná-lo ou até mesmo se levantar para segui-lo, ele acrescentou, a voz baixa e discreta:

— Eu tenho mais uma coisa para contar, senhor. Algo para fazer o senhor acreditar que a capitã Sotar realmente me mandou e que os corsários estão mesmo vindo. Ela disse: "Noden e os peixes-bruxa devem se curvar ao governo de uma mulher".

Com aquelas palavras, uma apatia recaiu sobre Vivia. Um peso gélido e penetrante que adormeceu seus membros e seu cérebro. *Então é essa a sensação de se afogar*, pensou, e naquele momento ela soube que havia alcançado a última luz do sol, o último ar restante.

52

O corpo de Merik estava doendo, sua mente estava distante, sua magia tinha se reduzido a um alfinete, mas de algum modo se ampliara à enormidade ao mesmo tempo.

Então ele voltou a si e adentrou um novo mundo. Embaixo d'água, escuro e frio. Não havia nenhuma chance de invocar seus ventos ali, apenas nadar, em busca de uma superfície que ele esperava encontrar.

Quatro chutes se tornaram dez antes de a sua cabeça finalmente se libertar. Ele ofegou e balbuciou, virando-se para procurar pelo Homem do Norte naquele mundo obscuro, iluminado apenas pela luz azul da porta.

Água batia contra as pernas de Merik, e, três respirações difíceis depois, o Homem do Norte surgiu ao seu lado.

— Onde? — O homem tossiu.

— Eu não sei — Merik respondeu, e, em grande parte, era verdade. Aye, ele sabia que estava dentro de uma montanha com portas mágicas que, de algum modo, se conectavam ao mitológico Convento da Irmã Bruxa da Visão. Mas aquela explicação estava muito além da sua capacidade de articulação em svodish.

Pelas águas do inferno, estava além da sua capacidade de articulação em nubrevno.

Na verdade, sua mente não parecia ser capaz de identificar todas as camadas da situação. Ele podia ter ouvido sobre aquilo de Esme e do Fúria, mas ele não *acreditara* de fato que algo assim existisse até aquele momento, quando estava mesmo ali.

E mesmo naquele instante, com uma porta azul brilhando no fundo de um lago, ele ainda não sabia se acreditava. Mas como Evrane costumava dizer: "O tubarão vai te devorar com você aceitando ou não". E se Merik estivesse frente a frente com um tubarão, seu objetivo seria tentar escapar dele.

Nenhum destrinchado estava atravessando a porta ainda, mas isso não significava que eles não fossem atravessar. E ainda havia o problema de que o Fúria e o rei corsário poderiam encontrar aquelas portas logo.

Merik nadou em direção a uma borda enevoada a cinco braçadas de distância. Depois de sair, ele puxou o Homem do Norte para cima. Ele já tremia de frio, e as peles do homem pingavam e espirravam água — mas aquela era uma distração irrelevante. O que importava era o que havia além: uma caverna, grande o bastante para abrigar a cidade de Lovats.

Grande o bastante para abrigar o planalto inteiro, na verdade, e de algum modo aquele reservatório de água onde estavam era apenas uma plataforma ligada à parede da caverna. Merik se aproximou da borda, olhou para baixo... E pela primeira vez em sua vida, foi tomado pela vertigem.

Desde que sua bruxaria despertara quando ele era criança, altura nunca o incomodou. Mas aquela não era uma mera queda. Aquilo era observar um outro universo. Observar dentro do âmago da corte de Noden.

Ele respirou fundo antes de erguer o olhar de novo — e erguer mais e mais e mais. Luzes cintilavam pela caverna, bem como outros brilhos azuis. E então, bem no topo, acima de tudo, havia um trecho de gelo, quase como uma ponte.

— Para cima — disse, apontando em direção à saliência mais próxima. Um dos outros brilhos azuis devia ser a porta que Merik precisava para chegar a Lovats, e a única opção disponível era tentar cada uma delas e descobrir aonde elas o levariam — e então, é claro, rezar para que Noden não o despejasse em algum lugar pior do que Poznin com a Marionetista.

Com o aceno do Homem do Norte, Merik fechou os olhos e invocou sua magia.

Ele esperava resistência. No subsolo havia pouco ar e nada de ventos. E no subsolo poderia haver consequências perigosas se alguém tentasse manipular muito o ar. Correntes de ar causavam tempestades, e tempestades em espaços pequenos nunca eram uma boa ideia.

Mas os ventos de Merik surgiram com facilidade. Uma lufada gigante que os atingiu com tudo. Ambos tombaram para trás, mas, antes que pudessem cair na água, Merik fez os ventos atrás e embaixo deles girarem.

Poder, poder, poder.

Merik e o Homem do Norte voaram. Era tão natural quanto respirar — Merik não podia acreditar na facilidade com que o poder viera até ele. E não era a magia do Fúria sendo canalizada por causa do vínculo deles. Aqueles ventos eram gélidos e vingativos. *Aqueles* ventos brilhavam.

Era a única palavra que ele conseguia encontrar para descrever a sensação. Aquela sensação de que a galáxia brilhante abaixo alimentava seus pulmões e o carregava mais rápido, mais alto, mais forte do que ele jamais conseguira sozinho.

Eles chegaram à primeira saliência, onde uma segunda porta azul brilhava. Era idêntica àquela submersa em Poznin.

— Espere — ele disse ao Homem do Norte, e avançou na direção dela.

Mas o Homem do Norte não gostou daquela ordem. Ele balançou a cabeça e correu atrás de Merik. Cada um deles puxou o ar em uma respiração revigorante. Depois, juntos, eles atravessaram e, como antes, Merik se sentiu apertado e alongado, parado no tempo mas empurrado. Ele e o Homem do Norte chegaram ao outro lado.

O vento e a noite os atingiram. Pinheiros tremiam. Os tímpanos de Merik incharam de imediato, como se ele tivesse voado muito para o alto rápido demais, e uma lua cheia cintilava. Aquela *não* era Nubrevna. Merik agarrou o antebraço do Homem do Norte e o puxou pela porta mágica.

Compressão, alongamento, parada e movimentação. Eles cambalearam para a saliência por onde tinham acabado de sair, ambos ofegando.

— Gelado — o homem comentou, e Merik conseguiu apenas assentir. Ele gesticulou para cima. E mais uma vez os ventos dele giraram embaixo dos dois e os carregaram para o alto.

A próxima porta, em uma saliência onde os dois mal cabiam, os levou para uma vala. Um aclive estreito subia em direção a uma fenda no solo, e o cheiro de cedro e fumaça velha chegou ao nariz de Merik.

Aquela também não era a cidade subterrânea de Lovats.

Eles voltaram para a caverna, então foram para a outra saliência, para a próxima porta. Aquela saliência, próxima às quedas d'água da caverna, estava escorregadia pela água. O Homem do Norte escorregou; os ventos de Merik o seguraram — mas sem graciosidade alguma. Ele empurrou o homem pelo brilho azul...

Mais uma vez, o frio os atingiu. Daquela vez, porém, não havia vento. Uma escadaria de gelo erguia-se diante deles, e Merik e o Homem do Norte a subiram rapidamente. Tudo o que encontraram, porém, foi uma imensidão vasta e uniforme de nada. Luz da lua e branco. Brilhante e sem vida.

— Terras Adormecidas — o Homem do Norte disse, e havia medo em seus olhos quando ele retrocedeu pelas escadas. — Morte — avisou. — Morte. — Ele correu de volta pela porta mágica.

Merik correu atrás dele. Ele já ouvira falar das Terras Adormecidas — é claro que sim. Era um deserto intransponível e congelado que sugava viajantes despreparados. Apenas os nomatsis... ou melhor, os no'amatsis, já tinham conseguido atravessá-lo.

Mais uma vez, a magia da porta atingiu Merik. Daquela vez, porém, quando ele perdeu o equilíbrio e caiu dentro da caverna, algo estava errado. Quando ele inspirou e invocou seus ventos, eles vieram — e vieram fortes. Com poder, poder e mais poder à disposição.

Mas havia um frio que deslizava por baixo deles. Uma fúria gélida que Merik reconheceu em um instante.

— Precisamos nos apressar — disse. Palavras em nubrevno, inúteis para o Homem do Norte, mas era tudo o que ele conseguia dizer. Em uma explosão de força e impulso, Merik os levou até a porta seguinte, escondida no fim da caverna.

Aquela porta não brilhava, e quando ele entrou, nenhuma magia se chocou contra ele. Ele via apenas sombras. Próxima porta, próxima porta — eles precisavam chegar à próxima porta antes que o Fúria chegasse. Antes que o Fúria pudesse guiar o rei corsário por ali. E aquela porta estava perto, conectada por escadas à saliência em que eles estavam.

Mas a montanha tremeu. Com tanta força que derrubou Merik no chão. Com tanta força que derrubou o Homem do Norte para fora da saliência.

Merik incitou seus ventos, pegando o Homem do Norte e o trazendo de volta para o chão firme — chão firme que ainda tremia. Pedregulhos caíram. A poeira formou nuvens. E enquanto Merik e o Homem do Norte ficavam ali parados, agarrando-se um ao outro e esperando que o tremor diminuísse, frio penetrou nos pulmões de Merik. Trancou sua respiração.

Poder, poder, poder.

Então veio a escuridão, ondulante e congelada. Ela ondulou ao redor de Merik e do Homem do Norte, e ambos correram em direção à porta que haviam acabado de abandonar. A poeira cobria a ravina escura agora.

Uma figura tomou forma.

— *Por que eu carrego uma navalha em uma das mãos?* — ele perguntou. — *Para que os homens lembrem que sou afiado como qualquer ponta. E por que eu seguro vidro quebrado na outra? Para que os homens lembrem que estou sempre de olho.*

O Fúria saiu das sombras. O frio desprendia-se dele em ondas amplas e violentas. Ele era o seu homônimo; ele era fúria de cima a baixo.

Seus olhos escuros encontraram os de Merik.

— Onde eles estão, Merik? — perguntou. — O que você fez com a minha navalha e o meu vidro?

O Fúria atacou.

53

Uma lufada de ar escaldante atingiu o barco enquanto Vaness guiava Safi e os trovadores do inferno pelo lago Scarza — e enquanto ela os guiava para uma batalha que apenas os trovadores conseguiam ver.

O calor afastou o cabelo de Safi do rosto, pinicou suas bochechas com brasas invisíveis que ela não conseguia identificar, e obstruiu seus pulmões. Tudo enquanto o barco se inclinava e tremia, guiado pela magia de Vaness, que era guiada por Caden sentado ao leme. Eles visavam a costa.

Mas não rápido o suficiente. Não antes de a explosão acontecer no Palácio Flutuante. Uma onda repentina e visceral que *golpeou* Safi. Ela não ouvia mais nada, não sentia mais nada. A tempestade de fogo a atingiu, viveu dentro dela, e respirou com seus pulmões secos.

Então o esplendor se dissipou. Apenas um instante, como antes, mas o bastante para Safi ver a verdadeira extensão do campo de batalha.

Um navio partido ao meio queimava logo à frente, grandes nuvens de fumaça alcançando o céu. Sangue manchava a água. Marinheiros agarravam-se aos destroços. Corpos carbonizados passavam flutuando.

Habim sempre havia dito que a guerra não tinha sentido, no entanto ele havia causado um horror tão, tão sem sentido ali. Era *aquilo* que os planos do tio Eron haviam causado, e não era paz nas Terras das Bruxas.

O curativo de Vaness estava encharcado agora, deixando o crepe vermelho quase preto, e mais sangue escorria do seu nariz.

Então o esplendor voltou a agir, e uma falsa paz envolveu a visão de Safi de novo.

— *Direita!* — Caden gritou. O barco virou à direita. — Mais rápido!

— Pelos deuses, *mais rápido!* — Lev berrou.

E as mãos de Vaness se moveram mais rápido. Com tanta força que eles quase viraram. Mas Zander segurou Vaness, e Lev se segurou em Zander — enquanto Caden e Safi simplesmente se seguravam ao barco. Cinzas voaram para dentro da boca de Safi. Os olhos dela queimavam com uma fumaça invisível.

O barco arremeteu para o outro lado, e todos eles voaram juntos. Indo, voltando, indo, voltando. Sem parar, lado a lado, enquanto Caden gritava direções e Vaness obedecia.

Mais três vezes, o esplendor sumiu, e mais três vezes, Safi viu destroços e morte e sangue jorrando do nariz da imperatriz. Até que o esplendor ficou para trás de vez. Entre uma respiração e a seguinte, Safi voltou a enxergar. A imperatriz voltou a enxergar — e de repente ela se endireitou.

O barco avançou mais rápido, cortando as ondas. O lago estava cheio de navios fugindo da batalha enfeitiçada, mas Vaness desviava e saltava e os carregava sempre adiante.

Até que, de súbito, não havia mais para onde ir. Eles estavam quase na costa, o cais se aproximando rápido. Mas Vaness não diminuiu. Se bobear, ela até fez o barco ir mais rápido. Mesmo quando Caden gritou para que parasse e Lev berrou:

— *Você vai nos matar!*

Vaness apenas erguia os braços mais alto, visando a estrada, cheia com milhares de pessoas. Sangue escorria de seu rosto. Ele atingiu as bochechas de Safi — não que ela se importasse. Tudo o que ela via era a morte se impulsionando em sua direção, feita de pedras, corpos e dor.

Agora Zander estava gritando também, e Safi se uniu a eles, mas Vaness ainda não ouvia.

Eles chegaram à borda de pedra na costa.

O barco foi levantado do lago, jorrando água, e as pessoas gritaram. Então o barco caiu, uma pancada que sacudiu os ossos de Safi.

Por vários segundos ruidosos, todos permaneceram sentados em absoluto choque. Não apenas Safi, Vaness e os trovadores, mas todos os marstoks que haviam escapado do barco também. *Todos* tinham o olhar fixo, ofegavam e tentavam entender o que diabos tinha acabado de acontecer.

Mas o momento de recuperação durou pouco. Tiros de pistola ressoaram, e quando Safi se virou, viu outro navio seguindo naquela direção, lotado de soldados da proa à popa. Eles disparavam com suas armas para o céu, um aviso para as pessoas saírem — um aviso que as pessoas obedeceram com gritos desesperados.

Restaram apenas Safi, Vaness e os trovadores, sentados em um barco em terra seca enquanto esperavam a chegada da morte.

— Então — Lev disse, de repente. — Acho que é justo supor que aqueles marstoks *não* estão do nosso lado?

— Não. — Safi saltou para fora do barco. — *Corram.*

Os trovadores fizeram como ordenado. De novo, Zander colocou Vaness sobre o ombro, e Vaness não pronunciou nenhuma palavra de protesto. Seu nariz ainda jorrava, seu rosto havia empalidecido, e agora seu curativo de crepe pingava sangue pelo seu rosto. Ele manchava a rua no ritmo dos passos saltitantes de Zander.

Eles atravessaram o cais até uma rua lateral, passaram por um cruzamento e depois se enfiaram em uma via mais larga. Multidões se aglomeravam contra eles; pistolas os perseguiam por trás. Sem diminuir, sem olhar para trás. Eles avançaram e se esquivaram e abriram caminho entre o aglomerado.

Duas ruas depois, porém, Lev gritou por cima do trânsito:

— Para onde estamos indo? Precisamos de um plano!

— Jura? — Caden gritou de volta. — Eu não quero outra Ratsenried, não mais do que você.

— Nós tínhamos um plano em Ratsenried — Zander interrompeu. — Só não funcionou.

— Porque o plano era *seu*! — Lev começou. — Pelas fogueiras do inferno, se você tivesse me deixado...

— *Calem a boca!* — Safi agarrou o braço de Lev. — Todos vocês, *calem a boca* e me sigam! — Como antes, os trovadores obedeceram, e no cruzamento seguinte, Safi virou à esquerda. Para o oeste, em direção às montanhas.

Ela tinha um plano. Ah, era impetuoso e Iseult o teria criticado em segundos, mas era *alguma coisa.* Agir agora; lidar com as consequências depois. Além do mais, era um lugar para onde correr e com monumentos fáceis de serem seguidos: as torres douradas. Uma após a outra, ela as encontrou acima dos prédios, acima das multidões, e uma após a outra, ela as seguiu em direção ao coração da cidade. Em direção à maior torre de todas.

— Ontem — Safi gritou para Lev, à medida que se aproximavam mais da última torre —, como vocês entraram no Poço Originário? Onde ficava aquele buraco no muro?

— Por quê? — Caden exigiu, os olhos se arregalando enquanto ele dava a volta em uma mulher com uma criança gritando.

Mas Lev — abençoada Lev — apenas gritou:

— Cala a boca, comandante. Ela não te perguntou. — Ela apontou para o norte. — O buraco fica naquela direção!

Então Safi seguiu naquela direção. Mais quatro ruas e dois desvios, e ela avistou o muro. Não mais enfeitiçado, mas *muito* bem protegido. O buraco escancarado e em ruínas revelava cedros e sombras.

— Vaness! — Safi gritou, sem diminuir o passo, mesmo quando os doze soldados avistaram sua chegada. Mesmo quando dois no lado direito desembainharam suas lâminas.

— Sim — Vaness falou, enrolado. Um estalo dos seus dedos...

E as duas lâminas derreteram nas mãos dos soldados.

Eles gritaram. As lâminas caíram, e Vaness estalou os dedos de novo.

Cada pedaço de ferro por perto derreteu. Qualquer coisa em contato com o ferro pegou fogo. Bainhas, uniformes, pessoas. Carne queimada, cabelos queimados — tudo chiou no nariz de Safi enquanto ela corria. Até que eles chegaram ao buraco no muro. Até que eles estavam *dentro* do buraco no muro e caminhando por um trecho enegrecido de floresta carbonizada.

Logo, eles chegaram aos azulejos que cercavam o Poço Originário, e Safi arriscou olhar para trás. Talvez houvesse tempo de curar Vaness antes...

Não, *definitivamente* não havia. Centenas de soldados surgiram nos arredores do Poço, e se Safi e os trovadores não se mexessem rápido o bastante, aqueles soldados veriam exatamente para onde ela estava correndo.

— *Mais rápido!* — gritou, seus pés batendo nos azulejos. As águas ondulavam e zumbiam ao seu lado. Então, ela havia passado, os trovadores logo atrás, e avançava mais uma vez entre os cedros, nada enegrecidos. Um bom esconderijo para o que ela estava prestes a fazer.

Eles chegaram à torre.

Safi foi para a esquerda.

E lá, escondida entre a sujeira e as pedras e as árvores, estava a fenda no solo de que ela se lembrava.

— Aqui embaixo. — Ela se aproximou.

— Domna — Lev alertou, atrás dela —, isso parece uma ideia *muito* ruim.

— Só confiem em mim! — Como esperado, a luz azul brilhou diante dela. Ela correu em sua direção, cascalho escorregando sob os seus tornozelos, e, quanto mais ela se aproximava, mais a magia pulsava contra a sua pele.

Magia verdadeira, aquecida, feliz, que martelava em seu coração. Que acenava para que ela entrasse. No dia anterior, ela havia caído. Ela não tivera a chance de sentir a magia. Não tivera a chance de se deleitar em seu poder ou analisar seu possível significado.

Lev rastejou logo atrás dela, e quando Safi olhou para trás, os trovadores estavam boquiabertos, os olhos arregalados e brilhando na luz.

— *Esse* é o seu plano? — Lev perguntou, a voz não passando de um sussurro.

— É. — Safi sorriu. — Me sigam.

Ela entrou.

54

O calor urra. A madeira estala e brasas voam.

— Corra. — Sangue escorre da boca de sua mãe enquanto ela fala. Respinga no rosto dele.

Com braços manchados de vermelho, ela se levanta. Ela quer que ele saia de baixo dela. Quer que ele fuja.

— Corra, meu filho, corra.

Mas ele não se mexe, assim como não se mexeu quando os corsários emboscaram a tribo. Assim como ele não se mexeu quando seu pai sacou a espada e saiu da tenda. Ou quando os corsários chegaram à porta deles, atiraram suas flechas e sua mãe caiu por cima dele. Ela o escondeu com o próprio corpo até os corsários irem embora.

— Corra. — Ela suspira uma última vez, um desespero suplicante em seus olhos prateados. Então, o restante da sua força se esvai. Ela desmorona em cima dele.

As seis flechas que perfuraram o corpo dela atingem Aeduan. Dor e respirações entrecortadas e sangue, sangue, sangue. Sempre o sangue.

Ele está imobilizado por cedro e um cadáver. Sua mãe está morta.

E agora não haverá escapatória. Agora só há chamas.

Ele começa a chorar.

Aeduan se observava. Ele estava parado onde o corsário estivera quando atirara os seis virotes nas costas de Dysi. Ele estava parado na entrada da tenda — exceto que não havia mais tenda. Nenhuma parede ou batalha violenta na tribo. Tudo o que o cercava eram fogo e sombra.

Inúmeras vezes ele morrera naquele dia. Mil vezes até a chuva chegar e Evrane o encontrar. As flechas o tinham feito sangrar. O fogo o queimara. Ainda assim, ele sempre voltava. Sempre despertava e encontrava o rosto morto da mãe em cima dele, enquanto as chamas e a fumaça cresciam.

"A morte te segue aonde quer que você vá, e, no entanto, pela bondade dos Poços, você sempre escapa da sua."

Era verdade. Aeduan sempre havia escapado da morte, a começar por aquele dia quinze anos atrás. Mas havia uma coisa que Lizl entendera errado: não era a bondade que o tinha salvado. Era uma maldição. Tudo o que ele quisera naquele dia era morrer e permanecer morto. Tudo o que ele quisera era se juntar à mãe e escapar das chamas para sempre.

Mas a morte tinha se recusado a levá-lo. A magia de Aeduan havia curado seus ferimentos, enquanto o corpo de sua mãe tinha impedido o fogo de atingi-lo com força total. Até que ela não era nada além de pele carbonizada, e as flechas no corpo dele haviam queimado até virarem pontas incandescentes afundadas em seu peito.

Em algum momento, a chuva apagou as chamas. Apenas fumaça úmida permaneceu, e o rosto gentil de Evrane e suas mãos gentis encontraram Aeduan entre os destroços.

Todas as noites, ele revivia aquele ataque em seus sonhos.

Nunca antes, porém, ele havia pairado do lado de fora daquele jeito. Nunca antes ele tinha assistido à sua mãe morrer ou às suas próprias feridas jorrarem sangue no chão.

Agora, ele estava parado na extremidade da cena, observando enquanto o menino morria sem ele embaixo de um céu flamejante. Ele observou a carne de sua mãe chiar e defumar. Ele observou as lágrimas rolarem pelas suas bochechas destruídas, evaporando no mesmo instante pelo calor. Ele observou sua pele jovem tostar, apenas para ser curada com a mesma rapidez com que queimara. Ele observou a vida sair do seu corpo, para voltar um instante depois. De novo e de novo.

Ele observou as rêmiges das flechas nas costas de sua mãe pegarem fogo. Seis explosões brilhantes de luz antes de as hastes pegarem fogo também. O fogo desceu. Até a sua mãe. Até ele.

Ainda assim ele se curou. Ainda assim ele chorou. Ainda assim ele morreu. Mas, daquela vez, Evrane não apareceu para buscá-lo. A chuva nunca aconteceu.

Aeduan levou um bom tempo para perceber que a lembrança havia mudado — que não estava seguindo a verdade daquele dia quinze anos atrás. A verdade que acontecia todas as noites quando ele sonhava.

Evrane já deveria ter chegado.

Pela primeira vez, desde que despertou naquela lembrança, Aeduan se virou — como se pensasse que poderia encontrar Evrane atrás dele. Como se ela pudesse estar presa, esperando que ele se afastasse para o lado para poder entrar.

Mas não havia ninguém lá. É claro que não havia ninguém lá, e tudo o que ele encontrou foi mais fogo. Mais fumaça. Mais sombras e mais dor.

Ele estava sozinho naquele pesadelo. Não havia Evrane. Não havia escapatória. Havia apenas a escuridão e ele próprio.

Ele se virou de volta para a criança. Para o menino que ele já tinha sido. Ele não via um demônio. Não via um monstro.

E, naquele momento, Aeduan entendeu: não era que ele queria ter morrido naquele dia. Ele *tinha* morrido. A criança interior havia queimado junto com a mãe, e desde então, embora ele pudesse ter existido, nunca vivera de verdade.

Agora ninguém o procurava no pesadelo porque aquela era a verdade. Ninguém o *tinha* procurado. Evrane podia ter retirado o corpo da mãe de cima de Aeduan, ela podia ter tratado os seus ferimentos e o levado para o monastério, mas ela não o tinha salvado.

Todos aqueles anos, ele se culpara pelo que aconteceu. Se ele tivesse apenas lutado, apenas reagido, então sua mãe não teria morrido. Então ele não teria ficado preso embaixo dela; sua tribo não teria queimado.

Era como se, ao se culpar, ele tivesse dado um significado à morte. Tivesse dado um motivo — e o motivo era a sua própria existência. Seus próprios fracassos, sua fraqueza e sua magia monstruosa ligada ao Vazio e incitada por sangue.

Mas não havia motivo. Nunca houvera. Ele era apenas uma criança, presa aos destroços da guerra. Ele não fizera aquilo, não causara aquilo. Mesmo assim, por tudo aquilo, Aeduan havia perdido a vida.

Agora ninguém poderia salvá-lo, a não ser ele mesmo.

Quatro passos longos levaram Aeduan até o menino. Ele olhou para baixo, para o seu próprio rosto, metade escondido pelos restos carbonizados de sua mãe. Dysi fora linda durante a vida. Agora ela não passava de um cadáver fumegante e um punhado de lembranças.

Com mãos cuidadosas, Aeduan agarrou os braços dela para movê-la. No instante em que a tocou, porém, ela se desfez em nada e desapareceu. Então ele se agachou ao lado do menino — ao lado de si mesmo — e encarou aqueles olhos azuis cor de gelo.

Aeduan nunca se olhara nos olhos antes. Eles rodopiavam com vermelho.

— Corra — disse ao menino. — Corra.

— Não consigo — o menino respondeu.

— Você pode — Aeduan insistiu. — Nós podemos. Juntos.

O calor urra. A madeira estala e brasas voam.

Ele está imobilizado por cedro e por um cadáver. Sua mãe está morta.

Mas ele não deve morrer com ela. Ela lhe pediu para correr, então correr é o que ele precisa fazer.

Ele empurra para cima, um grito irrompendo de seus pulmões. Subindo pela sua garganta e atravessando o fogo. Empurra, empurra — sua mãe é pesada, mas ele não pode permitir que a perda dela o segure.

Seus gritos saem mais altos, seus músculos trabalham e gemem. As feridas em seu peito espetam ainda mais fundo, e as chamas se aproximam de suas bochechas.

Então ele se levanta. Sua mãe cai dura para um dos lados, deixando suas pernas livres. Seu caminho também está livre, uma abertura clara em meio às chamas, e retorcendo-se por aquele caminho está um único fio vermelho. Delicado e fino, o fio alcança o peito do menino.

Mas ele está se encolhendo rápido. A cada segundo passado, a cada chama que se agarra a ele de todos os lados, a linha se encolhe como se estivesse pegando fogo. Ou como um fio virando pó.

As chamas não podem se apossar daquele fio, porém, pois embora o sangue possa queimar, a alma do menino, não.

O Bruxo de Sangue chamado Aeduan corre.

55

Quando os olhos de Aeduan se abriram de novo, luz brilhava ao seu redor, como se a noite tivesse virado dia. Como se, de alguma forma, ele tivesse caído no centro do sol.

As águas fluíam, obscuras e cegantes... e então se transformaram em um rosto.

Iseult.

Ela pendia suspensa na água, os olhos fechados. O cabelo flutuando em volta do rosto, um halo noturno rodeando a lua. A capa branca carawena ondulava atrás dela, pesada e desenfreada. Nenhuma bolha saía de sua boca ou nariz.

No mesmo instante, o pânico se apossou dos músculos de Aeduan. Ele a agarrou, um braço envolvendo a cintura dela. Então, soltou o gancho em seu pescoço. A capa caiu embaixo deles.

Ele nadou até a superfície, forte, rápido e desesperado — e foi como se seu sangue estivesse esperando por aquele exato momento. Como se aquilo fosse tudo que ele sempre quisera fazer. Sua magia se incendiou dentro dele. Ela motivou seus músculos a agirem a uma velocidade e um poder que nenhum homem poderia conseguir, e ele avançou em direção à superfície com Iseult ao seu lado.

O Poço havia curado a maldição, assim como Iseult havia prometido. Depois trouxera Aeduan de volta da morte e lhe devolvera a única coisa que ele tinha passado a vida toda odiando. Mas ele havia entendido tudo errado. Ele compreendia agora.

Ser um Bruxo de Sangue não queria dizer que ele não podia ser um homem também.

Ele puxou Iseult em direção à noite e, um instante depois, eles saíram para a superfície, gelada e desagradável. Aeduan se agarrou ao pedaço de gelo mais próximo e se segurou, puxando Iseult com firmeza para que ela não boiasse para longe.

Luz e vapor os rodeavam, apagando o mundo. Misturando-o a uma vastidão indefinida. Ele não via mais ninguém. Não ouvia mais ninguém. Até onde ele sabia, eles eram as únicas pessoas vivas naquela batalha.

No mundo inteiro.

— Iseult — ele chamou, tentando acordá-la. — Iseult, Iseult, Iseult.

Ele não conseguia parar de dizer o nome dela, mesmo que a palavra saísse em explosões curtas e fracas. Mesmo enquanto ele procurava uma maneira de sair da água, um local para se firmar no gelo. O nome dela fervilhava em seu peito sem parar.

— Iseult, Iseult, Iseult.

Ela o tinha salvado. Mais uma dívida de vida que ele devia a ela, exceto que agora aquilo não importava. Nunca importara. Não desde que ela o apunhalara no coração ao lado do farol. Não desde que ele tinha dado a ela a sua capa de salamandra e dito "*Mhe varujta*".

— Iseult, Iseult, Iseult.

Ele mal podia ver o rosto dela em meio a toda a luz e o vapor. Ele precisava tirá-los daquele Poço. Com um braço, se arrastou — e arrastou Iseult também — pelo gelo irregular.

Ele sabia que aquilo ia além de dívidas de vida, e que aquele medo ancorado em seu peito ia de encontro a tudo que ele sempre quisera ser — contra tudo que ele sempre acreditara ser.

Ali. Seus dedos tocaram em um rebordo ao qual ele podia se agarrar.

— Iseult, Iseult, Iseult.

Ele se segurou. Puxou. Seus dedos afundaram no gelo. Seu antebraço se esticou. Um grito escapou do seu peito, e ele não conseguia mais dizer o nome dela. Então, ele pensou. *Iseult, Iseult, Iseult.*

Ele chutou. A água o empurrou e sua magia cantou. Logo, seus bíceps romperam o gelo. E sua cabeça. E a cabeça de Iseult também.

Iseult, Iseult, Iseult.

Agora o peito dele estava para fora da água, e com um último chute ele libertou seu tronco inteiro. Não teve graciosidade, nem gentileza. O corpo de Iseult roçou no gelo, mas ela estava elevada o bastante para que ele pudesse soltá-la por meio segundo.

Aeduan se arrastou pelo resto do caminho no gelo, depois se esforçou para puxá-la para junto dele. Vapor saía do corpo dela. Do dele também, e o frio do vale corroía seus ossos.

— Iseult — ele pronunciou o nome dela de novo, a voz rouca e baixa. De novo e de novo e de novo.

Ela estava quente ao toque, e era possível sentir pulsação em seu pescoço. Ela respirava. Movimentos fracos em seu peito que indicavam que ela não tinha se afogado.

Em um canto vago do cérebro de Aeduan, ele imaginou que provavelmente o Cahr Awen não podia se afogar — não ali. Quando eles estavam na água, ele sentira senciência. Unidade. Completude. Ele não tinha mais dúvidas do que Iseult era.

Aeduan percorreu as mãos pelos braços molhados de Iseult, pelas suas pernas molhadas, à procura de ossos quebrados. De qualquer coisa que explicasse o porquê de ela não acordar. Mas não encontrou nada. Tudo que ele tocava estava intacto, embora ficasse mais gelado a cada segundo.

— Iseult, Iseult, Iseult.

Ela e Aeduan tinham sobrevivido a víboras destrinchados em Lejna. Eles tinham sobrevivido a corsários e ao Amonra. Eles tinham sobrevivido a um Bruxo de Fogo, às Terras Disputadas e a semanas de sobrevivência nas montanhas Sirmayan.

Ele não podia perdê-la agora.

Foi quando Aeduan pressionou os dedos na nuca de Iseult, procurando por algum machucado em sua coluna, que o corpo dela se tensionou embaixo do dele. Ele ficou imóvel, esperando. Observando.

Então as costas dela se arquearam, o rosto se ergueu. Ela ofegou uma única vez antes de seu corpo relaxar embaixo do dele. Ela abriu os olhos.

Olhos dourados com manchas verdes. Os únicos olhos que já haviam encarado os de Aeduan sem serem desviados.

O coração dele palpitou ao vê-los. Seu corpo inteiro palpitou, uma sensação estranha de alívio e confusão. Ele tentou se afastar, dar espaço a ela, mas, em um movimento rápido demais para resistir, ela o agarrou pela gola. O puxou para baixo. Os cotovelos dele cederam. O peito dele caiu por cima do dela. Seus rostos estavam a apenas poucos centímetros de distância.

Iseult, Iseult, Iseult.

O frio do gelo envolvia as mãos dele em ambos os lados dela. O vento dançava por suas roupas molhadas. Água escorria do seu rosto. Um pingo caiu na bochecha dela e escorreu para o lado. Ele queria secá-la com o dedo, mas teve medo de se mexer. Medo de que, se fizesse aquilo, ela se lembraria de quem ele era. Ela se encolheria e se afastaria.

E ela estava tão perto. Ele podia ver cada traço dela. O modo como a mandíbula inclinava-se para um queixo pontudo. O modo como seus lábios estavam separados, revelando a ponta dos dentes, um lampejo da língua. Mas eram os olhos dela que prendiam sua atenção — que sempre prendiam sua atenção. As pupilas dela pulsavam no ritmo da sua respiração. Suas costelas também, batendo contra as dele.

Ele não sabia como podia tê-la achado comum em algum momento.

Os dedos de Iseult se dobraram com mais força em volta da gola. Ela o puxou para mais perto, até que seus narizes quase se tocassem. O dela já estava rosa pelo frio. Suas bochechas também.

Iseult, Iseult, Iseult.

O abdômen dela se contraiu embaixo do dele. Ela se curvou em sua direção, até estar tão perto que sua respiração roçou nos lábios dele.

— Aeduan — ela começou. — Eu...

A luz dentro do Poço piscou. Sem aviso e de repente, a floresta se juntou a eles — assim como a fumaça e os incêndios...

E rostos. Centenas de soldados saindo das árvores ao norte.

Aeduan se levantou. O ar noturno congelante.

— Fique atrás de mim — disse a Iseult, embora ela já estivesse atrás dele, já de pé e se colocando em uma postura defensiva.

Como ele não percebera a aproximação dos corsários? O poder do Poço devia ter interferido em sua bruxaria. Agora, porém — agora o ataque de sangues era inconfundível, tão diversos quanto os rostos que combinavam com eles. E à frente estava a respiração congelada de bebê e a perda profunda.

O rei corsário, seu pai, saía das sombras.

— Aeduan — ele gritou, parando na extremidade congelada do Poço. — Me dê a garota.

Não, Aeduan queria dizer, mas, antes que pudesse responder, um novo cheiro de sangue sussurrou contra ele. *Água cristalina da nascente e falésias revestidas de sal.* Ele só teve tempo de se virar antes de Evrane surgir das árvores no lado oposto. Atrás dela, centenas de monges com armas empunhadas. Por meio segundo, o alívio percorreu os músculos de Aeduan. Evrane o salvara; ela estava do seu lado; ela protegeria Iseult. Mas Iseult balançava a cabeça.

— Não — ela murmurou. Depois mais alto: — Não, Aeduan. Ela não é quem parece ser.

Aeduan não fazia ideia do que aquelas palavras significavam, mas não as questionou. Se Iseult não queria se juntar a Evrane, ele manteria a monja afastada.

Suas veias zumbiam com poder. Seus músculos, com força, e seu coração, com magia. Um fulgor em seu sangue, claro como a luz do Poço estivera apenas momentos antes.

— Aeduan. — Agora seu pai implorava, um lampejo de desespero faiscando em seu sangue. — Você sabe o que é isso. Você sabe que eu preciso dela. — Ele levantou uma única mão, não exatamente implorando. Não exatamente mandando. — Me dê ela, filho.

— Não, entregue-a a mim — Evrane gritou. — O Cahr Awen veio para nos salvar, Aeduan. Lembre-se do seu dever.

Eu me lembro, pensou ele, e, naquele momento, era verdade. Ele se virou para Iseult.

— Me dê a mão — pediu, e sem hesitar ela enlaçou os dedos nos dele. Seus olhos dourados sustentaram o olhar de Aeduan e não se afastaram.

Ela confiava nele. Ela havia reivindicado o seu éter e guiaria a sua espada. Ela era a doadora sombria, a finalizadora das sombras, e ele não a trairia. Não de novo.

Aeduan respirou fundo, aquietando a mente e imobilizando o corpo para que sua bruxaria pudesse ascender ao poder máximo. Milhares de cheiros de sangue colidiram contra ele, e outros milhares escorriam e saltavam mais ao longe.

E eram seus para serem pegos. Eram seus para serem controlados.

Mas Aeduan já tinha sangue demais nas mãos, e, até onde ele sabia, a morte não precisava segui-lo para onde ele fosse.

Não mais.

O calor da mão de Aeduan envolvia a de Iseult. Apesar do vento gelado roçando neles, da água metida dentro das suas roupas e dos seus ossos.

— Me segue — Aeduan disse a ela. Então, ele andou na direção dos cedros, e Iseult andou também.

— Aeduan, o que você está fazendo? — Evrane gritou. — Me dê o Cahr Awen! Você *conhece* o voto.

— O sangue é mais forte que qualquer voto — o homem com os corsários rebateu. Ele se parecia com Aeduan, só que mais velho. E com fios verde-escuros de controle, mas também lampejos de medo branco e perda azul. — Aeduan, por favor — o homem implorou, e o medo e a perda brilharam mais forte.

O mesmo pânico branco logo atingiu os fios de Evrane.

— Aeduan! — ela chamou. — Aonde você está indo? *Pare!*

Aeduan não parou. Nem Iseult. Eles estavam quase na extremidade do Poço. Raiva irrompeu dos fios de Evrane.

— *Peguem eles!* — ela gritou no mesmo instante em que o homem ordenou:

— *Impeçam eles!*

Com aquelas palavras, cada figura, cada grupo de fios em volta do Poço começou a agir. Um enxame amplo que alcançaria Iseult e Aeduan em segundos.

O coração dela se partiu. Seus músculos se tensionaram, prontos para fugir, mas Aeduan apenas apertou mais a sua mão, os passos firmes.

Calmos.

Certa vez, Iseult tinha achado que Aeduan se portava como se viesse de outra era. Como se já tivesse andado por mil anos e planejasse andar por mais mil. Agora, porém, havia uma nova serenidade nele — e, de repente, mil anos pareciam pouco tempo para um homem com aquela força.

Eles saíram do gelo; suas botas encharcadas afundavam nos montes de neve. Dois monges surgiram, os fios brilhando com foco azul e violência cinza.

Então o primeiro monge os alcançou. Sua espada se lançou para trás. Em seguida, se lançou para a frente...

Ele congelou. Durante o movimento, com o braço estendido, a boca aberta — e apenas a dois passos de distância de acertar Iseult.

A segunda monja os alcançou, suas facas estendidas e os fios desesperados e trêmulos.

Ela também congelou. E o terceiro monge atrás dela também, e os dois corsários que completavam a lacuna à esquerda. Uma a uma, cada pessoa que se aproximava o bastante para atacar ficava imóvel de repente.

E Aeduan não demonstrava nenhuma reação, nenhuma mudança em sua postura objetiva e avante pela eternidade.

Ele guiou Iseult até os cedros. Troncos avermelhados e agulhas brilhantes, tão surreais e vivos em meio à nuvem de fumaça à frente. Em meio às figuras que avançavam de todas as direções.

Ainda assim, Aeduan não se apressou. Seus olhos rodopiavam vermelhos. Sua respiração estava estável e pura, e Iseult podia sentir os batimentos dele em seu toque. *Bruxo. Sangue. Bruxo. Sangue.* Um ritmo para ser acompanhado.

Cada passo fazia mais pessoas avançarem. Monges e corsários. De capas brancas e vestidos com peles. Todos com os fios verde-floresta dos caçadores — até alcançarem Aeduan e Iseult. Aí, seus corpos paravam no lugar e um brilho uniforme superava todos os outros tons: surpresa. Apenas cabelos e capas e barbas se moviam, tremulando na brisa fria.

E seus olhos se moviam também. Inúmeros olhos deslizando para os lados. Observando, furiosos e impotentes.

Iseult não sabia que Aeduan conseguia controlar tantas pessoas ao mesmo tempo. Ela se perguntava se ele sabia — ou se ele seria capaz de fazer aquilo de novo algum dia.

Eles saíram das árvores, e a ilha acabou. Uma batalha surgiu diante deles, avançando pelo lago congelado. Corsários e monges em combate. Uma massa fervente de corpos e fios, amontoados onde não havia fogo marinho.

Até onde Iseult podia ver, não havia saída em meio ao caos. Ela não sentia nenhuma afinidade por aquelas chamas, nenhum desejo — ou habilidade — de controlá-las. O Bruxo de Fogo preso dentro dela havia se silenciado. Liberto, supunha ela, pela magia do Poço ancestral.

Iseult se virou para Aeduan. Atrás dele, corsários e monges estavam imóveis como pedra, um rastro de estátuas em meio às árvores. Uma homenagem silenciosa ao uivo das chamas e aos gritos dos que lutavam, dos que morriam.

Uma respiração profunda fez o peito de Aeduan inflar. Ele empurrou os ombros para trás. Apenas uma vez. Depois levantou a mão livre, o braço tremendo. Seus olhos se fecharam e, como uma onda envolvendo uma costa arenosa, o poder de Aeduan irradiou para fora. Espadas pararam em meio ao gesto, escudos ficaram imóveis durante a defesa. Lâminas pararam, cobertas de carne, enquanto rostos enrijeciam, aprisionados em agonia ou raiva ou surpresa.

E naquela onda havia uma maré de espanto. Em instantes, a trama da batalha brilhou mais forte que a lua.

Os olhos de Aeduan se abriram. Não havia mais branco dentro deles, não havia mais azul, apenas vermelho de ponta a ponta.

— Agora nós corremos — ele disse a Iseult, um som irregular contra uma batalha repentinamente silenciada. Apenas as chamas cantavam.

— Sim — ela concordou. — Agora nós corremos.

Ela apertou a mão dele.

Aeduan guiou o caminho, um trajeto serpenteante pelo gelo, entre as chamas. Ao redor de combatentes congelados — e cadáveres —, eles deram a volta e correram. Fumaça preta queimava os olhos de Iseult. O calor soprava contra ela e, no fundo de sua mente, ela se perguntava quantas vezes ela e o Bruxo de Sangue chamado Aeduan haviam corrido juntos daquele jeito. Para além das chamas do inferno.

Quanto mais longe eles corriam, porém, mais as pessoas começavam a se mexer. Como se presos em areia movediça, um sutil avanço para a frente.

Aeduan estava perdendo o controle. Então Iseult correu mais rápido, e ele correu mais rápido ao lado dela. Logo, o calor diminuiu, e em meio à fumaça surgiu um penhasco escuro. Na base, cercada por um brejo congelado, estava uma porta sombria.

Iseult tentou parar ao avistá-la, mas Aeduan a puxou. A respiração dele estava difícil e irregular. Seus olhos tinham se escurecido de vermelho a cor de ferrugem, como sangue secando em uma lâmina.

— Ela leva ao monastério, Aeduan! — Ela precisou gritar por cima do fogo marinho.

— Também leva para fora — ele gritou de volta, ou tentou, mas, como a sua respiração, suas palavras estavam fracas, instáveis. — Tem uma... bifurcação.

Sim, sim. Iseult se lembrava daquela divisão no túnel. Ela e Leopold haviam descido...

Leopold. Pela deusa, onde será que ele estava? Ela o deixara no campo de batalha sem pensar, e não havia pensado nele desde então.

— Se seguirmos à direita na divisão — Aeduan continuou —, seremos levados para além do monastério... — A voz dele cessou, e Iseult lançou um olhar para trás, preocupada que ele tivesse sido finalmente afetado pelo cansaço.

Ele tinha. A batalha acontecia mais rápida agora, milhares de figuras pisando na lama e se contorcendo naquela direção. Ainda assim, Aeduan corria. Ainda assim, ele segurava a mão de Iseult com força e não cambaleava.

Acima, ela sentiu fios prateados retumbando. *Mirtilo*, pensou, confusa. O morcego estava por perto; Iseult rezou para que Owl não estivesse. Antes que ela pudesse procurar a criatura no céu, porém, um novo conjunto de fios surgiu em sua atenção. Um conjunto trêmulo, amolecido e perigoso que se fundia da morte para a fome, para o prazer e para a fúria.

O abade.

Iseult voltou a olhar para a frente mais uma vez, de onde Natan fon Leid emergia da entrada da caverna, espada em uma das mãos e broquel na outra. Seu capuz caraweno estava erguido, a lapela contra fogo abotoada — mas Iseult não precisava ver o rosto dele. Ela conhecia aqueles fios. Ela conhecia aquela capa também, com o forro vermelho.

A mão de Aeduan se levantou. Ele a inclinou na direção do abade, o passo diminuindo apenas um pouco. Sua mão tremeu.

Mas nada aconteceu. O abade não congelou; nenhuma surpresa oprimiu seus fios manchados.

Em vez disso, ele riu.

— Fibras de salamandra — gritou. — Um truque que aprendi com você, Bruxo de Sangue. Agora me dê o Cahr Awen. — Seus fios eram de uma calma azul-clara, como se ele planejasse aguardar pacientemente. Como se tudo o que ele tivesse pedido fosse um pouco mais de sal para o seu cordeiro.

E foi por isso que não houve nenhum alerta antes de ele avançar contra Iseult e Aeduan. Muito mais rápido que o formato da sua lâmina sugeria; ele ainda era um combatente treinado pelos carawenos.

Aeduan quase não retrocedeu a tempo. Iseult precisou puxá-lo e empurrá-lo. Suas mãos se soltaram. Eles fugiram.

Atrás deles, a batalha ficava mais acelerada. Fios moviam-se naquela direção, e era apenas uma questão de tempo antes de Aeduan perder completamente o controle. Ele não conseguia lutar *e* imobilizar os corsários e os monges.

Ele mal conseguia continuar de pé e imobilizá-los.

Queime-os, disse o coração de Iseult, e dessa vez não era o Bruxo de Fogo falando. Ela sabia o que fazer ali. Ela já fizera antes, e chamas não eram necessárias. Um tipo diferente de fogo vivia dentro dela: o poder que rompia gelo enfeitiçado e atravessava Poços Originários.

Ela levantou os braços, os dedos se separando. Igual Esme lhe mostrara. Igual ao que ela fizera antes nas Terras Disputadas.

Mas, quando ela buscou pelos fios manchados do abade, Aeduan avançou em sua direção.

— *Não.* — Ele bateu no braço dela, e naquele mesmo instante a espada do abade assoviou pelo ar. Bem onde Iseult estava antes.

Uma lufada de vento gelado roçou nela. Então Aeduan puxava Iseult para trás, para o lado, para longe do alcance. Até eles estarem parados diante da caverna — e não havia como não notar a velocidade com que a batalha retumbava atrás deles. A meia velocidade, se não mais.

— Corra — Aeduan ordenou, posicionando Iseult atrás dele. — Corra e não olhe para trás.

— Eu posso destrinchá-lo — ela tentou.

— Pode... mas não deveria. Você não quer a mente dele dentro da sua.

Ele tinha descoberto aquilo, então.

— Eu vou lidar com o Natan.

— Não. — Iseult agarrou o antebraço dele. — Venha comigo. Eu não te salvei para que você pudesse morrer de novo.

— Vou estar logo atrás de você — ele disse, e ela percebeu que não conseguiria fazê-lo mudar de ideia. Então ela assentiu e deu um tapinha na moeda ensanguentada embaixo da sua camisa.

— Me encontre.

— Sempre — ele prometeu, e, por uma breve pausa no caos, olhou dentro dos olhos dela. Tão pálidos, tão azuis. Quando ela vira aqueles olhos em Veñaza, os considerou da cor da compreensão.

Ela estava certa.

— *Te varuje* — disse a ele. — *Te varuje.*

Então ela fez como Aeduan mandara, e correu.

56

A caverna havia mudado desde o dia anterior. Uma ponte de gelo agora esticava-se acima, frio desprendendo-se dela, enquanto um vento forte soprava e chutava.

Como o vento conseguia se formar no subsolo, Safi não fazia ideia, mas ela suspeitou que não fosse natural — e que tivesse algo a ver com as vozes que enchiam a escuridão da caverna. Sons distantes e ecoantes que se emaranhavam em suas entranhas. Eles pareciam chamar por ela, mesmo Safi sabendo que aquilo não fazia sentido. *Nada* naquele lugar fazia sentido.

Ao lado de Safi, os trovadores do inferno tentavam recuperar o fôlego, enquanto Vaness pendia, flácida, do ombro de Zander.

— Sabe — Caden disse, entre ofegos —, temos um ditado nos Ohrins. *"Subir pelas quedas e adentrar as corredeiras."* É essa a sensação, Safi. Para onde você nos trouxe?

— Eu também — Lev ofegou, levantando uma das mãos — gostaria de uma resposta a essa pergunta.

— Mágica — foi tudo o que Zander ofereceu, boquiaberto, enquanto observava a porta de luz azul.

— Não sei — Safi admitiu. — Encontrei por acidente enquanto fugia do falcão-de-fogo, e agora... — Ela deu de ombros, um gesto impotente, porque não havia mais nada que ela pudesse dizer.

— Bom, para onde ela leva? — Caden apertou os olhos para a escuridão, aproximando-se da borda do penhasco. — Aqueles soldados vão acabar nos encontrando, sabia? Se é que já não estão a caminho. Precisamos nos mexer.

— Mágica — Zander repetiu, mais alto agora, e apontando para a porta. — *Mágica.*

— Sim, Zan. — Lev deu um tapinha no ombro dele. — Nós sabemos.

O vento soprou mais forte, puxando o cabelo de Safi, e as vozes distantes ficaram mais altas — altas o suficiente para ela identificar três palavras: *irmão de ligação.*

Safi olhou naquela direção, esforçando-se para ver, para ouvir. Porque aquelas palavras tinham sido gritadas em nubrevno. Por uma voz que ela conhecia. A voz *dele*, embora ele tivesse morrido em uma explosão duas semanas atrás...

— Safi — Caden chamou. — Você está ouvindo?

Não pode ser, pensou ela, sacudindo a cabeça. *Não pode ser ele. Merik está morto, ele está morto.* E, mesmo assim, aquela voz se parecia exatamente igual à das suas lembranças do *Jana*. Igual à das suas lembranças daquela noite em uma estrada empoeirada.

E aqueles ventos — será que eram dele?

— *Safi!* — Caden bateu com uma das mãos em seu ombro. Ela hesitou. — Precisamos seguir a ponte. — Ele abaixou a cabeça até que seus olhos encontraram os dela. — Não podemos ficar aqui.

Ela piscou, confusa. Perdida, até. Ela tinha tanta certeza de que aquela voz pertencia a um homem morto.

— Ponte? — murmurou, por fim, o olhar finalmente fixando-se no de Caden.

— Aquela ali. — Ele apontou diretamente para a fenda, e quando Safi seguiu o dedo dele, viu apenas sombras.

Enquanto muito, muito abaixo, uma galáxia girava.

— Mágica — Zander repetiu, mais uma vez, e pela primeira vez desde que cambalearam pela porta, ele se mexeu, avançando para fora da borda e em direção ao abismo.

Safi deu um passo à frente para segurá-lo, mas foi lenta demais e...

E Zander não caiu para a morte. Em vez disso, ele atravessou a caverna com Vaness balançando em cima do ombro.

— Mais um esplendor — Lev explicou, movendo-se para o lado de Safi. — Aposto que você está ficando de saco cheio deles. — Então, com um sorriso jovial, ela também avançou para o nada invisível.

— Não se afaste — Caden murmurou, e seus dedos envolveram os de Safi. — Essa ponte é estreita, e é uma queda e tanto.

Merik encarou o Fúria de frente. Uma colisão de ventos, um choque de magias. Gelado e com gelo contra as estrelas que agora cantavam dentro do seu sangue. Os dois ventos se chocaram, um contra o outro...

E pararam. Um muro de barulho, um muro de tempestade.

— *Corra!* — Merik gritou para o Homem do Norte nos degraus atrás dele. Um refrão que ele já tinha gritado tantas vezes para aquele homem, mas que nunca importara tanto como naquele momento. — *CORRA!*

O Homem do Norte correu, desaparecendo da visão periférica de Merik.

"Estão com ele?" A voz de Kullen soou furiosa sobre os ventos — ou talvez ela apenas soasse furiosa dentro do crânio de Merik. De qualquer modo, o vento se agitou a seu favor. Uma *guinada* repentina de poder obscuro trovejou contra Merik.

Ele derrapou para trás. Suas panturrilhas atingiram as escadas, e seu equilíbrio foi afetado. Ele caiu. Os ventos o aniquilaram, e, de repente, Kullen estava lá, passando por ele em um redemoinho de sombras que tinham como objetivo o Homem do Norte.

Merik não pensou, não ponderou. Ele *agiu*, voando com força total em direção a Kullen. E justo quando Kullen aterrissou — justo quando o Homem do Norte se jogou por uma porta brilhante que levava para só Noden sabia onde —, Merik o atingiu.

Ele lutou contra o Fúria em um emaranhado de membros nada gracioso. Juntos, eles tombaram da borda, rolando para o abismo abaixo. Eles giraram, caíram, e por vários segundos eternos a gravidade agiu com mais força que qualquer magia ou tempestade.

Então os ventos congelados de Kullen golpearam, com os de Merik logo trás. Agora, eles disparavam para cima na direção das bordas, em direção às portas brilhantes e semiescondidas pela poeira.

"Onde eles estão?" As palavras de Kullen rasgavam o cérebro de Merik. *"Onde vocês os colocou?"*

— Coloquei o quê? — ele tentou gritar, mas não havia como gritar mais alto que aquela tempestade. Nem como voar mais que Kullen. Para cada giro que Merik tentava, Kullen girava mais rápido. A cada fuga, cada lufada, Kullen chegava antes mesmo de Merik conseguir se virar.

"Você pegou a navalha e o vidro. Mas eu vou recuperá-los, irmão de ligação. Você não pode escondê-los de mim."

O Fúria o agarrou, sua magia mostrou as garras. Duas vezes, dedos gélidos arranharam Merik, afiados o bastante para cortar. Gelados o bastante para cauterizar. Primeiro seu rosto, depois seu peito. E duas vezes, teria sido a garganta de Merik se ele não tivesse colocado seus ventos entre eles.

Quanto mais forte ele voava, mais forte o Fúria voava para pegá-lo — e mais ventos eles sugavam, forçando o ar a ficar mais denso. Repleto de gelo, mas quente pela raiva. Com neve caindo, mas carregado e crescente.

Então houve um relâmpago. Perto o bastante para chamuscar a pele de Merik. Para enviar eletricidade por seu peito e suas veias. E claro o bastante para alarmar a ele e ao Fúria.

Merik se aproveitou daquele momento. Ele usou os pontos piscantes em seus olhos para se afastar. Sem rumo, mas com cada parte de poder dentro do seu interior — e no interior daquelas estrelas girando lá embaixo.

Funcionou. Merik subiu bastante, subiu rápido. Kullen *rugiu* atrás dele, um berro capaz de romper o crânio de Merik. Um grito que fez surgir mais relâmpagos, mais ventos. Mas Merik tinha o impulso de que precisava, e catapultou para cima, para cima. Para longe, para longe.

Enquanto voava, Merik revirava sua mente por alguma coisa — *qualquer coisa* — que pudesse ajudá-lo. Kullen achava que ele havia roubado a navalha e o vidro; tinha que haver um jeito de usar aquilo. Principalmente porque, enquanto Kullen estivesse ali, ele não ajudaria o rei corsário a entrar... e isso significava que o rei corsário não chegaria em Lovats.

Mas Merik não podia distrair o Fúria para sempre.

Seus ventos o aproximaram da ponte de gelo. Frio emanava dela — diferente do gelo da tempestade de Kullen. Parecia zumbir, parecia cantar: *Venha, venha, e encontre a libertação.*

Era a música do lago cheio de corpos, mais firme ali. Uma mãe instigando seu filho a ir para a cama.

Os ventos de Merik diminuíram. O refrão vibrou mais alto. *Venha, meu filho, e durma. Venha, venha, o gelo vai te segurar.*

Seu olhar acompanhou a ponte pela extensão escura até o local onde ela encontrava uma borda com uma porta alta, metade escondida por mais gelo.

Venha, venha, e encare o fim.

Antes que Merik pudesse voar naquela direção, antes que pudesse responder àquele chamado, a voz de Kullen esmagou seu cérebro:

"E QUEM SÃO ESSES INTRUSOS?"

Merik hesitou, uma vibração dos seus músculos que bloqueou o gelo, bloqueou a música. Ele olhou para baixo, temendo encontrar o Homem do Norte. E, de fato, havia movimento surgindo dentro da tempestade — cores que não eram relâmpagos. Vultos que não eram o Fúria.

Mas eles não eram o Homem do Norte.

Quatro pessoas corriam pela caverna, de alguma forma correndo em cima da galáxia, embora não houvesse pedras para sustentar os seus pés.

Mesmo com os olhos lacrimejantes e o clarão dos relâmpagos, mesmo com o gelo falando e cantando, Merik reconheceu uma daquelas figuras no instante em que a viu. Aquele cabelo dourado, mais curto agora, e aquelas passadas galopantes.

Mas ela morreu, pensou, o coração se apertando. A mente vacilando. *Ela morreu em uma explosão duas semanas atrás.*

Então um segundo pensamento surgiu: *Você também.*

Em um instante, Merik invocou seus ventos.

E voou até ela.

57

Vivia liderou o caminho até a cidade subterrânea. Cam se apoiava nela, a mão enfaixada apertada contra o peito e as palavras escapando, incompreensíveis e desorganizadas. O vizir Sotar os seguia, lamparina em mãos. Ele não acreditava em Cam, mas também não recusara quando Vivia lhe pedira para se juntar a eles.

— Ryber e eu — Cam explicou — encontramos a capitã Sotar na montanha. Ou talvez a capitã tenha *nos* encontrado... Eu não sei, senhor. Ela estava seguindo a navalha e o vidro de Eridysi. Eles atraem pessoas como ela, entende?

Vivia não entendia nada, e Sotar pigarreou, frustrado. O túnel de calcário descia continuamente; o fogo de raposa acima brilhando em verde.

— Então Ryber levou a capitã com ela até a tumba. É o caminho mais rápido de volta ao Convento.

— Tumba? — Vivia perguntou. E logo uma segunda pergunta surgiu: — E Merik? Onde ele está? Vocês saíram da cidade com ele duas semanas atrás.

Cam fez uma careta, e, atrás deles, os passos de Sotar tornaram-se irregulares — pois é claro, ele não sabia que Merik ainda estava vivo. *Ninguém* no reino sabia. Todos acreditavam que ele havia morrido na explosão do *Jana*.

— Merik estava conosco — Cam admitiu —, só que nós... nós nos separamos. Mas ele não morreu — o garoto acrescentou, apressado. — Minha intuição me diz que ele não está morto.

Sua intuição? Vivia queria exigir — assim como queria exigir mais informações sobre onde Merik e aquele garoto tinham estado ou como eles tinham se separado. Mas não era o momento. Não com o vizir Sotar logo ali e a cidade precisando ser defendida.

Então Vivia voltou para o rastro de informações anterior.

— Você mencionou tumbas, Cam. Onde? Tumbas de quem?

— No Convento da Irmã Bruxa da Visão. — Ele falava como se aquilo explicasse tudo. — Ry disse que as tumbas de gelo eram o caminho mais rápido até a superfície, então ela e a capitã Sotar subiram por elas. Elas vão destruir os menires, entende? Assim que eles forem quebrados, a montanha vai colapsar e as portas mágicas vão parar de funcionar. Depois disso, o rei corsário não vai conseguir chegar em Lovats. Ou em nenhum outro lugar.

A testa de Vivia se enrugou. Um franzido apertado entre suas sobrancelhas, porque tudo aquilo era *absurdo*. Portas mágicas e menires e o convento de uma ordem há muito perdida — era loucura. Algo saído de um dos sonhos de sua mãe. No entanto, conforme Cam continuava falando, continuava explicando todas aquelas partes impossíveis como se fossem reais, Vivia começou a se perguntar se talvez... apenas *talvez*, não fosse verdade.

Se o Poço do Vazio podia existir dentro de Lovats, talvez houvesse outras maravilhas escondidas por aí também.

— Mas — Cam concluiu, cansado — só para o caso de o plano da Ry não funcionar, ela e a capitã Sotar me mandaram aqui. Para alertar o senhor.

— Só para o caso — Vivia repetiu, e, daquela vez, ela olhou para o vizir Sotar.

As narinas dele estavam infladas, a cabeça sacudindo em alerta.

Eles chegaram ao fim do túnel, onde a porta emoldurada por peixes-bruxa os aguardava. Ela entrou, e um pai jovem com um bebê nos braços fez uma reverência torta para ela. Outras pessoas ao longo da rua estreita de calcário a avistaram. Sorrisos hesitantes surgiram, mesuras e reverências, e mais punhos sobre o coração do que ela merecia. A maioria, porém, dormia àquela hora. Alheios e considerando-se seguros.

Vivia rangeu os dentes. Se Cam falava a verdade, então cada uma daquelas pessoas corria risco — e a cada passo, Vivia sentia-se mais e mais inclinada a acreditar nele. A história de Cam podia ser fragmentada e absurda, mas ele havia falado coisas que apenas Stix sabia.

"Noden e os peixes-bruxa deveriam se curvar ao governo de uma mulher."

— Por ali — Cam murmurou, quando eles chegaram a um cruzamento, e Vivia andou mais rápido, puxando Cam para onde ele apontava. Mais três cruzamentos e eles chegaram a um túnel estreito na beirada da caverna. Ela já vira aquele lugar antes, mas não levava a lugar algum, por isso ela e seus trabalhadores haviam deixado para lá.

Agora, porém, ela seguia Cam para dentro do túnel, e quando eles chegaram ao fim da pedra, o vizir Sotar se aproximou, a luz da lamparina o iluminando. Um retângulo tão alto quanto Vivia, emoldurado por centenas de caixinhas com linhas diagonais.

— É isso — Cam disse, e ele deu tapinhas na pedra com sua mão saudável.

— Isso — Sotar começou, categórico — é uma parede.

E Vivia tendeu a concordar. Era como se alguém tivesse começado uma porta ali, mas desistido.

— Não — Cam insistiu. Ele ficou sério, olhos suplicantes focados em Vivia. — A porta só vai em uma direção, senhor. Você pode sair da montanha para vir aqui, mas não pode voltar. Os Seis originais a criaram assim por questões de segurança. Eu *juro* que foi por aqui que cheguei.

Só vai em uma direção. Uma respiração saiu sibilante dos pulmões de Vivia. Pelas águas do inferno, o que ela estava fazendo ali? Ela não ia mesmo confiar em um garoto que mal conhecia só porque ele tinha citado algo dito por Stix...

Ou ia? Ela seria *capaz*?

— Por favor, senhor — o garoto sussurrou. Ele apoiou uma das mãos na manga de Vivia. — O senhor precisa acreditar em mim.

Ela se virou e encontrou os olhos dele. Sinceros, inocentes — sem sombras, sem enganação. Merik tinha confiado naquele garoto, e era óbvio que Stix também. E se Stix tinha mesmo enviado Cam ali porque acreditava que Vivia e Lovats precisavam de um alerta, então Vivia não podia arriscar ignorá-lo. Apesar do quão impossíveis suas histórias sobre portas mágicas e Bruxas da Visão pudessem ser. Vivia preferia esvaziar a cidade subterrânea e ser odiada do que perder centenas de vidas.

Ela se virou para o vizir Sotar e disse:

— Evacue a cidade subterrânea.

Ele retrocedeu.

— Está falando sério?

— Faça isso — ela rebateu, mexendo nos punhos da roupa. — Depois evacue o planalto inteiro, vizir. Ou pelo menos tente. Quero cada tambor de vento da cidade tocando.

A boca de Sotar se abriu. Depois fechou. E então:

— Por favor, reconsidere, Vossa Majestade. Para esvaziar a cidade seria necessário...

— Cada mulher e homem dentro de *Pin's Keep* — ela interrompeu. — Eu sei exatamente o que seria necessário, e também sei exatamente o que está em risco se escolhermos ignorar este garoto. Se ele estiver certo, vizir Sotar... Não podemos arriscar. Agora vá. Por favor.

Diante daquele nome, Cam se empertigou de repente. Suas sobrancelhas deram um salto.

— Ah. É *você*, senhor. Me desculpa, eu não percebi, ou eu teria contado antes ao senhor. A capitã também tem uma mensagem para o senhor. — Uma reverência solene com a cabeça. — Ela disse que sente muito por ter perdido o seu aniversário ontem. No ano que vem, ela promete que o senhor irá ao Destrinchado.

Era como observar o vento mudar. Em um instante, as velas eram atingidas pela brisa e o navio de Sotar zarpava. No instante seguinte, ele estava morto na água. Os ombros dele caíram, as pálpebras dele se fecharam.

— Eu odeio o Destrinchado — disse, sem fôlego. — E ela sabe disso. Mas me obriga a ir todos os anos, do mesmo jeito.

Vivia se aproximou de Sotar e, assim como Cam fizera com ela, apoiou uma das mãos sobre a manga dele.

— Você sabe o que precisamos fazer.

— Aye. — Ele assentiu devagar, quase para si mesmo, e quando voltou a abrir os olhos, foi para oferecer uma continência lenta a Vivia. — Será feito, Vossa Majestade. Vamos evacuar o subsolo e a cidade.

— Obrigada. — Ela engoliu em seco. Depois, alisou a camisa, o casaco, e disse: — Também quero que você me traga cada bruxo da cidade, vizir. Precisamos bloquear esta porta, e precisamos ser rápidos.

58

Te varuje.

Confio em você como se a minha alma fosse a sua.

Aeduan nunca havia imaginado que ouviria aquelas palavras serem ditas a ele. Não desde que sua mãe tinha morrido. Não desde que ele descobrira ser um demônio — e que todos os demônios morriam sozinhos.

Te varuje.

Iseult desapareceu dentro da escuridão da caverna.

E Natan berrou sua fúria. As camadas de seu sangue fediam a ela. As gargalhadas e o gelo montanhoso, a fome infinita e os nós dos dedos ensanguentados.

Aeduan tinha apenas dois caminhos a seguir. Ele podia lutar com Natan e permitir que a batalha o destruísse. Ou podia conter a batalha e permitir que Natan o matasse. Ambas as escolhas acabavam com a morte dele, acabavam com Iseult correndo perigo.

E ambas as escolhas aconteceriam se ele não conseguisse manter o controle da batalha. O poder do Poço estava desaparecendo com rapidez do seu sangue.

Iseult, Iseult, Iseult. Ela era tudo o que importava. Ele só precisava ganhar mais tempo para que ela conseguisse fugir.

Natan atacou — e Aeduan estava pronto. Por um segundo irregular, ele mudou o equilíbrio de sua magia. Ele incitou o poder para longe da batalha, e para os seus músculos. O suficiente para mergulhar sob a lâmina de Natan. E para se lançar contra o braço dele e derrubar o broquel de sua mão.

O escudo caiu na neve.

Os corsários e os monges no rio avançaram. Um impulso forte, como uma avalanche prestes a acontecer. Milhares de combatentes prontos para a destruição.

Quando Aeduan tirou o broquel da neve, Natan o atacou de novo, forte e revigorado e pronto. Ele podia ter perdido sua proteção, mas ainda era um caraweno. Preparado para qualquer coisa. Aeduan defendeu o golpe, erguendo o broquel para o alto — e o braço vibrando com o impacto.

A batalha se aproximava.

Outro ataque de Natan, e desta vez, quando Aeduan bloqueou, Natan riu. Um som vingativo, como um cacarejo. A mesma risada zombeteira que ele dava a Aeduan todos os dias quando eles eram crianças.

— Eu posso continuar para sempre, Bruxo de Sangue. Mas me pergunto: quanto tempo você vai durar?

Natan deslizou, rodou, cortou. Aeduan desviou, defendeu e se esquivou, mas cada movimento era mais lento que o anterior. Cada ataque a um fio de cabelo de acertá-lo. Então Natan impulsionou a espada para o coração de Aeduan, cortando-o em dois. Ele puxou a lâmina para fora, e, como gelo derretendo, a magia de Aeduan cedeu. A batalha escapou do seu controle. Barulhos o atingiram, repentinos e focados, seguindo naquela direção.

Natan se sobressaltou com o alvoroço. Ele olhou para trás.

E Aeduan se moveu. Ele derrubou Natan no chão, a espada voando alto. Eles rolaram pela neve. O coração de Aeduan jorrava, manchando Natan de vermelho, mas a ferida já havia se curado. Independentemente de Aeduan querer ou não, sua magia unira seu coração de volta.

E sem aquela magia para forçar seus músculos a serem mais rápidos, ele não tinha chance. Natan subiu em cima dele, e nem toda a movimentação de quadris ou empenho conseguiam soltá-lo.

Então ele parou de lutar. Aeduan se deitou na neve, o sangue escorrendo pelo seu peito — uma dor distante, assim como a neve embaixo dele era um frio distante — e observou Natan rir. Observou enquanto o homem retirava um cutelo do talabarte.

— Nunca achei que fosse te ver assim — Natan disse, ecoando o que Lizl havia dito no dia anterior. Mas, ao contrário dela, ele saboreava aquele momento. — Eu imaginei tantas vezes, separar a sua cabeça do seu pescoço. E agora, aqui estamos. Você sempre foi o melhor lutador, sempre pegando as melhores tarefas, mas quem é o abade agora? E quem está prestes a morrer?

Enquanto Natan falava, enquanto Aeduan ficava deitado ali, mole e ofegante, enquanto cheiro de sangue atrás de cheiro de sangue ia ao seu encontro, sua magia sentiu um novo sangue brilhar acima do resto. *Velocidade e guirlanda de margaridas, beijos maternos e aço afiado.* Vinha da caverna, e não estava sozinho.

— Qual é a sensação de saber que eu vou te matar? — Natan continuou. — De saber que a sua magia não pode te salvar agora?

Ela estava tão perto. Quase lá...

— Eu vou fazer a mesma coisa com a garota, sabia? A 'Matsi imunda que alega ser o Cahr Awen. Eu vou cortar a cabeça dela também.

Então Aeduan a viu, uma figura vaga coberta de cinzas e sangue.

— E você não pode me impedir. Não pode me mat...

— Não — Lizl rosnou atrás dele. — Mas eu posso.

A espada dela atravessou o peito de Natan. O exato inverso do que Natan havia feito com Aeduan — entrando pelas costas do abade e saindo pelo coração. Então, assim como ele, ela puxou a lâmina de volta.

O corpo de Natan tombou para o lado, ainda jorrando e quente, e Lizl ofereceu a mão a Aeduan. Enquanto ela o ajudava a se levantar, ele avistou uma nova listra de sangue na capa dela, enfeitando a bainha. Uma mímica perfeita da capa que todo abade usava — e que agora Natan não mais usaria.

Atrás dela, centenas de monges vociferaram para fora da caverna.

— Agora você me deve *quatro* dívidas de vida, monge Aeduan! — Lizl levantou a voz por cima dos corsários e dos outros monges que avançavam naquela direção. Ela colocou a lâmina de Natan na mão de Aeduan. — E uma quinta por essa espada, e uma sexta pelos rebeldes que eu trouxe para te salvar.

Então ela se virou para os monges atrás dela, ergueu a mão livre em punho no ar, e rugiu:

— *Pelo Cahr Awen!*

Os rebeldes atacaram. Um emaranhado de corpos e armas e sangue que bombeava com propósito. Eles passavam por Aeduan, fazendo o solo e os canaviais congelados tremerem. E por um século, ou talvez apenas instantes, ele ficou parado, observando-os partir enquanto seu coração se costurava de volta. Enquanto seu sangue — pouco a pouco — bombeava mais forte e sua magia terminava o que havia começado.

Assim que terminou, seus pulmões respiravam mais cheios. Seu coração batia mais forte, e, pela primeira vez em seus vinte anos de existência, Aeduan soube quem ele era e o que precisava fazer.

Ele se empertigou. Uniu-se à luta. *Pelo Cahr Awen.*

Os passos de Iseult ecoavam pelas paredes do túnel. Sua respiração entrava e saía. Regular. Treinada para aquilo, e amparada pelo poder do Poço.

Ela estava correndo. De novo. Sempre correndo. A luz do vale, da lua, lhe mostrava o caminho, mas quando uma curva no túnel roubou-lhe aquela iluminação, ela andou com os braços esticados. Forçando-se a lembrar o que estava ali quando ela e Leopold percorreram aquele caminho.

Leopold, Leopold. Ela o tinha deixado. Maldita fosse, ela o tinha deixado, e aquela culpa a perseguiria pelo resto dos seus dias — assim como deixar Aeduan. A cada poucos segundos, ela olhava para trás, rezando para ver o rosto dele na escuridão. Rezando para ouvir respirações sem fios e saber que ele havia chegado.

Mas ele não apareceu, e ela continuou andando. Até que lampejos fracos de luz brilharam adiante, fazendo-a ir mais rápido. Ela fez uma curva, chegando à mesma bifurcação no caminho de antes.

Ela parou. Até mesmo vacilou dois passos para trás. No chão, ao centro, estava uma vela — *a* vela que Leopold carregara antes. Graças à magia contida nela, a cera não havia derretido. O pavio queimava com força.

Foram os corpos, porém, que fizeram o coração de Iseult despencar. Corsários e monges estavam paralisados, não muito diferente do que Aeduan fizera, exceto que aquelas pessoas estavam presas na pedra. Como se talhadas no granito do túnel, mas mais reais do que qualquer escultor jamais poderia produzir.

Owl. Iseult não tinha dúvidas. A garota tinha estado ali. Ambas as bifurcações no caminho, a que seguia em direção ao monastério e a outra que seguia para o desconhecido adiante, estavam cheias de combatentes de pedra. Fios deslizaram para a consciência de Iseult, atordoados e horrorizados. Confusos e até aliviados. Então surgiu uma voz, cheia de autoridade na ordem:

— *Continue em frente!*

Iseult avançou para o túnel que levava para fora do monastério. Ela pegou a vela ao passar e, assim que os primeiros fios entraram na caverna, ela seguiu para o caminho ascendente. Mais monges de pedra, mais combatentes de pedra. Ela se esquivou e deu a volta neles, acelerando mesmo quando o aclive do túnel ficou mais íngreme.

Até que a inclinação virou escadas e, embora sua respiração queimasse em seus pulmões, Iseult subiu de dois em dois degraus. O ar ficou mais apurado, e gelo cintilava nas paredes. Os degraus, porém, estavam agora cobertos de cascalho. Uma linha nítida levava para cima — como se uma Bruxa da Terra tivesse passado por ali.

Iseult forçou ainda mais o corpo, e logo a luz da lua e o inverno recaíram sobre ela. Ela correu a distância final até a noite.

Abetos cobertos de neve a cercavam. O vento soprava, e as primeiras gavinhas do amanhecer percorriam o céu. Mesmo ali — onde quer que *ali* fosse —, o som da batalha e do fogo era ouvido. Distante, porém. Longe demais para sentir fios, longe demais para Iseult sequer identificar uma direção.

Só que *havia* dois conjuntos de fios próximos para ela sentir, e eles estavam logo adiante. Um conjunto irradiava verde brilhante com o poder de uma Bruxa da Terra, e o outro tinha um centro azul tempestuoso e agitado.

Iseult alcançou Owl e Leopold em segundos. Eles estavam ao lado de duas pilhas de pedras, e, ao som dos pés de Iseult, Leopold se virou. Então seus fios se incendiaram com um alívio tão puro que os olhos dela doeram. Enquanto isso, os fios de Owl estavam rosados de alegria, e a própria menina, coberta de sujeira, sorria de orelha a orelha de um jeito que Iseult jamais vira. Tanta felicidade. Tanto carinho.

Iseult quase chorou ao vê-la.

Não, ela *chorou*. Lágrimas escaparam de seus olhos, e ela percebeu que estivera errada antes. Na balsa aérea. O aquecimento em seu peito *era* amor, por aquela criança estranha que não era de forma alguma uma criança.

— Você demorou muito — Owl disse, e antes que Iseult pudesse processar o que aquilo queria dizer, Leopold se aproximou. Sem aviso e com um braço na tipoia, ele a puxou para um abraço. Ela ficou tão surpresa que não resistiu, e os fios dele, de alívio cor de gelo, de felicidade poente e preocupação musgosa, brevemente encobriram o mundo ao redor deles.

— Eu perdi você no rio — ele disse. — Eu não consegui te encontrar, e achei que fosse o fim.

Não, pensou Iseult, se afastando. *Eu deixei você*. Porém, ela confessaria aquilo a ele mais tarde.

— Precisamos ir — informou a ele, em cartorrano. — Corsários e monges estão vindo nessa direção... — Ela parou quando o significado da cena de repente se encaixou. Owl. Leopold. Juntos com duas pilhas de pedras atrás deles. — O que vocês estão fazendo? — Ela fez a pergunta a Leopold primeiro, depois em nomatsi para Owl.

E Owl foi quem respondeu.

— Indo embora — respondeu, apenas. — Eu conheço o caminho. — Então ela se virou para a pilha de pedras menor e levitou um pedregulho. Ele caiu na outra pilha com tanta força que o chão tremeu. Neve caiu das árvores.

— O morcego me encontrou — Leopold explicou. — Eu estava cercado por todos os lados, e ele os assustou. Aí a Owl apareceu, e eu a segui. — Ele balançou a cabeça, incredulidade em seus fios e em seu rosto. Como se ele ainda não entendesse o que havia acontecido ou por quê.

Crash, crash. As pedras sendo reunidas. Os fios de Owl brilhando. O vento soprando sem parar.

— O que ela é, Iseult? — Leopold perguntou, observando a menina. — Ela não é uma mera criança.

— Não — Iseult concordou, mas ela não tinha respostas além daquela. Owl era especial, e isso era tudo o que sabia.

— Por aqui — Owl interrompeu, e em uma explosão de pedras e velocidade, ela jogou o último pedregulho para longe, revelando um buraco no solo como a toca de um urso que emanava luz azul.

Antes que Iseult pudesse impedi-la, Owl sorriu de novo — um lampejo de diversão rosa em seus fios — e rastejou para dentro do buraco. A luz azul a engoliu. E Iseult, seguida de Leopold, entrou logo atrás dela.

59

Relâmpagos dominaram a escuridão. Os olhos de Safi arderam. Seu coração fritou, e cada respiração tinha o gosto de morte queimada. Mas ela e os trovadores do inferno não pararam de correr.

Não importava que Safi não conseguisse ver o caminho embaixo de seus pés, que tudo o que via lá embaixo fosse uma galáxia tomada por uma tempestade — e que aquela tempestade artificial ficasse mais forte a cada segundo. Os trovadores corriam, e nenhuma vez Caden soltou a mão dela.

Até que, de repente, ele soltou. Até que, de repente, ele não teve escolha, porque o solo estava tremendo e fazendo Safi escapar do seu contato. Um estalo de um lado a outro que fez a ponte dar uma guinada. E fez Safi voar de cabeça em direção à escuridão.

Ela gritou, um som perdido aos ventos. Um som engolido pelo eterno *crack!* dos relâmpagos. Ou talvez fosse a montanha ainda cedendo que tinha roubado sua voz. Não havia como identificar o que havia quebrado ao redor dela, nem como dizer qual morte poderia atingi-la — ou quando ou onde ou como. Então seu corpo se chocou contra algo sólido. Algo congelado. Só que ela não estava morrendo, e sua vida não estava sendo extraída de suas veias. Em vez disso, braços fortes a envolviam e um homem gritava:

— SEGURE FIRME.

Então ela segurou, mesmo com sua mente lutando para entender. Mesmo com seus olhos lutando para ver e seus dedos lutando para se manterem firmes. Ela não fazia ideia de quem a estava segurando. Tudo o que sabia é que ele a segurava com firmeza, e que ele subia em *disparada.*

Os ventos se agitaram embaixo deles. Eles disparavam para cima, enquanto a tempestade os empurrava para baixo. A ventania tentava esmagá-los e fervê-los e impedi-los de subir.

Então houve o clarão de um relâmpago. A apenas um braço de distância, tão claro que o mundo virou dia. E tão claro que, mesmo com seus olhos se fechando, Safi avistou o rosto diante de si.

Impossível, pensou ela, no mesmo instante em que sua magia gritou: *Verdade!* E ele devia ter visto o rosto dela também, porque sua magia falhou. O voo deles fraquejou. O mundo se arrastou, e naquele período entre respirações frenéticas e tempestuosas, Safi viu tudo o que precisava ver.

Pela primeira vez em um mês, ela *viu* Merik Nihar. Ela *viu* o homem que acreditara estar morto.

Cicatrizes vermelhas e violentas cobriam a lateral do rosto dele, deslizando para baixo da linha do cabelo. Devorando seu cabelo raspado e escuro. Metade de uma sobrancelha estava faltando, e ele tinha perdido peso. Ossos esqueléticos cutucavam suas bochechas queimadas, enquanto sombras estranhas ondulavam embaixo da sua pele.

Mas era *ele*. Safi reconheceria o rosto de Merik em qualquer lugar. Ela reconheceria os olhos dele em qualquer lugar. *Verdade, verdade, verdade.*

Então o tempo e a tempestade os atingiram. Safi perdeu toda a visão, toda a audição. A estática se expandiu dentro dela, arranhando sua pele. O voo de Merik recomeçou.

Subiam cada vez mais alto, com a tempestade se abatendo contra eles. Congelada, implacável, viva. E a terra tremia também — uma vibração grave que vibrava nos pulmões de Safi e fazia com que pedras passassem por ela.

Quando enfim a subida ficou mais lenta, os ventos de Merik os largaram brutamente em uma escadaria rústica entalhada na parede da montanha. A tempestade ainda estava enfurecida, e as pedras ainda tremiam. Safi mal conseguia manter os joelhos firmes enquanto se agarrava a um apoio na lateral da caverna.

Merik se preparou no degrau logo abaixo, um braço apoiado na pedra. O outro ainda envolvendo a cintura dela. Ele a encarou, os olhos tão castanhos quanto ela se lembrava, mesmo naquele mundo iluminado por relâmpagos. Ele estava vivo. Ele estava bem ali.

— Como? — Ela tentou dizer, ao mesmo tempo que ele disse:

— Você *morreu.*

Ela sacudiu a cabeça, um movimento desesperado que combinava com a violência da cabeça sacolejante do próprio Merik. Mas, antes que ela pudesse perguntar, se mexer, fazer qualquer coisa além de encará-lo, uma voz atravessou a tempestade. Feita de gelo e pesadelos, ela cantava:

— *Você não pode correr para sempre, Merik. Aonde quer que você vá, eu vou te encontrar.*

O vento empurrou Safi. Remexeu a neve e serpenteou por baixo das roupas dela, como mãos desajeitadas à procura...

— Vá — Merik disse. Ele a soltou e se afastou, e novos ventos, fortes e verdadeiros, surgiram. — Vá — repetiu, mais alto. Os olhos arregalados e apelativos. — Safi, por favor. *Vá.* — E antes que ela pudesse impedi-lo, antes que pudesse implorar para que ele ficasse ou explicasse ou ao menos dissesse como encontrá-lo de novo, ele avançou para dentro da escuridão.

Ela observou Merik partir. O observou se encolher até não passar de uma sombra. Ela observou os relâmpagos e ciclones o roubarem. E ela observou até que pedras caindo forçassem seus pés a andar.

A escadaria estava caindo sob ela. Erupções estrondosas de barulho e poeira que pressionavam para cima, pressionavam para mais perto. Logo, ela estaria em cima do nada. Então Safi deu a volta e correu. Suas mãos agarraram os degraus mais altos, a única coisa que ela podia fazer para se equilibrar. A única coisa que podia fazer para se segurar enquanto era atingida por tempestades e terremotos.

Pedregulhos caíram. Seixos se partiram. Os joelhos de Safi viraram e seus tornozelos estalaram. Até que, de repente, a escada terminou. Suas mãos encontraram apenas ar, e uma borda estendida à sua frente.

— SAFI! — rugiu uma voz conhecida. Depois, uma segunda voz: — *Safi, mais rápido! Safi, por aqui!* — Ela seguiu naquela direção, diretamente para onde duas figuras haviam se materializado nas sombras e uma luz azul brilhava. Ela alcançou Caden, que agarrou um dos seus braços. Depois Zander, que agarrou o outro. Juntos, eles a puxaram na direção da porta.

Safi só teve tempo suficiente de olhar para trás antes de atravessar a porta. Tempo suficiente apenas para procurar por um último vislumbre de Merik.

Mas não foi Merik que ela viu voando. Foi um corvo velho, preto e lustroso, atravessando a tempestade.

Então a luz azul se espalhou sobre ela, o tempo parou, e Safi e os trovadores do inferno foram transportados para muito, muito longe.

Merik não assistiu à partida de Safi. Ele não conseguia. O Fúria estava quase alcançando-a; Merik precisava mantê-lo afastado.

E agora ele também tinha um plano. Não era coerente, talvez nem fosse possível — mas era sua única opção. A única coisa que ele podia fazer que poderia acalmar o Fúria de uma vez por todas.

— *Você quer isso?* — gritou, bombeando toda a sua magia para aquele som. — *Você vai ter que vir buscá-las.* — Ele ergueu duas pedras dentadas, restos da montanha que ele esperava que, de longe, se parecessem com as ferramentas perdidas do Fúria.

Como uma navalha em uma das mãos, e um vidro quebrado na outra.

Um grito irrompeu pela caverna, carregado por relâmpagos. Engolido pela tempestade. Cortante, em uma montanha que não parava de tremer. Então o Fúria apareceu dentro da ventania.

Merik se moveu. Ele seguiu na direção da ponte de gelo, abastecido pela luz estelar e uma necessidade de proteger Nubrevna a qualquer custo. E também abastecido pelo chamado de uma mãe e por um gelo adormecido que Esme dissera ser capaz de sugar as pessoas.

Como ele esperava, o Fúria o seguiu.

Merik chegou na ponte de gelo. Seus pés tocaram o chão, e no mesmo instante a música o bombardeou, senciente e faminta.

Venha, venha, e encontre a libertação. Venha, venha, o gelo irá te segurar.

Ótimo. Era aquilo que Merik esperava que acontecesse.

Ele correu. Seus calcanhares martelavam no chão, o gelo estalando, e à sua volta, trovões ressoavam enlouquecidos. O Fúria aterrissou.

— *Aonde você está indo?* — ele gritou. — *Essa direção não vai te libertar!*

Merik correu mais rápido, as pernas balançando e os braços girando. A porta estava perto o bastante para ele ver os detalhes na madeira, para avistar um buraco de chave com gelo atravessando-o.

— *Pare!* — O pânico envolvia a voz de Kullen agora. Estática também, que estalava no ar e apunhalava a pele de Merik. — *Pare!* — implorou. — *Não vá nessa direção!*

Merik chegou na porta. Ele esticou a mão até o gelo e, girando-o para os lados, conseguiu entrar. No mesmo instante, a música aumentou. Dez vezes mais alta, ela vibrava em seus pulmões, coagindo-o em vez de cantar. Dez vezes mais forte, ela tremeu em seus dentes e criou raízes em seu coração.

Enquanto Merik se agitava e se contorcia, fazendo esforço para passar por uma passagem estreita que brilhava azul com uma luz interior própria, o gelo lançou-se para fora. Espetou. Agarrou, como dedos que queriam continuar segurando Merik.

Venha, venha, e encontre a libertação. Venha, venha, o gelo irá te segurar.

— Ainda... não — ele falou, entredentes, e, com um empurrão final, caiu para dentro de um espaço aberto.

Mas, como em todas as outras partes daquela montanha, o chão tremia — embora não fossem pedaços de rocha caindo, mas de gelo. Pedregulhos e detritos que se quebravam com o impacto e enchiam o ar de névoa cristalina.

Merik cambaleou para a frente, os braços protegendo o rosto enquanto apertava os olhos naquela sala congelada. Com o formato de uma concha, ela espiralava para cima, ramificando-se em centenas de portas, cada uma bloqueada com gelo.

Todas exceto uma, bem no alto.

Venha, venha, e encontre a libertação. Venha, venha, o gelo irá te segurar.

Merik inspirou. O gelo cortou sua garganta e seus pulmões, e com ele veio o vento. Com ele, veio o poder. Como a luz estelar da caverna, mas mais forte — e com uma pitada expressiva de algo. Algo selvagem.

— *Pare!* — Kullen ordenou, entrando na sala. Era muito estranho ver o Fúria com medo. As sombras pulsavam internamente, e havia um cintilar azul ao redor dos olhos dele.

Então Merik se movimentou. Antes que Kullen pudesse ver que ele não segurava nada além de duas pedras. Antes que mais gelo pudesse cair e impedi-lo de voar para sempre.

Os ventos o impulsionaram para cima. Subindo três espirais, ele se agitou e rodopiou. O gelo caiu como um meteoro. Relâmpagos queimaram para cima. Mas Kullen e sua magia não eram rápidos o suficiente. Merik chegou até a porta aberta e entrou.

O que ele encontrou foi uma tumba — ele soube daquilo assim que entrou, pois duas sombras já pairavam dentro da parede de gelo. Figuras pequenas, do tamanho de crianças, engolidas por aquele gelo eterno e adormecido. Entre as duas havia dois buracos vazios, do tamanho de um homem e aguardando.

Merik seguiu na direção do buraco da direita. Três longos passos e, quanto mais perto ele chegava, mais o gelo lançava-se para fora. Com as garras de fora e faminto. *Venha, venha, e encontre a libertação. Venha, venha, o gelo irá te segurar.*

Mas Merik não entrou no buraco. Ainda não.

Seu sangue rugia nos ouvidos. Seus músculos tremiam, e seu estômago rodopiava — e não era por causa da montanha. Era porque ele sabia o que precisava fazer.

Então a sala ficou escura, como ele sabia que ficaria, e sombras deslizaram pelo chão trêmulo. Embora estivesse pronto, embora estivesse aguardando, nada poderia prepará-lo para o ataque do Fúria.

Merik foi atingido, um aríete de ventos que esmagou sua coluna antes de deixá-lo de frente para a entrada. De frente para Kullen, à espreita do lado de fora.

— Me dê a minha navalha — o Fúria ordenou pela entrada da tumba. — Me dê o meu vidro.

Merik abriu as mãos. Vazias, pois ele deixara as pedras na espiral em colapso. E, como ele esperava — como ele *torcia* para que acontecesse —, o temperamento do Fúria assumiu o controle. Ele avançou para dentro da tumba, uma onda de destruição em seus ventos e sombras, de neve furiosa e preta. Ele empurrou Merik contra o gelo, primeiro com magia.

Depois com o toque, com um aperto que interrompeu o ar de Merik e silenciou a magia em suas veias.

— O que — Kullen silvou — você fez com eles?

Tudo o que Merik conseguia fazer era rir daquela pergunta. Do monstro diante dele. Um chiado sem ar que vibrava em seu peito, porque Kullen se fora. Ele conseguia ver aquilo agora, o que tornava o próximo passo — o último passo — muito mais fácil.

Pois, dentre todos os seus erros, Merik ao menos havia acertado em uma coisa: um pelo bem de muitos.

O aperto de Kullen se intensificou. Faíscas cobriram os olhos de Merik. Nenhuma respiração, nenhum pensamento, e estava tudo bem; ele não precisava mais de nada daquilo. Tudo de que precisava eram seus músculos e mais alguns segundos...

Merik colocou os dois braços para trás, na tumba mais próxima. No gelo que aguardava. Suas mãos pressionaram o gelo, adormecendo instantaneamente. E cantando instantaneamente, *cantando* aquela música que nunca cessava.

Venha, venha, e encontre a libertação.

O gelo se quebrou. Percorreu os braços de Merik, algo ascendente, agitado e desesperado, que atingiu seus ombros e depois pulou para Kullen. As sombras congelaram no ar.

Venha, venha, o gelo irá te segurar.

Kullen ofegou, como se mergulhasse em um mar invernal. O gelo ainda agarrava e se expandia. Antes de descer por suas pernas, ele cobriu seu peito. Depois, escorregou pelas costas de Merik, e pelas dele também.

Quando chegou à garganta dos dois, Merik finalmente olhou nos olhos de Kullen. Seus olhos *reais*, não mais pretos. Não mais perdidos, mas apenas azuis, tristes e verdadeiros. Os olhos do seu irmão de ligação.

— Me desculpa — Kullen murmurou.

E Merik queria dizer o mesmo. Ele nunca quisera tanto algo antes. Kullen estava ali. Estava *vivo*. E havia tanta coisa por que Merik precisava se desculpar.

Mas o gelo cobria sua boca agora, e tudo o que ele conseguia fazer naquele momento era piscar — de novo e de novo, afastando lágrimas grossas que se acumulavam em suas bochechas.

— Me desculpa — Kullen repetiu. — Os corsários chegaram na montanha.

Então o gelo cobriu as lágrimas de Merik. O gelo cobriu os olhos de Merik.

Venha, venha, e encare o fim.

Merik e Kullen dormiram.

60

Tudo aconteceu muito rápido. A mente e o corpo de Safi foram separados, depois juntados de novo. E antes que seus pensamentos pudessem acompanhar seus músculos, ela foi lançada para o outro lado.

Ela caiu nos braços de Lev, que a esperavam. A noite gélida e úmida roçou em sua pele.

Um segundo depois, Caden e Zander caíram também. Zander, porém, não estava bem. Sua mão direita e punho estavam ensanguentados e arrebentados. Os ossos das juntas, expostos, brilhavam à luz da lua.

— Pelos deuses — Lev ofegou, indo até ele. — Isso precisa de cuidados.

Por vários segundos, enquanto os trovadores do inferno andavam até um carvalho caído, Safi girou e girou... e continuou girando, procurando em cada faia, pinheiro e sombra por uma quinta pessoa. Um rio agitava-se ali perto, mais som e vibração do que qualquer coisa que ela pudesse ver. E então havia a porta, brilhante e cintilando ao lado de uma pilha de pedras tão alta quanto ela.

Em algum lugar dentro de toda aquela névoa e neblina serpenteando das árvores — em algum lugar naquela encosta escarpada mais ao longe, precisava haver uma quinta pessoa.

Mas não havia. Não importava o quanto Safi olhasse, ela não conseguia encontrar a imperatriz Vaness.

— Onde ela está? — Safi rodeou os trovadores. — Onde está Vaness?

Ninguém olhou na direção de Safi. O aperto de Lev era firme nas costas de Zander.

— Aguente firme — ela continuava murmurando. — Aguente firme, Zan.

Enquanto isso, Caden atava com pressa a mão destruída em uma manga de camisa retalhada, completamente alheio ao pânico de Safi.

— Esse machucado precisa de água — ele disse a Zander. — E de um curandeiro. Todos os ossos estão quebrados, e expostos assim...

— *Onde está a Vaness?* — A voz de Safi atravessou a floresta. Petulante. Assustada.

Lev finalmente afastou o olhar de Zander. Ela mordeu o lábio e balançou a cabeça.

— A imperatriz caiu, domna. Um pouco antes de atravessarmos. Zander tentou pegá-la, mas ele...

— Tarde demais — Zander concluiu, e a dor perpassando seu rosto não era causada apenas pelo machucado. Lágrimas escapavam dos seus olhos. — Eu tentei. Eu juro que tentei.

Safi não tinha dúvidas de que o homem falava a verdade. Ela também sabia que ele precisava de ajuda — logo. Mas, naquele momento, Vaness estava presa dentro de uma caverna desabando, e até que Safi a encontrasse, todas as outras preocupações eram insignificantes.

Ela voltou para a porta. A luz azul tremulou. Caden e Lev gritaram para que ela esperasse. Ela não esperou. Ela se jogou na abertura.

E bateu contra uma pedra. A força do impacto a empurrou de volta. Ela caiu no chão a dez passos de distância. O ar saiu dos seus pulmões. O mundo escureceu e girou, e poder zumbiu em seu peito, vibrou em sua pele.

— Não — ela gemeu, piscando para o céu enluarado. — Não, não, *não.* — Ela se endireitou, determinada a tentar de novo.

Lev se agachou ao lado dela.

— Não funciona, domna. Eu já tentei. A magia não nos deixa voltar. — Ela ofereceu uma das mãos a Safi, mas Safi não aceitou. Não podia. Toda aquela correria, toda aquela fuga e violência e chamas... para quê? Vaness não tinha conseguido.

Não, não, não. Safi não podia acreditar. Vaness *não podia* ter partido, não depois de tudo. Ela *não podia* estar morta. Não ela também.

Mas o Merik ainda está vivo, seu cérebro a lembrou — embora até aquilo parecesse impossível agora. Ela tinha mesmo o visto? Ou ele tinha sido uma aparição criada por relâmpagos e neve? Mesmo se fosse real, mesmo se ainda vivesse, ele também estava preso dentro da montanha.

Não, não, não.

Lev se afastou, e Safi ficou apenas sentada ali, encarando as árvores. Havia montanhas mais ao longe, silhuetas imprecisas em contraste com o céu escuro. Nuvens flutuavam, tapando a lua. As criaturas da noite retomavam sua canção, hesitantes.

Safi não chorou. Ela quase desejou conseguir. Lágrimas pareciam apropriadas depois de tudo. Habim e Mathew, Vaness e Merik. E Rokesh também, pois ela não fazia ideia do que tinha acontecido com ele. Era provável que estivesse morto, como todos os outros víboras, e será que *ele*, sua babá, não merecia lágrimas?

Mas nenhuma lágrima surgiu. Tudo o que Safi conseguia era respirar e continuar encarando.

E tudo o que Safi conseguia fazer era batucar. Sua mão esquerda, imunda e gelada, não parava com aquele ritmo contínuo no chão. Mais rápido. Mais rápido. Uma batida turbulenta e crescente.

— Não podemos continuar aqui. — A voz de Caden surgiu em sua consciência. Tão distante, embora ela soubesse que ele estava logo ali, ajoelhado ao lado dela. *Tap-tap-tap.*

— Acho que estamos nos Ohrins, Safi. Perto do território de Grieg. Eu conheço aquele rio.

Ohrins e o território de Grieg. Literalmente a direção oposta de Marstok nas Terras das Bruxas. Ah, pelos deuses, quais eram as probabilidades? Tantas impossibilidades colidindo em uma única noite. Mas Safi não duvidava de que Caden estivesse certo. Aquelas árvores, aquele frio e aquela névoa — ela passara a infância naquelas montanhas.

— Grieg tem patrulheiros — Caden continuou. — Se eles nos encontrarem, vão nos levar até ele, e se isso acontecer, você não vai continuar livre por muito tempo.

Não, Safi pensou. Ela não iria. Dom fon Grieg era um dos nobres favoritos do imperador Henrick. Bastaria dar uma olhada em Safi e ele a mandaria para Praga...

A coluna dela ficou tensa com aquele pensamento. Ela se empertigou um pouco mais. *Tap-tap-tap.* Depois, se virou e olhou nos olhos de Caden.

A porta azul mal brilhava agora, um mero halo emoldurando o rosto de lábios apertados dele.

— Ótimo. — Safi deixou que a palavra escapasse da sua língua. Tinha gosto de metal. Depois, repetiu com mais força. — Ótimo. Que os homens dele nos encontrem. Zander precisa de ajuda, e um homem tão rico quanto o Dom fon Grieg terá os melhores curandeiros das Terras das Bruxas.

Quando Caden não reagiu, exceto por uma testa franzida, Safi estendeu os punhos.

— Aqui. Vou facilitar, trovador do inferno. Me amarre e me leve direto ao castelo dele.

— O quê? — Caden recuava agora, lançando um olhar preocupado na direção de Lev.

— Você me ouviu. — Com a ajuda de Caden, ela se levantou. A floresta ficou borrada e girou. Ela estendeu os punhos de novo. — Me amarre e me leve ao castelo dele.

— Domna — Lev alertou. — Aquela magia mexeu com a sua cabeça?

Talvez tivesse mexido. Safi não sabia, mas não se importava nem um pouco. *Tap-tap-tap*, fez o seu calcanhar, e ela soube o que precisava fazer. Tão óbvio como se Iseult tivesse criado aquele plano e sussurrado na orelha dela. *Iniciar, concluir.*

Zander foi o primeiro a compreender, mesmo semiconsciente e cheio de dor.

— Ela... quer salvar o tio — falou, com a voz rouca.

— Exatamente. — Safi deu o seu sorriso mais arrogante. — O gigante tem esse direito. Então, Caden, vou dizer uma última vez: amarre os meus punhos, me leve até o castelo e me entregue. Porque eu preciso me casar com um imperador, e eu acho que o Zander aqui não pode perder muito mais sangue.

Vivia observou a cidade subterrânea. A *sua* cidade subterrânea. Tão vazia quanto no dia em que a encontrara, mas agora, em vez de pó e teias de aranha e fogo de raposa, havia roupas, cobertores e bonecas favoritas, esquecidas dentro de casas ou nos cantos das ruas de calcário.

A sensação era de derrota.

Aye, Vivia sabia que era a sua única opção, o único jeito de salvar o seu povo. E ela sabia que era o que as raposinhas faziam quando suas tocas e seus filhotes eram ameaçados: elas fugiam.

Ainda assim, parecia que ela estava dando um presente ao rei corsário. *Aqui está a minha cidade, limpa e vazia, só para você.*

As ruas de Lovats deviam parecer cem vezes piores do que aquilo. Barcos lotavam o aqueduto rumo ao sul, e as pessoas estavam sendo guiadas a pé para fora da cidade, até as fazendas e o vale abaixo.

Não era uma evacuação oficial. O Rei Regente já tinha agido para contra-atacar o trabalho de Vivia, mas ele tinha sido lento demais, demorado demais. Os tambores de vento soaram o alarme: os corsários estavam vindo. As pessoas fugiram.

Vivia só esperava que seu pai e os oficiais dele acreditassem também, e que ordenassem o retorno das tropas.

O segundo sino deveria estar tocando, e Vivia era a única pessoa restante na cidade subterrânea. Ela havia mandado cada um dos voluntários embora, incluindo Cam — embora o garoto tivesse tentado ficar. Tamanha lealdade, tamanha bondade sincera. Se... não, *quando* eles sobrevivessem àquilo, Vivia esperava que o garoto continuasse por ali.

Ela olhou para trás, para a barreira erguida pelos únicos bruxos capazes de ajudar — dois Bruxos das Plantas e um Bruxo das Pedras. Raízes e pedras uniam-se para formar uma parede que, se os corsários realmente estivessem a caminho, atrasaria qualquer força que entrasse pela porta mágica.

Talvez tudo terá sido em vão, pensou Vivia, afastando-se da porta e entrando na cidade subterrânea, com fogo de raposa iluminando o seu caminho. *Talvez Stix e essa garota Ryber destruam a porta mágica.*

Ou talvez não haja porta mágica alguma.

Vivia estava quase na saída da cidade, retirando do bolso a chave da barreira, quando seus pés pararam. Sua mão ficou imóvel.

Um trovão ecoou pela caverna. Depois um segundo e um terceiro, como se alguém batesse em uma porta. Usando recipientes com fogo.

Finalmente, uma quarta explosão aconteceu, e dessa vez a madeira lascou, pedras voaram, e o chão tremeu sob os pés de Vivia. Ela não precisava se virar para saber o que havia acontecido. Ela não precisava *ver* para saber que a barreira da porta tinha sido destruída. Os corsários estavam entrando na cidade.

Uma cidade que não estava pronta. Uma cidade que precisava de mais tempo. A cidade *dela*.

Gritos entraram nos ouvidos de Vivia, palavras em arithuano. Em marstok, também. Então passos arranhavam o calcário, e ela soube que os corsários marchavam naquela direção. Em questão de minutos, eles a alcançariam e alcançariam aquela barreira de madeira. Em questão de minutos, eles alcançariam o outro bloqueio para *Pin's Keep*. Eles destruiriam *Pin's Keep*, como já haviam feito antes.

Logo, Lovats inteira seria invadida.

Mas quando uma raposinha percebe que sua toca e seus filhotes estão ameaçados, quando ela percebe que suas rotas de fuga falharam, ela volta. Ela *luta*. E um capitão sempre afunda com o seu navio.

A mão de Vivia se afastou da chave, e, sem pensar duas vezes, ela abandonou a porta e andou até o coração da cidade subterrânea. Para o mesmo lugar onde salvara a vida de Merik duas semanas atrás, para um largo onde o chão de calcário era mais fino.

Vivia não precisava de coroa para proteger Nubrevna do rei corsário. Ela nunca precisara de coroa, porque tinha algo muito, muito mais poderoso.

Ela chegou ao centro do largo. Sombras verdes saltavam ao seu redor. Passos zumbiam mais perto, perseguidos por vozes. Mas ela não podia ser apressada. Aquilo necessitaria de poder. Aquilo necessitaria de confiança.

Ela se agachou sobre um joelho e colocou ambas as mãos no chão de pedra. Seus dedos se abriram amplamente. Ela fechou os olhos, e Vivia Nihar se *conectou*. Ela forçou até a sua magia roçar na água. Ela forçou até sentir cada gota que fluía pelo planalto, que serpenteava por túneis vastos e artérias escondidas. A água passou pelas cisternas e escorreu pelas paredes de calcário. Varreu as criaturas da escuridão e os tesouros escondidos.

Toda aquela água — tanta, tanta água — estava conectada a um lago iluminado por fogo de raposa. Ao Poço do Vazio que atendia Vivia e apenas Vivia. Suas águas cantavam dentro do sangue dela, e assim como as raízes do Poço se esticavam para todos os lados, a magia de Vivia também.

Venham, ela ordenou à água e ao Poço. *Venham até mim.*

A água e o Poço obedeceram. Riachos pequenos de início, que escalavam e se curvavam, que convergiam e aumentavam. Mais alto, mais alto, mais forte, mais forte.

Ao longe, Vivia ouvia gritos de guerra se aproximando. Ao longe, ela sentia pés em disparada sobre a pedra. Mas foi a água que lhe mostrou exatamente onde os corsários estavam — pequenas vibrações e arrepios. Centenas e mais centenas de intrusos seguindo naquela direção, e mais atravessando aquela porta impossível e mágica.

Eles estavam quase no largo de Vivia.

Venham, ela apelou às águas. *Mais rápido.*

A água chegou com rapidez, rios amplos que disparavam em direção à superfície. Em direção a Vivia.

Os corsários chegaram com rapidez também. Eles alcançaram o largo. Eles a viram, e, mesmo conectada às águas e ao Poço, não havia como ela não notar os rugidos que ressoavam ali perto.

Venham, pensou ela de novo, mas dessa vez ela não se dirigia às águas. Dessa vez, ela ergueu o queixo e abriu os olhos — e *dessa* vez, ela se dirigiu aos homens que avançavam em sua direção. Baedyeds e Velas Vermelhas. Peles e barbas e seda preta e tatuagens. Uma massa faminta de violência.

Venham.

Por meio segundo que pareceu eterno, ela quase imaginou ver o que eles viam: uma mulher esperando pela morte. Submissa e fraca, curvando-se à força da fúria masculina. Mas os homens já tinham governado as Terras das Bruxas por tempo demais, com apenas derramamento de sangue e caos como resultado. Já era hora de Noden e os peixes-bruxa se curvarem ao governo de uma mulher.

Vivia se levantou, e a água se levantou com ela. Dois gêiseres que atravessaram a pedra bem quando os corsários entraram no largo.

A água os destruiu.

Os derrubou com a força de um maremoto, e quando os braços de Vivia foram erguidos para o alto, a água se ergueu também. Levando corpos, levando armas. Depois, os arremessou em uma cascata de colunas quebradas e crânios despedaçados.

Mais corsários se lançaram atrás da primeira onda. Eles tentaram dar a volta nos gêiseres, nos corpos que se desmanchavam.

Vivia girou, e a água girou com ela. A água chicoteou para fora, dividindo-se em centenas de membros que se moviam conforme ela mandava. Que açoitavam, golpeavam e derrubavam os homens. A água era uma extensão do seu corpo, da sua mente. Queria o que ela queria — queria o seu lar vazio e seguro.

Vivia perdeu a noção do tempo. Perdeu a conta de quantas pessoas abatera. A água mensurava o tempo pela estiagem e a enchente, mensurava a vida pelas ondas e a erosão. Não se interessava pela humanidade, nenhuma preocupação se o sangue manchava sua alma.

A água se agrupou e cresceu e subiu, e quanto mais alto subia, mais forte Vivia se sentia. Os corsários ainda avançavam; ela ainda cortava e matava. Livre, viva, *imparável.* Nenhum grilhão a segurando, nenhuma máscara a atrasando.

Até que a água de repente encontrou resistência. Até que, de repente, alcançou um corpo que não cedia, que não se curvava.

Vivia se sobressaltou e voltou a si. Os chicotes de água ficaram imóveis. Ela ofegou, atordoada por suas garras gélidas — pela altura que a água atingira ao seu redor. Até o meio das suas coxas e ainda subindo. Corpos flutuavam, alguns se contorcendo, outros engasgando, mas a maioria imóvel e morta.

Mais corsários ainda chegavam. Vivia os ouvia chapinhando e gritando.

Foi a pessoa parada diante dela, porém, que chamou a atenção de Vivia. Uma figura em um vestido encharcado balançava na água, e de cada lado dela havia dois escudos de ferro que impediam os ataques de Vivia.

O peito da imperatriz de Marstok estremecia em sintonia com a respiração desesperada dela. Metade do seu rosto estava preto. Ela encarava Vivia, e Vivia a encarava.

Então, de uma única vez, elas começaram a correr. Uma em direção à outra. Uma caminhada pesada e lenta em meio à água e aos corpos.

Elas se aproximaram, e a imperatriz de Marstok desabou em cima de Vivia. A pele dela estava congelada ao toque e brilhava com um verde doentil sob o fogo de raposa. O preto em seu rosto era, Vivia percebeu, crostas de sangue.

Não havia tempo para perguntar como ela chegara ali. Não havia tempo para apoiá-la e continuar lutando com os corsários. Agora os homens surgiam no largo com mais rapidez que as águas de Vivia podiam atacar — com mais rapidez do que ela podia acompanhar.

A água, porém, não precisava mais dela. Ela respondera ao chamado de Vivia, e agora era a soberana. Uma massa espumosa e crescente que logo seria alta demais para ser derrotada pelos corsários.

Então, sem pensar mais, Vivia soltou seus chicotes de água. Depois, agarrou a imperatriz de Marstok com força — ela era tão pequena, estava tão destruída — e, juntas, elas atravessaram corpos e água.

Juntas, elas saíram do subsolo. Juntas, elas correram pela noite.

61

Tempestade e pedra, relâmpagos e terremotos. O corpo de Iseult era um canal para o barulho e a eletricidade. O vento se chocava contra ela, a chuva esfolava sua pele. Ela segurava Leopold, e ele segurava Owl. Os fios deles brilhavam, dois faróis guiando Iseult para casa.

Ela sabia que ser guiada por uma criança pelo fim do mundo era tão impossível quanto atravessar luz azul e acabar dentro de um pesadelo. Mas também não havia outra alternativa. Soltar Leopold significava se perder, e soltar Owl significava perder a única âncora que eles tinham naquele caos.

Não havia visão naquele tumulto, nenhuma noção de subida ou descida. A qualquer momento, Iseult esperava que a pedra de gelo lisa embaixo dos seus pés se quebrasse.

Mas o solo jamais trairia uma Bruxa da Terra, e Owl os guiava de verdade.

Em certo momento, Iseult pensou ter ouvido vozes. Pensou ter visto fios em meio à luta, um exército de pessoas muito, muito abaixo. Mas podia ter sido uma miragem. Sombras com formatos humanos dançando em uma tempestade.

Pedregulhos caíam em volta deles. Porém, nunca atingiam Iseult ou Leopold, nem a ponte estranha de gelo. Owl sempre jogava as pedras para longe com a mesma facilidade de uma menina que se livra de brinquedos — e por um momento arrastado entre passos, Iseult se perguntou se Owl alguma vez tivera brinquedos. Ela não se parecia mais com uma criança.

A irmãzinha da Mãe Lua.

— Por aqui — Owl gritou, mais um tremor na pedra do que palavras reais, e Iseult percebeu que eles haviam chegado a uma porta na qual uma luz fraca brilhava pelo caos. Era pequena, porém, e se encolhendo a cada segundo.

Assim como tinha feito em cima do monastério, Owl se arrastou sem esperar por Iseult ou Leopold.

Eles a seguiram — é claro que a seguiram. Qualquer coisa para escapar daquele redemoinho. Iseult rastejou primeiro, usando o aperto de Leopold para se ajoelhar e se espremer pela entrada. Ela foi golpeada, agredida, puxada e apertada e partida ao meio.

Então, caiu do outro lado, onde o ar gelado e um silêncio abençoado colidiram contra ela. Owl estava agachada logo em frente, seus fios um conjunto de satisfação e poder de Bruxa da Terra. Ainda de quatro, Iseult se arrastou em direção à criança... e então caiu na terra sedimentosa e úmida. Dois segundos depois, Leopold caiu ao lado dela.

Iseult e o príncipe ofegaram. Os fios dele irradiavam com o mesmo deslumbramento e horror que Iseult sentia. Os músculos dela se contraíam como se relâmpagos ainda caíssem. Seus ouvidos ecoavam e zumbiam.

— O que foi isso? — ele perguntou, a voz rouca, usando o braço bom para se levantar. — Pelos Doze, Iseult, o que *foi* isso? E o que ela é? — Ele lançou uma olhada cautelosa na direção de Owl, seus fios brilhando brevemente com aversão. Ou talvez fosse nojo. Ou apenas um horror contínuo.

Iseult estava esgotada demais para interpretar qualquer coisa.

— Acho que a pergunta mais importante é: onde estamos agora? — Eles tinham definitivamente saído do monastério. Era frio ali, mas não congelado, e água corria ali perto.

Fios murmuravam ali perto também.

— Pessoas — Iseult disse, ao mesmo tempo que Owl gorjeou:

— Terminado, terminado, terminado.

Foi a vez de Iseult a olhar com cautela. Owl havia mudado desde que eles saíram da montanha. Era como se, após guiá-los por um mundo desabando, ela de repente tivesse voltado a ser criança.

Ela até desenhava figuras no solo com o dedo — tudo enquanto cantava:

— Terminado, terminado, terminado.

— Você fica aqui — Iseult disse, devagar, dirigindo suas palavras a Leopold, embora seu olhar nunca tenha saído de Owl. — Vou ver quem está lá. Talvez possam nos ajudar.

— Ou — ele rebateu — você fica aqui e eu vou olhar.

Iseult olhou para os lados.

— Não temos armas, príncipe, e se me lembro bem, eu sou a única aqui com uma magia capaz de machucar as pessoas. Bom — ela corrigiu —, tem a Owl. Mas... — Ela acenou vagamente.

E Owl sorriu para ela enquanto desenhava.

— Terminado, terminado, terminado.

— Podemos todos ir? — Leopold sugeriu, os fios se encolhendo com desconforto.

— E todos corrermos o risco de nos machucarmos? Não. — Usando as mãos, Iseult se levantou. Os pinheiros iluminados pela lua e as faias se embaralharam por um momento, mas logo se separaram outra vez. — Eu posso me aproximar e observá-los sem ser notada. Volto logo.

A única resposta de Leopold foi um grunhido insatisfeito, mas ele não discutiu. Era ele quem portava uma coroa, mas era Iseult quem tinha o poder.

Logo, ela andava pelas árvores nas pontas dos pés. A paisagem a fazia lembrar das Sirmayans, das florestas por onde ela passara no último mês. Mas aquilo era diferente — ela não conseguia dizer como sabia, só sabia.

E tudo era tão, tão diferente da cidade de Veñaza. *E se, e se, e se.*

Os fios se iluminaram adiante, e logo vozes cartorranas atingiram os ouvidos dela, tensas, mas não bravas. Uma discussão, decidiu ela, ou um debate, pois o verde da concentração vacilava pelos fios deles.

Três daquelas pessoas, porém, tinham fios estranhos. Não era óbvio de longe, mas quanto mais Iseult se aproximava, mais ela notava gavinhas pretas se contorcendo em seus corações.

Fios interrompidos, pensou. Mas... não. Era diferente de tudo que ela já tinha visto, de tudo que lhe fora ensinado.

Ela teria continuado estudando-os, para avaliar segurança e intenção, mas dois passos depois e ela estava perto o suficiente para compreender palavras individuais. E para ouvir uma voz que ela temera nunca mais ouvir.

— Que as fuinhas mijem em você — disse a única falante sem escuridão nos fios. — Eu sei mais sobre essas montanhas do que você, Caden. Afinal, quem é a domna aqui?

— Você entende o significado do meu sobrenome? *Fitz* Grieg?

Uma pausa.

— Bastardo! — Safi gritou, e um som como um soco encheu a floresta. — Você é literalmente um bastardo! Por que diabos não me contou?

— Está implícito no nome! Desculpa se você foi estúpida e egocêntrica demais para notar.

Iseult não podia acreditar. Sua mão ergueu-se até a garganta, para a pedra dos fios. Então, sem um único pensamento, sem uma única precaução, uma única lição ensinada por Habim ou Mathew, ela se pôs a correr.

A vegetação rasteira se agitava e batia. Ela quase tropeçou em uma raiz. Seus cotovelos batiam em troncos e, à frente, quatro conjuntos de fios piscaram iluminados, em alerta. As vozes se ergueram também, e Iseult sabia que eles a tinham ouvido — que eles estavam sacando armas ou se preparando para um ataque.

Mas Iseult não se importou. Seu coração estava tão grande que ela achou que ele fosse arrebentar sua caixa torácica. E, como antes, lágrimas começaram a cair — mas aquelas lágrimas ela entendia. Aquelas lágrimas eram bem-vindas.

Ela chegou em uma clareira. Quatro sombras brilhavam à luz do luar, posicionadas e com os braços levantados. Mas Iseult só tinha olhos para uma pessoa. Como ela não tinha reconhecido os fios antes? Tão vibrantes e vivos.

— Safi. — Ela ofegou, um sussurro de som. E de novo: — *Safi*.

E foi tudo o que foi preciso. As mãos da sua irmã de ligação caíram.

— Iseult? — Ela abriu a boca. Então, sem esperar por uma resposta, ela avançou e quase a derrubou, envolvendo-a com os braços e com a risada escapando. — Não pode ser, não pode ser.

Iseult nunca fora abraçada com tanta força, nem nunca abraçara de volta com tanta força. *E se, e se, e se.* Nenhuma daquelas especulações e devaneios importava agora.

Porque agora ela estava de volta ao seu lugar. Iniciar e concluir. Irmãs de ligação até o fim.

E juntas mais uma vez enquanto um céu cantava com estrelas e uma criança sussurrava:

— *Terminado, terminado, terminado.*

Stix não se lembrava de tê-los pegado.

Na verdade, ela se lembrava claramente de ter feito como Ryber tinha mandado e deixado os itens para trás.

Morte, morte, o fim definitivo.

Mas, de alguma forma, ali estavam eles, dispostos sobre um pedaço quebrado de granito. Gelo cobria o chão, os restos de um menir. Ele já derretia, encobrindo o amanhecer em névoa densa e branca.

Stix andou devagar, cada passo dado com cuidado ao se aproximar do granito. Cada centímetro examinado com olhos apertados. Ela e Ryber podiam ter tido sucesso ao destruir a maioria dos menires aos quais a magia da montanha estava ligada, mas ainda havia corsários lá dentro, dentro das criptas que levavam à montanha, e dentro das florestas próximas.

Então Stix se aproximou dos dois itens que sabia ter deixado para trás.

Uma espada quebrada estava do lado direito, com apenas o punho e a cruzeta intactos, enquanto uma lâmina de corte irregular se estendia de cima para baixo. Ao avistá-la, um buraco se abriu na barriga de Stix.

Morte, morte, o fim definitivo.

Ao lado do punho estava uma estrutura quadrada com uma alça para ser segurada. A fez lembrar de um espelhinho que sua irmã mais velha amava, mas, ao contrário daquele espelho reflexivo, este vidro era vazio — e também estava quebrado. Apenas alguns fragmentos ainda estavam grudados na moldura.

Stix esticou a mão na direção da alça. Como a lâmina, aquele instrumento cantava para ela. Embora não zumbisse com morte, mas com respostas. Aquele vidro simples e quebrado era um modo de ela ver. O modo, se ela estivesse disposta a espiar para dentro.

Com cuidado, ela olhou para trás, para ver se Ryber a olhava. Para ver se Ryber iria, mais uma vez, alertá-la para se afastar.

Mas a Irmã Bruxa da Visão estava absorta demais registrando em seu diário o que elas tinham acabado de fazer com os menires, o que tinham acabado de fazer com a montanha. Ela não notou Stix se afastando.

Com cuidado, Stix pegou o vidro quebrado. Com cuidado, ela olhou por ele.

O mundo desapareceu.

Stix não estava mais ao lado dos menires. Estava agora cercada de todos os lados por florestas densas e picos com os topos brancos. Neve caía, e ali perto, um rio se agitava. Em uma ponte de pedra que abrangia águas escuras, um homem com peles negras andava em sua direção.

Na cabeça dele brilhava uma coroa prateada. Na mão dele, brilhava uma espada prateada.

Então o rei Gralha fixou o olhar em Stix.

— Tudo vai acabar logo — disse, antes de sua espada se inclinar e golpear Stix no pescoço.

Apenas quando a espada atingiu a pedra é que ela percebeu que estava presa no lugar. Apenas quando a espada atravessou a rocha — três giros foram necessários — foi que ela percebeu que estava presa no granito.

Então a lâmina atingiu a carne.

Ela morreu.

62

O sangue parecia fresco na neve. Havia jorrado, escorrido, e agora estava preso no tempo pelo gelo e pelo frio. O rio congelado não aceitaria os corpos de oferenda; aqueles mortos continuariam ali por meses, até o degelo do verão seguinte. Tantos cheiros de sangue se misturavam à magia de Aeduan, tantos mortos eram percorridos pelo seu olhar. Porém, ele não tinha matado aqueles monges e corsários. Enquanto lutava para proteger o Cahr Awen, enquanto ganhava tempo para Iseult escapar, ele não tirara nenhuma vida.

A morte não precisava segui-lo aonde ele fosse. Não mais.

Ele se afastou da batalha. Algumas pessoas ainda lutavam, ao longe no vale, enquanto outras apenas andavam entre os corpos e juntavam os seus mortos. E em alguns lugares, fogo marinho ainda lambia tudo e erguia-se ao céu. Aeduan deixou tudo para trás. Havia um cheiro de sangue que ele precisava seguir, uma promessa que ele precisava manter.

Ele rastreou o sangue por um túnel na montanha, no qual homens de pedra aguardavam. Criações grotescas que Aeduan não olhou muito de perto e nas quais não pensou demais. Na bifurcação do caminho, o cheiro virou à direita — então ele também virou à direita. Subindo, subindo, até chegar a uma floresta acima do monastério.

A lua cheia iluminava tudo abaixo, um brilho cintilante sobre a neve. Pegadas seguiam adiante, do tamanho ideal para serem dela.

Forte, o cheiro ali estava forte: o próprio sangue de Aeduan, brilhante, fresco e envolto em vaga-lumes. Ela deveria estar perto, aquela que usava a moeda dele. Aquela que o havia carregado, quando ninguém mais podia. Aquela que lhe mostrara que apenas ele podia se salvar.

As coníferas se separaram. Ali, mais pegadas marcavam e se espalhavam — e mais cheiros de sangue também, de duas pessoas que ele conhecia.

Ele correu para a frente. Os rastros e os cheiros moviam-se até uma pequena vala adiante. Ele chegou à borda e avançou.

E então parou. Pois o caminho não levava a lugar algum. Diante dele não havia nada além de uma parede de pedra, e em cima da neve estava uma moeda brilhante.

Aeduan não sabia que estava segurando a respiração até soltá-la. Ele não sabia que seu coração batia tão forte até parar de bater — e o mundo parou também. Porque Iseult tinha perdido a moeda de prata. Ela tinha perdido a única maneira de ser encontrada por Aeduan. *Ele* tinha perdido a única maneira de encontrá-la.

Curvando-se rigidamente, ele pegou a moeda da neve. Gelada e molhada, a águia de duas cabeças manchada de sangue sorriu para ele. Rindo, ele pensou; e por meio segundo falho, ele quis jogá-la de volta ao chão.

Mas não jogou. Em vez disso, ele fechou a mão e se afastou da pedra escura e estranha. Então voltou para a clareira, para a luz do luar.

Pela primeira vez em sua vida, Aeduan estava livre para fazer o que quisesse. Nenhuma capa o prendia, nenhum contrato o segurava, e nenhuma corda o mantinha no lugar. Mesmo os votos que ele jurara manter agora tinham se perdido para uma parede de pedra e neve.

Ele não era mais uma ferramenta. Ele não era mais uma arma, para ser empunhada pelos outros ou brandida pela Senhora Destino. Ele era Aeduan. Apenas Aeduan, e ele podia escolher a vida que quisesse. Ele podia ir para onde sua vontade mandasse.

Ele já sabia exatamente para onde. Não um lugar, mas uma pessoa. Não um trabalho, mas uma promessa. E não por obrigação, mas por desejo. Ele podia não conseguir segui-la, mas havia outros jeitos de encontrar pessoas nas Terras das Bruxas além de sangue.

Sendo guiado por aquele pensamento, ele colocou a moeda no bolso. Dois giros nos punhos, um estalo no pescoço, e o Bruxo de Sangue chamado Aeduan partiu na noite.

VAGA-LUMES

Ele não a ouve se aproximar; ele não sente o cheiro dela. É só quando ela está em cima dele, enquanto ele se lava na nascente, que ele percebe a proximidade dela.

Ele a deixou no acampamento com a criança e o morcego-da-montanha. Ela ficou de guarda enquanto ele explorava, exatamente como eles faziam todas as noites da última semana enquanto viajavam juntos.

— Você está machucado — ela diz, e ele se vira para encará-la. Se não estivesse machucado, ele a teria atacado, teria se assustado e agido. Mas ele está machucado, e está lento. — Me deixa ajudar — ela oferece, avançando na direção dele. A lua, crescente, ilumina um céu sarapintado de estrelas. Faz o sangue no peito dele parecer preto.

Ele não sabe por que ela ajuda. Ele também não se afasta.

Ela se aproxima, e embora ele queira se encolher, embora seus dedos tamborilem nas coxas, ele continua parado. Ele permite que ela se incline em sua direção. Ele permite que ela apoie uma das mãos no ombro dele e agarre a primeira de seis flechas cravadas em sua barriga.

Um presente de despedida de uma estrada nomatsi ao norte dali.

— Por que é — ela perguntou, suavemente, os dedos longos envolvendo a primeira haste — que eu estou sempre tirando flechas de você?

Ela puxa. Ele tosse. Sangue jorra.

Mais cinco vezes ela repete a ação, e ele praticamente pode vê-la calculando as dívidas de vida entre os dois. Contudo, ele teria se curado daqueles ferimentos sozinho, então, na opinião dele, aquilo não valia de nada.

— Pelo menos dessa vez — ela diz ao terminar, uma pilha de rêmiges vermelhos aos seus pés — você esperou até chegar aqui antes de arrancá-las. Os cortes vão se curar melhor por ter sido eu a fazer isso.

Não era assim que a magia dele funcionava. Não mesmo, mas ele também não a contradiz. Em vez disso, ele fala:

— Você é uma especialista em Bruxos de Sangue agora?

— Não. — Os lábios dela formam um sorriso. — Apenas em teimosia.

— É preciso tê-la para reconhecê-la.

Agora o sorriso dela se alarga, e por algum motivo o coração dele erra uma batida. E, por algum motivo, ele gosta de conseguir enxergar a ponta dos caninos brancos dela. Ele acha que é a primeira vez que os vê.

— Não consegui pressentir a sua chegada — diz a ela, afastando o olhar da sua boca e voltando a fitar os olhos amarelos. — Você tirou a moeda?

— Não. — Ela puxa o colar para provar, mas ele percebe que não está olhando para a moeda de prata ou para a corda de couro que a prende. Em vez disso, ele percebe estar encarando a clavícula dela. A pequena cavidade na base.

A pulsação dela vibra.

— Deve estar precisando de mais sangue — ela diz, por fim, assustando-o e trazendo-o de volta para a luz do luar.

Os olhos deles se encontram. Os dela parecem estar mais próximos agora. O ar parece diminuto. Ele não respira. Ela não respira.

Até que, de repente, torna-se demais. Ele recua dois passos e desabafa:

— Vou partir em breve. Então não precisa se preocupar achando que vou te machucar.

Ele não sabe por que diz aquilo a ela. Não tinha planejado contar. Mas, por outro lado, ele também planejara partir na noite anterior. E na noite anterior àquela. E todas as noites desde que encontraram aquela criança nas Terras Disputadas. Mas ele nunca ia até o fim.

— Você teria partido sem se despedir? — ela pergunta.

— Você teria se importado? — ele rebate.

Ela não responde. Apenas o encara daquele jeito impenetrável, enquanto o calor sobe pelos ombros dele. Pelas suas bochechas também. Aquela não é a resposta que ele esperava dela; ele não sabe qual é.

Sem aviso, ela se abaixa e pega uma flecha da margem pedregosa da nascente. Depois, ela dá um único passo na direção dele, e, embora ele queira se afastar, ele resiste. Mesmo quando ela diminui o espaço entre eles. Mesmo quando ela estende a mão até o braço dele. Com um toque leve como neve caindo, ela enlaça os dedos em volta do pulso dele. Depois, ela levanta a mão dele.

De início, ele acha que ela está tentando ler a sua palma como alguma Bruxa da Visão de séculos atrás — assim como a mãe dele costumava fazer. Mas então ela levanta a flecha e, antes que ele possa impedi-la, arrasta a flecha pela pele dele.

Uma dor suave o penetra. Ele sibila, e o sangue se acumula.

A mão livre dela vai até a moeda de prata ao pescoço. Um puxão, um estalo. Ela deposita a moeda em cima da palma dele.

O corte já está se curando. O sangue já coagula e a pele áspera se costura de volta — mas não antes de uma mancha de sangue marcar a superfície da moeda. Um jato vermelho fresco afundando nos entalhes da águia de prata.

— Você quer que eu consiga te encontrar? — Ele mal consegue ouvir a própria voz. Ela está presa em algum lugar dentro do seu peito.

Mas ela o ouve.

— Não quero que você me mate. Presumindo que nos encontremos de novo.

— Ah — ele murmura, embora "ah" não seja a palavra que realmente deseja dizer.

Duas respirações depois, ela pega a moeda da palma dele, com cuidado para não sujar a própria pele de sangue. Então, dá a ele um dos seus sorrisos marotos e sutis, apenas visível a alguém que sabe pelo que está procurando.

Ele sabe pelo que está procurando.

— E — ela acrescenta, suavemente — quero que você consiga me encontrar.

Sem dizer mais nada, ela se vira e se afasta. O coração dele bate irregular dentro do peito. Seus pulmões incham contra o seu esterno, como se houvesse algo que ele devesse dizer. Algo que ele queira dizer antes de ela sumir.

Do jeito estranho e desconcertante dela, ele acha que talvez ela esteja pedindo para ele ficar. Ninguém nunca lhe pediu aquilo antes. Ninguém. Nunca.

Mas ele não fala, e ele não a segue. Em segundos, a floresta a recebe. A noite fica mais fria. E o tempo todo ele permanece ali, tão rígido quanto o solo embaixo dos seus pés.

E o tempo todo, ele observa, momento a momento, batimento por batimento, o corte em sua palma se fechar, até que não haja nada além de sangue seco com um círculo faltando no centro.

AGRADECIMENTOS

Whitney (Ross) le Riche, esta série jamais teria chegado aos leitores se não fosse por você. Obrigada por se arriscar com a minha fantasia complicada. Obrigada por ser a minha guardiã, na editora e nas páginas. Obrigada por ser uma amiga durante anos difíceis. Sinto saudades.

Para Rachel: *Tu me manques.* Eu disse isso no último livro, e ainda continua sendo verdade. Você tem sido uma companheira de troca de ideias, uma leitora crítica e uma amiga de verdade. Da próxima vez que nos encontrarmos pessoalmente, o jantar *thai* é por minha conta.

Diana, obrigada por passar noites acordadas comigo. Obrigada por assumir o leme e por navegar este navio novo até a tempestade misteriosa do prazo de entrega. Tem sido um prazer trabalhar com você, e *nossa*, como estou orgulhosa de tudo o que conquistamos em tão pouco tempo. Vai, time!

Para Joanna Volpe, Suzie Townsend, Hilary Pecheone, Pouya Shahbazian, Devin Ross, Mia Roman e Abbie Donoghue: não sei o que eu faria sem todos vocês. Acho que digo uma variação disso em todos os livros... porque é verdade. Obrigada! Por lerem, apoiarem e me atenderem. Amo todos vocês.

Alex, eu te devo tantos obrigadas por aguentar incansavelmente as minhas explicações longas e enroladas das Terras das Bruxas. Obrigada pelas ideias, obrigada por ouvir e obrigada por sempre estar aqui.

Sam(antha) Smith: obrigada por seu apoio e paciência infinitos. Você é incrível, e sou muito grata por trabalhar com você.

Cait Listro e Melissa Lee, amo vocês, garotas. Vocês torceram quando eu precisava de torcida e criticaram quando eu precisava de críticas. Obrigada, obrigada, *obrigada!!*

Para Holly Black, obrigada por me ajudar a encontrar o tema da série que eu não conseguia ver. Você literalmente salvou este livro com uma única tarde de conversa.

E eu devo tantos, *tantos* agradecimentos a todos os meus outros amigos que me ajudaram a sobreviver à criação deste livro: Erin Bowman, Leigh Bardugo, Victoria Aveyard, Amie Kaufman, Courtney Moulton, Elise Kova, Robin LaFevers, Jenn Kelly, Rae Chang, Kristen Simmons, Shanna Hughes, Karen Bultiauw, Kelly Peterson, e meu Deus, tenho certeza de que estou esquecendo de alguém...

Para Alexis Saarela, Kristin Temple, Lili Feinberg, Zohra Ashpari, Lucille Rettino, Eileen Lawrence e Kathleen Doherty, e todos os rostos incríveis por trás das cenas na Tor e na Macmillan: obrigada por me aguentarem todos esses anos. Eu não poderia ser mais grata por fazer parte da sua família, e eu espero que todos vocês saibam o quanto eu gosto e conto com vocês.

Para a minha família, mãe, pai, David e Jennifer — obrigada por estarem ao meu lado durante uma época difícil. Obrigada por sempre estarem presentes, na verdade, e por sempre serem meus fãs número um.

E para Seb... Bom, o que eu posso dizer para expressar a minha gratidão? A maioria das pessoas já teria perdido a paciência com uma esposa como eu, mas você é uma alma verdadeiramente maravilhosa, generosa e eternamente paciente. Obrigada e *je t'aime.*

CENA DELETADA

Chegar ao poço de Nubrevna levou tempo. Embora Stix tivesse sua bruxaria da água para navegar diretamente pelo Timetz, sua partida de Lovats não agradava os sussurros.

Ela partiu antes do meio da manhã, em um esquife estreito e com o fundo pontiagudo que ela conseguia manobrar facilmente pelo trânsito marítimo que ocupava as águas perto da capital. Era bom se mover. Invocar seus poderes. Como líquido enchendo um copo, era uma incumbência que fluía por cada centímetro do seu corpo.

Pela primeira hora, enquanto ela navegava pelas pontes de Stefin-Eckart, passando pelo Sentinela de Noden meridional, e circundando um monte de navios refugiados aguardando para entrar na cidade, Stix se perguntou por que não tinha feito aquilo antes. Descer pelo rio gelado dissolvia todos os nós em seu estômago de um jeito que nem mesmo o subsolo conseguia.

Ela deveria apenas ter navegado e navegado, e evitado toda aquela escuridão de calcário.

Na segunda hora, as vozes irromperam — mas agora não eram mais sussurros. Eram gritos, e queriam sangue. Stix sabia que era a segunda hora porque o décimo primeiro sino ecoou de um santuário baixo próximo à margem lamacenta do rio. Ela sabia que era a segunda hora porque pensou, satisfeita, em quanto tempo havia passado sem qualquer murmúrio vindo do fundo do seu crânio.

Então eles se chocaram contra ela, com tanta força e tão alto que um grito escapou da sua garganta. Sua magia desapareceu. O esquife parou. Stix se curvou para a frente, mal reparando no quanto a embarcação afundava e balançava com os seus movimentos.

Ela pensou ter sido apunhalada no intestino, e foi necessário conferir três vezes, com os olhos lacrimejando, para confirmar que não, nenhuma lâmina estava alojada ali. Enquanto isso, as vozes — *tantas* vozes — gritavam ainda mais alto. De algum modo, embora o suor escorresse dela e a inconsciência surgisse nos cantos da sua visão, Stix conseguiu invocar sua magia mais uma vez. E continuou navegando.

Mais rápido agora, absorvendo cada gota de poder sem se preocupar com o quanto poderia enfraquecê-la. Ela já estava fraca, e tudo o que importava era não parar. Mais tarde, ela ficaria admirada por não ter dado a volta e retornado — por não ter cedido à ausência de dor que a aguardava se ela apenas voltasse para o norte. Mas seu corpo e sua magia sabiam que as respostas não estavam ao norte. Apenas ao sul. Apenas no Poço Originário.

Ela perdeu a noção do tempo. Foi apenas quando o sol já havia passado pelo seu zênite há muitas horas, quando as nuvens começaram a surgir e o ar, a esfriar, que Stix percebeu que as vozes haviam enfraquecido. A dor também. Na verdade, a cada quilômetro avançado pelo rio, elas diminuíam mais. Mesmo a exaustão que ela deveria sentir depois de usar tanto poder não estava presente. Ela sentia-se forte. Sentia-se confiante.

Aquele era o caminho que ela *devia* seguir.

Ao pôr do sol, ela chegou às Cem Ilhas. Quando a lua surgiu, ela chegou até a margem mais próxima do Poço da Água. Foi preciso um pouco de direcionamento. Agora que havia chegado, agora que os sussurros e a dor haviam se acomodado em silêncio quase total, a exaustão surgia. De repente, o ritmo das ondas quebrando parecia impossível de ser controlado.

E as águas salgadas sempre tinham sido assim tão vigorosas contra a sua magia? Era como tentar lutar com borboletas.

A lua cheia cintilava no cascalho de pedras arredondadas quando enfim Stix puxou o seu esquife para a margem. O planalto onde o Poço ficava localizado curvava-se como uma tartaruga enorme em contraste com o céu noturno. Uma brisa forte, cheirando a peixe e cedro, a atingiu. A cada poucos minutos, a brisa carregava nuvens para cima da lua e deixava o mundo na escuridão.

— Bom, que merda — Stix disse assim que o esquife estava em segurança, longe do alcance do mar. Depois, enquanto saltava para o solo e tentava recuperar o fôlego, ela disse de novo: — Bom, que merda.

Agora que estava ali, ela não sabia o que fazer. Havia secado o restante da sua água potável uma hora atrás, e todo o alimento fora comido enquanto navegava. Ela deveria subir o planalto, supôs, e examinar o Poço de perto — um Poço curado agora, se os rumores fossem verdade. Mas se sua visão era ruim durante o dia, à noite, era quase inútil. Vultos se misturavam, borrados, e não importava o quanto apertasse os olhos, as figuras não se separavam. Além do mais, o ângulo do sonho de Stix não era *no* Poço, mas ao lado dele...

Ela esfregou os olhos. Sua pele estava cheia de sal por causa da brisa do mar. Ela desejou ter levado mais água.

Foi então, enquanto ficava ali sentada, perguntando-se se talvez devesse dormir no esquife até o nascer do sol, que ela percebeu que não estava mais sozinha. Quatro pessoas se aproximavam pela selva.

Se ela não estivesse tão esgotada, ela os teria notado antes. Sua magia a teria *feito* notar. Afinal, o corpo humano era feito quase que inteiramente de água, e Stix conseguia sentir qualquer coisa com água.

Mas a selva a confundira, com suas suculentas cheias de umidade e seus insetos repletos de vida. Era um cobertor relaxante de poder que vibrava atrás de Stix enquanto ela esfregava e esfregava olhos, que se recusavam a funcionar direito. Foi só quando as pessoas surgiram da extremidade da selva que percebeu a presença delas.

E foi só quando uma delas gritou “Não se mova ou vamos atirar” que percebeu que eles deviam ter arcos. Ela não se mexeu.

— Estou com a Marinha Real — gritou. — Sou a primeira-imediata de Vivia Nihar.

— Certo — uma mulher gritou. — E eu sou a imperatriz de Marstok.

Todos eles riram.

— Levante-se devagar — a primeira voz ordenou. Um homem mais velho. — Não queremos confusão.

Sério? Stix queria retrucar enquanto se levantava. *Então por que me encurralar com arcos?* Enquanto ela se virava para encará-los, os olhos tão apertados que ela quase conseguia, *talvez*, distinguir quatro figuras...

As nuvens se separaram. A lua surgiu. Ela os viu: dois homens, duas mulheres, um com uma balestra e os outros com espadas desembainhadas.

Stix se mexeu. Uma única inspiração, e sua magia cresceu e a água ao seu redor se *moveu*. Não do mar, mas da praia. Estilhaços de água que se levantaram e subiram, bem alto.

Ao soltar o ar, os estilhaços esquentaram até ferver.

Doeu. Não apenas nas mulheres e nos homens, mas em Stix também. Milhares de ferroadas na pele exposta, como se uma água-viva a tivesse puxado. Terminou em um instante, e o depois — o *depois* — era a parte importante.

Vapor cobriu a costa. Stix correu.

Ela ouviu o virote da balestra — *thwang!* — e sentiu uma figura avançando ao seu lado direito. Mas ela se afastou com facilidade. Ninguém podia vê-la, mas ela podia sentir cada um deles. Assim que chegou à extremidade da selva, eles começaram a gritar atrás dela.

— Aonde ela foi?

— Encontre-a!

— Precisamos alertar o Yoris!

Dentro de instantes, eles estavam fora do alcance sonoro e o vapor ficou para trás. Os arbustos eram densos e, na escuridão, Stix não via raízes, videiras, galhos. Ela tropeçou três vezes, e seu sangue rugia em seus ouvidos. Não havia caminho a seguir — ao menos nenhum que pudesse encontrar —, mas ela logo descobriu que não precisava de um.

Venha, cantavam os sussurros. *Venha por aqui, continue vindo.*

Vinte passos se tornaram quarenta, que se tornaram sessenta, até que, enfim, o cedro e as videiras deram lugar a um muro de pedra escuro.

E a uma porta de pedra escura. *Venha. Venha por aqui, continue vindo.*

Era idêntica à porta no subsolo, mas se aquela estava incompleta, esta estava aberta. Escura, exceto por uma luz azul sutil que zumbia nas bordas.

Venha por aqui, continue vindo.

Sem pensar mais, Stix avançou. Ela avançou naquela direção, e continuou avançando. Ela atravessou a porta.

Primeira edição (novembro/2025)
Papel de miolo Creamy Bulk 50g
Tipografias Cormorant, Ohrada
Gráfica Ricargraf